# King

Martin Schüller, Jahrgang 1960, lebt in Köln. Er kam über die Musik zum Schreiben. Im Emons Verlag erschienen seine Romane »Jazz« und »Killer«.

Martin Schüller

# King

Emons Verlag

Druck und Bindung: Clausen & Bosse GmbH, Leck
Printed in Germany 2002
ISBN 3-89705-254-7

www.emons-verlag.de

*»Elvis is dead? He died when he went into the army.«*
John Lennon

*»Isn't all music an Elvis-tribute?«*
Brian Setzer

# MONTAG

Es war seit vier Stunden dunkel. Der Verkehr hatte nachgelassen, war fast völlig eingeschlafen. Seit drei Stunden saß Pete Summers in seiner schwarzen Borgward Isabella vor dem Parkplatz des AFN-Gebäudes in der Frankfurter Innenstadt und wartete. Ab und zu ging die Glastür des Senders auf und entließ einzelne, hastig in die Nacht eilende Menschen oder Gruppen von Uniformträgern, die lärmend davonzogen. Hinter dem Parkplatz öffnete sich die eiserne Tür auf der Rampe, und vier Farbige luden Musikinstrumente in einen dunkelblauen Bus der Air Force. All dies glitt an Summers vorbei. Regungslos saß er hinter dem Steuer, nur seine Augen bewegten sich.

Er war gut im Warten. Er konnte einen Tag so verbringen oder eine Nacht, ohne daß es ihm etwas ausmachte. Seine Vorgesetzten liebten ihn dafür, seine Partner nicht. Sie haßten es, neben ihm auszuharren. Bud James, der Junge, mit dem er zuletzt zusammenarbeiten mußte, hatte immer wieder versucht, ihn mit irgendwelchen Scherzen aufzuschrecken. Bud war ein netter Kerl, aber er ging Summers auf die Nerven. Schließlich hatte er Captain Gordon dazu gebracht, ihn allein arbeiten zu lassen. So verlängerten sich oft seine Schichten, aber das kümmerte Summers nicht. Er hatte keine Hobbys.

Erst als der Mann, der hier vor drei Stunden seinen Wagen abgestellt hatte, auf die Straße trat, kehrte Leben in Summers' Körper zurück. Der Mann war jetzt in Begleitung einer jungen Frau; Summers schätzte sie auf Anfang Zwanzig, vielleicht jünger. Er sah auf die Uhr: bald Viertel nach elf.

Der Mann grüßte den Parkplatzwächter in seinem Häuschen, während die junge Frau nur noch Augen für den roten BMW 507 hatte. Sie zog den Mann hinter sich her auf den Wagen zu. Fast zärtlich strich ihre Hand die Motorhaube entlang und über das Hard-Top des Cabrios. Im gelblichen Schein der Straßenbeleuchtung wirkte der Lack fast schwarz. Der Mann öffnete ihr den Schlag. Die beiden stiegen ein, und der Mann gab einige Male im Leerlauf Gas. Selbst durch die geschlossenen Scheiben des Borgwards drang das Röhren des V8-Motors fast schmerzhaft laut.

Der Parkplatzwächter öffnete die Schranke, und der Wagen schoß mit halsbrecherischer Geschwindigkeit auf die Straße, wobei der Fahrer die Linke winkend aus dem Fenster streckte. Summers ließ den Motor an. Ohne Eile folgte er dem Sportwagen. Er wußte, wohin die Fahrt gehen würde. Routine.

Es war ein Job mit Vor- und Nachteilen, wie jeder andere: sicheres Gehalt mit Krankenversicherung, aber meistens sterbenslangweilig; er kam in der Welt herum, aber leider war er in Deutschland; jeder hielt den Job für aufregend, aber er durfte niemandem erzählen, wie es wirklich war; er diente seinem Land, aber das war ihm egal. Es war einfach ein Job – und er erledigte ihn, was immer es sein mochte.

Sogar etwas so Lächerliches wie jetzt. »King« war der Name ihrer Gruppe. Captain Gordon hatte ihn ausgesucht.

Rock'n'Roll-Babysitter, so nannte es Summers bei sich. Als er zur Truppe gestoßen war und Gordon ihn instruierte, hatte er keine Miene verzogen, nicht einmal den Kopf geschüttelt, obwohl er seinen Ohren nicht hatte trauen wollen. Das hatte Gordons Respekt vor ihm beträchtlich erhöht, und Summers war sogar zu einer Ein-Personen-Wohnung gekommen – der einzigen, die das Team zur Verfügung hatte.

An jeder Kreuzung oder Ampel bremste der BMW quietschend, um ebenso geräuschvoll wieder anzufahren. Summers fuhr in gleichmäßiger Geschwindigkeit hinterher. Erwartungsgemäß bog der Sportwagen nach einigen Meilen auf die Autobahn ab. Der Borgward war gut motorisiert, aber er mußte alles aufbieten, was man ihm eingebaut hatte, um den BMW hier nicht zu verlieren. Er hatte fast eine halbe Meile Vorsprung, als Summers die Rücklichter in die Ausfahrt Richtung Friedberg abbiegen sah. Auf der Landstraße würde er wieder aufholen.

Summers mochte den BMW – ein traumhaft schöner Rennwagen. Es gab nur knappe zweihundertfünfzig Stück davon. Hans Stuck hatte ihn gefahren, Summers gehörte zu den wenigen Amerikanern, denen der Name etwas sagte.

Jetzt gehörte er Elvis Presley. Dachte der jedenfalls. Presley glaubte, den Wagen billig gekauft zu haben, und hatte einen in Deutsch abgefaßten Vertrag unterschrieben. In Wirklichkeit hatten die Krauts ihm die Kiste nur für seine Zeit in Deutschland vermietet, zu einem Höllenpreis. Sie glaubten offensichtlich nicht daran, daß der Name Presley in einem Jahr noch für irgendeine Art Werbung gut sein würde. Summers war ihrer Meinung.

Auf jeden Fall würde Presley erst nach seiner Militärzeit bemerken, daß man ihn genarrt hatte. Wie Summers die Deutschen einschätzte, würden sie dann auch noch Ärger wegen der neuen Farbe machen. Ursprünglich war der Wagen weiß gewesen, und als er anfangs in Bad Nauheim herumstand, waren Presleys Helfer dauernd damit beschäftigt gewesen, Lippenstift-Botschaften zu entfernen. Irgendwann hatten sie ihn dann einfach rot lackieren lassen.

Summers war mit Abstand der beste Fahrer der Gruppe, deswegen hatte Gordon auch seinem Vorschlag zugestimmt, ihn ausschließlich den BMW überwachen zu lassen. Er kannte den jeweiligen Fahrstil der Männer, die ihn fuhren, und konnte erkennen, wer ihn steuerte, ohne den Fahrer gesehen zu haben. Der BMW machte fast hundertdreißig Meilen die Stunde, an ihm dranzubleiben war nichts für Anfänger. Es half, wenn man schon einmal ein Rennen gefahren hatte. Oder mehr als hundert, wie Summers.

Ein Sportwagen als Überwachungsfahrzeug war natürlich nicht in Frage gekommen. Er brauchte etwas Unauffälliges, ein normales, deutsches Modell. Er hatte sich für den Borgward entschieden, einen ausreichend gewöhnlichen Wagen, den die Werkstatt in Frankfurt mit entsprechendem Motor und Fahrwerk ausgestattet hatte. Aber auf der Autobahn hatte er trotzdem keine echte Chance.

Der BMW bog links in Richtung Bad Nauheim ab. Summers blieb weit zurück. Die Strecke kannte er im Schlaf, und er wußte auch, wie schnell der Mann vor ihm durch die einzelnen Kurven gehen würde. In zehn Minuten würden sie in der Goethestraße ankommen, der Mann würde den Wagen abstellen, mit seiner Eroberung im Haus verschwinden, und Summers hätte Feierabend. Alles wie immer.

In seine Gedanken vertieft, folgte er den gelegentlich vor ihm auftauchenden Rücklichtern. Als er durch die enge Ortsdurchfahrt von Ockstadt kurvte, begann es zu nieseln. Er hatte schon eine Menge Gründe gehabt, dieses Land zu hassen, als er noch in Kalifornien gewesen war. Das Wetter war erst hier dazugekommen.

Hinter dem kleinen Ort lief die Straße zwischen dicht gepflanzten Obstbäumen. Der Regen wurde stärker. Vor einer Kurve wurde der BMW langsamer. Summers verzögerte, um den Abstand beizubehalten.

Urplötzlich flammte ein gelbes Licht auf, ein kleines Stück links der Straße, etwa in Höhe des BMW. Das Licht überstrahlte die Bremsleuchten. Summers sah einen Blitz aus dem Lichtkegel herausschießen, der, eine spiralförmige Leuchtspur hinter sich her ziehend, dicht neben dem BMW in einen Baum einschlug, begleitet von einem kurzen, diffusen Grollen.

Summers stoppte und schaltete die Scheinwerfer aus. Auch der BMW hatte angehalten. Der Fahrer stieg aus und sah in den Obsthain hinein. Der Lichtschein war jetzt deutlich schwächer, aber Summers erkannte die Umrisse eines kleinen Gebäudes, aus einer Öffnung an der Seite schlugen Flammen. Er war sich nicht sicher, aber er glaubte, zwischen den Bäumen jemanden weglaufen zu sehen. Der Fahrer des BMW stieg wieder ein und beschleunigte so stark, daß der Wagen auf dem feuchten Asphalt aus der Spur brach. Erst kurz vor der nächsten Kurve bekam er ihn wieder unter Kontrolle.

Summers ließ den Borgward näher heranrollen und bog in einen schlammigen Wirtschaftsweg, der zu dem Gebäude führte. Vorsichtig fuhr er über den weichen Belag, bis er Gefahr lief steckenzubleiben. Der Regen nahm weiter zu. Mißmutig dachte Summers an seine neuen Budapester Schuhe. Er nahm seinen Hut vom Beifahrersitz und löste die Stablampe aus ihrer Halterung im Fußraum. Dann zog er seine Pistole und stieg aus.

Das Gebäude entpuppte sich als kleiner Geräteschuppen. Eine Klappe an der Seite schwang im Wind und gab Sicht auf die Flammen im Inneren. Links, auf der der Straße abgewandten Seite, stand eine Tür offen.

Summers näherte sich langsam, die Deckung der Bäume ausnutzend. Er schlug den Kragen seines Mantels hoch, es regnete noch stärker.

Das Feuer in dem Schuppen schien zu verlöschen. Ein Wagen kam die Straße entlang und fuhr vorbei. Das Motorengeräusch verklang.

Entschlossen trat Summers aus dem Schatten der Bäume und pirschte auf die Tür zu. Er stellte sich mit dem Rücken neben die Öffnung. Die Waffe in der Rechten, in der Linken die Stablampe, drehte er sich in die Tür, bereit, zu feuern und sofort wieder in Deckung zu springen.

Aber der Schuppen war leer. Nur einiges Werkzeug hing an den Wänden: ein Beil, eine Axt, Schaufeln und eine Petroleumlampe. Auf dem Boden lag ein gelblichbraunes Rohr, dreieinhalb Fuß lang, mit vielleicht drei Zoll Durchmesser. In der Mitte befanden sich ein Griff mit einem Abzug und ein Visier, am Ende eine Schulterraste.

Summers pfiff leise durch die Zähne. Als er wieder aus der Tür trat, startete in einiger Entfernung ein Motor, dem Klang nach der eines schweren, einzylindrigen Motorrades. Summers lauschte angestrengt, aber er konnte die Richtung nicht genau ausmachen. Der Motor drehte höher und entfernte sich. Zu weit weg für eine erfolgversprechende Verfolgung.

Summers ging zurück zum Wagen. Er öffnete das Handschuhfach und griff nach dem Mikrofon des Funkgerätes. Vielleicht war der Job doch nicht so lächerlich.

*

»Möchten Sie noch etwas bestellen, junge Dame? Wir schließen gleich.«

Katharina schüttelte den Kopf. Der Kellner grinste.

»Warten Sie auf jemanden? Wenn er nicht kommt, ich wüßte, wo jetzt noch richtig was los ist ...«

Er trug ein albernes Papierschiffchen auf seinen aschblonden Haaren, die Stirn über den wäßrigen Augen war auffällig blaß. Katharina drehte sich auf ihrem Barhocker wortlos von ihm weg. Sie blätterte in ihrer Illustrierten, aber tatsächlich hatte sie nur Augen für den Billardtisch in der hinteren Hälfte des »Ratskellers«. Der junge Mann dort spielte seit einer halben Stunde, allein. Sie hatte ihn noch nie hier gesehen, da war sie ganz sicher. Er wäre ihr überall aufgefallen. Als er das Lokal betreten hatte, hatte sie nicht gewußt, wohin mit ihren Blicken.

Unter dem Arm trug er einen Motorradhelm, und obwohl er naßgeregnet war und seine Motorradstiefel schmutzig, ließ sein Auftreten keinen Zweifel daran zu, daß er etwas Besonderes war – und das auch wußte. Ohne Katharina auch nur zu bemerken, hatte er eine Cola bestellt und war zielstrebig zu den Tischen gegangen.

Seit er angefangen hatte, lehnten drei der Jungs an der Wand und sahen ihm zu. Ab und an flüsterten sie miteinander. Es war nicht viel los heute. Keine Amis da, das war selten. Die Pool-Tische waren eine Attraktion für sie, es waren die einzigen in Friedberg. Die GIs spielten meist unter sich, von den deutschen Jungs konnte keiner mit ihnen mithalten. Manchmal durfte eins der »Frauleins« mitspielen.

Katharina warf einen kurzen Blick auf die Uhr hinter der Theke. Zwanzig vor eins, Renate ließ sie jetzt seit weit über einer Stunde warten. Zwar kam sie fast immer zu spät von den Besuchen bei ihrer Tante in Butzbach zurück, aber selten so viel. Katharinas Augen suchten unwillkürlich wieder den Billardtisch.

Trau dich – einmal, dachte sie. Renate wäre längst hingegangen.

Im Spiegel hinter der Bar kontrollierte sie den Sitz ihres dunklen, glatten Pagenschnitts. Dann sprang sie mit einem kleinen Hüpfer von ihrem Barhocker und zupfte die schwarze Capri-Hose zurecht. Ihren Popelinemantel drapierte sie sorgfältig über dem Arm, warf den Kopf in den Nacken und schlenderte auf den Pool-Tisch zu.

In der Musikbox lief »Fever« von Peggy Lee. Katharina lehnte sich an die Wand und beobachtete den Jungen, oder den jungen Mann, wie sie beschloß ihn zu nennen.

Wie würde Renate es machen? Katharina versuchte sich an dem desinteressierten Blick, mit dem ihre Freundin männliche Wesen zu bedenken pflegte.

Er trug, was tragen mußte, wer so aussah wie er: Nietenhosen, unter dem rot-schwarz-karierten Flanelljumper ein echtes, weißes Ami-Shirt. Das hatte längst nicht jeder, manche der Jungs drehten ihre Feinripp-Unterhemden um, damit vorne der hohe Ausschnitt war. Am Garderobenständer in der Ecke hing seine schwarze Lederjacke.

Ohne einen Blick für irgend jemanden baute er die Kugeln auf dem Tisch zu bestimmten Stellungen auf. Konzentriert stellte er sich immer wechselnde Aufgaben. Wenn er sie nicht zu seiner Zufriedenheit löste, wiederholte er sie, bis es klappte. Katharina verstand nichts von Pool, doch sie sah die Jungs an der Wand immer wieder tuscheln oder fassungslos die Köpfe schütteln.

Seine Augen schienen blau, aber das hatte sie noch nicht genau erkennen können. Er strahlte eine wunderschöne Melancholie aus. Die Haare waren gewellt und pechschwarz, zu einer Tolle geformt, aber Katharinas Blick hing nur an seinen Lippen. So weich, so geschwungen. Fast wie SEINE.

Was tust du hier, Katharina? Was willst du von ihm? Hilflos sah sie weg, wenn sein Blick sie absichtslos streifte. Er ist niemand, den man durch Anhimmeln beeindrucken kann, dachte sie. Für ihn bin ich nur ein alberner Backfisch.

Sie sah zur Uhr: Renate würde nicht mehr kommen, und auf einmal war sie froh darüber. Renate hätte alles versucht, um ihn auf sich aufmerksam zu machen. Sie hätte ihn ihr fortgenommen.

Ob er noch einmal hierherkäme? Der Gedanke ließ sie nicht los.

War dies ihre einzige Chance? Sie spürte, daß sie nicht den Mut hatte, ihn anzusprechen. Für eine Weile noch sah sie ihm zu, dann drehte sie sich zum Ausgang und zog ihren Mantel über.

»Auf Wiedersehen, junge Dame. Und eine gute Nacht. Obwohl, so einsam ...«

Sie versuchte, die spöttische Stimme des Kellners zu ignorieren. Ohne sich umzudrehen, zog sie ihren Schirm aus dem Ständer an der Garderobe und trat in die Nacht hinaus. Prasselnder Regen empfing sie. Der letzte Bus nach Bad Nauheim war vor fast zwei Stunden gefahren. Unter ihrem Schirm ging sie die Straße entlang. Aus der »Oase« schallte Musik, als jemand die Tür öffnete, sonst war das nächtliche Friedberg ruhig und still. Sie blieb stehen, nahm ihre Zigaretten aus der Handtasche und zündete sich eine an. Mit geschlossenen Augen stand sie unter ihrem Schirm und sog den Rauch ein. Ein Auto fuhr vorbei, Männerstimmen lachten und riefen ihr auf Englisch etwas zu, doch sie hielt einfach die Augen geschlossen und rauchte, bis sie die Glut an ihren Fingern spürte.

Plötzlich hörte sie ein Motorrad. Es war nicht das helle Knattern der Mopeds, mit denen die Jungs herumfuhren, das satte Bullern eines schweren Motors näherte sich. Schemenhaft im schwachen Licht der Straßenlaternen flog die Maschine an ihr vorbei.

Ob er das war? dachte Katharina, als das Rücklicht und das Geräusch des Motors gemeinsam verschwunden waren. Sie versuchte, sich ein Bild von ihm zu machen: wo er herkam, was er machte, wie er hieß – aber bald gab sie es wieder auf. Er wird sich niemals für mich interessieren, dachte sie und ging weiter auf ihrem langen Heimweg durch den Regen und die Nacht.

*

»Reaktive Panzerbüchse, Modell Panzerfaust 30.« Mit unverhohlenem Ekel sah Captain Terry Gordon auf die Waffe, die im Licht seiner Stablampe vor ihm auf dem Boden des Geräteschuppens lag. Das Feuer war längst erloschen, aber noch immer stank es entsetzlich nach Qualm. »*Shit*, wer weiß, wie viele von unseren Jungs diese Dinger auf dem Gewissen haben. Jeder verdammte Hitlerjunge hatte so 'n Rohr ...« Gordon wandte sich kopfschüttelnd zu Summers. »Ich möchte nicht wissen, in wie vielen Bunkern, Kellern oder Löchern solche Höllenmaschinen noch versteckt sind. Ich wette: In jedem Wald in West- oder Süddeutschland gibt's mindestens ein Loch, in dem dieser Schrott in Ruhe vor sich hin rostet, und zu jedem zweiten dieser Löcher gibt es einen, der sich dran erinnern kann.«

Summers zeigte auf einen etwa zwei Fuß langen Metallstab, an dessen Ende verbogene Metallteile hingen. »Das ist der Rest von dem Geschoß. Steckte zehn Yards von hier in Richtung Straße in einem Baum.«

Gordon ging in die Hocke und beleuchtete das eigentümliche Gebilde. »Die Ladung muß Feuchtigkeit gezogen haben oder so was, jedenfalls hat das Ding versagt, sonst wäre nicht so viel davon übrig. Ganz schön mutig, so was zu zünden. Ist ja mindestens vierzehn Jahre alt«, sagte er.

Die Tür öffnete sich, und Bud James trat ein.

»Was gefunden?« fragte Gordon.

»Nichts, außer 'ner Menge Splitter um den Baum rum.«

»Sammel auf, was du finden kannst. Aber mach die Lampe aus, wenn Autos kommen.«

»*Aye*«, sagte Bud und ging mit verdrossenem Gesicht wieder in den Regen hinaus.

»Ich bin ja auch kein Rock'n'Roll-Fan«, sagte Gordon, als sie wieder allein waren, »aber das hier geht zu weit. Wenn das Ding richtig funktioniert hätte ... Das möchte ich mir gar nicht ausmalen.«

»Halten wir es unter der Decke?« fragte Summers.

»Was glaubst du denn?« blaffte Gordon. »Wenn irgendein Kommie in diesem verdammten Regenwald unser Goldkehlchen in die Luft sprengen will, schreien die Irren zu Hause doch gleich nach Krieg!«

»Meinst du wirklich, es waren die Russen?« Summers gelang es nicht, den spöttischen Unterton in seiner Stimme zu vermeiden.

»Nicht die Russen, aber vielleicht die Ostdeutschen. Die hatten auch ihre Rock'n'Roll-Krawalle in der letzten Zeit. Und die schlagen hart zurück. In Dessau haben sie ein paar Rowdies gleich zu zweieinhalb Jahren verknackt, weil sie mit ihrem ›Elvis-Presley-Kult‹ gegen den sozialistischen Aufbau gehetzt haben.« Gordon hob den Zeigefinger und dozierte: »Jazz und Rock'n'Roll sind Werkzeuge, mit denen die US-Imperialisten die Bevölkerung auf den Atomkrieg vorbereiten, vergiß das nicht. Das hat der Vater der Werktätigen herausgefunden.« Er schnaufte. »Und du redest, als wäre *ich* verrückt.«

Summers sagte nichts. Bud kam wieder herein.

»Ich bin fertig. Aber bei dem Licht ...«

»Schon gut.« Gordon wies auf die Panzerfaust. »Nimm das Ding da und lad alles ein.«

»Was passiert mit der Hütte?« fragte Summers und zündete sich eine Lucky an.

Gordon sah sich um. Er nahm die Petroleumlampe vom Haken und schüttelte sie prüfend. Summers konnte hören, daß sie leer war. Einen Moment hielt Gordon sie in der Hand und blickte um sich, dann ließ er sie einfach mitten in den Raum fallen.

»Sollen sie 'ne Runde rätseln«, sagte er. »Brandstiftung, grober Unfug, von mir aus können sie denken, was sie wollen. Für heute ist Feierabend. Neun Uhr Teamsitzung.«

Gordon trat aus der Tür und stapfte durch den Schlamm auf den schwarzen Chevy zu, in dem Bud bereits auf ihn wartete. Summers sah ihm nach, bis der Wagen verschwunden war. Dann nahm er seine Stablampe und folgte den Trittspuren zwischen den Obstbäumen. Es war das zweite Mal, daß er die Spur untersuchte, die mittlerweile nur noch mühsam im aufgeweichten Boden zu erkennen war. Schon als er auf Gordon gewartet hatte, war er den Weg entlanggegangen, ohne etwas zu finden. Dieses Mal nahm er sich mehr Zeit.

Die Spur endete, wo die Obstbäume an einen kleinen Mischwald grenzten. Ganz langsam, Zoll für Zoll, ließ Summers den Lichtkegel über den Weg und dann seitlich in den Wald hineingleiten. Rechts, in Richtung Straße, war nichts zu entdecken. Er leuchtete nach links. Auch hier fiel nichts Verdächtiges ins Auge, bis er einen flachen, dunklen Stein auf dem Waldboden sah. Er stellte den rechten Fuß in den Abdruck auf dem Weg, trat mit dem linken auf den Stein und leuchtete in den Wald hinein. Dort entdeckte er etliche weitere Steine, auf denen man ohne Spuren zu hinterlassen zu einer steilen, knapp sieben Fuß hohen Felswand kam. Er kletterte hinauf, mühsam, da er eine Hand für die Stablampe brauchte. Oben zündete er sich eine Zigarette an. Als er den Boden ableuchtete, stieß er bald wieder auf Fußspuren. Sie führten zu einem weiteren Waldweg und endeten dort. Statt ihrer fanden sich hier Reifenspuren, zu schmal für ein Auto. Luftlinie war dieser Weg höchstens fünfundsiebzig Yards von dem Schuppen entfernt. Ein dicker Regentropfen traf die Glut von Summers' Zigarette und löschte sie. Er ließ den Lichtkegel weiterwandern. Als er ihn steil nach unten hielt, entdeckte er, daß er mit beiden Füßen in einer Pfütze stand. Er warf den feuchten Stummel der Lucky hinein und ging den Weg entlang. Nach einigen Kurven stieß er auf die Straße. Der Mann mußte hier links nach Bad Nauheim abgebogen sein, denn seit der Explosion der Panzerfaust waren von hier nur drei Autos aufgetaucht. Ein Motorrad hätte Summers bemerkt.

Er ging über die nasse, leere Straße zurück. Noch einmal suchte er die Umgebung des Gebäudes ab und fand noch vier Metallsplitter, die Bud übersehen hatte. Summers steckte sie ein und ging zu seinem Wagen. Er fror in seinen nassen und schmutzigen Sachen, trotzdem fuhr er nur sehr langsam in Richtung Bad Nauheim. Im Licht seiner aufgeblendeten Scheinwerfer suchte er die stille, nächtliche Landstraße nach möglichen Spuren ab. Er fand mehrere leere Zigarettenschachteln mit deutschen und amerikanischen Steuermarken, die er in einen Karton legte, und ein benutztes Präservativ, das er liegenließ. Kurz vor dem Ortseingang lagen noch eine leere Coca-Cola-Flasche und ein einzelner Perlonstrumpf mit mehreren dicken Laufmaschen. Er fuhr weiter den Weg ab, den der BMW durch die Stadt genommen haben mußte. In der Goethestraße sah er ihn in der Einfahrt der Nummer 14 stehen. Im Haus brannte noch Licht, es schimmerte durch die schmalen Spalte der Rolläden. Summers fuhr nach Hause. Er hoffte, heute gut schlafen zu können. Aber zuerst brauchte er eine heiße Dusche.

*

Vorsichtig, jedes Geräusch vermeidend, steckte Katharina ihren Schlüssel ins Schloß der Haustür. Jeden Abend versuchten sie, ungehört in ihr Zimmer zu kommen, doch in den drei Monaten, die sie jetzt hier wohnten, war es weder ihr noch Renate je gelungen.

Katharina seufzte, als sie in der Diele stand und sich Frau Semmlers Schlafzimmertür einen Spalt weit öffnete. Sie sagte nichts, nur ihre hinterhältigen, neugierigen Spießeraugen waren zu sehen.

»Gute Nacht, Frau Semmler«, sagte Katharina freundlich, und die Tür schloß sich wieder.

Renate lag auf ihrem Bett und las in der BRAVO. »Da bist du ja endlich«, sagte sie, ohne das Heft wegzulegen.

»Warum bist du nicht gekommen? Ich habe auf dich gewartet, über eine Stunde.«

»Hab dich nicht so. Der Zug hatte so viel Verspätung, daß ich keine Lust mehr hatte, nach Friedberg zu fahren. Da bin ich noch ein bißchen spazierengegangen.«

»Spazieren! Womöglich in der Goethestraße!«

»Na und?« Renates Stimme bekam sofort den unangenehmen, hellen Klang, den Katharina so fürchtete.

Katharina sagte nichts. Sie hatten sich gegenseitig versprochen, dort nur zusammen hinzugehen. Sorgfältig stellte sie den nassen Schirm ins Waschbecken und zog ihren Mantel aus.

»Immerhin gab's was zu sehen«, sagte Renate.

»So? Aha.«

Katharina markierte Desinteresse, tatsächlich brannte sie vor Neugier. Wie viele ereignislose Stunden hatten sie schon vor der Goethestraße 14 verbracht. Wartend, immer wartend auf einen Blick wenigstens. Ein Autogramm vielleicht. Ein Foto, eine Berührung!

Renate hatte ein Foto. Eins, auf dem ER sie im Arm hielt, ER stand neben ihr, lässig, männlich. Göttlich. ER trug einen Stahlhelm, und sie durfte seine Militärkappe tragen. Und ER hatte den Arm um ihre Schulter gelegt! Katharina hatte das Foto gemacht und es dann schlicht nicht fertiggebracht, sich neben IHN zu stellen. Ihre Füße hatten sich nicht bewegen wollen. Starr war sie auf der Stelle klebengeblieben, bis ER in SEIN Auto gestiegen und verschwunden war. Immer noch und immer wieder haßte sie sich für ihre Schwäche, die Renate gar nicht aufgefallen war. Renate fand es völlig normal, daß sie ein Foto hatte und Katharina nicht. Und Katharina wußte, daß sie recht hatte: Es war normal, es war wie immer. Renate war die Schöne und Starke, und sie, Katharina, durfte froh sein, in ihrer Nähe mitlaufen zu dürfen. Sie hätte sich ins Bett legen und weinen mögen, einen ganzen Nachmittag lang. Renate hatte ihren Schmerz noch vertieft mit der schwelgerischen Beschreibung ihrer Gefühle, als sie SEINE Hand fühlte, über ihre Bluse streichen und ganz, ganz sanft ihre Brust berühren, während SIE SEINE HAND IN IHRER HIELT!

Renate war am Ziel ihrer Träume gewesen, für diesen Nachmittag. Doch natürlich ging es immer weiter. Jetzt brauchte sie ein Autogramm *auf dieses Foto!* Also weiter warten. Manchmal kam ER tagelang gar nicht, und sie wußten nicht, wo ER war und wann ER wiederkam.

Und heute brauchte Renate nur durch die Straße zu spazieren, mitten in der Nacht, und schon gab es was zu sehen.

Katharina zog den Vorhang des halbhohen Schrankes zur Seite, der ihr Bett verbarg, klappte es herunter und setzte sich auf die Matratze. Sie streifte die durchnäßten Halbschuhe ab, die dunkelbraunen mit den flachen Absätzen, und sah zu dem Tischchen neben Renates Bett, auf dem ein Dutzend kleiner und großer Bilderrahmen um eine zwanzig Zentimeter hohe Statuette herum gruppiert waren. Drei kleine Kerzen brannten vor der Figur, die IHN darstellte, in einem dunkelblau glitzernden Anzug, die Knie zu einem halben Tanzschritt verdreht, SEINE Gitarre haltend. In den Rahmen waren Fotos und Zeitungsausschnitte. Es hatte großen Streit mit Frau Semmler gegeben, als sie die Bilder aufhängen wollten: Die mit grünen Blumen gemusterte, dunkelgelbe Tapete war erst drei Jahre alt, Nägel und Nadeln durften sie nicht beschädigen. Am Ende hatte Frau Semmler ihnen das Tischchen zur Verfügung gestellt. Kostenlos, wie sie seitdem jede Woche betonte, wenn Katharina ihr die Miete brachte.

»Jetzt sag schon. Was war los?« fragte Katharina endlich, um einen gleichmütigen Klang ihrer Stimme bemüht.

»Ach, eigentlich … eigentlich gar nichts.« Renate blätterte gelangweilt in ihrem Heft.

Katharina schickte einen flehenden Blick zum Nachthimmel hinter der regenbeschlagenen Fensterscheibe.

»Nur Vernon …«, fuhr Renate endlich fort. »Er kam mit dem Sportwagen … Er hatte jemanden dabei.« Ihre Stimme verriet, daß ihr das nicht paßte.

»Ach, du weißt doch, daß er oft –«

»Nichts weiß ich!«

Katharina sah sie an, doch Renate starrte nur in ihre BRAVO. Vernon lächelte Renate zu, wenn er aus dem Haus kam. Und sie lächelte zurück. Auf ihre Art. *Diese* Art. Und Katharina wußte, daß Renate ihn schon für sich verbucht hatte. Ausgerechnet Vernon.

»Was findest du eigentlich an ihm?

Renate sah sie an, als zweifle sie an dem Gehörten. »Er ist SEIN Vater!«

Ja, dachte Katharina. SEIN Vater. Das war etwas, das sie sich nicht vorzustellen vermochte. Natürlich, es gab eine gewisse Ähnlichkeit. Aber dieser Mann … Nichts von dem, was sie an IHM liebte und bewunderte, fand sich bei SEINEM Vater. Nichts von der Sanftheit, von den Augen, die so tief und wissend geradewegs in ihr Inneres blickten, nichts von dem weichen, so liebebedürftig wirkenden Gesicht. All dies mußte aus einer anderen Wurzel gewachsen sein, es mußte von SEINER Mutter kommen – Gladys. Doch Gladys war tot, gestorben im letzten August, und ER trauerte, und Katharina verstand IHN wie eine Schwester.

»Sie muß eine großartige Frau gewesen sein«, sagte sie leise.

»Wer?« fragte Renate irritiert.

»Wer! Gladys natürlich!«

»Gladys? Ach so. Wie kommst du jetzt auf die?«

Katharina schwieg. Renate bemerkte ihre Empörung nicht, sie erzählte mit ihrer indignierten Stimme einfach weiter.

»Vernon kam angerast wie von der Tarantel gestochen. Nicht so wie sonst – schlimmer. Ich sah ihn um die Ecke biegen, er ist richtig ins Schleudern gekommen. Und dann sind er und so eine aufgetakelte Gans aus dem Wagen gesprungen und ins Haus gerannt. Also richtig gerannt, wenn du verstehst, was ich meine. Als wäre der Leibhaftige hinter ihnen her. Alle beide.«

»Was kann ihnen denn passiert sein?«

»Wahrscheinlich hatte er Durchfall.«

»Und wer war die Frau? Kanntest du sie?«

»Nein. Es war keine von den Fans.«

»Na, Gott sei Dank.«

»Was soll das schon wieder?«

»Ich mein nur, wegen Magda ...«

Renate stieß ein böses Zischen aus, als Katharina den Namen erwähnte. Anfangs waren sie alle drei Freundinnen gewesen, doch dann hatte Vernon Magda ins Haus eingeladen, und das hatte Renate ihr nicht verziehen. Katharina hatte sich nur noch hinter Renates Rücken getraut, mit Magda zu reden. Doch als sie gefragt hatte, wie ER gewesen sei, hatte Magda nur beredt geschwiegen und gelächelt. Sie zählte zu den Fans, zu den richtigen. Nicht zu denen, die nur übers Wochenende oder während der Ferien hier waren, oder zu den Kurgästen, die jeden Tag die Goethestraße bevölkerten. Magda hatte ein Zimmer, genau wie Katharina und Renate. Doch vor drei Wochen war sie verschwunden, ohne Abschied, einfach so. Katharina vermißte sie, obwohl sie nicht einmal ihren Nachnamen kannte.

»Es spielt ja auch keine Rolle. Vernon ist ein erwachsener Mann«, sagte Renate, und ihr entschiedener Ton beendete das Thema. Kopfschüttelnd starrte sie in die BRAVO. »Was ER nur an dieser Tschechowa findet?«

Sie hatten beobachtet, vor drei Wochen, wie ER in das Taxi gestiegen war, gekleidet in ein umwerfendes, längsgestreiftes Jackett, den Kragen hochgestellt. Das ganze Wochenende war ER fort geblieben. Letzte Woche dann waren die Fotos von SEINEM Besuch in München erschienen. Morgen kam bereits die neue BRAVO, aber Renate regte sich immer noch auf. Katharina verstand sie nicht: Die Tschechowa war ein Star – sie hatte IHN verdient.

»Heute war ein toller Junge im ›Ratskeller‹. Er sah traumhaft aus«, sagte Katharina, um das Thema zu wechseln.

Renate antwortete mit einem gelangweilten »Aha«.

»Ja, du hast was verpaßt.«

»Ich nehme an, du hast ihn kennengelernt?« fragte Renate mit triefendem Spott in der Stimme.

»Nein ... Ich werfe mich doch nicht sofort jemandem an den Hals, bloß weil er gut aussieht.«

»Ach, Katharina ...« Renate lachte. »Wie sah er denn aus?«

Katharina mühte sich, ihn zu beschreiben, aber was sie so fasziniert hatte, das Unterschwellige, Traurige in seiner gelassenen Ausstrahlung, vermochte sie nicht in Worte zu fassen. So beschränkte sie sich auf seine Kleidung. Von seinen Lippen erzählte sie nicht.

»Er sah einfach gut aus«, endete sie. »Und er hat ein richtiges Motorrad.«

»Ein richtiges? Hört sich ja toll an. Den werde ich mir wohl angucken müssen«, sagte Renate.

»Wer weiß, ob er wiederkommt«, antwortete Katharina hastig. Die Aussicht, ihre Entdeckung möglicherweise an Renate zu verlieren, erschreckte sie.

»Ja, wer weiß. Vielleicht hattest du nur diese eine Chance!« Renate stand von ihrem Bett auf und trat vor das Tischchen. »Morgen bekomme ich mein Autogramm. Garantiert«, sagte sie.

»Frag doch einfach Vernon, vielleicht gibt *er* dir ja eins«, antwortete Katharina, doch ihr Versuch, den Spott zurückzugeben, prallte an Renate einfach ab.

»Was soll ich mit einem Autogramm von Vernon? Wenn ich Vernon um etwas bitten würde, dann ...«

»Dann was?«

»… dann würde es sich auch lohnen.« Renate klang plötzlich sehr ernst. Sie hockte vor ihrem Altar und starrte in die Kerzen.

Auch Katharinas Blick hing an der Statue. Die Gitarre ist nicht richtig, dachte sie. So hält ER sie nicht, wenn ER spielt. Sie setzte sich auf und begann, sich auszuziehen. Renate verließ das Zimmer, um zur Toilette zu gehen. Katharina wartete, bis sich die Tür hinter ihr geschlossen hatte. Dann kniete sie vor ihrem Bett nieder, dem Altar den Rücken zuwendend, und faltete die Hände. Mit geschlossenen Augen betete sie einen Moment still, dann sah sie zur Decke und sagte fest: »Bitte paß auf Reni auf.« Zögernd kaute sie auf ihrer Unterlippe, dann flüsterte sie mit gesenktem Blick: »Und bitte laß ihn wiederkommen. Amen.« Das Geräusch der Wasserspülung drang durch die Wand. Schnell stand sie auf und ging zum Waschbecken, um sich die Zähne zu putzen.

# DIENSTAG

Es war kurz vor neun, als Summers das Gebäude der CIA-Dienststelle in Ziegenberg betrat. Auf dem Flur vor den Büros wurde er von Gordon abgefangen, der vorsichtig einen Becher Kaffee auf einem Aktenstapel balancierte. Mit dem Kinn wies Gordon auf den Karton, den Summers unter dem Arm trug.

»Was ist da drin?« fragte er.

»Spuren«, sagte Summers.

»Aha? Noch Überstunden gemacht gestern?«

»Genau.«

»Gut. Ich muß dich nach der Sitzung noch kurz sprechen, Pete«, sagte Gordon, als sie die Tür am Ende des Flurs erreicht hatten. Gemeinsam betraten sie den kleinen Raum, sie waren die letzten. Bud James und George »Dixie« Schick saßen mit dem Rücken zum Fenster und rauchten mit gelangweilten Gesichtern. Bud wirkte verschlafen. Jack Krieger und Jack Togar, zur besseren Unterscheidung nur Krieger und J.T. genannt, saßen ihnen gegenüber. J.T. hielt die Augen geschlossen, während Krieger in der »Wetterauer Zeitung« blätterte.

Das war das Team »King«. Nach Summers' Ansicht war außer Krieger keiner von ihnen zu gebrauchen. Bud James mußte noch ein paar Jahre auf die Weide, bis man etwas mit ihm anfangen konnte. Dixie und J.T. waren völlige Trottel.

»Mach mal das Fenster auf, Dixie«, blaffte Gordon, nachdem er den Becher und die Akten sicher auf seinem Tisch plaziert hatte. Krieger faltete die Zeitung geräuschvoll zusammen. Gordon nahm einen Schluck Kaffee, bevor er anfing.

»Also. Gestern nacht ist der Ernstfall eingetreten. Wir sind angegriffen worden, so viel werden ja alle schon wissen. Die Faktenlage ist dünn: Versuchter Anschlag auf den BMW mit einer deutschen Weltkrieg-II-Panzerfaust, Modell 30. Herkunft nicht zu klären, der oder die Täter flüchtig, wahrscheinlich mit einem Motorrad. Tatort: die Landstraße zwischen Ockstadt und Bad Nauheim, Nähe Kilometerstein 2. Ich hab hier eine Karte, häng die mal auf, Bud.« Er schob Bud

James eine Landkarte zu. Bud begann umständlich, sie aufzufalten, dann sah er sich hilfesuchend um.

»Ich habe keine Nadeln«, sagte er.

Gordon schloß die Augen für einen Moment. »Mach's nachher«, sagte er auffällig ruhig, bevor er die Augen wieder öffnete und fortfuhr: »Tatzeit: dreiundzwanzighundertfünfundvierzig, Tatzeugen: ›Senior‹, der am Steuer saß, die Beifahrerin – eine noch unbekannte, etwa zwanzigjährige Frau, blond, circa fünfeinhalb Fuß groß – und der Kollege Summers. Die Tatwaffe, wie bereits erwähnt eine Panzerfaust, versagte, was zu einem kleineren Brand führte. Die örtlichen Behörden sind nicht informiert. Wir müssen mit Wiederholung eines Anschlags rechnen. Summers hat noch ein paar Sachen gefunden, wenn ich nicht irre.«

Summers öffnete den Karton. Er räusperte sich, bevor er sprach.

»Der Täter ist wahrscheinlich mit einem relativ schweren Motorrad in Richtung Bad Nauheim geflohen.« Er zog seinen Füllhalter aus der Brusttasche und hob damit den Perlonstrumpf aus dem Karton. Bud und J.T. begannen zu kichern. »Möglicherweise hat er sich hiermit maskiert, das ist aber nur eine Hypothese. Ich habe sonst nur noch Kleinkram hier, das muß alles erst ins Labor, bevor wir was sagen können.«

»Wie sicher ist das mit dem Motorrad?« fragte Krieger.

»Ziemlich, würde ich sagen.«

Krieger malte mit einem Kugelschreiber Muster auf den Rand seiner Zeitung. »Also maximal zwei Täter«, sagte er.

»Richtig. Nach der Spurenlage nur einer.«

»Und die Fluchtrichtung?«

»*Wenn* er mit dem Motorrad geflohen ist, ist sie sicher, sonst nicht.«

Krieger malte schweigend weiter seine Ornamente.

»Gut. Meinungen«, sagte Gordon.

Summers fand es zu früh, dem Team das Wort zu geben. Gordon drückte sich vor den nötigen Entscheidungen.

»Was sagt Langley?« fragte J.T.

Summers unterdrückte den Impuls, das Gesicht zu verziehen. J.T. fragte immer erst nach der Meinung der CIA-Zentrale in Langley, bevor er seine eigene äußerte.

»Was sollen die sagen. Die wissen im Moment weniger als wir«, antwortete Gordon, seine Stimme klang gequetscht. »Und General Thornhill ist zur Zeit noch in Berlin. Wenn er heute abend zurück ist, werde ich mich sofort mit ihm in Frankfurt treffen ...«

Summers wartete, aber Gordon sprach nicht weiter. Es wäre sein Job gewesen, eine Einschätzung abzugeben. Wieder räusperte Summers sich, bevor er selbst zu reden begann.

»Die vorrangige Frage im Moment ist, wem der Anschlag galt. Das ist zunächst wichtiger als die Frage nach dem Täter, wenn wir unsere Schäfchen wirkungsvoll schützen wollen.«

Gordons Gesicht legte sich in Falten, er wußte, er mußte jetzt etwas sagen. Alle im Team sahen ihn an.

»Das zielte nicht auf ›Senior‹«, sagte er endlich. »Man hat uns offensichtlich nicht ohne Grund zum Schutz von ›Junior‹ abgestellt. Ich habe bereits zusätzliche Leute angefordert, bis die hier sind, wird der Junge mit höchster Priorität überwacht. Sobald er die Kaserne verläßt, ist der Schutz der anderen Personen zweitrangig. Die Einsatzpläne bleiben erst mal in Kraft, aber haltet um Gottes willen die Augen offen. Für heute ist kaum mit einem neuen Anschlag zu rechnen, morgen wohl auch nicht, das muß ja vorbereitet werden. Aber die Wahrscheinlichkeit eines weiteren Versuches wird mit der Zeit immer größer.« Er holte Luft.

Summers sah die anderen nicken. Alle hatten Gordons Unsicherheit bemerkt, aber unabhängig davon hatte er mit seiner letzten Bemerkung natürlich recht.

»Wenn es keine weiteren Fragen mehr gibt, geht auf eure Posten«, sagte Gordon. »Wir treffen uns morgen um die gleiche Zeit wieder.«

Mit geräuschvollem Stühlerücken erhob sich das Team, und die Männer verließen den Raum. Gordon sah Summers an, als J.T. die Tür hinter sich geschlossen hatte. Summers wartete.

»Ich wünschte, ich wäre mir so sicher über das Ziel«, sagte Gordon, nachdem er sich eine Zigarette angezündet hatte.

»Es geht doch in allererster Linie um ›Junior‹«, sagte Summers. »Wen kümmert der Vater?«

Gordon stieß mit wütendem Schnauben Rauch aus den Nasenlöchern. »Langley kümmert er. Sie haben mir einen Stall voll Irrer anvertraut, und sie wollen alle heil zurück. Nicht nur den Oberirren.« Er rieb sich die Augen und seufzte. »Am Anfang war alles so einfach. Er wohnte in der Kaserne, und wenn er mal rauskam, konnten wir ihn bequem zu zweit im Auge behalten. Überhaupt kein Problem. Aber dann hat er seine beiden debilen Kumpels nachgeholt *und* seinen Vater *und* die Oma! Und Langley hat sie mir alle aufs Auge gedrückt. Captain

Gordon, bitte sehr: Ihr Kindergarten. Ich hab fast geschrien.«

Summers griff nach Gordons Schachtel und nahm sich eine Zigarette. Er kannte diese Geschichte auswendig. Gordon erzählte sie bei jeder passenden und unpassenden Gelegenheit. Heute paßte sie wenigstens.

»Wer, glaubst du, steckt dahinter?« fragte er und riß ein Streichholz an.

Gordon schüttelte resigniert den Kopf. »Ich habe keine Ahnung. Aber eine Tatsache ist: Die Roten drüben stehen Kopf. Die meinen das wirklich ernst mit der imperialistischen Bedrohung durch Rock 'n' Roll. Ich habe letzte Woche noch das Protokoll einer geheimen ZK-Sitzung gelesen. Die haben einen Anstieg der Jugendkriminalität von fast sechzig Prozent seit 1950. Das ist verdammt viel, und das können sie natürlich niemals zugeben. Schon gar nicht können sie daran selbst schuld sein, schließlich ›verbessern‹ sie ja die Menschen. Also sind wir es gewesen. Wir haben Elvis Presley erfunden, um den Sozialismus zu destabilisieren. So sieht's aus.«

»Und? Stimmt das?«

»Quatsch!« Mit ärgerlichem Gesicht zog Gordon an seiner Zigarette.

»Wieso eigentlich Quatsch, Terry? Es dürfte für dich doch kein Geheimnis sein, daß wir regelmäßig Musiker auf Tournee schicken. Überall auf der Welt, wo man uns nicht glauben will, daß wir die Guten sind, tritt über kurz oder lang ein Gospelchor auf. Oder eine Big Band. Oder man führt ›Porgy and Bess‹ auf. Kosten spielen keine Rolle. Wir liefern die Show und führen gleichzeitig den Unterdrückten dieser Erde unseren vorbildlichen Umgang mit der farbigen Bevölkerung vor.«

»Und die Russen schicken uns das Bolschoi-Ballett als Vergeltungsmaßnahme. Weiß ich alles. Das gilt allerdings so gerade noch für Jazz, aber niemals für Rock 'n' Roll. Ganz und gar nicht. Davor haben unsere Eierköpfe selbst zuviel Angst. Hast du schon mal ein Rock 'n' Roll-Konzert gesehen? Rock 'n' Roll können sie nicht kontrollieren. Dabei hätten wir was Besseres gar nicht erfinden können. Für die drüben muß das ein Alptraum sein: Horden von Irren, die Konzertsäle auseinandernehmen, statt für die Revolution zu marschieren. Kein Wunder, daß die was unternehmen.«

»Meinst du, die würden eine Panzerfaust benutzen?«

»Klar. Fehlfunktionen kann es immer geben, Pech gehabt. Dafür hinterläßt sie keinerlei Spur, die zu ihnen führt. Sie kann von überallher kommen. Aber hast du mit so einem Ding schon mal geschossen? Man muß sich schon einiges zutrauen, wenn man damit einen fahrenden Wagen treffen will. Das ist etwas für einen Spezialisten. Und wenn die tatsächlich Ernst machen, haben wir keine Chance, ›Junior‹ wirklich zu schützen.«

Gordon seufzte erneut. Seine Verzweiflung ging Summers auf die Nerven. Wahrscheinlich war man in Langley froh gewesen, einen Job zu finden, mit dem Gordon zurechtkam, und nun überforderte ihn sogar ein Kindergarten.

»Wenn ihm was zustößt, reißen sie mir den Kopf ab«, flüsterte Gordon. »Und wenn es dann noch tatsächlich die Roten waren –«

»Warum wolltest du mich eigentlich sprechen?« unterbrach ihn Summers.

»Ach so, ja. Es geht um die Neuen. Sie haben nicht viele Leute frei im Moment, deswegen kriegen wir aus Frankfurt einen *rookie*. Frisch aus den Staaten. Kann aber angeblich gut Deutsch.«

Summers verzog das Gesicht. »Und den soll *ich* einarbeiten?«

»Ja, so hatte ich mir das gedacht.«

»Laß es Krieger machen«, sagte Summers.

»Ich brauche Krieger, um J.T. unter Kontrolle zu halten, und Dixie hat genug damit zu tun, auf sich selbst aufzupassen. Bud habe ich dir bereits abgenommen, jetzt komm mir auch mal ein bißchen entgegen. Es könnte sogar ganz reizvoll werden.«

»Was soll das heißen?« fragte Summers mißtrauisch.

Gordon blätterte angelegentlich in seinem Aktenstapel.

»Unser neues Teammitglied ist, ähm ... weiblich«, sagte er schließlich und hielt Summers ein Foto hin. »Ganz hübsch. Sie heißt Julia Foster.«

Summers stöhnte auf. Wütend rammte er die Zigarette in den Aschenbecher.

»Es ist doch nicht für lange. Sobald es geht, wird sie allein eingesetzt.«

Summers starrte schweigend aus dem Fenster. Er hatte schon *rookies* erlebt, die nie allein eingesetzt werden konnten.

»Ich danke dir für dein Verständnis«, sagte Gordon. »Da wäre noch was ... das ist mir ein bißchen unangenehm ... es geht um die Wohnung.«

»*Was?*« fragte Summers.

»Nun, irgendwo müssen wir sie ja unterbringen ...«

»Kommt nicht in Frage!«

»Summers, nicht in dem Ton. Ich kann die ganze Sache auch einfach befehlen, dann ist Ende der Diskussion!«

Summers zog die Brauen hoch. So energisch hatte er Gordon selten erlebt.

»Entschuldige«, sagte er und starrte weiter aus dem Fenster. Es hatte wieder zu regnen begonnen. »Kann sie nicht nach Friedberg zu den Krankenschwestern?«

Gordon brummte unwillig. »Ich werde sehen, was sich machen läßt«, sagte er.

Und wann kommt sie? wollte Summers gerade fragen, als es an der Tür klopfte.

»Das ist sie wahrscheinlich schon. Tu mir den Gefallen und erschreck sie nicht gleich, dafür hast du später noch genug Gelegenheit«, sagte Gordon, bevor er »Herein!« rief.

*

Mit zusammengekniffenen Lippen schloß Kommissar Grasshoff die Haustür hinter sich. Er hatte das Gejaule des Plattenspielers bis auf die Straße gehört.

»Hans-Gerd!« brüllte er die Treppe hoch, mit der Stimme, die er sich vor fünfzehn Jahren als Feldwebel antrainiert hatte.

Gerda streckte den Kopf aus der Küchentür, und ihr Gesicht hatte den Ausdruck der verzweifelten, um Gnade bittenden Mutter, der ihn genauso auf die Palme bringen konnte wie ihr mißratener Sohn mit seinem Hottentottengetöse.

»Hans-Gerd!« Seine Stimme war kurz vor dem Überschlagen.

Er sah, daß die Lippen seiner Frau sich bewegten.

»Paul, bitte«, waren die Worte, die sie unhörbar hauchte. Nicht, daß er Lippenlesen konnte, es waren nur immer dieselben Worte, er kannte sie zur Genüge. Die Tür zu Hans-Gerds Zimmer blieb zu. Grasshoff stampfte die Treppe hinauf, ohne seine Frau anzusehen. Er wußte auch so, daß ihre Gesichtszüge jetzt entgleisen würden, während sie ein blütenweißes Taschentuch aus der Schürzentasche nestelte.

Grasshoff stieß die Tür zum Zimmer seines Sohnes auf. »Ich habe gerufen!« brüllte er.

Hans-Gerd hing in schlapper Haltung in einem Sessel, auf dem Schoß einen Stapel kleiner Schallplatten. Gemächlich beugte er sich zu dem Plattenspieler auf dem Fußboden und nahm die Nadel von der Scheibe.

»Hallo Paps, ich hab dich nicht gehört, die Musik war so laut«, sagte er und grinste ihn an.

»Das habe ich gemerkt!« Grasshoffs Stimme wurde keinen Deut leiser. »Bis auf die Straße! Ich hab dir schon tausendmal gesagt, ich will dieses Negergeheul nicht –«

»Das waren keine Neger. Das waren nur Weiße. Little Anthony and the Imperials waren das«, unterbrach ihn Hans-Gerd mit unschuldigem Gesichtsausdruck.

»Littelpapperlapapp! Ich! will! an meinem! Feierabend! nicht! dieses Getöse! in meinem! Haus haben!«

»Mamili hat mir gar nicht gesagt, daß du schon da bist.«

Grasshoffs Schultern sanken nach unten, während er auf seinen sechzehnjährigen Sohn hinuntersah. Mamili! Es war hoffnungslos. Als er in diesem Alter gewesen war, hatte er gewußt, wie man anständig und gerade saß und wie man mit seinem Vater zu reden hatte. Aber sein Sohn würde es nicht mehr lernen. Die Haare hingen ihm über die Augen, und er würde eine halbe Stunde benötigen, um sie in die Form zu bringen, die sie seiner Meinung nach haben mußten. Seine Frau brauchte nur eine Viertelstunde länger. Er hatte sich seinen Jüngsten genauso stramm und sportlich gewünscht wie dessen Bruder, mit akademischen Ambitionen vielleicht, und jetzt stand er vor einem fast erwachsenen Jungen, der sich um nichts kümmerte, weil er wußte, daß »Mamili« auf ihn aufpaßte.

»Ich mach leiser«, sagte Hans-Gerd freundlich, »ich muß eh gleich weg.«

»Schon gut«, sagte Grasshoff. Mit resigniertem Gesichtsausdruck drehte er sich um und verließ das Zimmer seines Sohnes.

»Wieso erlaubst du ihm eigentlich, den Plattenspieler oben zu haben?« fragte er, während er seinen Mantel an die Garderobe hängte.

»Wir haben unten doch das Tefifon«, antwortete seine Frau. »Wie war's im Büro?«

»Wie immer«, brummte Grasshoff. Er trottete ins Wohnzimmer und nahm am gedeckten Tisch Platz, in Gedanken noch bei seinem Sohn Hans-Gerd. Zum wohl hundertsten Mal rechnete er an der Zeitspanne zwischen seinem Fronturlaub und Hans-Gerds Geburt herum. Sie kam ihm wie immer zu lang vor, aber schon damals hatte ihm der Feldgeistliche versichert, so was könne vorkommen.

Gerda trug einen Suppentopf herein. Grasshoff sah sie an. Sie war in die Breite gegangen in den letzten Jahren. Damals, vor dem Krieg, war sie eine überaus reizvolle Erscheinung gewesen, und es hatte etliche Mitbewerber gegeben um die kleine, schlanke Tochter des Rauchwarenhändlers.

»Habt ihr viel Arbeit?« fragte Gerda, während sie ihm Graupensuppe in den Teller füllte. Grasshoff seufzte. Irgendwann, noch im Krieg mußte das gewesen sein, da hatte er Gerda erzählt, er liebe Graupensuppe. Seitdem gab es sie regelmäßig, und er hatte sehr bald feststellen müssen, daß es nur und ausschließlich die Graupensuppe seiner Mutter war, die er liebte.

Irgendwann muß ich es ihr sagen, dachte er. Gleich morgen am besten.

»Hörst du mir eigentlich zu?«

»Bitte?« Grasshoff schreckte hoch.

»Ich hatte dich etwas gefragt, Paul«, sagte Gerda auf ihre bedrohlich freundliche Art.

»Entschuldige. Was denn bitte?«

»Ob ihr zur Zeit viel Arbeit habt in deinem Kommissariat.«

Grasshoffs Augenbrauen hoben sich alarmiert. Wenn Gerda von *seinem* Kommissariat sprach, war etwas im Busch.

»Warum fragst du?« Er versuchte, das Mißtrauen aus seiner Stimme zu halten.

»Oh, ich dachte … Hast du genug Suppe?«

Grasshoff nickte mit vollem Mund.

»Maggi?«

»O ja, bitte.«

»Frau Goldammer … du kennst doch Frau Goldammer?«

»Nein«, sagte Grasshoff.

»Doch natürlich, aus der Luisenstraße.«

Grasshoff schüttelte den Kopf. »Kenn ich nicht.«

»*Doch*, Paul! Du kennst sie. Ihr Mann ist in El Alamein gefallen.«

»Da ist er nicht der einzige.«

»Paul! Nun red nicht so!«

Grasshoff resignierte. »Jaja. Was will sie denn.« Lustlos rührte er in der Suppe.

»Frau Goldammer hat doch vermietet, den ersten Stock, die Flüchtlingsfamilie ist ja nun schon eine Weile raus, und jetzt, wo auch die Kinder aus dem Haus sind, hat sie ja genug Platz, und da hat sie gedacht, warum nicht, und hat einfach in Friedberg beim Ami angefragt, ob der was braucht, weil du weißt ja, die sind nicht kleinlich, auf die Mark gucken die ja gar nicht, aber die in Friedberg haben ihr gesagt, sie bräuchten gerade nichts, aber sie soll mal in Frankfurt anrufen, und da ging dann wohl auch was nach vielem Hin und Her, jedenfalls hat Frau Goldammer, sie hat zu dem Mann auf dem Office gesagt, sie möchte aber einen ruhigen, älteren Herrn und zwar alleinstehend, und der vom Office hat dann gesagt, er wolle gucken, was er machen könne, aber der Mann, der dann kam, war erst Mitte Dreißig und *sehr, sehr* unfreundlich, sagt Frau Goldammer, obwohl er gut aussieht, das muß man zugeben, hat Frau Goldammer gesagt, aber *so un*freundlich! Er hat nicht mal mit ihr einen Kaffee trinken wollen und sagt ihr gerade nur die Tageszeit, und er kommt immer erst nach Mitternacht nach Hause, und weißt du, was er dann macht?«

Grasshoff sah zu dem kleinen Holzkruzifix über der Wohnzimmertür und schluckte die Suppe herunter. Den ganzen Tag hatte er über den Akten eines fast acht Jahre alten Mordfalles verbracht, dessen Hauptverdächtiger gerade von der Polizei in der Ostzone festgenommen und sofort ausgeliefert worden war, obwohl der Mann als Kommunist galt. Jetzt wollte der Staatsanwalt eine wasserdichte Aktenlage von ihm, aber kaum jemand konnte sich noch an den Fall erinnern, und es langweilte ihn zu Tode.

Und das hier, dachte er, das ist dein Feierabend.

»Weißt du, was er macht, *nach Mitternacht*?« insistierte seine Frau in sein Schweigen hinein.

Grasshoff sah sie mit halboffenem Mund an. »Nein«, flüsterte er.

Gerdas Gesicht strahlte in freudigem Triumph.

»Er *duscht*!«

Grasshoff regte sich nicht, immer noch sah er mit hängendem Unterkiefer seine Frau an.

»Aha«, stieß er hervor, ohne den Mund zu bewegen.

»Jawohl. Das mußt du dir mal vorstellen, das steht doch im Mietvertrag, das ist verboten. Nach zehn Uhr Duschen oder Baden ist verboten, hab ich recht? Und als Frau Goldammer ihn dann darauf angesprochen hat, weißt du, was er da getan hat?«

Paul Grasshoff begann zu verstehen, was seine Frau von ihm wollte. Sein Gesicht spannte sich.

»Du wirst es nicht glauben«, sagte Gerda.

Natürlich glaubte Grasshoff es. Er mußte sich nur einen unfreundlichen, gutaussehenden, etwa fünfunddreißigjährigen Amerikaner vorstellen, der in einem von seinem Volk besiegten und besetzten Land von seiner Vermieterin zur Rede gestellt wird, weil er vor dem Schlafengehen zu duschen gewagt hatte.

»Er hat sie ausgelacht«, sagte er.

Maßlose Enttäuschung spiegelte sich in Gerdas Gesicht. Ihre wohlgeplante Dramaturgie war geplatzt.

»Ja, genau«, sagte sie scharf.

Grasshoff stützte die Ellbogen auf den Tisch und rieb mit beiden Händen seine Augen. Zwanzigster Hochzeitstag, dachte er, im Juni. Nicht vergessen.

»Jedenfalls hat mich Frau Goldammer heute morgen auf dem Markt gefragt, ob du …?«

*»Was!«* zischte Grasshoff zwischen seinen Händen hervor.

»Na ja, sie meint, wo du doch bei der Polizei bist, du könntest doch bestimmt …«

Grasshoff war stolz auf seine Hände. Sie waren wohlgeformt, groß, aber nicht zu groß, und sehr kräftig. Er pflegte sie mit einer gewissen Hingabe, die unter Männern nicht sehr verbreitet war. Jetzt, in diesem Moment, schienen seine Hände ein Eigenleben zu entwickeln: Sie ballten sich. Direkt vor seinen Augen, die sie kurz zuvor noch so vorsichtig massiert hatten, ballten sie sich zu Fäusten, auf ihrem Rücken traten Adern und Sehnen hervor, was sie noch kräftiger aussehen ließ; so hoben sie sich ein gutes Stück, verweilten ein wenig, um dann mit aller Gewalt, zu der sie fähig waren, auf den Tisch zu krachen. Der leere Suppenteller hob sich weit, und der darinliegende Löffel rutschte bei der anschließenden Landung mit protestierendem Klirren auf die Tischplatte.

»ICH BIN BEI DER KRIMINALPOLIZEI!« brüllte Grasshoff. »Ich verbitte mir, mit so etwas belästigt zu werden. Von irgendeiner Frau Goldammer genauso wie von meiner Ehefrau! Was zum Teufel bildet ihr euch eigentlich ein? Wer bin ich denn! Duschen! Ihr habt sie doch nicht alle!« Er sprang auf, sein Stuhl fiel rumpelnd nach hinten.

»Paul?« sagte Gerda entgeistert.

Grasshoff ging in die Diele und zog seinen Mantel über.

»Paul, gehst du weg?«

»Ja«, sagte Grasshoff und griff nach dem Hut mit dem Gamsbart, den er sonst nur sonntags trug.

»Und wohin gehst du?« fragte seine Frau.

»Zum Stammtisch«, antwortete er und trat aus der Tür.

»Aber du gehst doch nie zum Stammtisch«, sagte Gerda, doch das hörte er bereits nicht mehr.

*

Etwa dreißig Mädchen und ein knappes Dutzend Jungs standen auf dem Bürgersteig vor dem Haus herum. Die Jungs trugen Schwarz, ein oder zwei Jacken mochten sogar aus Leder sein.

Halbstarke, dachte Summers. Ein deutsches Wort, das ihn immer aufs neue amüsierte. Einer, erkennbar der Häuptling, versuchte vergebens, einer zierlichen Brünetten eine Zigarette anzudrehen. Sie trug einen engen schwarzen Rock und hochhackige Schuhe, auf den Rücken ihres Jeansblousons war mit silbernem Faden der Name ihres Helden gestickt. Summers glaubte kaum, daß ein magerer Fünfzehnjähriger sie beeindrucken konnte.

Es waren sehr unterschiedliche Mädchen da. Es gab Ballerina- und Stöckelschuhe, weite Pullover und Petticoats, enge Hosen und brave Röcke. Wie jeden Tag standen sie hier, seit Stunden schon, redeten, saßen auf dem Boden herum, wenn das Wetter es erlaubte.

Plötzlich kam Bewegung in die Gruppe. Ein junger Mann war aus der Tür an der linken Seite des Hauses getreten.

»Red! Schaut mal, da kommt Red. Huhu, Red!«

Ein Mädchen schubste andere beiseite und stürmte auf das Gartentor des Hauses zu. Summers erkannte Renate. Es gelang ihr, als erste unmittelbar davor zu stehen. Der bullige, rothaarige Mann zog seine Jeans am Gürtel hoch und kam dann mit breiten Schritten die kleine Treppe vor der Haustür herunter. Am Tor blieb er stehen und grinste die Menge vor ihm an.

*»Hi, everybody«*, rief er dröhnend.

Ein wirres, begeistertes Rufen antwortete ihm. Die Stimmen der Jungs übertönten die der Mädchen. Summers wußte, daß sich das heute noch ändern würde.

»Wer ist das?« fragte Julia Foster.

»Red West. Einer der beiden Leibwächter. Guter Freund von Elvis. Highschool-Football-Star. Trottel«, antwortete Summers. Er saß regungslos auf dem Fahrersitz. West schien jetzt mit Renate zu reden. Die anderen drängelten sich hinter ihr und preßten sie gegen das weiße Gartentor.

»So ein Auflauf? Wegen eines Leibwächters?«

»Es sind Kinder«, sagte Summers.

Julia Foster blickte kopfschüttelnd auf das Gewimmel gegenüber. »Geht das immer so?« fragte sie.

»Ja.«

»Ist er denn überhaupt da?«

Summers nickte.

»Wir haben ihn doch gar nicht gesehen. Wie ist er denn reingekommen?«

»Hintenrum.«

Summers sah aus dem Augenwinkel, wie sie tief einatmete; er merkte, sie sammelte sich. Ihr nächster Satz würde mit »Hören Sie, Summers« anfangen.

»Hören Sie, Summers«, sagte sie, den Blick starr geradeaus durch die Windschutzscheibe gerichtet, »ich weiß, ich bin Anfängerin, und ich habe auch gemerkt, daß es Ihnen auf die Nerven geht, mich dabei zu haben. Es war übrigens recht leicht zu merken – nicht zu übersehen, quasi. Aber ich mache hier meinen Job, genau wie Sie, und wenn das Ganze überhaupt *irgend*einen Wert haben soll, dann müssen Sie mir schon ein paar Informationen zukommen lassen. Vorzugsweise freiwillig.« Bekräftigend stieß ihr Kinn nach vorn.

Summers' linker Mundwinkel hob sich ein wenig. Kein schlechter Anfang, dachte er. Gordon hatte recht, sie war hübsch, sogar hübscher als auf dem Foto, wichtiger aber war, daß sie einen wachen und schnellen Eindruck machte. Sie sprach gut und fast akzentfrei Deutsch – ihre Eltern waren in den zwanziger Jahren aus Norddeutschland nach New Jersey ausgewandert.

Julia Foster war schlank und sportlich, die blonden Haare trug sie zu einem Pferdeschwanz gebunden, der ein wenig albern hüpfte, wenn sie ging. Ihre Kleidung – dunkelblaue Hose, flache Schuhe und eine weite graue Windjacke – war angemessen praktisch und unauffällig, etwas, das Summers bei weiblichen *rookies* auch schon anders erlebt hatte. Er zündete sich eine Lucky an, bevor er antwortete.

»Wenn er nicht selbst fährt, wird er in Friedberg an den Ray-Barracks abgeholt, von seinem Vater, einem Leibwächter oder von einem deutschen Taxifahrer, der immer für die Presleys fährt. Heute war es Lamar Fike, der andere Leibwächter. Mit dem Mercedes. Den überwachen Krieger und J.T., sie stehen jetzt in der Uhlandstraße, die hinter dem Haus parallel läuft. Anfangs ist er immer hier vorne rein. Aber er brauchte jeden Tag länger, um durch den Pulk seiner Fans zu kommen. Das konnte schon mal zwei Stunden dauern. Momentan klettert er bei den Nachbarn über den Zaun und geht durch den Garten. Aber das wird auf Dauer auch keine Lösung sein.«

»Warum nicht?«

»Erstens werden die Kids ziemlich bald dahinterkommen, und zweitens ist es nur eine Frage der Zeit, bis einer der Nachbarn ihn erwischt. Und dann möchte ich nicht in seiner Haut stecken. Die Deutschen sind sehr ... ordentlich.«

»Verstehe ... Wenn ich noch eine Anfängerfrage stellen dürfte?«

Summers brummte nur. Wenn ihr was dran lag, konnte sie das als Zustimmung auffassen.

»Stehen wir hier nicht zu auffällig? Zwei von den Mädchen haben eben die ganze Zeit zu uns hergeschaut.«

»Renate und Katharina, ich weiß.«

»Sie kennen sie?«

»Ja.«

»Summers!« Langsam wurde sie wütend.

»Wir können uns hier vor den Fans nicht verstecken. Die stehen immer da und kriegen schon aus reiner Langeweile alles mit. Also müssen wir ihnen was erzählen. Sie halten uns für Reporter. Von der Vancouver Sun. Erinnern Sie Gordon daran, daß er Ihnen einen Presseausweis besorgt.«

»Vancouver Sun? Was ist das für ein Blatt?«

»Keine Ahnung. Noch nie gelesen.«

»Das ist aber keine sehr sorgfältige Legende. Das habe ich anders gelernt.«

»Legende! Es sind *Kinder*, Miss Foster.«

»Sie reden mit ihnen?«

»Natürlich. Manchmal. Es ist auch notwendig, um zu verstehen, was hier eigentlich vor sich geht. Ich muß zugeben, daß ich von Haus aus kein Spezialist für Rock'n'Roll-Fans bin, ich habe hier viel gelernt.

Da gibt es eine richtige Hierarchie. Das hängt mit dem Alter zusammen, aber nicht nur. Unten sind die kleinen Kreischer, dann die Jungs und oben die Mädchen über sechzehn. Katharina und Renate gehören zur gehobenen Kategorie. Die Leibwächter kennen mittlerweile ihre Namen. Sie waren aber noch nicht im Haus.«

»Holen die die Mädels *rein*?« Foster schien schockiert.

»Wie alt sind Sie, Miss Foster?«

»Fünfundzwanzig.«

»Die Jungs da drin sind jünger als Sie. Die kommen aus Mississippi oder Tennessee. Jetzt sind sie hier, endlos weit weg von zu Haus, und vor der Tür warten Mädchen in Schlangen. Was glauben Sie, werden die machen?« Er wies auf die Gruppe der Fans. »Nehmen Sie unsere beiden Freundinnen da drüben. Katharina und Renate sind extra hierhergezogen. Sie kommen aus einem Dorf bei Hannover. Eine Tante hat ihnen Arbeit in der Reifenfabrik besorgt. Davon bezahlen sie ein gemeinsames Zimmer hier in der Nähe. Und jeden Tag nach Feierabend hetzen sie in die Goethestraße, um einen Blick auf ihn zu werfen. Wenn ihnen jemand die Chance gäbe, dieses Haus zu betreten, würden sie keine Sekunde über den Preis nachdenken.«

»Kümmert sich denn niemand um die Mädchen?«

»Es kommen immer wieder Mütter, die so tun, als sorgten sie sich um ihre Töchter. Aber in Wirklichkeit wollen die meisten auch nur mal Elvis Presley sehen. Ein-, zweimal die Woche kommt auch ein Pfarrer vorbei. Aber ich habe nicht das Gefühl, als hätte er großen Erfolg.«

Schweigend sahen sie weiter dem Auflauf vor dem Törchen zu.

»Wäre es nicht sinnvoll für uns, jemanden *im* Haus zu haben?« fragte Foster nach einer Weile.

»Sehr sinnvoll sogar, gut beobachtet. Wir hatten auch jemanden. Zwei sogar. Junge Kollegen, die konnten wir problemlos in seine Kompanie einschleusen. Das lief anfangs perfekt, er lädt immer mal wieder Kameraden zu sich ein, und die beiden haben das ganz gut gemacht. Aber ihre häufigen Besuche sprachen sich rum, und dann hatten sie als ›Elvis' Kumpels‹ selbst die Presse auf den Fersen. Einer der beiden hat sich kaufen lassen und aus dem Nähkästchen geplaudert. Das hat Presley ihm nicht verziehen, er wurde nie wieder eingeladen. Keine zwei Tage später fällt der andere in der Kaserne vom Panzer und bricht sich derart den Knöchel, daß er dauerhaft dienstunfähig bleibt. Also sitzen wir jetzt ohne direkten Draht da.«

»Können wir drinnen niemanden anwerben?«

»Wen? Wir bräuchten einen Zuverlässigen, einen, der dichthält. Die beiden Leibwächter-Clowns kommen von daher schon mal nicht in Frage. Die reden ununterbrochen. Der Vater ist in Anbetracht seines Alkoholkonsums ohnehin schon als Unsicherheitsfaktor eingestuft. Und die Großmutter, na ja ... sie kocht, puzzelt und streitet sich mit der Vermieterin, aber sie kriegt nicht mit, was überhaupt läuft. Eine Großmutter eben. Die deutsche Sekretärin wäre meine Favoritin für den Job, aber unsere Experten stufen sie als ›zu loyal‹ ein – eine Formulierung, die ich bemerkenswert finde. Bliebe noch Frau Pieper, die Vermieterin, sie wohnt auch in dem Haus. Aber sie kann kein Englisch.«

»Hören wir ab?«

»Das Telefon.«

»Das Haus nicht?«

»Haben wir probiert. Dann haben sie da drin Ball gespielt, und die Wohnzimmerlampe ging zu Bruch. Mit ihr leider auch die Wanze. Aber da herrscht ohnehin ein solches Durcheinander, daß man kaum mal ein klares Signal bekommt. Ständig halten die sich in anderen Zimmern auf, dazu der Lärm ... dauernd läuft Musik, oder er spielt Klavier, dann Geplärre, Balgereien ... Sex ...« Summers versuchte, Fosters Reaktion zu erkennen, ohne den Kopf zu bewegen, aber sie saß unbewegt neben ihm.

»Man kommt so höchstens aus Zufall mal an eine brauchbare Information. Lohnt den Aufwand nicht«, schloß er.

»Warum überwachen wir ihn nicht offen?«

Summers zog ihr die Punkte, die sie gerade gemacht hatte, wieder ab.

»Erstens: Befehl«, dozierte er. »Der Auftrag muß absolut geheim bleiben. Das hat in unserer Order höchste Priorität. Dieser Befehl ist, zweitens, ausnahmsweise sogar sinnvoll: Wenn bekannt wird, daß *wir* uns Sorgen um ihn machen, bricht die Hölle los. Wir hätten sofort die amerikanische Presse auf dem Hals *und* die rote Propaganda. Wir werden also jederzeit und immer abstreiten, uns jemals für ihn interessiert zu haben. Und drittens, Miss Foster: Prinzip. Wir sind ein verdammter Geheimdienst. Geheim! Klar?«

Foster duckte sich leicht auf dem Beifahrersitz. »Klar«, murmelte sie.

Plötzlich formte sich das Stimmengewirr auf der anderen Straßenseite zu einem kollektiven Aufschrei. Jetzt waren nur noch Mädchenstimmen zu hören. Ein Mann, gekleidet in die einfache, schmucklose, aber ungeheuer männlich wirkende Arbeitsuniform der US-Army, war aus der Haustür getreten. Summers merkte, wie Foster sich neben ihm spannte. Elvis Presley blieb stehen und winkte mit der Andeutung eines Lächelns zu der Gruppe vor dem Tor hin. Ein zweiter Mann kam aus der Tür, ein Koloß mit einem runden, nicht unfreundlichen Gesicht. Er schob sich an Presley vorbei und gesellte sich zu Red West ans Tor.

»Lamar Fike, der andere Leibwächter«, sagte Summers. »Nicht unbedingt heller als West, aber er benimmt sich besser.«

Foster sagte nichts, sie starrte über die Straße und schien den Atem anzuhalten.

»Und? Gefällt er Ihnen?«

»O ja«, sagte sie, ohne den Blick zu wenden.

Presley kam mit tänzerischer Leichtigkeit die Treppe herabgefedert. Das Schreien nahm noch einmal zu, jeder rief seinen Namen, nur eine kleine Gruppe von Mädchen, die älteren, wartete ruhig und diszipliniert. Summers sah Katharina und Renate bei ihnen. Renate hielt die Arme um eine Mappe geschlungen.

*»Okay, kids! Step back!«* blökte Red West. »Gähjd ssuruck. Alle! *Step back and he'll come out. Come on!* Gähjd ssuruck!«

West und Lamar öffneten das Gartentor, und die Gruppe wich brav auseinander. West achtete darauf, daß die älteren Mädchen in gute Positionen kamen. Elvis Presley trat auf den Bürgersteig. Einer der Jungs drängelte sich nach vorn und griff nach ihm, aber Fike schubste ihn gnadenlos zurück. Presley schrieb geduldig seinen Namen auf alles, was ihm entgegengestreckt wurde: Fotos, Zeitschriften, Schallplatten. Bei Katharina und Renate blieb er etwas länger stehen, er sprach mit ihnen, sie zeigten ihm etwas aus Renates Mappe, und sie bekamen ein Autogramm darauf, dann küßte er beide auf die Wange. Als er sich dem nächsten Fan zuwandte, fiel Renate Katharina um den Hals, ihr Oberkörper wurde von Schluchzen geschüttelt. Katharina strich ihr sanft über den Rücken, aber Renate beruhigte sich nicht.

»Mist«, sagte Foster.

Ein Mann in einem hellen Regenmantel war direkt vor ihnen stehengeblieben, mitten in ihrem Blickfeld, und sah von dort aus dem Treiben auf der anderen Straßenseite zu. Fast eine Minute stand er reglos, nur der Gamsbart an seinem Hut zitterte. Als er sich umdrehte, um weiterzugehen, streifte sein Blick ihren Wagen. Summers begegnete seinem mißtrauischen Gesichtsausdruck mit einem jovialen Kopfnicken. Der Mann hob leicht den Hut, aber an seiner Miene änderte sich nichts.

»Verdammt«, sagte Foster. Ihr Blickfeld war wieder frei, aber Elvis Presley war nicht mehr zu sehen. »Wo ist er?«

Summers antwortete nicht. Er beobachtete im Außenspiegel den Mann, der sich mit raumgreifenden Schritten entfernte, ohne noch einmal den Kopf zu wenden. Aber Summers hatte seinen Blick genau registriert. Er kannte diesen Blick. Ein Cop, dachte er.

»Wo ist er hin?« fragte Foster wieder.

»Ein Lichtstrahl kam aus den Wolken, und er ist zum Himmel aufgefahren. Zu schade, daß Ihnen die Sicht versperrt war.« Summers suchte nach einer bequemeren Sitzposition. »Er ist wieder im Haus«, sagte er.

Es wurde jetzt schnell dunkel. Der Pulk der Fans begann sich aufzulösen. Einige harrten am Zaun aus, die meisten aber gingen einzeln oder in Gruppen davon. Katharina und Renate lagen sich noch immer in den Armen. Schließlich gingen sie Hand in Hand die Straße hinunter.

»Wie lange bleiben wir noch?« fragte Foster.

»Lange«, sagte Summers. »Ich hoffe, Sie sind gut im Warten.«

»Ich weiß nicht. Allzuoft habe ich es noch nicht probieren müssen.«

»Falls Sie herausfinden, daß Sie es nicht sind …«, sagte Summers und zog die Krempe seines Hutes über die Augen, »… behalten Sie es bitte für sich.«

*

Der Kellner stellte die zwei Tassen Schokolade auf die Bar.

»Kann ich den Damen sonst noch irgendwie behilflich sein?« fragte er mit einem zweifelnden Blick auf die schluchzende Renate.

»Scher dich an deine Arbeit«, fuhr Renate ihn an, um sofort wieder in Katharinas Arme zu sinken.

»Nun komm, Renate«, flüsterte die, »jetzt beruhig dich doch.« Sie wiegte sie sanft zu Frankie Avalons »Venus«, das leise von der Musikbox im hinteren Teil der Bar nach vorn drang.

»ER hat mich geküßt!« war alles, was durch Renates Schniefen zu verstehen war.

»Mich auch«, sagte Katharina.

»Aber mich zuerst!« Auch dieser Satz endete in Schluchzen. Es stimmte nicht, Katharina wußte es genau, aber sie sagte nichts. Über Renates Schulter hinweg sah sie den Kellner verschwörerisch zwinkern. Katharina sah weg.

Allmählich fing sich Renate wieder. »Komm, wir gehen uns frisch machen«, sagte sie.

»Ich bleib hier, meine Schokolade wird kalt«, antwortete Katharina.

Renates Blick war befremdet. »Aha«, sagte sie und stand auf. Sichtlich beleidigt zog sie in Richtung Damentoilette ab.

Katharina nahm einen Schluck aus ihrer Tasse. Der Kellner wischte vor ihr über die Bar.

»Was hat sie denn?« fragte er.

»Elvis hat sie geküßt.«

»Oho!«

»Mich übrigens auch«, setzte Katharina hinzu. Sein Spott machte sie ärgerlich.

»Unser Lokal fühlt sich durch die Anwesenheit der hohen Damen über Gebühr geehrt.« Der Kellner lachte.

Katharina antwortete nicht. Er will mich provozieren, dachte sie. Sie trank ihre Schokolade mit einem Zug aus und ärgerte sich sofort darüber.

»Noch eine Schokolade?« fragte der Kellner.

»Ja, bitte.« Sie sah kühl an ihm vorbei und zündete sich eine Zigarette an.

»Ihr seid also Elvis-Fans?« fragte er, als er die Tasse servierte.

»Ja«, sagte sie entschieden, doch eine plötzliche Unsicherheit überkam sie. Mit einem Mal kam ihr alles so unwirklich vor. Ich bin ein Fan von IHM, was soll daran falsch sein, dachte sie. Aber zum ersten Mal, seit sie sich für IHN entschieden hatte, zweifelte sie. ER hatte sie geküßt, und nichts war passiert. SEIN Kuß hatte unter Renate den Boden schwanken lassen, doch den unter ihr? Hätte sie nicht genauso heulen sollen wie ihre Freundin? Hätte sie nicht vom Glück durchstrahlt sein müssen? Sie horchte in sich hinein, doch da war ... nichts.

»Du findest Fans wohl albern?« fragte sie und blies trotzig eine Rauchfahne über die Theke.

»Albern?« Der Kellner stieß ein kurzes, fragendes Lachen hervor. »Fan sein find ich nicht albern, aber – unter uns – sich so anzustellen wie deine Freundin, das … na ja.« Er sprach nicht weiter. Katharina sah zur Toilettentür, Renate kam mit notdürftig gerichtetem Make-up wieder auf sie zu.

»Ich wollte niemanden beleidigen«, sagte der Kellner.

»Ich will noch eine Schokolade, die hier ist kalt«, sagte Renate, ohne ihn auch nur anzusehen. »Schau mal, geht das mit dem Lidstrich?« fragte sie.

»Warte mal …« Katharina zückte ihr Taschentuch und rieb über Renates Lider. »So ist's besser.«

Renate setzte sich wieder auf ihren Barhocker und griff nach ihrer Mappe. Sie zog den Pappumschlag hervor, den sie langsam und andächtig mit beiden Händen auf dem Tresen plazierte. Einen Moment sah sie ihn gedankenverloren an, dann öffnete sie ihn, holte vorsichtig das Foto heraus und legte es auf den Umschlag. Regungslos starrte sie darauf.

»Ich hab es«, sagte sie leise, ohne den Blick davon zu wenden. »Ich wußte, daß ich es heute kriege.«

Katharina sah auf das Foto, und wieder stellte sie voller Verwunderung fest, daß es ihr egal war. Gestern noch war sie voller Neid auf die Freundin gewesen, die den Mut hatte, IHN einfach um SEINE Militärkappe zu bitten, einfach SEINE Hand genommen hatte. Jetzt war es einfach ein Foto.

Quer über das Bild, von SEINEM Hemd zu Renates Dekolleté, zog sich jetzt eine krakelige Handschrift, von der nur das erste »E« zu entziffern war. Das war es. SEIN Autogramm. RENATES Autogramm.

Was jetzt, Renate? dachte Katharina. Was kommt als nächstes?

In ihrem Rücken spürte sie jemanden vorbeigehen, und als sie den Blick hob, sah sie im Spiegel hinter der Bar einen pechschwarzen Haarschopf. Sie drehte den Kopf.

»Da ist er wieder«, flüsterte sie Renate ins Ohr.

»Wer?« fragte Renate abwesend.

»Der mit dem Motorrad.«

»Was?« Renate war irritiert.

»Na, der von gestern, von dem ich dir erzählt habe!«

»Ach *der*!« Renate wachte auf und fuhr herum. Ihre Linke schlug dem Kellner die heiße Schokolade aus der Hand, die er gerade vor sie hinstellen wollte. Seine freie Hand zuckte nach vorn, um die Tasse auf dem Unterteller zu halten, aber er kam zu spät: Die Tasse kippte mit einem präzisen anderthalbfachen Überschlag herunter und blieb, mit der Öffnung nach unten, genau auf dem Foto liegen.

Katharina schloß die Augen.

Einige Sekunden, ihr schien es wie eine Ewigkeit, war nichts zu hören, außer schnellen Schritten hinter der Theke – der Kellner rannte nach einem Lappen –, und dann, endlich, das Unvermeidliche: Renate schrie los.

»Du gottverdammter Hundsfott! Was hast du angerichtet! Ich glaub es nicht! Das kann nicht wahr sein! Ich bring dich um! Bei allem, was mir heilig ist: ICH – BRING – DICH – UM!«

Ein entsetzliches Klirren brachte Katharina dazu, die Augen wieder zu öffnen. Der Spiegel hinter der Bar war zersplittert, ebenso einer der gläsernen Regalböden. Etliche Flaschen und Gläser lagen umgekippt oder rollten herum. Katharina sah eine von ihnen vom Regal gleiten und auf dem Boden zerschellen. Inmitten all dessen eine zerbrochene Tasse. Der Kellner, einen Lappen in der gehobenen Hand, sah konsterniert von Renate zu der Zerstörung und wieder zurück. Sein Atem ging heftig. Er sagte keinen Ton. Der Geruch von Branntwein breitete sich aus. Es war still, alle im Raum starrten zum Tresen, nur die Musikbox spielte leise »Softly, Softly«.

Renate saß vor ihrem Foto und tupfte zitternd mit einem Taschentuch darauf herum.

»Ich bring ihn um«, flüsterte sie.

Langsam fand der Kellner seine Sprache wieder. »Das wird teuer, junge Dame«, sagte er, immer noch schwer atmend.

Renate sah ihn gar nicht an. »Es ist kaputt«, sagte sie und brach endgültig in Tränen aus.

»Natürlich ist es kaputt!« Der Kellner bewahrte nur Reste von Contenance.

»Mein Foto ist kaputt«, heulte Renate.

»Ihr Foto! Ist das zu fassen!« Jetzt brüllte auch der Kellner.

Katharina hatte keine Ahnung, was sie tun sollte. Ein dicker Kloß in ihrem Hals erschwerte Atmen und Denken. Natürlich mußte der Schaden ersetzt werden. So viel Geld konnten sie unmöglich aufbringen.

»Wir werden das bezahlen«, sagte sie mit zitternder Stimme.

Renate starrte stumm auf das Foto. Wie in Trance versuchte sie weiter, die Schokolade herunterzutupfen.

»Verdammt!« Der Kellner schlug mit der flachen Hand auf den Tresen. »Was soll ich denn meinem Chef erzählen?« rief er in den Raum hinein.

»Jetzt beruhig dich, Mann. So spricht man nicht mit einer Dame.« Eine junge, aber doch männlich tiefe Stimme sprach dicht hinter Katharinas Ohr. Ein Schauer lief ihren Rücken hinunter. Zögernd drehte sie sich um. Der junge Mann vom Billardtisch trat neben sie. Sein Ausdruck war ernst, aber nicht unfreundlich.

»Wir sollten versuchen, die Sache ruhig und in Frieden wieder in Ordnung zu bringen, *allright*?«

Der Kellner hob die Arme. »Und wie stellst du dir das vor?«

»Er hat mein Foto kaputtgemacht«, jammerte Renate.

Der Kellner sog zischend die Luft ein, aber der junge Mann hob beschwichtigend die Hand.

»Vielleicht gehst du mit deiner Freundin mal ein bißchen frische Luft schnappen. Ich glaube, das würde ihr gut tun«, sagte er zu Katharina.

Katharina überkam tiefe Erleichterung: Es gab eine Chance, der Situation zu entfliehen.

»Komm, Reni«, sagte sie direkt in Renates Ohr und packte sie am Arm. Entgegen ihrer Befürchtung ließ sich Renate willenlos von ihrem Hocker ziehen.

»Hier.« Der junge Mann hielt ihr Renates Jacke hin. Seine Augen waren von einem so klaren Blau, wie Katharina es noch nie gesehen hatte.

»Moment mal, die können hier aber nicht so einfach verschwinden!« protestierte der Kellner.

»Wir regeln das, mach dir keine Sorgen«, antwortete der junge Mann.

Katharina nahm die Jacke und versuchte zu lächeln, aber es wurde nur ein ängstlich kurzes Kopfnicken. An der Tür sah sie sich noch einmal um. Der junge Mann sprach ruhig mit dem gestikulierenden Kellner. Renate hing an ihrem Arm, immer noch schluchzend. Sie zog ihre Freundin in die unangenehme, feuchte Kühle des frühen Märzabends hinaus.

»Komm, wir gehen nach Hause.« Sie hängte Renate die Jacke über und zog sie weiter hinter sich her.

»Was soll ich denn jetzt machen«, heulte Renate.

»Ich weiß auch nicht. Wir müssen irgendwie sparen«, sagte Katharina.

»Wieso sparen? Ich mein das Foto.«

Katharina blieb stehen. Der Kloß in ihrem Hals wuchs. Sie konnte nicht mehr weiter. »Renate, *bitte*«, flüsterte sie.

»*Ich* bezahl den Spiegel nicht.« Renates Stimme war scharf und spitz.

»Renate, ich will dir ja helfen, aber du mußt doch –«

»*Ich* muß? Nichts muß ich! Wenn dieses ... dieses Riesenroß *mein* Foto kaputtmacht, dann ...!« Ihr Gesicht war eine wütende Fratze.

Was mache ich hier? dachte Katharina. Warum renne ich immer noch hinter ihr her? Weil alle sie schön finden? Weil ich etwas von ihrem Glanz abbekommen möchte?

Ja, dachte sie. Genau darum. Dafür habe ich mir das alles gefallen lassen.

Unschlüssig stand sie da, mit dem Gefühl, es gäbe sie zweimal, als stünde sie neben sich. Dann drehte sie sich langsam um. Zögernd setzte sie einen Fuß vor den anderen, zurück – auf den »Ratskeller« zu.

»Da gehen wir nie wieder rein«, sagte Renate. »Hörst du! Nie wieder!«

Doch Katharina ging weiter, ihre zweifelnden Schritte gewannen an Entschlossenheit.

»Katharina!« kreischte Renate. »Komm sofort zurück. Wenn du jetzt da reingehst ...!«

Katharina hielt nicht inne. Sie öffnete die Glastür und trat hindurch. Der Kellner und der junge Mann standen sich noch immer an der Theke gegenüber. Langsam drehten sich die beiden Köpfe zu ihr. Der Blick aus den blauen Augen war ernst.

*

»Schau an, das ist aber ein seltener Gast!« Schorsch Kempers Stimme dröhnte durch das kleine, dunkel getäfelte Lokal. Grasshoff ging etwas zögernd auf den runden Tisch in der Nische zu, an dem Kemper mit fünf anderen Männern saß. »Setz dich zu uns, Paul.«

Grasshoff zog sich vom Nebentisch einen Stuhl heran. Die anderen Männer rückten bereitwillig etwas auseinander. Einer in dunkelgrüner Lodentracht zog einen Dackel zur Seite.

»'n Abend, die Herren«, sagte Grasshoff.

»Darf ich vorstellen: mein Nachbar und Kollege Kommissar Paul Grasshoff von der Kripo in Friedberg«, sagte Schorsch.

Die anderen brummten freundlich. Drei der Männer kannte Grasshoff vom Sehen, einer davon war Kaplan Steinfeldt, er saß direkt neben ihm.

»Der Herr Kommissar ist nicht nur hier ein seltener Gast«, sagte Steinfeldt mit einem milden Lächeln. Grasshoff ging nicht darauf ein. Seine Frau schwärmte ihm fast jeden Sonntag von den Predigten des jungen Kaplans vor. Er selbst war seit dem Krieg nur noch dienstlich in der Kirche gewesen, sein letzter Besuch dort hatte mit dem Selbstmord eines Ministranten zu tun gehabt. Er musterte Steinfeldt von der Seite: Er war Ende Zwanzig, hatte dichte schwarze Haare und ein markantes Kinn. Seine Augen zeigten einen heiligen Ernst, aber trotzdem wirkte er geradezu jungenhaft, und Grasshoff vermutete, daß Gerdas Begeisterung sich nicht ausschließlich aus spiritueller Quelle speiste.

Kemper nannte die Vornamen der anderen vier so schnell, daß Grasshoff es nicht schaffte, sie sich zu merken. Willi speicherte er ab, und Fritz und Peter, ohne die beiden ganz genau zuordnen zu können. Hermann war der mit dem Hund – ein Förster.

Über der Gruppe hing wabernd eine dichte Rauchwolke. Der große Aschenbecher mit dem Stammtisch-Schild war über die Hälfte gefüllt. Einige rauchten Zigarren, die anderen Zigaretten. Grasshoff sah sehnsüchtig auf eine Schachtel Juno, die direkt vor ihm lag.

»Möchtest du eine?« fragte Willi. »Bedien dich.«

»Danke«, antwortete Grasshoff. »Ich versuche, es mir abzugewöhnen. Soll gar nicht gesund sein, das Rauchen.«

»Erzählt meine Frau auch immer«, sagte Willi. Die anderen lachten.

Grasshoff hatte eigentlich nichts übrig für Stammtische. Kemper dagegen trank jeden Feierabend hier im »Grünen Eck« ein oder zwei Schoppen. Oberinspektor Georg Kemper leitete die Wache in der Parkstraße, und Grasshoff kam gut mit ihm aus, deshalb hatte er sich für diese Wirtschaft als Ziel seiner abendlichen Flucht entschieden.

Grasshoff trank selten. Er vertrug Alkohol nur schlecht und haßte das Gefühl, sich nicht völlig unter Kontrolle zu haben. Zum anderen hatte er nach Feierabend eigentlich genug von fremden Menschen. Doch heute überkam ihn hier ein fast heimeliges Gefühl.

Die Wirtin, eine dralle Mittfünfzigerin mit einer mächtigen Dauerwelle und mißtrauischem Gesichtsausdruck, kam hinter dem Tresen hervor und sah ihn fragend an. Grasshoff bestellte ein Pils.

»Was treibt dich her?« fragte Kemper.

»Langeweile«, antwortete Grasshoff.

»Hört ihr? Die Kripo langweilt sich«, sagte Kemper.

Die anderen lachten, auch Grasshoff stimmte ein. »Ist doch beruhigend, oder?«

»Wenn ihr so viel Zeit habt, solltet ihr mal in der Goethestraße ein bißchen aufräumen«, sagte Peter oder Fritz.

Zustimmendes Grunzen der anderen folgte.

»Tja«, Grasshoff seufzte, »was die da veranstalten ...«

»Aber es sind doch nur Kinder«, sagte der Kaplan sanft. »Wir sollten nicht über sie urteilen.«

»Herr Kaplan! Sie werden uns doch nicht zum Rock 'n' Roll-Fan!«, rief jemand in die Runde und erntete Gelächter.

Schorsch Kemper lachte nicht. »Kaplan Steinfeldt hat recht, worüber regt ihr euch auf? Statt daß ihr euch freut, daß so ein großer Star in der Stadt ist ...«

»Großer Star, pah!« Der, den Grasshoff für Fritz hielt, spuckte fast auf den Tisch. Man geriet in Fahrt.

»Diese Rabauken vertreiben uns doch nur die Kurgäste!«

»Als ob Bad Nauheim auf einen Schlagersänger angewiesen wäre.«

»Schließlich war die Zarenfamilie schon hier.«

»Und Kaiserin Elisabeth, nicht zu vergessen!«

»Wenn ich die Wahl hab zwischen König Saud und dem Presley ...«

»Frag mal den Schmidt vom Hotel Grunewald, was der mit denen durchgemacht hat.«

»Dem haben die fast das Haus angesteckt!«

»Genau, der hat die rausgeschmissen!«

»Nach vier Monaten. Hätt ich viel früher gemacht.«

»Der Schmidt dürfte dabei ganz gut verdient haben«, sagte Kemper. »Und aus polizeilicher Sicht habe ich den Haufen lieber in der Goethestraße, da stören sie weniger, und ich hab sie besser unter Kontrolle als in einem Hotel. Vor allem die Fans. Ihr wißt doch, was da abgelaufen ist. Mit Leitern wollten sie zu ihm in den zweiten Stock. Verglichen damit ist es doch jetzt wirklich ruhig.«

Der Beschwichtigungsversuch verpuffte wie der erste.

»Die beiden Leibwächter sind schlimm.«

»Vor allem der rothaarige.«

Die Wirtin brachte Grasshoff wortlos ein nachlässig gezapftes Pils. Er bedankte sich freundlich.

»Mein Sohn hat erzählt, die beiden hätten neulich in der ›Capri-Bar‹ einen GI verprügelt, das hat dann eine MP-Streife geschlichtet«, sagte Fritz.

»Dein Sohn verkehrt in der ›Capri-Bar‹?«

Die anderen lachten. Der Mann winkte ab.

»Ach, hör mir auf. Heute Kinder in dem Alter zu haben, ist eine Strafe«, sagte er.

Verständnisvolle Zustimmung machte sich breit.

»Zu unserer Zeit ...«

»Ja, damals ...«

»Uns hat man noch beigebracht, wie man sich zu benehmen hat.«

»Wenn ich mir meinen Filius angucke: hoff–nungs–los.«

»Man kann sagen, was man will, aber in der HJ hat man wenigstens gelernt, was Disziplin ist.«

»Aber meine Herren«, sagte Kaplan Steinfeldt, doch sein Einwand kam so kraftlos, daß ihn nur Grasshoff wahrnahm. Die Runde war jetzt so leicht nicht mehr aus dem Schwung zu bringen.

»Allein die Haltung, wie die durch die Gegend schlurfen!«

»Und diese Affenmusik!«

»Man kann nur hoffen, daß das eine Mode bleibt!«

»Glaub ich nicht. Das macht alles der Ami. Der steuert das alles. Das ist alles geplant. Wir haben doch hier sowieso nichts mehr zu melden.«

»Genau. Die können sich hier doch alles rausnehmen.«

»Leute, jetzt beruhigt euch aber mal.« Kemper versuchte, die Wogen zu glätten. »Wo wären wir denn heute ohne den Ami?«

»Ohne den Ami hätten wir gewonnen.«

Die Runde verstummte. Alle blickten mürrisch in ihre Gläser. Nur Kemper schüttelte den Kopf.

»Ich verstehe euch nicht. Ihr verdient doch am Ami, alle wie ihr da sitzt. Peter, wessen Dächer deckt ihr denn das ganze Jahr? Wessen Autos reparierst du, Willi?«

»Es geht schließlich nicht nur ums Geld«, entgegnete Willi. »Es geht um die ... Art.«

»Genau, wo du grad Art sagst«, Hermann beugte sich über den Tisch,

»ihr wißt ja, ich hab da eine neue Bekanntschaft, die Gertrud. Kriegerwitwe, aber noch ganz appetitlich, Verzeihung, Herr Kaplan.« Steinfeldt zeigte wieder sein mildes Lächeln. Anerkennendes Gelächter der anderen. »Die hat ihren ersten Stock an den Ami vermietet, an die Verwaltung in Frankfurt. Die haben ihr dann«, Hermann hob den Zeigefinger, »*absprachewidrig*«, der Finger senkte sich und pochte nun auf die Tischplatte, »einen jungen Mann da reingesetzt. Erst mal ist der unfreundlich wie die Nacht, und dann kommt der jeden Abend erst *nach* Mitternacht nach Hause, und *wißt* ihr, was der dann macht?« Der Finger fuhr nach vorn und wies bedrohlich auf Kemper.

Grasshoff stellte sein halbvolles Glas ab und stand auf. »Tja, ich muß dann mal wieder«, sagte er.

»Warte, Paul, ich komm mit«, sagte Kemper.

Hermann hing noch immer halb über der Tischplatte. Sein Blick auf Grasshoff ließ diesen bezweifeln, daß er hier noch einmal willkommen war.

»Das wäre was für die Polizei gewesen«, sagte Hermann noch, bevor er wieder auf seinen Stuhl zurücksank.

Grasshoff zahlte an der Theke. Er wollte Kempers Schoppen mit übernehmen, was der sich aber verbat. Gemeinsam traten sie auf die regennasse Straße. Grasshoff schritt energisch aus, Kemper blieb neben ihm.

»Das war aber ein plötzlicher Aufbruch«, sagte Kemper. »Jetzt werden wir nie erfahren, was der Ami mit der Kriegerwitwe nach Mitternacht so anstellt.«

»Glaub mir, du würdest es nicht wissen wollen«, sagte Grasshoff.

Kemper sah ihn fragend von der Seite an, ließ das Thema aber fallen.

»Es ist gut, daß wir uns heute treffen«, sagte er statt dessen. »Ich hätte sonst morgen früh bei dir angerufen. Aber so können wir die Sache vielleicht informell beerdigen.«

»Um was geht's?« Grasshoff war interessiert – er war ein Freund von informellen Beerdigungen, solange es sich um Akten handelte.

»Es geht tatsächlich um die Goethestraße. Heute war Presleys Sekretärin bei mir auf der Wache, dieses Fräulein Stefaniak. Also ... die Geschichte ist völlig verrückt. Sie hat erzählt, jemand habe versucht, den Vater von Presley umzubringen.«

»Umzubringen?« Grasshoff blieb stehen.

»Mit einem Bombenanschlag.«

»Wie bitte?«

Kemper lachte. »Wart's ab. Alles Quatsch. Sie kommt nachmittags um drei und meldet einen Bombenanschlag, der vor Mitternacht stattgefunden haben soll. Und zwar nicht auf sie, sondern ausschließlich auf Mr. Presley senior. Der war aber nicht mit ihr auf der Wache. Als ich sie gefragt habe, warum er nicht selbst komme, ob er vielleicht verletzt sei, da druckst sie rum: Nein, er sei unverletzt, aber Mr. Presley habe gewisse Vorbehalte gegen Polizeibehörden im allgemeinen.«

»Vorbehalte! Hat der nicht gesessen?«

»Genau. Scheckbetrug. Zwei Jahre hat er gekriegt, neun Monate war er drin.«

»Und wo soll der Anschlag gewesen sein?«

»Das war das nächste: Irgendwo auf halbem Weg zwischen Ockstadt und Bad Nauheim, genauer wußte die Dame es nicht. Das Ganze war hochgradig fragwürdig. Ich wollte sie damit nicht sofort zu dir schicken, aber ich konnte sie auch schlecht nur vertrösten. Bei deren Pressekontakten kommen wir ruckzuck in Teufels Küche.«

Grasshoff brummte zustimmend.

»Ich habe dann zwei Kollegen mit dem Streifenwagen die Strecke abfahren lassen. Und was finden die? Eine umgekippte Petroleumlampe in einem aufgebrochenen Geräteschuppen neben der Straße. Bombenanschlag!«

»Brandstiftung?« fragte Grasshoff.

Kemper winkte ab. »Allenfalls fahrlässig. Ein Landstreicher wahrscheinlich, obwohl uns in den letzten Tagen keiner gemeldet worden ist. Der Schaden hält sich auch in Grenzen, nicht mal das Werkzeug wurde gestohlen.«

Eine Weile gingen sie schweigend.

»Hat denn jemand einen Grund, Presley senior umzubringen?« fragte Grasshoff dann.

»Das streitet sie ab. Sie fürchtete, und das war wohl der eigentliche Grund ihres Erscheinens, der Anschlag könne dem Junior gegolten haben. Der Vater war in dessen Wagen unterwegs.«

»Verstehe«, sagte Grasshoff.

Sie erreichten die Goethestraße.

»Laß uns mal rübergehen«, sagte Grasshoff und wechselte die Straßenseite.

»Warum?« fragte Kemper, aber er folgte ihm.

»Ich will nur was gucken«, sagte Grasshoff und ging etwas langsamer. »Siehst du die Isabella da drüben?«

»Ja«, antwortete Kemper. »Da sitzt jemand drin.«

»Genau. Ein Paar. Die waren schon da, als ich kam.«

»Presse«, meinte Kemper.

»Ich weiß nicht. Der Typ am Steuer gefiel mir nicht.«

Kemper blieb stehen, drehte sich von dem Wagen weg und zog einen kleinen Block aus der Tasche, auf dem er die Autonummer notierte. »Wahrscheinlich will er Elvis Presley ermorden. Mit einer Petroleumlampe«, sagte er.

Grasshoff lachte. »Ich werde mir diesen Schuppen im Wald mal angucken, wenn ich die Zeit finde«, sagte er. »Danach beerdigen wir die Sache. Vielleicht bei einem Schoppen.«

»Die Sache mit dem Schuppen beim Schoppen beerdigen. Gute Idee, das machen wir.«

»In einer schönen ruhigen Kneipe«, sagte Grasshoff.

Er lächelte.

*

»Der Mann mit dem Hut«, sagte Foster. »Da gegenüber. Diesmal in Begleitung.«

Summers antwortete nicht. Er hatte die beiden Männer im Rückspiegel beobachtet, seit sie in die Goethestraße eingebogen waren. Sie hatten die Straßenseite gewechselt, um den Wagen unauffälliger zu beobachten.

Noch ein Cop, dachte Summers.

»Hoffentlich fallen wir denen nicht auf«, sagte Foster.

»Das sind wir längst«, entgegnete Summers.

»Woher wissen Sie das?«

»Intuition.«

Foster warf ihm einen spöttischen Blick zu. »Mit so etwas arbeiten wir?«

»Ach was, wir doch nicht. Wir arbeiten ausschließlich mit präzisen Fakten und Informationen – hat man Ihnen das nicht beigebracht?«

»Doch, genau das.«

»Na, sehen Sie.«

Die beiden Männer standen jetzt vor Presleys Haus und unterhielten sich.

»So richtig viel scheinen Sie davon nicht zu halten«, sagte Foster. »Haben Sie als Praktiker denn einen Tip für eine dumme Anfängerin?«

»Wenn Sie unbedingt wollen.«

»Sehr gern sogar.« Sie lächelte.

»Na gut. Vergessen Sie alles, was man Ihnen über Fakten erzählt hat, und besorgen Sie sich irgendwo einen großen Koffer voll Intuition, sonst können Sie den Job gleich drangeben. Aber erzählen Sie Ihren Vorgesetzten ausschließlich im Erfolgsfall davon, alle werden Ihnen dann auf die Schulter klopfen wollen. Wenn Sie sich aber nach einem Flop mit Ihrer Intuition rauszureden versuchen, kostet Sie das Ihre Pension.«

»Und was spricht gegen präzise Fakten?«

»Nichts. Wenn man welche hat. Aber wir haben selten welche.«

»Sie meinen bei diesem Auftrag?«

»Ich meine in diesem Beruf.«

Der Mann mit dem Hut schlug dem anderen kameradschaftlich gegen den Oberarm, und die beiden setzten ihren Weg fort, ohne sich noch einmal nach ihnen umzudrehen. Am Ende des Blocks überquerten sie die Straße wieder.

»Und woran liegt das Ihrer Meinung nach?«

»Daran, daß alle lügen.«

»Das ist aber eine sehr negative Weltsicht.«

»Unsinn. Das liegt in der Natur unseres Jobs. Jemand, für den wir uns interessieren, hat im Normalfall etwas zu verbergen, darum lügt er. Und wir verbergen uns vor ihm, also lügen wir. Und wenn man weiß, daß er etwas verbergen will, ist man sich noch lange nicht sicher, daß er nicht weiß, daß man es weiß, und daß er darum wiederum erst recht lügt, oder daß er denkt, man weiß etwas, was man aber gar nicht weiß, und dann aus diesem Irrtum heraus die Wahrheit sagt, die man dann aber für eine Lüge hält und so weiter ad infinitum.«

Foster verzog den Mund. »Das klingt nicht sehr beruhigend.«

»Ist es auch nicht.«

»Und was wissen wir über die beiden Männer?«

»Cops. Deutsche Kriminalpolizei.«

»Das sagt Ihnen Ihre Intuition?«

»Ja.«

»Und was werden die jetzt tun?«

»Nichts. Sie werden uns im Auge behalten. Und schon sind wir mitten drin: Wir behaupten, Reporter zu sein. Die wissen, daß das nicht stimmt, tun aber so, als glaubten sie uns. Wir tun so, als glaubten wir, sie glaubten uns, aber das glauben die uns nicht. Die denken sich, daß wir genau das sind, was wir sind, können es aber nicht beweisen, werden also nicht zugeben, es zu denken. Und weil es sie letztlich gar nichts angeht, sie es aber nicht ignorieren können, werden sie es irgendwann ihrem eigenen Geheimdienst stecken, und dann geht das ganze Spiel von vorne los. Können Sie mir folgen?«

»Ich denke schon«, sagte Foster. »Aber Elvis Presley hat doch nichts zu verbergen.«

Summers lachte auf.

»Doch?« fragte Foster kleinlaut.

Summers antwortete nicht. Er starrte zu dem Haus hinüber und sehnte sich nach Ruhe. Aber Foster ließ nicht locker.

»Was hat er denn zu verbergen?«

»Zum Beispiel seinen Dexedrin-Konsum.«

»Dexedrin?«

»Aufputschmittel. Von der Menge, die er sich besorgen läßt, kann man durchaus auf Abhängigkeit schließen. Aber Vorsicht: Das ist keinesfalls unsere offizielle Meinung, nicht einmal dienstintern. Das sind nur die privaten Schlußfolgerungen von Agent Summers.«

»Aber das sind doch Medikamente, oder?«

»Man kann auch von Medikamenten abhängig werden.«

»Ja, ich weiß. Aber wenn das alles ist ...«

»Oder sein Umgang mit Frauen, besser: Mädchen – er steht ja auf Teenager. Die Presse möchte, daß er für sie den Casanova macht. Ich fand schon interessant, daß diese Margit Bürgin ihm ausgerechnet von einem Fotografen vorgestellt worden ist. Dann gab es ein paar heiße Fotos von den beiden, und schon war die Kleine ein Star. Sie träumt von Hollywood, erzählt aller Welt, was sie wissen will, und bald ist alles wieder zu Ende. Jetzt versuchen sie gerade, ihn mit Vera Tschechowa zu verkuppeln, einer deutschen Schauspielerin, mal schauen, was draus wird. Und zu Hause in Memphis wartet seine Anita und soll glauben, daß er ihr treu ist. Dabei stimmt weder das eine noch das andere.«

»Ach nein? Was stimmt denn?«

»Er ist ein ganz normaler Junge, der den Tod seiner Mutter nicht verwunden hat. Ich glaube, er sucht nach jemandem, der ihn einfach in den Arm nimmt. Andererseits ist er ein ganz normaler Mann und schafft es eben nicht, immer nein zu sagen.«

»Und woher wollen Sie das so genau wissen?« Foster wirkte pikiert.

»Intuition, schon wieder«, sagte Summers. »Jede junge Frau, die in diesem Haus eine Nacht verbringt, gibt nachher ihren Freundinnen die präzise Information, sie hätte mit Elvis geschlafen. Ihren Müttern erzählen die jungen Frauen etwas ganz anderes. Die Wahrheit liegt, wie so oft, irgendwo in der Mitte. Ich sehe jeden Tag, was hier abläuft. Und nach meiner Einschätzung schläft höchstens jede zwanzigste mit Elvis Presley. Die anderen teilen sich Vernon, West und Fike, wobei Vernon bei weitem den größten Anteil hat.«

Summers verstummte. Jemand kam auf dem gegenüberliegenden Bürgersteig die Straße entlang. Eine schlanke Person, die sich die Kapuze einer schwarzen Regenjacke tief ins Gesicht gezogen hatte, ging zügig auf das Tor des Hauses zu.

Summers setzte sich auf. Die Figur wirkte jugendlich. Es war nicht zu erkennen, ob es sich um einen Mann oder eine Frau handelte. Ohne zu zögern und fast ohne anzuhalten, griff die Person nach dem oberen Rand des Tores, stemmte sich hoch und schwang sich darüber. Mit schnellen Schritten eilte sie die Treppe zur Haustür hoch. Im Dunkel dort war sie nur noch schemenhaft zu erkennen, schien sich zu bücken, als legte sie etwas ab. Dann drückte sie auf den Klingelknopf, rannte die Treppe wieder herunter und verschwand im Garten.

Summers griff nach dem Mikrofon des Funkgerätes. »Yardbird für Allrounder, kommen, dringend.«

J.T. klang schläfrig. »Was gibt's denn, Pete?«

»Jemand kommt gleich aus dem Garten. Verfolgen und identifizieren.«

»Jemand?«

»*Irgend jemand.* Wenn irgend jemand irgendwoher kommt, bleibt unbedingt dran.«

»Ich weiß nicht, Krieger ist gerade mal raus, du verstehst ... Da! Ich seh es! Da kommt einer über den Zaun.«

»Schwing die Hufe, Mann!«

Die Lampe über der Haustür ging an. Lamar Fike trat heraus und sah mit gerunzelter Stirn zur Straße. Er blickte um sich, auch in den Garten hinein. Als er gerade kopfschüttelnd wieder ins Haus gehen wollte, fiel sein Blick auf den Boden, und er hob etwas auf. Verständnislos glotzte er es an, es schien ein Umschlag zu sein. Schließlich ging er ins Haus. Die Lampe über der Tür blieb an.

»Allrounder für Yardbird.« Kriegers Stimme krächzte aus dem Funkgerät.

»Allrounder hört«, antwortete Summers.

»Was ist los? Ich war gerade aus dem Wagen. J.T. ist wie ein Irrer hinter jemandem her.«

»Die Person hat auf verdächtige Weise eine Nachricht an der Tür hinterlassen. Es wäre gut, wenn wir sie identifizieren könnten.«

»J.T. kommt zurück. Sieht nicht sehr erfolgreich aus.«

»Gib ihn mir, wenn er da ist.«

Eine Pause entstand.

»Pete, hier ist J.T. Er ist weg. Er hatte ein Moped.«

»Hast du das Kennzeichen?«

»Nein, er fuhr ohne Licht.«

»Bist du sicher, daß es ein ›Er‹ war?«

»Wie meinst du das?«

»Kann es nicht auch eine Frau gewesen sein?«

»Eine Frau? Wieso?«

Summers schloß die Augen. Genau wie Gordon heute morgen, dachte er.

»Wieso nicht, Jack?« fragte er ganz ruhig.

»Na ja, jetzt wo du mich fragst: wieso nicht. Doch, kann sein, vielleicht war es eine Frau.«

»Vielen Dank für deine Hilfe, J.T.«, sagte Summers und hängte das Mikro wieder ein.

»Vielleicht war es nur Fanpost«, sagte Foster.

Summers antwortete nicht.

»Obwohl, wenn ich auf meine Intuition höre …«, setzte Foster hinzu.

Zum zweiten Mal heute hob sich Summers' linker Mundwinkel.

»Warten wir's ab«, sagte er.

*

Katharina näherte sich mit gesenktem Blick der Theke. Sie fürchtete den mitleidigen Spott, den und nichts anderes sie in den blauen Augen erwartete.

»Möchtest du was trinken?« fragte er jedoch freundlich.

»Ja«, sagte sie leise.

Er machte eine Geste zum Kellner, der darauf drei Gläser und eine umgefallene Flasche Bourbon aus den Resten des Glasregals suchte.

»Ist im Preis mit drin«, sagte der Kellner. Bei dem Wort Preis zuckte Katharina zusammen. Er schob zwei Gläser über die Theke und nahm sich selbst das dritte.

Der junge Mann prostete ihr zu. »*Cheers*«, sagte er.

Katharina hob ihr Glas und nahm einen kleinen Schluck.

»Ich heiße Texas, meine Freunde nennen mich Tex. Und wer bist du?«

Katharina nannte heiser ihren Namen. »Wieviel wird das kosten?« fragte sie den Kellner.

Er wies mit dem Kinn auf Texas. »Frag ihn«, sagte er und wandte ihr den Rücken zu. Konzentriert begann er, die Folgen von Renates Attacke zu beseitigen.

»Was meint er? Wieso soll ich *dich* fragen?«

Tex antwortete nicht. Genießerisch langsam trank er an seinem Bourbon.

»Er hat alles bezahlt.« Die Stimme des Kellners tönte hohl vom Boden hinter der Theke herauf, wo er mit dem Kehrblech hantierte.

»Bezahlt? Wieso?« Katharina sah Tex entgeistert an.

»Mach dir keine Gedanken«, sagte er.

Katharinas Kopf schwirrte. »Wieviel war das denn?« fragte sie.

»Spielt keine Rolle. Im Moment bin ich flüssig.« Er lächelte, ohne sie anzusehen. »Wie ich schon sagte, Kleines: Mach dir keine Gedanken.«

»Warum hast du das getan?« Katharinas Blick wurde mißtrauisch. »Was willst du dafür haben?«

Tex lehnte sich zurück und lachte. »Ich mag keine traurigen Mädchen.« Mit einer schnellen Bewegung kippte er den Rest seines Bourbon hinunter. »Und ich mag keinen Ärger, wenn ich Pool spielen will.« Während er aufstand, zwinkerte er ihr noch einmal zu und ging dann mit ruhigen Schritten zum Billardtisch. Katharina warf einen unschlüssigen Blick in ihr Glas, dann rutschte sie von ihrem Hocker und folgte ihm.

Er sprach einen der beiden schwarzen GIs an, die den Tisch besetzten. Katharina lehnte sich in der Nähe an die Wand. Texas schlug dem einen GI auf die Schulter und ging zur Musikbox, die gerade »No Other Love« spielte. Zwei Mädchen standen daneben, eines weinte.

»Zu viele Schnulzen sind nicht gesund, wenn man unglücklich ist«, hörte Katharina Tex sagen. Das weinende Mädchen fuhr wütend zu ihm herum, doch es schien zusammenzuzucken, als es sein Lächeln sah, und sagte nichts.

»Ihr erlaubt doch.« Er beugte sich über die Glasplatte der Musikbox. Zwei Finger seiner Linken fuhren leise darauf trommelnd die Liste der Titel entlang, während er mit der Rechten in seiner Blue Jeans nach Münzen suchte.

Nachdem er das Geld eingeworfen und drei Titel gewählt hatte, drehte er sich zum Tisch, um den beiden Schwarzen zuzusehen. Ronnie Hilton durfte ein letztes Mal beteuern, keine andere Liebe zu haben, dann sah Katharina den Arm im Inneren der Musikbox die Single hochnehmen, sie wegsortieren und sich zielsicher eine neue aus dem Karussell greifen, die er dann mit eleganter Drehung auf den Plattenteller legte. Der Saphir senkte sich auf die Einlaufrille, und Katharina wartete ungeduldig auf das Ende des Rauschens.

Eine grelle Sologitarre schnitt durch den Raum. Die beiden Schwarzen hoben die Köpfe. Der eine nickte Tex anerkennend zu, dann versenkte er mit einem mächtigen Stoß die gelbe Kugel haarscharf an der schwarzen vorbei in einem Eckloch. Er richtete sich auf, machte ein paar Tanzbewegungen und tauschte mit dem anderen einen aus mehreren komplizierten Bewegungen bestehenden Händedruck, bevor er sich zum nächsten Stoß über den Tisch beugte. Tex lehnte neben der Musikbox und sah regungslos dem Spiel zu.

Katharina nahm ihren Mut zusammen und stellte sich neben ihn. Nicht zu nah, aber nah genug, um zu reden.

»Das ist Chuck Berry, oder?« fragte sie.

Tex nickte.

»Der läuft hier nicht oft«, sagte Katharina.

Wieder nickte er nur.

»Hast du Platten von ihm?«

Tex stieß ein kurzes, mitleidig klingendes Lachen aus. »Ja«, sagte er, ohne sie anzusehen.

»Ich nicht. Aber ich hab ihn auf Radio Luxemburg gehört.«

»Aha«, sagte Tex.
»Schon öfters«, setzte sie schnell hinzu.
»Warum hast du keine Platten von ihm? Magst du keinen Rock'n'Roll?«
Katharina sah ihn verständnislos an. »Natürlich mag ich Rock'n'Roll! Ich bin Elvis-Fan«, sagte sie empört.
Tex schwieg, seine Augen ruhten auf dem Billardtisch. Als die Single zu Ende war, gab es wieder das spannende Rauschen vor dem nächsten Stück. Little Richard begann es mit einem energischen »Whap–ba-beloo–bam – A–whap–bam–bam«.
»Ich mag Rock'n'Roll, aber nicht so ... so schräg.«
»... nicht den von Negern, ist es das, was du meinst?«
»Nein, aber ich mag es einfach ein bißchen ...«, sie suchte nach einem Wort, »... anders«, sagte sie dann mit einer hilflosen Geste.
»Schon gut, ich weiß, was du sagen willst«, sagte Tex, und sie hatte das Gefühl, sich völlig lächerlich gemacht zu haben.
Schweigend standen sie nebeneinander, während »Tutti Frutti« zu Ende lief.
»Zu deiner Beruhigung: Als nächstes singt wieder ein Weißer«, sagte Tex dann. »Eddie Cochran.«
Das Stück begann, und er bewegte den Kopf leicht im Rhythmus. Katharina erkannte »Summertime Blues«, aber sie mochte nicht mehr über Musik reden.
»Wieso heißt du Texas?« fragte sie statt dessen.
Er zuckte die Schultern. »Ich kenn ziemlich viele Amis. Die haben mir den Namen gegeben.«
»Und wie heißt du wirklich?«
Er antwortete nicht. Sie wagte nicht, ihn anzusehen. Neben ihn an die weiß gekachelte Wand gelehnt sah sie, wie er, dem Spiel zu. Die schwarze Acht rollte langsam, ganz langsam auf ein Loch zu, und Katharina merkte, daß ihre Muskeln sich anspannten, wie um die Kugel zu unterstützen, ihr zusätzliche Energie zu verleihen, und tatsächlich glaubte sie zu fühlen, daß der schwarze Ball noch einmal Fahrt aufnahm, doch genau in dem Augenblick, als sie ganz sicher war, daß die Kugel es geschafft hätte, blieb sie liegen, Millimeter zu früh. Katharina stöhnte auf, genau wie der GI, dessen Stoß es gewesen war. Sein Gegner lachte, erleichtert.
»Ich bin gleich dran. Das wird dann 'ne Weile dauern«, sagte Tex.

Zum ersten Mal, seit sie hier hinten standen, sah er ihr direkt in die Augen.

So blau, dachte Katharina.

»Vielleicht magst du ja zugucken«, fuhr er fort. »Ich bring dich nachher nach Hause, wenn du möchtest.«

Sie fühlte die kalten Kacheln durch ihr Kleid. Ihre Hände preßten sich gegen die Wand, sie brachte keinen Ton hervor.

»Und? Möchtest du?« fragte er lächelnd, und Katharina stürzte sich in das Blau.

*

Summers sah zu den Lichtstreifen hinüber, die durch die Ritzen der nicht ganz geschlossenen Rolläden des Erdgeschosses drangen. Er teilte durchaus Fosters Intuition, daß der Bote mit der Kapuze keine Fanpost gebracht hatte. Es waren kaum drei Minuten seit J.T.s gescheiterter Jagd vergangen, als sich der Rolladen des linken Fensters plötzlich mit einem leichten Ratschen vollständig schloß. Kurz nacheinander verschwanden auch die Lichtstreifen vor den anderen Fenstern.

»Hat das was zu bedeuten?« fragte Foster.

»Das haben sie jedenfalls noch nie gemacht. Denen muß etwas einen heftigen Schreck eingejagt haben, denke ich.«

Summers schaltete das Funkgerät auf den gemeinsamen Kanal um und griff wieder nach dem Mikro. Er rief Control und bat darum, Terry Gordon ans Funkgerät zu holen.

»Captain Gordon ist in Frankfurt bei General Thornhill«, sagte eine junge weibliche Stimme. Wahrscheinlich die kräftige Blondine, dachte Summers, wie hieß sie noch?

»Dann brauch ich mal einen der Jungs von Big Bug«, sagte er.

»Moment, Allrounder.«

Summers wartete, ohne die Augen von dem Haus zu nehmen. Nichts rührte sich, die Schlagläden im ersten Stock standen nach wie vor offen, aber die Fenster waren dunkel. Nur in der vorderen Gaube des pyramidenförmigen Dachgeschosses, wo Frau Pieper, die Vermieterin, wohnte, schimmerte Licht hinter den gardinenverhängten Scheiben. Jane heißt die Blondine, dachte Summers, Jane soundso.

»Was ist Big Bug?« fragte Foster.

»Die große Wanze. Abhörzentrale. Sehen Sie zu, daß Sie den Funkcode draufkriegen.«

»Sprechen Sie, Allrounder«, sagte Janes Stimme im Lautsprecher.

»Big Bug für Allrounder, kommen.«

»Big Bug hört, was gibt's denn, Babysitter.«

»Hallo Sammy, altes Großohr«, sagte Summers. »Wirf doch bitte mal einen Blick auf unseren Anschluß. Telefonieren die Kinder gerade?«

»Augenblick ...« Es entstand eine Pause.

»Großohr und Babysitter, muß ich das auch draufhaben?« fragte Foster.

Summers bemerkte erstaunt, daß sich sein linker Mundwinkel erneut anschickte, ein Stückchen nach oben zu wandern.

»Allrounder für Big Bug.«

»Allrounder hört.«

»Die Kinder sprechen mit dem Auslandsfernamt. Wahrscheinlich wollen sie zu Hause anrufen.«

»In die Staaten?«

»Genau. Sie haben aber noch keine Leitung. Das kann auch noch dauern.«

»Je länger, desto besser. Das Band von dem Gespräch muß sofort zu Gordon. Kannst du das nach Frankfurt rüberspielen?«

»Kein Problem.«

»Alle weiteren Gespräche müssen direkt ausgewertet werden.«

»Wie lange?«

»Bis auf weiteres.«

»Das ist nicht dein Ernst, Pete, ich hab gleich Feierabend.«

»Tut mir leid, Big Bug. Allrounder Ende.«

Einen Moment lang hielt Summers das Mikrofon nachdenklich abwägend in der Hand, dann schaltete er auf den Kanal der Gruppe »King« zurück und beorderte Krieger und J.T. zur Vordertür. Als ihr Wagen auftauchte, ließ er den Motor an und fuhr in Richtung Autobahn. Es schien ihm, daß Captain Terry Gordon jetzt dringender seine Hilfe brauchte als *Private First Class* Elvis Presley.

*

Hans-Gerd Grasshoff hob einige Steinchen vom Kies der Einfahrt auf und warf sie nacheinander gegen die Scheibe des schwach beleuchteten

Fensters unter dem Dachfirst. Klaus Kempers Kopf erschien und nickte, als Hans-Gerd ihm zuwinkte.

Klaus öffnete die Haustür mit dem mürrischen Gesichtsausdruck, den er seit einigen Monaten pflegte und trainierte. Wortlos ging er die Treppe hinauf, und Hans-Gerd folgte ihm leise in den vom Dachspeicher abgeteilten Verschlag, der Klaus' Bude darstellte. Auf dem Boden in der Mitte des Raumes stand ein Neckermann-Phonokoffer, daneben stapelten sich Langspielplatten und einige wenige Singles. An der linken Wand ein Feldbett, davor ein unordentlicher Haufen Bücher, etliche aufgeschlagen mit dem Einband nach oben. Neben einem mit weiteren Büchern und Schallplatten beladenen Regal stand ein Altsaxophon in einem Ständer. Klaus hockte sich wortlos auf den Boden neben den Plattenspieler und griff zielsicher eine Schallplatte aus dem Stapel. »Dave Brubeck-Quartett« konnte Hans-Gerd auf der Hülle lesen. Er warf seine Regenjacke auf das Feldbett und setzte sich auch auf den Boden.

»Hast du 'ne Zichte?«

Klaus schob ihm wortlos seine Packung Overstolz rüber.

»Hast du auch Feuer?« fragte Hans-Gerd.

»Rauchen kannst du aber allein«, sagte Klaus und warf ihm ein Päckchen Welthölzer zu. Ein verhaltenes Piano in einem seltsamen Takt klang aus dem Lautsprecher.

»Das ist *cool*«, murmelte Klaus.

»Was ist das?«

»*Cool*, Mann. Weißt du nicht, was *cool* ist?«

»Englisch? Kühl?«

Klaus antwortete nicht. Er sah nur noch mürrischer drein, während auch er sich eine Overstolz ansteckte.

»Heiß ist das jedenfalls nicht«, sagte Hans-Gerd.

»Was weißt *du* schon.« Klaus fuhr sich mit der Rechten durch den Flaum des Vollbartes, den er sich zusammen mit dem Gesichtsausdruck zugelegt hatte. »Paß auf, gleich kommt das Alt ...«, er hob die Hand.

Das Saxophon setzte mit einem klaren, sanften Ton ein, an dem Hans-Gerd jegliche Energie vermißte. Er sah seinen Freund an, der mit geschlossenen Augen die Melodie mitdirigierte, und lächelte in sich hinein.

»Heh, wir treffen uns gleich alle bei Jogi. Seine Eltern sind nicht da. Kommst du mit?«

Klaus hielt die Augen geschlossen. »Eine Rock'n'Roll-Party, nehme ich an? Vergiß es.«

»Mensch, Klaus! Ein bißchen Rock'n'Roll wird dich nicht umbringen. Außerdem werden da einige seltsame Wesen erwartet, du hast vielleicht schon mal welche gesehen: Sie tragen meist Röcke und lange Haare, wie heißen sie noch?«

»Schotten.« Klaus verzog den Mund und blies einen Rauchring in Hans-Gerds Richtung. »Wann hörst du auf, mich zu bemuttern?«

»Wenn du endlich mal wieder aus deinem Loch kommst.«

»Laß mich doch, ich fühl mich wohl hier.«

»Du versauerst.«

»Ich versaure nicht, ich denke nach.«

»Worüber kann man denn monatelang nachdenken?« fragte Hans-Gerd.

Klaus zeigte auf den Bücherstapel neben dem Bett. »Darüber.«

Hans-Gerd griff nach dem zuoberst liegenden Buch. »Jean Paul Sartre«, las er und legte es kopfschüttelnd wieder weg.

»Existentialismus«, sagte Klaus.

»Verstehe.«

»Verstehen, du? Hah.«

»Du bist ein Exi, ich weiß, das erzählst du ja oft genug. Das ist für mich auch in Ordnung, glaub mir. Was mich nur beunruhigt, ist die Tatsache, daß du offensichtlich der einzige Exi in ganz Bad Nauheim bist.«

»In Frankfurt gibt's viele«, sagte Klaus.

»Wir sind aber nicht in Frankfurt. Hier bist du allein. Hast du außer mir überhaupt noch Freunde? Die anderen halten dich doch alle für einen Spinner.«

»Das ist deren Problem.« Klaus nahm einen tiefen Zug von der Overstolz. »Magst du was trinken?«

»Was hast du denn da?«

Klaus hob den Finger an die Lippen und kroch zu dem Regal, wo er einen Bücherstapel auf dem untersten Brett beiseite schob. Sein mürrischer Ausdruck wurde von einem leise triumphierenden Lächeln abgelöst, während er eine halbvolle Flasche Rotwein hervorholte.

»Bordeaux. Ein '43er«, flüsterte er. »Wenn mein Vater mich damit erwischt, schlägt er mich tot. Aus seinem Keller, hat er damals kistenweise von der Westfront mitgebracht.«

Er griff nach einem kleinem Wasserglas, das neben dem Plattenspieler stand, goß es voll und reichte es Hans-Gerd. »Ich hab nur ein Glas.« Immer noch flüsterte er.

Hans-Gerd nahm einen Schluck und verzog das Gesicht. »Sauer«, sagte er.

»Banause!« Klaus nahm ihm das Glas wieder ab. »Du hast einfach keine Ahnung. Bleib am besten bei Kröver Nacktarsch.«

»Kommst du also mit zu Jogi?« fragte Hans-Gerd.

»Das nächste Mal.«

Hans-Gerd rappelte sich vom Boden hoch und streckte sich. »Schade«, sagte er. »Ach, übrigens«, er griff nach seiner Jacke und holte sein Portemonnaie heraus, »ich kann dir meine Schulden bezahlen.«

»Schon? Wieviel denn?«

»Die ganzen zehn Mark.« Er nahm einen Schein heraus und reichte ihn zu Klaus hinunter.

»Mach Witze.« Klaus trank das Glas leer und schenkte sich nach. »Wie bist du denn so schnell wieder flüssig geworden?«

»Ich habe als Briefträger gearbeitet.« Hans-Gerd ging zur Tür. »Dann bis zum nächsten Mal«, sagte er und lief die Treppe hinunter.

Klaus stand langsam auf und ging zu dem kleinen Fenster im Giebel. Im schwachen Schein der Straßenlaterne sah er Hans-Gerd seine Kreidler antreten und mit krähendem Motor davonfahren. Mit gerunzelter Stirn sah er ihm nach.

»Briefträger?« murmelte er. »*Cool.*«

Er öffnete das Fenster. Die Ellbogen aufgestützt, das Glas in der einen, die Overstolz in der anderen, sah er in die dunstige Nacht hinaus und lauschte der Musik. Obwohl er konzentriert mitzählte, gelang es ihm nicht, die Taktart herauszuhören. Das Stück hieß »Three to Get Ready«, also fing er mit einem Dreier an, kam aber nicht weit.

»*Cool*«, sagte er wieder.

Resignierend-bewundernd drückte er die Zigarette unter dem äußeren Fensterbrett sorgfältig aus. Als er den Stummel in den Garten warf, was ihm eine sichere und mittlerweile institutionalisierte Auseinandersetzung mit seiner Mutter einbringen würde, sah er eine junge blonde Frau an der Einfahrt vorbeigehen. Plötzlich blieb sie stehen, hielt sich mit der Rechten am Tor fest. Sie schien zu weinen.

»Was ist denn mit der?« murmelte Klaus Kemper, während er sein Fenster schloß. Er zögerte einen Moment, dann öffnete er es wieder.

*

General Robert Thornhill stand mit auf dem Rücken verschränkten Händen am Fenster des Amerika-Hauses. Seit endlosen Sekunden sah er eisig schweigend in den dunklen Grüneburg-Park hinaus. Summers lehnte neben der Tür hinter Gordon, der zusammengesunken am Tisch saß wie ein Angeklagter, die Stirn in Falten gelegt. Gordon hatte Summers dankbar angesehen, als der überraschend zu der Besprechung gestoßen war. Die neuesten Ereignisse hatte Summers ihm noch gar nicht mitteilen können.

Endlich, ohne sich umzudrehen, begann der General zu sprechen. Sogar von hinten drückte die Haltung seines kleinen, hageren Körpers völligen Widerwillen aus.

»Wir befinden uns hier direkt an der Front, meine Herren! Die Russen stehen nur ein paar Dutzend Meilen entfernt. Sie stationieren Atomwaffen, sie infiltrieren unsere Gesellschaft, unsere Wirtschaft und unsere Kultur, sie bedrohen unsere Freiheit. Und *ich* habe von meinem Land eine Aufgabe übertragen bekommen. Diese Aufgabe für mein Land erfüllen zu dürfen, ist ein Grund, stolz zu sein, und ich werde dieser Aufgabe all meine Kraft widmen. Diese Aufgabe ist, unser Land vor Angriffen der Kommunisten zu warnen und zu schützen. Und sie ist nicht ...«, General Thornhill drehte sich auf dem Absatz um und funkelte Gordon an, »ich wiederhole: sie ist *nicht*, Kindermädchen für einen erbärmlichen, albernen Schlagersänger zu spielen, dessen sogenannte Kunst die Jugend der freien Welt zu Zügellosigkeit und Barbarei verführt!«

»Selbstverständlich, General«, murmelte Gordon, »aber die Order war ausdrücklich –«

»Ich kenne die Order!« brüllte der General. »Wenn Sie aber meinen sollten, Captain Gordon, das bedeute, ich würde Ihrem Team jetzt beliebig Ressourcen zur Verfügung stellen, dann haben Sie sich geschnitten. Ich habe keinen Mann übrig. Alle meine Männer arbeiten an für unser Land lebenswichtigen Aufgaben, und ich werde keinen, nicht einen einzigen für diesen ... diesen *Quatsch* von seinem Posten abziehen. Die Gruppe ›King‹ ist mir für diesen Auftrag zukommandiert worden, Sie haben genug Leute und heute auch noch den *rookie* bekommen, mehr gibt es nicht. Ja, ich kenne die Order.«

Gordon hockte auf seinem Stuhl in der Haltung eines geprügelten Hundes.

»Möglicherweise kam der Angriff ja tatsächlich von den Russen oder den Ostdeutschen«, quetschte er hervor, »dann –«

»Jetzt machen Sie sich doch nicht lächerlich, Captain.« Der General hatte sich wieder dem Fenster zugewandt. »Die führen ihren Krieg genauso ernsthaft wie wir. Ein Anschlag auf einen Schlagersänger, hören Sie doch auf!«

Summers konnte Gordons Stimme kaum noch hören. »Sir, ich dachte, wenn Langley so eine Order gibt, dann steckt auch was dahinter.«

General Thornhill drehte sich langsam wieder um. Sein Blick bekam etwas Mitleidiges. Mit Daumen und Zeigefinger der Rechten strich er über seinen akkurat gestutzten Schnäuzer. Er ging auf Gordon zu und klopfte ihm auf die Schulter.

»Lassen Sie mich Ihnen erzählen, wie diese Order zustande gekommen ist«, sagte er überraschend leise.« Er ging um den Tisch herum und setzte sich Gordon gegenüber. »Ich sollte das eigentlich nicht tun, meine Herren ... Setzen Sie sich doch, Summers ... aber ich finde, Sie können ruhig wissen, woran Sie sind. Behalten Sie es aber für sich, das ist ein Befehl.« Er lehnte sich zurück, seine Hände lagen entspannt auf der Tischplatte. »Ihre Order ist durchaus *nicht* Teil der kulturellen Offensive in Europa, die wir so aufwendig betreiben, meine Herren. Ich persönlich habe ohnehin gewisse ... sagen wir mal geschmackliche Vorbehalte, gegen das, was unsere Strategen da so treiben, aber darüber steht uns kein Urteil zu. Vor drei Jahren haben sie sogar diesen Neger mit den aufgeblasenen Backen um die Welt geschickt, diesen Trompeter, wie heißt der noch?«

»Dizzy Gillespie, Sir«, sagte Summers.

»Na ja, wie auch immer. Ich mag Jazz, meine Herren, auch wenn Sie das vielleicht verwundert ...«

Summers unterdrückte ein Nicken.

»... ich habe Glenn Miller noch selbst spielen gehört, und das hatte Schmiß, durchaus. Aber was diese ›Künstler‹ heutzutage darbieten – da sage ich: Nein danke, nichts für mich. Und dabei sollen sie für unser Land werben, dafür bezahlen wir sie schließlich. Ich verstehe das nicht. Aber ich schweife ab. Also, Ihre Order ist nicht wirklich Resultat strategischer Überlegungen. Vielmehr geht sie zurück auf eine Anregung der Vorsitzenden des ›Zusammenschlusses der Elvis-Presley-Fanclubs der Staaten New Jersey und Delaware‹ – einer Institution, deren Einlassungen in Langley normalerweise nicht auf übermäßiges Interesse zu stoßen pflegen, wie Sie sich denken können. Allerdings fiel einem unserer aufmerksamen subalternen Mitarbeiter der Name der unterzeichnenden jungen Dame auf, und er fand heraus, daß es sich bei ihr um die Tochter von Senator Towler handelt, der, das wird Ihnen bekannt sein, die ausschlaggebende Stimme im Senatsausschuß für Geheimdienstangelegenheiten ist. Dieser Ausschuß entscheidet unter anderem über unseren Haushalt, auch das wird Ihnen bekannt sein. Nun ist Senator Towler nicht gerade als ausgesprochener Fan moderner Schlagermusik bekannt, aber er hängt sehr an seiner einzigen Tochter, die bedauerlicherweise bei seiner geschiedenen Frau lebt. So hat sich Langley entschlossen, in vorauseilendem Gehorsam sozusagen, dem Senator und seiner Tochter entgegenzukommen.«

General Thornhills Augen funkelten. Trotz seiner jetzt ruhigen Stimme gab es keinen Zweifel, daß er vor Wut kochte darüber, seine Abteilung – Brandmauer gegen die rote Bedrohung – für eine solche Maßnahme mißbraucht zu sehen. Aber er war Militär genug, um einen Befehl unabhängig von seinem Sinngehalt auszuführen.

Summers hob leicht die Hand, um sich zu Wort zu melden. »Wenn der Senator von unserer Überwachung weiß, bedeutet das aber doch, daß wir Presley schützen *müssen*, Sir«, sagte er. »Ein Fehlschlag würde Langleys Absichten doch konterkarieren.«

»Konterkarieren, sehr schön gesagt, Summers. Ich bin mir sicher, daß Langley das genauso sieht. Aber *ich* – ich sehe das anders. Man kann Befehle interpretieren, man muß aber nicht. Manchmal ist es sehr nützlich, es nicht zu tun. Ich erfülle die Order mit den mir zur Verfügung gestellten Mitteln, aber darüber hinaus werde ich rein gar nichts veranlassen. Ihre Gruppe wird allein klarkommen müssen.«

Die Einstellung des Generals fand Summers' ungeteilte professionelle Zustimmung und Terry Gordon sein ungeteiltes Mitleid. Gordon hatte gerade den Schwarzen Peter in die Hand gedrückt bekommen, ohne eine Chance, ihn wieder los zu werden.

»Weiß die Tochter des Senators auch Bescheid?« fragte Summers.

»Das möchte ich Ihnen nicht wünschen. Ich kenne den Senator nicht so gut, daß ich über seinen häuslichen Umgang informiert wäre. Aber ich kann mir vorstellen, daß er seiner Tochter eine Freude gemacht und ihr von der Leibwache ihres Lieblings erzählt hat. Nur so macht unser Geschenk an den Senator richtig Sinn.«

»Allmächtiger«, flüsterte Gordon.

»Lassen Sie den aus dem Spiel.« General Thornhill sah ihn scharf an.

»Ich an Ihrer Stelle würde versuchen, jetzt keine Fehler zu machen, Captain Gordon.« Summers hatte den sicheren Eindruck, der General unterdrücke bei diesem Satz ein Grinsen. »Meine Herren, ich habe Ihre Zeit schon über Gebühr in Anspruch genommen. Sie werden noch zu tun haben, nehme ich an. Guten Abend und viel Glück.«

»Gottverdammte Scheiße«, stieß Gordon hervor, als sich die Tür hinter ihnen geschlossen hatte. Summers marschierte sofort los. Er ging schnell, um Gordon das Reden zu erschweren. Er hatte nicht vor, sich die komplette Terry-Gordon-Selbstbemitleidungs-Arie anzuhören – und es würde die lange Version werden, wenn er Gordon erst mal anfangen ließ. Auf der Treppe zum zweiten Stock hinab kam ihnen Walter Peel von der Abhörzentrale entgegen. Er schwenkte eine Tonbandspule.

»Was ist das?« fragte Gordon.

»Das hat Big Bug gerade aus Ziegenberg rübergespielt. Sammy sagte, es hätte länger gedauert mit der Leitung in die Staaten, sie sind gerade erst fertig geworden«, sagte Walter zu Summers.

»Danke, Walter. Wen haben sie angerufen?« Summers nahm ihm das Tonband ab.

»Einen Colonel Parker. Der hörte sich allerdings nicht sehr militärisch an.«

»Das ist sein Manager«, sagte Gordon. »Was ist das für ein Gespräch?«

»Hat Summers bestellt. Übrigens, für Direkt-Auswertungen haben wir im Moment keine Leute übrig. Der Alte müßte uns Verstärkung genehmigen.«

Summers winkte ab. »Dann vergiß es, Walter. Schönen Feierabend.«

Walter Peel grinste zufrieden. »Euch auch«, sagte er.

»Laß mich bloß in Ruhe!« bellte Gordon.

»Was ist denn mit *dir* los?« fragte Peel verwundert.

Summers machte eine beschwichtigende Geste hinter Gordons Rücken, die Peel mit einem Fingerzeig an seine Schläfe quittierte. Gordon stürmte ins Büro.

»Was ist das für ein Tonband?« fragte er, nachdem Summers die Tür des winzigen Zimmerchens geschlossen hatte, das sich die Gruppe »King« hier in Frankfurt mit drei anderen externen Gruppen teilen mußte. »Und was machst du überhaupt hier?«

Summers gab ihm eine Zusammenfassung der Ereignisse, während

Gordon das Tonband auf das Abspielgerät legte. Als Summers berichtete, daß der Bote J.T. auf einem Moped entwischt war, erschien eine weitere steile Falte auf Gordons Stirn, was Summers für unmöglich gehalten hatte. Gordon ließ die Arme sinken und schloß die Augen. Das Tonband hing nach wie vor lose von der Spule.

»Was hat diese Geschichte nun wieder zu bedeuten?« fragte er.

»Ich bin kein Hellseher, Terry.«

»Wo ist Miss Foster?«

»Sie wartet in der Cafeteria.«

»Kann sie uns nicht einen Kaffee besorgen? Und ein paar Sandwiches vielleicht.«

»Du bist der Captain, du mußt es ihr nur befehlen.«

»Da hast du recht ... am besten, ich geh ihr kurz Bescheid sagen.«

Captain Terry Gordon nutzte die Chance zur Flucht. Summers sah ihm nicht nach. Gordon war nervlich angeschlagen, es würde ziemlich lange dauern, bis er mit seinen Sandwiches wiederkäme. Summers fädelte das Band ein und drehte den Knopf auf »Play«. Mit einem kräftigen, metallenen Klacken schaltete das Gerät sich ein, und die Spulen begannen zu rotieren. Die rechte drehte einige Male durch, bis das Band auf ihr Halt gefunden hatte. Ein kurzes Pfeifen erklang, dann begann die Aufzeichnung.

Nach den einleitenden Worten der Dame vom Fernamt meldete sich eine Frau mit breitem Südstaatenakzent:

»Büro von Colonel Parker, was kann ich für Sie tun?«

»Hier ist Vernon Presley«, brüllte eine heisere Stimme. Summers beobachtete das VU-Meter – der Ausschlag lag um die Hälfte höher als bei der Stimme der Frau. »Hol mir den Colonel an den Draht, Herzchen, und zwar pronto!«

»Das tut mir leid, Mr. Presley, der Colonel ist zur Zeit ...«

Es entspann sich der klassische Dialog zwischen einer heroisch den Chef verleugnenden Sekretärin und einem hysterisch auf seinem Recht und seiner Bedeutung beharrenden Kotzbrocken. Als Vernon Presley der Sekretärin drohte, sie würde in weniger als einer Stunde auf der Straße »jeden Nigger« um Brotkrumen angehen, sagte aus einiger Entfernung eine andere, sanfte Männerstimme:

»Laß mich mit ihr reden, Dad.«

Vernon Presley grummelte Unverständliches und reichte den Hörer weiter.

»Hi, Deirdre. Hier ist Elvis.«

»Deirdre ist krank, Mr. Presley, hier ist Heather.«

»Heather, wie nett, mit Ihnen zu sprechen! Was ist mit Deirdre? Etwas Ernsthaftes?«

»Aber nein, Mr. Presley, es ist nur ...«

Summers zog die Brauen hoch. Die beiden beredeten minutenlang Deirdres Krankengeschichte, und Summers erstaunte das offensichtlich ehrliche Interesse des Schlagerstars an der Gesundheit der Sekretärin seines Managers.

Die Tür zu Gordons Büro öffnete sich, und Foster kam herein. Sie balancierte zwei Tassen Kaffee auf einem kleinen Tablett.

»Wo ist Captain Gordon?« fragte Summers.

»Sandwiches besorgen – die in der Cafeteria haben ihm nicht gefallen. Er hat gesagt, ich solle Ihnen einen Kaffee bringen.«

Summers wies auf den freien Stuhl. Immer noch drehte sich die Unterhaltung auf dem Tonband um Deirdres Ischiasnerv.

»Ist das *seine* Stimme?« fragte Foster fast flüsternd.

»Ja. Und jetzt halten Sie den Mund. Setzen Sie sich und stenographieren Sie mit.«

»Das kann ich nicht.«

»Was?«

»Stenographieren. Ich bin schließlich keine Sekretärin.«

Summers machte eine ärgerliche Geste. »Dann machen Sie eben Notizen.«

Foster manövrierte sich schweigend hinter den Schreibtisch und griff nach einem Block.

»Jetzt sag ihr endlich, daß du den Colonel sprechen mußt!« brüllte Vernon in das Gespräch hinein.

»Er ist in einer Konferenz, Mr. Presley, aber ich bin sicher –«

»Sagen Sie ihm doch bitte, es ist wichtig, Heather.«

»Natürlich, Mr. Presley, Sir, einen Moment ...«

Es knackte in der Leitung, nach sechs Sekunden meldete sich der Colonel.

»Mein Junge, schön, daß du anrufst! Was ist los, ist bei euch jetzt nicht mitten in der Nacht?«

»Nein, Tom. Erst Abend.«

»Was ist das Problem? Ohne Probleme ruft ihr doch nie an.« Parker lachte.

»Nun, Problem würde ich es nicht direkt nennen ...« Die sanfte Stimme wurde ein wenig unsicher.

»Du würdest es nicht Problem nennen?« brüllte Vernon, schnelle Schritte waren zu hören. »Jemand will mich killen, und das nennst du ›kein Problem‹! Gib mir den Hörer.«

Etwas polterte. Jetzt sprach wieder Vernon.

»Jemand will mich killen, Tom! Du mußt was unternehmen!«

»*Dich* killen, Vernon? Was hast du jetzt wieder angestellt?« Wieder lachte der Colonel.

»Das ist verdammt noch mal nicht witzig, Tom! Sie haben einen Bombenanschlag auf mich versucht. Und eben haben sie einen Drohbrief hier vor unsere Tür gelegt.«

Summers sah Foster an und zog die Brauen hoch. Sie blickte unbewegt auf das Tonbandgerät, doch als sie den Kopf wieder über den Block beugte, sah er sie lächeln.

»Es *war* keine Bombe, Dad.« Elvis' Stimme war nur schwach zu hören.

»Natürlich war es eine Bombe, egal, was die verdammten Deutschen hier erzählen!«

»Jetzt mal langsam und von vorne, Vernon. Was ist das für eine Geschichte?«

»Gestern nacht ist direkt neben meinem Wagen eine Bombe hochgegangen, mitten im Wald, und heute –«

»Neben *deinem* Wagen?« unterbrach ihn Parker. Er klang konzentriert.

»Na ja, der, mit dem ich eben unterwegs war, der BMW.«

»Also Elvis' Wagen.«

Der Mann denkt schnell, dachte Summers.

»Es gibt jetzt wirklich keinen Grund, so kleinlich zu sein«, sagte Vernon.

»Ich bin nicht kleinlich, Vernon, das solltest gerade du wissen. Ich möchte nur sicher sein, alles verstanden zu haben. Bist du verletzt worden?«

»Nein, sie haben mich nicht erwischt. Am Wagen ist auch nichts, mach dir bloß keine Sorgen!«

»Was war das eben mit den Deutschen, was wissen die davon?«

»Sie behaupten, da wäre eine Lampe umgefallen! Mann, ich habe in meinem Leben genug Petroleumlampen umgeschmissen, ich weiß, wie so was aussieht, und das gestern war keine Lampe. Das war eine beschissene *Bombe.*«

»Von welchen ›Deutschen‹ redest du da, Vernon, etwa von der Polizei?«

Vernon Presley wurde merklich kleinlauter. »Tja, Elisabeth, unsere Sekretärin, dachte, wenn so etwas passiert –«

»Ihr geht zur Polizei, ohne mich zu informieren?« fiel Parker ihm ins Wort. »Seid ihr wahnsinnig? Wißt ihr, was aus so einem *bullshit* entstehen kann? Gib mir sofort Elvis.«

»Schon gut, Tom«, murmelte Vernon und reichte den Hörer an seinen Sohn zurück.

»Ja?« Elvis' Stimme war die eines Mannes, der weiß, daß er eine gute Erklärung braucht.

»Was genau ist vorgefallen?« Parkers Stimme war jetzt wieder kontrolliert. Ein Profi bei der Schadensbegrenzung, dachte Summers.

»Elisabeth hat sich nichts Böses dabei gedacht, sie macht sich Sorgen, das ist alles. Die Polizei hat die Stelle untersucht und sagt, es wäre nichts passiert.«

»Und was denkst du?«

»Ich denke, sie haben recht.«

Im Hintergrund war ein abfälliges Grunzen von Vernon zu hören.

»Und jetzt kam ein Drohbrief?« fragte Parker.

»Nun ja. Eine Postkarte mit nur einem Satz: ›*Better luck next time*‹, das war alles. Adressiert an Mr. Presley und unterschrieben mit ›Ein Freund‹. Das kann natürlich alles Mögliche bedeuten, aber Dad bezieht es eben auf sich.«

»Und was will er jetzt von mir? Soll ich die Kavallerie verständigen?«

Elvis unterdrückte ein Lachen zu einem Räuspern. »Ja. Ich denke, genau das will er.«

»Ich werde drüber nachdenken. Hat denn jemand Grund, ihm etwas anzutun?«

»Ich kann es mir nicht vorstellen«, sagte Elvis, doch es klang nicht wirklich überzeugt.

»Zwei Dinge«, sagte Parker, »erstens: Ihr geht auf keinen, auf gar keinen Fall zur deutschen Polizei. Wenn es *wirklich* brennen sollte, geh zur MP und informiere mich sofort, am besten noch vorher. Zweitens und vor allem, mein Junge: Paß auf *dich* auf. Fahr nicht mehr allein herum. Am besten, du bleibst zu Hause, bis klar ist, was es mit dieser Geschichte auf sich hat. Wenn das nicht geht, nimm Lamar mit oder, in Gottes Namen, Red. Aber halte die Augen offen. Ich melde mich wieder bei euch.«

Die Leitung wurde unterbrochen.

»Er macht sich ebenfalls Sorgen um Elvis«, sagte Foster.

»Das täte ich auch, wenn ich ein paar Millionen Dollar frei in Übersee herumlaufen hätte.« Summers drehte am Schaltknopf des Tonbandgerätes und spulte zurück. Auf dem Karton der Spule waren die Gesprächsdaten notiert, er sah auf seine Armbanduhr: Das Gespräch war vor fünfundzwanzig Minuten beendet worden.

»Hat der Captain gesagt, wie lange er wegbleibt?« fragte er.

»Kurz – hat er gesagt.«

Wieder sah Summers auf die Uhr. Dann griff er nach dem Telefon und wählte die Vermittlung an.

»Ich brauche eine Leitung nach Langley«, sagte er, als die Telefonzentrale sich meldete. »Lieutenant Rufus Oldman, Abteilung sieben-drei-neun. So schnell wie möglich.«

*

Vor dem »Ratskeller« standen sechs Mopeds, NSU-Quicklys und Zündapps, aber auch eine brandneue Florett war dabei. Doch während Hans-Gerd seine Kreidler Amazone daneben stellte, hatte er nur Augen für die 400er Horex Regina, die ein paar Meter entfernt am Straßenrand abgestellt war. Sie hatte zwei auffällige, ovale Rückspiegel.

»Klasse, Texas ist da«, sagte er zu sich, während er auf die Glastür zuging.

Die anderen waren hinten, wie immer. Als Hans-Gerd an der Theke vorbeikam, fiel sein Blick auf den zerstörten Spiegel.

»Was ist denn hier passiert?« fragte er den Kellner.

»Eine von den Elvis-Bienen hat der Hafer gestochen.«

Hans-Gerd sah fasziniert auf das Zerstörungswerk. »Eine Elvis-Biene? Von den Fans aus der Goethestraße?«

»Genau.«

Hans-Gerd suchte nach einer Stelle, an der eine Scherbe des Spiegels noch einen Blick auf seine Frisur erlaubte, dann zog er den Kamm aus der Gesäßtasche seiner Blue Jeans und strich sich damit durch die Stirnwelle.

»Willst du was trinken?« fragte der Kellner.

»Nein, ich bin gleich wieder weg.« Er zeigte auf den Spiegel. »Ein Rock'n' Roll-Krawall in Friedberg. Dufte.«

»Das nächste Mal geh ich mit dem Gummiknüppel dazwischen«, sagte der Kellner.

Hans-Gerd lachte und ging nach hinten zu den anderen.

Texas war am Tisch – natürlich. Er spielte mit Neal, einem schwarzen GI, der regelmäßig hier war. Olaf, Wilhelm und die anderen saßen an den kleinen Tischen an der Rückwand. Etwas abseits, an seinem Stammplatz direkt an der Musikbox, stand Richard, oder Ritchie, wie er sich nannte, mit einem »t« wie Ritchie Valens. Neben ihm lehnte ein flotter Käfer an der Wand. Kleid und Schuhe wirkten ein bißchen bieder, aber sie hatte ein hübsches Gesicht, zu dem die dunklen Haare sehr gut paßten. Das Kinn entschlossen nach vorn geschoben, doch mit nervösem Blick sah sie dem Billardspiel zu. Hans-Gerd zwängte sich zwischen Ritchie und die Musikbox.

»Wen hast du dir denn da angelacht?« fragte er, gerade laut genug, um Fats Domino zu übertönen, der »Ain't that a shame« sang.

»Schön wär's«, antwortete Ritchie. »Von der werden wir die Finger lassen müssen. Sie gehört Texas.«

Hans-Gerd verzog das Gesicht. Er beugte sich vor, um an Ritchie vorbei einen weiteren Blick auf das Mädchen zu werfen. »Ist das dein Ernst? Ich meine, sie ist ja ganz flott, aber für Texas ... na ja.«

»Er hat ihr eben einen Milchshake geholt«, sagte Ritchie.

»Sie kommt mir irgendwie bekannt vor.«

»Die ist sonst immer mit 'ner Freundin hier, so 'ner Blondine. Sie gehören zu den Elvis-Fans.«

»Hat sie den Spiegel eingeworfen?« fragte Hans-Gerd und versuchte noch einen unauffälligen Blick auf das Mädchen.

»Nee, ihre Freundin. Und weißt du was? Texas hat den ganzen Schaden beglichen.«

»Junge, Junge.« Hans-Gerd stieß einen anerkennenden Pfiff aus.

»Manchmal würde mich schon interessieren, wo er seinen Zaster her hat. Ich meine, ich will nichts gesagt haben ...« Ritchie zündete sich eine Juno an. »Er taucht alle paar Monate hier auf und macht den großen Max. Was wissen wir eigentlich über ihn?«

»Zum Beispiel, daß er der einzige deutsche Pool-Spieler ist, der Neal schlagen kann.«

Mit einem krachenden Stoß versenkte Texas seine letzte Kugel. Neal stand auf seinen Queue gestützt gegenüber an der Schmalseite des Tisches, direkt neben dem anderen schwarzen GI, der an einer Säule lehnte. Neal hielt seinen Kopf gesenkt und warf Texas von unten herauf einen böse drohenden Blick zu. Doch als er den Kopf hob, verzog sich sein Gesicht erst zu einem Grinsen, dann folgte ein dröhnendes Gelächter. Er zog ein zusammengerolltes Bündel Dollarscheine aus der Hosentasche und nahm das Gummiband ab.

*»Tex, you son-of-a-bitch«*, sagte er, während er ihm das Geld hinzählte, *»don't do that to me again. Listen, buddy, I mean never again!«*

Texas zählte die Scheine flüchtig durch. *»Not until tomorrow, anyway«*, sagte er dann, und Neal brach wieder in brüllendes Gelächter aus. Texas ging auf das Mädchen zu; als er neben ihr stand, trat der andere Schwarze zu ihm.

*»Come to my place tomorrow, I got sump'n for ya«*, hörte Hans-Gerd ihn sagen.

*»Something hot?«* fragte Texas.

*»Sump'n cool«*, sagte der Schwarze.

Die beiden grinsten sich an.

*»Tomorrow. Okay«*, sagte Texas dann, und der GI folgte Neal, der bereits auf dem Weg zur Tür war.

Das Mädchen sah zu Texas auf, ihr Lächeln war unterlegt von Stolz und Unsicherheit. Er zwinkerte ihr zu und griff nach seiner Jacke.

»Hallo, Texas«, sagte Hans-Gerd schüchtern.

»Hallo, Jungs«, sagte Texas. »Darf ich euch Katharina vorstellen? Katharina, das sind Hansi und Richard. Alles klar bei dir, Hansi?« fragte Texas und sah ihn mit leicht hochgezogenen Brauen an.

»Ja. Ja, alles klar, Texas«, sagte Hans-Gerd eifrig.

»Er heißt Hans-Gerd. Und ich bin Ritchie.« Ritchie zog an seiner Juno.

»Sehr schön, freut mich zu hören. Tja, wir gehen dann«, sagte Texas und drehte sich zur Tür, den Arm locker um Katharina gelegt.

»Heh, Texas!« rief Ritchie ihm unvermittelt nach, »wir fahren gleich alle zu Jogi. Wird 'ne dufte Party, bestimmt. Habt ihr nicht Lust mitzukommen, du und Katharina?«

Hans-Gerd hielt den Atem an, das durfte nicht wahr sein. Man grüßte Texas, aber man sprach ihn nicht an – man wartete darauf, von ihm angesprochen zu werden. Ritchies Einladung war eine Frechheit.

Texas drehte sich wieder um und sah Ritchie an. »Geht alleine spielen, Jungs«, sagte er.

Hans-Gerd hatte die Antwort schon vorher in Texas' Gesicht ablesen können, aber in Katharinas Augen sah er so etwas wie Hoffnung aufblitzen.

»Ach Tex, sollen wir nicht doch?« fragte sie.

Texas zog wieder die Brauen hoch und sah auf Katharina, als habe er nicht richtig gehört.

»Noch ein bißchen Musik hören ...« Katharinas Stimme wurde während des kurzen Satzes immer leiser. Hans-Gerd verstand plötzlich: Sie hatte Angst, allein mit Texas wegzugehen.

»Na gut. Wo wohnt denn dieser Jogi«, sagte Texas, und Hans-Gerd wollte seinen Ohren nicht trauen.

*

»Müßten wir Captain Gordon nicht über das Telefonat mit Langley unterrichten?« fragte Foster. Sie lief neben Summers die Treppe zum Ausgang hinunter.

»Wenn wir ihn sehen, tun wir es«, sagte Summers. Er winkte dem farbigen Pförtner zu.

»Nacht, Pete! Und fahr vorsichtig!« rief der ihnen hinterher.

Summers stoppte abrupt und drehte sich um. »Warum hältst du nicht einfach die Klappe, Mann?«

Der Pförtner hob beide Hände zu einer entschuldigenden Geste. »Sorry, Pete. War nur so 'ne Bemerkung.«

Sie traten hinaus. Der Parkplatz vor ihnen lag in gelblich beleuchtetem Nebel.

Foster hatte Mühe, Summers' Schritten zu folgen. »Sie meinen also nicht, daß Captain Gordon sofort wissen muß, was los ist?«

Summers schloß den Wagen auf und öffnete von innen die Beifahrertür. Wenn er wissen will, was los ist, sollte er auf seinem Posten sein, wenn was passiert, dachte er.

»Wir wissen doch noch gar nicht, ob etwas dabei rauskommt«, sagte er und startete den Motor.

Sie passierten die Ausfahrtkontrolle und rollten durch das abendliche Frankfurt. Summers genoß es, daß Foster für eine Weile schwieg. Er gestand sich ein, daß sie ihm sympathischer war als viele, mit denen er im Team hatte arbeiten müssen, soweit man das nach einem Tag beurteilen konnte. Trotzdem mochte er sie bei weitem nicht so, wie er es mochte, allein zu arbeiten.

Am Stadtrand nahm der Nebel zu. Fosters Schweigen endete, als sie auf die Autobahn auffuhren. Später als bei den meisten, konstatierte Summers.

»Sie reden nicht gern«, stellte sie fest.

Summers antwortete nicht.

»Aber wenn ich in Ihrem Team sein soll, muß ich ein paar Dinge wissen und verstehen. Bisher kenne ich ja nur Sie und Captain Gordon. Sie scheinen nicht allzuviel Respekt vor ihm zu haben.«

Summers sah geradeaus. »Keine Ahnung, wie Sie darauf kommen.«

»Es ist der Eindruck, den ich habe, ich mag mich ja irren. Außerdem habe ich das Gefühl, daß Sie nicht besonders gern mit anderen zusammenarbeiten.«

»Steht genau so in meiner Beurteilung.«

»Und die anderen, arbeiten die auch lieber allein?«

»Durchaus nicht. Sie werden sie morgen früh bei der Sitzung kennenlernen. Die werden Sie mögen. Alle sehr kooperativ.«

Wieder schwieg Foster für einen Augenblick. Der Nebel wurde immer dichter. Sie gerieten in eine Kolonne der Army. Immer wieder tauchten dicht vor ihnen die schwachen Rücklichter von langsamen, tarnfarbenen Lkws auf. Summers wechselte ganz auf die linke Spur, ohne dabei schneller zu werden.

»Würden Sie mir verraten, warum Sie auf eigene Faust in Langley angerufen haben?«

Die Frage war fällig, er hatte sie früher erwartet.

»Es mußte vor allem schnell gehen. Möglicherweise war es ohnehin schon zu spät.«

Nur zur Hälfte gelogen, dachte er. Nach dem Gespräch mit General Thornhill wäre Gordon kaum noch zu einer spontanen Offensive zu überreden gewesen. *Ich an Ihrer Stelle würde versuchen, jetzt keine Fehler zu machen, Captain Gordon.* Das dürfte gereicht haben, um Terrys Entschlußkraft für die nächsten Tage zu lähmen.

»Ich muß gestehen, daß ich Ihre Absichten nicht ganz verstehe«, sagte Foster.

»Dieser Colonel Parker ist ein umsichtiger Mann. Wenn es um sein Millionen-Dollar-Baby geht, ist er lieber zu vorsichtig, als reinzufallen. Er hat durch Presleys Anruf den Verdacht, daß irgendwas im Busch sein könnte. Was also wird er tun, als guter Amerikaner?«

»Er ruft die Kavallerie.«

»Genau. Nur heißt die Kavallerie heute anders.«

Foster sah ihn von der Seite an. »FBI«, sagte sie.

»Bingo.«

»Dürfen die denn hier operieren?«

»Das kümmert die doch gar nicht, das ist schließlich unsere Besatzungszone. Die würden sich mit riesiger Begeisterung da reinstürzen. J. Edgar Hoover hat was übrig für so einen Quatsch. Je berühmter die Kundschaft, desto besser. Der würde gleich morgen noch drei Undercover-Leute losschicken. Und wenn ich irgendwas mehr hasse als unsere Teams, dann sind das deren Teams. Ich habe absolut keine Lust, mir von denen in die Suppe spucken zu lassen. Ich hoffe, wir können ihnen zuvorkommen.«

Die Sicht verschlechterte sich mehr und mehr. Summers ging mit der Geschwindigkeit herunter und hängte sich an die Rücklichter eines Volkswagens vor ihnen.

»Kann Langley Hoover nicht sagen, daß wir schon am Ball sind?«

»Erstens bespricht man in Langley nur das Allernötigste mit der Konkurrenz; zweitens würde es Hoover nicht im geringsten interessieren, und drittens weiß er es sowieso längst, da können Sie Ihren süßen Pferdeschwanz drauf wetten. Parker macht sich trotz unserer Fürsorge um Elvis Sorgen? *Allright*, wir vom FBI helfen gern.«

»Und wir sind die Deppen«, sagte Foster nachdenklich.

Als ob wir das nicht ohnehin sind, dachte Summers.

»Dann hängt also alles davon ab, ob Langley den Colonel erreicht, bevor der das FBI anruft.«

»Genau. Und ob Lieutenant Oldman eine überzeugende Geschichte einfällt. Aber mit so was hat Rufus normalerweise keinerlei Schwie–«

Der Volkswagen vor ihnen zog unvermittelt nach rechts und geriet ins Schleudern. Instinktiv riß Summers das Steuer herum. Eine große schwarze Masse, im Licht der Nebelscheinwerfer vage als Laster zu erkennen, schob sich, über die Mittelleitplanke kippend, ihnen entgegen. Seine Ladung stürzte auf die Straße. Etwas erwischte sie an der Hinterachse, das Heck brach nach rechts aus. Foster schrie auf. Summers steuerte gegen, aber die Drehung war nicht aufzuhalten. Er ließ die Bremse los und riß das Lenkrad wieder herum, um einen Überschlag zu vermeiden. Der Wagen drehte sich vollständig um die eigene Achse. Immer wieder stießen sie dabei mit Teilen der über die Fahrbahn verstreuten Ladung zusammen. Als es Summers gelang, die Drehung abzufangen, steuerten sie geradewegs auf den VW zu, der quer zur Fahrtrichtung vor ihnen stand. Sofort wich Summers weiter nach rechts aus und ließ den Borgward diagonal die flache Böschung hinunterschießen. Sie pflügten durch Buschwerk. Ein kleiner Baum riß den Außenspiegel ab. Der Wagen knallte durch einen Abflußgraben, drohte umzukippen. Nur mühsam brachte Summers ihn wieder in die Waagerechte. Quer über einen Feldweg schleuderten sie weiter und kamen in einem Acker zum Stehen.

Summers ließ sich in den Sitz sacken und atmete zischend aus.

»Sind Sie verletzt?« fragte er und schaltete die Innenbeleuchtung an.

Foster hing zusammengekrümmt auf dem Beifahrersitz. »Nur so 'ne Bemerkung, wie?« Stöhnend richtete sie sich auf. Von einer Platzwunde auf der Stirn lief Blut über ihr Gesicht.

»Was reden Sie da?« fragte Summers.

»Na, der Pförtner sagte doch noch, Sie sollen vorsichtig fahren.« Sie tastete über ihr Gesicht und besah sich das Blut auf ihrer Hand. »Verdammt. An meinem ersten Tag.«

»Im Einsatz verletzt. Gibt bestimmt 'nen Orden.« Summers stemmte sich gegen die Tür, brachte sie aber nicht auf. »Geht Ihre?«

Sie versuchte es. »Nein«, sagte sie dann.

Summers wollte die Scheibe herunterdrehen, aber die Kurbel rührte sich nicht.

»Tja ...«, sagte er und zog seinen Revolver. Er packte ihn am Lauf, schützte sein Gesicht mit dem linken Unterarm und zerschlug das Seitenfenster. Mit dem Lauf entfernte er die Scherben am Rand, steckte den Revolver wieder ein und griff rückwärts mit beiden Händen durch das Fenster nach oben. Nur mit den Fingerspitzen bekam er die schmale Regenrinne des Wagens zu fassen, aber es gelang ihm, sich daran aus dem Seitenfenster zu ziehen. Ein scharfes Reißen seines Mantels signalisierte, daß er die Glasreste nur unvollständig entfernt hatte. Als er sich runterließ, versank er bis über beide Knöchel in einer breiigen Schlammschicht.

Ein Mantel und zwei Paar Schuhe in vierundzwanzig Stunden. Ich muß mit Gordon über den Spesensatz reden, dachte er.

Nach vorn wurde das Terrain von ihren Scheinwerfern beleuchtet, nach hinten war es stockdunkel. Unter dem Schlamm war der Boden hart und rutschig, ein Gefühl wie auf Schmierseife. Die Finger der Linken in die Regenrinne gekrallt, tastete Summers sich zum Kofferraum. Als er am Ende des Daches seinen fragwürdigen Halt aufgeben mußte, rutschte er sofort nach rechts weg und landete auf den Knien, nicht ohne sich den Kopf am Kotflügel zu stoßen.

»Alles okay?« rief Foster durch das zerschlagene Fenster.

»Alles bestens«, log er mit schmerzverzerrtem Gesicht. »Und bei Ihnen?«

»Geht so.«

Der Kofferraum ließ sich zu seiner Überraschung ohne weiteres öffnen. Er nahm den Verbandskasten heraus und begab sich auf den Rückweg zur Fahrertür.

»Zeigen Sie mal«, sagte er.

Foster kletterte auf den Fahrersitz. Im schummrigen Licht der Innenbeleuchtung untersuchte Summers ihre Stirnverletzung.

»Das muß genäht werden.« Er umwickelte ihren Kopf durch das zerbrochene Fenster hindurch umständlich mit einer Binde. »Sonst geht's?« fragte er, als der Verband zu halten schien.

»Ich denke schon. Gebrochen ist nichts.«

»Schaffen Sie es aus dem Fenster?«

»Jaja, sicher.«

»Reichen Sie mir vorher mal das Mikro. Und stellen Sie auf Kanal vier.«

Foster versuchte, das Handschuhfach zu öffnen. »Es klemmt«, sagte sie und zerrte die Klappe gewaltsam auf. Sie zog das Spiralkabel des Mikrofons lang und gab es Summers.

»Control für Allrounder.«

»Sprechen Sie, Allrounder«, sagte Jane.

Walkinshaw, dachte Summers. Jane Walkinshaw, so heißt sie. »Wir hatten einen *T-Incident*. Klasse drei, würde ich sagen.«

»Wo sind Sie, Allrounder?«

»Nicht genau zu lokalisieren, irgendwo neben der A5. Das Fahrzeug können wir abschreiben.«

»Welches Fahrzeug ist das?«

»Der Borgward der Gruppe ›King‹ von Captain Gordon.«

»Allrounder, ich brauche Einsatz- und Garagennummer.«

»Ich weiß die Garagennummer nicht, ich geb sie dir morgen, Jane-*Darling*.«

»Hier ist nicht Jane und schon gar nicht *Darling*, Allrounder-*Stupid*. Wenn Sie nicht wissen, wo Sie sind und welches Auto Sie fahren, warum melden Sie sich dann überhaupt?«

»Wird nicht wieder vorkommen. Allrounder Ende«, sagte Summers und ließ die Funktaste los. »Schalten Sie auf Kanal sieben um«, sagte er zu Foster.

»Und bauen Sie das Funkgerät aus, Allrounder!« krähte die namenlose Stimme noch, bevor Foster den Kanal wechselte.

»Yardbird für Allrounder, kommen!« bellte Summers in das Mikrofon. Er erhielt keine Antwort. Die Leuchtzeiger seiner Timex zeigten Viertel nach neun. »Yardbird für Allrounder, kommen!« wiederholte er mehrere Male. »Krieger, wo steckt ihr, verdammt?«

»Ist nicht unser Tag, wie?« fragte Foster.

Summers antwortete nicht.

Foster zog ein Schweizer Messer aus der Jackentasche und klappte den Schraubenzieher aus. Damit löste sie die Befestigungsschrauben des Funkgerätes und versuchte, es herauszuziehen.

»Es klemmt«, sagte sie und probierte, das Gerät mit dem Messer aus der Halterung zu hebeln.

Schräg oberhalb von ihnen, dort, wo sie von der Straße abgekommen waren, tauchten jetzt die fahrigen Lichtkegel zweier Taschenlampen auf.

»Hallo, ist da jemand? Ist jemand verletzt?« rief eine Männerstimme.

»Wir sind in Ordnung, wir kommen rauf«, brüllte Summers zurück.

»Ich krieg's nicht raus«, sagte Foster.

»Lassen Sie es drin und schließen Sie das Handschuhfach ab, das muß reichen.«

»Aber es ist Vorschrift.«

»Wir lassen den Wagen gleich morgen früh abholen. Kommen Sie, ich helf Ihnen raus.«

Wie vorhin er griff sie nach der Regenrinne. Summers umfing sie und zog sie aus dem Seitenfenster. Als er sie sachte absetzte, spürte er durch den Stoff ihrer Jacke ihre Brüste an seinen Unterarmen.

Foster spürte es offenbar auch.
»Sie können mich jetzt loslassen«, sagte sie scharf.
Er öffnete die Arme, und sofort rutschte sie seitlich weg. Er versuchte sie zu halten, verlor auch das Gleichgewicht und stürzte neben ihr in den Schlamm.
»Nicht unser Tag«, sagte Summers.
Nach ein paar Sekunden begann Foster zu lachen.
Um Haaresbreite hätte er mitgelacht.

*

Katharina preßte sich an Tex' Rücken, die Hände auf seinen Hüften. Die feuchte Nachtluft näßte ihre Wangen, und der Fahrtwind trieb ihr Tränen in die Augen.

Der Abend hatte ihren Kopf zum Schwirren gebracht, und sie taumelte zwischen ungläubigem Staunen und schierer Angst. Sie konnte sich nicht daran erinnern, wann sie das letzte Mal ohne Renate auf einer Party gewesen war. Ihre Rolle war die in Renates Schatten, die, der Prinzessin die Schleppe zu tragen. Und nun, ganz plötzlich, war ein Prinz da – bei ihr.

Sie hatte getrunken, zu viel, das wußte sie, aber es hatte ein wenig geholfen. Hans-Gerd war sehr nett zu ihr gewesen – Jogi, Ritchie, Wilhelm, alle waren nett: Sie war die Prinzessin. Und dann auf einmal hatte Ritchie auf dem Tisch gestanden, einen Kerzenständer wie ein Mikrofon in der Hand, und hatte »Hounddog« gesungen. Er hatte den Hüftschwung genau drauf – alles, die Hände am Mikrofon, die Gesten, genau wie er. O Verzeihung, ER, dachte sie und kicherte den Rücken der Lederjacke an. Sie hatte geschrien vor Lachen, als am Ende der Tisch umstürzte, alle hatten geschrien, außer Tex. Dafür solltest du Eintritt nehmen, hatte er zu Ritchie gesagt, ganz ernst.

Er ist stark, er ist schön, er ist gut, dachte sie – ist er gut? Wovor habe ich Angst, lieber Gott, wovor? Erst als Tex in die Liebigstraße einbog, wußte sie, wovor.

Renate, dachte sie. Ich will nicht nach Hause.

Tex drehte sich um. »Welches Haus?« fragte er.

»Fahr weiter«, antwortete sie.

»Was?« Er verzog fragend das Gesicht unter dem geraden Rand des dunkelroten Helms.

Sie deutete zweimal heftig nach vorn. »Weiter!« rief sie.

Er nickte, und sie rollten an Frau Semmlers Haus vorbei bis zur Ecke. Tex hielt an.

»Was ist los? Ich dachte, du wohnst hier?«

Sie wußte nicht, was sie antworten sollte.

»Was ist?«

Katharina versuchte, sich an seinen Rücken zu pressen, um ihre Tränen zu verbergen, aber er löste ihre Hand sanft von seinem Oberarm und drehte sich zu ihr um. Als er sah, daß sie weinte, machte er den Motor aus und nahm den Helm ab.

»Was ist los, Kleines? Wer hat dir was getan?«

Aus all ihren wirr kreisenden Gedanken griff sie nach dem erstbesten.

»Tex, was willst du von mir?« fragte sie.

Er runzelte die Stirn. »Ich will dich nach Hause bringen.«

Und wenn ich gar nicht nach Hause will, wollte sie schreien. Einen langen Moment starrte sie in die Augen, deren Blau jetzt von der Dunkelheit verborgen war. Wo bin ich sicher, wenn nicht hier, dachte sie. Hilf mir, lieber Gott.

»Darf ich bei dir bleiben, heute?« fragte sie, und sofort umklammerte etwas Eisiges ihre Brust.

Tex stieß ein überraschtes kleines Lachen aus. »Was? Ich meine ... das ist lieb von dir, aber ... das geht wirklich nicht!«

»Warum nicht?« Ihre Stimme wurde klein. Um sie herum fiel etwas Großes in Trümmer.

Wieder sein kurzes Lachen. »Aus verschiedenen Gründen. Ich wohne nicht allein ...«

Katharina zuckte zurück. »Ach so, entschuldige«, sagte sie und stieg vom Soziussitz, »vielen Dank fürs nach Hause bringen.« Sie ging in Richtung ihres Hauses, die Augen vor Entsetzen geweitet.

»Was ist ...? Ach, Katharina, nicht, was *du* denkst. Warte doch.«

Vier Schritte hatte sie gegen jedes Bestreben geschafft, als er sie am Arm packte und sie sich ohne Widerstand zu ihm hindrehen ließ.

»Ich bin doch nur zu Besuch hier in der Gegend. Ich wohne bei einem Freund ... na ja, der wäre nicht das Problem, aber seine Mutter, verstehst du?«

Er lächelte.

Sie lächelte, ein wenig.

»Wir treffen uns morgen und reden. Nicht im ›Ratskeller‹, irgendwo, wo es ruhiger ist. Ich habe ein paar Fragen an dich.«

»Fragen?« Sie starrte ihn verständnislos an.

»Fragen. Sätze mit einem Fragezeichen hinten.«

»Was für Fragen? Können wir nicht jetzt reden? Irgendwo?«

Er lächelte immer noch. »Wo sollen wir denn hier um diese Uhrzeit noch hin? Bei dem Wetter können wir nicht mal im Park auf einer Bank sitzen.«

Sie kaute auf ihrer Unterlippe.

»Gute Nacht«, sagte sie schließlich.

»Ich hol dich von der Arbeit ab. An der Reifenfabrik, um halb fünf, richtig?«

»Ja«, sagte Katharina und wollte ihm zum Abschied winken, doch er packte sie – sanft und bestimmt, und genauso küßte er sie. Seine Lippen waren weich, nachgiebig, streichelten die ihren. Sie zuckte leicht zusammen, als sie etwas Warmes, Feuchtes spürte, das fremd, aber wunderbar über ihre Lippen strich, so daß sie sich wie von allein öffneten und ihre Zungen sich begegneten.

Ihre Beine zitterten, als er sie losließ.

»Gute Nacht, Kleines«, sagte er lächelnd und ging zu seinem Motorrad. Als er den Starter trat, erfüllte der Lärm des schweren Motors die Straße. Sie winkte ihm, und er verschwand und hinterließ Stille.

Betäubt stand sie am Straßenrand und wußte nicht weiter. Irgendwann drehte sie sich um und ging nach Hause. Frau Semmler sah ihr durch den Spalt ihrer Tür zu, als sie die Klinke drückte und ihre Zimmertür verschlossen fand. Zögernd steckte sie den Schlüssel ins Schloß und war erleichtert, daß es nicht von innen blockiert war. So leise wie möglich tastete sie sich zu ihrer Nachttischlampe vor. Aber schon im Dunkeln fühlte sie, was das Licht ihr zeigen würde.

Renate war nicht da.

*

Summers saß auf einem braunen, ungepolsterten Holzstuhl auf dem Gang vor der Ambulanz, fröstelnd in seinen feuchten, verdreckten Sachen. Er fummelte die letzte Lucky aus dem Päckchen und knüllte es zusammen. Als er sein Sturmfeuerzeug aufklappte und anriß, mußte er feststellen, daß kein Benzin mehr darin war. Seufzend lehnte er sich auf seinem unbequemen Sitz zurück und steckte sich die Zigarette hinters Ohr.

Sie hatten über eine Stunde im Nieselregen auf der dunklen, von durch den Nebel zuckenden Blaulichtern expressionistisch beleuchteten Autobahn gestanden. Die Fahrbahn hatte ausgesehen wie ein Schlachtfeld. Die Beifahrerin des Volkswagens war tot, ein nachfolgender Laster war in den quer stehenden Wagen hineingerast. Zwei Schwerverletzte lagen auf dem Asphalt, und für die Besatzungen der beiden Krankenwagen stand Fosters Platzwunde sehr weit unten auf der Liste.

Als sich ein Polizei-VW-Bus in Bewegung setzte, hatte Summers ihn gestoppt und Foster auf die Rückbank verfrachtet. Der Polizist am Steuer war noch sehr jung, das Entsetzen über das Gesehene stand ihm im Gesicht. Er schien froh, etwas Sinnvolles tun zu können, und hatte sie nach Bad Nauheim zum Krankenhaus gefahren. Summers hatte neben Foster gesessen und dem typisch zwitschernden Dröhnen des Boxermotors gelauscht.

»Was hat es mit der ›Bemerkung‹ des Pförtners auf sich?« hatte Foster gefragt.

»Was für ein Pförtner?«

»Vorhin in Frankfurt.«

»Ach so. Ich hatte schon *mal* einen Unfall.«

»Man lebt also gefährlich als Ihr Beifahrer.«

Er hatte sie ernst angesehen. »Wenn *Sie* am Steuer gesessen hätten, wären wir jetzt beide tot«, hatte er gesagt.

Es war Mitternacht, als Foster mit einem ordentlichen, blütenweißen Kopfverband aus der Tür der Ambulanz trat. Summers bat die Schwester an der Pforte, ihnen ein Taxi zu rufen. Er hätte auch Krieger oder Dixie anrufen können, aber er wollte heute nacht nicht mehr erklären müssen als nötig. So standen sie unter dem Vordach der Eingangstür und warteten. Er zog die Lucky hinter dem Ohr hervor.

»Haben Sie Feuer?« fragte er, aber Foster schüttelte den Kopf. Summers steckte die Zigarette wieder an ihren Platz.

»War das ein schlimmer Unfall, den Sie da hatten?« fragte Foster nach einer Weile.

»Ja.«

»Sind Sie schwer verletzt worden?«

»Nein. Ich nicht.« Summers sah starr geradeaus, und Foster schwieg. Die Nacht war still und immer noch feucht. Von den Blättern der

Bäume am Straßenrand troff die Nässe. Das Taxi kam die Straße herunter und hielt direkt vor ihnen.

»Was ist denn mit Ihnen passiert? Versauen Sie mir aber nicht die Sitze«, sagte der Fahrer nach einem Blick auf ihre schlammverschmierte Kleidung.

Summers beruhigte ihn mit der Vorauszahlung eines großzügigen Trinkgeldes.

»Das mit Ihrer Wohnung ist mir unangenehm«, sagte Foster, nachdem Summers dem Fahrer die Adresse angegeben hatte.

»Dixie und Bud haben ein Klappbett in der Diele. Ich war schon schlechter untergebracht.« Das war in Korea gewesen, aber es spielte jetzt keine Rolle.

»Ich komme Sie um sieben abholen«, sagte er, als das Taxi in die Luisenstraße einbog.

»So früh? Warum denn?«

»Es würde mich nicht überraschen, wenn Gordon mich vor der Teamsitzung noch ausführlich sprechen wollte. Und dann müssen wir den Papierkram wegen des Autos erledigen und uns ein neues besorgen. Wir haben viel zu tun morgen früh.«

Der Wagen hielt. »Ach, noch eine Frage ...«, sagte Summers, als Foster bereits die Tür zuwerfen wollte. »Duschen Sie vor dem Zubettgehen?«

»Heute mit Sicherheit. Warum fragen Sie?«

»Nur interessehalber.«

Er winkte freundlich zum Abschied, als das Taxi wieder anfuhr.

*»Welcome to Germany«*, murmelte er.

Sein linker Mundwinkel hob sich ein wenig, und dann auch der rechte.

# MITTWOCH

»Wer klingelt denn da am frühen Morgen?« Gerda Grasshoff stand vom Frühstückstisch auf und ging zur Haustür. Paul Grasshoff, die Zeitung vor sich, versuchte, die Stimme des morgendlichen Besuchers zu erkennen, aber es gelang ihm nicht. Seine Frau kam mit aufgebrachtem Gesichtsausdruck durch die Diele.

»Ein Herr Sass möchte dich sprechen«, flüsterte sie zischend, »aber sag dem Herrn *bitte*, daß er den Hund draußen lassen soll!«

»Sass? Kenne ich nicht.«

»Er kennt dich aber«, sagte Gerda.

Grasshoff stand auf und ging zur Tür. Ein sichtlich erregter und derangiert wirkender Mann in Kniebundhosen, grünem Lodenmantel und kräftigem Schuhwerk stand vor ihm. Es kostete Grasshoff einige Sekunden, ihn in seiner Erinnerung einzuordnen, und es war schließlich der Dackel, der ihm den Förster vom gestrigen Stammtisch wieder in den Sinn brachte.

»Herbert, äh … Hermann, was kann ich für dich tun?«

»Paul, Herr Kommissar wollte ich sagen, ich, also meine Senta hat …« Hermann Sass schnappte nach Luft wie ein Karpfen, und Grasshoff spürte plötzlich ernsthafte Sorge um den Gesundheitszustand seines unerwarteten Besuchs.

»Komm doch erst mal rein und setz dich.«

Er faßte Sass am Oberarm und führte ihn ins Wohnzimmer, wo er ihn auf seinem Stuhl am Frühstückstisch plazierte. Gerda starrte angewidert auf den Hund. Der Dackel, an der Leine hinterhergezogen, fühlte sich sichtlich unwohl. Hermann Sass griff mit zwei Fingern in seinen Kragen und zerrte daran.

»Ein Glas Wasser?« fragte Grasshoff und machte mit dem Kopf eine Bewegung zu seiner Frau.

»O ja«, sagte Sass dankbar. Gerda stand mit eisigem Ausdruck auf und ging in die Küche.

»Also, was ist los?« fragte Grasshoff.

»Ich war ja zuerst bei Schorsch Kemper, aber der ist schon bei der Arbeit, seine Frau hat mir gesagt, daß du gleich hier nebenan wohnst.«

Gerda kam mit einem Glas Wasser zurück und stellte es vor Sass auf den Tisch, heftig, aber sorgfältig unterhalb der Grenze zur Unhöflichkeit. Sass, ohne Sinn für solche Feinheiten, griff sofort danach und leerte es gierig. Dann atmete er mit geschlossenen Augen einige Male durch, bevor er fortfuhr.

»Ich komme gerade aus dem Wald, draußen hinter Ockstadt, und ich dachte, hierher geht es schneller als zur Wache. Senta hat da was gefunden, sie war plötzlich weg, und ich hab sie hinter einem Gebüsch entdeckt, da war sie am graben. Ich hab gesagt, was hast du denn da, und geguckt, und da war ...« Er stockte und schloß die Augen wieder.

»Da war ...?« Grasshoff versuchte, seine Ungeduld hinter einem freundlichen Klang zu verbergen.

Jetzt hob Sass den Kopf und sah ihm direkt in die Augen. »Ein Fuß«, sagte er.

Grasshoff wurde schlagartig ernst. Seine Frau schlug die Hand vor den Mund.

»*Nur* ein Fuß?« fragte Grasshoff.

»Paul!« rief Gerda empört.

»Gerda, halt den Mund und geh raus.«

Kommissar Grasshoff war im Dienst. Seine Frau stand auf und verließ den Raum, die Arme um ihren Körper geschlungen, als friere sie.

»Ich weiß es nicht«, antwortete Sass. »Ich habe einen Fuß gesehen und ein Stück Unterschenkel, er war schon ganz grünlich und braun. Ich kann nicht sagen, ob da noch mehr ist. Ich habe Senta angeleint und bin losgelaufen zu meinem Wagen.«

»Ist dir irgendwas in der Umgebung der Fundstelle aufgefallen?«

»Ich weiß nicht ...« Sass zögerte. »Es kann auch Zufall sein.«

»Sag's nur, das können wir später klären. Erzähl alles, was du gesehen und gedacht hast.«

»Also da waren, oder besser, da sind zwei Äste, die liegen da, als hätte sie jemand absichtlich so da hingelegt. Wie ein Kreuz.«

»Ein Kreuz?« Grasshoff kniff die Augen zusammen.

»Ja. Sie liegen ganz exakt im rechten Winkel zueinander, und der kürzere genau mittig. Wie ein Kreuz an einem Grab, habe ich gedacht.«

»Findest du die Stelle wieder?«

»Ja. Ich denke schon. Doch, natürlich.«

Grasshoff ging in die Diele zum Telefon.

»Dann wollen wir uns die Sache mal ansehen«, sagte er, während er die Nummer der Wache drehte.

*

»Elvis, hier ist der Colonel.«

»Das ging aber schnell. Ist die Kavallerie unterwegs?« Elvis lachte sanft.

»Sozusagen. Sie kommt wahrscheinlich schon morgen. Bist du allein im Raum?«

»Red und Lamar sind bei mir.«

»Schick sie bitte raus.«

»Warum?« fragte Elvis erstaunt.

»Sei bitte so lieb, Elvis.«

Elvis hielt die Sprechmuschel zu.

»Okay, wir sind allein«, sagte er nach einigen Sekunden.

»Der CIA schickt dir einen Bodyguard. Das ist *geheim* und soll es auch bleiben, hörst du? Das ist wichtig. Außer uns beiden darf das niemand wissen. Auch keiner im Haus.«

»Aber warum das denn?«

»Die wollen nicht, daß es bekannt wird, und ich will es auch nicht. Du bist ein ganz normaler Junge, der seinen ganz normalen Militärdienst leistet wie jeder andere, hörst du? Wir haben das hundertmal besprochen, und ich sag es dir gerne noch einmal: Das ist die verdammte Essenz, der eigentliche Sinn hinter der Sache. Wenn wir das nicht rüberbringen, hätten wir dich von dem Mist auch freikaufen können. Du kriegst von Onkel Sam *keinerlei* Extrawurst. Und eben auch keinen Bodyguard.«

»Das ist schon okay. Aber wieso krieg ich dann doch einen?«

»Ich bin nicht zu hundert Prozent schlau geworden aus diesem Lieutenant Oldman, der mich da angerufen hat. Er hat es nicht direkt ausgesprochen, aber ich denke, die glauben, daß die Kommies hinter dir her sein könnten.«

»Kommies? Hinter mir?« Elvis begann zu lachen. Erst unterdrückt, aber dann laut und herzlich. »Okay«, er fing sich wieder, »warum?«

»Die glauben, du verdirbst ihre Jugend.«

»Klingt, als hätte ich das schon mal irgendwo gehört. Aber nicht von Kommunisten, da bin ich mir sicher.« Wieder begann er zu lachen.

»Hör zu, Elvis. Es spielt letztlich doch keine Rolle. Wir bekommen gratis einen zusätzlichen Aufpasser für dich.«

Elvis wurde plötzlich wieder ernst. »Ich möchte aber gar keinen zusätzlichen Aufpasser. Red und Lamar sind meine Freunde, aber selbst *die* gehen mir auf die Nerven. Für meinen Geschmack wird absolut genug auf mich aufgepaßt.«

»Elvis, bitte, sei vernünftig. Nach dem, was Vernon passiert ist ...«

»Dad *ist* nichts passiert«, fiel Elvis ihm ins Wort.

»Die sagen, doch.«

Elvis schwieg für einen Augenblick. »*Wer* sagt das?« fragte er dann.

»Der CIA.«

Wieder entstand eine Pause.

»Aber die Polizei hat doch keine Hinweise –«

»Dafür haben *die* gesorgt. Die wollen *auch* nicht, daß das publik wird. Sie haben die Spuren verwischt. Und sie können sich nicht vorstellen, daß es Vernon gegolten hat. Ich übrigens auch nicht.«

»Verdammt«, sagte Elvis leise. »Und woher wissen die davon?«

»Glaubst du, der CIA verrät mir seine Quellen?«

»Aber –«

»Sie bieten uns Hilfe an, und wir werden sie annehmen. Mir wird erheblich wohler sein, wenn ich weiß, daß deine Sicherheit nicht nur von diesen beiden muskelbepackten Hohlköpfen abhängt.«

»Sie sind meine Freunde«, sagte Elvis, aber der Einwand kam kraftlos.

»Sie schicken dir einen Mann. Ein Peter Summers wird sich bei dir melden. Du stellst ihn als Fahrer ein. Er ist ein Profi, er weiß, wie man so was macht.«

»Peter Summers? Der Rennfahrer?«

»Rennfahrer? Keine Ahnung. Ein CIA-Mann eben.«

»Soll er hier wohnen?«

»Klär die Details mit ihm. Wichtig ist, daß keiner herausbekommt, daß er Geheimagent ist. Erzähl es niemandem, auch deinem Vater nicht, hörst du?«

»Okay, Tom«, sagte Elvis Presley mit resignierter Stimme.

»Gute Nacht, mein Junge«, sagte der Colonel.

Captain Terry Gordon drehte den Knopf am Tonbandgerät auf Stop und sah Summers an. Die steile Falte über seiner Nasenwurzel, die dort zu sehen war, seit Summers sein Büro betreten hatte, wurde noch tiefer. Summers bewunderte immer wieder die Faltbarkeit von Gordons Stirn.

»Miss Foster, lassen Sie uns bitte einen Moment allein.«

Foster stand auf, etwas zögerlich.

»Setzen Sie sich in die Cafeteria«, sagte Summers.

Gordon wartete, bis sich die Tür hinter ihr geschlossen hatte, dann hieb er mit der flachen Hand knallend auf seinen Schreibtisch.

»Ich verlange eine Erklärung!« brüllte er.

»Du warst nicht da, ich mußte schnell handeln.«

»Willst du mich auf den Arm nehmen! Du mauschelst hinter meinem Rücken mit Langley! Was denkst du dir eigentlich? Dein Kopf ist es ja nicht, den du riskierst. Was, wenn dieser Colonel das in den falschen Hals gekriegt und es publik gemacht hätte? *Mir* wird der Arsch aufgerissen, nicht dir!«

»Der Colonel ist ein Profi. Er ist berechenbar.«

»Ein Profi! Ich bin wohl kein Profi, was?«

Summers antwortete nicht.

Gordon starrte ihn an. »Aha«, sagte er schließlich. »Pete, du gehst zu weit.«

»Es ist eine einmalige Chance, Terry. Wir müssen sie nutzen.«

»Das weiß ich auch. Ich lasse mich aber nicht wie ein Idiot behandeln. Ich will bei so was gefälligst gefragt werden!« Gordon starrte aus dem Fenster. »Und dazu noch die Sache mit dem Auto.«

»Schön, daß du dich freust, daß uns nichts passiert ist.«

»Geh zur Hölle.«

»Es war ein Unfall. Ich hatte keine Schuld.«

Gordon schwieg. Summers saß ihm gegenüber und wartete.

»Was ist mit Fosters Kopf? Schlimm?« fragte Gordon endlich.

»Halb so wild.«

Gordon nickte, die Lippen zusammengepreßt. Die Finger seiner Rechten klopften langsam nacheinander auf die Tischplatte, vom kleinen zum Zeigefinger, immer wieder.

»So ein Scheißjob. Nichts zu gewinnen«, sagte er leise nach einer langen Weile. Immer noch starrte er die grauen Wolken an. »Wann gehst du hin?« fragte er. Seine Stimme hatte einen hoffnungslosen Unterton.

»Heute abend, wenn er aus der Kaserne zurück ist«, sagte Summers.

»Taugt das Mädchen was?«

»Ich denke schon.«

»Ich stecke Bud zu Dixie und nehm sie zu mir, was meinst du?«

»Klingt vernünftig.«

»Ja ...« Gordon sah auf seine Armbanduhr und seufzte. »Neun Uhr. Teamsitzung«, sagte er.

*

Kommissar Grasshoff sah auf die beiden Äste zu seinen Füßen hinab, die am Kopfende der Fundstelle ein Kreuz bildeten. Übler Verwesungsgeruch lag in der Luft. Schorsch Kemper kam vom Weg her durch die Büsche und trat zu ihm.

»Was hältst du davon?« fragte er.

»Wenn das irgendwo so im Wald läge, würde es kaum auffallen. Aber hier, an dieser Stelle, ist das kein Zufall.«

»Und was hat das zu bedeuten?«

»Gute Frage, Schorsch. Wie sieht's aus?« fragte er Beckermann.

Beckermann von der Spurensicherung und ein junger Assistent, den Grasshoff nicht kannte, waren damit beschäftigt, die Leiche freizulegen. Der Fotograf stand neben ihnen. Kempers Schupos suchten den Wald zwischen dem Weg und der Fundstelle ab. Grasshoff selbst hatte das Buschwerk der unmittelbaren Umgebung durchsucht, ohne irgend etwas Verwertbares entdecken zu können.

»Weiblich, circa zwanzig Jahre alt, voll bekleidet, keine Handtasche. Liegt seit mindestens zwei Wochen hier. Äußerliche Verletzungen auf den ersten Blick nicht festzustellen.«

Die Tote lag auf dem Rücken, die Hände gefaltet. Sie trug ein weißes Kleid mit gelben Blümchen und flache beige Schuhe. Keine Strümpfe, stellte Grasshoff fest.

Die Kamera blitzte ein ums andere Mal. Nach jeder Aufnahme zog der Fotograf mit spitzen Fingern die Blitzbirne heraus und ließ sie in seine Manteltasche gleiten.

»Das hier ist interessant«, sagte Beckermann und hielt einen Plastikbeutel hoch. »Ein Herrentaschentuch, es war über ihr Gesicht gebreitet.«

»Monogramm?«

Beckermann lachte. »Sonst noch Wünsche?«

Durch die Verwesung waren die Züge des Gesichts kaum noch erkennbar. Die Haare, von dunklem Rot, waren voller Erde. Grasshoff bückte sich zum Kopf der Toten hinunter.

»Schaust du mal?« sagte er zu Beckermann und wies auf den Scheitel. »Sind die Haare gefärbt?«

Beckermann entfernte mit einem Pinsel den gröberen Dreck.

»Sieht so aus«, sagte er dann. »Waren wohl eher heller.«

Er wies seinen Assistenten an, gemeinsam mit ihm den Körper umzudrehen. Auch auf dem Rücken der Toten waren keine sichtbaren Verletzungen.

»Das Gesicht bedeckt, die Hände gefaltet, das Kreuz ...«, sagte Grasshoff.

»Eine Beisetzung«, sagte Kemper leise.

»Zumindest ist hier nicht einfach eine Leiche verscharrt worden.« Noch einmal blickte Grasshoff konzentriert um sich, dann schüttelte er den Kopf. »Hier ist nichts mehr zu holen. Zwei Wochen alte Spuren ... das ist hoffnungslos nach dem Regen der letzten Tage«, brummte er. »Wir brauchen eine Portraitzeichnung«, sagte er zu Beckermann, »kümmerst du dich drum?«

Beckermann wies auf den Fotografen, der nickte nur.

»Wann krieg ich die Fotos?«

»In anderthalb Stunden etwa. Die Zeichnung morgen, nach der Leichenöffnung.«

Grasshoff und Kemper gingen schweigend zum Weg zurück, auf dem der Streifenwagen und Beckermanns Taunus standen.

»Wir hatten keine Vermißtenmeldung in den letzten Wochen«, sagte Kemper, als sie nebeneinander in dem VW saßen.

»Vielleicht vermißt sie ja niemand. Außer dem, der sie beerdigt hat.«

»Vielleicht ist sie ja gar nicht von hier.«

»Vielleicht. Alles reine Spekulation. Warten wir die Leichenöffnung ab, dann sehen wir weiter.«

Kemper steuerte vorsichtig über den schlammigen Weg in Richtung Straße.

»Schwerer Unfall auf der Autobahn heute nacht. Eine Tote«, sagte er.

Grasshoff stieß zischend die Luft aus. »Daß die immer so rasen müssen.«

»War Nebel, ein Laster ist auf die Gegenfahrbahn geraten. Aber warum mir das gerade einfällt: Der Borgward aus der Goethestraße, den du mir gestern abend gezeigt hast, der war auch beteiligt. Ich hatte mir ja die Nummer notiert, und als mir der Kollege von der Nachtschicht das Protokoll gegeben hat, ist sie mir gleich aufgefallen.«

»Ist denen was passiert?«

Der Waldweg machte eine scharfe Biegung, und Kemper hatte Mühe, den durch den Schlamm schlitternden Wagen am Ausbrechen zu hindern.

»Die Beifahrerin hat ein paar Schrammen abbekommen, nichts Ernsthaftes«, sagte er, als sie sich wieder auf sicherem Terrain befanden. »Der Wagen ist zugelassen auf die Deutschland-Redaktion der Vancouver Sun, der Fahrer hieß ... fällt mir jetzt nicht ein, kann ich aber nachschauen.«

»Vancouver Sun!« Grasshoff stieß einen kurzen Lacher aus. »Wenn der Mann ein Reporter ist, bin ich auch einer.«

Sie erreichten die Landstraße, und Kemper bog ab in Richtung Bad Nauheim. Als sie Ockstadt hinter sich gelassen hatten, zeigte Kemper nach links aus dem Fenster.

»Das da ist übrigens die Hütte, wo vorgestern der angebliche Bombenanschlag auf Herrn Presley verübt worden ist. Hast du Zeit, mal eben einen Blick hineinzuwerfen?«

»Hm ... na gut. Wird ja wohl nicht lange dauern, wo wir schon mal hier sind ...«

Kemper bog in einen Feldweg ab und hielt vor dem kleinen Holzhaus. Die aufgebrochene Tür war mit einem dicken Ast verkeilt.

»Die Kollegen haben das so zurückgelassen«, sagte Kemper, als sie ausgestiegen waren. »Der Bauer war wohl noch nicht hier.«

Grasshoff trat den Ast weg, und die Tür schwang auf. Er sah prüfend in das düstere Innere. Es roch nach feuchtem Qualm. Kemper ging um das Häuschen herum und öffnete die Klappe vor der Luke an der Seitenwand. Das Licht des grauen Tages reichte gerade aus, um auf dem Boden die Petroleumlampe inmitten der Scherben ihres Glases zu erkennen. Grasshoff ging davor in die Hocke. Er zog einen Kugelschreiber aus der Tasche und stocherte zwischen den Bruchstücken herum.

»Hast du eine Lampe?« fragte er.

Kemper holte eine Stablampe aus dem Wagen. Grasshoff leuchtete langsam die Wände ab.

»Ich bin zwar kein Brandsachverständiger«, sagte er schließlich.

»Aber daß die Brandspuren da nichts mit dieser Petroleumlampe zu tun haben, sieht ein Blinder mit 'nem Krückstock.«

»Da könntest du recht haben«, sagte Kemper zögernd.

Grasshoff hielt ihm eine der Glasscherben hin. »Überhaupt nicht verrußt.« Er trat an die Luke und sah hinaus. Die Straße lief weniger als zwanzig Meter entfernt vorbei. Auf halbem Weg dorthin entdeckte er an einem der Apfelbäume eine schwärzliche Schramme in der Borke. Er verließ die Hütte und ging über das feuchte, weiche Gras zu dem Baum, Kemper folgte ihm. In etwa zwei Metern Höhe war die Borke geradezu aufgeplatzt. Grasshoff trat so nah wie möglich heran.

»Riechst du das?« fragte er.

»Könnte Schwarzpulver sein«, sagte Kemper.

Grasshoff kratzte sich am Kinn. Er sah zur Hütte, dann zum Baum und zur Straße.

»Das gefällt mir nicht«, sagte er.

Kemper bückte sich. »Schau mal, Paul.« Er hob etwas auf und hielt es Grasshoff auf der Handfläche hin.

»Scheiße«, sagte Grasshoff.

»Ist das ein Granatsplitter?«

»Ja. Damit kenn ich mich aus, so was hatte ich im Bein.« Er sah sich aufmerksam um. »Da müßten noch mehr sein. Nur einen Splitter kann es eigentlich nicht geben.«

Sie untersuchten den Boden und die umstehenden Bäume. Bei einem entdeckten sie eine frische Kerbe, aber weitere Splitter waren nirgendwo zu finden.

»Entweder sehen wir Gespenster, oder hier hat jemand aufgeräumt«, sagte Kemper.

Grasshoff sagte nichts, er ging zurück in die Hütte und sah sich noch einmal um.

»Diese Brandspuren ...«, murmelte er, »mir gefällt das überhaupt nicht.«

Er warf einen erneuten Blick aus der Luke und kratzte sich wieder am Kinn. Kemper suchte immer noch die Umgebung das Baumes ab. Mit dem Fuß pflügte er das Gras durch.

»Laß gut sein, Schorsch«, rief Grasshoff ihm durch die Luke zu. Er verließ die Hütte und verkeilte die Tür wieder. »Das paßt alles nicht richtig zusammen. Was immer hier explodiert ist, es war keine Petroleumlampe«, sagte er, als Kemper neben ihm stand. »Du wirst Herrn

Presley persönlich befragen lassen müssen, was genau sich hier abgespielt hat.«

»Fällt das nicht eher in euer Ressort?« fragte Kemper. Sie standen neben der Hütte, Grasshoffs Blick wanderte immer wieder zum Baum und zurück.

»Ich habe die Tote im Wald, Schorsch, das hat erst mal Vorrang. Außerdem hat mein Assistent bis Dienstag Urlaub. Schick einfach jemanden in die Goethestraße.«

»Das mach ich lieber selbst«, sagte Kemper und stieg in den Streifenwagen.

*

»Dann ist unsere Zusammenarbeit also schon wieder beendet?« fragte Foster.

»Gordon ist okay. Machen Sie sich keine Sorgen.«

Sie saßen in der Cafeteria am Fenster. Foster hatte einen Teller mit Sandwiches vor sich stehen, Summers einen Becher mit Kaffee.

»Ich mache mir keine Sorgen«, sagte sie. »Das versuche ich grundsätzlich zu vermeiden.« Sie zupfte den Verband um ihre Stirn zurecht.

»Weise.« Summers trank einen Schluck seines lauwarmen, dünnen Kaffees und verzog das Gesicht.

»Heute morgen hätte ich allerdings beinahe angefangen, mir Sorgen zu machen. Als ich aus dem Haus wollte«, sagte Foster.

Summers zwang seine Mundwinkel, unten zu bleiben. »Warum?« fragte er sehr arglos.

»Frau Goldammer hat mir klar gemacht, was Sie gestern damit meinten, die Deutschen seien ›sehr ordentlich‹.«

Summers kaute auf seiner Unterlippe und sah Foster abwartend an. Sie kniff die Augen leicht zusammen.

»Und gerade jetzt wird mir auch klar, was Ihre Frage nach meinen Duschgewohnheiten zu bedeuten hatte.«

»Was hat sie gesagt?« Summers beulte mit der Zunge seine Wange.

»Hausordnung, hat sie gesagt. Unverschämtheit, Nachtruhe, das gleich mehrfach, Mietvertrag und am Ende: Nach oben melden und Behörden einschalten.«

»Und was haben Sie geantwortet?«

»Nun, wie gesagt, ich wollte gerade anfangen, mir Sorgen zu machen, da machte Frau Goldammer einen Fehler, oder besser gesagt, gleich zwei. Sie stemmte ihre Fäuste in die Hüfte, und dabei ging ihr Morgenmantel ein wenig auf. Und sie hatte wirklich un*glaub*liche Kniestrümpfe an. Und als sie dann sagte, ich solle mir nur nicht einbilden, ich könne sie einfach auslachen wie mein Vorgänger … na ja, da hab ich sie natürlich ausgelacht.«

Summers gab auf. Er verbarg mit der Hand seine Augen und fing an zu lachen.

»Sie sind ein Schuft, Summers.« Foster verzog den Mund.

»Ich dachte mir, Sie lernen's besser in der Praxis.«

»Es war eine Erfahrung, das ist schon richtig.«

»Na, sehen Sie. Und eine wichtige obendrein, wenn Sie in diesem Land arbeiten müssen. Sie dürfen einfach nie vergessen: Wir – haben gesiegt.«

Fosters Lächeln kam langsam wieder. »Stimmt das eigentlich, was Elvis auf dem Tonband sagte, daß Sie Rennfahrer waren?«

Summers wurde unvermittelt wieder ernst. »Ja«, sagte er nur.

»Ich muß gestehen, daß mir Ihr Name nicht geläufig ist. Ich interessiere mich aber auch nicht sehr für Motorsport.«

»Ich war auch nicht sehr erfolgreich.«

»Und wie sind Sie ausgerechnet hier gelandet?«

»Ich hab die Kurve nicht gekriegt«, antwortete Summers.

Foster sah ihn an. Eine Weile schwiegen sie.

»Das war es, was der Pförtner gestern meinte, ja?« fragte sie dann.

Summers zündete sich eine Lucky an. »Ja«, sagte er dann.

Foster hob entschuldigend die Hände »Verzeihen Sie. Sie wollen nicht drüber reden, das sollte ich akzeptieren.«

Summers nahm einen tiefen Zug und stieß den Rauch zur Seite aus. »Ach was«, sagte er. »Irgendeiner der Jungs wird es sowieso ausplaudern, da kann ich es besser selbst erzählen. Eigentlich war es ein ganz normaler Rennunfall. In Michigan vor sechs Jahren. Ich war zu schnell in Kurve 3, der Wagen übersteuerte, und mein Heck hat Harry Uptons Wagen gegen die Mauer gedrückt. Er prallte wieder zurück gegen meinen Ford, und ich hob ab. Der Wagen schlug auf, der Tank explodierte. Ich wurde rausgeschleudert, aber der Wagen flog weiter. Ich hab es genau gesehen, er drehte sich in der Luft und flog über die Begrenzungsmauer hinweg in die Boxengasse hinein.«

Wieder nahm er einen tiefen Zug. Er hielt den Rauch etliche Sekunden in der Lunge, bevor er ihn langsam entweichen ließ.

»Er krachte mitten in meine eigene Box. Es gab vier Tote.«

»O mein Gott«, sagte Foster leise. Sie hob ihre Hand zum Mund.

Summers zog scharf die Nase hoch und räusperte sich. »Da hab ich den Job gewechselt.« Er trank den Kaffee aus, dann starrte er aus dem Fenster.

»Sie kannten die Toten gut, nicht wahr?« sagte Foster nach einer Weile.

Summers wandte den Blick nicht vom frischen Grün der Bäume im Hof.

»Ja«, sagte er.

*

Der Fotograf brachte die Bilder vom Fundort nicht lange, nachdem Grasshoff wieder in seinem Büro in Friedberg war. Grasshoff hatte sich die Vermißtenmeldungen im Fahndungsbuch vorgenommen und landesweit nicht weniger als sechs mögliche Treffer gefunden, die er mit dem Obduktionsergebnis würde abgleichen müssen. Seine Pressemitteilung umfaßte zunächst nur vier dürre Sätze. Morgen, nach der Leichenöffnung, würde er mehr sagen können, erst dann hätte er auch die Portraitzeichnung. Er sah auf den Tischkalender: Morgen war Gründonnerstag, Karfreitag würde keine Zeitung erscheinen, ein Abdruck der Zeichnung wäre erst am Samstag möglich. Ärgerlich zog er die Brauen zusammen. Die Verzögerung war ihm zuwider, aber nicht zu ändern. Ein Abdruck des Portraits in den Lokalblättern der Wetterau konnte durchaus zu einer Identifizierung der Unbekannten führen, auch wenn der Zustand der Leiche ein Problem darstellte. Der Zeichner mußte mit dem Pathologen zusammenarbeiten, aber auch der würde nicht alle Fragen nach ihrem ehemaligen Äußeren beantworten können, so daß ein gewisser Anteil an künstlerischer Freiheit nicht zu vermeiden war.

Grasshoff griff nach dem Fotostapel und sah ihn durch. Die Bilder waren noch ein wenig feuchtweich.

Das erste Dutzend Aufnahmen zeigte die weitere Umgebung des Fundortes, hier war nichts zu entdecken, was nicht in einen normalen Mischwald hineingehörte. Dann folgten Bilder aus der unmittelbaren

Nähe. In einem Strauch war auffällig viel Erde, man konnte vermuten, daß der Aushub des Grabes dort gelegen hatte, was aber auch keine hilfreiche Erkenntnis darstellte.

Das einzig Interessante war das Kreuz, doch von einer Spur konnte man auch hier nicht reden. Die beiden Äste waren gleich dreimal dabei, jeweils aus einer anderen Perspektive aufgenommen.

Er kam zu den Fotos, die die Tote zeigten. Der Anblick des verwesten, angefressenen Körpers rief auf seinem Gaumen wieder den süßlichen Ekelgeruch hervor, der die Fundstelle umgeben hatte. Ein paarmal schluckte er widerwillig, dann stand er auf. In seinem Garderobenschrank suchte er nach der Flasche Dujardin Imperial; ein Geburtstagsgeschenk der Kollegen, fast ein halbes Jahr alt. Sie war noch immer in Folie verpackt. Er sah sich nach einem passenden Glas um und entschied sich letztlich für seine Kaffeetasse. Als er die Flasche gerade von der widerspenstigen Cellophanhülle zu befreien suchte, klingelte das Telefon auf seinem Schreibtisch. Grasshoff zog den Schwenkhalter mit dem viereckigen, schwarzen Apparat zu sich heran und klemmte sich den Hörer ans Ohr.

»Kommissar Grasshoff«, meldete er sich, während er weiter versuchte, die Flasche zu öffnen.

Es war Kemper. »Und, wie geht's dir?« fragte er. »Mir persönlich ist ja ein bißchen flau, wenn du weißt, was ich meine.«

»Reiß dich zusammen«, sagte Grasshoff, »das gehört zur Arbeit dazu.«

»Ich werde den Geruch nicht los. Ich hab gerade schon einen Cognac getrunken.«

»Im Dienst? Schorsch!« Grasshoff fummelte an dem Dujardin herum, bis er ihn endlich aufbekam.

»Wie machen der Beckermann und seine Leute das? Die sehen so etwas dauernd.«

»Die haben alle Flachmänner dabei.« Grasshoff schenkte sich einen Einfachen, wie er schätzte, in seine Tasse und kippte ihn herunter. Die ungewohnte Schärfe des Weinbrandes ließ ihn husten.

»Geht's?« fragte Kemper.

»Verschluckt, nichts weiter«, sagte Grasshoff, als er wieder atmen konnte. »Rufst du an, um zu jammern?«

»Nein. Ich hatte gerade zwei interessante Anrufe, kurz hintereinander, davon wollte ich erzählen. Zuerst Hubert, der Abschleppunternehmer, der immer für uns arbeitet. Es geht um die Isabella aus der Goethestraße, die gestern nacht an dem Unfall beteiligt war. Die steckte neben der A5 im Acker fest, und Hubert war da, um sie rauszuziehen. Als er den Wagen gerade am Haken hat, kommt ein anderer Abschleppwagen aus Frankfurt und will ihm seinen Fang streitig machen. Aber da sind die Hunde ja stur. Hubert hatte von uns den Auftrag gekriegt, dafür hatte der andere die Papiere von dem Auto. Also großer Krach auf dem Acker, aber Hubert bleibt hart und sagt dem anderen, er könnte sich den Wagen bei uns abholen. Doch das wollte der nicht und ist abgezogen. Hubert ist mit seiner Trophäe auf seinen Hof, und da ist ihm aufgefallen, daß die Reifen nicht die passenden waren. Er hat den Wagen dann mal ein bißchen genauer angeguckt. Er sagt, der sei komplett umgebaut: anderes Fahrwerk, stärkerer Motor, das wäre so gar nicht zulässig. Und am Ende hat er im Handschuhfach ein versteckt eingebautes Funkgerät gefunden. Er hat es angestellt, und auf allen Kanälen ...«

»... wurde nur Englisch gesprochen«, ergänzte Grasshoff.

»Du sagst es.«

»Tja, die Vancouver Sun ist offenbar eine große Organisation.«

»Englisch ist immerhin besser als Russisch, oder?«

»Die Russen hätten sich niemals so dreist in die Goethestraße gestellt.«

»Wohl wahr ... Funk im Auto, das bräuchten wir unbedingt für unseren Streifenwagen.«

»Ja, Amerika, du hast es besser«, sagte Grasshoff. »Daß die mit ihren technischen Errungenschaften mehr Verbrechen verhindern als wir, ist aber auch nicht zu erkennen.«

Kemper lachte zustimmend. »Aber es war noch was«, sagte er dann. »Gleich nach Hubert ruft Fräulein Stefaniak an –«

»Wer war das noch gleich?«

»Elvis Presleys deutsche Sekretärin. Sie teilte mir mit, Mr. Presley senior habe sich das Ganze noch einmal durch den Kopf gehen lassen und sie gebeten uns auszurichten, daß vorgestern im Wald wohl doch nichts passiert ist. Er sei in einem ›sehr abgespannten Zustand‹ gewesen und habe sich nur etwas eingeredet.«

»Sieh an.« Grasshoff setzte sich auf. »Was hast du ihr gesagt?«

»Ich habe das erst mal kommentarlos zur Kenntnis genommen. Schließlich haben wir offiziell keine neuen Erkenntnisse.«

»Gut«, sagte Grasshoff.

»Ich bin ja nicht bei der Kripo«, sagte Kemper, »aber wenn ich eins und eins zusammenzähle, dann hat ihm jemand gesteckt, daß uns die Sache nichts anzugehen hat. Und wenn wir zwei und zwei zusammenzählen, nämlich die umgebaute Isabella vor Presleys Haus und der sauber gefegte Wald an der Explosionsstelle ...«

»... dann macht sich da wohl jemand Sorgen, daß etwas passieren könnte oder daß etwas an die Öffentlichkeit gelangt. Oder beides«, ergänzte Grasshoff. »Jetzt müssen wir ihn natürlich erst recht befragen.«

»Man könnte auch noch drei dazuzählen«, sagte Kemper.

»Drei dazu? Was meinst du?«

»Die Tote im Wald.«

»Das ist reine Spekulation. Darauf gibt es keinerlei Hinweis.«

»Doch, die Statistik. Eine Tote und ein möglicher Sprengstoffanschlag innerhalb weniger Tage. In der Wetterau! Das ist mehr, als im ganzen letzten Jahr passiert ist. Erheblich zuviel für einen Zufall, meine ich.«

Grasshoff dachte nach. »Drei dazu«, murmelte er. »Gefällt mir. Gefällt mir gut.« Er kratzte sich am Kinn. »Wir müssen das erst mal auf kleiner Flamme halten«, sagte er dann. »Wir haben nichts in der Hand. Selbst wenn wir eine Explosion dort nachweisen: Ohne einen Zeugen ist das gar nichts. Was hältst du davon, wenn wir heute abend bei den Presleys vorbeischauen. Nur offiziös, sozusagen. Wir fragen höflich nach, da sich neue Erkenntnisse ergeben haben.«

»Soll ich uns ankündigen?«

»Auf keinen Fall. Wir wollen sie überraschen.«

»Die Presleys?«

»Die Vancouver Sun«, sagte Grasshoff und legte auf.

*

Katharina stand in der Waschkaue und schrubbte ihre Finger, die längst sauber waren. Es roch nach Feuchtigkeit und Handwaschpaste. Nur zögernd hob sie den Blick in den matten Spiegel vor ihr. Ein blasses Gesicht sah sie an, mit tiefen Ringen unter den Augen. Ich sehe entsetzlich aus, dachte sie.

Renate war nicht aufgetaucht, und Katharina war wie betäubt vor Sorge um sie. Irgendwie hatte sie die endlose Schicht an der Stanze hinter sich gebracht. Der Meister war dreimal bei ihr gewesen und hatte nach Renate gefragt, sie hatte immer nur mit stummem Achselzucken geantwortet.

Sie sah in ihre Augen. Ich war böse zu ihr, dachte sie. Ich war böse, jetzt werde ich bestraft. Ich habe sie allein gelassen, und jemand hat ihr etwas angetan. Ich habe meine Freundin allein in die dunkle Nacht laufen lassen.

Ist sie denn noch meine Freundin, dachte sie. Renate hat sich so verändert, seit wir hier sind. Fast wird sie mir fremd.

Katharina war die letzte im Waschraum, die Kolleginnen waren alle schon raus. Langsam nahm sie ihren Mantel aus dem Spind und zog ihn über.

Würde er wirklich da sein?

Er hatte sie geküßt. Ihre Schwester hatte gesagt, davon könne man schwanger werden, wenn man die kritischen Tage habe. Renate sagte immer, das sei Unsinn, die Männer müßten nur aufpassen. Ihre Mutter hatte gesagt, sie solle sich nicht mit Männern einlassen, sie wisse ja, was dann passiere.

Sie hatte schon geküßt, vorher, aber nicht ... so. Und noch nie war es ihr so gegangen danach.

Er stand gegenüber dem Fabriktor an sein Motorrad gelehnt, und er war schön. Als Katharina über die Straße auf ihn zuging, hatte sie das Gefühl, durch Watte zu schreiten.

»Da bin ich«, sagte sie.

Er lächelte. »Ich dachte schon, du kämst nicht mehr.«

Auch sie versuchte ein Lächeln, aber es wollte nicht gelingen.

»Heh, Kleines ...« Sanft streichelte er über ihre Wange.

Sie schüttelte den Kopf, unfähig zu sprechen.

Er trat den Starter, ein paarmal, mit seinem ganzen Körpergewicht, dann brüllte der Motor los. »Steig auf«, sagte er und zog seinen Helm auf. Unbeholfen kletterte sie hinter ihn auf den Soziussitz. Sie spürte die Vibration des Motors am ganzen Körper und klammerte sich an Tex, den Kopf an seinen Rücken gepreßt, ohne auf den Weg zu achten. Er wird mich an einen guten Ort bringen, dachte sie, einen schönen Ort, wo wir sicher und allein sind. Aber es war nur ein Waldlokal, an dem er anhielt.

»Laß uns einen Kaffee trinken«, sagte er.

Sie folgte ihm zur Tür, dort drehte er sich zu ihr. »Alles in Ordnung?«

»Ja.« Sie zog ihr Taschentuch heraus und wischte sich durch die Augenwinkel.

»Gut«, sagte er und lächelte sein Lächeln, das sie jetzt schon so gut kannte. Sie folgte ihm in die Gaststätte.

Es war ein einfaches Lokal für Ausflügler und Sommerfrischler. Das trübe Wetter hielt diese Gäste heute fern. Nur drei Waldarbeiter vesperten an einem Tisch in der Nähe des Eingangs. Der Wirt hinter der Theke grüßte mit unfreundlichem Gesicht. Katharina folgte Tex, der sich an den letzten Tisch im Raum setzte.

»Ich hoffe, es gefällt dir hier. Normalerweise nicht ganz mein Stil, aber ich dachte, hier können wir in Ruhe reden.«

»Ja«, sagte sie.

Der Wirt kam zu ihnen, und Tex bestellte Kaffee.

»Was ist denn los mit dir?« fragte er, als der Wirt weg war, und sie erzählte von Renate und ihrer Angst um sie und vor ihr, und dann brach es aus ihr heraus, und sie erzählte von dem Zittern ihrer Beine, als er sie geküßt hatte, und der Watte, durch die sie gegangen war, und daß sie nicht ein noch aus wisse, und konnte selbst nicht glauben, was sie da alles sagte.

Als es endete, so abrupt, wie es begonnen hatte, sah er ihr in die Augen, die sie nur mit aller Kraft zu seinen heben konnte.

Er lächelte nicht.

So blau, dachte sie.

»Ich bin nichts für dich«, sagte er, und es klang bedauernd. »Ich bin ein Herumtreiber. Ich werde bald schon wieder fort sein.«

Der Wirt brachte ihnen den Kaffee, den er mit einem geknurrten »Biddesehr« vor sie hinstellte. Tex dankte freundlich. Katharina zog eine Tasse zu sich heran und umfaßte sie mit beiden Händen.

»Du mußt fort? Wann?« flüsterte sie.

»Sehr bald.«

»Kommst du wieder?«

»Fürs erste wohl nicht.«

Sie blickte in ihre Tasse und hob sie ein wenig zitternd zum Mund. Er saß ihr schweigend gegenüber.

Ein Kuß, dachte sie. Vorbei.

»Bist du schon lange bei den Elvis-Fans?« fragte Tex unvermittelt.

»Wie bitte?« Es gelang ihr nicht sofort, die Frage zu erfassen. »Etwas über drei Monate«, antwortete sie dann. »Warum?«

»Ich suche nach jemandem.« Er wirkte auf einmal unsicher, sein Blick stak in der Tischplatte. Katharina sah ihn erstaunt an. Er kam ihr so verändert vor, als säße plötzlich ein anderer vor ihr.

»Wen suchst du denn?« fragte sie.

»Ein Mädchen, meine Halbschwester. Sie ist verschwunden. Ich habe seit drei Monaten nichts von ihr gehört.«

»Drei Monate? So lange?«

»Weißt du, sie ist sehr selbständig – so wie ich auch. Unsere Mutter lebt schon lange nicht mehr, und wir haben beide gelernt, selbst auf uns aufzupassen. Daß wir mal ein paar Wochen nichts voneinander hören, kommt vor, aber ...« Er verstummte und sah aus dem Fenster. Dann schüttelte er ärgerlich den Kopf. »Wenn ich ehrlich sein soll: Wir haben uns gestritten. Eigentlich ging es nur um Kleinigkeiten, aber wir können beide sehr stur sein – das scheint in der Familie zu liegen. Sie ist fortgegangen, und ich war zu stolz, ihr hinterherzulaufen. Aber langsam mache ich mir Sorgen um sie.«

»Und ... warum erzählst du das ausgerechnet mir?«

»Sie ist ein großer Elvis-Fan, so wie du. Ich weiß, daß sie nach Bad Nauheim wollte, und dachte, du kennst sie vielleicht.«

»Wie heißt sie denn?«

»Sie heißt Marlene. Aber sie sagt ihren echten Namen meist nicht.« Er lachte verlegen.

»Warum nicht?«

»Sie mag ihn nicht.«

»Marlene ist doch ein schöner Name.«

»Das schon. Aber sie heißt mit Nachnamen Diddrich.«

Katharina sah ihn verständnislos an.

»Sie ist '42 geboren, und Mutter hat es mit Absicht gemacht. Sie hat richtig große Schwierigkeiten bekommen, damals, weil die Dietrich Volksverräterin war, und nach dem Krieg ist es auch nicht besser geworden. Seit Marlene klein war, ist sie deswegen gehänselt worden. Sie hat den Namen gehaßt. Irgendwann hat sie deshalb angefangen, Fremden gegenüber einfach irgendwelche Namen zu erfinden.«

»Wie sieht sie denn aus?«

Tex zog seine Brieftasche aus der Jacke und suchte einen Moment darin, bevor er Katharina ein kleines, altes Schwarzweißfoto mit gezacktem, weißem Rand über den Tisch reichte. »Ein anderes habe ich nicht. Da ist sie zwölf.«

Es war das Bild eines Mädchens in einem Dirndl, mit dicken blonden Zöpfen, frech und fröhlich lächelnd.

Tex zuckte die Schultern. »Es ist eigentlich hoffnungslos. Sie hat sich so verändert.«

Katharina sah auf das Gesicht. »Irgendwie … kommt sie mir bekannt vor, aber …« Sie schüttelte den Kopf. »Nein, tut mir leid.«

»Bist du dir ganz sicher?«

Sie sah das Bild noch einmal konzentriert an und kaute auf der Unterlippe.

»Tut mir wirklich leid«, sagte sie, und es war die Wahrheit. Nichts hätte sie lieber getan, als ihm zu helfen.

»Wenn dir noch was einfällt …«

Ein Hoffnungsblitz in ihrem Kopf. »Wie kann ich dich erreichen?«

Texas sah sie einen Moment an, dann zog er ein kleines Notizbuch und einen Bleistiftstummel aus der Tasche. Er schrieb eine Adresse auf, riß die Seite heraus und gab sie Katharina.

»Zeig das niemandem«, sagte er. »Hörst du? *Niemandem*!«

Texas, postlagernd, Hauptpost Kassel, las sie.

»Da wohnst du?«

»Da ist mein Briefkasten«, antwortete er.

»Und warum darf ich es niemandem zeigen?«

Er sah ihr ernst in die Augen. »Weil ich es dir sage, Katharina. Ich will nicht, daß über mich geredet wird. Erzähl einfach überhaupt nichts über mich, dann machst du auch keinen Fehler.«

»Aber warum –«

»Bitte kein warum, Katharina.«

Sie griff nach ihrer Tasse, der Rest des Kaffees war kalt geworden, sie trank ihn trotzdem. Eine Weile schwiegen sie.

»Und du sagst niemandem, wie du wirklich heißt?« fragte sie dann.

»Nein.«

»Auch mir nicht?«

»Ist das denn so wichtig?«

»Ja«, sagte Katharina leise.

Er lachte ein bißchen. »Nur wenn du wirklich ein Geheimnis für dich behalten kannst.«

»Das kann ich«, sagte Katharina mit Nachdruck.

Er zögerte, bevor er antwortete.

»Es stimmt, was ich dir erzählt habe: Meine amerikanischen Kumpels haben mich Texas getauft. Weil sie meinen wirklichen Namen nicht aussprechen konnten. Sie können keine Umlaute. Keine Üs.« Er drehte sich halb um, als wolle er sicher sein, daß niemand in der Nähe ist.

»Ich heiße Rüdiger. Rüdiger Büderich. Und ehrlich gesagt, gefällt mir Texas viel besser. Meine Mutter hatte keine glückliche Hand mit Vornamen.«

»Rüdiger Büderich?« Katharina lächelte hilflos. »Das ist … süß.«

»Kannst du dir vorstellen, wie sich das anhört bei den Amis? Hroudiga Bhudahrigg?«

Wieder lachte er, und auch Katharina stimmte ein, erleichtert darüber, daß es doch noch irgendeinen Grund dafür gab.

»Hroudiga Bhudahrigg«, sagte sie.

»Hroudiga Bhudahrigg«, wiederholten sie abwechselnd, weiter lachend, bis Tex auf einmal wieder ernst wurde.

»Wenn du das weitererzählst, bring ich dich um«, sagte er.

*

Die Halbstarken gaben vor, ihn zu ignorieren, aber die Mädchen und jungen Frauen starrten Summers unverhohlen neugierig an, als er den dunkelgrünen Dodge-Kombi vor dem Haus parkte und durch den Pulk der Fans zum Tor ging. Renate und Katharina waren nicht da, von den anderen kannte er niemanden. Er klingelte.

Es dauerte eine ganze Weile, bis Lamar Fike an der Haustür erschien, empfangen von einzelnen Rufen aus der Gruppe der Fans. Mit mürrischem Gesicht öffnete er das Gartentor und ließ Summers ein. Nach einer kühlen Begrüßung schob er ihn vor sich her die kleine Treppe zur Tür hinauf.

Summers hängte seinen Mantel an die Garderobe in der Diele, dann folgte er Fike durch eine Milchglastür in den Wohnraum, ein normales deutsch-bürgerliches Wohnzimmer. Es gab einen großen Eßtisch mit sechs Stühlen und zwei helle Polstersessel an einem kleinen Tisch voller Gläser und Flaschen. An der hinteren Wand stand ein Klavier. In einer Musiktruhe lief eine Rock'n'Roll-Platte auf dem Plattenspieler. Summers kannte weder Titel noch Sänger.

Vernon Presley und Red West saßen am Eßtisch, ebenso Elisabeth Stefaniak, direkt neben Vernon. Ein Sessel war frei, in den Fike sich jetzt fallen ließ.

In dem zweiten Sessel, ein Bein lässig über das andere geschlagen, saß Elvis. Er trug eine Blue Jeans und spitze schwarze Cowboystiefel mit weißen Ziernähten. Das glänzend blaue Hemd stand offen und zeigte seine behaarte Brust. Auf eine natürliche und ebenso selbstverständliche Art beherrschte seine Anwesenheit den Raum, obwohl er noch keinen Ton gesagt hatte. Summers bemerkte es, ohne dem Phänomen einen Namen geben zu können.

Elvis sah ihn an und lächelte. »Darf ich vorstellen: Mr. Peter Summers, unser neuer Fahrer.« Er erhob sich und schüttelte ihm die Hand. Seine Augen, die unter ihren schweren Lidern oft so schläfrig wirkten, blickten offen; dann zwinkerte er ihm zu, ganz kurz nur.

»Nett, Sie kennenzulernen, Mr. Summers«, sagte er.

»Nennen Sie mich Pete, Mr. Presley, das ist schon okay.«

»Elvis ist auch okay, Pete.« Als Elvis ihm die anderen mit Vornamen vorstellte, blickte Summers in mürrische und mißtrauische Gesichter, vor allem bei West und Fike. Vernon erschien einigermaßen gleichgültig, aber er machte den Eindruck eines permanent schlechtgelaunten Mannes. Am freundlichsten war noch der Blick von Elisabeth Stefaniak, aber sie schien eine Art von Furcht zu verbergen.

»Nehmen Sie doch Platz, Pete«, sagte Elvis, und Summers setzte sich an den Eßtisch.

»Was mich interessieren würde, Elvis«, sagte Vernon, »wofür brauchen wir einen Fahrer? Wir haben Joe, das hat doch immer gereicht.« Er sprach langsam, mit etwas undeutlicher Stimme, als habe er zu dieser Stunde bereits getrunken.

Summers nahm an, daß mit »Joe« Joseph Werheim gemeint war, der deutsche Taxifahrer, der exklusiv für die Presleys fuhr und Botendienste erledigte. Laut Gordon war er überprüft und als »wahrscheinlich nicht bestechlich« eingestuft worden.

»Joe ist ein braver Mann, und er kennt sich auch gut hier aus«, sagte Elvis, »aber ich will jemanden, der mir zeigt, wie man diesen BMW richtig fährt. Der Colonel hat mir Summers empfohlen, und da ist er.« Er ließ sich wieder in seinen Sessel fallen und grinste entspannt. »Ich freu mich schon auf unsere erste Tour, Pete! Was zu trinken?«

»Gern. Eine Cola oder ein Soda.«

Elisabeth Stefaniak stand auf und ging ohne ein Wort in die Küche.

»Wenn du einen Fahrlehrer brauchst, warum holst du dir nicht einen, der's kann. Summers ist doch ein Bruchpilot«, sagte Red West. Es sollte wohl wie ein Scherz klingen, aber niemand im Raum faßte es so auf.

Summers war überrascht von der wenig verhohlenen Ablehnung, die ihm hier entgegenschlug – aber der Grund lag auf der Hand, er hätte damit rechnen müssen: Die Männer fürchteten um ihre Positionen.

West sah Summers mit einem höhnischen Aufflackern in den Augen an. »Wie viele Rennen hast du gewonnen, Summers?« fragte er.

»Er heißt nicht Summers, er heißt Pete. Er wird dich auch nicht West nennen, Red.«

Red nickte, ohne Elvis in die Augen zu sehen. »Gut, wie viele hast du gewonnen ... *Pete*?«

»Vier«, sagte Summers.

»Also ein Toter pro Sieg.« Red West setzte zu einem Grinsen an, aber Elvis wischte es ihm mit einem Fluch aus dem Gesicht.

»Halt deine verdammte Schnauze, Red! Was bildest du dir ein?« West sagte nichts, er starrte die Wand an. »Verzeih, Pete. Red ist und bleibt ein Klotz. Er wird sich bei dir entschuldigen. Gleich jetzt.«

Red brachte ein schiefes Grinsen zustande. »*Sorry*, Pete. War nicht so gemeint.«

»Schon gut«, sagte Summers.

Elisabeth kam mit einer kleinen Flasche Cola und einem Glas mit Eiswürfeln zurück und stellte beides mit einem Lächeln vor ihn. Er dankte betont freundlich. Sie schien ein nettes Wesen zu haben – vor allem aber brauchte er jeden Verbündeten, den er bekommen konnte.

Vernon sah ihn verständnislos an. »Was ist das für eine Geschichte, das mit den Toten?«

»Pete hatte einen Rennunfall«, antwortete Elvis.

»Mit vier Toten«, setzte West hinzu, »darunter seine –«

Elvis brachte ihn mit einem Blick zum Schweigen.

»Du gehst zu weit, Red«, sagte Lamar Fike.

Red nahm eine Flasche und goß Bourbon in seine Cola. »Stimmt doch«, sagte er und nahm einen Schluck.

»Ende der Diskussion.« Elvis unterstrich sein Kommando mit einer abschneidenden Handbewegung. »Dieses Thema ist ein für allemal erledigt, habt ihr mich verstanden?«

Lamars Nicken war deutlich zustimmend, was von Reds Kopfbewegung nicht zu behaupten war.

»Verstanden, Red?« fragte Elvis noch einmal.

»Verstanden«, sagte Red und nahm einen weiteren Schluck.

»Dann machen Pete und ich jetzt eine Spritztour mit dem BMW. Okay, Pete?« Elvis warf Summers den Autoschlüssel zu, er fing ihn mit links aus der Luft und stand auf.

»Wie ist das Wetter, Pete, können wir offen fahren?«

»Wir sind in Deutschland«, antwortete Summers kopfschüttelnd.

Elvis lachte herzlich und schlug ihm auf die Schulter.

»Verdammt, das sind wir«, sagte er.

*

»Wann macht Professor Kreutzer die Obduktion?« fragte Kemper.

»Morgen früh. Er ist heute noch in Wiesbaden unabkömmlich, aber wie man ihn kennt, wird er sich schnellstmöglich an die Arbeit machen.«

Sie gingen langsam, ja gemütlich die Goethestraße entlang: Grasshoff, dessen Mantel offen in der lauen abendlichen Brise wehte, die Arme auf dem Rücken verschränkt; Kemper die Hände tief in den Taschen. Zwei Herren auf einem Abendspaziergang, was im weiteren Sinne auch zutraf: Erledigung halbdienstlicher Geschäfte nach Feierabend.

»Wie gehen wir vor?« fragte Kemper.

»Vorsichtig. Wir dürfen ihn nicht zu hart angehen. Wenn Presley auf stur schaltet, ist uns nicht geholfen.«

Sie näherten sich der Backfischhorde vor der Nummer 14. Kemper zeigte auf einen parkenden Wagen gegenüber.

»Jetzt haben sie einen Opel Olympia«, sagte er.

»Da haben sie sich ja verbessert«, meinte Grasshoff.

»Zumindest haben sie mehr Platz.«

»Es sitzen andere drin als gestern. Wetten, daß die auch von der Vancouver Sun sind?«

»Wieviel?« fragte Kemper.

Grasshoff blieb stehen. Noch immer die Arme auf dem Rücken, beugte er sich etwas vor und sah Kemper überrascht-amüsiert von der Seite an.

»Zwei Mark«, sagte er nach einigen Sekunden.

Kempers Blick zu dem hellbraunen Opel wurde skeptisch. Er verzog das Gesicht und wiegte den Kopf hin und her, doch dann nickte er entschlossen.

»Zwei Mark.«

»Na, dann schauen wir doch mal nach.« Grasshoff lachte leicht, und sie gingen in unverändertem Schritt weiter auf den Wagen zu, Grasshoff zur Fahrertür, Kemper zur anderen Seite.

Auf dem Fahrersitz saß ein schlaksiger, junger Rotschopf; neben ihm ein dicklicher Mittvierziger. Beide waren mit belegten Broten beschäftigt, der Beifahrer allerdings mehr mit den davon verursachten Flecken auf seinem Nyltesthemd. Er schreckte hoch, als Kemper plötzlich neben ihm auftauchte. Der junge Mann auf dem Fahrersitz versuchte durch Grasshoff hindurchzusehen, zumindest ignorierte er ihn, so gut es eben ging.

Grasshoff klopfte mit seinem Ehering an die Scheibe und nickte dem Mann freundlich zu. Mißtrauisch kurbelte der das Fenster herunter.

»Einen schönen guten Abend«, sagte Grasshoff. Er griff in seinen Mantel, um seine Dienstmarke hervorzuholen, und registrierte mit einem mehr als leichten Schrecken, daß die Hände der beiden Männer in Richtung ihrer Achselhöhlen hochzuckten.

Ganz langsam zog er die Blechplakette heraus. Er hielt sie hoch und sprach betont höflich.

»Kommissar Grasshoff, Kriminalpolizei. Das dort ist mein Kollege, Oberinspektor Kemper. Verzeihen Sie, daß wir Sie beim Essen stören, aber es hat hier in den letzten Tagen gehäuft Beschwerden aus der Nachbarschaft über parkende Autos mit verdächtigen Personen gegeben. So leid es mir tut, aber ich muß Sie bitten, sich auszuweisen.«

Der junge Mann griff in sein Jackett. Grasshoff merkte, wie sich sein Rücken anspannte, aber der Mann hielt ihm bloß einen Paß und einen Presseausweis entgegen. Auch der Dicke hatte eine Brieftasche hervorgeholt und gab Kemper seine Papiere. Grasshoff blätterte den kanadischen Paß durch. Bud James, geboren 1937 in Toronto. Etliche europäische und US-amerikanische Visa, deutliche Gebrauchsspuren. Saubere Arbeit, dachte Grasshoff. Dann hielt er den Presseausweis hoch.

»Na, das ist ja ein Ding, Herr James. Sie sind von der Vancouver Sun?« Aus den Augenwinkeln nahm er Kempers verdrießliches Grinsen wahr. »Das nenn ich mal einen Zufall. Dann kennen Sie doch bestimmt Jimmy Hurst von Ihrer Sportredaktion?«

Der Unterkiefer des jungen Rothaarigen fiel ein deutliches Stück nach unten.

»Können Sie Deutsch, verstehen Sie, was ich sage?« fragte Grasshoff mit einem ermutigenden Kreisen seiner rechten Hand. Das Mißtrauen im Blick des Mannes bekam etwas Panisches. Schließlich nickte er.

»Sie kennen Jimmy Hurst? Das ist toll. Wir sind nämlich Freunde. Seit '44. Sie wissen schon, D-Day, Invasion, Normandie. Ich war in Amiens in Gefangenschaft, und er war im Wachbataillon. Am Ende des Krieges waren wir richtig gute Freunde. Toller Bursche. Wie geht's ihm? Ist er noch beim Sport? Er wollte doch immer ins Kulturressort. Ich habe lange keinen Brief mehr von ihm bekommen.«

Der junge Mann starrte ihn nur weiter mit offenem Mund an.

»Wie war der Name?« fragte der Dicke vom Beifahrersitz endlich. Er hatte einen sehr breiten Akzent.

»Jimmy Hurst. Vom Sportteil. So ein Großer, Dunkelhaariger.«

»Oh, Jimmy ... ja natürlich, jetzt weiß ich, wen Sie meinen.«

Auch bei dem Rotschopf fiel jetzt der Groschen. »Na klar, Jimmy!« stieß er hervor. »Jimmy Hurst, vom Sport ...«

»Und, wie geht's ihm?« fragte Grasshoff.

»Oh ... gut. Ja, sehr gut. Jimmy geht's sehr gut. Unkraut vergeht nicht, sag ich ja immer.« Der junge Mann grinste verzerrt.

»Wenn Sie ihn sprechen, bestellen Sie ihm viele Grüße von Paul. Er soll mal wieder schreiben!« Grasshoff reichte ihm die Papiere zurück und beugte sich etwas herunter. »Und versuchen Sie bitte, die Damen der Nachbarschaft nicht zu erschrecken.« Mit einem freundlichen Klopfen auf das Dach des Opels verabschiedete er sich und ging über die Straße.

Kemper holte ihn auf der anderen Seite ein. Er nahm zwei Markstücke aus dem Portemonnaie und hielt sie Grasshoff hin.

»Ich dachte immer, du warst an der Ostfront«, sagte er.

»Stimmt genau«, sagte Grasshoff und steckte die Münzen ein.

»Wir haben die beiden ziemlich erschreckt, was?«

»Die haben mich auch erschreckt. Die sind garantiert bewaffnet.«

»Du nicht?« fragte Kemper.

»Schorsch, ich bitte dich. Doch nicht nach Feierabend.«

Unvermittelt erhob sich ein Kreischen aus der fast fünfzigköpfigen Gruppe vor der Einfahrt. Von ihrer Position konnten sie die Tür an der Seite des Hauses nicht sehen, aber die Reaktion der Fans ließ keinen Zweifel zu, was dort vor sich ging. Nach einigen Augenblicken wandelte sich das Kreischen zu einem enttäuschten Aufheulen. Zwei kräftige junge Männer erschienen am hölzernen Tor der Ausfahrt und öffneten es.

»Das sind die Leibwächter«, sagte Kemper. »Der Rothaarige heißt Red West, ein echter Rüpel, wir hatten schon oft Beschwerden über ihn.«

Sobald der Spalt im Tor breit genug war, stürmte eine brünette junge Frau in die Einfahrt hinein. Grasshoff schätzte sie auf achtzehn. Sie versuchte, an den Männern vorbeizukommen, aber West packte sie rücksichtslos am Oberarm und riß sie zurück. Ein kräftiger Motor sprang an, und das Heck des BMW erschien hinter der Hausecke. Die beiden Männer drängten die Gruppe vor dem Tor auseinander, dann bog der Wagen zügig rückwärts auf die Straße. Der Motor brüllte auf, und die Rücklichter des Wagens verschwanden aus ihrem Blickfeld. Der Opel wendete mühselig und folgte dem Sportwagen mit heulender Maschine.

»Warum fährt er einfach weg?« kreischte eine Mädchenstimme.

»Elvis, Elvis!« Ein Sprechchor formierte sich.

Grasshoff und Kemper gingen in Richtung des Tores. Die Gruppe belagerte es, unbeirrt von der Tatsache, daß ihr Idol sich gar nicht mehr dahinter befand. Die beiden Leibwächter hatten das Tor geschlossen und waren schon auf der Treppe, als der Dickere der beiden sich noch einmal umdrehte. Er blieb stehen, und sein Blick fiel auf Grasshoff und Kemper. Offensichtlich stachen sie entschieden aus dem üblichen Bild hervor. Grasshoff hob die Hand und winkte ihn zu sich herunter. Der Dicke zupfte seinen vor ihm gehenden Kollegen am Hemd, worauf auch dieser sich umwandte.

Grasshoff blieb dicht hinter Kemper, der ihnen energisch einen Weg durch die Menge zum Tor kämpfte.

»Wir möchten zu Herrn Vernon Presley«, sagte Grasshoff mit dienstlicher Stimme und hielt dem Dicken seine Marke vor die Nase. Der Mann starrte darauf und sagte nichts.

*»What's up?«* fragte Red West.

*»German police, I guess. For Vernon.«*

West machte eine abfällige Handbewegung. *»Just tell 'em to fuck off!«*

*»We are policemen, Mr. West. And if anybody here is about to fuck off, it's you. Better be sure that I'm fuckin' serious 'bout that!«* brüllte Kem-

per. Die Jugendlichen um sie herum verstummten und schienen den Atem anzuhalten. Sogar Grasshoff war zusammengezuckt. Obwohl niemand den Wortlaut verstanden hatte, konnte es über den Sinn von Kempers Bemerkung kaum einen Zweifel geben.

Der Dicke hob beschwichtigend die Hände. *»Get Elisabeth here«*, sagte er zu seinem Kollegen und öffnete das Tor.

»Respekt«, murmelte Grasshoff Kemper zu.

»*Ich war* beim Ami in Gefangenschaft«, sagte der und trat durch die Pforte.

»Lamar Fike«, stellte der Dicke sich mit einem kleinen Diener vor. Auch Grasshoff und Kemper nannten ihre Namen, und Fike machte eine einladende Handbewegung in Richtung Treppe.

Kurz bevor sie die Haustür erreichten, erschien dort eine dunkelblonde, hübsche junge Frau. Sie stellte sich als Elisabeth Stefaniak vor. Grasshoff schätzte sie auf zwanzig; irgendwie hatte er sie sich entschieden älter vorgestellt, ohne einen Grund dafür zu haben. Sie begrüßte Kemper überfreundlich, aber die unruhigen Hände zeigten ihre Nervosität. Fike verschwand im Haus.

»Wir würden uns doch gerne einmal mit Mr. Vernon Presley persönlich unterhalten, wenn das möglich ist«, sagte Kemper, um einen entspannten Ton bemüht.

Sie hielt einen Moment den Atem an, um dann hilflos lächelnd den Kopf zu schütteln.

»Mr. Presley … schläft gerade«, stieß sie endlich hervor. Hinter ihr im Haus begann ein Radio, einen amerikanischen Schlager zu plärren.

»Fräulein Stefaniak, bitte verstehen Sie uns richtig«, Kemper sprach weiter an der Obergrenze der Freundlichkeit, »wir wollen nicht bei Ihnen eindringen, um Gottes willen. Wir dachten nur, letztlich wäre es für Sie und vor allem auch für Mr. Presley einfach bequemer, wenn wir kurz hier mit ihm reden könnten. Wir müßten ihn ja sonst vorladen, und dann muß er extra zur Wache kommen. Vor allem ist es hier doch auch …«, er hob die Hand in einer vielsagenden Geste, »viel diskreter.«

»Ich … ich werde ihn fragen.« Sie verschwand im Haus.

»Wir können ihn gar nicht vorladen«, sagte Grasshoff, als sie gegangen war.

»Du warst ja auch nicht an der Westfront«, antwortete Kemper.

Sie standen noch immer auf dem Treppenabsatz vor der Tür, allein. Die Musik im Radio endete und wurde von einer sonoren, amerikanischen Männerstimme abgelöst. Grasshoff sah zu den gaffenden Gesichtern auf dem Bürgersteig hinunter. Die Gruppe drängte an den Zaun und starrte sie an wie die Affen im Zoo.

»Geht das hier immer so?« fragte er.

»Ja. Wäre nichts für mich.« Kemper lehnte sich an die hintere der beiden schlanken Säulen, die den kleinen Balkon über ihnen stützten, und sah in den Garten hinunter. »Rasenmähen könnten sie mal.«

Grasshoff sah auf die Uhr. »Wie lange geben wir ihnen?« fragte er.

»Psst«, machte Kemper plötzlich und hob zwei Finger ans Ohr. Er stieß sich von der Säule ab und trat leise in die Diele; Grasshoff folgte ihm. Gedämpft drang die Stimme der Sekretärin zu ihnen, überlagert von der des Radioansagers. Grasshoff hielt den Atem an, um besser verstehen zu können.

»... Memphis in Tennessee, USA, jawohl. Wie lange wird das dauern? So lange, oh ... Nein, nein, ich will das Gespräch auf jeden Fall anmelden ...«

Dann öffnete sich eine Tür. Grasshoff und Kemper traten schnell wieder nach draußen.

»Er hat Schlaftabletten genommen und ist in den nächsten zwei Stunden nicht ansprechbar«, sagte Kemper.

»Da halte ich gegen. Um einen Schoppen.« Grasshoff grinste.

Wie vorhin verzog Kemper skeptisch das Gesicht und wiegte den Kopf. »Nein, zu riskant«, sagte er dann.

Elisabeth Stefaniak kam die Treppe herunter und trat mit einer entschuldigenden Geste auf sie zu.

»Es tut mir leid. Ich habe Mr. Presley nicht wach bekommen, wahrscheinlich hat er seine Schlaftabletten genommen. Ich denke, in etwa zwei Stunden wird er wieder wach sein«, sagte sie.

Grasshoff sah angelegentlich zur Straße, während Kemper sich heftig räusperte.

»Wir kommen dann gegen acht noch einmal wieder«, sagte er.

»Wie Sie meinen, Herr Oberinspektor.«

Mit einem freundlichen Nicken verabschiedeten sie sich und gingen die Treppe hinunter.

»Mist«, zischte Kemper. Grasshoff hatte große Mühe, ernst zu bleiben.

*

»Ich liebe dieses Auto«, sagte Elvis.

Sie rollten durch die Innenstadt auf die Landstraße Richtung Usingen zu.

»Ich meine, er hat einfach was«, fuhr Elvis fort. »Stil, könnte man es nennen. Das fehlt unseren Autos drüben oft, finden Sie nicht, Pete?«

»Es kommt darauf an, was man mit einem Auto vorhat. Stil ist nicht alles, man muß auch damit umgehen können. Ich habe gesehen, wie er beim Beschleunigen ausgebrochen ist. Ihr Vater hat ihn kaum wieder unter Kontrolle bekommen. Das liegt an der Starrachse.«

»*Wo* haben Sie das gesehen?«

Summers bemerkte Elvis' Blick von der Seite. »Im Wald, vorgestern nacht. Nach dem Anschlag.«

»Es war also ein Anschlag? Dad hat es sich nicht eingeredet?«

»Nein. Es hätte tödlich enden können.«

»Verdammt«, sagte Elvis leise, genau wie er es schon zu Colonel Parker gesagt hatte. »Sie sind ganz sicher?«

»Ich habe es gesehen, Elvis. Und ich habe auch die Waffe gesehen. Eine deutsche Panzerfaust.«

*»Shit!«* Elvis kaute auf seiner Unterlippe. »Was hat das zu bedeuten, Pete? Ich meine, das alles. Nicht nur der Anschlag, sondern auch, daß Sie uns überwachen. Seit wann tun Sie das?«

»Seit Sie in Bremerhaven die ›General Randall‹ verlassen haben.«

»*Was?* Pete, das ist nicht wahr!«

»Uncle Sam macht sich Sorgen um Sie«, log Summers. »Und auch zu Recht, wie man sieht. Eigentlich wollten doch *Sie* vorgestern mit dem BMW los, oder? Wir versuchen, auf Sie aufzupassen. Drehen Sie sich mal um. Sehen Sie den Opel?«

Dixie und Bud folgten in siebzig Yards Abstand.

»Die gehören zu Ihnen?«

»Zu uns, könnte man sagen.«

Sie erreichten den Ortsausgang. Zweihundert Yards vor ihnen in der Dämmerung fuhr ein Traktor. Summers schaltete in den zweiten Gang zurück und gab Gas. Der Motor röhrte auf, aber der Wagen beschleunigte erheblich langsamer, als er erwartet hatte. Erst als der Tourenzähler bei dreieinhalbtausend angekommen war, merkte man die hundertfünfzig Pferde unter der Haube. Summers zog ihn gnadenlos bis zur Fünftausender-Marke, wo der rote Bereich begann, bevor er hochschaltete. Den Traktor hatten sie lange hinter sich gelassen. Den Opel auch.

»Lassen Sie mich offen reden, Elvis. Wie ich Ihnen gerade demonstriert habe, ist es nicht ganz einfach, jemanden zu überwachen. Wir können Ihnen keinen hundertprozentigen Schutz garantieren. Niemand kann das, wenn Sie sich weiter normal bewegen wollen und es nicht auffallen darf.«

»Ich verstehe. Ich tue so, als wäre nichts, während Sie versuchen, meinen Arsch zu retten.« Elvis lachte bitter.

»Das haben unsere Chefs so vereinbart.«

»Ich habe keinen Chef«, sagte Elvis scharf.

»Dann ist es ganz einfach Ihre Entscheidung. Das Sicherste wäre, die deutsche Polizei zu informieren und die MP, und wieder in die Kaserne zu ziehen. Machen Sie es öffentlich: ›Hilfe, jemand will mich umbringen, aber ich weiß nicht wer und nicht warum!‹ Was dann in der Presse los wäre, kann sogar ich mir ausrechnen.«

Die Straße glänzte feucht vom Abendtau im Scheinwerferlicht. In der nächsten Kurve übersteuerte der Wagen, doch das war leicht auszugleichen. Ein längeres Geradeausstück folgte. Summers schaltete in den Vierten, was die Drehzahl auf dreitausendzweihundert fallen ließ. Für seinen Geschmack brauchte der Motor zu lange, um wieder in den Drehzahlbereich zu gelangen, in dem er sich wohl fühlte.

»Und es sind tatsächlich die Kommies, die hinter mir her sind?«

»Es ist nicht auszuschließen, aber ich halte das für die am wenigsten wahrscheinliche Variante. Ein Problem ist, daß man nicht unbedingt ein vernünftiges Motiv braucht, um Sie umbringen zu wollen. Sie sind ein Star. Es reicht, einfach verrückt zu sein.«

»Und was ist, wenn es doch Dad galt?« Elvis' Stimme klang unsicher.

»Hat denn jemand Grund, Ihrem Vater etwas anzutun?«

»Das kann ich mir nicht vorstellen.« Die Art, wie er die Mundwinkel herabzog, strafte ihn Lügen.

»Soweit ich weiß, hat er recht zahlreiche Damenbekanntschaften«, sagte Summers leichthin.

Elvis sah ihn scharf an. »Sie wissen eine ganze Menge, nicht wahr?«

Nach der nächsten Kurve führte die Straße an einem halbleeren Holzlagerplatz entlang. Summers hielt darauf an und schaltete Motor und Scheinwerfer aus.

»Es ist mein Job, eine Menge zu wissen, Mr. Presley«, sagte er ernst.

»Nennen Sie mich Elvis, Pete, bitte. Entschuldigen Sie. Natürlich ist es Ihr Job. Ich weiß im Moment nur nicht, wo mir der Kopf steht.« Es klang beschämt, er sprach leise. »Es ist ... ich kann Vater einfach nicht verstehen. Mutters Tod liegt erst ein halbes Jahr zurück.«

»Er ist ein Mann in den besten Jahren. Die besten Jahre sind die, die nach den guten kommen. Er hat nicht mehr so viel Zeit wie Sie.«

»Nein, es ist einfach nicht okay. Mutter war eine so ... besondere Frau, auch wenn das vielleicht jeder über seine Mutter sagt. Manchmal glaube ich, er vermißt sie gar nicht. Sogar Elisabeth stellt er nach. Ich hasse das.«

Er drehte das Autoradio an, der Empfang stand auf AFN. Jim Reeves sang »Everywhere you go«. Elvis sang leise mit:

*»Everywhere you go*
*Sunshine follows you.«*

Es begann zu regnen. Schwere Tropfen schlugen auf das Dach des Wagens und verhöhnten das Lied. Elvis sang lauter.

*»Everywhere you go*
*Skies are always blue.«*

Das Trommeln des fallenden Regens wurde immer lauter und begann, das Radio zu übertönen. Ein Auto fuhr an ihnen vorbei, es waren Dixie und Bud. Kurz darauf erschien ein Motorrad. Es wurde langsamer, als es an dem Holzplatz vorbeifuhr, der Fahrer wandte ihnen den Kopf zu. Ein Stück der Straße wurde von einem hohen Stapel Holzstämme ihrem Blickfeld entzogen. Das Motorrad verschwand dahinter und tauchte nicht wieder auf.

Summers setzte sich auf und drehte das Radio aus.

»Mögen Sie Jimmy Reeves nicht, Pete?« fragte Elvis.

Ohne zu antworten, startete Summers den Motor und gab Gas. Er warf das Heck des BMW auf dem schlüpfrigen Untergrund herum und beschleunigte, eine riesige Fahne Dreck hinter sich her ziehend, in Richtung Straße.

*»Wow!«* sagte Elvis.

Summers versuchte, im Rückspiegel den Motorradfahrer auszumachen, aber in dem Regen und der immer stärker hereinbrechenden Dunkelheit war nichts zu erkennen. Hundert Yards hinter der nächsten Kurve hielt er mit laufendem Motor am Straßenrand. Er ließ den Rückspiegel nicht aus den Augen.

»Was war *das*, Mann?« fragte Elvis begeistert.

»Ein Motorrad. Es hat hinter den Baumstämmen angehalten.«

»Motorrad?« Elvis drehte sich um. »Ich sehe nichts.«

»Eben das macht mich stutzig.« Summers ärgerte sich über den Scherz, den er sich mit Dixie und Bud erlaubt hatte, ihre bloße Anwesenheit wäre jetzt hilfreich gewesen. Bei dieser Sicht würde sich ein Motorrad ohne Licht auf hundertfünfzig Fuß nähern können, bevor es auszumachen war. Verdammt nah genug für eine Panzerfaust. Summers beschleunigte, so stark es die nasse Straße erlaubte. Elvis hatte sich umgedreht und starrte ins Dunkel hinter ihnen.

»Kann es sein, daß Sie Gespenster sehen, Pete?«

»Solange hier Gespenster mit panzerbrechenden Waffen unterwegs sind, sollten wir vorsichtig sein.«

Für eine halbe Meile blieb Elvis in seiner umgewandten Stellung, bevor er sich wieder in den Sitz fallen ließ.

»Sie machen mir Angst, Pete«, sagte er.

»Das war durchaus meine Absicht«, antwortete Summers. »Angst ist mitunter lebensverlängernd.«

*

Hans-Gerd drängte sich durch die Tanzenden. Ritchie würde neben der Musikbox stehen. Es war früher Abend und die »Oase« fast voll. Die Musik war laut, lauter als in irgendeinem anderen Schuppen der Gegend, und die Paare tanzten wilden Rock'n'Roll auf der von unten bunt beleuchteten, gläsernen Tanzfläche.

Ritchie war dort, wo er hingehörte; Hans-Gerd stellte sich neben ihn, aber sein Freund bemerkte ihn nicht. Er schnippte mit den Fingern den Takt, seine Hüften rollten. Die Augen geschlossen sang er den Text der Elvis-Single in der Musikbox mit:

*»I'm gonna hold my baby as tight as I can*
*Tonight she'll know I'm a mighty mighty man*
*Well, I heard the news*
*Here's a good rockin' tonight ...«*

Seine Stimme kam von tief unten, genau wie die von Elvis, und er traf die Phrasierungen exakt, obwohl er kein Englisch konnte. Er sang einfach nach, was er hörte.

»Texas hat recht, du solltest Eintritt dafür nehmen«, sagte Hans-Gerd ihm ins Ohr.

Ritchie öffnete die Augen einen Spalt und grinste ihn an, ohne seinen Gesang zu unterbrechen.

*»I want you to bring along my rockin' shoes*
*Cause tonight I'm gonna rock away all o' my blues*
*Well, I heard the news*
*There's a good-a-rockin' tonight ...«*

Als das Gitarrensolo einsetzte, legte Ritchie einen Arm um Hans-Gerds Schulter.

»ES MACHT MICH WAHNSINNIG!« schrie er über die Tanzfläche, von wo ihm ein begeistertes Heulen antwortete, aber er machte nur eine wegwerfende Bewegung. »Die werden's nie kapieren. Ich muß was trinken.«

Er setzte sich in Bewegung und zog Hans-Gerd hinter sich her, quer über die Tanzfläche in Richtung Bar. Als einer der Tänzer ihn anrempelte, stieß er ihn beiseite. Bei Hans-Gerd verfestigte sich der Eindruck, daß sein Freund betrunkener war, als er um diese Zeit sein sollte.

»Bier her, oder ich fall um!« brüllte Ritchie über den Tresen, um sich dann erschöpft auf seine Ellbogen zu stützen, die Fäuste vor die Stirn gepreßt. Ohne die Hände wegzunehmen, sah er Hans-Gerd von der Seite an. »Weißt du, *was* mich wahnsinnig macht? Was mich wirklich, wirklich wahnsinnig macht?«

»Na klar, Ritchie. Elvis Presley macht dich wahnsinnig.« Hans-Gerd tätschelte ihm den Hinterkopf. »Oder ist es, daß er immer noch besser singt als du?«

Ritchie richtete sich auf und hieb die Faust auf die Theke. »TUT ER EBEN NICHT!« brüllte er.

Einer der Kellner knallte zwei Helle vor sie auf den Tresen. Hans-Gerd zahlte.

»Ich glaube, jetzt wirst du doch ein bißchen überheblich«, sagte er und stieß sein Glas an Ritchies.

»Du bist genauso ein Schwachkopf wie die anderen. Du kapierst gar nichts.« Ritchie griff sich das Glas und trank es zur Hälfte aus. »Wieviel Autogramme hast du schon von ihm?«

»Drei. Was soll die Frage?«

»Claus-Kurt hat über hundert.«

»Ich weiß, ich weiß. Man kann alles übertreiben.«

»Für ihn ist das der Beweis, daß er der größte aller Elvis-Fans ist.«

»Kann man so sehen.«

»Ha!« Ritchie nahm das Glas und kippte den Rest in sich hinein. »Größter Fan! Weißt du, wie viele Autogramme *ich* habe?«

»Nein, weiß ich nicht.«

Ritchie stellte das Glas betont vorsichtig, mit abgespreiztem kleinen Finger, auf der Theke ab, dann sah er Hans-Gerd direkt in die Augen.

»Keins«, sagte er.

»Ach komm ...« Hans-Gerd verzog skeptisch den Mund. Ritchie baute sich vor ihm auf und stieß ihm hart mit zwei Fingern gegen die Schulter.

»Kein einziges! Und niemand – *niemand* – kann abstreiten, daß *ich* Elvis-Presley-Fan bin!«

»Du warst schon Page, als er im Parkhotel gewohnt hat. Und er hat dir keins gegeben?«

»Ich wollte keins. Und ich will immer noch keins. Was ist ein Autogramm? frage ich dich. Es ist nichts als ein Stück Papier. Der Beweis, daß du ihm gegenübergestanden hast. Bestenfalls! Autogramme sind was für Mädchen. Hier, frag sie ...« Er drehte sich um. Neben ihm auf einem Barhocker saß Katharina, das Mädchen, das Texas gestern dabei gehabt hatte. Hans-Gerd hatte sie bisher gar nicht bemerkt. »Heh, wir kennen uns doch«, sagte Ritchie. »Von gestern. Du bist doch auch Elvis-Fan. Wieviel Autogramme hast du?«

Sie schien die Frage nicht zu verstehen.

»Laß sie in Ruhe«, sagte Hans-Gerd und zog Ritchie von ihr weg. Texas war nirgends zu entdecken, wie er mit einem schnellen Rundblick feststellte. Er blinzelte Katharina zu, aber sie wandte den Kopf ab, ohne es zu bemerken.

Ritchie hatte sie schon wieder vergessen und redete weiter, mit unveränderter Vehemenz. »Ich sage dir, warum ich sein Fan bin: Nicht wegen irgendeinem Stück Papier fürs Album. Nein! Wegen seiner *Stimme*, seiner *Musik*. Wegen dem, was er auf der *Bühne* macht! Weil er *gött–lich* ist!«

»Wie kannst du dann sagen, er singe nicht besser als du?« gelang es Hans-Gerd einzuwenden.

»WEIL ER ÜBERHAUPT NICHT MEHR SINGT!« brüllte ihm Ritchie ins Gesicht. Schwer atmend stützte er sich wieder am Tresen ab. Seine Stimme war jetzt leise und heiser. »Elvis kommt. In *unsere* Stadt. Ich habe es nicht geglaubt, schließlich hat in der BRAVO immer gestanden, er käme nach Böblingen. Aber es stimmte. Friedberg. Bad Nauheim! Ich habe gezittert vor Freude, ehrlich. Und jetzt ist er *hier*. Ganz in der Nähe. Er lebt hier, man kann ihn sehen, wenn man will. Ein halbes Jahr ist er schon da. Aber ich habe doch keine Sekunde daran gezweifelt, daß er *singen* würde! Daß ich ihn *hören* würde, in einem richtigen Konzert. Aber er singt nicht! Zu Hause, im Wohnzimmer. Gospel zum Klavier, hat Claus-Kurt erzählt, wer weiß, ob's stimmt. Das muß man sich mal vorstellen. Elvis ist praktisch mein Nachbar, aber er singt nicht! Das ist doch, als ob sich die Bardot für dich auszieht und dir dann sagt, sie habe Kopfschmerzen!«

Er rieb sich mit der Hand durchs Gesicht. »Daran ist nur dieser Manager schuld. Elvis gibt keine Konzerte, er nimmt keine Platten auf, keine Radiosendungen, nichts, gar nichts. Seit *über einem halben Jahr*. Musikalisch könnte er genauso gut tot sein. In Amerika veröffentlichen sie alle paar Wochen irgendeinen Schrott, den sie noch auf Lager haben. Ich bin mal gespannt, was die machen, wenn da nix mehr ist. Vielleicht kann er ja gar nicht mehr singen. Vielleicht haben sie ihn krank gemacht, irgendwas mit den Stimmbändern, wie bei Caruso. Weißt du, was ich glaube? Falls er überhaupt noch einmal anfängt, werden wir ihn nicht wiedererkennen.« Jetzt flüsterte er fast. »Das ist eine Verschwörung, glaub's mir. Der Rock'n'Roll wird dieses Jahr nicht überleben. Buddy Holly! Ritchie Valens! Big Bopper! Tot! Mit dem Flugzeug abgestürzt. Hast du nur *eine* Zeile darüber gelesen? Nicht mal in der BRAVO stand was. Ein Ami hat's mir erzählt, sonst wüßte ich heut noch nichts davon! Und Elvis? Verstummt! Meinst du etwa, das ist Zufall? Sie knebeln ihn. Irgend jemand muß etwas unternehmen. Man muß ihn *befreien*!«

Ritchie sackte zusammen und starrte sein leeres Glas an. »Noch ein Bier!« brüllte er.

Erleichtert stellte Hans-Gerd fest, daß der Anfall vorüber war. Er sah an Ritchie vorbei zu Katharina. Sie wirkte müde, hilflos fast. Verzweifelt, dachte er.

Er ging um den jetzt stumm vor sich hin brütenden Ritchie herum und stellte sich neben sie.

»Hallo«, sagte er.

Sie sah ihn an. Ihre Augen wirkten verweint.

»Alles klar?« fragte Hans-Gerd.

Die Frage schien sie zu erschrecken. »Jaja, alles klar.«

»Kommt Texas auch noch?«

»Texas? Nein ...« Sie sah weg.

»Du erinnerst dich doch an mich, ja? Ich bin Hans-Gerd.«

»Ja, natürlich …«

Die Unterhaltung entwickelte sich schwergängig, aber er gab nicht auf. Sie zog ihn an. Da war etwas an ihr, das er gestern noch nicht bemerkt hatte. Etwas Frauliches. Sie mußte älter sein als er, aber solange sie ihn nicht wegjagte, würde er am Ball bleiben. Zumindest, bis Texas kam.

Aber Texas kam nicht.

*

*»Children love you*
*They seem to know*
*You bring the roses*
*Out of the snow*
*The whole world says ›hello‹*
*Everywhere you go.«*

Elvis sang allein Jim Reeves' Lied zu Ende. Sie waren ein gutes Stück über die Autobahn gefahren und dann zurück durch den Taunus, bis Summers absolut sicher war, jeden eventuellen Verfolger abgeschüttelt zu haben.

»Mögen Sie Country, Pete?« fragte Elvis.

»Manchmal höre ich Jazz, aber wenn ich ehrlich sein soll, habe ich von Musik überhaupt keine Ahnung. Mein Lieblingsinstrument ist ein schöner, großer V8.«

Elvis lachte. »Ich wünschte, es gäbe mehr Menschen, die zugeben, nichts von Musik zu verstehen. Ich bin ständig von Leuten umgeben, die behaupten zu wissen, was gute Musik ist und was nicht. Dabei ist alles, was sie haben, ein großer Haufen Vorurteile. Schwarz oder Weiß. *Entweder* Country *oder* Gospel.« Er zog ein Fläschchen aus der Brusttasche seiner Lederjacke und schüttelte zwei weiße Tabletten in seine Handfläche. »Ich liebe Country, wissen Sie. Manchmal. Und manchmal liebe ich Gospel. Und manchmal … manchmal hasse ich Rock'n'Roll.« Er steckte die Tabletten in den Mund und schluckte sie herunter. »Aber nur manchmal«, setzte er dann mit einem breiten Grinsen hinzu.

Der Waldrand trat von der Straße zurück und wurde abgelöst von Äckern und Obsthainen.

»Wie geht es jetzt weiter mit uns?« fragte Elvis.

»Wenn ich Ihnen nützen soll, müssen wir zusammenarbeiten. Daß ich hier neben Ihnen sitze, wird keine Hilfe sein, falls dieses Auto tatsächlich von einer Panzerfaust getroffen wird. Was wir tun können, ist, dem Angreifer sein Vorhaben zu erschweren, und das ist schon eine ganze Menge. Hören Sie einfach immer auf mich, auch wenn es Ihnen seltsam vorkommt, was ich sage. Betrachten Sie es am besten als Befehl. Denken Sie nicht darüber nach, dazu ist später Zeit. Solange wir nicht wissen, wer hier auf wen schießt, müssen wir sehr vorsichtig sein.«

»Werden Sie bei uns wohnen?«

»Nein. Im Haus dürften Sie sicher sein. Und ich möchte die Stimmung in Ihrem Team nicht verderben, das würde meine Aufgabe nur erschweren. Aber ich fahre Sie immer. Sobald Sie das Haus verlassen wollen, rufen Sie mich an. Immer. Ich stehe zu Ihrer Verfügung, Tag und Nacht. Ich wohne nur zwei Blocks entfernt. Sollte ich aus irgendeinem Grund ausfallen, wird ein Kollege für mich einspringen.«

Elvis kaute einen Moment auf seinem Daumennagel, dann lächelte er verhalten.

»Wissen Sie, Pete«, sagte er dann, »ich freue mich auf unsere Zusammenarbeit. Alle, mit denen ich zu tun habe, überlegen immer zuerst, was ich wohl hören möchte. Sogar bei der Army. Für die bin ich doch auch nur eine Werbefigur, die man vorsichtig behandeln muß. *Private First Class* Elvis. Aber Sie sagen mir einfach, was Sache ist, und reden dabei keinen *bullshit*. Das finde ich gut.« Er boxte Summers gegen den Oberarm. »Warum sollen wir uns eigentlich verstecken, Pete?«

»Was meinen Sie?«

Elvis lachte meckernd. »Wir greifen einfach an. Lassen Sie uns diesen *Son-of-a-bitch* kriegen. Wir erwischen ihn, bevor er uns erwischt, was meinen Sie, Summers? Sie und ich!«

»Das ist leicht gesagt. Nur haben wir bisher nicht den Hauch einer Ahnung, wer oder wo er ist. Aber wenn er uns irgendwie vor die Flinte läuft … mir soll's recht sein.«

Elvis formte mit Daumen und Zeigefinger eine Pistole und zielte nach vorn.

*»Bang, bang!«*

Summers sagte nichts. Sie erreichten den Stadtrand Bad Nauheims und rollten mit niedriger Drehzahl durch die aufgeräumte Innenstadt des kleinen Kurortes, der sich »Weltbad« nannte.

»Und? Was meinen Sie zu dem Wagen?« fragte Elvis.

»Das Drehzahlband ist mir zu schmal. Unter dreieinhalb tut sich überhaupt nichts, und dafür ist der dritte Gang zu kurz übersetzt. Die Lenkung ist klasse, und die Bremsen sind großartig, aber die Straßenlage ist ziemlich delikat – nichts für Anfänger. Insgesamt fehlt mir irgendwas. Ich glaube, für einen richtigen Sportwagen fährt er einfach zu komfortabel.«

»Damit kann ich leben«, sagte Elvis. »Aber ich bin ja auch kein Rennfahrer.«

Sie bogen in die Goethestraße ein. Der Pulk der Fans war kaum kleiner geworden, immer noch standen an die vierzig Jugendliche vor dem Tor. Sie schrien auf, als sie den BMW erkannten. Dixie und Bud warteten in ihrem Opel gegenüber. Summers sah noch, wie Dixie ihm einen Vogel zeigte, als er neben ihnen war, dann wurde der BMW von den Fans eingekesselt. Summers hielt vor der Einfahrt.

Elvis grinste ihn an. »Na, dann zeigen Sie mal, was Sie draufhaben, *Bodyguard*.«

Summers öffnete seine Tür. Zu seiner Überraschung wich die Gruppe respektvoll auseinander und ließ ihn ohne weiteres zum Tor durch, aber Lamar Fike war bereits erschienen, um zu öffnen, er mußte das Kreischen gehört haben. Summers stieg wieder ein und fuhr in die Einfahrt. Als Elvis dort ausstieg, wurde der Lärm noch einmal größer. Er winkte freundlich zum Tor. Lamar sagte ihm etwas ins Ohr, und Elvis runzelte die Stirn.

»Die Polizei ist im Haus. Bei Dad«, sagte er, als Summers zu ihnen getreten war. »Was wollen sie denn?« fragte er Lamar.

»Ich weiß es nicht. Elisabeth hat den Colonel angerufen. Er hat gesagt, wir sollen freundlich zu ihnen sein, aber nichts sagen. Und Vernon solle dabei bleiben, daß es eine Petroleumlampe war.«

»Sonst hat er nichts gesagt?«

»Doch«, Lamar wurde kleinlaut. »Wir anderen sollen die Schnauze halten.«

»Seit wann sind sie hier?«

»Vielleicht zehn Minuten.«

Elvis sah Summers in die Augen. »Gehen wir rein?«

»Natürlich«, antwortete Summers.

Im Wohnzimmer saßen Elisabeth und Vernon zwei Männern gegenüber. Beide erhoben sich höflich, als sie den Raum betraten. Sie schienen gleich alt, etwa Mitte Vierzig, der eine war kräftig, an der Grenze zum Übergewicht und überragte Summers um einen halben Kopf. Der andere war nur wenig kleiner und untersetzt. Summers erkannte ihn: der Mann mit dem Hut. Sein Blick ließ nicht erkennen, ob auch er sich an ihn erinnerte, aber Summers zweifelte nicht wirklich daran.

Elisabeth stellte sie vor: Oberinspektor Kemper und Kommissar Grasshoff.

»Der Herr Oberinspektor spricht Englisch«, sagte sie, mit kaum merklicher Betonung. »Der Herr Kommissar aber nicht, deshalb hat er darum gebeten, die Unterhaltung auf Deutsch zu führen.«

Clever, dachte Summers. So bekommen sie von jeder Frage und jeder Antwort zwei Versionen.

Elisabeth nannte Summers' Namen, und der Oberinspektor sah ihn aufmerksam an. Als sich alle gesetzt hatten, schrieb er etwas auf seinen Notizblock, den er dann beiläufig dem Kommissar hinschob. Der warf einen desinteressierten Blick darauf und schob ihn zurück.

»Wir sind hier, weil wir vermeiden wollen, daß der Eindruck entsteht, wir nähmen Ihre Sorgen nicht ernst genug«, sagte er. Elisabeth übersetzte Satz für Satz, und Elvis hörte konzentriert zu. »Fräulein Stefaniaks Anruf heute mittag überschnitt sich mit einigen zusätzlichen Untersuchungen, die ich angeordnet hatte. Und unser Eindruck ist jetzt, daß an dem Ort, den wir entdeckt haben, tatsächlich etwas explodiert sein könnte. Aber wie Ihr Vater uns versicherte, ist er sich jetzt doch sicher, daß es allenfalls eine Petroleumlampe war.«

Vernon starrte mit zusammengepreßten Lippen an die Wand. Die Anstrengung, einen triumphierenden Gesichtsausdruck zu vermeiden, war ihm anzumerken: Es *war* eine Bombe.

»Wer sollte meinem Vater etwas antun wollen?« fragte Elvis ruhig.

»Sehen Sie, genau das wollten wir ihn fragen. Oder auch Sie«, antwortete der Kommissar. Elisabeth übersetzte hin und her.

»Mein Vater hat keine Feinde.«

»Ja, das sagte er uns bereits. Aber was ist mit Ihnen? Immerhin saß Ihr Vater in Ihrem Auto. Vielleicht galt es ja gar nicht ihm.«

»Was denn? Mein Vater sagt doch, da war nichts.«

»Ja, das sagt er. Es ist immer gut, wenn Zeugen sich sicher sind«, sagte der Kommissar.

»Werden Sie etwas darüber an die Presse geben?« fragte Elvis.

»Aber nein, Mr. Presley. Es gibt doch nichts.« Die beiden Polizisten standen auf. »Wir bedanken uns für die Mitarbeit.«

Auch Summers und Elvis erhoben sich.

»Auf Wiedersehen«, sagte der Oberinspektor, doch der Kommissar hob plötzlich die Linke an die Stirn, als wäre ihm gerade noch etwas eingefallen.

»Sagen Sie … ist aus Ihrem Umfeld hier vielleicht vor zwei bis vier Wochen eine junge Frau verschwunden? Überraschend abgereist oder ähnliches? Etwa zwanzig Jahre alt, dunkelrot gefärbte Haare, ursprünglich blond.«

Summers hatte den Eindruck, daß Elisabeth Stefaniak sich versteifte, bevor sie übersetzte.

»Nein«, sagte Vernon sofort.

Der Oberinspektor warf seinem Kollegen einen schnellen Blick zu, doch der reagierte nicht.

»Wie heißt sie denn?« fragte Elvis.

»Das wissen wir leider nicht.«

»Und warum fragen Sie uns das?«

Gute Frage, Elvis, dachte Summers.

»Eine Routinefrage, könnte man sagen. Wir fragen überall nach ihr.«

Der Kommissar lächelte freundlich, und die beiden gingen zur Wohnzimmertür. Als sie sie erreicht hatten, drehte sich der Oberinspektor noch einmal um. Diesmal war er es, dem eine plötzliche Idee zugeflogen schien; er wandte sich an Elisabeth.

»Mr. Summers würde ich gern noch etwas fragen«, sagte er.

»Ich spreche Deutsch.« Summers sah ihn kühl an, in seinem Inneren läutete eine Alarmglocke.

»Das ist schön. Haben Sie Ihren Unfall gestern heil überstanden?«

Mist, dachte Summers. »Danke der Nachfrage. Ich bin unverletzt.«

Elisabeth sah ihn überrascht an. »Was für ein Unfall?« fragte sie.

»Mr. Summers hatte gestern nacht auf der Autobahn eine Menge Glück.«

Elvis und Vernon sahen zwischen ihnen hin und her. Elisabeth übersetzte zögernd.

»Noch ein Unfall?« fragte Vernon.

Elvis sah mit hochgezogenen Brauen zu Summers herüber.

»Darf ich Sie fragen, in welcher Funktion Sie hier sind, Mr. Summers?« fragte der Oberinspektor.

»Ich bin Mr. Presleys Fahrer.«

Der Oberinspektor sah ihn neugierig an. »Arbeiten Sie denn nicht mehr für die Vancouver Sun?«

Oh, Scheiße, dachte Summers. Elisabeth übersetzte sofort, ihr Blick war alarmiert.

»Vancouver Sun? Er ist ein verdammter Reporter!« Vernon sah zu Elvis, dessen Stirn sich gekraust hatte.

Summers versuchte, so deutlich wie möglich zu formulieren. »Nein, ich arbeite nicht mehr für die Sun. Ich bin ausschließlich und allein Mr. Presley verpflichtet.«

»Er hat bei der Vancouver Sun gearbeitet?« Der Kommissar sah seinen Kollegen überrascht an. »Das haben Sie mir ja gar nicht erzählt, Herr Oberinspektor. Das ist ja ein Zufall. Ich kenne einen Kollegen von Ihnen. Jimmy Hurst, von der Sportredaktion. Ein großer Dunkelhaariger. Ich hab ihn im Krieg kennengelernt.«

»Tut mir leid, Sie müssen sich irren, Herr Kommissar«, antwortete Summers. »Einen Jimmy Hurst kenne ich nicht. Und in der Sportredaktion kenn ich eigentlich alle.«

»Tja, vielleicht war's auch die Toronto Sun«, sagte der Kommissar freundlich. Er zog Block und Stift aus der Tasche seines Jacketts, notierte etwas und riß das Blatt ab. »Falls wir einem von Ihnen einmal irgendwie behilflich sein können, scheuen Sie sich nicht, mich anzurufen.« Er hielt das Blatt hoch und reichte es dann wie zufällig an Summers. »Auf Wiedersehen, und einen schönen Abend noch«, sagte er.

Elisabeth folgte ihnen in die Diele, um ihnen in die Mäntel zu helfen, was sie sich höflich verbaten. Der Kommissar lupfte zum Abschied noch einmal den Hut, und die beiden verließen das Haus.

Profis, dachte Summers, *no kidding*.

*

Ein Schwarm von Mopeds kariolte durch die Nacht, es waren zwanzig oder mehr. An der Ampel in Friedberg hatten alle bei Grün gehalten und waren zusammen losgefahren, als Rot wurde. Der Regen hatte aufgehört. Katharina saß hinter Hans-Gerd auf der kurzen Bank seiner Kreidler, die eigentlich nur für eine Person gedacht war.

Ich habe schon wieder zu viel getrunken, dachte sie und klammerte sich an Hans-Gerd fest. Er war nett. Zu jung natürlich, aber wirklich lieb.

Texas hatte sie auf ihren Wunsch hin in Friedberg abgesetzt, und sie war durch die Lokale und Bars gestreift, auf der Suche nach Renate. Die vage Hoffnung, sie hier zu finden, war ein Bündnis mit dem Gedanken eingegangen, der Lärm und die vielen Menschen könnten das hohle Gefühl in ihr betäuben – beides war nicht passiert. Den ganzen Abend über hatte sie mit ihrer Angst und ihrem schlechten Gewissen gehadert. Sie mußte Renates Mutter informieren oder wenigstens ihre Tante in Butzbach. Doch was sollte sie ihnen erzählen? Vielleicht war Renate sogar dort, und wenn sie jetzt anrufen würde, was würde sie sagen? Schließlich war sie doch zu der Telefonzelle beim Postamt gegangen. Renates Mutter hatte kein Telefon, und bei den Nachbarn, deren Nummer Renate ihr »für den Fall« gegeben hatte, getraute sie sich nicht anzurufen. Sie hatte zwei Groschen in den schwarzen Münzapparat geworfen und etwas zittrig, ihr kleines Notizbuch in der Linken, die Nummer von Renates Tante gewählt. Das Freizeichen drang endlos aus dem schweren Hörer, niemand meldete sich. Sie hatte sich unendlich erleichtert gefühlt.

Morgen früh, hatte sie sich versprochen und war in die »Oase« gegangen. Weder der Lärm noch die Leute dort hatten ihr geholfen. Sie hatte es mit Wermut versucht, aber erst Hans-Gerd hatte sie ablenken können. Es hatte etwas wirklich Tröstendes gehabt, auf ihn zu stoßen. Seine unbeholfenen Annäherungen waren ihr zuerst auf die Nerven gegangen, doch bald merkte sie, daß es ihr gut tat, mit ihm zu reden. Nachdem sie ihm versichert hatte, daß sie nicht Texas gehörte und der wohl auch nicht kommen würde, war er mutig geworden. Er hatte sie sogar zum Lachen gebracht, an diesem Abend, an dem sie sicher gewesen war, nie mehr lachen zu können. »Hans-Gerd ist doch ein blöder Name, der gefällt mir nicht mehr. Wie wär's, wenn ich mich Alaska nenne. Oder Massachusetts. Nein, ich weiß, ich nenn mich North-Carolina.«

Auch Ritchie, der sie zu Anfang noch erschreckt hatte, war irgendwann aus seinem schweigsamen Brüten wiedererwacht. Er hatte darauf bestanden, West-Virginia zu heißen, und das zu einem Grund erklärt weiterzutrinken. Als dann plötzlich, wie aus dem Nichts, die Idee durch den Raum schwirrte, auf das Schützenfest nach Schwalheim zu fahren, hatte niemand ihn davon abbringen können, auch auf sein Moped zu steigen. Jetzt fuhr er in Schlangenlinien neben ihnen her, immer wieder juchzende Schreie ausstoßend.

Auf der Bundesstraße wurden sie von zwei wild hupenden Ami-Schlitten überholt. Ritchie drohte ihnen mit der Faust, verlor die Kontrolle und stürzte über den Lenker seiner Quickly. Hans-Gerd hielt sofort an, auch Olaf und ein paar von den anderen, aber die meisten waren voraus und bemerkten den Unfall nicht.

Ritchie sprang sofort wieder auf die Füße.

»Hat ja gar nicht weh getan!« rief er und richtete das Moped auf.

»Warum haben Besoffene eigentlich immer einen Schutzengel?« rief jemand. Die anderen gaben Gas und verschwanden in einer stinkenden Wolke von Zweitakterabgasen. Hans-Gerd und Olaf warteten, aber Ritchie trat vergeblich in seine Pedale. Der Motor blieb stumm.

»Na prima«, maulte Olaf. »Jetzt stehen wir hier dumm rum und können sehen, wie wir deine Möhre wieder in Gang kriegen.«

Katharina stand am Straßenrand, frierend die Arme verschränkt, während die Jungs an der NSU herumfummelten. Ritchies trunkene Rechtfertigungsversuche brachten sie zum Lächeln. Sie fühlte sich seltsam leicht.

Die Gedanken, die manchmal wie Blitze durch die Nacht fuhren – an das Blau dieser Augen, an ihr leeres Zimmer –, sie erreichten ihr Herz nicht mehr. Hier bin ich, dachte sie. Nirgendwo anders.

»Ich hab keine Ahnung, was damit los ist, hier im Dunkeln hat das keinen Zweck. Du mußt eben treten«, sagte Hans-Gerd irgendwann.

»Bis nach Schwalheim?«

»Vergiß es. Das war sowieso 'ne Schnapsidee. Wir fahren nach Hause.«

»Ich schlepp dich ab«, sagte Olaf.

Hans-Gerd und Olaf traten ihre Mopeds an. Ritchie hielt sich an Olafs Arm fest; so brachten sie es auf ein wenig mehr als Schrittgeschwindigkeit. Katharina saß an Hans-Gerd geklammert und dachte an ihre Fahrten mit Texas auf seinem Motorrad. Sie schienen auf einmal sehr lange her zu sein und auf jeden Fall viel weniger lustig. Irgendwann begann sie zu kichern und dann zu lachen. Auch Ritchie stimmte ein und Olaf und dann auch Hans-Gerd, und sie rollten schwankend und prustend über die nächtliche B3. Es war nach halb eins, als sie vor Ritchies Haus ankamen.

Ritchie stellte seine Quickly ab und bestand darauf, in der nächsten Wirtschaft noch etwas zu trinken.

»Die nächste Wirtschaft? Das ist die ›Krone‹!« sagte Hans-Gerd.

»Ja und?« Ritchie stapfte einfach los.

Ein beklommenes Gefühl überkam Katharina, als sie die Weinschenke betraten. Acht oder neun Männer, die meisten über Fünfzig, saßen an den Tischen. Alle sahen auf, als sie durch die Tür kamen. Die Gespräche verstummten. Der Wirt stand mit verschränkten Armen hinter der Theke.

»Mächtig spät, Herrschaften«, sagte er.

»Noch keine eins!« Ritchie ließ sich auf einen Stuhl am erstbesten Tisch fallen. »Wir woll'n was zu trinken.«

Der Wirt schüttelte den Kopf. »Nein.«

»Warum nicht?« Ritchie steckte sich eine Juno an.

»Halbstarke kriegen hier nichts«, sagte einer der Gäste.

Ritchie drehte sich um. »Wer sagt das?«

Er erhielt keine Antwort. Olaf setzte sich demonstrativ neben ihn. »Ja, wer sagt das?«

Die Männer am Nebentisch schwiegen. Es waren drei, sie spielten Skat. Mit ihren kräftigen Gestalten wirkten sie wie Bauarbeiter.

Auch Hans-Gerd nahm jetzt Platz. Katharina blieb neben dem Tisch stehen.

»Laßt uns doch woanders hingehen«, sagte sie leise, aber die Jungs antworteten nicht.

»Wer nennt uns ›halbstark‹?« insistierte Ritchie.

»Achtzehn«, sagte einer der Männer.

»Hab ich. Ich denke, ihr solltet heimgehen zu Mutti«, brummte ein anderer, ohne von seinen Karten aufzusehen.

»Zwanzig.«

Ritchie erhob sich, beugte sich über den Tisch der Kartenspieler und streifte sorgfältig die Asche seiner Zigarette am Rand des großen Stammtischaschenbechers ab. Die Männer beachteten ihn nicht.

»Zwei.«

»Ja.«

»Null.«

Ritchie sah dem Mann links neben ihm in die Karten. »Mit Dreien, da gewinnt meine Oma auch immer«, sagte er.

Der Mann schob die Karten zusammen und warf sie auf den Tisch. Ansatzlos griff seine Rechte nach den Aufschlägen von Ritchies Lederjacke und zog ihn zu sich herunter.

»Entweder du gehst – oder du fliegst«, sagte er und stieß ihn zurück.

Ritchie stolperte nach hinten über einen Stuhl. Der Wirt kam hinter der Theke hervor. Er packte Ritchie sofort am Kragen und schob ihn rücksichtslos zur Tür hinaus. Olaf und Hans-Gerd waren aufgesprungen, aber auch die drei Männer am Nebentisch erhoben sich, bedrohlich langsam.

»Schon gut, wir gehen«, sagte Hans-Gerd. Der Wirt wartete an der Tür. Als sie draußen waren, schloß er hinter ihnen ab.

»Drecksäcke!« Ritchie drohte mit geballter Faust der verschlossenen Tür.

»Zehn gegen drei, da seid ihr stark«, rief Olaf.

»Ihr Spießer!« Sich im Kreise drehend suchte Ritchie nach einem Ventil für seine Wut. Er entschied sich für eine Straßenlaterne. In einem seltsam gebückten Entengang ging er auf sie zu und trat wuchtig mit dem Absatz gegen den Mast. Die Lampe erlosch.

Katharina lachte, Olaf und Hans-Gerd jubelten anfeuernd. Ritchie setzte sich wieder in Bewegung, auf die nächste Laterne zu, kickte auch diese aus und lief sofort weiter.

»Hinterher«, rief Katharina, und sie rannten los. Die Jungs traten gegen jede Laterne, an der sie vorbeikamen. Bald lag die Straße hinter ihnen im Dunkel. Olaf und Ritchie stießen ein Triumphgeheul aus. Katharina klammerte sich an Hans-Gerd und konnte nicht aufhören zu lachen. Über ihnen öffnete sich ein Fenster, und eine Männerstimme rief undeutlich etwas Drohendes, nur das Wort »Polizei« war zu verstehen.

»Weg hier«, kommandierte Ritchie.

Immer noch lachend rannten sie über den Aliceplatz und dann die Parkstraße hinunter. Erst hinter der Dankeskirche wurden sie langsamer und blieben stehen. Ritchie stützte sich schwer atmend mit beiden Armen an einem geparkten Lloyd ab.

»Klasse«, keuchte er. »Ich hatte vier.«

»Ich auch«, sagte Olaf und lehnte sich neben ihn an den Leukoplastbomber.

»Niemals«, sagte Ritchie. »Drei, aber höchstens.«

Er stieß sich ab und ließ sich wieder gegen den Wagen fallen. Das winzige Auto wackelte. Olaf drehte sich um und stieß ebenfalls dagegen.

»Vier, auf jeden Fall, frag Hans-Gerd.«

»Der ist doch parteiisch.« In einem gemeinsamen Rhythmus brachten sie das kleine Auto schnell in solche Schwingung, daß die Räder auf ihrer Seite sich fast vom Boden hoben.

»Und alle!« rief Ritchie.

Hans-Gerd griff in den vorderen Radkasten. Der Wagen schaukelte immer wilder. »Komm, Katharina, hilf mit!«

Sie stellte sich neben Olaf ans Heck und drückte etwas halbherzig dagegen. Doch dann spürte sie, daß der Wagen bald kippen würde, und der Spaß an ihrem Unfug übermannte sie.

»Zu–gleich!« kommandierte Ritchie.

Katharina fand sich in den Rhythmus und stieß mit beiden Händen und aller Kraft. Die Räder sprangen jetzt bald einen halben Meter hoch.

Kein Dutzend weiterer Stöße, dann verharrte der Lloyd ein paar Sekunden in Schräglage, auf zwei Rädern balancierend, um dann das Gleichgewicht endgültig zu verlieren und sich mit Splittern und Krachen auf die Fahrbahn zu wälzen.

Das Geräusch brachte Katharina zur Besinnung. Erstarrt stand sie auf dem Bürgersteig und blickte auf das Auto, das wie ein großes totes Insekt auf der Straße lag. Auch die drei Jungs sahen stumm und reglos auf ihr Werk.

Vom Taxistand an der Ecke bog ein schwarzer Mercedes mit leuchtendem gelben Dachzeichen auf die Straße ein und kam auf sie zu.

»Los, abhauen!« sagte Hans-Gerd. Er griff nach Katharinas Hand und zog sie hinter sich her in das Grün an der Kirche hinein. Ritchie und Olaf folgten ihnen sofort. Das Taxi erreichte den umgekippten Lloyd und hielt an.

»Stehenbleiben!« brüllte der Fahrer. Er sprang aus dem Wagen und rannte hinter ihnen her. Katharina sah schemenhaft jemanden im Dunkel des Parks vor ihnen. Ein Mann kam ihnen entgegen.

»Festhalten! Halten Sie die Saubande auf!« rief ihm der Taxifahrer zu.

Hans-Gerd zerrte sie in Richtung Brücke. Zu viert spurteten sie hinüber, kreuzten die Zanderstraße und tauchten erneut in die Schatten der Bäume.

»Auseinander!« rief Ritchie. Er und Olaf bogen nach rechts ab, Katharina ließ sich von Hans-Gerd nach links ziehen. Sie merkte, daß sie seinem Tempo nicht mehr lange würde folgen können.

»Ich kann nicht mehr«, keuchte sie.

Hans-Gerd drehte sich um. »Noch ein Stückchen«, stieß er hervor. »Einer ist noch hinter uns.«

Jetzt rannten sie an dem kleinen Solgraben entlang. Wieder drehte Hans-Gerd sich nach ihrem Verfolger um, dann stieß er Katharina einfach in ein Gebüsch und sprang hinterher. Sie schrie auf, als ein Zweig ihr durch das Gesicht kratzte.

»Pssst«, zischte Hans-Gerd und zerrte sie zu Boden.

Zitternd hockte sie neben ihm und versuchte, ihre Atmung unter Kontrolle zu bekommen. Schritte scharrten auf dem Parkweg, schattenhaft lief jemand vorbei. Katharina lehnte sich aufatmend gegen Hans-Gerd.

»Still«, flüsterte er. »Vielleicht kommt er zurück.«

Sie versuchte herauszufinden, wo genau sie sich befanden. Als sie sich umblickte, entdeckte sie hinter dem Wassergraben die Goethestraße, und genau gegenüber die Nummer 14.

Da bin ich also wieder, dachte sie, und ein kleines Lächeln entstand in ihren Augen. Das Haus war dunkel, nur im ersten Stock drangen ein paar schmale Streifen Licht durch die Spalte der Schlagläden. Sie wandte sich wieder dem Park zu.

»Meinst du, der Mann ist weg?« fragte sie leise.

Hans-Gerd spähte in den dunklen Park. »Ich weiß nicht. Laß uns lieber noch ein bißchen hierbleiben«, sagte er.

Die Zeit verstrich langsam. Ein einzelner Glockenschlag kam vom Turm der Kirche: Viertel nach eins.

»Ich denke, jetzt ist er fort«, wollte Katharina gerade sagen, als sich hinter ihnen auf der Goethestraße das Bullern eines Motorrades näherte.

Sie drehten sich um und starrten durch die Zweige der Büsche. Das Motorrad kam von rechts, es hielt vor der Einfahrt der Nummer 14.

Texas stieg ab. Er zog seinen Helm vom Kopf, legte ihn auf den Sattel und sah auf seine Armbanduhr. Dann zündete er sich eine Zigarette an und lehnte sich an die Horex.

»Was will er hier?« fragte Katharina leise.

»Keine Ahnung.« Auch Hans-Gerd flüsterte.

Plötzlich war ein Geräusch zu hören, aus einem großen, hellbraunen Wagen, einem Opel, der nur wenige Meter entfernt auf ihrer Seite der Straße parkte.

»Da sitzen welche drin«, flüsterte sie Hans-Gerd zu.

Er antwortete nicht.

Die Minuten verstrichen. Die Glut von Texas' Zigarette näherte sich immer mehr seinen Fingern. Einen Zug noch, dann warf er den Stummel zu Boden und sah wieder auf die Uhr. Plötzlich und überraschend, ohne Anlauf, schwang er sich in einer flüssigen Bewegung über das Tor. Eine Stimme war aus dem Opel zu vernehmen, es klang wie ein unterdrückter Fluch.

»War das Englisch?« fragte Katharina.

»Hörte sich so an.«

Katharina sah Texas langsam und unaufgeregt die Treppe zur Haustür hinaufgehen. Jemand öffnete ihm; wer, war nicht auszumachen. Nach wenigen, kurzen Augenblicken erschien Texas wieder im Lichtkreis der Straßenlaterne vor dem Haus, lief lässig die Treppe hinunter und setzte so elegant wie zuvor über das Tor. Als er die Horex angetreten und gewendet hatte, startete auch der Motor des Opels; er fuhr an, als Texas aus ihrem Blickfeld verschwunden war, und folgte ihm.

»Was er wohl wollte?« Hans-Gerd richtete sich auf und streckte sich.

»Das wüßte ich auch gerne.« Auch Katharina kam wieder hoch. Ihr rechter Fuß war eingeschlafen.

»Du kannst ihn ja mal fragen«, sagte Hans-Gerd.

Sie stieß ein kurzes Lachen aus. »Ich glaube kaum, daß er mit mir seine Geschäfte beredet.«

»Schau«, sagte Hans-Gerd.

Ein großer amerikanischer Wagen rollte langsam, fast in Schrittgeschwindigkeit, am Haus vorbei, der Motor grollte so leise, daß sie ihn nicht hatten kommen hören. Vor der Einfahrt blieb er fast stehen, dann fuhr er in normaler Geschwindigkeit weiter.

»Was geht hier nur vor?« fragte Katharina.

»Ich glaube, jemand paßt hier auf. Ich weiß nur nicht, wer.«

»Jemand paßt auf? Wie kommst du darauf?«

»Ich bin gestern auch über den Zaun gesprungen ...« Hans-Gerd hielt inne, auf der Unterlippe kauend.

»Ach komm, Angeber. Das glaub ich nicht.« Sie schubste ihn leicht.

»Ich darf dir das sowieso nicht erzählen. Es ist ein Geheimnis«, sagte er.

»Na prima«, sie lachte, »einen erst neugierig machen und dann?«

Sie schlugen sich durch die raschelnden Zweige zum Weg zurück.

»Wenn du mir versprichst ...«, Hans-Gerd sprach zögerlich und leise, »ich meine, du darfst wirklich niemandem ...«

»Dacht ich mir's doch, daß ihr noch hier seid«, sagte plötzlich eine Männerstimme im Dunkel vor ihnen.

»Scheiße«, sagte Hans-Gerd. Und dann: »Renn!« Er stieß sie zurück in das Gebüsch, drehte sich um und floh den Weg entlang. Katharina brach durch die Zweige und sprang mit einem Riesensatz über den Wassergraben. Sie landete auf allen vieren und lief, ohne sich umzusehen, über die Goethestraße. Instinktiv und ohne Überlegung rannte sie auf die Nummer 14 zu, als sei es ihr Zuhause. Schnell kletterte sie über den Zaun und lief ein Stück in die Einfahrt hinein, bis das Dunkel sie verbarg. Hier hockte sie sich hinter die Mülltonne. Erst jetzt wagte sie einen Blick zurück: Einen Verfolger konnte sie nicht entdecken. Sie schloß erleichtert die Augen. Minutenlang blieb sie in der dunklen Sicherheit ihres Versteckes, bevor sie weiter nach hinten in den Garten hineinschlich. Sie kletterte über den Zaun in den nächsten Garten und von dort weiter auf die Uhlandstraße.

Erschöpft und müde ging sie in Richtung ihres fragwürdigen Heimes bei Frau Semmler. Niemand schien ihr zu folgen.

*

Das Telefon klingelte. Summers stand von seinem schmalen Feldbett in der Diele auf und öffnete die Tür zu Dixies und Buds Zimmer. Es roch nach zu lange getragenen Socken. Das Telefon stand am anderen Ende des gestreckten Raumes, schwarz glänzend im Mondlicht, das durch die aufreißenden Wolken ins Fenster fiel.

»Gruppe ›King‹, Apparat 3, Allrounder«, meldete er sich.

Es war Gordon, er sprach hektisch.

»Dixie meldet gerade, daß ein Motorradfahrer vor dem Haus angehalten hat. Schwarzhaarig, schlank, etwa dreiundzwanzig. Er steht da und wartet auf irgendwas.«

»Ich bin in drei Minuten da«, sagte Summers und warf den Hörer auf die Gabel. Er brauchte eine Minute fünfundvierzig zum Ankleiden, fünfundzwanzig Sekunden ins Auto, eine Minute dreißig zur Goethestraße, aber er kam zu spät.

Weder ein Motorrad noch der Opel von Dixie und Bud waren zu sehen. Als Summers langsam am Haus vorbeirollte, bemerkte er aus den

Augenwinkeln eine Bewegung im Gebüsch gegenüber dem Haus, noch jenseits des Grabens. Er fuhr etwa fünfzig Yards weiter und hielt. Ohne den Rückspiegel aus den Augen zu lassen, schaltete er das Funkgerät auf Kanal sieben.

»Frontdoor für Allrounder«, sagte er ins Mikro.

»Allrounder! Pete, gut, daß du da bist. Hier ist Frontdoor!« rief ein atemlos aufgeregter Bud James. »Wir sind dran. Wir *sind* dran, Pete!«

»Wo seid ihr?«

»Auf der Frankfurter Straße Richtung Norden. Er fährt sehr schnell, wir sind schon in Nieder-Wörlen.«

Summers überschlug im Kopf die zurückgelegte Strecke. Bei diesem Tempo hatte es keinen Zweck hinterherzufahren.

»Hat er euch bemerkt?«

»Nein ... glaub ich.«

»Habt ihr sein Kennzeichen?«

»Ja, das haben wir.«

»Bleibt dran, aber unternehmt nichts. Allrounder Ende. ›King‹ für Allrounder.«

»›King‹ hört, kommen, Allrounder. Fährst du hinterher?« Gordons Stimme klang gepreßt. Es konnte kein gutes Gefühl für ihn sein, eine so heiße Sache in den Händen von Dixie und Bud zu wissen.

»Zwecklos. Sie sind schon zu weit weg. Hier ist noch was im Busch, scheint mir auch wichtig. Wo steckt Yardbird?«

»Yardbird ist auf seinem Posten in der Uhlandstraße.«

»Warum unterstützen die nicht Frontdoor?«

»Ich dachte ...« Gordon hatte offensichtlich überhaupt nicht gedacht.

»Alles klar. Bin jetzt aus dem Auto. Allrounder Ende.«

»Wie du meinst, Allrounder. ›King‹ Ende und aus.«

Summers hängte das Mikro ein und schloß das Handschuhfach. Captain Terry Gordon hörte sich an, als hätte er Angst, allein gelassen zu werden.

Er stieg leise aus und lehnte die Tür nur an. Hinter anderen geparkten Wagen Deckung suchend, pirschte er näher an das Gebüsch hinter dem Wassergraben heran. Als er noch etwa fünfzehn Yards entfernt war, hörte er leise Stimmen: Jugendliche, wie ihm schien, ein Junge, ein Mädchen. Dann, plötzlich und scharf, eine Männerstimme:

»Dacht ich mir's doch, daß ihr noch hier seid.«

»Renn!« rief die Stimme des Jungen, die Zweige des Gebüschs begannen zu schwanken. Rascheln und Reißen war zu hören, dann sprang eine Gestalt über den Wassergraben. Summers duckte sich zwischen zwei Wagen, doch die Gestalt schaute nicht rechts oder links; kopflos hetzte sie über die Straße auf die Nummer 14 zu und kletterte, ohne zu zögern, über den Gartenzaun.

Eine Frau. Sie verschwand im Dunkel der Einfahrt. Summers lief leise über die Straße, wo die Hausecke ihn vor Blicken aus der Einfahrt verbarg. Er schwang sich über den Zaun und schlich vorsichtig durch den Vorgarten. Tief gebückt näherte er sich der Ecke des Gebäudes. Die Frau war im Schatten kaum auszumachen, aber er entdeckte ihren Schuh, der hinter der Mülltonne hervorlugte. Sie bewegte sich nicht. Summers machte kehrt und lief so leise, wie er gekommen war, wieder zum Wagen. Er griff zum Mikro und rief Yardbird.

J.T. meldete sich.

»Hör zu. Wahrscheinlich kommt gleich wieder mal jemand über den Zaun, eine Frau dieses Mal. Sagt mir, was sie tut, ich bleibe auf Empfang.«

»Was sollen wir mit ihr machen?«

»Paßt vor allem auf, daß sie euch nicht entdeckt. Wenn sie schnell läuft, bleibt dran. Wenn nicht, übernehme ich sie.«

Mehrere Minuten passierte nichts, was J.T. allerdings alle paar Sekunden bestätigte.

»Jetzt!« rief er dann. »Eine Frau. Sie kommt über den Zaun. Sieht sich um. Sie geht Richtung Süden.«

»Läuft sie?«

»Nein. Sie geht sehr langsam. Was sollen wir tun, Pete?«

»Wartet, bis sie weit genug weg ist, dann übernehmt die Vordertür.«

Summers startete den Motor und rollte an. Er bog nach links auf den Eleonorenring, hielt nach wenigen Yards am Straßenrand und schaltete Licht und Motor aus. Die Frau kam aus der Uhlandstraße und ging die Straße hinunter. Mit hängenden Schultern ging sie an ihm vorbei.

Katharina, dachte Summers, was tust du denn hier?

*

Auf der Usabrücke hielt ein amerikanisches Auto neben Katharina. Sie zuckte zusammen und sah sich nach einem Fluchtweg um, doch da war keiner. Für eine Sekunde dachte sie daran, über das Geländer in den Bach zu springen, als eine Stimme aus dem Auto sie beim Namen rief.

»Heh, Kati!« Eine Männerstimme mit Ami-Akzent, freundlich, irgendwie bekannt. Der Mann im Auto schaltete die Innenbeleuchtung ein, und sie erkannte Pete, den kanadischen Reporter, der oft in seiner Isabella in der Goethestraße stand. »Kann ich dich ein Stück mitnehmen?«

Ihr Kopf fiel nach vorn. Das war alles zuviel. Durfte sie einfach bei einem fremden Mann ins Auto steigen? Sie konnte nicht mehr weitergehen. Sie konnte überhaupt nicht mehr, ihre Kraft war zu Ende. Ohne ein Wort ging sie auf den Wagen zu und stieg ein. Pete fuhr einfach los.

»Woher wissen Sie denn, wo ich hin will?« fragte sie.

»Ihr wohnt doch in der Liebigstraße, du und Renate, oder?« Er lächelte sie freundlich an. »Das habt ihr mir jedenfalls erzählt.«

Katharina konnte sich nicht erinnern.

»Wo steckt denn Renate?«

Sie antwortete nicht. Seine Frage drückte ihr den Hals zusammen. Der große Wagen glitt ruhig durch die nächtlichen Straßen.

»Was hast du denn so spät noch hier gemacht?«

»Ich ...« Wütend bekämpfte sie die Tränen, aber sie verlor.

»Hey, *sweetheart*, was ist los?«

»Fassen Sie mich nicht an!« stieß sie hervor.

Pete sah sie an. »Ich habe beide Hände am Steuer, Kati.«

Sie blickte aus dem Seitenfenster.

»Erzähl mir doch einfach, was los ist. Vielleicht kann ich dir ja helfen. Eben rannte ein Mann an mir vorbei und hat mich nach einer jungen Frau gefragt. Suchte der dich?«

Sie fuhr herum. »Wie kommen Sie darauf?«

»Nun, eine andere junge Frau ist nirgends zu sehen.«

Pete ließ den Wagen vor Frau Semmlers Haus ausrollen. Zu Hause, ihr leeres Zimmer.

»Renate ist fort«, sagte sie leise. »Seit Dienstagabend.«

»Wohin?«

»Weiß nicht ... Verschwunden. Wir haben gestritten. Sie ist nicht wiedergekommen.«

»Warst du schon bei der Polizei?«

Erschreckt drehte sie sich wieder zu ihm. »Polizei? Nein.«

»Das solltest du aber. Vielleicht ist ihr etwas passiert.«

Sie drehte den Kopf wieder von ihm fort und schloß die Augen. »Was soll ihr schon passiert sein?« flüsterte sie.

»Ich weiß nicht. Irgendwas. Geh zur Polizei. Wirst du das tun?«

»Ja ... morgen. Gleich morgen früh.«

»Das ist gut. Warst du am Haus in der Goethestraße eben?«

»Nein«, sagte sie, ohne ihn anzusehen.

»Ich war da verabredet, bin aber zu spät gekommen«, sagte Pete. »Ein junger Mann mit einem Motorrad, er wollte dort auf mich warten, hast du ihn gesehen?«

»Nein.« Sie holte tief Luft. »Vielen Dank fürs Mitnehmen.«

»Katharina ...« Als sie ihn ansah, lächelte er immer noch. »Ich weiß, daß du da warst«, sagte er.

Seine Stimme kam ihr plötzlich so anders vor. Nicht unfreundlich, nicht scharf. Gefährlich, dachte sie.

»Hast du den Mann gesehen?«

»Ja.« Sie schlug die Augen nieder.

»Warum hast du gelogen?«

»Was wollen Sie von mir?« Ihre Hände versuchten, ihr Gesicht zu schützen, ohne zu wissen, wovor.

»Kennst du den Mann?«

»Ja ... Nein! Lassen Sie mich in Ruhe.« Sie wollte aussteigen, aber Pete legte sanft seine Hand auf ihre Schulter, und sie blieb einfach sitzen.

*

Grasshoffs Frau lag auf der Seite. Aus ihrem halb offen stehenden Mund kam bei jedem Atemzug ein leise pfeifendes Schnarchen. Paul Grasshoff lag wach neben ihr. Er hatte das Gefühl, noch kein Auge zugetan zu haben, obwohl er gerade erst aus einem Traum geschreckt war, an den er sich nicht erinnern konnte, der aber einen widerlich-süßlichen Geschmack auf seinem Gaumen hinterlassen hatte.

Sie hatten gestritten am Abend, bis in die Nacht hinein. Gerda wollte ein neues Wohnzimmer. Modern, wie sie es ausdrückte. Sie hatte sich ein Tapetenbuch von Malermeister Hungerfeld bringen lassen, und als sie Grasshoff die Muster ihrer Wahl gezeigt hatte, blieb ihm für sein Gefühl nur die Entscheidung zwischen Pest und Cholera.

Die beiden Längsseiten sollten hellgrün gestrichen werden oder lila, für die anderen Wände wurden drei Tapeten mit ähnlichem, stark an Paul-Klee-Bilder erinnerndem Muster favorisiert, was die Wahl für Grasshoff letztlich auf die Farbkombinationen Kupfer-Beige, Resedagrün-Braun und Grau-Rostrot-Blau beschränkte. Malermeister Hungerfeld hatte die Farbgebung mit der Südlage des Raumes und dessen ungünstigem Schnitt begründet, und Gerda fand es völlig einleuchtend. Neue Möbel mußten dann natürlich auch her.

»Schließlich ist es das Geld *meiner* Eltern«, hatte sie die Diskussion beendet und ihn zum wiederholten Mal damit geärgert – was sie genau wußte.

*Sie* hatte das Haus geerbt, zudem ein nicht ganz kleines Vermögen, wenn auch keine Reichtümer. Großtante Anneliese hatte bei ihnen gelebt, bis zu ihrem Tod vor drei Jahren. Seitdem gehörte auch das Obergeschoß ihnen, und der Platz reichte gut aus, wenngleich das Haus nicht wirklich groß zu nennen war. Immerhin hatten die Jungen jetzt ihr eigenes Zimmer, und seit Rolf-Peter, der größere, bei der Bundeswehr war, gehörte es Hans-Gerd faktisch allein. Das war fast schon luxuriös und wäre mit Grasshoffs Beamtensold allein nicht möglich gewesen.

Das Geld *ihrer* Eltern! Seit es das Gleichberechtigungsgesetz gab, wies sie ihn ständig darauf hin, daß ein Ehemann mit dem Vermögen seiner Gattin nicht machen konnte, was er wollte. Aber Grasshoff wußte ohnehin, daß Recht haben und Recht bekommen in seiner Ehe zwei verschiedene Paar Schuhe waren.

Ich hasse Paul Klee, dachte er und beschloß für den nächsten Abend, mit Kemper ins »Grüne Eck« zu gehen.

Langsam dämmerte er wieder in einen Traum hinein, in dem unzählige Würfel aus den Wänden fielen und den Boden bedeckten, auf dem er vergeblich Halt und Balance suchte, während er verzweifelt auf das endlos klingelnde Telefon zustrebte.

»Willst du nicht drangehen, Paul?«

Grasshoff schreckte hoch. »Was? Wer?«

»Das Telefon klingelt«, sagte Gerda.

»Was? Ach so.« Grasshoff setzte sich auf und angelte unter dem Bett nach seinen Pantoffeln. Er fand nur den rechten und lief mit einem nackten Fuß die Treppe hinunter.

Es war Hauptwachtmeister Buchwald von der Wache.

»Untröstlich, Sie stören zu müssen, Herr Komm'ssar«, bellte es aus dem Hörer. Grasshoff hielt ihn ein wenig vom Ohr weg. »Unangenehme Sache das. Geht um Ihren Filius. Ha'mm ihn leider festsetzen müssen.«

Grasshoff stand, traumbenebelt, mit einem kalten Fuß auf dem gebohnerten Linoleum seiner Diele und verstand nichts. »Wie bitte?« fragte er.

»Ihr Sohn Hans-Gerd, Herr Komm'ssar. Mußten ihn leider vorübergehend festnehmen. Anschuldigung grober Unfug sowie Sachbeschädigung.«

»Was hat er denn angestellt? Wieso treibt der sich denn überhaupt noch draußen rum um die Zeit?«

»Tja, Herr Komm'ssar, das müssen Sie ihn schon selbst fragen. Halbstarke. Ha'mm an der Dankeskirche einen Lloyd umgeschmissen. Ihr Herr Sohn streitet ab, dabeigewesen zu sein. Könn' ihm erst mal nichts nachweisen, Sie verstehn. Wollen Sie ihn holen?«

Grasshoff stellte sich auf das rechte Bein und rieb seinen frierenden Fuß an dem Filz des Pantoffels.

»Holen? Der soll mal schön zu Fuß gehen. Sagen Sie ihm, daß ich auf ihn warte. Wenn er in zehn Minuten nicht hier ist, braucht er überhaupt nicht mehr zu kommen.«

»Verstehe, Herr Komm'ssar. Werde das so weitergeben. Gut' Nacht, Herr Komm'ssar.«

Grasshoff knallte den Hörer auf die Gabel des elfenbeinfarbenen Apparates. Wütend stapfte er die Treppe wieder hoch. Im Schlafzimmer schaltete er seine Nachttischlampe an und suchte unterm Bett nach dem zweiten Pantoffel.

»Doch hoffentlich nicht schon wieder eine Leiche?« sagte Gerda, ein Auge zur Hälfte geöffnet.

»Schön wär's«, sagte Grasshoff.

»Paul!« Gerda wurde sofort wach.

»Dein Herr Sohn«, sagte Grasshoff. »Er ist festgenommen worden.«

»Hans-Gerd? Ja warum denn?«

Grasshoff fischte den zweiten Hausschuh hervor und setzte sich, um ihn überzustreifen. »Wieso ist der eigentlich noch unterwegs? Der gehört doch längst ins Bett. Weißt du, wie spät es ist?«

»Was ist mit ihm? Ist ihm was passiert?«

»Passiert! Ihm! Frag lieber, was er angestellt hat!«

»Ja was denn, um Himmels willen?«

»Ein Auto hat er umgeworfen. Mit seinen Halbstarken-Freunden.«

»Ein Auto? Das ist doch bestimmt ein Irrtum!«

Grasshoff stand auf, er antwortete nicht. Wütend zog er seinen Morgenmantel über und ging aus dem Zimmer. Hinter ihm sprang Gerda aus dem Bett. Nach wenigen Augenblicken kam sie die Treppe hinunter und setzte sich zu ihm an den Wohnzimmertisch. Nicht auf ihren normalen Platz, wie Grasshoff sehr wohl bemerkte. Angespannt lauernd hockte sie seitlich auf der Bank, direkt neben der Tür, den gesteppten rosa Morgenmantel mit der Hand bis zum Hals schließend.

Der Zeiger der Wanduhr, von Grasshoff mit zusammengekniffenen Augen kontrolliert, schritt bereits energisch auf das Zehn-Minuten-Limit zu, als sich ein Schlüssel im Schloß der Haustür drehte. Gerda sprang auf. Den taktischen Vorteil ihres Platzes nutzend, eilte sie durch die Diele auf ihren Sohn zu, ihn dabei vor seinem Vater abschirmend, der ihr auf dem Fuß folgte.

Hans-Gerd fiel ihr in die Arme.

»Mamili«, hörte Grasshoff seinen Sohn in die Lockenwickler seiner Mutter schluchzen.

»Schon gut, mein Kleiner«, sagte Gerda tröstend.

Paul Grasshoff stand hinter seiner Frau und wußte nicht, was er mit seinen Händen anfangen sollte.

# DONNERSTAG

Summers steuerte den Dodge in Richtung der Ray-Barracks. Er hatte in dieser Nacht weniger als eine Stunde geschlafen und versuchte, seine verbliebenen Energien in Konzentration umzusetzen. Der Verkehr war schwach, nur ab und zu nötigte ein Traktor ihn zum Bremsen oder Überholen. Kein Motorrad in Sicht.

»Sie sehen müde aus, Pete«, sagte Elvis und gähnte.

»Auf Sie aufzupassen, ist eben ein *fulltimejob*. Und so richtig hellwach wirken Sie auch nicht.«

Elvis kniff die Augen zusammen und drehte den Kopf, als wolle er den Schlaf hinauspressen. »Ich frage mich, warum Menschen andere Menschen zwingen, zu solchen Zeiten aufzustehen. Zu Hause gehe ich um diese Zeit ins Bett. Unsere Studiosessions laufen oft bis in den Morgen. Und hier muß ich jeden Tag um fünf aus den Federn. Dabei komm ich kaum mal vor zwei rein.«

»Gestern auch nicht?«

»Gestern? Warum fragen Sie?«

»Weil um zwanzig nach eins ein junger Mann an Ihrer Haustür war.«

»Zwanzig nach eins? Wer denn?«

»Ein Deutscher. Er nennt sich Texas. Kennen Sie ihn?«

»Texas? Ein Deutscher?« Elvis lachte. »Nein, ich kenne keinen Texas. Schon gar keinen Deutschen. Hat er auch einen richtigen Namen?«

»Wahrscheinlich, aber den kennen wir noch nicht.«

»Zwanzig nach eins. Wenn da jemand geklingelt hätte, hätte ich's gehört.«

»Er hat nicht geklingelt, er wurde erwartet. Jemand hat ihm geöffnet.«

»Wer?«

»Das weiß ich nicht.«

»Warum haben Sie diesen Texas nicht einfach gefragt?«

»Weil wir verdeckt operieren, Elvis.«

Weil meine Kollegen Trottel sind, wäre auch eine Antwort gewesen. Dixie und Bud hatten es nur bis Ober-Wörlen geschafft. Dort war der Mann zweimal abgebogen und hatte sie abgestreift wie eine alte Socke. Summers war klar, daß er die Verfolgung bemerkt hatte. Dixie schwor das Gegenteil.

»Was, glauben Sie, wollte er?«

»Ich habe keine Ahnung. Helfen Sie mir.«

Elvis antwortete nicht. Den rechten Ellbogen auf den Unterrand des Seitenfensters gestützt, begann er, an seinem Daumennagel zu kauen. Sie näherten sich der Kaserne, der Verkehr wurde dichter. Amerikanische Wagen meist, viele Jeeps und Army-Trucks. Als sie in die Zufahrt der Kaserne einbogen, blickte Elvis Summers von der Seite an.

»Red und Lamar, wissen Sie ... sie verdienen nicht die Welt. Also, es reicht natürlich, aber der Colonel hält sie recht knapp. Ich bin mir nicht sicher, aber ich glaube, sie verdienen sich ein paar Deutschmark zusätzlich mit Sachen aus dem PX-Shop. Zigaretten und Schnaps. Vielleicht war der Mann ein Geschäftspartner.«

»Möglich«, sagte Summers. Er hielt vor dem Wachgebäude der Barracks, und Elvis stieg aus.

»Ich habe Dienst bis fünf«, sagte er und zwinkerte Summers durch die offene Tür zu. Der hob zum Abschied die rechte Hand.

»Ich hol Sie ab. Hier?«

»Genau. Wir werden dann noch jemanden aufgabeln.«

»Wen denn?«

Elvis grinste. »Fünf Uhr hier«, sagte er und warf die Tür zu.

Summers wendete durch die Kette der dicht auf dicht in die Kaserne rollenden Fahrzeuge hindurch und fuhr zurück nach Bad Nauheim.

Wenn er sich beeilte, hatte er noch Zeit für eineinhalb Stunden Schlaf.

*

Terry Gordon balancierte seinen Kaffeebecher auf einem Aktenstapel herein. Man sah ihm an, daß auch er schlecht geschlafen hatte, wenn überhaupt. Er stellte den Becher ab, knallte die Akten auf den Tisch und ließ sich auf seinen Stuhl fallen.

»Guten Morgen, meine Herren. Verzeihung, der Dame natürlich auch einen guten Morgen ...«, stöhnend rieb er sich die Augen, »... wenn man von einem guten Morgen reden will. Zunächst ein grober Abriß der Geschehnisse seit der letzten Sitzung: Kollege Summers ist als Presleys Fahrer eingestellt worden. Gegen siebzehnhundertfünfundvierzig: Ein nicht identifiziertes Motorrad folgt dem BMW mit Summers und ›Junior‹, ohne daß es zu einem Kontakt kommt. Währenddessen war die deutsche Polizei im Haus. Sie wissen von einer Explosion am Ort des Anschlags. Sie haben nach einer verschwundenen Frau gefragt, die nach Einschätzung von Kollege Summers irgendwas mit ›Senior‹ zu tun hat. Und sie haben gegenüber den Bewohnern Summers als Mitarbeiter der Vancouver Sun bezeichnet, was dessen Arbeit erschwert. Dann weiter heute morgen einhundertfünfzehn Uhr: Ein Motorrad, Typ Horex Regina, hält vor dem Haus. Beschreibung des Fahrers: ein Deutscher, circa dreiundzwanzig Jahre, Größe sechs Fuß, schwarze Haare, schlank, nennt sich ›Texas‹. Der Fahrer geht zur Haustür, trifft dort einen der Bewohner – ohne zu klingeln, also offensichtlich eine Verabredung –, der Bewohner wurde nicht identifiziert. Das Treffen dauert nur wenige Sekunden. Der Mann fährt auf der Frankfurter Straße Richtung Norden, und zwar so schnell, daß Frontdoor nicht in der Lage waren, ihm zu folgen, und ihn in Ober-Wörlen verloren haben. Derweil hat Kollege Summers eine Zeugin gesprochen, die den Motorradfahrer als ›Texas‹ identifiziert, aber keinen Klarnamen nennen konnte. ›General Research‹ hat den Halter des Motorrades ermittelt: ein Hans Drau, wohnhaft in Waldkoben, das ist etwa achtzig Meilen nordöstlich von hier. Das war es aber auch schon mit den guten Nachrichten. Herr Drau ist Jahrgang 1886 und von daher vermutlich nicht identisch mit ›Texas‹. ›General Research‹ hat bisher keine Erkenntnisse über den Mann, aber sie arbeiten dran.«

Gordon lehnte sich zurück, sein Gesichtsausdruck war entschlossen.

»Und damit zu den weiteren Katastrophen. Zusammenfassung der einzelnen Berichte bitte, einer nach dem andern. Dixie fängt an.«

Dixie begann, von seinem Block abzulesen: »Keine besonderen Vorkommnisse bis siebzehnhundertdreißig Uhr. Dann verließen ›Junior‹ und Kollege Summers in dem BMW das Haus und fuhren in Richtung Usingen, Summers saß am Steuer. Am Ortsausgang von Bad Nauheim beschleunigte Summers den Wagen so stark, daß wir nicht in der Lage waren zu folgen. Wir verloren ihn und konnten trotz intensiver

Bemühung keinen Kontakt mehr herstellen, daher fuhren wir zurück in die Goethestraße.«

Dixie brach ab und sah Gordon halb ängstlich, halb erwartungsvoll an. Offensichtlich verpetzte er Summers, um wenigstens ein bißchen davon abzulenken, daß ihnen das Motorrad entkommen war. Summers bezweifelte, daß Gordons Mumm ausreichen würde, ihn vor versammelter Mannschaft anzupfeifen. Der Captain nahm einen Schluck aus seinem Becher, stellte ihn mit geschlossenen Augen wieder ab und sagte leise: »Pete, ich möchte nachher noch mit dir sprechen.«

George »Dixie« Schick verzog den Mund und starrte auf seinen Schreibblock.

»Da fällt mir ein …« Bud James meldete sich zögernd zu Wort, »da war doch noch eine Kleinigkeit vorher. Es gab wohl Beschwerden aus der Nachbarschaft, deswegen waren zwei Cops bei uns am Wagen. Dieselben, die nachher im Haus waren.«

»Moment mal«, Gordon setzte sich auf, »davon stand nichts in eurem Bericht!«

Dixie drehte seinen Stift mit beiden Händen vor dem Gesicht und blickte nach rechts, wo J.T. saß, als erwarte er von dort Hilfe, aber J.T. sah weg.

»Nun, wir … also Dixie meinte …« Bud James sah verunsichert von Gordon zu Dixie. »Es *war* ja nichts. Sie haben nur unsere Papiere kontrolliert. Blöd war nur, daß einer der Cops jemanden bei der Vancouver Sun kannte, aus dem Krieg.«

»Und *was* habt ihr dazu gesagt?«

Terry Gordon beugte sich vor. Ihm gegenüber sank Bud im gleichen Maße in seinen Sitz hinein.

»Nun, wir würden Grüße ausrichten …«

Summers unterdrückte ein Aufstöhnen, Krieger schaffte es nicht.

»Das ist nicht wahr, oder?« Gordon stemmte sich an der Tischkante aus seinem Sitz. »Dixie, sag mir bitte, daß das nicht wahr ist.«

Dixie wand sich auf seinem Sitz. »Nun, da ist wohl ein kleiner Fehler gemacht worden.«

»BIN ICH DENN NUR VON IDIOTEN UMGEBEN!« Gordon sank wieder auf seinen Stuhl. Niemand im Raum sprach.

Krieger malte auf dem Rand seiner Zeitung. Er war der erste, der den Mund wieder aufmachte.

»Wenn ich das jetzt richtig verstanden habe, hat das Team Frontdoor gestern mit dem Motorrad die erste heiße Spur verloren, die wir überhaupt hatten, aber nicht ohne vorher noch einen kleinen Fehler zu machen und unsere Tarnung zu ruinieren, richtig?«

»Richtig«, bellte Gordon.

Dixie sagte nichts. Bud sah aus, als wolle er etwas einwenden, aber auch er schwieg. Krieger zeichnete weiter.

Summers zündete sich eine Lucky an. »Dieser Kommissar Grasshoff weiß offensichtlich, was er tut«, sagte er dann in eine Wolke Rauch hinein.

»Verdammt auch richtig«, sagte Gordon scharf. »Wir stehen mit nacktem Arsch da. Sie wissen, daß Summers im Haus ist, sie wissen, daß wir davor stehen, sie wissen von dem Anschlag. Das einzige, von dem sie nichts wissen, ist das Motorrad.«

»Dafür wissen sie von einer verschwundenen Frau, von der *wir* nichts wissen«, ergänzte Summers.

Krieger faltete raschelnd einen Teil seiner Zeitung zusammen und hielt ihn hoch. »Reden wir vielleicht *da*von? Sie haben gestern im Wald eine Tote gefunden.« Er warf die Zeitung über den Tisch. In seine Richtung, wie Summers registrierte, nicht in Gordons. Er nahm sie auf und las die Notiz über den Fund einer Leiche durch einen Forstbeamten. Es handelte sich um eine etwa zwanzigjährige Frau, blond, aber dunkelrot gefärbt, seit mindestens zwei Wochen tot.

»Ja, das paßt. Davon reden wir.« Er reichte die Zeitung an Gordon. »Ich denke, daß ›Senior‹ sie gekannt hat. Und der Kommissar denkt das auch.«

»Sieht der Kommissar auch einen Zusammenhang zwischen dem Anschlag und der Toten?« fragte Krieger.

»Er schließt ihn offenbar zumindest nicht aus«, antwortete Summers.

»Und du?«

»Ich schließe nie irgendwas aus.«

Krieger grinste und kritzelte weiter auf dem vor ihm verbliebenen Rest der Zeitung herum.

Als Gordon den kleinen Artikel überflogen hatte, riß er ihn heraus und legte ihn in einen seiner Aktendeckel. »Ich werde alles, was es dazu gibt, bei ›General Research‹ abfragen. Wenn man sie erst gestern gefunden hat, wird das aber noch nicht allzuviel sein.«

»Die Sache wird komplex«, sagte Summers. »Ein Verdächtiger mit verdecktem Kontakt ins Haus, ein möglicher Mordfall mit Verbindung zu ›Senior‹ ... Ich glaube, wir bekommen eine Menge Arbeit.«

»Den Kontakt rauszukriegen, ist *dein* Job«, sagte Krieger.

»Das wird nicht einfach, schon gar nicht, solange ich selbst getarnt arbeiten muß. Und das scheint mir nach dem nächtlichen Besuch gestern nötiger denn je. Außer Elvis selbst vertraut mir niemand im Haus, vor allem seit mich dieser Cop als Ex-Reporter vorgestellt hat. Elvis hat West und Fike im Verdacht, Schwarzhandel mit Schnaps und Zigaretten aus dem PX-Shop zu betreiben. Er meint, der Besucher wäre ein Geschäftspartner.«

»Große Mengen Waren werden in der Regel nicht auf Motorrädern transportiert«, wandte Krieger ein.

»Hatte er irgendwas dabei? Kisten oder ähnliches?« fragte Gordon in Richtung des geknickt dasitzenden Dixie.

Der schüttelte nur den Kopf.

»Vielleicht ging's um die Bezahlung«, sagte Krieger.

»Vielleicht. Möglich ist alles, aber mir sind das zu viele Zufälle«, antwortete Summers.

»Das heißt, wir müssen auch mit der Möglichkeit rechnen, daß der Anschlag aus dem Inneren des Hauses kam oder von dort gesteuert wurde«, sagte Foster.

Es war ihre erste Bemerkung an diesem Morgen, Summers hatte sie noch gar nicht richtig wahrgenommen. Statt des Verbandes trug sie nur noch ein Pflaster an der Stirn. Sie wirkte frisch und konzentriert und blätterte gerade eine vollgeschriebene Seite ihres Notizblocks nach hinten.

Summers sah Gordon an, daß diese Überlegung neu für ihn war. Seine Gesichtszüge sackten noch ein wenig mehr ab.

»Jetzt malen Sie mal nicht den Teufel an die Wand«, sagte er leise.

»Brauchen wir nicht eine neue Tarnung?« fragte Foster.

»Das ist Aufwand«, antwortete Gordon. »Ich bezweifle, daß wir von General Thornhill dafür die Mittel kriegen.«

»Was sagt denn Langley?« fragte J.T. schüchtern, aber niemand ging darauf ein.

»Ich glaube, es würde nichts bringen, die Tarnung zu verändern«, sagte Summers. »Offiziell weiß die deutsche Polizei überhaupt nichts, und inoffiziell werden sie sich von uns nichts mehr vormachen lassen, dafür können sie sich schon viel zuviel zusammenreimen.«

»Wie geht's denn jetzt weiter?« fragte Foster.

»Jemand muß nach Waldkoben, mit diesem Hans Drau reden«, sagte Summers. »Und zwar so schnell wie möglich. Wenn ›General Research‹ nichts über ihn weiß, müssen wir eben selbst rauskriegen, was los ist.«

»Wer macht das?« Gordon fixierte Krieger, doch der winkte ab.

»Vergiß es, dafür reicht mein Deutsch nicht.«

Captain Gordon blickte gequält in die Runde. »Also wer?« fragte er.

Summers sah auf seine Timex. »Ich muß um fünf ›Junior‹ an der Kaserne abholen. Wenn ich sofort starte, bleiben mir knapp zwei Stunden vor Ort in Waldkoben. Für einen ersten Versuch wird das reichen, aber ich darf keine Zeit verlieren.«

»Ich würde gern mitfahren«, sagte Foster.

Summers blickte kurz zu Gordon. Der nickte.

»Okay«, sagte Summers. »Besorgen Sie eine Straßenkarte von der Gegend und kommen Sie dann zum Parkplatz.«

»Gut. Zehn Minuten Pause. Laßt mich einen Moment mit Summers allein.« Gordon entließ das Team mit einer Handbewegung. Foster klappte ihren Notizblock zu und verließ mit energischen Schritten den Raum. Dixie und Bud James folgten mit hängenden Köpfen, darauf J.T., dem man die Erleichterung anmerkte, nicht bei einem Fehler erwischt worden zu sein.

Als er zur Tür hinaus war, wandte Gordon sich an Krieger, der in Ruhe seine Zeitung zusammenfaltete.

»Jack, tu mir den Gefallen und paß mit auf die anderen auf. Noch so einen Katastrophentag machen meine Magengeschwüre nicht mit.«

»Ich werde tun, was ich kann.« Krieger klopfte Gordon im Vorbeigehen auf die Schulter. »Aber wir sollten unsere Sorgenkinder nicht auch noch zusätzlich veralbern«, setzte er mit einem Blick auf Summers hinzu.

Gordon brummte zustimmend.

»Wird nicht wieder vorkommen«, sagte Summers.

Krieger nickte nur und ging hinaus. Gordon stützte die Ellbogen auf und rieb sich mit beiden Händen das Gesicht. »Sechs Agenten, drei davon Trottel und ein weiblicher *rookie*. Dabei bräuchte ich hier mindestens zwanzig Mann ... Dieser Cop macht mir Sorgen. Was machen wir mit dem?«

Summers zog seine Brieftasche heraus und entnahm ihr den Zettel mit der Telefonnummer des Kommissars. »Wenn du sie nicht besiegen kannst, leg sie rein. Wenn das auch nicht geht, verbünde dich mit ihnen.« Er reichte Gordon das Blatt. »Am besten beides, schließlich sind wir Amerikaner.«

»Red doch nicht so einen Scheiß«, sagte Gordon. Er nahm das Blatt und steckte es zu seinen Notizen. »Was soll ich damit anfangen?«

Summers stand auf und klopfte ihm auf die Schultern.

»Laß dir was einfallen, Terry. Wir sind ein Geheimdienst.«

*

Grasshoff drehte langsam die Nummer der Wache auf seinem großen, rechteckigen Dienstapparat. Mißmutig sah er zu, wie die Ziffern auf der Bakelitwählscheibe hinunterliefen. Schorsch Kemper meldete sich nach dem ersten Freizeichen.

»Morgen, Schorsch, Paul hier«, sagte Grasshoff. »Du kannst dir sicherlich denken, warum ich anrufe.«

»Ich vermute mehr als einen Grund ... Ich leg dich mal auf den anderen Apparat.« Kemper verschwand aus der Leitung. Grasshoff kam seine Stimme betont diplomatisch vor, aber das mochte auch an seinem eigenen Widerwillen gegen dieses Telefonat liegen. Er hätte lieber persönlich mit Kemper gesprochen, hatte es aber nicht fertiggebracht, während der Dienstzeit wie ein Delinquent auf der Wache zu erscheinen.

»So, jetzt sind wir ungestört«, meldete Kemper sich wieder.

»Ich nehme an, du hast das Protokoll gelesen?«

»Ja, hab ich natürlich. Die Anschuldigung ist nicht von schlechten Eltern. Den Wagen zu reparieren wird eine Stange Geld kosten. Andererseits ...« Er brach den Satz ab. »Was ist denn?« hörte Grasshoff ihn in den Raum fragen, »Nein, ich möchte im Moment nicht gestört werden. Entschuldige, Paul, da bin ich wieder. Also andererseits leugnet er ja hartnäckig, und der Taxifahrer konnte ihn auch nicht sicher identifizieren.«

»Meinst du denn, daß er dabei war?«

»Hauptwachtmeister Buchwald von der Nachtschicht benutzte den Satz ›So sicher, wie mein Hund scheißt‹.«

»Ach Gott«, seufzte Grasshoff. »Ich glaub ihm ja auch nicht, aber er behauptet standfest, nichts damit zu tun zu haben.«

»Wenn er bei seiner Aussage bleibt, wird es kaum zu einer Anklage kommen.«

»Wie würdest du denn normalerweise vorgehen?«

»Normalerweise hätte der Kollege ihn gar nicht so einfach nach Hause geschickt. Da hat sein Nachname schon eine Rolle gespielt, das muß ich ganz klar sagen. Ich glaube, wenn Buchwald ihn *ernsthaft* dazwischengenommen hätte, wär es mit dem Leugnen wohl auch bald vorbei gewesen. Seine Fragetechnik stammt noch aus den frühen Vierzigern.«

»Mir ist die Sache sehr unangenehm, Schorsch ...«

»Das kann ich mir denken. Schließlich ist unser Klaus im gleichen Alter.«

»Habt ihr denn auch solchen Ärger mit ihm?«

»Na ja, Autos hat er noch nicht umgeschmissen, aber er hockt nur auf seiner Bude unterm Dach und liest eigenartige Bücher, das ist auch nicht nach meinem Geschmack. Ich habe Angst, daß er zum Kommunisten wird. Am beunruhigendsten finde ich, daß neuerdings mein Bordeaux-Vorrat unerklärlich schrumpft. Aber ihm kann ich auch nichts nachweisen.«

»Schorsch ...«, Grasshoff holte tief Luft. »Ich stelle diese Frage höchst ungern, aber meine Frau ... Weißt du, Gerda macht mir wirklich die Hölle heiß. Also was ich fragen wollte: Kann ich die Sache als erledigt betrachten?«

»Kannst du natürlich, Paul. Ich werde doch den Sohn eines Kollegen nicht behandeln wie irgendeinen Halbstarken. Wir können ihm ohnehin nichts beweisen.«

»Ich danke dir, Schorsch. Ich verstehe diese Jugend nicht. Diese Zerstörungswut. Was finden die nur bei so was?«

»Ach weißt du, wir haben doch ganz andere Sachen kaputtgemacht, oder?« entgegnete Kemper leise.

»Das war ja wohl was anderes«, sagte Grasshoff scharf.

»Ja, wir waren älter. Und es war nicht verboten.«

»Jetzt hör aber auf. Was redest du denn da?« Grasshoff war unwillig. Kempers Worte berührten ihn unangenehm, und er wehrte sich gegen die plötzlich auftauchenden grauen Erinnerungsschwaden an die Zeit, als braune Uniformen modern waren.

Kemper wechselte das Thema – als habe er bemerkt, einen Schritt zu weit gegangen zu sein. »Kommen wir zum dienstlichen Teil«, sagte er. »Hat Professor Kreutzer sich schon gemeldet?«

»Nein, noch nicht, aber ich rechne jeden Moment mit seinem Anruf. Ich sitze hier auf glühenden Kohlen und kann rein gar nichts unternehmen. Die Portraitzeichnung hab ich auch noch nicht.«

»Vielleicht kann ich solange was Interessantes beisteuern. Heute früh ist hier eine Vermißtenanzeige aufgegeben worden.«

»Paßt sie?«

»Nein, die junge Frau ist erst seit vorgestern verschwunden. Eine Freundin, mit der sie sich das Zimmer teilt, hat sie vermißt gemeldet. Sie haben sich vorgestern am frühen Abend nach einem Streit getrennt, seitdem ist sie nicht wieder aufgetaucht.«

»Und was soll daran interessant sein?«

»Sie hat das gleiche Alter. Und sie gehört zu den Elvis-Presley-Fans.«

Grasshoff schwieg einen Moment nachdenklich. »Bekomme ich die Akte?« fragte er dann.

»Natürlich. Es ist allerdings noch kein Foto dabei. Die Melderin will eins nachreichen.«

»Gib sie trotzdem schon mal in die Dienstpost.«

Auf Grasshoffs Telefonapparat begann eine weiße Lampe zu blinken.

»Ich hab einen Anruf auf der anderen Leitung, das ist wahrscheinlich Professor Kreutzer. Ich ruf dich zurück«, sagte er und drückte auf den Knopf neben dem Blinklicht.

»Professor Kreutzer hier, guten Morgen, Herr Kommissar Grasshoff.«

»Guten Morgen, Herr Professor.« Der Pathologe legte Wert auf Titel, besonders auf den eigenen.

»Eine Synopsis ante des Autopsieresultates, wie es unter uns ja Usus geworden ist ...« Grasshoff schloß die Augen in Erwartung des kommenden Latein- und Griechischgewitters. Wie eigentlich jedesmal verstand er so gut wie kein Wort.

»... Der Exitus letalis liegt zwischen sechzehn und zwanzig Tagen zurück, dies indiziert der Grad der Leichenzersetzung. Insbesondere die Quantität der Maden, das Alter der Fraßspuren und die leeren Puppenhüllen ...« war eine der wenigen Informationen, die er verarbeiten und notieren konnte. Er kaute auf seinem Bleistift. »... Letale Hämorrhagien, Causa: eine Abruptio graviditatis, etwa vierundzwanzig Stunden ante mortem, ich hoffe, ich konnte Ihnen helfen«, schloß der Professor nach einigen Minuten.

»Ja, vielen Dank, Herr Professor. Nur um sicher zu gehen, daß ich Sie richtig verstanden habe, die Todesursache war …«

Letztlich war Grasshoff sogar froh, die unappetitlichen Details in einer so schonenden Darreichungsform zu bekommen, aber das Wesentliche mußte er sich jedesmal übersetzen lassen, wobei Professor Kreutzer niemals sein Befremden über die mangelhaften Lateinkenntnisse des Kommissars zu verbergen vermochte.

»Wie ich schon sagte, Herr Kommissar: tödliche Komplikationen in Form von Blutungen infolge einer nicht fachgerecht durchgeführten Ausschabung zur vorzeitigen Beendigung einer Schwangerschaft.«

»Eine Abtreibung?« Grasshoffs Bleistift hastete jetzt über das Papier.

»Vulgo.«

»Und der Tod trat erst einen Tag nach dem Eingriff ein?«

»So ist es, Herr Kommissar.«

»Blutungen … Es war kein Blut auf ihrer Kleidung. Sie ist also nicht dort gestorben, wo sie gefunden wurde.«

»Sehr fein erkannt, Herr Kommissar. Man hat sie nach ihrem Ableben gewaschen, frisch angekleidet und dorthin transportiert.«

»Gab es irgendwelche anderen Verletzungen?«

»Nein, keine, außer einigen unwesentlichen an den Beinen. Sie sind dem Körper aber erst post mortem zugefügt worden – möglicherweise beim Transport. Es fehlen die charakteristischen Umgebungssreaktionen, der exsudative Entzündungsprozeß, die Granulozyteninvasion et cetera pp, die obligat vorliegen, wenn derartige Traumata einem lebenden Organismus zugefügt werden. Die Zusammenfassung des Protokolls wird noch heute nachmittag auf Ihrem Schreibtisch liegen.«

»Ich danke für Ihre großartige Unterstützung, Herr Professor.«

»Nichts zu danken, Herr Kommissar. Sagen Sie, eine Frage«, Kreutzers Stimme wurde plötzlich ganz untypisch zögerlich, »gehört die Gemeinde Hungen noch zu Ihrem Bezirk?«

»Nein, warum fragen Sie?«

»Mein Bezirk ist es eigentlich auch nicht, ich habe dort in den letzten Wochen nur Vertretung für Herrn Professor Kramm gemacht. Er ist im Urlaub in Rimini in einen Seeigel getreten, daraus hat sich ein foudroyanter plantarer Abszeß entwickelt, können Sie sich so was vorstellen? Aber ich schweife ab. Ich hatte dort einen etwas extraordinären Fall von Suffocatio, also Erstickungstod. Vor zehn Tagen etwa, denke ich, aber das kann ich natürlich nachsehen. Es handelte sich um eine Frau im sechsten Dezennium, die bei einem Brand in ihrer Wohnung ums Leben gekommen ist. Die ganze Sache kam mir nicht hinreichend stringent vor, ich habe ein Gewaltverbrechen nicht völlig exkludiert, aber Ihr Kollege dort hat den Kasus ad acta gelegt. Bei der Obduktion heute mußte ich an den Fall denken. Diese Frau, nun, wie soll ich sagen …«

Er unterbrach sich. Grasshoff wartete mit gerunzelter Stirn, daß er fortführe – ein solcher Exkurs war bei Professor Kreutzer zumindest eigenartig zu nennen.

»Verstehen Sie mich bitte richtig, Herr Kommissar, bei dem, was ich Ihnen erzähle, handelt es sich um Gerüchte, alles nur vom Hörensagen. Ein Kollege, der Name tut, glaube ich, nichts zur Sache, vertrauenswürdig, auf jeden Fall, Herr Kommissar, ein Gynäkologe mit absolut zweifelsfreiem Ruf, wenn Sie wissen, was ich meine …«

Bei dem Wort Gynäkologe hoben sich Grasshoffs Augenbrauen. Er setzte sich auf.

»Nun, der Kollege hat angedeutet, daß die Dame, also die Tote, von der ich sprach, sozusagen branchenintern kein unbeschriebenes Blatt war, wenn Sie *verstehen.*« Die letzten Worte des Professors klangen geradezu flehentlich.

Grasshoff verstand durchaus. »Eine Engelmacherin«, sagte er.

»Nun … ääh … ja«, sagte der Professor.

»Ich brauche sofort Ihre Akten zu dem Fall«, sagte Grasshoff.

»Jawohl, Herr Kommissar Grasshoff«, sagte Professor Doktor Kreutzer. »Cito.«

*

Summers fuhr, so schnell es der Verkehr zuließ, über die Autobahn in Richtung Kassel. Neben ihm hatte Foster die Karte vor sich auf dem Schoß ausgebreitet. Der Weg war nicht übermäßig kompliziert, Waldkoben lag nicht weit von der A5 entfernt.

»Wie gehen wir vor?« fragte sie.

»Wenn wir da sind, rufen wir noch mal bei ›General Research‹ an, ob die mittlerweile etwas über Hans Drau herausgefunden haben. Wenn nicht, müssen wir improvisieren.«

»An was denken Sie da?«

»Daß wir Amerikaner sind, können wir nicht leugnen. Wir sind von der Haftpflichtversicherung der Army. Einer unserer Trucks hat in Bad Nauheim das geparkte Motorrad beschädigt, jetzt wollen wir den Schaden regulieren. Wie klingt das?«

Foster dachte einen Moment nach. »Gut«, sagte sie dann. »Wir sollten uns vielleicht einen schön bedrohlichen Behördennamen ausdenken. Damit müßte man einen Deutschen doch gut erschrecken können, oder?«

Summers' linker Mundwinkel hob sich. »Sehr gut, Miss Foster«, sagte er. »Dann schlagen Sie mal was vor.«

»Schadenregulierungsamt« lehnte Summers ab, auch »Abwicklungsbehörde« erklärte er für zu abstrakt. Er schlug »Amt für Manöverschädenausgleich« vor, was Foster als zu realistisch einstufte. Am Schluß einigten sie sich auf »US-Zonendirektion für Wiedergutmachungsforderungen«.

»Was war das denn für eine Zeugin, die Sie gestern nacht aufgetan haben?« fragte Foster nach einer Weile.

Summers erzählte ihr von Katharina, von dem umgestürzten Lloyd und von Texas, dessen wahren Namen Katharina um ihr Leben nicht preisgeben würde.

»Ich bin mir sicher, daß sie ihn kennt, aber sie schweigt eisern. Sie scheint mehr Angst vor ihm zu haben, als ich ihr einjagen konnte.«

»Haben Sie ihr weh getan?«

Er warf Foster einen Blick zu. »Für was halten Sie mich?« fragte er.

Sie erreichten Waldkoben nach knapp neunzig Minuten. Summers stoppte den Dodge an einer Telefonzelle. Das Telefonat mit »General Research« brachte nichts außer der Behauptung, man arbeite daran, verbunden mit dem pikiert klingenden Hinweis, man tue wie immer, was man könne.

Waldkoben war ein Kaff inmitten von Wäldern. Es war nicht erkennbar, wovon die Menschen hier lebten außer vom Holzfällen. Hans Drau wohnte am Rande der Ortschaft. Das Grundstück war das letzte vor dem Wald, und es lag fast hundert Yards hinter dem vorletzten.

»Herr Drau schätzt seine Ruhe«, sagte Summers und bog in die schlammige Zufahrt ein. Sie war gute achtzig Yards lang.

Das Haus, wenn man es so nennen wollte, lag von der Straße entfernt an einem Bachlauf. Es war eher eine große Hütte, einstöckig, umstellt von Schrott- und Holzstapeln. Rechts neben dem Wohngebäude stand eine baufällig wirkende Fachwerkscheune mit einem großen, geschlossenen Tor. Die moosbedeckten Schindeln des Daches waren verzogen und unvollständig. Zwischen den beiden Gebäuden endete die Zufahrt auf einem Schotterrechteck. Summers stellte den Motor ab.

»Haben Sie das Motorrad irgendwo gesehen?« fragte er.

»Nein. Auch keinen Menschen.«

»Na, dann woll'n wir mal.«

»US-Zonendirektion für Wiedergutmachungsforderungen«, murmelte Foster und stieg aus. Im selben Moment kam, wie von einer mächtigen Feder geschnellt, ein riesenhaft wirkender Schäferhund um die Ecke der Scheune auf sie zugeschossen. Foster sprang wieder in den Wagen und schlug die Tür zu, der Hund prallte dagegen.

Sie warteten, während der Hund wild kläffend an der Beifahrertür tobte. Niemand war zu sehen. Erst nach einer endlosen Minute erschien ein alter Mann in der Tür der Hütte. Sein linkes Bein fehlte, aber er bewegte sich mit seinen Krücken schnell und geschickt auf sie zu.

Drei Yards entfernt blieb er stehen und sah sie wortlos an. Er war um die siebzig, groß, und sein Oberkörper von beeindruckendem Volumen. Unter seinen kräftigen Armen sahen die Krücken wie Spielzeug aus. Das Haar war weiß und schütter; nach hinten gekämmt bedeckte es die kahlen Stellen des Schädels nur notdürftig. Er trug Blauzeug wie ein Metallarbeiter.

Das zerfurchte Gesicht wurde beherrscht von einer mächtigen, unförmigen Nase. Doch was am meisten beeindruckte, waren die kalten, wasserblauen Augen. Der Hund kläffte weiter rasend vor Fosters Fenster. Erst als Summers seine Tür öffnete, kam er um den Wagen herumgerannt. Summers schloß die Tür wieder.

»Jetzt Sie«, sagte er. Foster drückte ihren Türhebel herunter, und der Hund rannte zur Beifahrerseite zurück.

»Mal sehen, wie lange er sich das anguckt.« Summers öffnete seine Tür wieder. Als der Hund umdrehte und wieder um den Wagen herumhetzte, verzog der Alte den Mund. Einmal noch sah er dem Spiel zu, dann sagte er nur: »Harras, komm her!«

Der Hund beruhigte sich sofort und lief auf ihn zu.

»Sitz«, sagte der Mann, und der Hund setzte sich an seine Seite. Die Ohren aufmerksam aufgerichtet, wandte er den Blick nicht von dem Auto.

Summers drehte sein Fenster runter. »Dürfen wir aussteigen?« rief er dem Mann zu.

»Nein«, antwortete der nur.
»Ich bin sehr gespannt, wie unsere Behörden-Idee hier wirkt«, sagte Foster leise.
»Ich auch«, antwortete Summers. »Sind Sie Herr Drau?« rief er dann aus dem Fenster.
»Wer will das wissen?« war seine Antwort.
»Mein Name ist Summers, von der US-Zonendirektion für Wiedergutmachungsforderungen. Hier neben mir, das ist Miss Foster. Wir kommen wegen des Unfalls mit Ihrem Motorrad.«
»Aha«, sagte der Alte nur.
»Es geht um die Schadensregulierung.«
»Und was wollen Sie von mir?«
»Wir wollen die Schadenshöhe feststellen.«
»Zweitausend Dollar«, sagte der Mann.
»Respekt«, sagte Summers leise zu Foster.
»Ich glaub, wir stehen im Schach«, antwortete sie.
Summers streckte den Kopf wieder aus dem Fenster. »Das ist eine sehr hohe Summe. Wir müßten uns das Fahrzeug natürlich erst ansehen.«
»Es ist nicht hier.«
»Wo ist es denn?«
»Keine Ahnung.«
»Aber Sie müssen doch wissen, wo es ist, Herr Drau.«
»Ich habe nicht behauptet, Herr Drau zu sein.«
»Wie darf ich Sie denn anreden?«
»Überhaupt nicht. Machen Sie, daß Sie vom Grundstück kommen.«
»Schon wieder im Schach«, sagte Foster.
»Sind Sie denn an dem Geld nicht interessiert?« rief Summers.
Jetzt setzte der Alte sich in Bewegung. Er schnalzte einmal leise; Harras erhob sich und lief gemessen und bei Fuß neben ihm her. Am offenen Seitenfenster blieb der Mann stehen und blickte Summers an, in seinem faltigen Gesicht war keine Regung.
»An Geld bin ich immer interessiert, das können Sie sich ruhig merken. Wenn aber eine Behörde, die es nicht gibt, mir Geld anbietet für einen Unfall, der nicht passiert ist – dann werde ich erst mal skeptisch, Mr. Summers. Sagen Sie mir, was Sie wollen, oder verschwinden Sie.«
Summers sah nach vorn und atmete tief aus, in dem Gefühl, von einem Schach ins andere gezogen zu haben. Als er die Hand hob, um sei-

ne Luckies aus der Brusttasche zu ziehen, fuhr der Griff einer Krücke durch das offene Fenster und traf ihn am Handgelenk.

»Steckenlassen, Cowboy«, sagte der Mann. »Keine Bewegung. Das gilt auch für die Miss.« Der Krückengriff schwebte nur ein Zoll neben Summers' Auge, ein Stoß würde sehr weh tun. Mindestens. Harras bellte dreimal.

»Möchten Sie eine Zigarette?« fragte Summers und rieb sich das Handgelenk.

»Welche Marke?«

»Lucky Strike.«

»Nein, danke. Sagen Sie mir endlich, was Sie wollen.«

Summers' Gedanken rotierten auf der Suche nach einer neuen Taktik. Statt des obrigkeitshörigen Greises, mit dem er gerechnet hatte, sah er sich nicht nur einem mordlüsternen Wachhund gegenüber. Für einen Amateur war der Angriff zu schnell und zu gezielt erfolgt: Dieser Mann hatte gelernt zu kämpfen, wahrscheinlich auch zu töten.

»Wir wollten Herrn Drau etwas fragen, aber er ist ja anscheinend nicht da.«

»Ich kann Ihre Fragen weitergeben«, sagte der Mann, ohne daß die Krücke neben Summers' Gesicht auch nur gezittert hätte.

»Wir wollten ihn nach ›Texas‹ fragen.«

»Texas ist ein ziemlich großer Staat im Süden der Vereinigten Staaten.«

Wer blöd fragt, kriegt eine blöde Antwort, dachte Summers.

»Es geht um den jungen Mann, der auf Herrn Draus Horex unterwegs ist.«

»Und was wollen Sie von dem?«

»Wir würden uns gern mit ihm unterhalten.«

»Vielleicht kennt Herr Drau ihn gar nicht. Er könnte die Maschine entwendet haben.«

»Können Sie denn Herrn Drau ausrichten, daß wir mit diesem Texas einmal sprechen möchten?«

»Ja.« Mit einer ruhigen Bewegung zog der Mann die Krücke zurück und klemmte sie wieder unter seinen Arm.

»Ich gebe Ihnen unsere Telefonnummer«, sagte Summers, aber der Alte winkte ab.

»Wenn es einen Texas gibt und der auch mit Ihnen sprechen möchte, wird er sich bei der US-Zonendirektion für Wiedergutmachungsforderungen melden. Ich nehme an, ›Lucky Bob‹ Thornhill ist immer noch der Chef?«

Summers spürte, wie blöde er den Mann anstarrte, aber er konnte es nicht verhindern.

»›Lucky Bob‹ müßte mittlerweile General sein, schätze ich? Bestellen Sie ihm einen schönen Gruß und lassen Sie sich nicht mehr hier blicken. *Don't call us, we call you*, so sagt ihr Amis doch, nicht wahr?«

Er nahm die Rechte vom Griff der Krücke und winkte zweimal in Richtung Ausfahrt. Summers ließ den Motor an und wendete. Harras lief belfernd neben dem Dodge her, bis sie die Straße erreicht hatten und in Richtung der Autobahn abbogen.

»Matt«, sagte Foster.

*

»Nanu, Fräulein Katharina, um diese Zeit? Sind Sie krank?«

Frau Semmler klang eher neugierig als besorgt. Katharina nickte nur und schloß ihre Zimmertür hinter sich. Sie nahm das Borwasser aus dem Schränkchen neben dem Spiegel und befeuchtete einen Waschlappen damit. Mit einem erschöpften Stöhnen sank sie auf ihr Bett und drückte sich den Lappen auf die Augen.

Der Meister hatte sie nach Hause geschickt, nachdem sie mit einem Stapel Gummimatten auf dem Arm zusammengeklappt war.

»Es wird doch nichts sein?« hatte die Vorarbeiterin sie mit einem wissenden Blick gefragt, nachdem zwei Kolleginnen Katharina auf die Liege im Krankenzimmer gelegt hatten.

»Nein, nein«, hatte Katharina geantwortet, gar nichts wissend.

»Aha«, war alles, was die Vorarbeiterin darauf gesagt hatte. Dann war sie mit einem schiefen Lächeln aus dem Raum gegangen, einem Lächeln, das zeigte, daß sie Katharina verloren wußte.

Es war nicht nichts, es war alles. Alles zu viel. Zu viel schlechtes Gewissen, zu viel Alkohol. Zu viel Angst. Vor allem das. Pete ... Was wollte dieser Reporter von ihr – und von Texas? Pete hatte ihr Angst eingejagt, ohne daß sie hätte sagen können, warum. Er hatte ihr nichts getan, gar nichts, kein böses Wort hatte er gesagt, aber in seiner Stimme war etwas gewesen, etwas Unheimliches, Drohendes.

Er hatte sie ausgefragt, er schien so viel zu wissen, über sie und Renate. Schließlich hatte sie zugegeben, Texas zu kennen, damit er sie in

Ruhe ließ. Aber sie hatte ihm nicht die Adresse genannt, und schon gar nicht seinen wahren Namen. Niemandem würde sie diesen Namen nennen.

Sie war zu spät zur Arbeit gekommen, weil sie bei der Polizei gewesen war, wie sie es Pete versprochen hatte. Es hatte länger gedauert, als sie gedacht hatte, viel länger, aber in Wahrheit hatte sie gar nichts gedacht.

Sie werden dir helfen, hatte Pete gesagt, und das hatte sie geglaubt.

Ich gehe dorthin, und sie helfen mir, jemand *wird* mir helfen. Aber es war alles ganz anders gewesen, als sie es sich vorgestellt hatte.

Der Schutzmann hatte lange und umständlich ein Formular in die Schreibmaschine gespannt, mit blauem Durchschlagpapier, verkehrt herum zuerst, und dann hatte er Fragen gestellt, Fragen, immer mehr Fragen. Wo und wann und wer? Irgendwelche Verwandte? Dort schon nachgefragt? Ja, warum denn nicht, Frollein.

Er hatte sie böse angesehen, aber dann die Nachbarn der Mutter angerufen, doch die Mutter war nicht zu Hause. Die Tante hatte seit Renates letztem Besuch nichts von ihr gehört und so laut gesprochen, daß Katharina ihre Stimme aus dem Hörer kreischen hörte, und der Schutzmann hatte sorgenvoll den Kopf gewiegt und weiter gefragt. Wieder wo und wann und wer und vor allem: Wie sah sie aus? Ein Foto wollte er. Sie hatte versprochen, eines zu bringen.

Ein Foto! Katharina setzte sich auf. Suchend sah sie sich im Zimmer um, glitt aus dem Bett und kramte aus ihrem Nachtschränkchen das Fotoalbum hervor. Auf dem Boden kniend blätterte sie darin. Hastig zunächst, dann immer bedächtiger. Viele Fotos von Renate, ein paar von ihr, Katharina, die meisten noch von zu Hause, aus Niederlisterbach. Maunzi, Mutters Katze. Tante Brigitte.

Zu Hause.

Katharina starrte auf die Fotos und dachte an das Dorf, an die Menschen dort, an die steife Enge, die gleichzeitig wärmte und erstickte. Sie wußte, daß sie nie mehr dorthin zurückkehren würde, aber irgendwas in ihr war sich nicht mehr so sicher darüber.

Wieder etwas schneller blätterte sie über die nächsten Bilder hinweg. Renate hatte sich sehr verändert in den letzten Monaten. Diese Fotos zeigten einen Menschen, den es so gar nicht mehr gab. Seit sie hier waren, war aus ihr eine Frau geworden.

Und ich? dachte Katharina.

Auf den letzten Seiten waren die Bilder von hier, aus Bad Nauheim. Ihre Ankunft, ihr Zimmer, Renate auf dem Bett, vor der Kamera posierend, ein Kissen nach ihr werfend. Dann vor SEINEM Haus. Die ersten schüchternen Unternehmungen, SEINE Aufmerksamkeit zu erhaschen.

Sie blätterte weiter, auf der Suche nach einem Bild, auf dem Renate nicht posierte, wo sie natürlich aussah, nicht wußte, daß eine Linse auf sie gerichtet war. Weit hinten im Album fand sie, was sie suchte. Renate, an einen Vorgartenzaun gelehnt, mit Magda ins Gespräch vertieft.

Magda. Sie war auch verschwunden. Katharina hatte sich bisher nichts gedacht dabei, Renate schon gar nicht. Sie war weg, wie viele andere von den Fans. Sie kamen und gingen. Aber jetzt, auf einmal, schien es ungewöhnlich. Beide Frauen auf diesem Bild waren fort.

Katharinas rechter Fuß schlief ein. Sie stand vom Boden auf und ließ sich wieder aufs Bett fallen. Vorsichtig löste sie das Foto aus den Klebeecken. Magda. Nicht einmal den Nachnamen kannte sie. Gedankenverloren blätterte sie weiter. Noch einmal Magda, dieses Mal zusammen mit Katharina, und noch einmal, allein, herumalbernd wie ein kleines Mädchen, frech und fröhlich grinsend, die Hände in ihren Haaren, so daß es aussah, als hätte sie Zöpfe.

»Zöpfe«, sagte Katharina leise.

*

Hans-Gerd lauschte an seiner angelehnten Zimmertür auf die Stimme seiner Mutter in der Diele.

»Eigentlich darf ich dich nicht zu ihm lassen, Richard. Er hat Stubenarrest.«

Ritchies Antwort konnte Hans-Gerd nicht verstehen, aber dem Klang seiner Stimme nach schien er massiv seinen »Mütter-um-den-Finger-wickel-Charme« einzusetzen.

»Na gut, Richard, aber es bleibt bei einem Augenblick. Wenn mein Mann das erfährt, zieht er Hans-Gerd den Hosenboden stramm.«

Hans-Gerd verzog das Gesicht. Als Schutzwall gegen seinen Vater half das Getue seiner Mutter immer noch verläßlich, vor den Jungs aber war es ihm mittlerweile ziemlich peinlich. Langsam muß ich aus dieser Nummer mal raus, dachte er.

Ritchie kam die Treppe hochgelaufen und, ohne zu klopfen, in sein Zimmer. Er trug seine Pagenuniform.

»Na, du Held«, begrüßte er Hans-Gerd. »Was macht der Hosenboden?«

Hans-Gerd grinste schief. »Bist du im Dienst?« fragte er.

»Na klar, Botenauftrag hier in der Nähe. Da kann ich ein paar Minuten abzwacken. Wie sieht's denn aus, meinst du, sie kriegen dich dran?«

»Ich hoffe nicht. Wenn es nach meinem Vater ginge, käme ich ins Zuchthaus. Ohne meine Mutter hätte er mich heut nacht grün und blau gehauen.«

»War schlimm, was?«

»Es geht. Hätte schlimmer kommen können. Stubenarrest bis auf weiteres. Kein Besuch, Einzelhaft.«

»Meinst du, er wird irgendwas unternehmen, um dir zu helfen?«

»Mein Alter?« Hans-Gerd stieß einen kurzen Lacher aus. »Nur wenn meine Mutter ihn zwingt.«

»Daß dieser Blödmann von Taxifahrer sich aber auch derart lange da im Park rumtreiben mußte …«

»Es war immerhin der Lloyd von seinem Bruder.«

»Konnte ja keiner ahnen.«

»Ich wäre ja fast davongekommen. Wenn der andere mir nicht den Weg abgeschnitten hätte …«

»Wenn die Oma Räder hätt …«, brummte Ritchie und zündete sich eine Juno an.

»… wär se 'n Omnibus«, ergänzte Hans-Gerd. »Hast du auch eine für mich?«

»Warum kaufst du dir eigentlich nicht mal selbst welche? So was ist 'ne echte Erfahrung, man fühlt sich freier danach.« Ritchie hielt ihm die Packung hin.

»Ich hab im Moment andere Sorgen.«

»Hauptsache, du verpfeifst uns nicht.«

»Sag mal, hast du sie noch alle? Für was hältst du mich denn?«

»Bleib vor allem eisern bei deiner Aussage. Du warst es nicht und hast keine Ahnung, wer es gewesen sein könnte. Nur nicht wackeln, dann können sie dir gar nichts.« Ritchie gab ihm Feuer.

Hans-Gerd sog gierig an der Zigarette. »Ich höre diese Geschichten ja immer von meinem Vater. Der flucht jeden Tag da drüber. Die Hälfte der Festgenommenen müssen sie wieder laufen lassen, weil sie ihnen nichts nachweisen können. Diesmal eben mich.«

Ritchie stieß grinsend den Rauch aus. »Das ist die rechte Einstellung. So gefällst du mir. Sag mal …« Er ging zum Fenster und sah hinaus. »Kommst du eigentlich hier raus, wenn du willst?«

»Klar, wenn meine Mutter mitspielt.«

Ritchie sah ihn an, der Spott in seinen Augen war unverhohlen.

»Jaja, mach dich nur lustig. Immerhin funktioniert die Methode.« Hans-Gerd begann, in seinen Singles zu wühlen. »Donna« von Ritchie Valens fiel ihm in die Hand. Er legte sie auf und stellte die Lautstärke niedrig.

»Ritchie«, murmelte Ritchie. Er stand noch immer am Fenster und sah hinaus, rauchend.

»Lauter geht nicht«, sagte Hans-Gerd, »eigentlich darf ich gar keine Musik hören.«

Schweigend hörten sie das Stück zu Ende, bis die Nadel in der Auslaufrille den Plattenspieler abstellte.

»Leg mal was von Elvis auf«, sagte Ritchie.

Hans-Gerd blätterte in dem 45er-Stapel. Die erste Elvis-Single, auf die er stieß, war »Heartbreak Hotel«.

Ritchie zuckte mit den Hüften, als die Musik begann; die Augen zusammengekniffen, den Kopf halb gesenkt, stieß er die Hand mit der Zigarette im Rhythmus nach unten.

*»… so lonely, I could die …«*, sang er halblaut mit.

»Übrigens, Texas war gestern nacht in der Goethestraße. Er hat da mit jemandem aus dem Haus an der Tür gesprochen, und als er weggefahren ist, hat ihn jemand verfolgt.«

»Verfolgt?«

»Ja. Jemand scheint das Haus zu bewachen.«

Ritchie nickte, ohne die Augen zu öffnen. Erst als die Platte auslief, drehte er sich zu ihm.

»Ich hab's gewußt«, sagte er.

»Was?«

»Sie halten ihn unter Verschluß. Er darf nicht singen.«

»Sie? Wer soll das sein?«

»Der Colonel, seine Leute oder jemand anders. Ich weiß es noch nicht genau.«

»Du weißt es *noch* nicht? Was soll das heißen?«

»Es ist eine Verschwörung. Wir müssen es eben herausfinden.«
»Wir? Ich hör wohl nicht recht?«
»Etwas geht da vor. Willst du nicht wissen, was sie mit ihm machen?«
»Natürlich, aber –«
»Wenn du mir nicht hilfst, mach ich es allein. Wir müssen was unternehmen.«
»Um ihn zu *befreien*?« Hans-Gerd sah ihn besorgt an.
»Genau«, sagte Ritchie, unverändert ernsthaft. Sein Blick schien durch Hans-Gerd hindurchzugehen, er sprach leise. »Wir holen ihn da raus. Wir geben ihm die Musik zurück ... den Rock'n'Roll«, hauchte er. Zehn, fünfzehn Sekunden blieb er abwesend mitten im Raum stehen, bis er ganz plötzlich wieder in der Gegenwart auftauchte.
»Kannst du um fünf dort sein?« fragte er.
»Wo?«
»In der Goethestraße. Wo sonst?«
»Was hast du denn vor?«
»Ich hab einen Plan. Wirst schon sehen.« Ritchie drückte die Zigarette im Aschenbecher aus und tippte mit zwei Fingern grüßend an den schirmlosen Rand seiner Hotelpagenmütze. »Ich muß wieder los. Siebzehn Uhr, Goethestraße«, sagte er.
»Ich werd's probieren, aber um die Zeit kommt mein Vater meistens, da geht's wahrscheinlich nicht«, sagte Hans-Gerd und sah Ritchie nach, wie er die Treppe hinunterlief und sich mit einem trillernden »Auf Wiedersehen, gnä' Frau« von seiner Mutter verabschiedete.
Spinner, dachte Hans-Gerd. Einen Plan! Nichts hast du.
Aber er war nicht sicher.

*

»Meine Herren, ich kann nicht verleugnen, daß ich etwas irritiert bin über die Dringlichkeit, die Sie Ihrem Terminersuchen gegeben haben. Ich war der Meinung, die Prioritätskategorie der Gruppe ›King‹ bei unserem letzten Zusammentreffen deutlich gemacht zu haben.«
Wie bei ihrem vorhergehenden Besuch schon stand General Thornhill mit auf dem Rücken verschränkten Händen vor dem Fenster und sah in den Park hinunter. Gordon und Summers saßen am Konferenztisch. Die riesige Tischplatte zwischen ihnen und dem General wirkte wie die Oberfläche eines Ozeans von Autorität.

Und der alte Fuchs weiß das genau, dachte Summers. Gordon sah kurz zu ihm herüber. Ein kurzes, panisches Flackern in seinen Augen ließ Summers vermuten, daß Gordon sich für die defensive Variante entschieden hatte, was bedeutete, daß er alle Karten, inklusive eines möglichen Schwarzen Peters, bei Summers ablegen würde – unbenommen der Tatsache, daß es Gordon selbst gewesen war, der so dringend auf einem Termin beim General beharrt hatte.

»Nun, Sir, wir denken, daß eine schnelle Klärung der beim Einsatz von Agent Summers aufgetauchten Fragen dem ganzen Dienst zugute käme.«

»Dem *ganzen* Dienst?« ätzte der General gegen die Fensterscheibe.

»Nun, zumindest uns in Frankfurt hier, Sir.«

»Na, dann legen Sie mal los, Summers.«

»Jawohl, Sir. Es hat einen Kontakt zu einem Deutschen gegeben, der offensichtlich, wenn auch nicht beweisbar, einigen Einblick in unsere Strukturen hat. Das Beunruhigende daran scheint mir, daß ›General Research‹ keinerlei Erkenntnisse über ihn hat. Ich habe dort soeben einen abschließenden Negativbescheid erhalten.«

»Ach, Gottchen ...« General Thornhill lachte leise. »Und das ist alles?«

»Nun, er wußte, daß Sie der Leiter der Dienststelle sind, und ...«

»Und?«

Summers zögerte eine Sekunde. Er sah den Rücken des Generals an und schloß mit sich eine Wette ab.

»Er nannte Sie ›Lucky Bob‹, Sir.«

Thornhill drehte sich um.

Gewonnen, dachte Summers. Wenn es ein Geheimnis gab, auf dessen Wahrung der General wirklich achtete, war es dieser Spitzname. Angeblich hatte er ihn als Major während der Ardennenoffensive bekommen, und niemand wußte genau, wieso. Ein Gerücht besagte, daß er mit seinem Zug in eine deutsche Abteilung hineinmarschiert war, die sich im Nebel verirrt hatte. Dann war gleichzeitig eine motorisierte amerikanische Einheit aus der anderen Richtung gekommen. Die Deutschen sahen sich in der Falle und hatten sich ergeben, ohne daß es zu nennenswerten Verlusten gekommen war. Thornhill, als ranghöchster der beteiligten Offiziere, strich den Ruhm ein. Das Peinliche an der Geschichte war, daß die motorisierte Einheit auf dem Weg zur Front gewesen war, während Thornhill mit seiner Truppe von eben dort kam. Manche Stimmen erzählten, daß der Generalstab die Wahl hatte, Thornhill zu befördern oder vors Kriegsgericht zu stellen wegen Feigheit vor dem Feind. Man entschied sich für die einfachere Variante, und Thornhill hieß seitdem ›Lucky Bob‹ – der Glückspilz.

Aber das war nur ein Gerücht. Tatsache war, daß der General den Namen nicht mochte. Untergebene, von denen er erfuhr, daß sie ihn benutzten, reichten in der Regel bald ihre Versetzung ein. Er funkelte Summers an.

»Wie heißt der Mann?« bellte er.

Gordon witterte Morgenluft. »Er nennt sich Hans Drau, Sir«, beeilte er sich beizusteuern.

Der General blickte mit gerunzelter Stirn zu Boden. »Sagt mir nichts«, murmelte er und dann, wieder lauter, zu Summers. »Beschreiben.«

»Gute sechs Fuß groß, circa siebzig Jahre alt, mächtige Gestalt, Knollennase, wasserblaue Augen, sehr gute Konstitution. Das linke Bein fehlt ab dem Oberschenkel.«

General Thornhill kniff die Lippen zusammen und drehte sich wieder zum Fenster. Einen Moment sah er hinaus, dann schritt er gemessen zu seinem Schreibtisch und drückte einen Knopf auf der Gegensprechanlage. Sekunden später ging leise die Tür auf, und ein Ordonnanzoffizier betrat den Raum.

Thornhill schrieb etwas auf einen Zettel und reichte ihn dem Offizier. »Jake, seien Sie so lieb und holen Sie mir diese Akte aus dem K7-Register«, sagte Thornhill in einem Ton, dessen Freundlichkeit sich absurd von seinem bisherigen Auftreten abhob.

Jake senkte kurz den Kopf und machte auf dem Absatz kehrt. Der General ging, so gemessen wie er ihn verlassen hatte, zurück an seinen Fensterplatz und starrte hinaus. Gordon sah zu Summers und verzog beeindruckt das Gesicht: K7-Register, höchste Geheimhaltungsstufe, Kappa-Secret.

»Wie sind Sie auf den Mann gestoßen, Summers?« fragte Thornhill.

»Ein junger Mann, der in unserem Überwachungsbereich auffällig geworden ist, benutzt sein Motorrad. Ich habe versucht, etwas über diesen Mann herauszufinden, und habe Herrn Drau aufgesucht.«

»Aufgesucht.« Wieder versuchte es Thornhill mit seiner wirkungsvollen Halbpirouette. »Wieso suchen Sie jemanden auf, den Sie nicht genau kennen, Summers? Welche Tarnung haben Sie benutzt?«

»Einen Versicherungsfall.«

»Und er hat Sie ausgelacht.«

»Jawohl, Sir.«

Der General beugte sich vor. »Das ist doch amateurhaft. So was muß doch vorbereitet werden! So arbeitet vielleicht ein Privatdetektiv, aber doch kein Geheimagent. Ich kenne Ihre Beurteilungen nicht, Summers, aber ich frage mich ernsthaft, wie Sie es bis in die Geheimhaltungsklasse 2 geschafft haben. Ich werde Ihre Einstufung überprüfen lassen.«

Summers wich dem Blick des Generals nicht aus. »In meiner letzten Beurteilung wurden unter anderem meine Fähigkeiten im Ausnutzen beschränkter Ressourcen gelobt«, entgegnete er kühl. »Aber auch ich kann aus Scheiße kein Gold machen – Sir.«

Neben ihm verwandelte sich Gordons Gesicht in eine käsebleiche Marmormaske. Der General funkelte Summers an, aber er sagte nichts. Langsam drehte er sich wieder zum Fenster. Das Schweigen im Raum dehnte sich aus. Endlose Sekunden vergingen, schließlich räusperte sich der General.

»Ich interpretiere Ihre Bemerkung als Kritik an meinen Befehlen, Agent Summers«, sagte er in Richtung der Scheibe vor ihm.

»Das sollte sie nicht sein, Sir. Aber ich bitte um sachgerechte Einordnung der Vorgänge mit Blick auf die der Gruppe ›King‹ zur Verfügung stehenden Möglichkeiten.«

Ein Sonnenstrahl schaffte es an den treibenden Wolken vorbei und beleuchtete den dünnen Haarkranz des Generals. Das Fenster vor ihm beschlug immer wieder ein wenig im Rhythmus seines Atems. Wieder ließ er eine lange Zeit verstreichen, bis er »Nun gut« sagte und auf seine flache, goldene Armbanduhr sah. »Wo bleibt denn Jake?«

Er ging wieder zu seinem Schreibtisch. »Wie macht sich Miss Foster?«

Gordons Gesichtsmaske begann sich leicht zu regen. Er schluckte. Seine hochgezogenen Schultern entspannten sich ein wenig.

»Sehr gut, Sir.«

»Hm«, antwortete der General und setzte sich. Wieder sah er auf die Uhr und brüllte »Herein!«, als es klopfte.

Jake betrat den Raum, einen umfangreichen Aktenstoß unter dem Arm. Er legte ihn auf den Schreibtisch. »Die Akte ›Arrowhead‹, Sir.«

Thornhill starrte ihn eisig an. »*Danke*, Jake«, sagte er. Die Schultern des Offiziers zuckten nach vorn, und er beeilte sich den Raum zu verlassen.

Schnell und gezielt begann Thornhill, in den Papieren zu suchen. Schon ziemlich bald wurde er fündig und nahm ein Foto heraus.

»Ist er das?« fragte er und hielt es Summers hin, offensichtlich nicht gewillt, es aus der Hand zu geben.

»Ja, Sir. Er ist natürlich älter geworden, aber er ist es. Ganz sicher.«

Thornhill legte das Foto wieder in die Mappe und schloß sie. »Halten Sie sich von ihm fern. Das ist ein Befehl für die gesamte Gruppe ›King‹, verstanden?«

»Jawohl, Sir«, sagte Gordon.

»Mit Verlaub, Sir. Wir interessieren uns weniger für ihn als für den jungen Mann, der das Motorrad benutzt«, wandte Summers ein.

»Wenn er was mit diesem Mann zu tun hat, halten Sie sich auch von ihm fern.«

»Jawohl, Sir«, sagte Gordon wieder.

Summers zog die Brauen hoch.

»Sie können gehen, meine Herren.«

Sie standen auf und gingen zur Tür. Gordon drängte hinaus.

»Verzeihung, Sir, ich habe noch etwas vergessen«, sagte Summers und drehte sich noch einmal zu General Thornhill. »Er trug mir Grüße an Sie auf.«

»Danke«, sagte Thornhill. »Hat er Sie erschreckt?«

»Er hat es versucht, Sir.«

»Dacht ich mir«, sagte der General und beugte sich mit ernstem Gesicht wieder über die Akte.

Gordon wartete draußen.

»Bis du von allen guten Geistern verlassen, Pete? So kannst du doch nicht mit ihm reden!«

Summers antwortete nicht, er ging zügig zum Aufzug.

»Er ist ein verdammter General!« flehte Gordon hinter ihm.

»Ja. Und er vergißt, daß er nicht mehr beim Militär ist. Er ist mein Chef, mehr nicht. Soll er mich rausschmeißen, wenn er es sich leisten will.«

Sie betraten den Aufzug, und Summers drückte den Knopf für das zweite Untergeschoß.

»Was willst du denn da?«

»Ich will bei ›General Research‹ nach ›Arrowhead‹ fragen. Vielleicht haben die ja irgendwas, das uns wenigstens eine Ahnung vermittelt, um was es eigentlich geht.«

»Pete, verdammt! Wir haben Befehl, die Finger davon zu lassen. Warum, zum Teufel, willst du da jetzt weiterwühlen?«

»Weil der Mann auf dem Foto«, sagte Summers und drückte die Tür des Lifts auf, »eine SS-Uniform anhatte.«

Terry Gordon blieb stehen, die Tür des Aufzugs in der Hand.

»Oh, Scheiße«, hörte Summers ihn in seinem Rücken sagen und stellte sich dabei vor, wie Gordons Stirn sich mehr und mehr zusammenfaltete.

*

Grasshoff parkte seinen DKW vor der Polizeiwache in Hungen. Oberwachtmeister Köller sah ihn erstaunt an, als er die winzige Wachstube betrat. Grasshoff erinnerte sich an den Mann, sie hatten vor etwa einem Jahr bei einem Fall von versuchtem Totschlag zusammengearbeitet. Köller war allein in der Wache. Er saß an einem kleinen Behördenschreibtisch mit dunkelgrüner Platte.

»Herr Kommissar? Was führt Sie zu uns?«

Grasshoff grüßte dienstlich und knallte die Aktenmappe, die er unter dem Arm trug, auf den Tresen. Köller stand auf und trat zu ihm.

»Sie hatten vor knapp zwei Wochen einen Todesfall, nach einem Wohnungsbrand.«

»Das ist richtig«, sagte der Oberwachtmeister und nickte bedächtig. »Frau Probst, aus der Gartenstraße. Sie ist bei einem Brand in ihrer Wohnung erstickt. Inspektor Hohmeier aus Gießen hat die Ermittlungen geleitet.«

»Ja«, sagte Grasshoff nur und hoffte, der Oberwachtmeister würde nicht auf der Einhaltung des korrekten Dienstweges bestehen. Grasshoff hatte Hohmeier absichtlich außen vor gelassen. Es konnte keinem Polizisten egal sein, wenn ein höherrangiger Kollege aus einem anderen Bezirk offiziell das Ergebnis einer Ermittlung in Zweifel stellte. Die Untersuchung wieder in Gang zu bringen, würde eine ganze Weile in Anspruch nehmen. Er hoffte, das hier auf dem »kleinen Dienstweg« abkürzen zu können.

Professor Kreutzer hatte ihm die Akte tatsächlich sofort zustellen lassen. Die stark alkoholisierte Frau war zweifelsohne im Schlaf erstickt – die Frage war nur, woran. Ein Vorhang in ihrer Wohnung war in Brand geraten, augenscheinlich durch einen umgekippten Kerzenleuchter. Die Frau war nicht mehr erwacht und wahrscheinlich durch den entstandenen Sauerstoffmangel ums Leben gekommen.

Wahrscheinlich, mehr nicht. Kreutzer hatte eine seltsame Schramme auf ihrem Gesicht gefunden, die ihm verdächtig vorgekommen war. Sie hätte zum Beispiel von einem Knopf an einem Kissen stammen können, das man ihr aufs Gesicht gedrückt hatte. Doch Inspektor Hohmeier hatte keine weitere Spur gefunden, die diese Annahme bestätigt hätte.

»Sind die Brandspuren schon beseitigt?« fragte Grasshoff ohne große Hoffnung.

»Aber natürlich, Herr Kommissar. Die Wohnung ist schon wieder bewohnt.«

Das war zu erwarten gewesen. Noch immer waren Wohnungen ein zu knappes Gut, als daß man sie zwei Wochen leerstehen lassen würde.

»Waren Sie am Brandort?«

»Ja, als erster. Ich hatte Dienst. Aber es gab nichts mehr zu retten. Das Feuer war ja auch schon aus.«

»Ja ...«, sagte Grasshoff.

Laut den Akten hatte der Sauerstoffmangel am Ende auch das Feuer wieder erlöschen lassen, und zwar schon, bevor es größeren Schaden anrichten oder auf andere Wohnungen übergreifen konnte. Niemand hatte den Brand bemerkt, selbst am nächsten Morgen hatten die in der darunterliegenden Etage wohnenden Vermieter nur einen leichten Qualmgeruch wahrgenommen, der sie nicht sofort einen Wohnungsbrand vermuten ließ. Erst als von der Frau bis Mittag kein Lebenszeichen kam, hatten sie die Wohnung geöffnet und die Tote gefunden.

»Kam Ihnen die Gesamtsituation nicht seltsam vor?«

»Nun ja.« Köller zuckte die Achseln. »Gesehen hat man so was natürlich noch nicht, aber der Herr Inspektor hat es so in die Akte geschrieben. Dann wird es wohl stimmen, nicht wahr.«

»Hätte das Feuer auch gelöscht worden sein können?«

»Was vermuten Sie denn, Herr Kommissar?« fragte der Oberwachtmeister mit neugierigem Unterton.

»Beantworten Sie meine Frage, Köller. Wie sah der Tatort aus?«

»Tatort, Herr Kommissar?«

»Brandort, natürlich«, brummte Grasshoff, ärgerlich über seinen Versprecher.

»Es gab ein ziemlich großes Fenster, zweiflügelig. Der Store und die Übergardine waren abgebrannt und heruntergefallen. Das Zimmer hat einen Fliesenboden, darum hat das Feuer wohl nicht weiter um sich gegriffen. Nur die Gardinen und der Tisch, auf dem der Leuchter gestanden haben muß, sind verbrannt und ein kleiner Teppich. Die Tapeten waren angeschmort, und ein Sessel, sonst ist nicht viel passiert.«

»Wo lag die Frau?«

»Auf dem Sofa, an der dem Fenster gegenüberliegenden Wand.«

»Sie hat also den Leuchter umgeworfen, ist dann quer durchs Zimmer gegangen und hat sich aufs Sofa gelegt und ist eingeschlafen, ohne zu bemerken, daß die Gardine brennt?«

»Das fand ich auch merkwürdig. Aber sie war sehr betrunken, Herr Kommissar. Neben dem Sofa standen zwei leere und eine angebrochene Flasche Doppelwacholder. Leider haben wir ja auch den Zeugen nicht ausfindig machen können.«

»Ein Zeuge?« Grasshoff sah auf und griff nach seinem Notizblock. Von einem Zeugen hatte nichts in Professor Kreutzers Akte gestanden.

»Ein Zechgenosse wahrscheinlich. Frau Probst soll Herrenbesuch gehabt haben an dem Abend. Ein Nachbar von gegenüber hat einen Mann gesehen, der am Abend das Haus betrat: dunkelhaarig, das Alter konnte er nicht erkennen, aber er sei gekleidet gewesen wie ein Halbstarker. Ich nehme an, er war nicht aus unserm Ort – wir hätten ihn sonst gefunden. Allerdings haben wir erst drei Tage nach dem Brand von ihm erfahren. Der Nachbar ist Vertreter und war über Land. Er hat erst von der Sache erfahren, als er von seiner Reise zurückkam, und hat sich dann bei uns gemeldet.«

Grasshoff ließ sich von Köller die Adresse des Mannes diktieren. »Ist ihm sonst noch irgendwas aufgefallen?«

»Mir ist sonst nichts bekannt.«

»Hat ihn jemand weggehen sehen?«

»Nein. Aber der Nachbar sagte, er habe in der Nacht ein Motorrad wegfahren hören.«

»Ein Motorrad?« Grasshoff sah von seinem Block auf.

»Ja. Dem Klang nach eine schwere Maschine.«

Grasshoff notierte und kaute für einen Moment auf seinem Stift. Dann klappte er seinen Notizblock zu und suchte aus einem der Aktendeckel die Portraitzeichnung der Toten aus dem Wald, die er am Vormittag bekommen hatte. Der Zeichner hatte nach Professor Kreutzers Angaben das wahrscheinliche Aussehen der Frau rekonstruiert. Das Gesicht auf dem Bild blickte ernst und kalt knapp am Betrachter vorbei. Grasshoff sah mit leichtem Mißmut auf das Werk des Gerichtszeichners: Er hatte nicht das Gefühl, das Gesicht eines lebendigen Menschen zu betrachten.

Er hielt das Blatt dem Oberwachtmeister hin. »Kennen Sie diese Frau?«

Köller sah es lange und konzentriert an. »Nein«, sagte er dann. »Sollte ich?«

»Vielleicht aus dem weiteren Umfeld der Frau Probst?«

Noch einmal sah Köller auf die Zeichnung, dann schüttelte er entschieden den Kopf.

»Nein. Ganz sicher nicht. Ich habe das Gesicht noch nie gesehen.«

»Schade.« Grasshoff legte die Zeichnung wieder zwischen seine Papiere. Er stützte die Ellbogen auf den Tresen und sah Oberwachtmeister Köller offen und freundlich an, weit weniger dienstlich als bisher.

»Was für einen Ruf hatte die Verstorbene eigentlich hier im Ort?« fragte er.

»Nun ...« Köller wich seinem Blick aus und sah auf die furnierte Platte des Tresens hinab.

»Nur frei heraus, Herr Kollege«, sagte Grasshoff heiter. »Betrachten Sie die Frage als inoffiziell.«

»Frau Probst gehörte hier nicht gerade zum Dorfadel. Sie wurde von vielen geschnitten.«

»Warum?«

»Es gab Gerüchte.« Köller sprach zögernd.

»Ich habe gehört, sie sei eine Engelmacherin gewesen«, sagte Grasshoff leichthin.

»Es hat nie eine Anzeige gegeben!« antwortete Köller heftig und sah ihn an, Sorge im Blick. »Ich ... wir hatten keinen Anlaß, gegen sie vorzugehen. Ich kann doch nur aufgrund von Gerüchten keine Untersuchung einleiten.«

»So was soll schon vorgekommen sein.«

Wieder wich Köller seinem Blick aus. »Ich habe dazu keinen Anlaß gesehen.«

»Haben Sie Inspektor Hohmeier während seiner Untersuchungen von dem Gerücht erzählt?«

»Nein.« Köllers Stimme war kaum noch zu hören. Grasshoff wartete.

»Man darf den Toten doch nichts Schlechtes nachsagen«, murmelte Köller.

»Also hatte Hohmeier keinen Anlaß, in diese Richtung zu ermitteln.«

»Ermitteln? Sie war doch tot, Herr Kommissar!«

»Ich könnte mir vorstellen, Inspektor Hohmeier hätte den Tod einer Engelmacherin mit einer anderen Art von Skepsis untersucht als den einer unbescholtenen Betrunkenen.«

»Es war nur ein Unglück, Herr Kommissar.«

Grasshoff sah Köller nachdenklich an. Der Mann schien sich in seiner Uniform unwohl zu fühlen. »Wie alt sind Sie, Köller?« fragte er.

»Einunddreißig, Herr Kommissar.«

»Kommen Sie hier aus dem Ort? Sind Sie hier geboren?«

Köller nickte.

»Kannten Sie Frau Probst gut?«

»Gut? Ich weiß nicht ...«

»Hatten Sie Kontakt zu ihr?«

»Seit Jahren nicht mehr.« Köllers Blick hing auf der Tresenplatte fest und rührte sich nicht mehr.

Grasshoff legte die Hände ineinander und stützte sein Kinn auf. Lange wartete er schweigend, daß der Oberwachtmeister fortfuhr, aber Köller sprach nicht weiter.

»Seit wann sind Sie Oberwachtmeister?« fragte Grasshoff endlich.

»Seit zwei Jahren, Herr Kommissar.«

»Haben Sie Kinder?«

»Ja. Drei. Der Jüngste ist erst ein Jahr. Meine Töchter sind sechs und acht.«

»Mit drei Kindern muß man sich als Wachtmeister schon nach der Decke strecken, nicht wahr?«

»Das wissen Sie doch selbst. Große Sprünge sind bei unserm Gehalt nicht drin. Und meine Frau kann nicht arbeiten. Sie hat einen steifen Arm. Sie ist bei einem Bombenangriff verletzt worden, wissen Sie. Jetzt – also, seit ich Oberwachtmeister bin – da geht es. Vorher ...« Köller verstummte.

»Vorher wäre ein drittes Kind für Sie und Ihre Frau unerschwinglich gewesen, ist es das, was Sie sagen wollten, Köller?«

Oberwachtmeister Köller holte tief Luft. Dann hob er den Kopf und sah dem Kommissar direkt in die Augen.

»Ja«, sagte er. »Das wollte ich sagen.«

Grasshoff nickte ernst. Er nahm seine Akten und den Notizblock und ging grußlos hinaus. Als er die Tür seines DKW hinter sich zugezogen hatte, schloß er die Augen und stieß heftig den Atem aus.

»Scheiße«, sagte er.

Für eine Weile saß er gedankenverloren, mit hängenden Schultern da. Dann startete er den Wagen und fuhr in die Gartenstraße, zum Haus der toten Frau Probst.

Der Vertreter, der den Mann gesehen und das Motorrad gehört hatte, war wieder auf Verkaufsreise, er würde erst in einer Woche wiederkommen.

Grasshoff bedankte sich freundlich bei der Hauswirtin und klingelte bei den Vermietern, die die Tote gefunden hatten. Eine Frau öffnete ihm mit unverhohlener Skepsis.

»Mein Mann ist nicht da«, war die einzige konkrete Aussage, zu der er sie bewegen konnte. Als er ihr die Zeichnung zeigte, zogen sich ihre Augen und ihre Lippen zusammen.

»Kenn ich nicht. Nie gesehen«, sagte sie sofort.

»Sind Sie sicher? Könnte diese Frau nicht vor zwei oder drei Wochen einmal bei Frau Probst gewesen sein?«

»Auf keinen Fall. Ich habe sie jedenfalls nicht gesehen.«

Wieder bedankte sich Grasshoff und ging weiter zur nächsten Tür, doch die Befragungen blieben unergiebig. Als er nach zwanzig Minuten wieder in seinen DKW stieg, sah er hinter einem Fenster das Gesicht der Vermieterin, senkrecht halbiert durch den Spalt einer Gardine. Grasshoff ließ den Motor an.

»Ich glaube Ihnen nicht, gnädige Frau«, murmelte er.

*

Thelma lächelte Summers zu, als sie aus den Tiefen ihres Archivs wieder auftauchte. Sie war einen halben Kopf größer als er und etliche Pfund schwerer. Triumphierend wedelte sie mit einem dunkelgrünen Aktendeckel.

»Nimmst du sie mit, Pete?« fragte sie und reichte ihm die Akte »Arrowhead« über den Tresen. Sie war entschieden weniger umfangreich als der voluminöse Papierstapel, den General Thornhill aus dem K7-Register bekommen hatte. Sie enthielt nicht mehr als zwei einseitig beschriebene Blätter.

»Ich les das hier, Thelma.« Summers lächelte ihr zu und setzte sich an einen der kleinen Tische gegenüber dem Tresen.

Die Blätter enthielten das Ergebnisprotokoll einer Arbeitsgruppentagung aus dem Jahr '47. Die Teilnehmernamen waren codiert, und die Tarnnamen ließen auf eine hochkarätige Besetzung schließen. Eine Abschrift war zur Kenntnisnahme nach Langley gegangen. Das Protokoll enthielt in gedrechselter Bürokratensprache die Empfehlung, im Kampf gegen die rote Bedrohung nicht ohne Not auf die Unterstützung durch die deutsche Bevölkerung zu verzichten. So weit, so gut, dachte Summers.

Der Direktion wurde vorgeschlagen zu überprüfen, ob es »im Sinne der Kampfkrafterhaltung und -steigerung strategisch weiterhin als konstruktiv betrachtet werden könne, den schlagkräftigsten und von daher nützlichsten Teil der Deutschland zur Verfügung stehenden Kräfte aus übertriebenem moralischem Rigorismus oder aufgrund unbeweisbarer Vorwürfe aus der Front der Antikommunisten auszuschließen«.

Summers brauchte zwei Anläufe, um zu verstehen, daß dieser Satz das Detail war, in dem der Teufel steckte. Und das im Wortsinne, dachte er.

Die Arbeitsgruppe empfahl nichts anderes, als bei Nazi-Geheimdienstlern, denen man eine unmittelbare Beteiligung an Verbrechen nicht nachweisen konnte, beide Augen zuzudrücken, um sie als Kampfgenossen gegen die Roten zu verwenden.

»Gerade in den angesprochenen Gruppierungen wird der Kampf gegen den Kommunismus sowjetischer Prägung schon traditionell und nach wie vor unbezweifelt als existentielle Grundherausforderung an die westlichen Kulturnationen gesehen.«

Die westlichen Kulturnationen sollten sich also der schlimmsten Barbaren bedienen, um eben diese Kultur zu verteidigen, nachdem sie gerade von diesen Barbaren in den blutigsten Krieg der Menschheitsgeschichte gezwungen worden waren. Summers klappte den Aktendeckel zu. Er hatte genug gelesen.

So, wie die Akte jetzt vor Summers lag, erweckte sie den Eindruck eines unschuldigen Memos, das, wie zahllose andere, ohne je ein Ergebnis gezeitigt zu haben, in den Regalmeilen irgendeines Archives dahinschlummerte. Die Existenz einer Akte gleichen Namens im K7-Register bewies das genaue Gegenteil. Der Vorschlag hatte Früchte getragen.

Und das Foto des SS-Mannes, der sich heute Hans Drau nannte und ein alter Kamerad von »Lucky Bob« Thornhill war, zeigte, von welcher Art diese Früchte waren.

Mit einem Lächeln reichte Summers der stämmigen Archivarin die Akte zurück über die Theke.

»Danke, daß es so schnell ging, Thelma. Du hast mir sehr geholfen.«

»Keine Ursache, Pete«, sagte sie mit ihrer hellen Stimme, die jeden überraschte, der diese hünenhafte Frau zum ersten Mal sprechen hörte. Thelma drückte einen Quittungsstempel auf den Ausgabezettel und gab ihn Summers.

»Wie geht's Elvis?« fragte sie, grinsend zwar, aber unüberhörbar neugierig.

Summers sah auf seine Timex. »Ich muß los, er wartet auf mich.«

Thelma stöhnte auf. »Wirklich? Er wartet? O mein Gott, was gäbe ich dafür.«

»Ich besorg dir ein Autogramm«, sagte Summers, den Türgriff schon in der Hand.

»Mit Widmung?« keuchte Thelma.

»Na klar.«

»Pete, wenn du das tust ...«, hörte er sie noch rufen, dann schloß sich die Tür hinter ihm.

»... wirst du mir ewig dankbar sein«, sagte Summers, und sein linker Mundwinkel hob sich ein wenig.

*

Grasshoff hob grüßend die Hand in Richtung des Wachtmeisters und ging durch die Schranke zu Kempers Büro. Schorsch Kemper kam ihm entgegen und begrüßte ihn mit einem kräftigen Handschlag. Grasshoff sackte auf den Besucherstuhl und warf seine Akten auf Kempers Schreibtisch.

»Wie wär's mit einem Cognac?« Kemper trat zu einem Globus, der auf einem niedrigen Aktenschrank stand.

»Ich weiß nicht«, sagte Grasshoff, aber er bemerkte erstaunt, daß sich in ihm keinerlei Einwand gegen Alkohol regte. »Na gut, einen kleinen.«

Kemper klappte die nördliche Hemisphäre des Globus am Nordpol nach hinten. In der unteren Halbkugel stand eine Flasche Dujardin, umgeben von sechs Schwenkern.

»Was es nicht alles gibt«, murmelte Grasshoff.

»Eine gelungene Verbindung von Bildung und Entspannung, findest du nicht? Leider kann man ihn nicht drehen. Geschenk meines Schwiegervaters.« Mit besitzerstolzem Grinsen reichte Kemper ihm einen halbgefüllten Schwenker. Grasshoff nippte an seinem Glas und empfand die Wärme als wohlig, die der Weinbrand auf seinem Weg verbreitete.

»Zigarette?« Kemper hielt ihm eine Schachtel Muratti hin. Grasshoff winkte ab.

»Stimmt ja. Du gewöhnst es dir ab, ich vergaß.«

Grasshoff erzählte nicht, daß sein Nichtrauchen in erster Linie mit Gerdas Abneigung gegen den Geruch in seiner Kleidung zu tun hatte. Der Qualm in der Kleidung ihres Sohnes schien sie weniger zu stören. Er nahm noch einen Schluck Dujardin, einen kleinen, aber doch etwas größeren als den ersten.

»Ach komm, gib mir doch eine«, sagte er. Kemper gab ihm Feuer, und er sog gierig den Rauch ein.

»Wie war's in Hungen?« fragte Kemper. »Gibt's was Neues?«

»Wie man's nimmt. Alles sehr vage. Ein Mann mit einem schweren Motorrad war vor dem Brand bei der Toten. Genauer haben wir's leider noch nicht. Der Zeuge war nicht da. Ich muß nach Gießen und Inspektor Hohmeier seine Akten abschwatzen.«

»Das mit dem Motorrad ist doch schon mal was«, sagte Kemper.

»Ja, aber nicht sehr viel. Motorrad heißt auch: Er ist mobil. Der kann von wer weiß wo sein.«

»Gibt es eine Beschreibung?«

»Dunkelhaarig, gekleidet wie ein Halbstarker.«

»Das nenn ich präzise.«

»Tja. Weiter gab's gar nichts. Die Leute dort wollen von nichts was wissen. Die Vermieterin leugnet, unsere Unbekannte dort gesehen zu haben. Das tut sie so standhaft wie unglaubwürdig.«

Grasshoff blätterte in seinen Akten und zog die Zeichnung hervor. Er schob sie Kemper zu. »Was hältst du davon?«

Kemper grinste unterdrückt und gab Grasshoff das Gefühl, als hätte er voller Vorfreude auf diese Frage gewartet.

»Nicht schlecht, aber ich habe was Besseres«, sagte er.

»Was Besseres? Was soll das denn sein?«

Kemper nahm ein Foto aus der Schublade und kam um den Tisch herum. Er legte es vor Grasshoff, so daß seine Hand die eine Hälfte verdeckte. Die sichtbare Seite zeigte eine junge blonde Frau. Über ihrem Kopf hatte jemand mit Bleistift ein dickes, diagonales Kreuz auf das Foto gemalt.

»Das ist die Frau, die heute morgen vermißt gemeldet wurde, du erinnerst dich?«

»Ja. Sehr hübsch. Und?«

»Hokuspokus«, sagte Kemper und hob die Hand von dem Bild.

»Leck mich am Arsch«, sagte Grasshoff.

Kempers Grinsen war sehr zufrieden. »Kein Zweifel, würde ich sagen, oder?«

Grasshoff stellte sein Glas ab. Er griff nach der Zeichnung und legte sie neben das Bild. Der Vergleich mit dem Kohle-Portrait ließ durchaus Zweifel zu, nicht aber die Erinnerung an das Gesicht der Toten, das sie im Wald gesehen hatten.

»Wer hat das Bild abgeliefert?« fragte Grasshoff.

»Ein Fräulein Katharina Laurenz. Wohnt zur Untermiete in der Liebigstraße. Es hat noch niemand mit ihr gesprochen. Der Wachtmeister, der das Bild entgegengenommen hat, hat unsere Tote nie gesehen, er konnte sie also nicht erkennen. Erst als ich das Foto auf dem Schreibtisch hatte, ist es mir aufgefallen. Ich habe noch nichts unternommen, ich wollte auf dich warten.«

»Das war richtig. Von wann ist die Aufnahme?«

»Laut Fräulein Laurenz ist sie nicht älter als sechs Wochen.«

Grasshoffs Blick hing starr auf den Gesichtern der beiden jungen hübschen Frauen, die ins Gespräch vertieft der Kamera ihr Halbprofil zuwandten.

»Beide verschwunden …«, murmelte er.

»Vielleicht war die Tote ja auch Elvis-Presley-Fan«, sagte Kemper.

»Hat Fräulein Laurenz Telefon?«

»Nein.«

Grasshoff kaute auf seiner Unterlippe und spürte der Wärme des Cognacs in seinem Inneren nach. Er blickte zur Uhr. »Wir brauchen einen Abzug für die Zeitung.«

»Ist schon in Arbeit.«

»Gut. Ich fahr jetzt kurz nach Hause, ich muß unbedingt was essen. Heute gab's bei mir nichts zu Mittag. Und dann werde ich mal nachsehen, ob dieses Fräulein Laurenz zu sprechen ist. Kommst du mit?«

»Aber klar. Hol mich zu Hause ab.«

»Mach ich«, sagte Grasshoff. Die Muratti war auf dem Rand des Aschenbechers bis auf zwei Zentimeter heruntergeglommen. Er griff nach ihr und nahm einen letzten tiefen Zug, bevor er sie ausdrückte; dann stand er auf. Schon an der Tür, drehte er sich noch einmal um.

»Hast du vielleicht noch eine?« fragte er.

*

Es war wenige Minuten vor fünf, als Summers zum Tor der Ray-Barracks einbog. Elvis tauchte zusammen mit einem schmalen rothaarigen GI aus dem Wachgebäude auf. Beide trugen ihre Arbeitsuniformen.

»Das ist Stevie Calhoun, ein Kamerad.« Elvis zeigte mit dem Daumen über die Schulter auf den breit grinsenden jungen Mann, der hinter ihm auf dem Rücksitz Platz genommen hatte. »Stevie, verdammter Ire, sag Pete guten Tag. Er ist mein neuer Fahrer. Alles okay, Pete?«

»Alles okay«, antwortete Summers.

*»Nice to meet you.«* Stevie klopfte Summers von hinten auf die Schulter.

»Wohin geht's?« fragte Summers.

»Bad Nauheim erst mal. Ich zeig Ihnen dann den Weg. Ich bin jetzt fast ein halbes Jahr hier, aber ich habe keine Ahnung, wie man diese Straßennamen ausspricht. ›Ouffiedasäijn‹ ist das einzige deutsche Wort, das ich kann.«

»Ouienershnitzel«, sagte Stevie.

»Yeah, genau, das auch: ›Ouienershnitzel‹.«

»Können Sie Deutsch, Pete?« fragte Stevie.

»Ja«, sagte Summers. »Meine Oma hat's mir beigebracht. Das ist der einzig mögliche Weg, mit Büchern können Sie es vergessen. Mark Twain zählte Deutsch zu den toten Sprachen, weil nur Tote genug Zeit haben, es zu lernen.«

Elvis lachte prustend. Auch Stevie lachte, es klang eher pflichtschuldig.

Summers folgte Elvis' Wegbeschreibung durch Bad Nauheim und hielt in einer der vielen hübschen, ruhigen, langweiligen Straßen vor einem hübschen, ruhigen, langweiligen Haus. Elvis langte über Summers' Arm hinweg zur Hupe und drückte zweimal darauf. Summers sah sich bewegende Vorhänge hinter den Fenstern des Hauses. Auch an den Nachbarhäusern meinte er Blicke durch die Gardinen zu bemerken.

»Sie hassen das«, sagte Elvis und drückte noch einmal. Stevie lachte kichernd, Elvis stimmte mit ein. Ein Junge, vielleicht dreizehn, auf einem zu großen, schwarzen Damenfahrrad, hielt neben ihnen auf dem Bürgersteig und starrte Elvis an, als sei er ein Außerirdischer. Ein anderer Bursche, etwas älter, kam quer über die Straße angerannt. Mit halboffenem Mund blieb er vor dem Wagen stehen, und in seinen Augen erschien der gleiche stiere Blick wie bei dem Jungen auf dem Fahrrad.

»Wen holen wir hier ab, ein Mädchen?« fragte Stevie.

»Genau.« Elvis räkelte sich in den Sitz hinein und zog seine Armykappe über die Augen. »Spätestens beim dritten *date* lassen sie einen warten. Sogar mich, kaum zu glauben, oder?« Wieder lachte er.

»Wirklich! Kaum zu glauben«, stieß Stevie zwischen albernem Kichern hervor.

Die Tür des Hauses öffnete sich. Eine junge Frau in einem dunkelbraunen Wollmantel mit großen weißen Knöpfen und Teddykragen kam herausgesprungen. Strahlend lächelnd trippelte sie auf Stöckelschuhen die Stufen zur Straße herab. Elvis sprang aus dem Auto und riß die Tür des Fonds auf. Der Junge auf dem Bürgersteig schob hektisch sein Fahrrad beiseite.

»Ab nach vorne«, kommandierte Elvis, und Stevie beeilte sich aus dem Wagen. Wie schon gestern bei seiner Ankunft im Haus fiel Summers die Diskrepanz auf zwischen der sanften Stimme und dem so selbstverständlich fordernden Ton, dem seine Umgebung genauso selbstverständlich folgte. Niemand in seiner Nähe vergaß, daß er ein Star war.

Elvis stellte die Frau als Angelika vor. Sie nickte ihnen zu, schüchtern lächelnd, aber in ihren Augen stand der unbändige Stolz darüber, bei ihm sein zu dürfen.

»Nach Hause«, sagte Elvis.

»Yeah, Memphis«, antwortete Stevie, und wieder brachen die beiden in ihr albernes Gepruste aus. Auch Angelika kicherte. Summers ließ den Dodge anrollen. Im Rückspiegel sah er Elvis, der einen Arm um Angelika gelegt hatte. Mit geschlossenen Augen lehnte er sich zärtlich an sie. Um seine Lippen spielte ein sehnsüchtiges Lächeln.

»Laß mich hintenrum reingehen, Pete«, sagte er, als sie sich der Goethestraße näherten.

»Okay, Boss«, sagte Summers. Er fuhr in die Uhlandstraße und ließ ihn neben dem Wagen von Krieger und J.T. aussteigen. Krieger streifte ihn mit einem desinteressierten Blick und signalisierte mit einem Nicken freie Bahn. Summers wartete, bis Elvis durch eine der Gartenpforten verschwunden war, und fuhr mit den beiden anderen um den Block zum Vordereingang. Der Opel parkte gegenüber. Bud James reckte den Daumen in die Höhe. Summers parkte den Dodge, und sie drängten sich durch die Fans zum Tor. Red West erwartete sie bereits und ließ sie herein. Er ging ihnen voraus ins Haus und zur Verandatür, wo Lamar Fike stand. Gemeinsam sahen sie in den Garten hinaus.

»Jemand müßte mal wieder den Rasen mähen«, sagte Lamar Fike.

»Ja«, antwortete Red West, »jemand.«

Summers sah auf seine Timex und ging auf die Veranda hinaus. »Wo bleibt er denn?«

West trat neben ihn. »Hoffentlich hat ihn nicht die Hexe von nebenan erwischt«, sagte er.

Summers lauschte. Er meinte ein Gespräch vom Nachbargrundstück her zu hören. Plötzlich wurden die Stimmen lauter, jemand brüllte etwas Unverständliches. Er spurtete in Richtung des Zaunes, West folgte ihm eine Sekunde später. Die Büsche am Zaun begannen zu wackeln – als Summers sie erreichte, taumelte Elvis daraus hervor.

»Rock'n'Roll!« brüllte die andere Stimme vom Nachbargrundstück.

Summers packte Elvis bei den Schultern. »Alles okay?«

Elvis atmete schwer, schien aber unversehrt. »Alles okay«, keuchte er.

»Kümmern Sie sich um ihn«, rief Summers West zu und brach durch die Büsche zum Zaun. Er flankte hinüber, setzte über ein Zierbeet und sah sich um. Niemand war zu sehen, aber hinter dem Zaun rechts bewegten sich die Zweige eines hohen Gebüschs. Ein Hund bellte. Summers lief über den sauber geschnittenen Rasen, dann zwischen Reihen von Bohnenstangen her auf den Zaun zu. Als er ihn überquert hatte, stand er vor einem knurrenden weißen Spitz, der sofort nach seinem Hosenschlag schnappte. Summers versuchte, ihn mit Tritten abzuwehren, aber der Hund blieb hartnäckig.

»Was haben Sie in unserem Garten verloren?« keifte eine Frauenstimme aus einem Fenster. Summers hatte keine Zeit hinzusehen, an dem Hund vorbeizukommen, erforderte seine ganze Aufmerksamkeit.

»Gerhard, komm mal her!« zeterte die Stimme.

Summers beugte sich zu dem Spitz hinunter, packte ihn mit einer schnellen Bewegung im Nacken und hob das wild um sich tretende Tier hoch. Die Frau am Fenster war verschwunden, auf der Suche nach Gerhard wahrscheinlich.

*»Sorry, Fido«*, sagte Summers. Er schleuderte den quietschenden Hund über den Zaun und rannte weiter, quer durch den Garten. In einem Satz sprang er über den nächsten Zaun, aber von dem Flüchtenden war keine Spur mehr zu entdecken. Summers wandte sich nach links und lief durch die Pforte im Zaun auf die Uhlandstraße. Krieger bemerkte ihn sofort und startete den Wagen.

»Was ist los?« fragte er, als Summers neben ihm stand.

»Ein Mann hat ›Junior‹ im Garten angegriffen. Irgendwas gesehen?«

»Rein gar nichts.«

»Mist. Er muß auf den Eleonorenring raus sein. Könnte aber auch noch in einem der Gärten stecken.«

»Wir fahren zur Ecke und sehen uns um. Vielleicht kommt er ja noch raus. Ich rufe Frontdoor zur Unterstützung«, sagte Krieger und fuhr los.

Summers lief zurück durch die Pforte, die Elvis eben benutzt hatte. Im Garten traf er auf den hier gelandeten Spitz, der Hund war jetzt entschieden respektvoller. Summers sprang über den Zaun, lief zur Veranda und klopfte gegen die geschlossene Glastür. Red West erschien hinter der Scheibe. Seine Brauen waren mißtrauisch gegeneinandergepreßt, und dieser Ausdruck änderte sich nicht, als er öffnete und Summers einließ.

»Wo ist er?« fragte Summers.

»Geht dich das was an … Fahrer?« Direkt vor Summers, mitten im Weg, blieb er stehen. »Oder soll ich sagen: Reporter?« Er war nicht größer als Summers, aber von erheblich kräftigerer Statur. Plötzlich stieß sein Brustkorb vor und ließ Summers einen Schritt nach hinten taumeln. Wests Oberlippe hob sich und entblößte seine Eckzähne.

»Hey, Red …« Summers sprach mit ängstlichem Unterton und hob beschwichtigend die Hand.

Reds Blick wurde mitleidig. Summers machte einen langsamen Schritt auf ihn zu, die Rechte immer noch in einer friedvollen Geste gehoben, etwa in Höhe von Reds Solarplexus.

»Ich glaube, so sollten wir nicht miteinander umgehen, Red«, sagte er und stieß blitzartig zu.

West klappte nach vorn und keuchte die Luft aus seinen Lungen. Summers verpaßte ihm einen präzisen Tritt gegen das Schienbein und trat zwei Schritte zurück. West umfaßte stöhnend seinen Unterschenkel. Langsam und drohend richtete er sich dann auf, wutrot im Gesicht ballte er die Fäuste.

»Du kleine Ratte! Dir werd ich –«

»Was ist hier los?« Lamar Fikes Stimme dröhnte von der Zimmertür her. Gemeinsam mit Stevie kam er auf sie zu.

»Dieser Drecksack hat –«

»Er will dich sehen, Pete«, unterbrach ihn Fike. »Oben, in seinem Zimmer.«

»Nichts für ungut, Red«, sagte Summers. Er ging in die Diele und lief die Treppe hoch. Auf sein Klopfen öffnete Angelika. Elvis lag mit geschlossenen Augen auf dem Bett. Die andere Hälfte des Doppelbettes gehörte einer Westerngitarre mit einem großen, in verlaufendem Rot-Orange-Gelb lackierten Korpus und einem schwarzen Schlagbrett. Über dem Kopfende hing ein Filmplakat aus »Neros tolle Nächte«, das die Bardot zeigte. Elvis' Uniformjacke lag zusammengeknüllt auf einem kleinen Sessel.

Angelika warf Summers ein halb verlegenes, halb kokettes Lächeln zu. Die Knie züchtig aneinandergepreßt, setzte sie sich auf das Bett. Elvis legte seinen Arm um sie, und sie begann, seine Schläfen zu massieren.

»Haben Sie ihn geschnappt, Pete?« fragte er.

»Nein, tut mir leid. Könnte uns Fräulein Angelika einen Moment allein lassen?«

»Warum? Sie versteht doch sowieso kein Wort.«

»Dann verpaßt sie ja nichts.«

»Aber ich. Ich will, daß sie hierbleibt.«

»Redet ihr über mich?« fragte Angelika auf Deutsch.

*»It's allright, my dear«*, sagte Elvis und tätschelte ihre Wange.

»Na schön«, sagte Summers. »Was genau ist passiert?«

»Ein Mann war im Garten. Er hat dort auf mich gewartet.« Elvis griff nach Angelikas Hand und hielt sie fest. Sie lächelte, den Kopf hielt sie gesenkt, aber ihre Augen fuhren rastlos und neugierig von Elvis zu Summers und zurück. »Es war ein Deutscher. Ziemlich jung, glaube ich. Er war maskiert, hatte einen Nylonstrumpf übergezogen.«

»War er bewaffnet?«

»Ich weiß es nicht. Er hatte etwas in seiner Jackentasche. Vielleicht eine Knarre, vielleicht war es aber auch nur sein verdammter Zeigefinger. *Shit.*« Er stieß Angelikas Hand beiseite. »Ich hätte ihm sofort eine scheuern sollen.«

»Es war absolut richtig, kein Risiko einzugehen. Was wollte er?«

»Wenn ich das wüßte. Er hat auf mich eingeredet, auf Deutsch. Ich habe kein Wort verstanden, außer, daß er dauernd ›Rock'n' Roll‹ sagte.«

»Rock'n' Roll?«

»Ja, Mann. Und dann begann er, meine Hits aufzuzählen ... *Heartbreak Hotel, That's Alright Mama, Blue Suede Shoes* und dann *Hound Dog ... You ain't nothing but a hound dog, Elvis*, sagte er, immer wieder, *You ain't nothing but a hound dog!* Er packte mich, brüllte immer lauter, *You ain't nothing but a hound dog, Elvis!* Ich dachte, heh, der Bursche ist verrückt. Und dann nahm er die rechte Hand aus der Tasche, ohne Waffe, griff nach mir – da hab ich einen Tettsui-uchi angesetzt.«

»Einen was?«

»Einen Karateschlag, mit der Faust. Ich hab ihn voll erwischt, auf die Brust. Er ist umgefallen. *Was a great feeling, man.*« Er schloß die Augen und grinste selbstgefällig.

»Mächtig riskant, würde ich sagen«, sagte Summers.

Elvis machte eine wegwerfende Handbewegung. »Hey, Pete! Wofür kann ich denn Karate? Ich hab ihn liegenlassen und bin zum Zaun gerannt. Er hat noch mal ›Rock'n' Roll!‹ gebrüllt, aber da war ich schon weg.«

»Das haben wir gehört, glaube ich.«

»*Shit*! Ein Verrückter, ein gottverdammter *looney*! Sie hatten völlig recht, Pete: Es reicht, einfach verrückt zu sein, um mich umbringen zu wollen.« Elvis richtete sich auf und rieb sich den Nacken. »Entschuldigen Sie mich bitte für einen Moment, ich möchte mich ein bißchen ... frisch machen.«

Er stand mit einem schiefen Lächeln auf und verließ den Raum. Angelika blieb in ihrer braven Haltung auf dem Bettrand sitzen und sah zu Boden.

»Was zahlt er Ihnen denn so pro Nacht?« fragte Summers auf Englisch.

Ihr Kopf zuckte hoch. Sie schnappte kurz nach Luft, dann sah sie schnell wieder nach unten.

»Sie verstehen kein Wort, hm?«

Sie kniff die Lippen zusammen, ohne den Blick zu heben. Summers trat an sie heran. Er griff ihr unters Kinn und zwang sie, ihn anzusehen. Mit der Linken hob er das Revers seines Jacketts und zeigte ihr die Beretta in seinem Schulterhalfter.

»Die Frage gerade war ein Scherz, mein Fräulein. Das hier ist ernst. Wenn irgendwas von dem hier an die Öffentlichkeit dringt, werden Sie Probleme mit mir bekommen. *Echte* Probleme. Haben Sie *das* verstanden?«

Sie schluckte heftig.

»Ja«, sagte sie dann.

*

Hans-Gerd hörte erleichtert, wie die Haustür sich hinter seinem Vater schloß. Paul Grasshoff war in finsterer Laune vom Dienst gekommen und hatte schweigend die befehlsgemäße Anwesenheit seines Sohnes quittiert, lustlos seine Suppe in sich hineingelöffelt und war dann vom Abendbrottisch aufgestanden, obwohl seine Frau noch aß. Mit einer kurzen, brummigen Verabschiedung hatte er seinen Hut aufgesetzt und das Haus wieder verlassen.

Mutter schickte ihren Verzweiflungsblick zu der Tür, aus der ihr Mann gerade hinaus war. Hans-Gerd, die Gelegenheit nutzend, drückte ihr einen tröstenden Kuß auf die Wange und nahm sie in den Arm.

»Ach, mein Kleiner«, seufzte sie ihm ins Ohr.

»Schon gut, Mamili«, sagte er sanft, dabei hing sein Blick an der Wanduhr hinter ihrem Rücken.

Zögernd löste seine Mutter die Umarmung und aß weiter, beherrscht, und bemüht, ihre Beherrschung deutlich zu machen. Als Hans-Gerd seinen Teller brav geleert hatte, stand sie auf, räumte das Geschirr zusammen und trug es in die Küche. Als sie zurückkam, stellte sie ein kleines Glas und eine Flasche »Frauengold« auf den Tisch. Mit einem tiefen Seufzer nahm sie wieder Platz. Sie schenkte das Gläschen voll und trank es mit geschlossenen Augen auf einen Zug aus.

Hans-Gerds Augen wanderten immer wieder zur Uhr. Er versuchte, zehn Minuten verstreichen zu lassen, aber nach acht hielt er es nicht mehr aus. Er gab seiner Mutter noch einen Kuß und war, nach einem verschwörerisch geflüsterten »Ich bin mal kurz raus«, auch schon auf der Straße.

Er trat seine Kreidler an und fuhr in Richtung Goethestraße. Auf dem Eleonorenring kam ihm Klaus Kemper auf seinem Fahrrad entgegen. Hans-Gerd winkte und hielt mit quietschenden Bremsen neben ihm. Klaus' Gesichtsausdruck war selbst für seine Verhältnisse finster.

»Na, alter Exi, in Normallaune?« Hans-Gerd bugsierte das Moped auf den Gehsteig.

»Was weißt du schon?« Klaus zog seine Zigaretten hervor und hielt sie Hans-Gerd vor die Nase. »Damit du nicht fragen mußt.«

»Danke«, sagte Hans-Gerd.

Klaus zündete auch sich eine Overstolz an und warf das Streichholz in den Rinnstein. »Ihr habt ja richtig Krawall gemacht gestern, nach allem, was man hört«, sagte er und blies den Rauch nach oben.

Hans-Gerd grinste ihn an. »Ja, du hast was verpaßt!«

»Verpaßt! Sei nicht albern.« Klaus' Tonfall sollte wohl gleichgültig klingen, tatsächlich war er einfach nur mißmutig. »Ich frag mich, was ihr euch eigentlich bei so was denkt.«

Hans-Gerd lachte auf. »Nichts, natürlich. Man denkt doch nicht bei so was! Aber das kapierst du nicht. Ein Exi muß sich bei allem was denken, stimmt's?«

Klaus starrte nur verdrossen zu Boden.

»Wo warst du denn gestern? Du hattest doch was vor?«

»Frankfurt. Chet-Baker-Konzert. War *cool.*«

»Und was ist der Grund für deine heute so besonders gute Laune?«

»Vergiß es einfach.« Klaus begutachtete mit zusammengekniffenen Lippen die Zigarette zwischen seinen Fingern.

»Was ist los mit dir? Wenn ich nicht wüßte, daß du keins hast, würde ich glauben, dir sei das Mädchen weggelaufen.«

»Halt doch einfach die Schnauze!« raunzte Klaus und schickte sich an, wieder auf sein Rad zu steigen.

»Heh, war doch nur ein Scherz ...« Hans-Gerd legte ihm beschwichtigend die Hand auf den Unterarm, und Klaus blieb stehen, mit einem Gesicht, als würde er gleich in Tränen ausbrechen.

Ein hellbrauner Opel Olympia tauchte plötzlich aus der Goethestraße auf und hielt an der Einmündung. Mit laufendem Motor blieb er stehen, obwohl kein Verkehr ein Weiterfahren verhindert hätte.

»Schau mal.« Hans-Gerd wies auf den Opel, und Klaus drehte sich um.

»Auf was warten die denn?« fragte er.

»Das ist Elvis' Leibwache, glaub ich. Die stehen sogar nachts vor dem Haus.«

Klaus zog die Brauen zusammen. »Wofür braucht der denn so was? In Bad Nauheim!«

Plötzlich kam jemand aus einem Garten auf die Straße gerannt, und der Wagen schoß aus der Einmündung heraus.

»Das ist ja Ritchie!« sagte Hans-Gerd.

Ritchie versuchte, die Straße zu überqueren, aber der Opel schnitt ihm den Weg ab und zwang ihn nach links. Aus der Uhlandstraße bog ein anderes Fahrzeug, auch ein Opel, aber ein Kapitän. Ritchie versuchte, ihm auszuweichen, und geriet ins Stolpern. Der Kapitän bremste scharf. Ritchie prallte auf die Kühlerhaube und rollte darüber hinweg.

»Um Gottes willen«, sagte Klaus entgeistert.

Ritchie landete auf allen vieren, doch bevor er wieder hochkam, sprangen zwei Männer aus den Wagen und stürzten sich auf ihn. Sie zogen ihn brutal hoch, er wehrte sich heftig, aber chancenlos. Die hintere Tür des Olympia wurde aufgestoßen, und Ritchie wurde hineingezwungen. Die Männer stiegen zu ihm in den Fond, und die beiden Wagen fuhren mit Vollgas los.

»Was zum Teufel war das?« Hans-Gerd sah Klaus hilflos an.

Der Eleonorenring lag wieder friedlich vor ihnen unter dem Frühlingsabend, als sei hier nichts geschehen, so wie hier nie irgend etwas geschah.

*

Elvis saß auf dem Bettrand, die Gitarre auf den Knien. Leise und noch etwas unsicher begleitete er sich selbst bei einem Lied, das er Angelika eben als »kommenden Superhit« angekündigt hatte. Es war ein deutsches Volkslied mit einer einfachen, eingängigen Melodie; Summers kannte es von seiner Großmutter.

*»Moose eeh denn, moose eeh denn, zoo-oom shtaijdele eehnouse ...«* Elvis mühte sich redlich, und Angelikas Lächeln war bis zur Blödsinnigkeit glücklich, während sie versuchte, ihm die richtige Aussprache beizubringen. Es klopfte, und Lamar Fikes Stimme dröhnte durch die Tür. »Telefon für Pete!«

Summers stand auf. Er ließ die beiden allein und lief die Treppe hinunter. Fike wies mit dem Kinn auf den Apparat in der Ecke der Diele. Die Tür zum Wohnzimmer stand offen. Red West, Vernon und Stevie, der GI, saßen am Tisch, Spielkarten in der Hand und einen Haufen Quarters und Dollarscheine vor sich. Offenbar warteten sie auf Fike, um weiterpokern zu können.

»Guten Abend, Mr. Presley«, sagte Summers freundlich. Vernon antwortete nur mit einem Nicken und einem mißtrauischen Blick aus zusammengekniffenen Augen. Summers nahm den Hörer auf, es war Julia Foster.

»Captain Gordon sagte, ich soll Ihnen ausrichten, daß wir den Mann aus dem Garten geschnappt haben.« Fast wäre es ihr gelungen, ihre Erregung zu verbergen.

»Ist es der Motorradfahrer?«

»Darüber habe ich noch keine Information.«

»Wo ist er?«

»Yardbird bringt ihn gerade nach ›King-HQ‹.«

»Verstanden. Sagen Sie Gordon, ich käme sofort.« Summers legte auf.

»Na, Pete, war das deine Freundin? Hat ja ein süßes Stimmchen«, sagte Fike.

»Quatsch. Das war die Chefin der Klatsch-Redaktion!« Red West lehnte sich auf seinem Stuhl zurück, die Zähne bleckend.

»Noch nicht genug, Red?« fragte Summers.

»Wir sprechen uns noch mal in Ruhe, Pete«, sagte West, ohne die Augen von seinen Karten zu nehmen.

Summers lief die Treppe wieder hoch und trat nach kurzem Klopfen in Elvis' Zimmer. Angelika saß in unverändert züchtiger Haltung neben Elvis, der immer noch die Gitarre auf den Knien hatte. Etwas in Summers' Blick brachte ihn jetzt dazu, Angelika mit einer Kopfbewegung aus dem Raum zu schicken.

»Wir haben den Mann«, sagte Summers.

»Ihr seid ja tatsächlich zu gebrauchen.« Elvis grinste.

»Wir tun, was wir können. Ich fahre jetzt zum Verhör. Ich möchte, daß Sie mitkommen.«

Elvis' Ausdruck wurde unsicher. »Ich weiß nicht …«

»Es könnte sich als nützlich erweisen, wenn Sie dabei sind.«

»Ich war noch nie bei einem Verhör. Was haben Sie denn mit ihm vor?«

»Wir werden ihm nicht weh tun, wenn Sie das meinen. Aber einen Schreck sollte er schon bekommen. Vielleicht reicht schon Ihre Anwesenheit dazu.«

»Der Mann wollte mich umbringen, wieso sollte ihn da meine Anwesenheit erschrecken?«

»Weil er ein *looney* ist, Elvis, ein Irrer. Es könnte einen Versuch wert sein.«

Für einen Moment bekam Elvis' Blick etwas Verdrossenes, aber dann legte er seine Gitarre mit einer liebevollen Bewegung hinter sich auf das Bett und stand auf.

»Ich hab meine Daumenschrauben nicht hier. Können Sie mir für heute Ihre leihen, Pete?« Er versuchte ein Grinsen, doch seine Augen blieben zweifelnd.

*

Frau Kemper öffnete mit einem strahlenden Lächeln die Haustür.

»Herr Kommissar, wie schön, Sie einmal bei uns zu haben! Kommen Sie doch herein.«

Grasshoff lupfte mit einem verlegenen Brummen den Hut und folgte ihr ins Wohnzimmer.

»Nehmen Sie doch Platz, mein Mann kommt sofort«, flötete die Dame des Hauses und ließ ihn allein.

Grasshoff trotzte ihrer Bitte und blieb stehen, den Hut in der Hand, unbehaglich von einem Fuß auf den anderen tretend. Kempers Frau hatte ihre Schlacht um ein neues Wohnzimmer offenbar schon siegreich hinter sich gebracht. Die Tapete zeigte ein wirres Muster aus kurzen weißen Strichen und kleinen Farbklecksen, gelb und hellblau, auf grüngrauem Grund. Auch die Polstergarnitur war vielfarbig, jedes Teil absichtsvoll in einer anderen Farbkombination, gruppiert um einen runden, dreibeinigen Tisch mit einer glänzend schwarzen, weiß-grau gesprenkelten Platte, darauf eine leere Chianti-Korbflasche, die als Kerzenständer diente. Über dem ausklappbaren Sofa hingen schräg übereinander drei Frauenköpfe aus Keramik, braun, mit jeweils blondem, kupferfarbenem und schwarzem Haar, daneben ein dunkelblauer Teller mit der stilisierten Darstellung bunter Segelboote. An der Wand gegenüber dem Sofa stand eine Musiktruhe, hinter deren großer Klapptür Grasshoff ein Fernsehgerät vermutete. Dieses Teil der Einrichtung gefiel ihm am besten, es erweckte seinen Neid, obwohl – oder gerade weil – das Nußbaummöbel in diesem Raum einen deutlichen Stilbruch darstellte. Gerdas strikter Widerstand gegen die Anschaffung einer solchen moralisch höchst verdächtigen »Flimmerkiste« ging auch vor den günstigsten Teilzahlungsmöglichkeiten nicht in die Knie. Grasshoff starrte sehnsüchtig darauf, bis Schorsch Kemper endlich in der Tür auftauchte.

»Paul, entschuldige, daß du warten mußtest. Setz dich doch bitte. Ein Gläschen Wein?«

»Vielen Dank, Schorsch, ehrlich gesagt würde ich gern gleich los.«

»Wie du meinst.« Kemper drehte sich um und stieß dabei fast mit seiner Frau zusammen, die mit einer salzgebäckgefüllten Anbietschale auf dem Weg ins Wohnzimmer war.

»Sie wollen uns doch nicht schon wieder verlassen, Herr Kommissar? Das ist aber schade. Ich dachte, ich mach schnell ein paar Schnittchen.« Frau Kemper schien glaubhaft enttäuscht. Grasshoff entschuldigte ihren überstürzten Aufbruch mit seinem freundlichsten Lächeln, murmelte etwas von »schon zu Abend gegessen« und folgte Schorsch Kemper vor die Tür.

Erleichtert atmete er die frische Märzluft. Die Regenwolken der letzten Tage hatten sich verzogen, es war mild.

»Nehmen wir deinen Wagen?« fragte Kemper.

»Laß uns zu Fuß gehen. Das sind ja keine zehn Minuten.«

Kempers Antwort war undeutlich, wenn auch erkennbar enttäuscht, aber Grasshoff war der Meinung, für heute schon genug teuren Sprit verfahren zu haben.

»Wie gefällt dir unser neues Wohnzimmer?« fragte Kemper – betont leichthin, wie es Grasshoff schien.

»Nicht ganz mein Geschmack«, brummte er.

»Paul, manchmal bist du altmodisch.«

»Was ist daran schlimm?«

»Die Zeiten ändern sich, Paul.«

Grasshoff schwieg.

»Wir sollten mit dem Foto nachher noch mal bei den Presleys vorsprechen«, sagte Kemper und kehrte damit zu Grasshoffs Freude wieder auf dienstliches Terrain zurück.

»Auf jeden Fall.«

Sie näherten sich dem Stadtrand. Auf der Rasenbleiche waren zwei Hausfrauen mit dem Aufnehmen der Weißwäsche beschäftigt.

»Das sieht man auch immer seltener«, sagte Kemper. »Meine Frau meint, mit den modernen Waschmitteln heute bräuchte sie das gar nicht mehr.«

»Die Sorgen möchte ich haben«, brummte Grasshoff. Sie bogen in die Liebigstraße ein und suchten nach dem Haus, in dem Katharina Laurenz und die vermißte Renate Dieck wohnten.

Eine Frau öffnete auf ihr Klingeln hin die Haustür.

»Frau Semmler, nehme ich an«, sagte Kemper und hielt ihr seine Blechmarke vor das Gesicht. Ihr verkniffener Mund klappte entsetzt auf.

»Das war ja zu erwarten! Das war ja zu erwarten! Die Polizei!« sagte sie händeringend. »Die Frolleins sind nicht da. Kommen Sie doch bitte herein!«

Sie folgten ihr in die düster beleuchtete und mit dicken Teppichen ausgelegte Diele.

»Wissen Sie denn, wo wir Fräulein Laurenz finden können?« fragte Kemper.

»Nein, woher denn? Was weiß ich denn, wo die sich immer rumtreiben! Mitten in der Nacht kommen die nach Hause, jeden Tag. Und jedesmal werd ich davon wach, so poltern die. Ich wünschte, ich hätte das Zimmer gar nicht vermietet. Und jetzt auch noch die Polizei im Haus! Was glauben Sie, was die Nachbarn sagen werden. Ich werde die beiden rauswerfen. Gleich morgen!«

»Ich bitte Sie, Frau Semmler! Das ist doch nun wirklich nicht nötig. Sie haben nichts angestellt. Wir brauchen von Fräulein Laurenz lediglich eine Zeugenaussage.«

»Ach, erzählen Sie mir doch nichts, Herr Kommissar ...«

»Oberinspektor«, wandte Kemper ungehört ein.

»... die Kriminalpolizei kommt doch nicht ohne Grund.«

Kemper zog seine Brieftasche und entnahm ihr das Foto. »Kennen Sie die junge Damen vielleicht?« fragte er und gab Frau Semmler das Bild.

»Na, das rechts ist Fräulein Dieck, die links ...«, sie kniff die Augen zusammen und trat näher an die Wandlampe, in der eine schwache Birne ein gelbliches Licht erzeugte. »Aber ja«, sagte sie dann, »die war mal hier. Obwohl ich mir Besuch verbeten habe. Das ist hier nicht gestattet. Soweit kommt es noch, daß die hier ihre ... ihre Partys feiern.«

»Wissen Sie vielleicht den Namen dieser Dame?«

»Ich glaube ...«, Frau Semmler sah mit angestrengt gerunzelter Stirn zu Boden, »Magda, jawohl, wie die Frau Goebb–« Erschrocken brach sie ab.

»Und der Nachname? Oder die Adresse?«

»Da kann ich Ihnen nicht helfen, Herr Kommissar.«

»Verstehe«, sagte Kemper und nahm ihr das Foto wieder ab. »Könnten Sie Fräulein Laurenz ausrichten, daß wir sie sprechen möchten? Es ist dringend. Sie möchte sich bitte morgen auf der Wache melden.«

»Natürlich, Herr Kommissar. Selbstverständlich werde ich das tun.«

Grasshoff räusperte sich. Er hatte noch kein Wort gesagt.

»Vielen Dank, Frau Semmler«, sagte er jetzt. »Und bitte, seien Sie nicht so streng mit den Damen. Wir waren doch alle mal jung, nicht wahr.«

»Aber nicht so!« kläffte Frau Semmler.

»Junge, Junge«, sagte Kemper, als sie wieder nebeneinander in Richtung Stadt gingen.

»Semmler ... Semmler ... gab's da nicht einen Semmler in der Gauleitung? Stellvertretender Büroleiter oder so was ...«

»Genau. Das war seine Witwe«, sagte Kemper.

»Die war bestimmt nie jung«, murmelte Grasshoff.

»Gehen wir jetzt in die Goethestraße?«

Grasshoff dachte nach, bevor er antwortete.

»Nein«, sagte er, »noch nicht. Wir wissen noch zu wenig. Ich muß vorher mit Fräulein Laurenz sprechen.«

»Also Feierabend. Gehen wir ins ›Grüne Eck‹?«

»Wenn's sein muß«, sagte Grasshoff. Für eine Weile gingen sie schweigend.

»Hast du vielleicht noch eine Zigarette für mich?« fragte Grasshoff dann.

*

Summers ging schnell durch die langen Gänge des Gebäudes. Elvis folgte ihm – in kurzem Abstand, was Summers an den sich schockartig weitenden Augen der ihnen entgegenkommenden Kolleginnen ablesen konnte.

Nach einem flüchtigen Klopfen öffnete er die Tür zu Gordons Büro. Terry saß hinter seinem Schreibtisch und sprang auf, als sie den Raum betraten.

»Das ist Captain Gordon, Mr. Presley«, stellte Summers ihn vor. »Er leitet die zu Ihrem Schutz abgestellte Gruppe.«

Elvis grüßte militärisch, er trug noch immer seine Arbeitsuniform.

»Mr. Presley, was für eine Überraschung, es ist mir eine Ehre ...«, stotterte Gordon. »Wir haben ehrlich gesagt nicht mit Ihnen gerechnet, Mr. Presley ...«

»Ich vermute, Sie hätten sonst eine Autogrammstunde organisiert, Sir«, sagte Elvis mit unschuldigem Ausdruck. Gordon nahm die Frechheit gar nicht wahr.

»Ich dachte, Mr. Presley könnte uns unter Umständen hilfreich sein. Zumal er ja ohnehin in die Operation eingeweiht ist«, sagte Summers.

»Ja, natürlich«, beeilte Gordon sich zuzustimmen und krächzte »Herein«, als es klopfte.

Julia Foster betrat das Büro. Sie grüßte undeutlich und blieb an der Tür stehen.

»Das ist Agent Foster«, stellte Summers sie vor, und Elvis begrüßte sie mit einem Lächeln.

Fosters Blick schweifte über den Boden, in dem offensichtlichen Bemühen, ihn nicht anzustarren.

»Wo steckt der Mann?« fragte Summers.

»Krieger hat ihn nach unten in einen der Verhörräume gebracht.«

»Gibt es schon irgendwelche Ergebnisse?«

»Nein. Sie warten auf uns.«

»Gut, dann sollten wir runtergehen.«

»Ja, natürlich. Nach Ihnen, Mr. Presley«, sagte Gordon.

»Nach *Ihnen*, Captain. Ich bin nur *Private First Class*«, sagte Elvis. Summers versuchte, aus Elvis' Blick schlau zu werden, aber die scheinbar verschlafenen Augen verbargen gut, was hinter ihnen vorging. Nur ein kleines Zucken war zu bemerken, so, als wolle ein Lächeln hinaus.

Gordon öffnete die Tür, und sie folgten ihm im Gänsemarsch, Foster, dann Elvis. Summers bildete die Nachhut.

Die Gänge waren breit, doch fast alle, die ihnen entgegenkamen, blieben stehen und preßten sich an die Wand, die Münder unterschiedlich weit offen. Nur der alte Major Simpson wich nicht aus und marschierte geradewegs an ihrer Gruppe vorbei, ohne auch nur mit der Wimper zu zucken.

»Passen Sie gefälligst auf, *Private*!« brüllte er Elvis an, was dieser mit einem sanften »Ich bitte um Verzeihung, Sir« beantwortete, aber der Major hatte seinen Weg längst fortgesetzt.

»Was ist das für ein seltsames Gebäude?« fragte Elvis. »Von außen sieht es aus wie ein alter Bauernhof, aber es ist offenbar ziemlich neu.«

»Richtig. Es sieht aus wie ein Fachwerkhaus, aber die Wände sind aus massivem Beton. Es gehört zum Komplex des Führerhauptquartiers. Die Nazis nannten es Adlerhorst. Der Berg gegenüber ist völlig ausgehöhlt. Hitler hat sich während der Ardennenoffensive dort verkrochen.«

Sie gingen die Treppen zum Kellergeschoß hinunter. Vor einer Stahltür stand ein MP Wache. Er grüßte militärisch und versuchte, nicht die Augen zu bewegen, als Elvis an ihm vorbeiging.

Hinter der Tür kamen sie in einen niedrigen, durch ein paar gitterüberzogene Lampen schlecht beleuchteten Gang, von dem rechts und links massive Türen mit Sichtklappen abgingen.

Elvis drehte sich zu Summers um. »Und was ist das hier?« fragte er.

»Ehemaliges Gestapo-Gefängnis.«

»Und jetzt?«

»Aktenkeller«, log Summers und lächelte ihn beruhigend an.

Der Gang endete, und sie betraten einen recht großen, von Neonröhren hell erleuchteten Raum, an dessen Tür in großen Lettern »*No smoking*« geschrieben stand. Hier saßen Krieger und J.T. an einem Metalltisch, auf dem ein Telefon und ein Tonbandgerät standen. An der Längswand des Raumes gingen eine Tür und ein breites Fenster zum Verhörzimmer. Dazwischen hing eine kleine, mit graugrünem Stoff bespannte Lautsprecherbox, die die Geräusche aus dem Zimmer übertrug. Aus diesem Lautsprecher krächzte Gesang.

*»The warden threw a party in the county jail ...*
*The prison band was there and they began to wail ...«*

Durch das Fenster sah man einen jungen Mann auf einem Stuhl sitzen, die Hände mit Handschellen auf dem Rücken gefesselt. Er hatte den Kopf in den Nacken geworfen und sang mit geschlossenen Augen.

*»The band was jumpin' and the joint began to swing –*
*You should've heard those knocked out jailbirds sing ...«*

»Das klingt nicht schlecht«, sagte Elvis.

Krieger sah ihn mürrisch an. »Ja, fanden wir auch – am Anfang«, sagte er und faltete seine Zeitung zusammen. »Aber das geht so, seit wir ihn da reingesetzt haben. Erst kam ›La Bamba‹, dann ›Peggy Sue‹, zwischendurch mal ›Blueberry Hill‹, das hat mir persönlich am besten gefallen. ›Johnny B. Goode‹ war schlimm. Dieses hier geht so, würde ich sagen, ich frage mich nur, warum er erst jetzt auf den Titel gekommen ist.«

*»Let's rock, everybody, let's rock ... Everybody in the whole*
*cell block ... was dancin' to the Jailhouse Rock!«*

Elvis sang den Refrain mit, amüsiert wohl, aber mit voller Stimme. Foster lächelte, und J.T. trommelte grinsend den Rhythmus auf dem Tisch mit.

*»Spider Murphy played the tenor saxophone ...«*

»Was ist das hier, eine *Jam Session*?« brummte Gordon.

»Er ist wirklich gut«, sagte Elvis.

Alle sahen ihn an, aber er grinste nur in sich hinein.

Summers ging zum Lautsprecher und drehte ihn aus. Durch die Scheibe sah man den Mann singen, aber man hörte keinen Laut mehr. Die Erbauer dieses Gebäudes hatten auf die schalldichte Isolierung von Verhörzimmern großen Wert gelegt.

»War er das gestern mit dem Motorrad?« fragte Gordon.

»Negativ«, antwortete Krieger. »Dixie und Bud waren sich da absolut sicher.«

»Wie heißt er?« fragte Summers.

»Wissen wir noch nicht. Er hat keine Papiere dabei«, antwortete Krieger.

»Als erstes müssen wir rausfinden, wer er ist«, sagte Gordon.

Alle saßen nun am Tisch, nur Elvis stand am Fenster. Mit der Linken stützte er sich am Rahmen ab und sah auf den jungen Mann hinunter.

Dann begann er leise zu lachen.

»Das ist Ritchie«, sagte er.

*

»Ein entsetzlicher Anblick, wirklich. Das möchte ich nicht noch mal erleben.«

Förster Hermann Sass saß nach vorn gebeugt auf seinem Stuhl am Stammtisch im »Grünen Eck«, die Nase fast in seinem Bierglas, und kraulte den Dackel unter dem Tisch, als Grasshoff und Kemper das Lokal betraten.

Kemper ging an den Tisch und klopfte zur Begrüßung darauf. »'n Abend, die Herren«, sagte er.

Es waren dieselben Männer wie beim letzten Mal: Sass und die drei anderen, dazu Kaplan Steinfeldt, der sie mit einem Senken des Kopfes grüßte. Grasshoff begann das ewig sanfte Lächeln des jungen Geistlichen auf die Nerven zu gehen.

Ihre Ankunft unterbrach Hermann Sass offenbar gerade bei dem Bericht über seinen Leichenfund und seine Rolle als Hauptperson bei der Aufdeckung eines Kapitalverbrechens. Grasshoff war sicher, daß es sich dabei bereits um eine Wiederholung handelte. Sass würde gestern nicht auf einen Auftritt verzichtet haben.

»Hat Ihr Sohn Sie gefunden, Herr Oberinspektor?« fragte Kaplan Steinfeldt.

»Mein Sohn? Klaus? Wieso?« Kemper sah den Kaplan irritiert an.

»Der Junge war eben hier und hat nach dir gefragt, Schorsch«, sagte Willi oder Fritz.

»Hier? Das hat er ja noch nie gemacht.« Kemper ging zur Theke. »Darf ich mal telefonieren, Erika?« fragte er die Wirtin und war dabei schon hinter dem Tresen.

»Setz dich doch, Paul«, sagte Hermann Sass, aber Grasshoff blieb stehen und sah zu Kemper, der konzentriert eine Nummer wählte.

»Vielleicht müssen wir gleich wieder weg«, sagte er, ohne selbst genau zu wissen, was ihn zu dieser Annahme brachte.

Er sah Kemper mit gerunzelter Stirn in die Muschel sprechen, dann fing er einen eher verblüfften als alarmierten Blick von ihm auf.

»Ihr kommt sofort auf die Wache. Sofort, hörst du? Beide!« Er legte auf und machte dabei mit dem Kopf eine Bewegung zur Tür.

»Tja, meine Herren, tut mir leid. Aber die Pflicht ruft«, sagte Grasshoff.

»Habt ihr eine heiße Spur?« fragte Hermann. »Wer ist es denn?«

»Dienstgeheimnis, Hermann«, sagte Kemper. Er kam zum Tisch und klopfte Sass auf die Schulter. »Die Ermittlungen müssen geheim bleiben, damit der Täter sich in Sicherheit wiegt. Und dann schlagen wir zu, mit der ganzen Kraft des Gesetzes. Verlaß dich drauf.«

»Na, hoffentlich«, brummte der Förster, ohne die Ironie in Kempers Stimme wahrzunehmen.

»Was ist denn los?« fragte Grasshoff, als er mit eiligen Schritten neben Kemper her die Straße hinunterging, fast liefen sie.

»Unsere Söhne sind Zeugen einer Entführung geworden.«

*»Was!«*

»Ein Junge, den sie kennen, ist auf dem Eleonorenring angefahren und dann in einem Auto weggebracht worden.«

»Ein Unfall also!«

»Nein. Man hat ihn regelrecht gejagt. Daran war auch ein hellbrauner Opel Olympia beteiligt. Mit Frankfurter Kennzeichen.«

»O Gott! Doch nicht etwa die Vancouver Sun?«

»Ich fürchte es fast«, keuchte Kemper. Langsam geriet er außer Atem.

»Und Hans-Gerd war dabei?«

»Ja. Klaus und er haben alles genau gesehen.«

Grasshoff schritt wütend weiter aus. Er hätte damit rechnen müssen, daß Gerda ihren Sohn nicht im Haus halten würde, bloß weil sein Vater ihm Stubenarrest gegeben hatte.

Kemper begann zu keuchen.

»Nur noch hundert Meter«, sagte Grasshoff.

»Ich sollte abnehmen«, meinte Kemper. »Wie hältst du eigentlich dein Gewicht?«

»Mit Graupensuppe.«

»Hä?« stieß Kemper hervor, aber Grasshoff ging nicht weiter darauf ein.

Sie erreichten die Wache kurz vor ihren Söhnen. Hans-Gerd zog mit dem Moped Klaus Kemper auf seinem Fahrrad hinter sich her die Parkstraße hoch. Schon während sie ihre Gefährte abstellten, redeten sie auf ihre Väter ein.

»Jetzt erst mal Ruhe. Wir gehen in dein Büro, Schorsch«, kommandierte Grasshoff.

Hauptwachtmeister Buchwald sah erstaunt auf und grüßte dann militärisch, als sie zu viert den Wachraum durchquerten. Kemper nahm hinter seinem Schreibtisch Platz, die beiden Jungs ihm gegenüber. Grasshoff blieb stehen und begann, auf und ab zu gehen.

Kemper griff nach Stift und Papier. »Also jetzt mal der Reihe nach: Wann ist was passiert?«

»Es war eine Entführung, Vati ...«

Kemper wurde laut. »Klaus, beantworte gefälligst meine Fragen! Ihr zetert herum wie die Waschweiber! Ich will eine vernünftige Aussage. Also: Wann?«

»Kurz nach halb sechs«, antwortete Klaus leicht verschüchtert. Kemper notierte.

Grasshoff sah Hans-Gerd mit zusammengekniffenen Lippen an. Sein Sohn hatte also bereits kurz nach ihm das Haus verlassen. Es drängte ihn loszubrüllen, aber er fürchtete, vor Kemper das Gesicht zu verlieren. Hans-Gerd duckte sich unter seinem Blick und sah zur Seite.

»Wo genau kam es zu dem Vorfall?« fragte Kemper weiter.

»Eleonorenring, zwischen Goethestraße und Uhlandstraße.«

»Wer war beteiligt?«

»Ritchie, also Richard Sternberg, und vier Männer in zwei Opels. Das war Elvis' Leibwache!«

»Wer? West und Fike?« fragte Grasshoff. Er lehnte sich neben das Fenster und vergrub die Hände in den Manteltaschen.

Hans-Gerd wirkte beeindruckt, daß sein Vater Elvis' Leibwächter mit Namen kannte. »Nein, die nicht«, sagte er. »Die hätte ich erkannt. Andere. Sie sahen aus wie Amerikaner. Ich hab sie schon einmal vor dem Haus gesehen.«

»Wann?« fragte Grasshoff und bemerkte ein Zögern seines Sohnes.

»Gestern«, antwortete er leise.

»Gestern nacht!« bellte Grasshoff und zog die Hände wieder hervor.

»Ja, da auch«, flüsterte Hans-Gerd, kaum verständlich.

»Gestern nacht, als du angeblich auf dem kürzesten Weg aus Friedberg gekommen bist?« Unter dem Brüllen seines Vaters sank Hans-Gerd immer mehr in sich zusammen. Er senkte den Blick und verstummte.

»Gestern nacht ist jetzt nicht das Thema, Hans-Gerd«, sagte Kemper, und Grasshoff bemerkte sehr wohl, daß der Satz mehr ihm als seinem Sohn galt.

Nach und nach entlockte Kemper den beiden ein hinlänglich genaues Bild des Vorfalls. Sie hatten sich sogar die Kennzeichen der Wagen gemerkt, aber Grasshoff wußte ohnehin, auf wen sie die Wagen zugelassen finden würden.

»Steht euer Freund Richard irgendwie in Verbindung mit den Presleys?« fragte er.

»In Verbindung? Wie meinst du das?« Hans-Gerd sah ihn unsicher an.

»Irgendwas, was immer es sein könnte. Hat er oft vor dem Haus gestanden? Hatte er vielleicht beruflich damit zu tun? Oder kannte er jemanden der Bewohner?«

»Ja schon, aber ...«, sagte sein Sohn. Sein Zögern zeigte Grasshoff, daß er auf der richtigen Fährte war, und auch Kemper hatte es bemerkt.

»Dir ist doch gerade was durch den Kopf gegangen, Hans-Gerd. Erzähl es uns einfach«, sagte er.

Hans-Gerd war sichtlich verunsichert. »Ich weiß nicht, wie ich Ihnen das erklären soll, Herr Kemper. Ritchie war ein großer Rock'n'Roll-Fan.«

»Wieso *war*?« bellte Grasshoff. »Geh ruhig mal davon aus, daß er noch lebt!«

»Entschuldige bitte, Paps.« Hans-Gerd verstummte.

Kemper machte versteckt eine beschwichtigende Geste in Grasshoffs Richtung. »Red bitte weiter, Hans-Gerd. Was hat das zu bedeuten, das mit dem Rock'n'Roll-Fan?«

»Na ja, er war der Meinung ...«, Hans-Gerds Hände fuchtelten hilflos, »er meinte, Elvis würde keinen Rock'n'Roll mehr singen.«

»Ach, tut er das *nicht*?« Grasshoff sah seinen Sohn verblüfft an.

»Doch natürlich tut er das. Obwohl ...«, wieder wedelten seine Hände, »es ist natürlich auch eine Definitionsfrage.«

Grasshoff warf Kemper einen fragenden Blick zu, doch der verzog den Mund und hob die Schultern.

»Ich habe gehört, daß einige der Londoner Teddy-Boys ihn nicht mehr als Rock'n'Roller anerkennen, seit er bei der Army ist«, steuerte Klaus bei.

»Wer sagt *das* denn?« fragte Hans-Gerd betroffen.

»Das hab ich in Frankfurt von einem gehört.«

»Einem?«

»Na ja, von einem, den ich da kennengelernt habe.«

»Was machst du denn in Frankfurt?« fragte sein Vater.

»Ist doch jetzt egal«, wiegelte Klaus ab.

»Also!« Grasshoff hob ruhefordernd die Stimme, »Ritchie stand *nicht* positiv zu Elvis Presley, richtig?«

»Jetzt hast du ›stand‹ gesagt, Paps.«

»Was? Ach so. ›Steht‹ natürlich. Aber es stimmt?«

»Nein. Das ist es nicht …«

Grasshoff schloß kurz die Augen. »Sondern?«

»Er sorgte sich, daß Elvis nicht mehr tun kann, was er will. Daß Colonel Parker ihn zwingt, ganz andere Sachen zu machen.«

»Er ist einfacher Soldat«, sagte Grasshoff. »Ein Colonel kann ihn zwingen, zu was er will.«

Hans-Gerd stöhnte auf, während Klaus ein Grinsen zu unterdrücken versuchte.

»›Colonel‹ ist quasi ein Spitzname. Das ist sein Manager. Er hat großen Einfluß auf Elvis. Ritchie hat mir erzählt, er wolle heute nachmittag in die Goethestraße, und er habe einen Plan.«

»Einen Plan?« Kemper sah alarmiert zu Grasshoff. »Was für einen Plan denn?«

»Ich weiß nicht. Er hat mir nichts Genaues erzählt. Nur daß er eben einen Plan hat.«

Grasshoff kratzte sich am Kinn. Er formulierte jetzt hörbar vorsichtig. »Hat dein Freund Richard Zugang zu … sagen wir mal … Explosionsstoffen? Oder Waffen?«

»Was?« Sein Sohn sah ihn an, als glaubte er, nicht richtig gehört zu haben. »Waffen? Ritchie? *Unser* Ritchie? Aber Paps!«

Grasshoff war nicht so naiv anzunehmen, sein Sohn hätte ihm davon erzählt, wenn er etwas wüßte – aber er war sicher, daß Hans-Gerd jetzt nicht log.

»Ich glaube, er wollte mit Elvis reden«, sagte Hans-Gerd. »Persönlich. Ohne irgend jemanden dabei. Nur er und der King.«

»Mit ihm reden …« Grasshoff und Kemper sahen sich an. Kemper nickte, und Grasshoff gab eine Art Brummen von sich.

»Wir werden in dieser Angelegenheit verdeckt ermitteln«, blaffte er dann, und sein Sohn zuckte auf seinem Stuhl zusammen. »Ihr haltet also den Mund, verstanden? Von dieser Sache darf niemand etwas erfahren! Niemand, ist das klar? Und wenn ich merken sollte, daß einer von euch geplaudert hat, werdet ihr mich kennenlernen. Habe ich mich deutlich ausgedrückt? Gut. Und jetzt laßt uns allein.«

Die Jungen nickten, ohne die Köpfe zu heben, und schlichen zur Tür.

Grasshoff packte Hans-Gerd an der Schulter und drehte ihn noch einmal zu sich herum. »Und *du*«, zischte er, »gehst nach *Hause*. Und da *bleibst* du auch!«

Wieder hatte sich der Kopf seines Sohnes nur von oben nach unten bewegt, doch damit Grasshoff das überraschend sichere Gefühl gegeben, Hans-Gerd würde ihm dieses Mal gehorchen. Er sah ihm nach, bis die Tür sich hinter ihm geschlossen hatte.

»Rock 'n' Roll ist eine Definitionsfrage! Vielleicht hätte ich ihn doch nicht aufs Gymnasium schicken sollen.« Grasshoff setzte sich. »Richard wollte mit Presley reden. Und er kam aus dem Garten.«

»Glaubst du, daß er etwas mit der Explosion zu tun hatte?«

»Nein. Er ist nur ein verwirrter junger Mann, der mit seinem Idol sprechen wollte. Ohne den Zwischenfall mit Elvis' Vater hätte niemand das ernst genommen. Aber die sind nervös. Die Presleys – und die von der Vancouver Sun auch.«

»Also hat Richard tatsächlich mit Presley gesprochen.«

»Wahrscheinlich. Und dann haben sie ihn kassiert.«

Kemper kaute auf seinem Bleistift. »Und was machen wir jetzt?«

Grasshoff stieß zischend den Atem aus und sank in seinen Stuhl. »Hast du eine Zigarette?«

Kemper schob ihm die Murattis und Streichhölzer über den Tisch.

»Was wir jetzt machen, Schorsch?« Grasshoff sog den Rauch ein und ließ ihn durch die Nase entweichen. »Ich sage dir, was wir machen: Nichts machen wir. Weil wir nichts machen *können*.«

»Das kann doch nicht angehen, Paul. Die können hier doch nicht tun und lassen, was sie wollen.«

»Natürlich können sie, und das weißt du auch genau, Schorsch. Letztlich machen die *nur*, was sie wollen. Die haben gewonnen, vergiß das nicht. Du hast vier Schupos pro Schicht und einen einzigen Volkswagen ohne Funk für eine ganze Stadt. Die haben ein halbes Dutzend Leute und drei oder vier Autos mit Funkgeräten, nur um einen Schlagersänger zu bewachen. Und wenn – ich meine *wenn* – wir denen etwas beweisen *könnten*, würden wir sofort von ganz oben zurückgepfiffen.«

Kemper stand auf und ging zu seinem Globus. »Offiziell ist nichts zu machen, das seh ich auch«, sagte er, während er zwei Schwenker herausnahm und füllte. »Aber letztlich sind sie auf uns angewiesen.« Er reichte Grasshoff eins der Gläser.

»Angewiesen?« Grasshoff nahm ihm den Schwenker aus der Hand.

»Laß uns doch auf dem Nachhauseweg mal nachschauen, ob nicht irgendwelche Reporter von der Vancouver Sun in der Goethestraße parken.«

»Du meinst Mr. Schick und Mr. James?«

»Zum Beispiel. Denen könnte man die ganze Geschichte doch anbieten. Mordanschlag, Entführung, das ist doch was Sensationelles. Und wenn die Vancouver Sun daran nicht interessiert ist ...«

»... wird es eine andere Zeitung erfahren.« Grasshoff nahm einen Schluck Weinbrand und kratzte sich am Kinn. »Gefällt mir«, sagte er und schmunzelte. »Gefällt mir gut.«

*

Summers starrte Elvis an, so verblüfft wie alle im Raum.

»Sie kennen den Jungen?«

»Ja. Aus dem Parkhotel. Er hat uns bedient, als wir da gewohnt haben. Er ist Page.«

»Was wissen Sie über ihn?« fragte Summers.

»So gut wie nichts. Er nennt sich Ritchie, mit ›t‹, nach Ritchie Valens. Den Nachnamen weiß ich nicht. Ich habe nicht viel mit ihm geredet – wir konnten uns kaum verständigen, er kann kein Englisch.«

»Aber er singt doch amerikanische Songs«, wandte Gordon ein.

»Dafür braucht er kein Englisch zu können. Ich singe neuerdings auch deutsche Lieder.« Wieder erschien dieses nach innen gekehrte Lächeln auf seinem Gesicht.

»Hat er Sie schon mal attackiert?« fragte Summers.

»Nein, absolut nicht. Aber er hat mir damals schon vorgesungen. Er ist Rock'n'Roll-Fan, ein Hundertprozentiger.«

»Ist irgendwas Besonderes vorgefallen während Ihres Aufenthaltes in diesem Hotel?« fragte Gordon.

»Natürlich, Sir. Man hat uns da rausgeworfen, weil irgendein Ölscheich sich von uns gestört fühlte.« Elvis schüttelte den Kopf, als könne er es immer noch nicht fassen. »Sie haben *mich* rausgeworfen.«

Die Geschichte war bekannt, und Summers hatte ein gewisses Verständnis für die Hotelleitung. Das Parkhotel war die allererste Adresse des Kurbades. Es konnte dort durchaus zu Irritationen führen, wenn am Nebentisch von König Saud ein paar Südstaatenrüpel Sauerkraut mit den Fingern aßen und die Hotelzufahrt von kreischenden Teenagern blockiert wurde. Mochte er auch viel Geld besitzen – neben manchem Gast des Parkhotels war Elvis Presley nur irgendwer.

Elvis blickte nachdenklich in den Verhörraum. Ritchie hatte aufgehört zu singen und starrte die Decke an, doch plötzlich drehte er den Kopf. Elvis machte einen unwillkürlichen Schritt zurück, als Ritchie ihm direkt ins Gesicht sah.

»Er kann Sie nicht sehen«, sagte Summers.

Foster stand auf und trat an den Spiegel. »Ich finde, er sieht wirklich ziemlich harmlos aus.« Aus Gordons Richtung kommentierte ein unwilliges Brummen ihre Bemerkung.

Krieger kratzte sich an der Nase. »Ich kann mir ehrlich gesagt auch nicht vorstellen, daß dieses Bürschchen mit einer Panzerfaust hantiert.«

»Was redet ihr da eigentlich? Wir haben ihn in flagranti erwischt, oder etwa nicht?« fragte Gordon.

Krieger sah ihn mit hochgezogenen Brauen an. »Guck ihn dir doch an, Terry. Der Junge ist höchstens siebzehn. Wo soll der gelernt haben, mit so einem Ding umzugehen?«

»Das lernen die im Osten früh.«

»Wenn du meinst ...«, sagte Krieger. Er nahm den Kugelschreiber und begann, auf seiner Zeitung zu kritzeln.

»Ist Ihnen denn gar nichts an ihm aufgefallen, Mr. Presley? Irgendwas?« Gordon klang fast flehentlich.

»Nein ...« Elvis verzog nachdenklich den Mund. »Aber warten Sie ... doch, etwas ist mir aufgefallen: Er wollte kein Autogramm von mir.«

»Das ist auffällig?« fragte Gordon.

»Glauben Sie mir, Sir: Es ist.« Elvis richtete seinen undurchdringlichen Blick auf ihn. »Für die Menschen, die meine Musik lieben, ist es ungeheuer wichtig, daß ich ihnen meinen Namen auf ein Stück Papier schreibe. Bitte verlangen Sie nicht von mir, daß ich Ihnen das erkläre, ich weiß selbst nicht, warum das so ist, aber *jeder* will ein Autogramm. Und Ritchie liebt Rock'n'Roll über alles, so viel habe ich verstanden, wenn ich auch kein Deutsch kann. Aber er wollte keins. Ich erinnere mich, daß ich es ihm angeboten habe, als wir auszogen, aber er hat es abgelehnt. Er hat versucht, mir zu erklären, warum, auf Deutsch eben, ich habe es nicht verstehen können. Aber er hatte irgendeinen wichtigen Grund dafür.«

Elvis sah wieder durch das Fenster, und alle Augen folgten seinem Blick.

»Sie müssen mit ihm reden, Elvis«, sagte Summers. »Lassen Sie uns zu ihm reingehen.«

Elvis nickte. »Okay.«

Das Telefon auf dem Tisch begann zu klingeln. Foster griff nach dem Hörer.

»Gruppe ›King‹, Agent Foster ... Ja ...« Den Hörer am Ohr, sah sie irritiert von Summers zu Gordon. »Ich werde es weitergeben ... Die Funkzentrale«, sagte sie, den Hörer noch in der Hand, »bei Mr. Schick und Mr. James scheint es Probleme gegeben zu haben. Sie kommen rein.«

Gordons Schultern sanken nach unten, und eine der Zusatzfalten erschien auf seiner Stirn.

»Was ist passiert?«

»Das haben sie nicht gesagt.«

*»Shit.«* Gordon stieß zischend den Atem aus. »Jack, J.T., ihr fahrt zur Goethestraße und übernehmt die Vordertür. Miss Foster, Sie kümmern sich um Mr. Presley. Pete, du kommst mit mir.« In resignierter Haltung trottete er auf die Tür zu und stieß sie auf.

*»Shit«*, sagte er noch mal.

*

Katharina betrat das »Laternchen« und bestellte sich an der Bar einen Kaffee. Mit wenig Hoffnung sah sie sich nach Renate um. Sie fühlte sich erschöpft. Am Mittag war sie zum Postamt gelaufen, um den Eilbrief mit Magdas Foto an Texas aufzugeben, dann hatte sie noch das Bild von Renate zur Polizeiwache gebracht, und danach wäre sie auf der Straße beinahe wieder ohnmächtig geworden. Den Nachmittag hatte sie im Bett verbracht, ohne schlafen zu können, bis fünf, dann hatte sie es nicht mehr ausgehalten und war durch die wenigen in Frage kommenden Lokale Bad Nauheims gezogen, wieder auf der Suche nach Renate, doch nirgendwo hatte man sie gesehen.

Sie setzte sich auf den letzten freien Hocker. Das »Laternchen« war der einzige Ort in Bad Nauheim, wo man auch Rock'n'Roll tanzen konnte. Aber natürlich war hier nicht so viel los wie in den Friedberger Tanzschuppen, dafür sorgten schon die Ami-Offiziere, die in der

Stadt wohnten und ihre Ruhe haben wollten. Wenn die GIs sich austoben mußten, dann bitte in Friedberg. »Stadt ohne Sheriff« hatte die Abendpost einmal geschrieben. In Bad Nauheim dagegen hielt man nach wie vor viel auf die immer fadenscheiniger werdende Vorkriegsnoblesse.

Andrea, die Bedienung, stellte den Kaffee mit einem Lächeln vor sie. Sie kannten sich von etlichen gemeinsamen Nachmittagen in der Goethestraße.

»Sag mal, Andrea …«, setzte Katharina an, aber Andrea wurde vom anderen Ende der Bar gerufen und vertröstete sie mit einer entschuldigenden Geste.

Als Katharina die Hand nach dem Milchkännchen ausstreckte, stieß sie mit der eines jungen Mannes zusammen, der neben ihr saß und ebenfalls danach griff.

»Ich bitte um Verzeihung«, stammelte er und wurde tatsächlich rot. Katharina musterte ihn beiläufig. Er sah anders aus als die Jungs, die sich sonst hier herumtrieben, trug zur Röhrenhose eine schwarze Anzugjacke, darunter einen ebenfalls schwarzen Rollkragenpullover. Die Haare fielen ihm strubbelig in die Stirn, und sein Kinn zierte ein dünner, noch flaumiger Bart. Katharina goß sich Milch in den Kaffee und reichte ihm das Kännchen, das er mit einem verlegenen Lächeln nahm. Er gab Milch in seinen Kaffee, dann vertiefte er sich wieder in die Zeitschrift, die vor ihm auf der Theke lag. Katharina warf einen verwunderten Blick darauf, es war nur ein einzelnes kleines Foto auf der Doppelseite, ein Schwarzer mit einem Saxophon, der Rest war bedeckt mit winzig gesetztem Text. Er las konzentriert und bemerkte Katharinas Blick nicht.

»So, jetzt hab ich Zeit«, sagte Andrea von der anderen Seite der Theke her. »Schön, dich zu sehen. Kommt Renate auch noch?«

»Nein …« Die Frage versetzte Katharina einen doppelten Stich. »Ich weiß nicht, wo sie steckt. Sie ist verschwunden. Seit Dienstag schon.«

»Verschwunden?« Andrea sah sie halb amüsiert, halb ungläubig an.

»Wir haben uns gestritten, Dienstagabend, in Friedberg. Sie ist allein aus dem ›Ratskeller‹ weg. Als ich nach Hause kam, war sie nicht da. Gestern ist sie auch nicht zur Arbeit gekommen. Sie haben ihr natürlich schon gekündigt. Was meinst du, was der Meister mir erzählt hat. Als ob ich was dafür könnte.«

»Wo kann sie denn sein?« Andrea wirkte jetzt ehrlich besorgt. »Warst du bei der Polizei?«

»Ja, heute ...«

Wieder rief jemand nach Bedienung. »Bin gleich wieder da«, sagte Andrea.

»Entschuldigen Sie bitte«, hörte Katharina plötzlich den jungen Mann sagen. Er hatte seine Zeitschrift zugeklappt. »Jazz Podium« las sie auf dem schwarzweißen Titelblatt, über dem Foto eines wild trommelnden Schlagzeugers. Er sah sie unsicher an. »Verzeihen Sie, daß ich gelauscht habe«, sagte er, »aber suchen Sie nach Renate Dieck?«

»Ja«, sagte Katharina verblüfft.

»Sie wollte nach Frankfurt, gestern.« Er lächelte verlegen.

»Bitte?« entfuhr es Katharina. »Woher kennen Sie denn Renate?«

»Ich habe sie zufällig kennengelernt ... vorgestern.«

»Kennengelernt? Wo denn?«

»Auf der Straße, sozusagen.« Wieder huschte ein verlegenes Zucken durch sein Gesicht. Katharina starrte ihn unverhohlen neugierig an. Dieser stille, unsichere junge Mann paßte so überhaupt nicht in das Schema, nach dem Renate sich ihre Bekanntschaften normalerweise aussuchte.

»Ja, aber ... was will sie denn in Frankfurt?«

»Das hat sie mir nicht gesagt. Eigentlich waren wir gestern abend verabredet. Sie wollte mit in das Chet-Baker-Konzert. Aber sie ist nicht gekommen.«

»Renate? Chet Baker? Das ist doch Jazz?«

Der junge Mann hob die Hände, dann griff er in die Brusttasche seiner Jacke und zog eine Packung Overstolz hervor.

»Möchten Sie?« fragte er und hielt sie ihr hin.

Mit einem ungeduldigen Nicken zog sie eine Zigarette heraus und ließ sich Feuer geben. Seine Hand mit dem Streichholz zitterte.

»Pardon«, sagte er, als er ihren Blick bemerkte, und schüttelte die Flamme energisch aus. »Ich hatte einen etwas ... aufreibenden Tag. Erlauben Sie, daß ich mich vorstelle: Mein Name ist Klaus Kemper.«

»Ich heiße Katharina. Katharina Laurenz.«

Er sah ihr für einen Sekundenbruchteil in die Augen, lächelnd, dann senkte er den Blick und zog an seiner Zigarette.

»Vielleicht sollten wir uns duzen«, sagte Katharina.

*

»Ich bin mal gespannt, was die beiden Trottel sich jetzt wieder haben einfallen lassen.« Mit finsterer Miene setzte Gordon sich an seinen Schreibtisch und begann, das Büro zu verqualmen. Summers setzte sich ihm gegenüber und bediente sich aus Gordons Schachtel. Schweigend warteten sie. Ihre Zigaretten waren gerade heruntergebrannt, als es zaghaft klopfte und Dixie und Bud in der Haltung zweier Delinquenten das Zimmer betraten.

»Scheiße«, sagte Gordon zur Begrüßung. »Was ist los?«

»Nun ...«, Dixie zog zögernd einen Stuhl heran. Bud James lehnte sich an den Türrahmen. Er war blaß, sein Mund bildete einen schmalen, wütenden Strich.

»Diese Cops waren wieder da«, sagte Dixie.

»Scheiße«, sagte Gordon wieder. Summers fürchtete, daß er dieses Mal recht haben könnte.

»Was wollten sie?«

»Nun, sie fragten, ob die Vancouver Sun an einer Story interessiert sei«, antwortete Bud. »Mordanschlag auf Elvis Presley. Mysteriöse Verbindung zwischen Vernon Presley und einer Toten im Wald. Und als Aufmacher: Entführung eines Bad Nauheimer Jugendlichen durch die Leibwache des berüchtigten Rock'n'Roll-Stars.«

Das ist *wirklich* Scheiße, dachte Summers. »Es hat also Zeugen gegeben?« fragte er.

»Sieht so aus«, sagte Dixie. Er hob entschuldigend die Hände, und es wirkte, als versuche er, seinen Kopf zwischen den Schultern zu verstecken.

Gordon rammte seine Zigarette in den Aschenbecher und sah Summers wütend an. »Sie haben uns bei den Eiern.«

Dixies Blick fuhr zwischen ihnen hin und her, während Bud mit verschränkten Armen an der Tür lehnte. »Aber das ist noch nicht alles«, sagte er.

»Was noch?«

Dixie sah mit betretener Miene zu Boden. »Ich habe dem Cop gesagt, daß wir die Story für unglaubwürdig halten«, fuhr Bud fort. »Darauf meinte er, daß er sie dann eben anderen Zeitungen erzählen würde, wenn sich nicht heute noch herausstellen sollte, daß die Geschichte mit der Entführung ein Gerücht gewesen sei.« Bud sprach nicht weiter, er warf Dixie einen angewiderten Blick zu.

»Und dann?« fragte Gordon. Fahrig zündete er sich eine neue Zigarette an.

Diesmal war es Bud, der »Scheiße« sagte. Er drehte sein angespanntes Gesicht zu Summers. »Dann hat Dixie ihm gesagt, er lasse sich nicht von einem verdammten Kraut auf der Nase herumtanzen.«

»Er hat *was*?« Summers setzte sich auf.

Der Rauch kam heftig aus Gordons Mund und wehte durch den halben Raum. »Wie ich schon sagte«, sagte er.

Dixie startete einen schwachen Verteidigungsversuch. »Er wußte doch sowieso schon alles.«

»Ach, halt doch die Schnauze«, fuhr Gordon ihn an.

»Es kommt noch besser«, sagte Bud kalt.

Dixie sank immer weiter in sich zusammen, während Bud weitererzählte. »Darauf sagte der Cop, Zeugen der Entführung hätten unseren Opel identifiziert. Er könne uns auch als Verdächtige festnehmen. Und dann ...«, Bud holte tief Luft, »dann hab ich Gas gegeben«, sagte er laut und mit wütendem Blick, »weil Dixie seine Waffe gezogen hat.«

»Ich brech zusammen«, sagte Summers.

Gordon sah Dixie fassungslos an. Sein Kopf war hochrot, an der Schläfe pochte sichtbar sein Puls.

»Terry, Captain, ich dachte –«

»Ach, red doch keinen *bullshit*, Dixie.«

Summers sah Gordon an und zeigte mit dem Daumen in Richtung Tür. Sekundenlang starrte Gordon rätselnd darauf, bevor er verstand.

»Wartet draußen«, ranzte er die beiden dann an.

Schweigend stand Dixie auf, und sie verließen so leise wie möglich den Raum. Lange Sekunden saßen Summers und Gordon sich sprachlos gegenüber.

»Das ist alles sehr schlecht«, sagte Summers endlich.

»Schlecht? Scheiße ist das!« Gordon sog energisch Rauch in sich hinein. »Was ist lästiger als ein Cop? Ein wütender Cop. *Zwei* wütende Cops! DANKE SCHÖN, DIXIE!« brüllte er die Tür an.

»Wir müssen den Jungen so schnell wie möglich laufen lassen, Terry«, sagte Summers.

»Da hast du wohl recht, fürchte ich.« Gordon lehnte sich seufzend in seinem Stuhl zurück.

»Er ist sowieso nicht der Richtige.«

»Wie kannst du dir da so sicher sein?«

Summers sah ihn mit hochgezogenen Brauen an, bis Gordon schließlich abwinkte.

»Ich weiß, ich weiß. Ein kleiner Junge. Mist.« Gordon stützte die Ellbogen auf und legte das Gesicht in die Hände. »Natürlich hatte ich gehofft, er wäre es. Aber wenn ich ehrlich bin … Redest du noch mal mit ihm, Pete?«

»Mach ich«, sagte Summers.

»Wir brauchen sofort zwei neue Leute«, sagte Gordon. »Ich will nur hoffen, daß der General da nicht querschießt.«

Summers fischte in den Taschen seiner Jacke nach den Luckies. Normalerweise war der Austausch von Agenten mit anderen Teams Routine. Während jedem Einsatz passierten Zwischenfälle, bei denen Agenten »verbrannten« – also nicht mehr verwendet werden konnten, weil ihr Gesicht bekannt oder ihre Tarnung aufgedeckt worden war. Aber bei der grundsätzlichen Einstellung des Generals zur Gruppe »King«, mochte Summers keinen sicheren Tip abgeben, ob er Gordon nicht hängen ließ.

»Hast du Feuer?« fragte er.

Gordon warf ihm Streichhölzer zu.

»Jemand muß sich um den Kommissar kümmern, Terry. Wir müssen ihn beruhigen. Ich glaube, das ist wichtig.«

Gordon nickte nur müde.

»Wenn du willst, mach ich das.«

Gordon sah ihn mit einer Mischung aus Hoffnung und Zweifel an. »Mach aber bitte keine Scheiße, Pete«, sagte er.

»Entspann dich, Terry. Onkel Peter hat alles im Griff.«

»Danke dir. Du bist mir eine große Hilfe«, seufzte Gordon mit einem halben Lächeln. »Schick mir die beiden Trottel wieder rein, wenn du gehst.«

Dixie und Bud standen auf dem Gang, ein paar Schritte entfernt, und sahen verstohlen zu ihm herüber. Summers zwinkerte ihnen tröstend zu und wies dann auf die offene Tür hinter sich.

Im Treppenhaus blieb er für einen Moment an die Wand gelehnt stehen. In Gedanken vertieft rauchte er seine Zigarette zu Ende. Ritchie freizulassen würde Kommissar Grasshoff allenfalls kurzfristig beruhigen, mittelfristig war es entschieden vorzuziehen, mit dem Mann zu kooperieren. Man mußte ihm nur ein überzeugendes Argument dafür liefern. Zwei Sekretärinnen liefen kichernd an ihm vorbei die Treppe zur Cafeteria hinauf. Summers sah ihnen hinterher, dann trat er die Lucky auf den dunklen Steinfliesen aus und sah auf die Uhr. Es war kurz vor halb zehn. Langsam ging er die Treppe zu den Verhörzimmern hinunter.

Der Vorraum war still und leer, als Summers ihn betrat. Nur auf dem Tonbandgerät drehten sich die Spulen. Neben dem Gerät stand ein halbes Dutzend kleiner Coca-Cola-Flaschen.

Ein rascher Blick durch das Fenster zeigte Elvis und Foster, die Ritchie gegenübersaßen und mit ihm sprachen. Die Handschellen lagen vor Foster auf dem Tisch. Summers ging zum Lautsprecher und drehte ihn an.

»... eine kleine Schwester und einen älteren Bruder«, sagte Ritchie gerade. »Wir hatten nur ein Zimmer, zu viert. Auch Mutter hat bei uns geschlafen. Sie hat alles für uns getan. Sie hat immer fest daran geglaubt, daß Vater aus Rußland zurückkommen würde. Obwohl es besser gewesen wäre, ihn für tot erklären zu lassen. Wegen der Rente, mein ich.«

Foster übersetzte für Elvis. Er nickte, und ein trauriges Lächeln erfüllte das sanfte Gesicht.

»Es muß schlimm sein, keinen Vater zu haben«, sagte er. »Aber wenigstens hast du Geschwister. Laß dir das einen Trost sein, Gott hat dir Geschwister geschenkt. Ich wünschte, ich hätte Geschwister. Dafür würde ich alles geben. Und wenn ich mit ihnen in einem Hühnerstall wohnen müßte. Aber der Herr wollte es anders. Ich hätte einen Bruder haben sollen, wißt ihr. Einen Zwillingsbruder sogar: Jesse. Jesse Garon Presley. Aber er ... er hat nie geatmet ...« Elvis sah zu Boden und stützte die Stirn auf die Hände, so daß sie seine Augen verbargen. Er sprach nicht weiter.

Foster übersetzte. Summers sah, wie ihre Hand sich schüchtern Elvis' Schulter näherte, doch kurz bevor sie sie erreichte, setzte er sich mit einem kehligen Räuspern wieder auf. »Nun ... dafür hatte ich Vater und Mutter«, sagte er.

Ritchie zog die Nase hoch, auch er schien mit den Tränen zu kämpfen. »Ich verstehe dich, Elvis«, sagte er und räusperte sich. »Wir alle wissen, was du fühlst, glaub mir.«

Elvis senkte den Kopf wieder. Dann wischte er sich mit der Rechten über die Augen. Er schwieg.

»Wir haben tiefen Respekt vor Ihrer Trauer, Sir«, sagte Foster jetzt.

Summers runzelte die Stirn. Er öffnete die Tür zum Verhörzimmer und trat ein. Foster sah auf und setzte sich gerade hin, als fühle sie sich ertappt.

»Was ist hier los?« fragte Summers laut.

Die Blicke der drei zeigten ihm, daß sie sein Benehmen zumindest ungebührlich fanden.

»Ich möchte Sie beide sprechen«, sagte er. »Und legen Sie ihm die Handschellen wieder an! Wer hat eigentlich erlaubt, sie ihm abzunehmen?«

Summers und Elvis verließen das Zimmer und sahen durch das Fenster zu, wie Foster Ritchies Hände wieder auf dem Rücken fesselte.

»Er ist unschuldig«, sagte Elvis.

»Was macht Sie so sicher?«

»Er wollte wirklich nur mit mir *reden*. Er meint … Nun, ich muß zugeben, daß ich nicht genau verstanden habe, was er meint. Es kann auch an der Übersetzung liegen … Sie müssen mit Captain Gordon reden, Pete. Sie können ihn nicht hierbehalten. Ich meine, der Junge ist erst siebzehn. Man kann doch nicht einfach –«

»Captain Gordon weiß genau, was er tut, Elvis«, unterbrach Summers ihn. Foster kam aus dem Verhörzimmer. »Miss Foster wird Sie jetzt nach Hause bringen, wenn Sie nichts dagegen haben. Und machen Sie sich bitte keine Sorgen um Ritchie. Wir passen auf ihn auf.«

»Genau das befürchte ich ja.« Elvis' Augen wurden schmal.

Summers legte ihm die Hand auf den Arm. »*Ich* passe auf ihn auf.«

»Gut«, sagte Elvis, aber immer noch war sein Blick ernst und skeptisch. »Er ist ein guter Junge, das können Sie mir glauben, Pete.« Mit den Fingern der Rechten tippte er auf sein Herz. »Ich kann es fühlen.«

»Ich glaube Ihnen.«

Elvis legte Summers die Hand auf den Unterarm und lächelte. »Wir verstehen uns, Pete«, sagte er. Er zog seine Army-Jacke über und ging aus der Tür.

»Ihn nach Hause bringen?« fragte Foster »Wäre das nicht Ihre Aufgabe?« Sie klang aufgeregt.

»Ja. Aber ich muß noch mit dem Jungen reden. So lange braucht Mr. Presley nicht hierzubleiben. Ich hoffe, es macht Ihnen nichts aus.«

»*Mir* macht das nichts aus.«

»Gut. Liefern Sie ihn ab und machen Sie dann Feierabend.«

Sie warf einen raschen Blick auf ihre kleine, goldfarbene Armbanduhr. »Und Sie?«

Er wies auf das Fenster, hinter dem Ritchie saß. »Ich habe noch zu tun.«

»Bringen Sie ihn nach Bad Nauheim zurück?«

»Später.«

Sie sah ein wenig besorgt zu dem Jungen, der mit gesenktem Kopf auf seinem Stuhl saß, sagte aber nichts weiter. Als sie gerade die Tür hinter sich schließen wollte, rief Summers sie noch mal; durch den Türspalt sah sie ihn fragend an.

»Und daß mir keine Klagen kommen, Miss Foster.«

Sie verzog das Gesicht und streckte ihm die Zunge raus, dann warf sie die Tür zu.

Summers' Mundwinkel hoben sich für einen Moment, dann wurde er sehr ernst. Er lockerte seine Pistole im Halfter, bevor er den Verhörraum betrat. Ritchie sah ihn freundlich an, und Summers bedauerte, daß er das wohl nie wieder tun würde.

*

Es war fast halb elf, als das Telefon klingelte. Paul Grasshoff nahm die Füße vom Polsterhocker und legte seine Zeitung sorgfältig zusammen. Dann zog er gemächlich die Filzpantoffeln an.

»Paul, bitte geh dran, der Junge schläft schon!«

»Wer's glaubt«, brummte er.

Seine Frau hatte sich nie damit abgefunden, daß er als Kriminalbeamter immer im Dienst war. Tatsächlich machte sie ihn persönlich für solche Störungen der Abendruhe verantwortlich. Bedächtig ging Grasshoff in die Diele und schloß die Wohnzimmertür hinter sich. Ein kleines Lächeln umspielte seine Lippen. Er hob die Hand, wartete aber noch drei weitere Klingeltöne, bis er den Hörer abnahm und sich mit müder und gelangweilter Stimme meldete.

Es war Peter Summers – wie er erwartet hatte.

»Was kann ich für Sie tun, Herr Summers?«

»Es scheint da heute abend ein Mißverständnis gegeben zu haben, zwischen Ihnen und zwei ehemaligen Kollegen von mir. Die beiden haben mich gebeten, dies in ihrem Namen auszuräumen.«

»Ich weiß nicht, in welcher Form ich das Ziehen einer Pistole mißverstehen könnte, Herr Summers.«

»Das Mißverständnis lag wohl eher auf der Seite von Mr. Schick, wofür er sich entschuldigen möchte.«

»Die Herren haben sich einer Festnahme entzogen und zwei Polizeibeamte mit einer Waffe bedroht. Das ist ziemlich starker Tobak.«

»Mr. Schick führt es auf seine mangelhaften Deutschkenntnisse zurück. Im übrigen wäre es vielleicht angemessener, dieses Gespräch nicht am Telefon zu führen.«

»Ich muß Ihnen ein Kompliment machen, Herr Summers: Im Gegensatz zum Deutsch des Herrn Schick ist das Ihre vortrefflich. Haben Ihre Kollegen denn überhaupt verstanden, was ich ihnen mitgeteilt habe?«

»Ich denke schon.«

»Nun, vorsichtshalber noch mal für Sie im Klartext: Richard Sternberg wird sofort, das heißt heute nacht noch, da hingebracht, wo er hingehört. Passiert das nicht, wird die Presse morgen früh einen ausführlichen Bericht über die Vorgänge um die Familie Presley bekommen, von mir persönlich halboffiziell bestätigt und gewürzt mit dem Gerücht, der amerikanische Geheimdienst bewache den Schlagersänger.«

»Ich werde dafür sorgen, daß Ihrer Bitte nachgekommen wird, Herr Kommissar.«

»Das war keine Bitte.«

»Natürlich nicht. Ich habe Sie verstanden.«

»Gut.« Grasshoff lächelte. Es hatte immer etwas Befriedigendes, am längeren Hebel zu sitzen.

»Wäre es denn möglich, daß wir uns morgen einmal treffen, Herr Kommissar?«

»Wen meinen Sie mit ›uns‹? Unsere beiden Behörden oder nur Sie und mich?«

»Bei der momentan ja etwas verfahrenen Lage denke ich, wir sollten es zunächst unter uns beiden probieren.«

»Und welchen Vorteil sollte ich davon haben?«

»Ich glaube, wenn wir unsere Informationen abgleichen würden, hätten wir beide etwas davon.«

»Haben Sie denn etwas, das mich interessieren könnte?«

»Ich denke schon. Würde Ihnen morgen mittag passen?«

»Ja. Das heißt ...«, Grasshoff warf einen kurzen Blick auf die geschlossene Wohnzimmertür, »... nein. Später. Kommen Sie um drei in mein Büro.«

»Geht es vielleicht ein bißchen weniger offiziell?«

»Kommen Sie ins Café Urban in der Parkstraße. Ich warte dort.«

Grasshoff legte auf und kratzte sich am Kinn.

»Gefällt mir das?« fragte er leise und glitt in seinen Pantoffeln über den Linoleumboden zurück ins Wohnzimmer.

»Du mußt morgen arbeiten? Am Karfreitag?« fragte Gerda, ohne von ihrer Handarbeit aufzusehen.

»Es läßt sich nicht ändern.«

Grasshoff klappte den Deckel der Musiktruhe auf und schaltete das Radio an. Wahllos griff er eine der Tefifonkassetten aus dem kleinen Stapel und legte sie ein.

»Wir sind morgen nachmittag bei meiner Schwester zum Kaffee eingeladen, wie du weißt.« An Gerdas Stimme hingen kleine Eiszapfen. Grasshoff setzte sich in seinen Sessel und faltete die Zeitung auf.

»Das weiß ich natürlich. Aber der Termin ließ sich beim besten Willen nicht verschieben. Ihr werdet leider ohne mich gehen müssen.«

Die Röhren des Radios wurden warm. Vico Torriani sang von Italien. Hinter dem papierenen Rechteck der »Abendpost« entfaltete sich auf Paul Grasshoffs Gesicht ein für seine Verhältnisse recht zufriedenes Lächeln.

*

Summers saß in der Abhörzentrale vor einem der schier zahllosen Tonbandgeräte, die dicht an dicht in dem die gesamte Längswand bedekkenden Regal standen. Er trug einen Kopfhörer und spulte das Band immer wieder aufs neue ein kurzes Stück vor. Der Aschenbecher vor ihm füllte sich langsam. Er fand nicht, wonach er suchte – der Kommissar machte es ihm schwer. Als ihm jemand auf die Schulter tippte, schrak er auf und riß sich den Kopfhörer herunter. Es war der Techniker der Nachtschicht.

»Anruf für dich.«

Summers folgte ihm zu einem Tisch, auf dem die Einzelteile eines auseinandergebauten Tonbandgerätes lagen. Phil reichte ihm den Telefonhörer. Es war die Zentrale in Frankfurt.

»Ich habe hier einen Deutschen in der Leitung. Er besteht darauf, mit Agent Peter Summers zu sprechen, weigert sich aber, seinen Namen zu nennen. Er sagt, es sei wichtig, Sie wüßten, worum es geht. Soll ich das Gespräch durchstellen?«

»Ich bitte darum, Miss.«

»Agent Summers?« fragte eine junge Männerstimme.

»Mit wem spreche ich?«
»Jemand, mit dem *Sie* sprechen wollten.«
»Sind Sie Texas?«
»Mein Name tut nichts zur Sache.«
»Wie Sie meinen. Was wollen Sie?«
»Kennen Sie das Hotel Malepartus?«
»Ja. Das ist in Bad Nauheim.«
»An der Rezeption liegt ein Päckchen für Sie. Holen Sie es ab.«
»Bekomme ich noch weitere Informationen?«
»Nein. Viel Spaß damit.«

Texas, wenn er es war, legte ohne weitere Höflichkeiten auf. Summers sah zur Uhr über der Tür, es ging auf elf zu.

»Für heute mach ich Schluß. Ich komm morgen noch mal rein«, sagte er. Der Techniker verabschiedete ihn mit einem Winken, ohne den Blick von seiner Bastelei zu nehmen.

*

Hans-Gerd lag mit geschlossenen Augen im Bett, aber der Schlaf kam immer nur für Augenblicke und wollte nicht bleiben. Seine Gedanken drehten sich. Irgendwie hatte er damit gerechnet, daß sein Vater die gesamte Polizei der Wetterau hinter Ritchies Entführern herjagte. Aber er hatte Hans-Gerd nur nach Hause geschickt, mit einer Miene, deren Finsternis jeden Gedanken an ein erneutes Ausbrechen bis auf weiteres verbot.

Klaus Kemper hatte sich mit einem genuschelten »Ich brauch 'n Kaffee« von ihm verabschiedet, und Hans-Gerd war mit seinem Moped heimgezockelt, wo seine Mutter ihn mit besorgtem Blick in Empfang genommen hatte.

»Hast du Fieber?« hatte sie gefragt und ihm trotz seines Widerstrebens die Hand auf die Stirn gelegt. Nachdem sie »erhöhte Temperatur« konstatiert hatte, war Hans-Gerd mit einer Wärmflasche ins Bett geschickt worden, wo er zu seiner eigenen Überraschung dann auch geblieben war.

Aber schlafen ging nicht richtig. Er dachte daran, daß morgen Feiertag war und deswegen heute bestimmt besonders viel los in Friedberg, dann schämte er sich, weil er Ritchie vergessen hatte. Er versuchte sich vorzustellen, was man mit ihm anfangen würde, wo er jetzt steckte. Die Männer hatten nicht den Eindruck gemacht, als verstünden sie Spaß. Er sorgte sich so lange um Ritchie, bis ihm der verpatzte Abend wieder in den Sinn kam und das Karussell seiner Gedanken den nächsten Kreis drehte. Gegen halb zehn war er darüber wohl doch eingeschlafen, aber dann hatte unten das Telefon geklingelt, und er war sofort wieder klirrend wach gewesen. Seitdem dämmerte er in einem unguten Halbschlaf, aus dem er immer wieder hochschreckte.

Irgendwann schaltete er die Nachttischlampe an und sah auf den Wecker – er zeigte kurz vor eins. Mit ergebenem Seufzen setzte er sich auf und rieb sich die Augen. Plötzlich war vom Fenster her ein einzelnes Klacken zu hören. Er lauschte. Nach einigen Sekunden wiederholte sich das Geräusch, und er sprang aus dem Bett. So leise wie möglich zog er den Rolladen ein Stück hoch und sah durch den Spalt. Unten auf der Straße winkte jemand zu ihm hoch.

»Ritchie! Gott sei Dank!«

Barfuß, schnell und leise rannte er die kalte Treppe hinunter und öffnete. Er hob den Finger an die Lippen, als Ritchie sich in den Flur drängte, und sie liefen geräuschlos die Treppe wieder hinauf. Als Hans-Gerd die Tür seines Zimmers hinter ihnen geschlossen hatte, sank Ritchie in den Sessel und ließ den Kopf nach hinten fallen.

»Scheiße«, stöhnte er.

»Alles klar, Mann?« fragte Hans-Gerd.

»Geht so.«

»Wir haben gesehen, was passiert ist. Klaus Kemper und ich.«

Ritchie hob den Kopf ein Stück und sah ihn an. »Wirklich?«

»Ja. Sie haben dich in einem Auto weggebracht.«

»Mist.«

»Wieso Mist? Was soll das denn heißen?«

»Tu dir selbst einen Gefallen und vergiß es.«

»Warum?«

»Mit denen ist nicht zu spaßen. Ich mußte Stein und Bein schwören, nichts zu erzählen, bevor die mich laufengelassen haben. Wenn du das jetzt an die große Glocke hängst ...«

»Wir waren bei der Polizei, Klaus und ich. Wir haben es unseren Vätern erzählt.«

»O nein!« Ritchie setzte sich auf und zog eine weinerliche Grimasse. »Und was haben die gemacht?«

»Ich weiß es nicht. Sie wollen verdeckt ermitteln, hat mein Alter gesagt.«

»Du mußt ihm sagen, daß alles in Ordnung ist. Sofort. Nix ist passiert. Erzähl ihm, es war nur ein Mißverständnis.«

»Ein Mißverständnis? Bist du zu retten? Ich hab doch gesehen, was sie mit dir gemacht haben. Was wollten die denn eigentlich?«

»Hör zu ...«, flüsterte Ritchie und sah um sich, als wolle er sicherstellen, daß sie wirklich allein waren. »Die mich einkassiert haben, waren noch harmlos. Die haben noch ganz andere Leute.«

»Jetzt erzähl doch endlich!«

»Ich bin doch nicht lebensmüde! Der eine hat mir 'ne Knarre aufs Auge gedrückt: So!« Er drückte sich Mittel- und Zeigefinger ins rechte Auge. »Und er hat gesagt, ich sei ein toter Mann, wenn irgendwas an die Öffentlichkeit kommt. Und, Scheiße, ich glaub ihm!« Er kramte in den Taschen seines Blousons. »Hast du was zu rauchen?« fragte er.

»Nein«, sagte Hans-Gerd. »Hast du mit Elvis gesprochen?«

»Ja.«

»Was? Wirklich? Mit ihm persönlich?«

Ritchie durchsuchte weiter seine Taschen und fand eine zusammengedrückte Sechserpackung, aus der er mit einem erleichterten Seufzen eine letzte Juno zog.

»Jetzt erzähl schon! Wie war er?« fragte Hans-Gerd.

Ritchie zündete die Zigarette an und sog den Rauch mit geschlossenen Augen tief ein.

»Elvis«, sagte er dann, »Elvis hat mich verstanden.«

*

»Nein, junger Mann, das tut mir leid. Mein Sohn hat das Päckchen entgegengenommen. Ich weiß nicht, wer es abgegeben hat.« Die alte Dame an der Rezeption lächelte entschuldigend.

»Ist Ihr Sohn vielleicht zu sprechen?«

»Nein, er ist zu seinen Schwiegereltern gefahren. Über Ostern, wissen Sie, die wohnen bei Stuttgart. Ganz entzückende Leute. Obwohl, dieser Dialekt ...«

»Vielen Dank«, sagte Summers. Die Frau verstummte enttäuscht. Von der Tür her winkte er ihr noch einmal freundlich zu und verließ das Hotel. Als er in seinem Dodge saß, betastete er vorsichtig das kleine Paket, horchte und roch daran; »P. Summers« stand in Blockschrift auf dem braunen Packpapier. Er zog sein Springmesser und schnitt das Päckchen auf. Es enthielt eine kleine Tonbandspule, nichts weiter, kein Schreiben, keine Hinweise.

Eine Weile saß er nachdenklich in seinem Wagen und starrte in die Dunkelheit, dann ließ er den Motor an und fuhr zurück nach Ziegenberg.

Den Dodge stellte er auf einem wenig benutzten Teil des Parkplatzes ab, am hinteren Eck des Westflügels. Hier war ein kleiner Garten, direkt an der endlos scheinenden Außenwand des großen Gebäudes, der Vorgarten zu einer Hausmeisterwohnung. Erleichtert sah Summers, daß hinter den Fenstern noch Licht brannte. Er ging zwischen den Rabatten entlang und klopfte leise an die rotlackierte Tür.

Hinter dem Vorhang des Türfensters sah er einen hünenhaften Schwarzen in die kleine Diele kommen und öffnen.

»'n Abend, Otis«, sagte Pete.

Der Hausmeister brummte etwas Schwerverständliches zur Begrüßung und winkte ihn herein. Summers folgte ihm in die Küche, wo auf dem Tisch ein Teller mit einer riesigen Portion Bratkartoffeln und Rühreiern neben einem halben Liter hellen Bieres stand. Otis zeigte auf einen Stuhl und machte sich wieder an seine unterbrochene Mahlzeit.

Summers wartete geduldig, bis er seine Gabel weglegte und nach dem Bier griff. Otis war zweiundfünfzig Jahre alt. Eine deutsche Kugel hatte ihm das linke Knie zerschmettert. Sein mächtiger Körper wirkte sanftmütig und immer ein bißchen tapsig, aber Summers wußte, daß dieser Eindruck gewaltig täuschte. Otis war der Herrscher des Westflügels, und es war ihm egal, wer unter ihm den Laden kommandierte.

»Dein Glück, daß ich noch auf bin«, war der Satz, mit dem er die Audienz eröffnete. »Zentralheizung im Arsch. Wasserpumpe. Was willst du?«

»Ein Tonbandgerät.«

Otis nahm einen tiefen Schluck aus seinem Glas und wischte sich mit dem Handrücken den Schaum vom Mund. »Jetzt? Mitten in der Nacht?«

»Genau.«

»In Terrys Büro ist eins.«

»Ich brauch es für mich allein. Nur zehn Minuten.«

Otis sah ihn fünf Sekunden lang an. »Du hast Elvis Presley hergebracht«, sagte er dann. »Warum hast du mir nichts davon erzählt?«

»Es war nicht geplant, Otis. Sonst hätte ich dich natürlich informiert«, sagte Summers ernst. Otis mochte keine Überraschungen und keine Geheimnisse – Geheimdienst oder nicht. Dies war *sein* Haus. Gegen ihn war hier schwer zu arbeiten, Summers wußte und respektierte das. »Willst du ein Autogramm von ihm?«

»Pffff«, machte Otis und bedachte ihn mit einem mitleidigen Blick. »Wie kommst du auf so was? Der ›King‹. Ha. Ein Weißer, der singt wie ein Schwarzer. Ich warte immer noch, daß mir jemand erklärt, was das soll.«

»Ich dachte ja nur. Vielleicht willst du es verschenken.«

Wieder kam nur ein Brummen von Otis. Er wühlte in der Tasche seines dunkelgrünen Overalls nach seinem riesigen Schlüsselbund und nahm einen einzelnen Schlüssel ab. »Ich nehme an, du möchtest nicht vorne rein«, sagte er.

»Dann wäre ich nicht hier.«

»Eben.« Otis reichte Summers den Schlüssel. »Du kennst meinen Keller?«

»Ja. Ich danke dir.«

Otis nahm die Gabel auf und wandte sich wieder seinem Teller zu. Summers verließ die Wohnung. Draußen im Dunkeln ging er den schmalen, geharkten Kiesweg an der Hauswand entlang. Nach zwanzig Yards kam er an eine Eisentür, er schloß auf. Die steile Treppe dahinter führte in einen Keller, vollgestopft mit Werkzeug, Ersatzteilen, Gartenbaugeräten und nicht identifizierbarem technischen Krimskrams. Auf dem Tisch stand ein graues Telefunken Magnetophon 85. Summers fädelte das Band ein und drückte auf den Start-Knopf.

Die Aufnahme hatte eine erbärmliche Qualität, der Mitschnitt einer Konferenz. Mehrere Männer und eine Frau sprachen Deutsch. Die Aufzeichnung begann mitten im Gespräch, zu Anfang war nicht klar, über was geredet wurde. Nach und nach hörte Summers sich in die Sprache ein. Er verstand besser, und es gelang ihm, die Stimmen auseinanderzuhalten.

»... sowjetisches Brudervolk ...«, sagte jemand, »... im Kampf gegen die imperialistische Bedrohung ... Genossen ... sozialistischer Aufbau ...«

Dann eine andere Männerstimme, klar und deutlich: »Zum Bericht der Quelle ›Prinz‹: Der Schlagersänger Elvis Presley wird nach wie vor von einer sechsköpfigen Einsatzgruppe mit dem Operationsnamen ›King‹ überwacht. Bisher ist es ihnen gelungen, die Existenz der Gruppe geheimzuhalten. Selbst Presley weiß nichts von seiner Leibwache.«

Summers stieß einen leisen, tonlosen Pfiff aus.

»Ich bitte um Vorschläge, wie das Wissen um diese Aktion für uns nutzbringend ausgewertet werden kann«, sagte die Stimme. »Bitte, Genosse Major?«

»Wir können es drüben öffentlich machen. Wir haben doch Westjournalisten, die wir auf eine solche Geschichte ansetzen können. Das müßte eine Menge Staub aufwirbeln.«

»Vor wem soll er eigentlich geschützt werden? Die reine Existenz dieser Gruppe ist doch eine Provokation gegenüber den friedliebenden, im Sozialismus lebenden Völkern!«

»Sie werden es schlicht abstreiten!«

Es entspann sich eine Diskussion über verschiedene Möglichkeiten, die Gruppe »King« propagandistisch für den Fortschritt des Sozialismus auszuwerten, die aber letztlich alle als zu ineffektiv verworfen wurden, da gegen die publizistische Übermacht des kapitalistischen Westens nicht effektiv anzukommen sei, solange nur Gerüchte zur Verfügung stünden.

»Was wissen wir über die Schutzmaßnahmen?« fragte plötzlich eine unangenehm näselnde Männerstimme, die sich zum ersten Mal zu Wort meldete.

»Genosse General ...«, der Gesprächsleiter räusperte sich und schien in seinen Papieren zu wühlen. »›Prinz‹ ist der Ansicht, daß die Gruppe ›King‹ weder quantitativ noch qualitativ der Aufgabe gewachsen ist. Es gibt nur zwei voll belastbare Kräfte, und nur eine davon schätzt ›Prinz‹ als sehr gut ein. Der Leiter, Captain Terry Gordon, wurde zur Gruppe ›King‹ strafversetzt. Er bemüht sich um Verstärkung, bisher ohne Erfolg.«

»Man könnte also sagen, die Gruppe ist tatsächlich nur ein Gerücht.« Verhaltenes Gelächter. »Die Amerikaner nehmen die Sache selbst nicht ernst. Dann sollten wir ihnen ein wenig auf die Sprünge helfen, Genossen. Wenn wir keine Fakten haben, dann schaffen wir eben welche.« Der Genosse General endete, und für einen Moment war nur Rauschen zu hören.

»Genosse General, ich weiß nicht, ob wir …«, meldete sich endlich der Leiter der Zusammenkunft.

»Die Existenz dieser Gruppe wird für die Amerikaner erst dann zur echten Blamage, wenn sie versagt. Wenn diesem Sänger etwas zustößt und dann bekannt wird, daß sie vergeblich versucht haben, ihn zu schützen, wäre das ein voller Erfolg für uns. Gleichzeitig werden wir diesen asozialen Verrückten los, der unsere Jugend zur Konterrevolution verführt. Ein Schlag, zwei befriedigende Resultate. Sehr effektiv.«

»Und wie soll das geschehen, Genosse General?« fragte eine andere, verunsichert klingende Stimme.

»Das können wir getrost den Technikern überlassen, Genosse Hauptmann. Wesentlich ist nur, daß nicht der geringste Hinweis in unsere Richtung zeigen darf. Die Urheberschaft *muß* im Westen vermutet werden«, antwortete der Genosse General, und das Ende des Tonbandes lief am Tonkopf vorbei; die rechte Spule drehte sich im Leerlauf, begleitet von einem leisen, rhythmischen Ratschen.

Summers zündete sich eine Lucky an und sog den Rauch tief ein. Das Band war kaum zehn Minuten lang. Falls es echt war – und er zweifelte kaum daran –, enthielt es nicht weniger als drei schwer zu verdauende Informationen: Zum einen zeigte es, daß zumindest Teile der Gruppe »Arrowhead« noch im Geschäft waren, was immer General Thornhill auch behaupten mochte – denn es war offensichtlich Hans Drau, der Summers das Band zugespielt hatte; zum zweiten, daß die Ostdeutschen Elvis tatsächlich an den Kragen wollten, so wie Captain Gordon es immer schon behauptet hatte – nur mußte Elvis nicht deswegen beschützt werden, lächerlicherweise war es genau umgekehrt. Die dritte Nachricht des Bandes aber war die wichtigste.

Wir haben einen Maulwurf, dachte Summers. In der Gruppe »King« gibt es einen Doppelspion.

Er stellte das Gerät aus, steckte die Spule ein und stieg langsam die Treppe empor. Otis nahm den Schlüssel mit ernstem Gesicht wieder entgegen.

»Sorgen, Pete?« fragte er.

»Ja, leider.«

Otis zeigte auf seinen Eisschrank. »Nimm dir 'n Bier.«

Auf einem kleinen Tisch in der Ecke stand ein Kofferplattenspieler, auf dem eine LP lag. Summers erkannte das Blue-Note-Label. Otis schaltete an und senkte vorsichtig den Saphir in die Rille. Schweigend saßen sie an Otis' Küchentisch und lauschten Sonny Rollins. Für die Dauer von einer Flasche Bier und zwei Luckies nutzte Summers die Gelegenheit, Ordnung in seine Gedanken zu bringen.

»Weißt du, wo ›Lucky Bob‹ morgen steckt?« fragte er dann.

»Na klar. In Wien, bis Samstag.«

»*Das* weiß ich auch. Schließlich bin ich Geheimagent. Aber was wissen die Hausmeister?«

Otis nahm einen großen Schluck Bier und grinste ein bißchen müde. »Er kommt schon morgen nachmittag zurück.«

»Ich danke dir, mein Freund«, sagte Summers und stand auf. Der Herrscher des Westflügels entließ ihn mit einem gnädigen Kopfnicken.

# KARFREITAG

Elvis kam die Treppe heruntergefedert und stieg mit einer eleganten Bewegung zu Summers in den Dodge.

»Guten Morgen!« Er schien bester Stimmung. »Haben Sie Ritchie wieder laufenlassen?«

»Natürlich, Elvis. Wie besprochen.« Summers fuhr los, in Richtung der Ray-Barracks.

»Was passiert eigentlich, wenn er die Sache rumerzählt? Ich meine, für so einen *Smalltown-Boy* war das ja schon eine ... spezielle Erfahrung.« Er lachte glucksend in sich hinein. Summers warf einen Blick auf ihn. Elvis' Augen waren gerötet und fuhren hektisch hin und her.

»Ritchie wird niemandem etwas erzählen. Da können Sie ganz beruhigt sein.«

»Oh, *ich* bin nicht unruhig. Ich dachte, *Sie* wären es. Oder wenigstens Captain Gordon. Er scheint recht leicht zu beunruhigen zu sein.« Wieder dieses seltsame Lachen, länger dieses Mal.

»Er wird nichts erzählen. Er hat es mir versprochen.«

»Versprochen? *Versprochen*? Pete, altes Haus, Sie glauben Ver*sprechungen*? Ich dachte, Sie sind ein Profi!« Sein Lachen überschlug sich, dann brach es plötzlich ab. »Im Ernst, Pete. Was haben Sie mit ihm gemacht?«

»Ich habe dafür gesorgt, daß er mich nicht vergißt«, sagte Summers.

Elvis rutschte auf der Sitzbank näher und beugte sich zu ihm. »Wie denn, Pete?« flüsterte er, dann riß er plötzlich die rechte Hand hoch, »mit einer KNARRE?« Er bedrohte Summers mit ausgestrecktem Zeige- und Mittelfinger und brach wieder in Gelächter aus.

»Verzeihen Sie die Frage, Elvis. Aber haben Sie irgendwelche Medikamente genommen, die Sie nicht vertragen?«

»Mach dir keine Sorgen, Mama. Ich vertrage sie hervorragend. Wenn ich um diese geisteskranke Tageszeit wach sein muß, muß ich eben wach sein. Ich war die ganze Nacht wach. Zerbrechen Sie sich nicht meinen Kopf, Pete. Was haben Sie mit Ritchie gemacht? Ich will es wissen.«

»Ich zerbreche mir nicht Ihren Kopf und Sie sich nicht meinen, okay?«

Elvis schwieg beleidigt, und Summers war es recht, das Thema fallenzulassen. Er war Ritchie tatsächlich mit gezogener Waffe gegenübergetreten und hatte den bösen Cop gespielt. Der Junge hatte geschlottert vor Angst.

Erst als sie Friedberg fast erreicht hatten, rührte Elvis sich wieder.

»Ich hab nur bis Mittag Dienst heute. Holen Sie mich um zwölf ab.« Keine Frage, natürlich. Ein Befehl. »Großmutter kocht zu Mittag. *Meat Loaf*. Falscher Hase. Mögen Sie Falschen Hasen, Pete?«

Elvis begann zu giffeln, seine Laune schien sich wieder zu bessern. Er verschränkte die Hände im Nacken und schob seine Army-Kappe nach vorn bis über die Augen.

»Ich möchte Ihnen noch etwas sagen, Elvis.«

»Hm?«

»Es verdichten sich die Hinweise, daß die Ostdeutschen tatsächlich etwas planen. Wenn Sie es irgendwie einrichten können, bleiben Sie zu Hause.«

Elvis schob die Kappe wieder nach hinten und sah ihn mit schiefem Grinsen von der Seite an. »Ich weiß nicht, Pete. Seit gestern finde ich Ihre Warnungen nicht mehr so richtig beeindruckend.«

Summers tippte sich aufs Herz. »Ich kann es fühlen. Passen Sie auf sich auf.«

»Ich dachte, das sei *Ihr* Job, Pete.«

Sie kamen ans Kasernentor. Summers hielt, und Elvis sprang aus dem Wagen. Bevor er die Tür zuwarf, beugte er sich noch mal herein.

»Keine Sorge, Pete«, sagte er mit seinem jungenhaften Grinsen. »Heute bleib ich brav daheim. Hatte ich sowieso vor.«

Schnell verschwand er zwischen den anderen Uniformierten, die mit ihm zum Dienst strebten. Summers sah ihm nach. Ein ungutes Gefühl bohrte in ihm. Langsam drehte er den Wagen und fuhr zurück nach Bad Nauheim.

*

Katharina saß todmüde in der Polizeiwache. Es war neun Uhr. Sie waren erst um fünf wieder in Bad Nauheim gewesen, und auch das nur, weil ein netter Ami sie den ganzen Weg von Frankfurt im Wagen mitgenommen hatte. Sie hatte Klaus erst überreden müssen, in den Straßenkreuzer zu steigen. Er wollte lieber am Hauptbahnhof auf den ersten Zug warten – und hatte so süß ängstlich ausgesehen. Nachher war er neben ihr auf der Rückbank eingeschlafen, an sie gelehnt. Seine Haare hatten ihre Wange gekitzelt, aber sie hatte es nicht übers Herz gebracht, ihn zu wecken, und die Strähne immer wieder mit vorgeschobener Unterlippe beiseite geblasen.

Jetzt saß sie hier, auf der Wache, ohne zu wissen, warum. Frau Semmler hatte dieses Mal nicht stumm durch ihren Türspalt gelauert, sondern war zeternd daraus hervorgebrochen, kaum hatte Katharina die Diele betreten. Ihr Morgenmantel war hochgeschlossen, Katharina war sicher, daß sie seit Stunden auf diesen Moment gewartet hatte.

»Die KRIMINALPOLIZEI war im Haus!« »… SOFORT auf der Wache MELDEN!« »… NACHBARN denken!« »… KÜNDIGEN!«

Nur mühsam hatte Katharina herausgefunden, was dieses Geschrei veranlaßt hatte. Dann hatte sie sich eine Erklärung zurechtgelegt, nach beruhigenden Worten gesucht, aber am Ende, nach einem letzten Blick in das keifende Gesicht, hatte sie sich umgedreht und Frau Semmler einfach stehenlassen. Wie ohnmächtig war sie auf ihr Bett gesunken und eingeschlafen, ohne Gebet und ohne Zähneputzen.

Doch schon nach drei Stunden war sie aus einem Traum geschreckt, kreisende Gedanken im Kopf.

»… SOFORT auf der Wache MELDEN!« Weshalb? War es doch wegen Renate?

Keine Gedanken mehr an Renate! Renate war in Frankfurt. Sie hatte nach ihr gesucht, die ganze Nacht, Klaus immer im Schlepptau, mit seinem zweifelnden Blick. Überallhin, durch all die Clubs dort, das »Weindorf«, das »Hobby«, durchs »Arkadia« und ins »K 52« war er ihr gefolgt. Dort hatte sie ihm einen Kuß auf die Wange gegeben, und er hatte gelächelt. Aber Renate hatten sie nicht gefunden.

»Ich glaube, sie ist in irgendeinem Ami-Club«, hatte Klaus gesagt, und damit ausgesprochen, was Katharina insgeheim die ganze Zeit gedacht hatte – aber sie hatte nicht wahrhaben wollen, daß ihre Freundin genau so war, wie Klaus sie erlebt hatte.

Er hatte sie buchstäblich von der Straße geholt, wo sie weinend an einer Laterne lehnte, nach ihrem Streit. Und sie hatte sich bei ihm ausgeweint, sich an ihm festgehalten für eine Nacht. Sie hatte tatsächlich bei ihm geschlafen, in seinem Bett, während er hellwach auf dem Teppich gelegen und gezittert hatte vor Angst, von seinen Eltern erwischt zu werden.

Am Morgen dann war sie fortgegangen und hatte ihn wie eine ausgelesene Zeitung hinter sich gelassen. Zwar hatte sie versprochen, ihn bei dem Chet-Baker-Konzert zu treffen, aber er hatte vergeblich auf sie gewartet. Nicht einmal einen Abschiedskuß hatte sie ihm gegönnt.

Er hatte es nicht zugegeben, aber sie fühlte, daß Klaus in seinem bisherigen Leben wohl kaum etwas Schmerzhafteres erlebt hatte. Mit hochrotem Kopf hatte er Katharina feierlich erklärt, daß »rein gar nichts« vorgefallen sei, und sie glaubte ihm aufs Wort – dafür kannte sie Renate gut genug.

Langsam döste Katharina auf ihrem Stuhl ein. Ihr Kopf fiel nach vorn, und sie schrak auf. Es roch typisch nach Amt – diese eigentümliche Mischung aus den Ausdünstungen alten Papiers, dem scharfen Aroma von Bohnerwachs und einer Ahnung von Männerschweiß.

Der Schutzmann auf der Wache hatte zunächst nichts mit ihr anzufangen gewußt und herumtelefoniert, bis er einen Kriminalbeamten, einen Kommissar sogar, erreichte, der sofort kommen würde, doch das war jetzt auch schon eine Weile her.

Endlich wurde die Tür zum Wachraum aufgestoßen, und ein energischer Herr in einem Regenmantel trat herein. Er grüßte flüchtig den Polizisten hinter dem Schreibtisch und kam geradewegs auf sie zu.

»Kommissar Grasshoff«, stellte er sich vor. »Verzeihen Sie, daß es etwas gedauert hat, Fräulein Laurenz, ich mußte meine Gattin noch zur Kirche bringen. In der Neun-Uhr-Messe predigt Kaplan Steinfeldt, den verpaßt sie ungern.« Er verzog das Gesicht entschuldigend.

»Renate ist in Frankfurt«, sagte Katharina.

»Wie bitte?« Der Kommissar wirkte irritiert.

»Es ist doch wegen der Vermißtenanzeige. Deshalb sollte ich doch herkommen, oder?«

»Ach *so*. Nein, Fräulein Laurenz, es dreht sich um etwas anderes.« Er wandte sich an den Schutzmann. »Was dagegen, wenn ich Kempers Büro benutze?«

»Aber nein, Herr Kommissar.«

Er winkte sie hinter sich her, im Büro bot er ihr einen Stuhl an. Dann hielt er ihr ein Foto hin – das Foto aus ihrem Album, das von Renate und Magda. Oder Marlene?

»Wenn ich Sie gerade richtig verstanden habe, ist die eine Dame auf diesem Bild wieder aufgetaucht, richtig?«

»Nicht direkt, aber …«

»Schön. Fräulein Laurenz, wir bitten niemanden ohne Grund, an einem Feiertag auf die Wache zu kommen. Ich möchte von Ihnen wissen, wer die andere Dame ist.«

»Die andere? Ja, warum denn?« Katharina schluckte.

»Bitte beantworten Sie meine Frage. Wer ist dieses Fräulein?«

»Das weiß ich nicht genau.« Etwas in ihrem rechten Ohr begann zu sirren, und sie fühlte, wie sie tiefer in sich zusammensackte.

Der Kommissar lächelte mit kalten Augen. »Wissen Sie es nicht, oder wissen Sie es nicht genau? Wer ist sie denn ungefähr?«

Wenn ich von Magda erzähle, schoß es durch ihren Kopf, muß ich dann von Marlene erzählen, muß ich dann von Texas erzählen, muß ich dann von Rüdiger erzählen?

Das Sirren wurde stärker, es zog durch ihr Ohr unter die Schädeldecke hinauf. Hroudiga Bhudahrigg. »Wenn du das weitererzählst, bring ich dich um«, sagte eine Stimme, und Katharina wurde ohnmächtig.

*

Die Sonne des Frühlingsmorgens schien durch die Fenster des Besprechungsraumes. Jack Krieger nippte an seinem Kaffee, den er mit der Linken zum Mund führte, während er mit der anderen Hand auf den Rand seiner Zeitung kritzelte.

»Es war *nichts* drauf?« fragte er, nachdem er die Tasse wieder abgestellt hatte.

»Nichts Verwertbares«, sagte Gordon. »Wir haben das Tonband dreimal durchgehört. Rauschen, Pfeifen, Sprachfetzen, wahrscheinlich Französisch. Vielleicht eine Panne. Oder dieser Texas erlaubt sich mit uns einen dummen Scherz – was ich für wahrscheinlicher halte.«

Krieger sah ihn schweigend an. Dann warf er Summers einen kurzen Blick zu und malte weiter an seinen ausufernden, dunkelblauen Ornamenten.

»Aber wir haben weder Zeit noch Leute für Spekulationen«, fuhr Gordon fort. »General Thornhill ist erst morgen nachmittag wieder in Frankfurt. Ich werde dann sofort Ersatz für Dixie und Bud anfordern. Solange fahrt ihr Einzelstreife: J.T. macht allein Backdoor, Krieger übernimmt den Allrounder und Foster überwacht die Vordertür.«

»Ich allein, Sir?« Foster schien konsterniert.

»Wenn ich abkömmlich bin, werde ich Sie unterstützen. Morgen werden die Posten getauscht.«

»Was passiert mit Dixie und Bud?« fragte Krieger.

Die beiden saßen seit Beginn der Teamsitzung wie begossene Pudel auf ihren Plätzen und hatten noch keine Silbe verlauten lassen.

»Die besetzen unsere Funkzentrale. Und zwar rund um die Uhr. Wie ihr euch die Schichten einteilt, ist mir egal.«

In Dixies Blick erschien so etwas wie Widerspruch, aber dann sah er aus dem Fenster.

»Noch Fragen?«

J.T. hob die Hand.

»Nein, ich habe keine Ahnung, was Langley dazu sagt«, blaffte Gordon ihn an.

J.T. duckte sich schüchtern. »Ich wollte doch nur wissen, was ich für einen Wagen bekomme«, sagte er. »Ich hätte auch gern so einen großen wie Krieger.«

Krieger grinste. »Wenn du Glück hast, haben sie Petes Wrack mittlerweile wieder hingekriegt, dann kriegst du wenigstens einen Borgward.«

»Ich hätte aber lieber einen Kapitän.«

»Dazu brauchst du schon ein paar Beziehungen zur Fahrbereitschaft.«

»Und wie komm ich an Beziehungen?«

»Mit der Zeit, J.T., mit der Zeit«, sagte Krieger.

»Gut. War's das jetzt?« fragte Gordon. Er wirkte ungeduldig, wie meist am Ende der Sitzung. Jetzt erst meldete Summers sich.

»›Junior‹ wird den Tag in der Goethestraße verbringen. Wenn du nichts dagegen hast, würde ich gern heute nachmittag frei machen.«

»Frei? Wieso?«

»Ich brauch neue Schuhe.«

Gordon sah ihn ungläubig an, dann warf er einen resignierten Blick auf seine Armbanduhr und verzog den Mund. »Okay, wenn's sein muß«, sagte er und stapelte seine Aktenordner aufeinander. Alles erhob sich und drängelte aus dem Raum. Nur Krieger und Summers blieben sitzen. Kriegers Kugelschreiber bewegte sich gleichförmig und schraffierte ein blattförmiges Oval am Rande seiner Zeichnung.

»Meinst du, Foster kommt allein klar?« fragte er, nachdem sich die Tür hinter den anderen geschlossen hatte.

»Ich denke schon. Mehr Mist als unsere beiden Helden wird sie kaum machen können.« Summers zündete sich eine Zigarette an und warf Krieger die Packung zu, aber Krieger warf sie ihm zurück.

»Hast du was mit ihr?«

»Ich? Mit Foster?« Summers lachte auf. »Nein.«

Krieger sagte nichts. Sein Stift bewegte sich langsam von dem schraffierten Oval weg.

»Was meinst du zu dem Tonband, Jack?« fragte Summers.

Krieger begann einen Kreis zu zeichnen, etwa einen Zoll im Durchmesser. »Panne«, antwortete er. Er wiederholte die Kreislinie, schneller werdend, immer dicker. Dann setzte er einen Punkt in die Mitte und sah Summers direkt in die Augen.

»Oder Sabotage. Es könnte genausogut absichtlich gelöscht worden sein.« Er warf den Stift auf den Tisch und lehnte sich mit verschränkten Armen zurück. »Wie lange warst du mit dem Band allein, Pete?«

»Lange genug, Jack.«

Sie starrten sich an, keiner senkte den Blick. Nach zähen Sekunden war es Krieger, der als erster sprach.

»Was spielst du hier für ein Spiel? Gibt es irgendwas, das ich wissen sollte?«

»Ich werde versuchen, dich auf dem laufenden zu halten«, sagte Summers.

Krieger nickte und stand auf.

»Ich hoffe, du weißt, was du tust, Pete«, sagte er.

*

»Riechsalz haben wir keins hier, vielleicht hilft ein Kaffee«, sagte der Wachhabende und schraubte seine Thermoskanne auf. Er kniete neben der jungen Frau, die auf dem Linoleumboden des Büros lag. Grasshoff stellte mit einiger Erleichterung fest, daß der Wachtmeister die Situation völlig im Griff hatte. Er selbst hatte einen Anflug von Panik verspürt, als Fräulein Laurenz ohne erkennbaren Anlaß einfach vom Stuhl gekippt war. Er hatte ihr den beim Sturz hochgerutschten Rock gerichtet und dann in der Wachstube um Hilfe gebeten.

Der Wachtmeister gab der ohnmächtig Daliegenden jetzt ein paar wohldosierte Ohrfeigen und flößte ihr, als sie ein Lebenszeichen erkennen ließ, Kaffee aus dem Schraubbecher seiner Kanne ein.

Katharina Laurenz setzte sich auf. »Was mach ich denn auf dem Fußboden?«

»Können Sie aufstehen?« fragte Grasshoff in barscherem Ton, als er eigentlich beabsichtigt hatte.

»Ja ...« Sie richtete sich mit der Hilfe des Wachtmeisters auf und sank auf den Stuhl. »Es geht wieder.«

»Ich laß Ihnen den Kaffee hier«, sagte der Wachtmeister.

»Danke sehr.« Grasshoff entließ ihn mit einer Kopfbewegung. Seine Mundwinkel verzogen sich zu einem kurzen, dienstlichen Lächeln, und er versuchte, den richtigen Ton für die Fortführung der Befragung zu finden.

»Sagen Sie bitte Bescheid, wenn Sie sich nicht wohl fühlen, Fräulein Laurenz. Dann machen wir eine Pause.« Er griff wieder nach seinem Notizblock. »Meine letzte Frage war, wer die andere junge Dame auf diesem Bild ist.«

Katharina Laurenz hielt mit beiden Händen den Kaffeebecher umklammert, als suche sie daran Halt. Ihr Gesicht war voller Sorge, und ihre Hilflosigkeit rührte ihn an.

»Das ist Magda«, sagte sie, und es wirkte auf Grasshoff, als hätte sie dafür eine schwere Entscheidung treffen müssen.

»Magda, und weiter?« fragte er.

»Das weiß ich nicht. Ich kenne sie nur mit Vornamen.«

»Wann haben Sie sie zuletzt gesehen?«

»Vor drei Wochen«, antwortete sie prompt.

Zu prompt, dachte Grasshoff. Er forschte in ihren Augen, sie sah zur Tischplatte hinab.

»Gibt es jemanden, der sie besser kennen könnte?«

»Nein.«

Wieder kam die Antwort zu schnell. Grasshoff kratzte sich am Kinn.

»Wo wohnt sie denn?«

»Sie hatte ein Zimmer in Nieder-Wörlen. Aber die Adresse kenne ich nicht.«

»Wieso ›hatte‹? Warum glauben Sie, sie hat es nicht mehr?«

»Ich glaube, sie ist fort. Nach Hause.«

»Und wo ist dieses Zuhause?«

»Ich weiß nicht.«

»Wissen Sie denn überhaupt irgendwas über sie?«

»Sie ist nett ...« Sie sah scheu auf, senkte aber die Augen sofort wieder. Offensichtlich war ihr klar, wie lächerlich dieser Satz klang.

Grasshoff nahm einen Aktendeckel vom Schreibtisch und schlug ihn auf. Zuoberst lag ein Foto vom Fundort der Leiche. Er nahm es heraus.

»Es geht um eine ernste Sache ... Sehr ernst.«

Er reichte ihr das Foto, bereit, sie im Notfall aufzufangen. Doch Katharina Laurenz wankte nur, sie fiel nicht. Die Hand vor den Mund geschlagen, starrte sie mit weit aufgerissenen Augen auf das Bild.

»Ist sie das?«

Alle Farbe war aus ihrem Gesicht gewichen. Ganz langsam nickte sie.

»Man hat sie im Wald gefunden, verscharrt. Ich brauche alle Informationen, die ich kriegen kann, Fräulein Laurenz.«

Sie nahm die Hand vom Mund, aber ihr Blick wich nicht von der Fotografie.

»Was ist mit ihr passiert?« fragte sie flüsternd.

»Sie ist an den Folgen einer Abtreibung gestorben.«

»Woran?«

»Wissen Sie, was eine Abtreibung ist, Fräulein Laurenz?«

»Ich ...« Sie weinte still.

»Nun ...« Grasshoff zögerte einen Moment. Dann tätschelte er ihr beruhigend auf die Schulter. Sanft, aber bestimmt nahm er das Foto aus ihren Händen und legte es zurück in die Akte. Er hatte Verlangen nach einer Zigarette.

»Bisher wissen wir nicht mal, wer sie ist. Ich hatte gehofft, Sie könnten mir dabei helfen.«

»Nein«, sagte sie, zu heftig.

»Warum nicht?«

Sie sah weg, aus dem Fenster.

»Ich habe den Eindruck, Sie verschweigen mir etwas, Fräulein Laurenz.«

»Nein.« Sie begann auf ihrer Unterlippe zu kauen. »Warum sollte ich das tun?«

»Das wüßte ich auch gern«, sagte Grasshoff.

Ohne etwas zu sagen, sah sie weiter aus dem Fenster, als sehe sie den treibenden Wolken am hellblauen Feiertagshimmel zu.

»Kannte Magda den Vater von Elvis Presley?«

»Vernon?« Katharina Laurenz wandte ihm irritiert den Kopf zu. »Den kennen wir alle.«

»Verkehren Sie mit ihm? Gehen Sie ins Haus der Presleys?«

»Verkehren? *Im* Haus? Nein. Ich geh doch nicht *ins* Haus. Wo denken Sie hin!«

»Magda tat das auch nicht?«

»Ich weiß nicht.« Ihr Blick sank zu Boden, Tränen traten in ihre Augen. Grasshoff rührte sich nicht. Er beobachtete sie. Sie verbarg etwas, und er mußte es herausfinden.

Sie tat ihm leid.

*

Grasshoff ging allein auf das Haus zu. Schorsch Kemper war nicht zu erreichen gewesen. Er hätte ihn gern dabei gehabt, nicht nur wegen seiner Englischkenntnisse. Grasshoff fühlte sich angeschlagen, die Einvernahme von Katharina Laurenz war anstrengend gewesen – auch wenn sie ihn am Ende einen großen Schritt nach vorn gebracht hatte.

Er hatte von Beginn an gespürt, daß sie ihm nicht die ganze Wahrheit sagte, und er verstand noch immer nicht, warum sie so lange leugnete, den wahren Namen der Toten zu kennen. Er hatte schweres Geschütz auffahren müssen, bis sie es endlich weinend zugegeben hatte.

»Sie heißt Marlene. Marlene Diddrich«, und was sie weiter erzählte, ergab endlich so etwas wie einen Anhaltspunkt:

Die Tote hatte einen Halbbruder – mit einem Motorrad. Er besaß eine Horex, eine schwere Maschine, aber weiter wußte Fräulein Laurenz nichts über ihn, außer daß er sich Texas nannte.

Grasshoff hatte sie nach Hause geschickt und sich einen kleinen Dujardin aus Kempers Globus genehmigt, bevor er hierher in die Goethestraße aufgebrochen war.

Es war Feiertag, schon jetzt am Vormittag standen fast fünfzig Menschen vor dem Haus. Nicht nur Jugendliche, etliche der Fans schienen in Begleitung ihrer Mütter gekommen zu sein, auch zwei oder drei erwachsene Männer waren zu sehen. Auf der Säule zwischen Törchen und Einfahrt stand ein batteriebetriebener Plattenspieler, aus dessen

Lautsprecher eine Rock'n'Roll-Platte plärrte. Einige Backfische tanzten zu der Musik mit ein paar Halbstarken. Grasshoff drängte sich an ihnen vorbei und klingelte.

»Er ist nicht da!« rief eine Mädchenstimme.

»Möchten Sie nicht mit uns tanzen?« eine andere. Gelächter antwortete. Grasshoff drehte sich nicht um, unbewegt sah er zur Haustür, an der nach einigem Warten eine dunkelhaarige, ältere Frau erschien.

»Was wollen Sie?« rief sie unfreundlich.

»Sind Sie Frau Pieper?«

»Wer sonst?«

Grasshoff zog seine Marke aus der Tasche und hielt sie unauffällig hoch, so daß sie nur für Frau Pieper zu sehen war. Sie brauchte einen Moment, um zu realisieren, was man ihr da präsentierte, aber dann kam sie die Treppe herunter. Mißtrauisch beäugte sie Grasshoff.

»Keiner da«, sagte sie, nachdem Grasshoff sich vorgestellt hatte. »Nur Minnie Mae.«

»Ist das Herrn Presleys Großmutter?«

»Genau die.«

»Vielleicht kann die mir auch helfen, oder sogar Sie, Frau Pieper. Können wir reingehen?«

Ihr Blick wurde noch mißtrauischer, aber sie ging vor ihm her die Treppe hoch.

»Und Sie sind wirklich von der Polizei?« fragte sie, als sie in der Diele standen.

Grasshoff zeigte ihr seinen Dienstausweis, den sie genau musterte, ohne daß ihr Zutrauen merklich gewachsen wäre.

»Was wollen Sie denn eigentlich?«

Grasshoff nahm das Foto von Marlene Diddrich aus der Brieftasche und hielt es ihr unter die Nase.

»Kennen Sie diese Frau?«

Ihre Augen wanderten zwischen dem Bild und Grasshoff hin und her.

»Ich weiß nicht. Diese jungen Dinger sehen heute doch alle gleich aus. Warum fragen Sie das?«

»Wann sind die Herren denn zu sprechen?«

»Der Junge kommt zum Mittagessen. Ich weiß nicht, wann die anderen wieder da sind.«

Eine hagere Frau erschien in der offen stehenden Küchentür. Grasshoff schätzte sie auf Ende Sechzig. Sie trug eine schlichte Strickjacke und hatte ein Tuch um die aschblonden Haare geschlungen.

Sie fragte Frau Pieper etwas auf Englisch, worauf diese die Schultern zuckte.

»Sprechen Sie Englisch?« fragte Grasshoff.

»Nein. Wir beide reden mit Händen und Füßen miteinander.«

»Verstehe.« Grasshoff lächelte die alte Dame an und reichte ihr das Foto. Mit gerunzelter Stirn sah sie darauf, dann lächelte sie plötzlich erkennend.

*»That's Magda«*, sagte sie.

»Magda?« fragte Grasshoff und zeigte auf das Bild.

Sie nickte heftig. *»Of course! Magda! Are you her dad? Where did she go?«*

Grasshoff entschuldigte sich mit einer Geste des Nichtverstehens. Er wandte sich wieder an Frau Pieper.

»Bestellen Sie den Herren Presley bitte Grüße von mir. Ich werde noch einmal wiederkommen.«

»Warum?«

Grasshoff sah die Frau mit schräggelegtem Kopf an. »Wenn ich der Meinung wäre, Sie müßten das wissen, würde ich es Ihnen mitteilen, Frau Pieper.«

Sie preßte die Lippen aufeinander und öffnete ihm die Haustür. Grasshoff lächelte Minnie Mae Presley noch einmal zu, was sie mit einem schüchtern-freundlichen Winken quittierte, dann trat er hinaus. Bevor er noch »Vielen Dank« sagen konnte, fiel die Tür lautstark hinter ihm ins Schloß.

Er ging die Treppe hinunter und trat auf die Straße, von den Halbwüchsigen neugierig gemustert.

»Was wollte der da drin?« fragte eine Stimme.

Er kämpfte sich den Weg durch den Pulk der Fans. Für einen Moment unschlüssig sah er auf seine Armbanduhr, dann entschied er sich für ein zweites Frühstück zu Hause. Als er fast den Eleonorenring erreicht hatte, sprach ihn eine vage bekannte Stimme von hinten an.

»Guten Morgen, Herr Grasshoff.«

Er drehte sich um. Der rothaarige Junge lächelte ihn verkrampft an.

»Guten Morgen. Woher kenne ich dich?« fragte er.

»Ich bin ein Freund von Hans-Gerd. Ritchie. Äh, Richard. Richard Sternberg.«

»Aha!« Aufmerksam sah Grasshoff ihn an. »Wie geht es dir?«

»Ja ... gut, so ... gut, eben.« Richards Aussehen strafte ihn Lügen. Er war grau im Gesicht, die Augen lagen tief in ihren Höhlen.

»Was kann ich für dich tun, Richard?«

»Nun, äh, nichts. Ich wollte Ihnen nur ... einen guten Morgen wünschen.« Sein Lächeln wurde panisch.

»Hattest du schöne Ferien bisher, Richard?«

»Ferien? O nein, ich arbeite, ich geh nicht mehr zur Schule.«

»Hast du denn was Besonderes erlebt in der letzten Zeit?«

»Nein ... gar nichts.«

»Es gibt nichts, was du mir erzählen möchtest?«

»Nein. Oder doch: Genau das wollte ich erzählen. Mir ist nichts Besonderes passiert. Gar nichts. Überhaupt nichts los in Bad Nauheim.« Er stieß ein meckerndes Lachen hervor.

»Ich habe dich verstanden, Richard«, sagte Grasshoff leise und legte ihm besänftigend die Hand auf den Oberarm. »Es ist nichts passiert.«

»Es ist nur, weil ... Hans-Gerd und Klaus ...«

»Die Leute erzählen manchmal seltsame Sachen. Geh nach Hause, Richard. Mach dir keine Sorgen.«

»Ja«, sagte der schlaksige Junge. Dann drehte er sich um und rannte in den Park hinein.

Grasshoffs Blick folgte ihm. Mit nachdenklichem Kopfschütteln setzte er seinen Weg fort.

*

Summers hielt vor dem Haus, und Elvis stieg schwungvoll aus dem Dodge. In aufgeräumter Stimmung ging er durch die große Gruppe der Fans, die vor ihm auseinanderwich wie das Rote Meer vor Moses. Er hatte ein Lächeln für alle, aber keine Autogramme, dieses Mal. Von der Haustür aus winkte er noch einmal freundlich, dann war er verschwunden. Die Menge stöhnte enttäuscht auf.

Summers überquerte die Straße und stieg zu Foster in den Wagen.

»Alles klar?« fragte er.

»Ich dachte, Sie wollten Schuhe kaufen gehen.« Sie blickte geradeaus; distanziert, fand er.

»Ich fahr nachher nach Frankfurt. Wollen Sie mit?«

»Nein.«

»Gab's hier irgendwas Auffälliges?«

»›Senior‹ war im Kurpark spazieren. Keine besonderen Vorkommnisse.« Immer noch sah sie ihn nicht an.

Summers runzelte die Stirn. Er hielt seine Zigaretten hoch. »Darf ich?«

»Seit wann sind Sie so höflich?«

»Manchmal rutscht mir so was raus.«

»Ja.« Jetzt erst drehte sie sich zu ihm. »In Ihrem Bericht heute morgen haben Sie gesagt, Richard Sternberg falle als Quelle für die Gegenseite aus. Was haben Sie damit gemeint?«

»Ach, daher weht der Wind.« Er ließ sein Feuerzeug aufspringen. »Machen Sie sich Sorgen um Ritchie?«

Sie antwortete nicht, wieder sah sie nur nach vorn.

»Die anderen haben's verstanden«, sagte er und zündete die Lucky an.

»Das habe ich gemerkt. Und vielleicht habe ich's ja *auch* verstanden. Ich möchte nur sichergehen.«

»Elvis macht sich ebenfalls Sorgen.« Er zog den Aschenbecher auf und streifte sorgsam die Asche der ersten beiden Züge ab. »Für den Job, den Sie sich ausgesucht haben, müssen Sie Ihre mütterlichen Anwandlungen in den Griff bekommen. Sonst kriegen Sie Probleme.«

Ihr Kopf fuhr herum. »Gibt es noch einen dienstlichen Grund, warum Sie in meinem Wagen sitzen?« fauchte sie.

»Hören Sie, Julia ...«

»Was wollen Sie, *Pete*?«

»Ich habe ihn nur erschreckt, ich hab ihm nicht weh getan.«

Mit vorgeschobenen Lippen sah sie wieder geradeaus. Sie sagte nichts.

»Manchmal muß man sich in unserm Job zum Arschloch machen, Julia. Das gehört leider dazu. Vertragen wir uns wieder?«

Sie verzog den Mund, dann wandte sie den Blick Summers zu. »Na gut«, sagte sie schließlich.

»Wissen Sie ...«, er zögerte, »mir liegt was dran, daß wir miteinander auskommen.«

Ihr Blick wurde sofort wieder mißtrauisch. »Warum? Soll das eine Einladung zum Essen werden oder so was?«

»Nein ... das meinte ich nicht.«

»Sondern?« Ihre Miene blieb skeptisch.

»Es könnte sein, daß ich jemanden brauche, dem ich vertrauen kann. Und der mir vertraut.«

Sie stieß ein leichtes Lachen aus. »Ich bin seit drei Tagen bei der Gruppe ›King‹ ...«

»Vier«, wandte Summers ein.

»... vier, von mir aus – und da haben Sie keinen anderen, dem Sie vertrauen können?«

Summers antwortete nicht. Es war gerade diese kurze Zeitspanne, die sie zu seinem natürlichen Verbündeten machte. Es gab in der Gruppe »King« nur zwei, die er mit Sicherheit von dem Verdacht ausschließen konnte, der Maulwurf zu sein: Foster und er selbst.

»Wenn Sie mir vertrauen wollen, warum erzählen Sie mir nicht zur Abwechslung mal was von sich?« fragte Foster. »Über Sie weiß ich doch so gut wie gar nichts. Sie waren Rennfahrer und hatten einen Unfall. Und sonst? Mögen Sie Musik? Gehen Sie angeln? Warum haben Sie sich ausgerechnet diesen Job ausgesucht? Erzählen Sie mal!«

Er nahm einen letzten Zug und drückte die Zigarette sorgfältig im Aschenbecher aus.

»Na gut«, sagte er schließlich. »Mein Name ist Peter Summers, ich werde im Juni sechsunddreißig. Ich mag Jazz, Baseball und chinesische Küche, was meinen Aufenthalt in Deutschland ziemlich freudlos macht. Ich trinke wenig Alkohol, aber ich rauche zu viel. Ich habe vor sechs Jahren einen neuen Job gesucht, vorzugsweise im Ausland. Und hier bin ich.«

»Sind Sie eigentlich verheiratet, Pete?« Plötzlich klang sie sehr ernst, als ahne sie, eine Grenze zu überschreiten.

»Nicht mehr«, antwortete er nur. Unwillkürlich begannen seine Hände wieder nach den Luckies zu tasten.

»Hat Ihre Frau Sie wegen des Unfalls verlassen?«

»Kann man so sagen.«

»Was soll das heißen?«

Er schloß die Augen. »Sie war eines der Opfer«, sagte er.

*

Das Café Urban war gut gefüllt mit älteren Damen und turtelnden jungen Pärchen. Grasshoff saß an einem Fensterplatz in der Ecke und beobachtete die Parkstraße. Wenige Minuten vor drei sah er Pete Summers aus einem großen amerikanischen Kombi steigen und die Treppe heraufkommen. Als Summers das Café betrat, fuhr sein Blick schnell und forschend durch den Raum, als schätze er die taktischen Möglichkeiten ab. Grasshoff nahm einen Schluck von seiner heißen Schokolade.

»Ich hoffe, hier ist es Ihnen inoffiziell genug«, sagte er, als Summers ihm gegenübersaß.

»Ich denke schon. Sie müssen verzeihen, daß ich auf Diskretion bestehen mußte, aber eigentlich dürfte ich mich gar nicht mit Ihnen treffen.«

»Was darf es sein?« fragte der Kellner, und Summers bestellte eine Coca-Cola.

»Richard Sternberg ist noch letzte Nacht freigelassen worden«, sagte er, sobald der Kellner gegangen war.

Grasshoff sah sein Gegenüber unfreundlich an. »Ich habe ihn heute morgen gesehen. Was haben Sie mit ihm angestellt?«

»Herr Kommissar, ich bitte Sie. Ich muß Ihnen doch nicht erläutern, daß die Vancouver Sun gewisse Vorsichtsmaßnahmen ...«

»Ach, lassen Sie doch diesen Vancouver-Sun-Quatsch. Reden wir Klartext. Mir paßt die ganze Richtung nicht. Das Auftreten Ihres Dienstes hier in Deutschland empfinde ich als Zumutung.«

Summers sah ihn gelinde überrascht an. »Um ehrlich zu sein: Ich hatte auf eine etwas freundlichere Atmosphäre gehofft.«

Grasshoff lehnte sich zurück. »Was wollen Sie eigentlich? Haben Sie überhaupt Informationen, mit denen ich etwas anfangen könnte, oder ist es nicht vielmehr umgekehrt? So, wie ich das sehe, sind *Sie* in der Rolle des Bittstellers, nicht wahr? Ich weiß eine Menge über Ihren Verein. Und *ich* werde mich nicht einschüchtern lassen wie irgendein Halbstarker.«

Der Kellner brachte die Cola. Er setzte zu einer höflichen Bemerkung an, aber als er Grasshoffs Miene sah, stellte er das Glas ab und verzog sich wieder.

Summers blieb konstant freundlich. »Zunächst einmal haben Sie recht. Wenn Sie sich entscheiden sollten, die Sache öffentlich zu machen, kann ich es kaum verhindern. Ich sehe aber nicht, welchen Vorteil Sie davon hätten. Genauso wenig haben Sie davon, wenn Sie mir Ihr Wissen vorenthalten. So interessiert mich zum Beispiel diese junge

Frau, nach der Sie bei den Presleys gefragt haben. Was schadet es, wenn Sie mir von ihr erzählen?«

»Genau das kann ich nicht beurteilen, Herr Summers. Ich warte immer noch darauf, daß Sie mir einen guten Grund nennen, mit Ihnen zusammenzuarbeiten.« Grasshoff lächelte jetzt doch ein wenig – immer noch saß er am längeren Hebel.

»Nun gut. Das hier wissen Sie wohl noch nicht: Der Anschlag auf Vernon Presley wurde mit einer Panzerfaust durchgeführt. Die Waffe versagte. Wenn der Wagen getroffen worden wäre, hätte es zwei Tote gegeben.«

Grasshoffs Lächeln bekam einen Zug ins Mitleidige. »Erst verwischen Sie die Spuren, und dann soll ich Ihnen das als Neuigkeit abkaufen.« Er winkte ab. »Das mit der Panzerfaust wußte ich zwar nicht, es bringt mich aber auch nicht weiter. Dafür gibt es von mir nichts.«

Mit einem bedauernden Seufzen griff Summers in sein Jackett und zog einen Notizblock hervor. »Ich hatte gehofft, bei Ihnen auf etwas mehr Verständnis zu stoßen, Herr Grasshoff. Dies hier«, er hielt ihm den Block hin, »ist ein bißchen unschön, aber ich möchte mit offenen Karten spielen.« Er schlug den Block auf und las vor: »Normalerweise hätte der Kollege ihn gar nicht so einfach nach Hause geschickt. Da hat sein Nachname schon eine Rolle gespielt, das muß ich ganz klar sagen.«

Grasshoff verstand noch nicht ganz, worauf sein Gegenüber hinaus wollte, aber er fühlte deutlich, wie der Hebel, an dem er saß, gerade ein gutes Stück kürzer wurde.

»Das ist ein Auszug aus einem Telefonat zwischen Ihnen und Ihrem Kollegen Kemper«, fuhr Summers fort, »von gestern. Sie: ›Schorsch, ich stelle diese Frage höchst ungern, aber meine Frau … Weißt du, Gerda macht mir wirklich die Hölle heiß. Also was ich fragen wollte: Kann ich die Sache als erledigt betrachten? Es soll dein Schaden nicht sein.‹ Antwort Kemper: ›Kannst du natürlich, Paul. Ich werde doch den Sohn eines Kollegen nicht behandeln wie irgendeinen Halbstarken.‹« Summers klappte den Block zu.

Grasshoff beugte sich vor, die Augen zu Schlitzen verengt. »Wo haben Sie das her?«

»Wir sind ein Geheimdienst, Herr Kommissar.«

»Soll das heißen, Sie hören alle meine Gespräche ab?«

»Nicht gezielt. Nur die Anschlüsse der Polizei.«

»Der Pol–« Grasshoff verstummte fassungslos.

»Wir müssen doch wissen, was um uns herum vor sich geht, Herr Kommissar.«

»Und was soll das jetzt?« bellte Grasshoff wütend. »Wollen Sie mich damit vielleicht erpressen? Das sind doch Kinkerlitzchen.«

Eine Dame am Nebentisch blickte befremdet zu ihnen herüber. Summers lächelte freundlich und machte eine dämpfende Geste zu Grasshoff.

»Nun, es kommt doch immer darauf an, wer in welcher Form von solchen Kinkerlitzchen erfährt«, sagte er leise. »Der tadellose Ruf eines deutschen Beamten ist schnell ruiniert.«

»›Es soll dein Schaden nicht sein‹ habe ich nie gesagt! Ich würde niemals versuchen, einen Kollegen zu bestechen!«

Summers klappte den Block wieder auf und warf einen zweifelnden Blick darauf. »Steht hier so. Vielleicht spielt Ihnen die Erinnerung einen Streich, Herr Kommissar. Aber Sie können es natürlich drauf ankommen lassen.«

Grasshoff brummte etwas Unverständliches. Erneut klappte Summers den Block zu und lächelte Grasshoff offen an. »Aber ich will Sie doch gar nicht erpressen, Herr Grasshoff, wirklich nicht. Ich wollte Ihnen nur unsere Möglichkeiten aufzeigen. Arbeiten Sie doch mit uns, statt gegen uns.«

Grasshoff kniff die Lippen zusammen und starrte ihn böse an, aber Summers lächelte beschwichtigend. »Und damit Sie meinen guten Willen sehen: Nach dem Anschlag ist ein schweres Motorrad weggefahren. Wir suchen nach einem jungen Mann: Anfang, Mitte Zwanzig, schwarze Haare. Er nennt sich Texas und ist auf einer Horex Regina unterwegs.«

Grasshoff setzte sich auf.

»Sagt Ihnen das was?«

»Was haben Sie noch dazu?« fragte Grasshoff.

»Kennzeichen und Halter des Motorrades.«

Grasshoff sah seine Tasse an. Ein paarmal drehte er sie auf der Untertasse im Kreis, dann hob er sie an die Lippen und trank sie aus.

»Nun gut«, sagte er. »Arbeiten wir zusammen.«

*

Katharina war völlig erschöpft, aber sie konnte nicht schlafen. Ihr Herz pochte gegen die Rippen. Die frühe Nachmittagssonne hatte sie hinter die schweren Vorhänge gesperrt, aber jetzt fand ein hellgoldener Streifen seinen Weg an ihnen vorbei und blendete sie. Müde stand sie auf, warf sich am Waschbecken kaltes Wasser ins Gesicht und rubbelte es sorgfältig trocken. Dann zog sie die Vorhänge auseinander. Gedankenverloren blieb sie vor dem kleinen Elvis-Altar stehen und sah darauf hinab, lange.

Auf dem Tisch lag immer noch ihr Briefblock, daneben etliche abgerissene Blätter: Versuche, an Texas zu schreiben. »Lieber Rüdiger, deine Schwester ist tot.« Sie knüllte die Blätter zusammen und warf sie in den Papierkorb, obwohl auf den meisten noch viel Platz war – man hätte sie halbieren und noch verwenden können. Sie setzte sich, klappte den Block wieder auf und nahm ihren Füllhalter. »Liebe Mama«, schrieb sie, »ich komme nach Hause.« Minutenlang starrte sie auf die Zeile. Nach Hause. Niederlisterbach. Nieder ... lage, dachte sie. Sie klappte den Block wieder zu und starrte aus dem Fenster auf den bewaldeten, sonnenbeschienenen Hügel. So saß sie noch, als in ihrem Rücken die Zimmertür geöffnet wurde.

»Tag«, sagte Renate.

Katharina fuhr herum. Renate sah sie nicht an. Zielstrebig ging sie zum Schrank und begann sofort, ihre Kleider herauszunehmen und aufs Bett zu werfen.

»Renate! – Wo warst du?«

»Frankfurt.« Renate zerrte ihren Koffer vom Schrank. Sie legte ihn aufs Bett und stopfte ihre Sachen hinein.

»Wo denn da?«

Katharina erhielt keine Antwort. Renate ging zum Waschbecken und packte ihre Toilettenartikel ein.

»Wir haben dich gesucht! Klaus und ich.«

»Klaus?« Renate spuckte einen spöttischen Laut aus. »Woher kennst du *den* denn?«

»Aus dem ›Laternchen‹. Wo gehst du denn hin, Renate?«

»Ich habe jetzt eine Wohnung. In Frankfurt. Eckenheim.«

»Eine Wohnung? Ja, aber das kannst du dir doch gar nicht leisten!«

»Dean kann.«

»Wer ist Dean?«

»Mein Freund. Er ist Sergeant.« Renate legte ihren Kulturbeutel in den Koffer. »Das da«, ihre Linke wedelte wie angewidert in Richtung des Elvis-Altars, »das kannst du behalten.«

»Renate ...«

»Keine Ursache, ich schenk's dir. Ich will das nicht mehr. Ich bin kein kleines Mädchen mehr, keine dumme Gans, die irgendwelchen Träumen hinterherläuft. Ich bin eine *Frau*!« Gerade aufgerichtet, stolz stand sie da, das Kinn vorgestreckt. Aber immer noch sah sie nur die Wand an.

»Reni ...«

Renate griff nach den letzten Sachen, die noch auf dem Bett lagen, und stopfte sie energisch zu den anderen.

»Renate, Magda ist tot.«

Renate hielt inne, mit schräggelegtem Kopf. Dann klappte sie langsam den Koffer zu. »Tot?« Zum ersten Mal, seit sie den Raum betreten hatte, sah sie Katharina in die Augen. »Wieso das denn?«

»Sie hat eine Abtreibung machen lassen.«

»O mein Gott.« Langsam, als gäben ihre Beine nach, setzte Renate sich aufs Bett.

Katharina erzählte, es sprudelte aus ihr heraus. Atemlos wiederholte sie, was sie von dem Kommissar erfahren hatte. Renate sah sie fassungslos an, die Hand vor den Mund geschlagen, bis Katharina geendet hatte, dann sah sie zu Boden, die Hände fielen ihr in den Schoß.

»Weißt du, was eine Abtreibung ist?« fragte Katharina leise.

»Ja.«

»Woher denn?«

»Manchmal hört man so was ...«

Katharina setzte sich neben sie aufs Bett. Sie begann zu weinen; auch Renate schluchzte auf, dann fühlte Katharina ihre Hand an der Schulter. Sie sank gegen Renate, und gemeinsam weinten sie lange um Magda.

»Ob sie das gebeichtet hat?« fragte Katharina irgendwann.

»Gebeichtet? War sie denn katholisch?«

»Ja, natürlich. Sie ging doch oft zu diesem jungen Kaplan, der manchmal in die Goethestraße kommt.«

»Ach ja ... Ich glaube, wenn Katholiken so was nicht beichten, kommen sie in die Hölle.«

»Wenn man so was macht, kommt man sowieso in die Hölle«, sagte Katharina leise.

Renate kniff die Augen zusammen. »Was glaubst du, wer?« fragte sie.

»Wer was?«

»Nun tu doch nicht so.«

»Ich versteh nicht ...«

»Mit wem sie ... du weißt schon!«

»Oh!« Katharina wurde rot.

»Sie war im Haus«, sagte Renate, leise und kalt.

»Was meinst du damit?«

»Gar nichts, ich meine nur.« Sie hob das Kinn.

»Ja, aber ...«

»Und man hat sie in einem amerikanischen Auto gesehen.«

»Ja? Wer hat sie gesehen?«

»Ich weiß nicht mehr. Das hat mir jemand erzählt, in der ›Oase‹, glaube ich.«

Auf der Straße hupte jemand, dreimal.

»O Gott, das ist Dean. Er wartet.« Renate sprang auf. Vor dem Spiegel über dem Waschbecken beseitigte sie hastig die Spuren ihrer Tränen.

»Meine Miete bis zum Monatsende habe ich bezahlt«, sagte sie und griff nach ihrem Koffer.

»Aber das ist doch schon nächste Woche«, wandte Katharina zaghaft ein.

Renate hielt inne. Mit ärgerlicher Miene suchte sie ihr Portemonnaie aus der Handtasche und warf einen Zwanziger auf den Tisch.

»Das wird ja wohl reichen«, sagte sie und nahm den Koffer wieder auf.

»Schreibst du mir?« fragte Katharina leise.

»Ja natürlich.«

Sie folgte Renate durch die Diele. Frau Semmler war nicht da, sonst hätte sie längst aus irgendeiner Tür gestarrt. Katharina blieb an der Haustür stehen und sah ihrer Freundin nach, die die Treppe hinunterlief und in einen großen amerikanischen Wagen stieg. Den Fahrer konnte sie nicht erkennen, er hupte, und Renate winkte noch einmal kurz aus dem offenen Fenster, als der Wagen davonschoß.

Dann war sie weg.

Katharina ging zurück in das Zimmer, das jetzt allein ihres war. Wieder stand sie vor SEINEM Altar, mit einem traurigen Lächeln in den

Augen. Sie nahm die Statue hoch, vorsichtig, mit beiden Händen, und sah sie lange an.

Dann warf sie sie an die Wand.

*

Grasshoff kratzte sich an der Stirn. »Wenn das so ein harter Bursche ist, wie Sie ihn beschreiben … Wir haben ja nichts in der Hand. Ein Motorrad. Das ist noch nicht mal ein Indiz. Schließlich ist es nicht verboten, sein Motorrad zu verleihen. Es ist auch nicht verboten, nachts in der Goethestraße zu sein.«

»Immerhin hat man die Schwester dieses Texas tot aufgefunden.«

»Die Halbschwester. Wissen Sie«, Grasshoff verzog das Gesicht, »darüber denke ich schon seit heute morgen nach –« Er unterbrach sich und sah aus dem Fenster. »Entschuldigen Sie, aber dieses Auto da kommt mir so bekannt vor. Gehört das nicht auch der Vancouver Sun?«

Summers folgte seinem Blick und sah Jack Krieger gegenüber aus seinem Opel Kapitän steigen. Entspannt, ohne Eile überquerte er die Straße. Er trug einen lässigen Anzug, beige, zu dünn für den noch kühlen deutschen Frühling, und einen Panamahut.

»Seit wann steht der Wagen da?« fragte Summers.

»Er ist gerade erst gekommen.«

Krieger kam die Treppe hoch. Ohne Zögern betrat er das Café und steuerte auf ihren Tisch zu.

»Entschuldigen Sie die Störung«, sagte Krieger. »Aber ich müßte mal kurz allein mit Mr. Summers reden.«

Grasshoff hob die Hand in einer lässig-großzügigen Geste, aber sein Blick war hellwach.

»Ich komme.« Summers folgte Krieger zur Tür. Im Windfang blieben sie stehen. »Müßtest du nicht auf Posten sein?« fragte Summers.

»Weiß Terry von deinem Treffen mit dem Cop?« fragte Krieger statt einer Antwort.

»Nein. Aber ich dachte auch, *du* wüßtest es nicht.«

»Halt mich doch nicht für blöd, Pete. Nach der Sache mit dem Tonband hast du ja wohl nicht erwartet, daß ich die Hände in den Schoß lege. Wenn du mir nichts erzählst, muß ich eben die Augen offenhalten.«

»Von Terry hätte ich keine Erlaubnis gekriegt, mit ihm zu sprechen. Er hätte viel zuviel Angst um seine Geheimhaltungsvorschriften. Dieser Grasshoff ist ein Profi, und er hat uns ohnehin auf dem Kieker. Wenn er mit uns zusammenarbeitet, können wir davon nur profitieren.«

»Ja. Aber das dürfte *er* doch genauso sehen. Er kann nicht viel gewinnen, und mögen tut er uns auch nicht. Wie hast du ihn also dazu gebracht?«

»Ich habe bei Big Bug ein paar Tonbänder abgehört. Irgendwas findet man immer. Aber bei ihm mußte ich schon ein bißchen tricksen.«

Krieger grinste halb. »Ein paar Bänder bei Big Bug abgehört habe ich auch. Du warst unvorsichtig, Pete. Ich brauchte dich nicht mal zu suchen. Drei Uhr im Café Urban.«

»Wegen dieser Sache fälsche ich keine Aufzeichnungen. Zur Not vertrete ich das vor Terry.«

Krieger begann in seinen Taschen zu wühlen, bis Summers ihm die Luckies hinhielt.

»Danke«, sagte er und ließ sich Feuer geben. »*Wofür* fälschst du denn Aufzeichnungen, Pete?«

Summers antwortete nicht.

»Hör zu, Pete: Ohne uns beide könnte Terry seinen Laden dichtmachen, das ist dir so klar wie mir. Wir müssen zusammenarbeiten, sonst geht die Sache womöglich in die Hose, und Presley geht dabei drauf. Erzähl mir doch einfach, was auf dem Tonband war, Mann.«

»Es war leer.«

»Und du erwartest, daß ich dir das glaube?«

»Aber nein, Jack. Was würdest du mir denn glauben?«

»Das ist natürlich eine gute Frage.« Krieger stieß den Rauch aus und zog die Lippen nach hinten wie Humphrey Bogart. »Glauben würde ich eine Geschichte, die man eigentlich nicht glauben kann.«

Wie schon am Morgen starrten sie sich in die Augen. Schließlich senkte Krieger den Blick.

»Scheiß Job«, sagte er. Dann drehte er sich um und ging aus der Tür.

*

General Thornhill wandte sich um und ging zum Fenster seines Büros, die Hände auf dem Rücken. Hinter ihm, auf dem Konferenztisch, stand ein Tonbandgerät, dessen rechte Spule sich im Leerlauf zu drehen begann.

»Ein Maulwurf«, sagte der General leise gegen die Fensterscheibe, »wir haben einen gottverdammten Maulwurf!«

»Und ›Arrowhead‹ scheint Kontakt zu ihm zu haben, Sir.« Summers stellte das Gerät aus.

»Quatsch!« brüllte Thornhill und fuhr zu ihm herum. »Die Aktion ›Arrowhead‹ ist beendet, ein für allemal!« Er drehte sich wieder zurück und starrte in den Park.

»Werden Sie die Gruppe ›King‹ jetzt verstärken, Sir?«

»Verstärken?« brüllte Thornhill die Fensterscheibe an. »Das würde Ihnen so passen, Ihnen und Gordon. Welches Interesse sollte ich daran haben?«

»Immerhin haben wir jetzt den Beleg, daß Elvis Presley tatsächlich gefährdet ist, Sir.«

»Zweitrangig! Wenn ›King‹ jetzt verstärkt wird, werden die Ostdeutschen mit der Nase darauf gestoßen, daß wir von ihrem Maulwurf wissen. Wir müssen schnellstmöglich herausfinden, wer der verfluchte Verräter in Ihrer Gruppe ist, Summers! Woher soll ich eigentlich wissen, daß *Sie* das nicht sind.«

»Das können Sie nicht, Sir. Ihr einziger Anhaltspunkt ist, daß das Band an mich gesandt wurde.«

»Das kann ebensogut das exakte Gegenteil bedeuten. Das wissen Sie genau.« Mit zusammengekniffenen Lippen starrte der General in die niedrigstehende Sonne. Dann stieß er schnaubend den Atem durch die Nase und ging langsam zu seinem Schreibtisch.

»Ich muß aber gestehen«, sagte er, jetzt erheblich leiser, während er umständlich auf seinem großen Stuhl Platz nahm, »daß Sie für mich nicht zu den ersten Verdächtigen gehören.«

»Danke, Sir. Das Band wirft aber noch eine ganze Reihe anderer Fragen auf, Sir.«

»Das ist mir klar. Wo kommt es her? Ist es echt? Wie ist der Absender in seinen Besitz gekommen? Warum hat er es uns überhaupt geschickt? Warum genau diesen Ausschnitt? Was will er?«

»Zumindest zu den letzten Fragen kann man klare Vermutungen anstellen, Sir. Der Ausschnitt ist ein Appetithappen für uns. Der Absender hat noch mehr, vielleicht sogar viel mehr. Oder Wesentlicheres. Und er will eine Gegenleistung. Geld, vermutlich.«

Thornhill hielt die Hände gefaltet, beide Daumen unter dem Kinn, die Spitzen der Zeigefinger unter der Nase.

*»D'accord«*, nuschelte er an seinen Fingern vorbei. Langsam schaukelte er auf seinem Stuhl vor und zurück.

»Haben wir eigentlich noch irgendeinen Zugang zu dem Mann, diesem Hans Drau, Sir?«

»Nein. Wir werden einen schaffen müssen.«

»Und wie könnten wir das bewerkstelligen, Sir?«

Der General schwieg und schaukelte weiter mit seinem Stuhl. »Das mache ich persönlich«, sagte er schließlich, und sein Widerwille war ihm anzumerken.

Eines der Telefone vor ihm begann zu klingeln. Mit einer müden Bewegung nahm er ab.

»Was ist denn?« fragte er. »*Was?* ... Ja ... Ich habe verstanden.« Mit ärgerlich verzogenem Mund legte er auf. »Es scheint einen neuen Anschlag gegeben zu haben«, sagte er. »Jemand hat auf den Mercedes der Presleys geschossen. Auf der A5, bei Bad Homburg, von einem Motorrad aus.«

Summers sprang auf.

»Moment noch«, sagte der General und bedeutete ihm, wieder Platz zu nehmen. »Kümmern Sie sich darum. Tun Sie, was nötig ist. Aber vergessen Sie nicht, was ich Ihnen gesagt habe: Der Maulwurf hat jetzt absolute Priorität. Verstanden?«

»Jawohl, Sir.«

General Thornhill entließ ihn mit einem Nicken. »Sie hören von mir«, sagte er noch, bevor Summers die Tür hinter sich schloß.

*

Hans-Gerd nahm die Single von seinem Plattenspieler und legte sie auf den Stapel. Er gähnte.

Seiner Mutter hatte er gesagt, er habe immer noch Kopfschmerzen und könne nicht mit zur Tante Kaffee trinken. »Dann leg dich hin, mein Junge«, hatte sie gesagt und ihn angesehen mit dem Gesicht, das ihm zeigte, sie würde in Tränen ausbrechen, sobald er ihr den Rücken kehrte. Er hatte eine schmerzverzerrte Miene probiert und sich die Treppe hinaufgeschleppt. In seinem Zimmer hatte er still abgewartet, bis sie das Haus verließ. Sein Vater war dienstlich unterwegs, und so hatte er das Haus für sich allein; er konnte den Phonokoffer voll aufdrehen, aber irgendwie machte Rock'n'Roll weniger Spaß, wenn er keinen störte.

Gelangweilt ging er seine Singles durch, mit dem Gefühl, sie alle gerade erst gehört zu haben. Schließlich legte er den Stapel auf den Boden und ließ sich in den Sessel fallen. Mit der Linken tastete er nach dem Kofferradio auf dem Bücherbord hinter sich. Die Sonne war unter die wenigen Reste der Regenwolken gesunken und schien ihm durchs Fenster direkt ins Auge. Er drehte den Sessel weg und nahm das Radio auf den Schoß. Es war das hundertste Mal, daß er versuchte, Radio Luxemburg reinzukriegen, aber es klappte selten. Nie eigentlich. Auf dem Apparat im Wohnzimmer ging es manchmal, aber eben nur manchmal. Sein Vater sagte, es hinge vom Wetter ab, aber eine Regel hatte Hans-Gerd nicht herausfinden können. Mißmutig drehte er die Nadel an der Senderskala entlang.

»... bei einem Verkehrsunfall ums Leben gekommen«, sagte eine seriöse Stimme. »Der erfolgreiche amerikanische Schlagersänger war seit Oktober als Soldat im hessischen Friedberg stationiert und lebte in Bad Nauheim. – Paris: Die französische Chansonsängerin Edith Piaf hat ihre Trennung von ...«

Hans-Gerd starrte den Apparat in seinen Händen an.

»Was?« sagte er.

Ihm wurde kalt. Hilflos schüttelte er das Gerät, als könne er so das eben Gehörte vertreiben. Dann drehte er fahrig am Senderknopf, fand aber nirgendwo eine Bestätigung. Er sprang aus dem Sessel und hastete aus dem Zimmer, die Tür offen lassend, die Treppe hinunter. Unten riß er seine Jacke von der Garderobe. Er rannte hinaus, die Haustür knallend, und sprang auf sein Moped.

In der Goethestraße hatte sich die Nachricht schon verbreitet. Von überallher strömten Leute auf das Haus zu. Viele der Mädchen weinten. Die Jungs machten ernste Gesichter. Über der Gruppe lag ein Summen wie von einem Insektenschwarm. Hans-Gerd drängte sich durch die Menge, auf der Suche nach bekannten Gesichtern. Er stellte sich zu ein paar Schulkameraden.

»Meine Mutter hat es im Radio gehört ...«

»... sofort hergekommen ...«

»Ein Unfall ...«

»Was ist denn überhaupt passiert?«

»Jogi hat erzählt ...«

»Wie die auch immer fahren!«

»Wer war denn dabei?«

»Ich glaub es nicht! Ich *glaub* es einfach nicht!«

»Hat einer mal 'ne Zigarette?« fragte Hans-Gerd in die Runde. Jemand reichte ihm eine. »Weiß eigentlich irgendwer was Genaues?«

»Genaues?« Allgemeines Murmeln und Kopfschütteln antwortete ihm. Die gedrückte Stimmung über der Menge war mit Händen greifbar.

»Eins wundert mich ja«, sagte einer aus der Obertertia, »wie schnell die vom Radio sind. Er ist doch noch keine Viertelstunde weg.«

»Was?« fragten mehrere Stimmen gleichzeitig.

»Na ja, laß es zwanzig Minuten sein.« Der Junge wirkte von dem großen Interesse etwas eingeschüchtert. »Ich bin ja schon seit zwei Stunden hier. Elvis und Red und Lamar sind eben erst weggefahren. Mit dem Cadillac.«

Plötzlich entstand in der Menge eine Bewegung, alles strömte zur linken Seite der Einfahrt, von wo Kaplan Steinfeldts kräftige Stimme zu hören war.

»Es ist ihm nichts passiert«, rief er in die Menge.

»Aber sie haben es im Radio gebracht!« antwortete schrill eine Mädchenstimme.

»Elvis war nicht im Auto. Der Wagen wurde von seinem Vater gesteuert! Bitte machen Sie sich keine Sorgen!«

Hans-Gerd drängte sich durch den Kreis um den jungen Kaplan, der beruhigend auf ein weinendes Mädchen einredete. Als sein Blick auf Hans-Gerd fiel, winkte er ihn heran.

»Möchtest du dir noch mal etwas verdienen, Hans-Gerd?« flüsterte er ihm ins Ohr, während seine Hand immer noch über das Haar der Weinenden strich.

Hans-Gerd zögerte kurz, dann schüttelte er den Kopf. »Das ist zu gefährlich geworden. Die passen auf«, antwortete er kaum vernehmbar. »Außerdem hab ich Stubenarrest.«

»Schade«, sagte Kaplan Steinfeldt nur und wandte sich einer anderen Frau zu, die seit einiger Zeit an seiner schwarzen Jacke zupfte.

»Was ist denn das für einer?« hörte Hans-Gerd jemanden hinter sich fragen.

»Irgendein Pfaffe«, antwortete ein anderer mit norddeutschem Akzent. »Denen kannste nicht trauen.«

*

Summers trat das Gaspedal des Dodge auf das Bodenblech. Mit aufgeblendeten Scheinwerfern raste er auf der Überholspur dahin. Kurz hinter der Abfahrt Bad Homburg sah er vor sich in der hereinbrechenden Dämmerung ein Blaulicht zucken. Ein Polizeiwagen stand auf der Wiese neben der Fahrbahn, dahinter erkannte er Fosters Opel und einen schwarzen Chevy, ein Fahrzeug, wie es die US-Regierung für unauffällig hielt.

Etwas weiter von der Straße entfernt stand der schwarze Mercedes 180, die Schnauze um einen Baum gekrümmt.

Summers stellte den Dodge hinter den anderen Wagen ab und stieg aus. Vernon saß beim Wrack des Mercedes auf einem Baumstumpf, neben ihm standen Gordon und Bud James. Gordon legte ihm gerade in einer tröstenden Geste eine Hand auf die Schulter, mit der anderen winkte er Summers zu. Foster stand neben einem Polizisten bei dem Mercedes. Der Polizist sah Summers sehr dienstlich an.

»Was haben Sie hier zu suchen? Da darf Ihr Wagen nicht stehen, das ist eine Autobahn. Bitte fahren Sie sofort weiter!«

Summers zog seinen Presseausweis und sah ihn lächelnd an. Der Polizist warf einen Blick auf das Papier und wurde merklich freundlicher.

»Sie sind nicht der erste Reporter«, sagte er und wies auf Gordon. »Das muß die Presse natürlich interessieren, wenn so ein Prominenter einen Unfall hat.«

Summers zog Notizblock und Stift. »Sind Sie hier der verantwortliche Beamte?«

»Ja, genau, ich bin der Verantwortliche. Mein Name ist Angermüller, Oberwachtmeister Angermüller, haben Sie das?«

Summers notierte aufmerksam. »Was ist denn eigentlich passiert?«

»Überhöhte Geschwindigkeit, nehme ich an. Die Straße war naß, und Herr Presley hat die Kontrolle über den Wagen verloren. Die Beifahrerin ist wohl verletzt. Ein Fräulein Stefaniak.«

»Und wie schwer, Herr Oberwachtmeister?«

»Das kann ich nicht sagen. Der Krankenwagen hat sie mitgenommen, nach Bad Homburg ins Krankenhaus.«

»Alles in allem also ein ganz normaler Unfall?«

»Ja. Eigentlich nichts Aufregendes, wenn ich ehrlich sein soll. Da erlebe ich doch ganz andere Sachen. Dienstagabend zum Beispiel –«

»Was hat Herr Presley Ihnen denn erzählt?«

»Oh, der war sehr durcheinander. Gott sei Dank war die junge Dame da und hat gedolmetscht. Sie war Augenzeugin des Unfalls.«

Foster stand mit unbeteiligtem Blick neben ihnen. Summers begutachtete das Wrack. Die Front war völlig zerstört. Gemessen an diesem Schaden war die Sache überaus glimpflich ausgegangen. An der Fahrertür war die Scheibe zersplittert. Summers zerrte die verzogene Tür auf und sah in den Innenraum. Die Rückbank war übersät mit Lebensmitteln. Dutzende zerbrochener Eier lagen im Fußraum.

»Die waren wohl einkaufen«, sagte Summers, als Foster neben ihn trat.

»In Frankfurt, im PX-Shop«, antwortete sie leise. »Haben Sie sie nicht getroffen?«

»Was? Ach so, nein. Was ist hier wirklich passiert?«

Sorgfältig außer Sicht des Polizisten hielt sie ihm in der flachen Hand zwei verformte Projektile hin. 38er, schätzte Summers. Dann zeigte sie kurz auf das Armaturenbrett und den vorderen Holm auf der Beifahrerseite. In beiden war je ein Loch von einem knappen halben Zoll Durchmesser zu sehen. In einem intakten Auto wären sie sofort ins Auge gesprungen, aber in diesem Wrack fielen sie kaum auf.

»Darf ich Ihnen ein paar Fragen stellen, Miss? Ich bin Reporter«, sagte Summers in Richtung des Polizisten und wies mit dem Kopf zu ihrem Wagen. Sie ging vor ihm her, und er setzte sich neben sie auf den Beifahrersitz.

»Er muß zwischen den Büschen gewartet haben, eine viertel Meile zurück. Auf einmal war ein Motorrad vor mir, und ich sah, daß der Fahrer eine Pistole in der Hand hielt. Ich habe sofort Gas gegeben, aber er war schon neben dem Mercedes und schoß zweimal. Es ist ein Wunder, daß er niemanden getroffen hat. Mr. Presley hat den Wagen natürlich nicht halten können. Ich kam nicht an ihm vorbei. Er ist quer über die Fahrbahn geschleudert, beinahe hätte er das Motorrad noch mitgerissen. Am Ende ist er gegen den Baum geprallt. Das Motorrad ist durch die Büsche wieder von der Autobahn runter und war verschwunden. Captain Gordon meint, ich hätte ihn verfolgen sollen, statt hier Erste Hilfe zu leisten. Aber ich hatte keine Chance.«

»Nein, die hatten Sie nicht, Julia. Ich habe den Eindruck, Sie haben in der Situation alles richtig gemacht. Haben Sie das Kennzeichen?«

»Von dem Motorrad? Nein. Es war mit Dreck beschmiert. Und es ging alles sehr schnell.«

»Wie geht es Fräulein Stefaniak?«

»Schwer zu sagen. Sie ist mit dem Krankenwagen abtransportiert worden. Sichtbare Verletzungen hatte sie keine, aber das muß ja nichts heißen. Mr. Presley ist völlig geschockt. Er hat auf den Polizisten eingebrüllt, man wolle ihn umbringen. Gott sei Dank kann der kein Englisch.«

Summers sah aus dem Seitenfenster. Vernon Presley saß mit hängendem Kopf da, Gordon redete auf ihn ein. Als er Summers' Blick auffing, zeigte er auf Vernon und dann auf den Chevy; Summers nickte. Gordon klopfte Vernon ermutigend auf die Schulter. Der erhob sich schwerfällig. Auf Bud James gestützt, wankte er auf den Chevrolet zu. Gordon kam zu ihnen herüber und öffnete die Beifahrertür.

»Scheiße«, sagte er. »Hast du 'ne Zigarette?«

Summers gab ihm eine Lucky und Feuer.

»Er hat mir versprochen, bis auf weiteres zu Hause zu bleiben«, sagte Gordon.

»Gut.«

»Ja«, stimmte auch Foster zu, »denn eines ist jetzt sicher.«

»Und zwar?« Hinter dem Zigarettenrauch warf Gordons Stirn eine Fragefalte.

»Dieses Mal konnte er ihn nicht verwechseln. Er war so nah an ihm dran, daß er genau erkennen konnte, auf wen er schoß. Die Anschläge galten ›Senior‹, nicht Elvis.«

Und das heißt, wir müssen gleich zwei Ziele verteidigen, dachte Summers, aber er sagte nichts.

Bud James fuhr an ihnen vorbei und hupte kurz.

»Was ist mit Bud? Hast du ihn schon wieder begnadigt?«

»Personell habe ich nicht viele Alternativen zur Zeit.«

»Oh, Mist«, sagte Foster plötzlich. Sie blickte in den Außenspiegel. Alle drehten sich um. Elvis' hellgrüner Cadillac hatte hinter dem Dodge gehalten.

»Verdammte Scheiße. Wo ist J.T.? Er sollte bei ihm sein!« fluchte Gordon.

Summers winkte resigniert ab. Elvis sprang aus der hinteren Beifahrertür, vorne entstiegen Red West und Lamar Fike dem Wagen. Die beiden gingen auf das Wrack des Mercedes zu, während Elvis mit dem Polizisten redete, der zu katzbuckeln begann, nachdem er ihn erkannt hatte.

»Kommen Sie, Miss Foster.«

Sie stiegen aus. Elvis sah zu ihnen herüber. Er trug Zivil: Sportschuhe, eine schwarze Jeans und einen schlichten, weißen Strickpullover. Er wirkte ernst. Seine Augen schienen im Dämmerlicht zu glühen.

»Was ist mit meinem Vater?« fragte er, als sie neben ihm standen.

»Es geht ihm gut. Er ist unverletzt, hat aber einen kleinen Schock. Captain Gordon hat ihn nach Hause bringen lassen.«

»Und Elisabeth?«

»Sie ist im Krankenhaus. Wir wissen nicht genau, was mit ihr ist.« Summers packte ihn sanft am Arm, um ihn von dem Polizisten wegzuziehen, aber der folgte ihnen wie ein Schoßhund, bis sie die Reste von Vernons Wagen erreicht hatten.

»*Jesus*, das Auto sieht ja furchtbar aus.«

West und Fike hatten die Türen des Mercedes geöffnet und suchten im Inneren herum. Summers hatte keine Ahnung, was sie zu finden hofften, bis West zu Elvis herübersah. Unauffällig zeigte er ihm ein Tablettenfläschchen und ließ es sofort in der Tasche seiner blaukarierten Holzfällerjacke verschwinden.

»Hallo, *Fahrer*«, rief er, als er Summers sah. »Was machst du denn hier?«

Summers antwortete nicht, aber West kam auf ihn zu.

»Mal ernsthaft, Pete. Wieso muß *ich* den Boss fahren? Dafür bezahlt er *dich* doch. Und jetzt, wo wir endlich da sind, stehst du hier schon rum und wartest auf uns. Was soll ich denn davon halten, hä? Noch mal ein kleiner Nebenjob für die Vancouver Sun? Auf die guten alten Zeiten?«

»Ich glaube, wir sollten fahren«, sagte Foster plötzlich und zeigte zum Straßenrand. Ein Wagen hielt hinter dem Cadillac, zwei Männer sprangen heraus, einer trug eine Fotoausrüstung. Er begann sofort zu fotografieren.

»In den Opel«, kommandierte Summers.

»Kümmert euch um den Mercedes!« rief Elvis in Richtung von West und Fike und spurtete los. Foster lief bereits hinter ihm her, während Summers noch Gordon den Schlüssel für den Dodge zuwarf, bevor er ihr folgte. Der Polizist versuchte halbherzig, den Reporter zu verscheuchen, bis der anfing, ihn zu interviewen. Der Fotograf hatte Elvis erkannt und setzte zu einem Sprint an.

Elvis erreichte den Opel als erster und turnte auf den Rücksitz. Foster ließ den Motor an und gab Vollgas, noch bevor Summers seine Tür geschlossen hatte. Der Wagen brach auf der splittbedeckten Standspur aus, aber sie fing ihn souverän ab.

»Wo fahren wir hin?« fragte Foster, als sie auf der Überholspur waren.

»Ins Krankenhaus natürlich. Zu Elisabeth«, sagte Elvis. »Was, in aller Welt, ist denn eigentlich passiert?«

»Man hat auf den Wagen geschossen.«

»Oh, mein Gott! Schon wieder? ... Was ist mit Elisabeth? Wurde sie getroffen?«

»Nein«, antwortete Foster. »Der Mann hat danebengeschossen. Beide Male. Sie wurde bei dem Unfall verletzt.«

»Haben Sie es gesehen, Miss Foster?«

»Ja, ich war direkt hinter dem Wagen Ihres Vaters.«

»Und was sollte das nützen? Irgendwie überzeugt mich Ihr Konzept nicht, Pete.« Elvis beugte sich zu ihnen nach vorn. »Was hab ich davon, wenn ihr immer nur beobachtet, wie was passiert? Nennt ihr das beschützen?«

Wenn du wüßtest, wie beschissen das Konzept tatsächlich ist, dachte Summers.

»Ich habe es Ihnen gesagt, Elvis. Einen hundertprozentigen Schutz gibt es nicht. Wir können nicht überall sein«, sagte er.

»Wie man sieht.« Elvis lehnte sich wieder zurück und verschränkte die Arme.

»Miss Foster hat dafür gesorgt, daß die Polizei es für einen normalen Unfall hält.«

»Mein Manager wird das zu schätzen wissen.« Sarkasmus troff aus seiner Stimme. »Aber mir ist völlig egal, was die Presse oder wer auch immer sagt! Mein Vater ist in Lebensgefahr, weil ein Verrückter Anschläge auf ihn verübt, die eigentlich mir gelten!« Mit einem wütenden Schnauben hieb er die Faust gegen die Seitenscheibe.

»Es galt nicht Ihnen«, sagte Foster.

»Was?« Elvis' Kopf schnellte nach vorn.

»Der Mann konnte sehen, auf wen er schoß.«

»*You got to be kidding*! Pete, das stimmt nicht!«

»Doch, Miss Foster hat recht. Es galt Ihrem Vater.«

»Das kann doch nicht wahr sein! Warum denn?«

Summers antwortete nicht. Er hatte nicht vor, den aufgebrachten

Elvis zu diesem Zeitpunkt mit unbewiesenen Verdächtigungen gegen seinen Vater zu konfrontieren.

»Wie haben Sie eigentlich von dem Unfall erfahren?« fragte er stattdessen.

»Jemand hat angerufen, der den Mercedes erkannt hat. Ich weiß nicht, wer das war. Ich habe sofort die Jungs in den Cadillac kommandiert und bin los. Ich hatte solche Angst um Vater.«

»Sie wissen nicht, wer das war?« Summers schwieg einen Moment nachdenklich, dann schaltete er das Radio an und drehte den Sender auf AFN.

»... bisher noch unbestätigte Gerüchte um Elvis Presley. Der King des Rock'n'Roll soll bei Frankfurt in einen Autounfall verwickelt gewesen sein. Gewöhnlich gut unterrichtete Kreise sprechen von schweren, möglicherweise sogar tödlichen Verletzungen ...«

»O Gott«, stöhnte Foster.

»... wir bleiben am Ball und werden Sie, liebe Hörer, natürlich auf dem laufenden halten. Zum Gedenken an den King spielen wir nun seine wunderbare Ballade ›Love Me Tender‹ aus seinem gleichnamigen Kinoerfolg von 1956 ...«

Summers drehte ab.

Auf dem Rücksitz begann Elvis zu kichern, aus dem Kichern wurde ein Lachen.

»Wissen Sie, was das bedeutet?« fragte er, als er sich wieder beruhigt hatte.

»Nein«, sagte Summers.

»Hunderttausend zusätzliche Vorbestellungen für meine nächste Platte. Der Colonel wird zufrieden sein.« Noch einmal lachte er auf. *»Shit«*, sagte er dann leise.

*

Summers eilte hinter Elvis den grüngekachelten Flur des Krankenhauses entlang. Foster mußte immer wieder einen Laufschritt einlegen, um mitzuhalten. Während ihrer weiteren Fahrt nach Bad Homburg hatte Elvis schweigend auf dem Rücksitz gesessen, aber es war bis nach vorne zu spüren gewesen, daß seine wütende Erregung sich Raum schaffen wollte. Nachdem es bisher still in ihm gebrodelt hatte, drückte die Wut den Deckel seiner Selbstbeherrschung jetzt langsam aber sicher nach oben.

Eine junge Krankenschwester, die dunkelblonden Locken streng unter einer weißen Haube gebändigt, wich an die Wand zurück, als Elvis auf sie zugerauscht kam.

»Sie suchen Fräulein Stefaniak?« entfuhr es ihr. Für einen Moment fürchtete Summers, die Beine würden unter ihr nachgeben, doch dann hob sie den Arm und zeigte weiter den Gang hinab. »Sie ist hinten in der Ambulanz.«

Ein älterer, wesentlich weniger beeindruckter Arzt wies ihnen den weiteren Weg zu Elisabeths Zimmer, in das Elvis ohne anzuklopfen hineinstürmte. Sie lag mit verweinten Augen da, gekleidet in ein dünnes weißes Krankenhausleibchen. An ihrem Bett saßen zwei Männer, die ihnen freundlich den Kopf zudrehten, als hätten sie sie erwartet.

»Guten Abend«, sagte Kommissar Grasshoff.

*»What the hell are you doin' here?«* blaffte Elvis ihn an.

»Wir wollten ohnehin gerade gehen«, sagte Oberinspektor Kemper auf Englisch.

»Moment mal! Was wollten Sie von Elisabeth? Wie kommen Sie überhaupt dazu, hier ohne meine Erlaubnis –«

Kemper hob die Hand und lächelte höflich. »Mr. Presley, ich glaube, Sie unterliegen hier einer Fehleinschätzung, was Ihre Weisungsbefugnis angeht.«

»Sie ist *meine* Sekretärin! Sie spricht mit Außenstehenden nur, wenn *ich* es erlaube!«

»Mr. Presley«, sagte Kemper kühl, »wir sind von der Polizei.«

Summers legte Elvis beschwichtigend die Hand auf den Unterarm, aber Elvis wischte sie wütend herunter.

»Lassen Sie mich in Ruhe, Pete! Seit Sie da sind, geht alles schief. Ich weiß gar nicht, wieso ich Ihnen vertraut habe! Machen Sie, daß Sie rauskommen!«

»Elvis, bitte ...« Elisabeth Stefaniaks schwache Stimme war kaum zu vernehmen, aber sie beruhigte ihn für einen Moment.

»Wie geht es dir?« fragte er und trat an das Bett.

»Ich kann meine Beine nicht bewegen. Sie haben mich geröntgt, und der Doktor sagt, es wäre nichts gebrochen, die Lähmung käme vom Schock.«

»Gut«, sagte Elvis nur und wandte sich wieder Kemper zu. »Sie sagten doch, Sie wollten gehen. Dann tun Sie das bitte. Und nehmen Sie Mr. Summers mit.«

Die Tür öffnete sich, und eine Krankenschwester kam herein. Durch den Türspalt waren noch drei oder vier andere auf dem Gang zu erkennen, die versuchten, Blicke in das Zimmer zu erhaschen.

»Kann ich etwas für Sie ...?« schaffte sie zu fragen, bevor Elvis *»Get out o' here!«* brüllte. Sie zuckte zusammen und beeilte sich wieder hinaus. »Und ihr anderen auch. Ich will allein mit Elisabeth reden! Sie auch, Pete. Ich will Sie nicht mehr sehen.«

»Ich halte das nicht für klug, Elvis. Sie sehen doch die Gefahr.«

»Ich sehe Gefahr für meinen Vater. *Er* muß geschützt werden. Verschwenden Sie Ihre Zeit nicht für *mich*!«

»Wir sind Profis, Elvis. Sie können sich auf unser Urteil verlassen. Sie *sind* gefährdet.«

»Dann unternehmt doch endlich was – Profis! Zwei Anschläge in fünf Tagen, und ihr seid immer erst hinterher schlau. Machen Sie, daß Sie rauskommen!«

Jetzt stand Grasshoff von seinem Stuhl auf. »Ich denke, wir verabschieden uns«, sagte er.

Sein Gesicht hatte den freundlich-neugierigen Ausdruck eines Menschen, der einer Unterhaltung in einer ihm fremden Sprache lauschen mußte, aber Summers kannte den hellwachen Blick der grauen Augen mittlerweile zu gut, um darin noch Naivität zu vermuten.

»Wie wollen Sie eigentlich von hier wieder wegkommen, wenn ich jetzt gehe?« fragte Summers und sah Elvis direkt an. Für fünf oder sechs Sekunden hielt Elvis seinem Blick stand; Summers meinte wieder einen schmalen roten Rand um seine Augen zu bemerken. Immer noch stand die Wut darin, aber ihre Kraft schien sich zu erschöpfen. Langsam wandte er den Kopf und sah zu Foster.

»Miss Foster wird mich fahren. Und jetzt lassen Sie uns bitte allein.«

Summers tauschte einen kurzen Blick mit Foster, die sich unauffällig an der Wand positioniert hatte und einfach stehenblieb, während er gemeinsam mit den beiden Deutschen das Zimmer verließ.

»Wie kommen *Sie* denn hierher?« fragte Summers, als Grasshoff die Tür hinter sich geschlossen hatte.

»Wie ich eben schon sagte«, antwortete Kemper, »wir sind die Polizei.«

Sie blieben vor der Tür stehen. Summers zündete sich eine Zigarette an und hielt den beiden die Packung hin; sie bedienten sich.

»Der Kollege Kemper ist von der Wache über den Vorfall informiert worden. Ich dachte mir, daß Sie und Ihre Leute auf jeden Fall vor uns am Ort des Geschehens sein würden. Deswegen konnte es für uns kaum Sinn machen, dort noch nach Spuren zu suchen. Lag ich da richtig?«

Summers gab ein zustimmendes Brummen von sich.

»Als ich dann erfuhr, daß Fräulein Stefaniak hierhergebracht werden sollte, sah ich eine Chance, ausnahmsweise mal die Nase vorn zu haben.« Sichtbar zufrieden mit sich zog Grasshoff genießerisch an der Lucky. »Gott sei Dank ist der jungen Dame nichts wirklich Schlimmes passiert. Sie hat keine ernsthaften Verletzungen. Der Arzt meint, sie könne wahrscheinlich morgen schon wieder nach Hause.«

Hinter der Tür des Krankenzimmers wurde jetzt Elvis' Stimme laut, er schimpfte, aber seine Worte waren nicht zu verstehen.

»Herr Presley scheint sehr aufgeregt zu sein«, fuhr Grasshoff fort. »Sehr geschickt von Ihrer Kollegin, dort einfach stehenzubleiben. Ich hätte auch gern einen Beobachter da drin.«

Wieder ließ Summers ein Brummen hören. »Was hat Fräulein Stefaniak Ihnen erzählt?« fragte er.

»Ich muß gestehen, wir haben ihre gegenwärtige Lage etwas ausgenutzt. Wahrscheinlich hätte sie gar nichts gesagt, wenn sie nicht noch so unter Schock gestanden hätte. Sie erwähnte einen Motorradfahrer, der aus nächster Nähe zwei Schüsse aus einer Handfeuerwaffe auf den Wagen abgegeben hat.«

»Mehr wissen wir auch nicht.«

»Dann haben wir beide kaum mehr als zuvor, nicht wahr?«

»Doch. Wir wissen, wem die Anschläge galten.«

»Richtig.«

»Haben Sie sie nach dem Mädchen gefragt?«

»Ich hab es versucht, natürlich, und habe ihr das Foto gezeigt. Sie kannte sie nur als Magda und hat sie zwei- oder dreimal im Haus gesehen. Mehr war in ihrem momentanen Zustand nicht herauszuholen.«

»Um Ihre Frage von vorhin abzuwandeln: Wie kommen Sie denn von hier weg?« fragte Kemper. »Wenn ich das richtig verstanden habe, dürfen Sie in Ihrem Auto ja nicht mitfahren.«

Summers lachte unfroh. »Mir wird schon was einfallen.«

»Ach was, Sie fahren selbstverständlich mit uns«, sagte Grasshoff. »Wir sind mit meinem Wagen hier.«

Sie gingen zum Ausgang und stiegen die breite Treppe vor dem Hauptportal hinab. Grasshoff hielt auf einen winzigen grauen Wagen zu, der nach Summers' Einschätzung knapp auf die Ladefläche seines Dodge gepaßt hätte. Kemper klappte die Lehne des Beifahrersitzes nach vorn; Summers hatte die Hoffnung, der Oberinspektor würde aus Höflichkeit auf den Rücksitz klettern, aber er wurde enttäuscht. Ein spöttisches Blitzen in Kempers Augen ließ ihn den Versuch wagen, sich in den Fond zu zwängen. Ergeben saß er in der Mitte der Rückbank, die Knie, wie es ihm vorkam, neben den Ohren, um nicht seinen Kopf gegen die dünne Kunststoffverkleidung des Daches zu pressen. Grasshoff ließ den Motor an. Beim dritten Versuch quengelte der Zweitakter los und gab sich alle Mühe bei dem Unterfangen, das Gefährt in Bewegung zu setzen.

»Sitzen Sie bequem, Herr Summers?«

»Könnte nicht besser sein.« Es war das erste Mal, daß er in einem dieser Nachkriegs-Kleinwagen saß, bei deren Konstruktion – erzwungen durch den Mangel an allem – sich die ganze Kreativität des deutschen Ingenieurtums hatte beweisen müssen. Es war furchtbar, aber es fuhr.

»Werden Sie Ihre Arbeit jetzt auf Herrn Presley senior konzentrieren, Herr Summers?« fragte Grasshoff, während ihre Geschwindigkeit langsam auf etwa fünfundzwanzig Meilen stieg.

»Wohl kaum. An der Gefährdungslage des Jungen hat sich leider nichts geändert. Und ich hoffe, Vernon Presley hat so einen Schreck gekriegt, daß er die nächsten Tage nicht vor die Tür geht. Aber was werden *Sie* unternehmen?

»Ich kann Ihnen sagen, was ich machen werde, Herr Summers. Ich werde mich gemütlich in meinen Sessel setzen und eine Flasche Piesporter Michelsberg aufmachen. Und vielleicht schaffe ich es dann endlich mal, in Ruhe nachzudenken.«

Der Kommissar klang etwas gereizt, wie Summers fand.

»Aber Presley senior ist doch jetzt nachweislich bedroht.«

»Nachweislich! Ich wette, wenn ich die Stefaniak morgen noch mal frage, weiß die nichts mehr von den Schüssen. Und die Beweismittel haben *Sie*, nicht ich!« Grasshoffs Stimme hatte einen bellenden Klang angenommen. »Und zu Ihrer Beruhigung: Nein, ich werde nicht an die Presse gehen … Ich mache mich doch nicht lächerlich«, setzte er etwas leiser hinzu.

Kemper ergriff das Wort: »Ich werde versuchen, ein paar Bereitschaftspolizisten für die Goethestraße zu bekommen«, sagte er in beschwichtigendem Ton. »Das kann ich mit dem erhöhten Besucheraufkommen an den Feiertagen begründen. Mehr als ein Mann tagsüber wird es aber nicht werden. Nach Ostern sehen wir dann weiter.«

»Besser als nichts«, sagte Summers.

Eine Weile herrschte Schweigen, das vom Pöttern des Motors untermalt wurde. Summers spürte, wie er müde wurde. In der letzten Nacht hatte er kaum mehr als drei Stunden Schlaf gefunden. Elvis hatte morgen dienstfrei, es bestand eine Chance auf acht ungestörte Stunden. Er beschloß, so bald wie möglich ins Bett zu gehen.

»Wo wohnen Sie eigentlich?« fragte Grasshoff plötzlich. Summers schreckte hoch und bemerkte, daß sie Bad Nauheim fast erreicht hatten.

»Luisenstraße«, antwortete er spontan. »Ach nein, da wohn ich ja gar nicht mehr. Miss Foster wohnt jetzt bei Frau Goldammer.«

»Sagten Sie Goldammer?«

»Ja. Warum?«

Statt einer Antwort verfiel Kommissar Grasshoff in ein Kichern, das mehr und mehr zu einem anhaltenden Lachen wurde.

»Tut mir leid«, stieß er hervor, ohne sich wirklich beruhigen zu können.

Summers suchte nach dem Witz, den er gemacht haben könnte. Er fand nichts und war erleichtert, auch in Kempers Blick eindeutiges Befremden festzustellen. Als Summers vor seiner Wohnung aus dem Wagen krabbelte, lachte der Kommissar immer noch.

*

Katharina wachte auf. Sie lag auf ihrem Bett, angezogen. Etwas hatte sie aus einem wirren Traum gerissen, der sich jetzt aber bereits in rascher Auflösung befand. Nur ein dumpfes Gefühl war noch von ihm übrig. Desorientiert überlegte sie, wie lange sie geschlafen und was sie geweckt hatte. Hinter dem Fenster war es fast dunkel, nur das allerletzte Grau des Tages war noch zu ahnen. Die Leuchtzeiger des Weckers standen auf acht Uhr. Als sie die Nachttischlampe anschaltete, fiel ihr Blick auf die Scherben des Gips-Elvis. Sie schloß die Augen wieder, doch dann hörte sie die Türklingel. Frau Semmler öffnete nicht, sie schien noch immer außer Haus zu sein. Widerwillig rappelte Katharina sich hoch, schlüpfte in ihre Pantoffeln und tastete in der Diele nach dem Lichtschalter. Als sie die Haustür einen Spalt weit öffnete, konnte sie einen überraschten Ton nicht unterdrücken. Klaus Kemper hielt ihr verlegen einen kleinen Blumenstrauß hin.

»Ich dachte ...«, war alles, was er sagte.

»Klaus! Wie schön. Selbst gepflückt?« fragte sie und hätte sich am liebsten auf den Mund geschlagen.

»Äh, ja. Ich wollte fragen, ob du, ob du vielleicht Lust ... äh, ins Kino zu gehen«, stammelte er.

Sie standen sich verlegen gegenüber. Katharinas Blick wanderte von den Blumen in ihrer Hand zu Klaus und wieder zurück.

»Äh, ich habe so etwas noch nie ... gemacht. Also, ein Mädchen ... besucht«, sagte Klaus tapfer.

»Was läuft denn?«

»Wie?«

»Im Kino!«

»Ach so. ›Vertigo‹, glaub ich.«

»Den hab ich schon gesehen.«

»Oh. Das ist ja schade.«

»Wir könnten was anderes machen.«

»Was denn?«

»Einen Milchshake trinken?«

»Ja ... klar, warum nicht.«

»Ich kann dich natürlich nicht hereinbitten. Frau Semmler ist nicht da. Aber wenn du ein paar Minuten wartest, ich beeil mich.«

»Gern«, hauchte er, und Katharina lief in die Wohnung.

Ihr Herz klopfte. Etwas ratlos sah sie die Osterglocken an, die wahrscheinlich aus dem Kurpark stammten, und suchte nach einer Vase. In ihrem Schränkchen fand sie ein Marmeladenglas, in dem sie Bonbons aufbewahrte. Den Inhalt kippte sie auf Renates Bett und stellte den Strauß hinein. Eilig versuchte sie, die Spuren des Schlafes aus ihrem Gesicht zu tilgen, und zog dann ihr hellblaues Lieblingskleid über. Zwischendurch warf sie einen Blick aus dem Fenster: Klaus lehnte rauchend an der Laterne vor dem Haus. Einen Moment unschlüssig sah sie auf ihre beiden guten Paar Schuhe hinab und entschied sich dann für die grauen Stöckelschuhe mit den genagelten Absätzen. Plötzlich hielt sie inne: Sie stellte sich ihn auf der Tanzfläche der »Oase« vor: Klaus, den Jazzfan und Existentialisten, was immer das genau sein mochte. Mit Bedauern wollte sie die Schuhe wieder wegstellen, aber dann, mit einem energischen Kopfnicken, schlüpfte sie doch hinein.

Sie würden tanzen gehen.

*

Halb zehn zeigte Summers' Timex, als das Telefon klingelte. Er haßte es, aus dem ersten Schlaf gerissen zu werden. Er haßte es überhaupt, aus dem Schlaf gerissen zu werden.

»Scheiß Job«, murmelte er, bevor er den Hörer abnahm.

Es war Elvis Presley.

»Meine Meinung steht fest, Pete. Kümmern Sie sich um Dad. Ich habe Red und Lamar. Die können auf mich aufpassen.«

»Heißt das, ich soll Sie nicht mehr fahren?«

»Genau. Mein Vater wird bis auf weiteres im Haus bleiben. Wenn er dringend hinausmuß, werde ich Sie informieren.«

»Tja, das sollten Sie mit Captain Gordon bereden, Elvis. Vielleicht kann er Sie ja überzeugen, daß –«

»Teilen Sie ihm einfach meine Entscheidung mit, Pete.«

»Weiß denn Colonel Parker schon davon?«

Eine Pause entstand, und Summers' linker Mundwinkel hob sich etwas.

»Noch nicht«, antwortete Elvis endlich. »Das braucht Sie aber auch nicht zu interessieren.«

»Nun, immerhin hat er uns um Hilfe gebeten.«

»Das mag ja sein. Aber es geht um mich. Und um meinen Vater. Sie können mir glauben, Pete, wenn ihm etwas zustößt, werde ich dafür sorgen, daß Sie und Captain Gordon sich neue Jobs suchen können. Bei der Müllabfuhr.«

Elvis legte auf, und Summers tat dasselbe. Müde ging er zu dem Klappbett in der Diele zurück. Beim nächsten Läuten war es fast zehn.

Es war Julia Foster.

»Hab ich Sie geweckt?« fragte sie, wobei sich das Bedauern in ihrer Stimme in Grenzen hielt. Sie erzählte von ihrem Abend mit einem wütenden und bis zur Paranoia mißtrauischen Elvis Presley. Er hatte Elisabeth Stefaniak nicht nur vorgeworfen, hinter seinem Rücken mit der

Polizei zu reden, sondern auch, eine Affäre mit Vernon zu haben, was Elisabeth so aufgebracht hatte, daß sie in Tränen ausgebrochen war. Das hatte ihn so weit beruhigt, daß er sich bei ihr entschuldigt hatte, aber nach Fosters Eindruck wich er in der Sache nicht von seiner Meinung ab. Er hatte ihr befohlen, mit niemandem mehr über den Unfall zu reden, und sie hatten eine untröstliche, aufgelöste Elisabeth im Krankenhaus zurückgelassen. Elvis hatte sich in die Uhlandstraße fahren lassen. Er wolle nicht durch die Menschenmenge vor dem Eingang, hatte er Foster erklärt und sie dann fortgeschickt. Aber sie war ihm doch in den Garten gefolgt, bis sie sicher sein konnte, daß er heil im Haus war.

»Er hat mich schon angerufen«, sagte Summers. »Unser Job wird schwierig werden, wenn er nicht mehr mitspielt.«

»Kopf hoch, Herr Kollege. Es gibt keine Probleme, nur Lösungen, hat man mir in der Ausbildung beigebracht.«

»Das ist leider nicht wahr, Frau Kollegin. Denn ein Problem, das eine Lösung hat, ist gar keins.«

Foster lachte perlend, und Summers' Mundwinkel hoben sich, beide.

»Gute Nacht, Pete«, sagte sie und legte auf.

Nachdenklich sah er den Hörer in seiner Hand an. »Gute Nacht, Julia«, murmelte er, bevor er ihn langsam auf die Gabel drückte und wieder zu seinem Bett schlurfte.

Etwa fünfunddreißig Minuten später war es General Thornhill, der anrief.

»Ihr Onkel Johann aus Koblenz ist gestorben«, sagte er.

Summers runzelte die Stirn. »In der Tat, Sir«, antwortete er. »Vor zwölf Jahren. Mit achtundsiebzig.«

»Richtig. Allerdings wird die Personalstelle Captain Gordon morgen mitteilen, daß Ihr Herr Onkel erst heute gestorben ist. Herzliches Beileid. Sie werden morgen vormittag deshalb ab zehnhundert freigestellt. Warten Sie um elfhundert hier vor der Tür. Melden Sie sich nicht an. Ich komme runter.«

»Ich habe verstanden, Sir.«

»Und denken Sie an Ihre Dienstwaffe.«

»Jawohl, Sir«, konnte Summers noch sagen, bevor der General auflegte.

Dieses Mal dauerte es erheblich länger, bis er wieder einschlief. Wir werden einen Zugang zu dem Mann schaffen müssen, hatte Thornhill am Nachmittag gesagt. Mit meiner Dienstwaffe, dachte Summers. Es war zwanzig nach elf, als er das letzte Mal auf seine Uhr sah.

Und es war zehn vor zwölf, als Dixie und Bud nach Hause kamen. Dixie gab sich nicht einmal den Anschein, Rücksicht darauf zu nehmen, daß Summers' Bett in ihrer Diele stand. Geräuschvoll ging er aufs Klo und ließ die Badezimmertür offenstehen, als er danach ins Zimmer trampelte. Die beiden unterhielten sich noch lautstark, aber es gelang Summers wenigstens, etwas zu dösen, und als sie endlich ruhig waren, schlief er sofort fest ein, bis um Viertel vor eins das Telefon wieder klingelte.

Bud nahm das Gespräch an. »Mach ich«, hörte Summers ihn sagen; dann öffnete sich die Tür.

»Du sollst nach Ziegenberg kommen. Terry will dich sprechen.«

»*Jetzt*? Warum?«

»Keine Ahnung. Sofort, hat er gesagt«, nuschelte Bud und schloß gähnend die Tür wieder.

*

Summers ließ sich auf den Stuhl vor Gordons Schreibtisch fallen und rieb sich die Nasenwurzel. »Wenn es nicht wirklich dringend ist, Terry, dann desertiere ich.«

»Jetzt glaub bloß nicht, du seist der einzige, der hier müde ist«, antwortete Gordon mißmutig.

»Dann mach's kurz. Was willst du von mir?«

Gordon holte tief Luft. »Am frühen Abend hat Langley angerufen. Colonel Parker hat sich bei ihnen gemeldet und wollte wissen, was los ist. Irgendein Radiosender drüben hat Wind von dem Unfall bekommen, und sofort war das Gerücht in der Welt, Elvis sei tot. Ich habe die Lage erklärt und dachte, die Sache sei erledigt.«

»Und?«

Gordon drehte sich zum Tonbandgerät. »Gegen acht kam dieser Anruf.«

»Gegen acht? Jetzt haben wir eins!«

Langsam, mit entnervtem Gesicht, drehte Gordon sich wieder zu Summers. »Jetzt mach mal halblang, Pete. Ich habe noch andere Sachen zu erledigen, als den ganzen Abend über bei Big Bug die Gespräche von Presleys Apparat durchzuhören. Das mache ich übrigens schon die ganze Woche. Weißt du, welchen beschissenen Papierkrieg ich jeden Tag mit Frankfurt führe? Die Sache mit dem Borgward, den du zu Schrott gefahren hast, liegt immer noch auf meinem Schreibtisch!«

Summers setzte zu einer Bemerkung an, aber Gordon geriet in Fahrt. »Du hast verdammt kein Recht, so rumzumaulen. Du tust so, als säßen alle anderen nur rum. Ich arbeite jeden Tag von früh bis spät. Und wer dankt's mir?«

Summers hob beide Hände. »Heh, Terry, tut mir leid. Ich wollte dir nicht auf den Schlips treten.«

Gordons Antwort war ein widerwilliges Schnauben. Ohne weitere Worte schaltete er das Tonbandgerät ein.

»Hallo?« fragte die Stimme von Lamar Fike.

»Ich bin's«, blaffte Colonel Parker ihn an. »Ist er da?«

»Ja, Sir.«

»Dann hol ihn schon her.«

»Ja, Sir.« Fike legte den Hörer weg und sprach in den Raum. »Der Colonel für dich.«

Sekunden später war Elvis am Apparat.

»Junge, wie geht's dir?« fragte Colonel Parker aufgeräumt. »Hier im Radio wird behauptet, du seist bei einem Unfall ums Leben gekommen.«

»Hier auch. Ich habe eben meinen eigenen Nachruf auf AFN gehört.«

Parker lachte fett. »Kannst du dir vorstellen, was hier los ist?«

»Ich denke schon.«

»Ohne das Telefon mit der Geheimnummer könnte ich gar nicht mehr telefonieren. RCA kann sich nicht retten vor Bestellungen. ›One Night‹ muß nachgepreßt werden. Das ist eine wirklich heiße –«

»Jemand hat auf Vater geschossen«, unterbrach Elvis ihn, mühsam beherrscht.

»Ich weiß. Aber es ist doch nichts passiert.«

»Nichts passiert? Okay, es ist niemand getroffen worden, aber Vater ist gegen einen Baum gefahren. Es geht ihm gar nicht gut, und Elisabeth liegt im Krankenhaus.«

»Sie kann doch morgen schon wieder raus. Wer bewacht sie eigentlich?«

»Bewachen? Warum sollte man sie bewachen?«

»Denk doch bitte mal nach, mein Junge. Wegen der Presse, natürlich. Du bist doch sonst nicht so schwer von Begriff.«

»Ich habe ihr verboten, über die Sache zu reden.«

»Ha! Verboten. Du kennst die Bluthunde doch.«

»Sie wird schweigen.«

»Wir werden's erleben«, brummte der Colonel. »Hast *du* mit jemandem geredet?«

»Nein. Natürlich nicht.«

»Ich möchte, daß du dich außer Sicht hältst. Morgen ist Samstag, mußt du da in die Kaserne?«

»Nein.«

»Gut. Je weniger Leute dich sehen, um so besser. Geh nicht vor die Tür. Jede Stunde, die wir dieses Gerücht am Kochen halten können, ist bares Geld. Was ist eigentlich mit diesem Agenten, den ich dir geschickt habe?«

Gordon schaltete das Band ab.

»Elvis' Antwort erspar ich dir lieber. Nicht sehr schmeichelhaft. Was meinst du hierzu?«

»Worauf willst du hinaus?«

»Nun, wir wissen jetzt, wer einen Vorteil aus der Sache zieht.«

Summers stieß ein ungläubiges Lachen aus und beugte sich vor. »Das kann nicht dein Ernst sein, Terry.«

»Warum nicht? Er inszeniert einen Unfall und profitiert davon.«

Summers schüttelte den Kopf. »Das ergibt keinen Sinn. Er könnte das alles doch viel einfacher haben. Elvis müßte nur mitspielen.«

»So was kann er sich nicht leisten. Wenn die Presse merkt, daß er sie verscheißert, hat er ein Problem. Er braucht was Echtes. So was wie ein Autowrack.«

»Und warum hätte er auf den BMW schießen lassen sollen?«

»Tja …«, Gordon verzog das Gesicht und neigte bedächtig den Kopf. »Ich gebe zu, das ist der Haken an meiner Theorie … Aber vielleicht hat ihn der erste Anschlag auf die Idee gebracht.«

»Das mit der Panzerfaust waren die Kommunisten, und heute war es sein Manager? Terry, ich bitte dich!«

»Ich suche nach möglichen Motiven. Ich weiß nicht, was daran lächerlich sein soll. Hast du denn einen besseren Vorschlag? Irgendwas Konkretes? Oder wenigstens was Konstruktives?«

Summers lehnte sich zurück und holte seine Zigaretten hervor. »Nein. Tut mir leid, Terry.«

»Gib mir auch eine«, sagte Gordon, und Summers reichte ihm die Packung.

»Wir haben keine Chance, Pete«, sagte Gordon leise, nachdem er den ersten Zug inhaliert hatte. »Sollen wir ihn jetzt etwa vor seinem Manager schützen? Langley müßte ihn abhören. Ich schätze, er hat zwanzig Telefone. Persönliche Überwachung. Kontrolle der Post. Na ja, das können ja nicht mehr als ein paar tausend Briefe am Tag sein.«

»Warum sollten wir das tun, Terry? Selbst wenn du recht hättest: Er würde ihm doch nicht *tatsächlich* schaden.«

»Solange es sich rechnet«, murmelte Gordon.

»Was soll das denn heißen?«

»Eines Tages wird er vielleicht zu dem Schluß kommen, daß ein toter Elvis Presley mehr Platten verkauft als ein lebender. Könnte doch sein.«

»Du fängst an, Gespenster zu sehen, Terry.«

»Hoffentlich hast du recht, Pete. Ich hab ein schlechtes Gefühl.«

»Ich geh schlafen. Das solltest du auch.« Summers stand auf. Bereits halb auf dem Gang, drehte er sich noch einmal um. »Hast du dir eigentlich schon überlegt, wie du Elvis gegen Außerirdische verteidigen kannst?« fragte er durch den Spalt und zog die Tür zu, als Gordon seinen Bleistift nach ihm warf. Gordon sagte auch noch was, aber das konnte Summers nicht mehr verstehen. Es klang wie »Blödmann«.

# SAMSTAG

Gordon hatte ihn am Eingang abgepaßt und mit hilflosem Gesicht zum Tode seines Onkels kondoliert.

»Du mußt nicht an der Teamsitzung teilnehmen, Pete, wenn dir nicht danach ist«, hatte er gesagt, und Summers hatte das Angebot mit ernstem Dank angenommen.

Er kam etwas zu früh in Frankfurt an, aber er brauchte nicht lange zu warten. Noch bevor die Elf-Uhr-Nachrichten auf AFN begonnen hatten, erschien ein kleiner, unscheinbarer Mann in einem zu groß wirkenden, hellbraunen Trenchcoat in der Tür des Amerika-Hauses. Er trug einen länglichen Koffer und kam mit schnellen Schritten auf den Wagen zu. Einer der Wachsoldaten salutierte nachlässig zurück, als der Mann an die schmale Krempe seines dunklen Hutes tippte. Summers hatte gesehen, wie ein gestandener Colonel nach einem Anpfiff durch diesen Mann den Tränen nahe gewesen war. Derselbe Colonel wäre an diesem unauffälligen Zivilisten vorbeigegangen, ohne ihn richtig wahrzunehmen. Eine gute Besetzung für einen Geheimdienstoffizier, dachte Summers.

General Thornhill öffnete die hintere Tür und legte den Koffer auf die Rückbank.

»Nach Waldkoben«, sagte er nur, als er auf dem Beifahrersitz saß, und Summers fuhr an.

»Ich habe gestern abend Captain Gordons schriftlichen Bericht über die Festnahme des Verdächtigen vorgestern gelesen. Ich habe den Eindruck, die Aktion ist mehr als unglücklich verlaufen.«

»Ich war daran nicht beteiligt, Sir, deshalb möchte ich mir kein Urteil darüber anmaßen.«

»Verstehe«, sagte der General. »Wie ist mit dem Verdächtigen verfahren worden?«

»Wir haben ihn mehrfach verhört. Am Ende ist Captain Gordon zu dem Schluß gekommen, daß er nichts mit dem Anschlag zu tun hatte.«

»Ist das auch Ihre Ansicht, Summers?«

»Ja, Sir. Absolut. Wir haben ihn ja auch wieder laufenlassen.«

»Was wird er seinen Leuten erzählt haben?«

»Gar nichts, Sir.«

»Wer garantiert mir das?« fragte der General kalt.

»Ich verbürge mich persönlich dafür, Sir.«

»Sie bürgen? Sie wissen, daß ich so etwas nicht als Redensart betrachte.«

»Deswegen habe ich es gesagt, Sir.«

»Gut.« Thornhill setzte sich gerade. »Zu Dionys, dem Tyrannen, schlich ... Kennen Sie das, Summers?«

»Ja, Sir. Schiller.«

»Haben Sie ihn im Original gelesen?«

»Einiges. Ich bezweifle aber, daß ich die ›Bürgschaft‹ noch auswendig kann.«

Im Augenwinkel sah er, wie sich ein selbstgefälliger Ausdruck auf das Gesicht des Generals legte, und er wappnete sich gegen das Unvermeidliche.

»Zu Dionys, dem Tyrannen, schlich Damon, den Dolch im Gewande; ihn schlugen die Häscher in Bande. ›Was wolltest du mit dem Dolche, sprich!‹ ...«

General Thornhills Stolz auf seine Deutschkenntnisse war im gesamten Dienst bekannt und gefürchtet. Er hielt sein Deutsch für perfekt, was aber nur auf die Grammatik zutraf. Seine Herkunft aus Arizona würde er in Deutschland niemals verhehlen können.

Er rezitierte ruhig und sorgfältig, bei »Zurück, du rettest den Freund nicht mehr« hatten sie bereits die Autobahn erreicht.

»... in eurem Bund der Dritte«, endete General Thornhill und bekräftigte es mit einem gemessenen Senken des Kopfes, dem er ein nachdrückliches Schweigen folgen ließ.

»Wissen Sie, Summers«, sagte er dann, »jemand, der so gut Deutsch kann wie Sie, ist für die Gruppe ›King‹ wirklich zu schade. Was hat Sie eigentlich zu diesem Sauhaufen verschlagen?«

»Mangelnder Ehrgeiz, Sir«, antwortete Summers, ohne den Blick von der Straße zu nehmen.

»Verstehe«, sagte der General nur, dann setzte er noch ein »Schade« hinzu und versank wieder in Schweigen.

»Darf ich fragen, was in dem Koffer ist, Sir?«

General Thornhill sah mit zusammengekniffenen Augen geradeaus. Die Frühlingssonne strebte dem Zenit zu und tauchte die Fahrbahn zwischen dem frischen Grün der Bäume in eine sanfte Helligkeit. »Wie gut sind Sie mit dem Gewehr, Summers?« fragte er.

»Es geht, Sir. Besser als mit der Pistole. Aber Schießen ist generell nicht meine Stärke.«

»Dann wollen wir hoffen, daß es reicht. Sie haben es in Ihrem Bericht nicht erwähnt, aber ich nehme doch an, er hat einen Hund, oder?«

»In der Tat, Sir. Einen mächtig großen.«

»Das dachte ich mir. Er hatte immer einen Schäferhund.« Thornhill verzog den schmalen Mund zu etwas, von dem man meinen konnte, es sei ein Lächeln. »Je größer er ist, um so leichter ist er zu treffen, falls wir an ihm vorbeimüssen.«

Summers zog die Brauen hoch. »Ist es denn sinnvoll, einen Hund zu erschießen, wenn man etwas von seinem Besitzer will, Sir?«

»Es werden ohnehin harte Verhandlungen werden. Ich rechne nicht damit, daß Platz für Sentimentalitäten bleibt. Das Gewehr hat einen Schalldämpfer, so daß Sie geräuschlos und sicher arbeiten können.«

Summers sah den General kurz von der Seite an. Thornhills Lippen bildeten einen schmalen Strich unter dem sauber rasierten Schnäuzer. Die grauen Augen blickten reglos geradeaus.

»Nach welchem Plan werden wir vorgehen, Sir?«

»Ich gehe rein und rede mit ihm, Sie bleiben in der Nähe. Nach zehn Minuten kommen Sie nach, es sei denn, es passiert etwas Ungewöhnliches, dann kommen Sie vorher. Das ist alles, was wir planen können. Wir haben keine große Wahl: Das Tonband war eine Botschaft, und die lautet: Er will mich sprechen. Und das, was auf dem Band war, war eine weitere Botschaft, und die lautet: Ich kann es mir nicht leisten zu feilschen. – Egal, wie unser Vorhaben ausgeht, es wird teuer werden. Sie sind meine Versicherung, falls es *zu* teuer werden sollte.«

»Ich verstehe, Sir.«

»Sie fragen sich wahrscheinlich, warum ich ausgerechnet Sie mitnehme, Summers.«

»Nein, Sir, es erscheint mir naheliegend. Niemand weiß so viel über den Stand der Sache wie ich. Warum sollten Sie zusätzlich noch jemanden einweihen und das Risiko eines Lecks erhöhen? Selbst wenn ich der Maulwurf wäre: Zusätzlichen Schaden könnte ich hier und jetzt kaum anrichten.«

»Ich verstehe Sie nicht, Summers. Wenn Sie keinen Ehrgeiz haben, warum machen Sie nicht einfach eine Tankstelle auf? Ich brauche Leute wie Sie.«

Dieses Mal war es Summers, der schwieg.

»Stellen Sie ein Gesuch, und ich versetze Sie in meinen Stab.«

»Zuviel der Ehre, Sir«, murmelte Summers. »Ich werde darüber nachdenken.«

Thornhill brummte unzufrieden und machte keine Anstalten mehr, das Gespräch wieder zu beleben. Sie näherten sich bereits der Ausfahrt nach Waldkoben, als er in beiläufigem Ton sagte:

»Ich gehe davon aus, daß Ihre Dienstwaffe gewartet und geladen ist.«

»Natürlich, Sir.«

»Gut. Ein großer Feldherr hat einmal gesagt: ›Ein freundliches Wort und eine Kanone sind überzeugender als nur ein freundliches Wort.‹«

»Ein großer Feldherr, Sir? Ich dachte, das sei von Al Capone.«

»Stimmt genau, Summers«, sagte der General. »Stimmt genau.«

*

»Das können Sie mir glauben, Herr Kommissar. Mindestens zwanzig, mit Pferdewagen. Und die Männer hatten alle einen Bart.«

»Vielen Dank, gnädige Frau, wir werden der Sache sofort nachgehen.«

Grasshoff legte den Hörer auf. Die Anruferin hatte genau gewußt, wo die Polizei den Mörder der unglücklichen Unbekannten aus dem Wald zu suchen hatte, denn vor vier Wochen waren die Zigeuner in Wölfersheim gewesen. Resigniert zog er einen dicken, diagonalen Strich über seine Gesprächsnotizen und schob den Block beiseite. Darunter lag die Wetterauer Zeitung vom heutigen Ostersamstag, in der die Portraitzeichnung der toten Magda oder Marlene abgedruckt war. Sie hatten es nicht geschafft, die Fotografie an die Stelle zu setzen. Fotolabor, Redaktion und Druckerei schoben sich gegenseitig die Schuld daran zu.

Den ganzen Vormittag hatte Grasshoff neben seinem Telefon gesessen und auf Hinweise aus der Leserschaft gewartet, aber was kam, waren unbrauchbare Informationen und haltlose Verdächtigungen. Unkonzentriert las er im Sportteil, bis ihm nach einigen Minuten bewußt wurde, daß er sich kein Wort gemerkt hatte. Mit einer müden Bewegung faltete er das Blatt zusammen und griff wieder zu seinem Notizblock. Gedankenverloren blätterte er die Seiten durch, als es klopfte und Schorsch Kemper eintrat.

»War was dabei?« fragte er und setzte sich Grasshoff gegenüber.

»Nein. Nur der übliche Quatsch.«

»Ich hatte wirklich gehofft, ihr Vermieter würde sich melden«, sagte Kemper.

»Ich habe nicht damit gerechnet. Schließlich war sie gar nicht gemeldet in Nieder-Wörlen. Vielleicht hat sich die Laurenz geirrt. Außerdem kann sie genausogut schwarz irgendwo zur Untermiete gewohnt haben. Dann hören wir nie was von dem Wohnungsgeber. Und bei dir? Hast du was erfahren?«

»Nichts. Ich habe alle gefragt, die vor dem Haus standen. Keiner der Fans kannte sie.«

»Macht es Sinn, da ein Plakat aufzuhängen?«

»Auf jeden Fall. Aber Presley dürfte das kaum gefallen.«

»Mir gefällt Presley auch kaum.«

Kemper lachte. »Ich werde mich drum kümmern. Aber über die Feiertage druckt mir das keiner.«

»Besser spät als nie.«

»Und jetzt? Hast du noch eine Idee?«

»Idee!« brummte Grasshoff. »Fleißarbeit. In Nieder-Wörlen mit dem Foto von Haus zu Haus gehen. Mein Herr Assistent wird sich freuen, wenn er am Dienstag aus dem Urlaub kommt. Wird ja auch Zeit.«

»Und was passiert bis dahin?«

Grasshoff griff nach seinem Block und starrte darauf. »Eine Karte haben wir noch im Ärmel. Ich weiß nur nicht, ob es ein As ist oder eine Lusche.«

Kemper merkte auf. »Du meinst Herrn Summers' alten Nazi?«

»Genau den.«

»Glaubst du, der sagt dir, wo dieser Texas steckt?«

»Vielleicht. Und vielleicht kennt er ja auch die Halbschwester.«

»Und wenn er wissen will, wie wir auf ihn gekommen sind?«

»Fräulein Laurenz könnte sich das Kennzeichen des Motorrads gemerkt haben.«

Kemper stellte die Ellbogen auf und stützte das Kinn auf die verschränkten Hände. »Fährst du allein?«

»Ja. Es sei denn, du kommst mit.«

»Das geht heute nicht. Ich hab ab Mittag Dienst in der Wache.«

»Dann fahr ich allein.«

»Summers hält ihn für einen harten Burschen, vergiß das nicht, Paul.«

»Mach dir keine Sorgen. Ich will ja niemanden verhaften. Ich hab nur ein paar Fragen.«

»Steck trotzdem besser deine Waffe ein.«

»Ach Schorsch! Wenn dieser Herr Drau nur halb so hart ist, wie Summers erzählt, dann wird er sich von mir und meiner Walther kaum einschüchtern lassen.«

»Tu mir den Gefallen, Paul.«

Grasshoff zuckte die Achseln. »Wenn dir so viel daran liegt.«

»Das tut es. Wann fährst du?«

Grasshoff sah auf das schweigende Telefon und dann zur Wanduhr. Gerda wollte zu Mittag kochen. Was Leckeres, hatte sie gesagt. Er kratzte sich am Kinn.

»Sofort«, sagte er dann.

*

Summers hatte den etwa drei Yards breiten Bachlauf überquert, der hinter dem Haus entlangfloß, und dabei sein letztes gutes Paar Schuhe ruiniert. Das Ufer auf dieser Seite stieg steil an. Sie waren auf der Straße an Hans Draus Grundstück vorbei bis in den angrenzenden Wald gefahren, und Summers war dort durch das lichte Unterholz zum Bach gegangen, während General Thornhill im Wagen die vereinbarte Frist von zwanzig Minuten abwartete, bevor er auf das Grundstück fahren würde. Sie hatten Glück, der Wind wehte Summers entgegen, so daß der Hund ihn nicht wittern konnte.

Er setzte sich nicht weit über dem Bach auf einen weißlichen Stein hinter einen Wacholder, genau gegenüber dem Schotterplatz zwischen Haus und Scheune. Von hier konnte er die Zufahrt bis zur Straße überblicken. Die Gebäude standen etwa zwanzig Yards vom Ufer weg. Beide hatten Türen an der Rückseite, am Wohnhaus war es eine quergeteilte, deren obere Hälfte offen stand. Zu sehen war niemand außer Harras, der neben seiner Hundehütte vor der Scheune lag.

Summers sah auf die Uhr, vierzehn Minuten waren um. Er klappte den Koffer auf und setzte das Gewehr zusammen. Es verfügte über ein

Zielfernrohr. Probehalber zielte er auf den Hund. Wenn das Fernrohr exakt justiert war, worauf er sich verlassen mußte, würde er keine Schwierigkeiten haben, ihn zu treffen. Jetzt erhob sich Harras und trottete umher. Dann legte er sich wieder, mit dem Kopf auf den Vorderläufen. Seine dunklen Augen blickten jetzt genau in das Fernrohr hinein. Summers verzog den Mund.

»Ich würde mich lieber mit dir vertragen, mein Junge«, murmelte er. Harras sah gelangweilt zur Seite.

Als Thornhill nach exakt zwanzig Minuten den dunkelgrünen Dodge in die Einfahrt lenkte, sprang der Hund auf und trabte in die Mitte des Schotterplatzes. Summers folgte ihm mit dem Zielfernrohr. Harras begann zu bellen. Als der Dodge hielt, lief er zur Fahrertür, ununterbrochen kläffend. Eine Weile passierte nichts weiter, Thornhill versuchte erst gar nicht, den Wagen zu verlassen. Plötzlich verstummte der Hund und lief aus Summers' Blickfeld, um kurz darauf an der Seite Hans Draus wieder zu erscheinen.

Drau schwang sich auf seinen Krücken energisch vorwärts. Zwei Yards vom Auto entfernt blieb er stehen. Thornhill drehte die Scheibe runter. Die beiden Männer redeten. Das Fernrohr vergrößerte sie absurd, so daß sich Summers beinahe wunderte, ihre Worte nicht hören zu können. Drau wandte ihm sein Profil zu. Nach einigen Minuten des Meinungsaustausches öffnete Thornhill die Tür. Er stieg aus und hielt seinen Mantel auf. Drau trat an ihn heran und zog mit der Linken die Waffe aus Thornhills Schulterhalfter. Er steckte sie hinten in den Gürtel seiner blauen Drillichhose und tastete den General weiter ab. Dann wies er mit einer Kopfbewegung zum Haus, und die Männer verschwanden aus dem Blickfeld.

Harras kam wieder um die Hausecke getrottet und legte sich vor seine Hütte. Summers suchte nach einer erträglichen Sitzposition. Die Timex zeigte dreizehn Uhr siebenundzwanzig. Genüßlich sog er den Duft des Märzwaldes ein. Das Gewehr auf den Boden gestützt, saß er auf seinem Stein über dem plätschernden Bach und wartete regungslos. Die Sonne verschaffte sich Weg durch die Zweige und blendete ihn für einen Moment. Ein Kuckuck rief, nicht weit entfernt. Die Minuten vergingen, und es rührte sich nichts am Haus.

Dann hob Harras den Kopf und blickte in Summers' Richtung. Reflexhaft duckte Summers sich hinter den Wacholder, aber es war etwas anderes, das der Hund bemerkt hatte.

»Mr. Summers, nehme ich an«, sagte eine junge Männerstimme hinter ihm. Gleichzeitig drückte etwas metallisch Hartes an seinen Hinterkopf. »Wenn Sie bitte aufstehen und das Gewehr fallenlassen würden.«

*

Summers stand mit erhobenen Händen hinter dem Wacholderbusch, das Gewehr fiel zu Boden. Eine Hand kam von hinten und zog ihm die Pistole aus dem Schulterhalfter. Am anderen Ufer des Baches begann Harras freudig zu bellen.

»Wir hatten früher mit Ihnen gerechnet«, sagte die Stimme. Die Hand fuhr tastend an seinen Beinen entlang.

»Ich nehme an, Sie sind Texas?« fragte Summers.

»Nennen Sie mich, wie Sie wollen. Wir müssen jetzt durch den Bach. Ich hoffe, nasse Füße machen Ihnen nichts aus.«

»Nicht wirklich.« Summers stieg das Ufer hinunter und in den Bach hinein. Harras erwartete sie schwanzwedelnd.

Die Stimme kommandierte Summers zur Tür und befahl ihm zu öffnen.

»Gesicht zur Wand, keinen Laut.« Er wurde in eine große, quadratische Diele geschoben. Der Mann huschte an ihm vorbei zu einer Tür, gegen die er ein einzelnes Mal pochte. Auf der anderen Seite wurden Geräusche laut, und die Tür wurde aufgeschlossen.

»Alles glatt gegangen?« fragte Hans Drau in seinem kräftigen Bariton.

»Keine Probleme. Bei dir?«

»Er hat natürlich versucht zu tricksen. Aber er war zu langsam.«

»Gut. Kommen Sie, Mr. Summers«, sagte die junge Stimme. »Hände oben lassen.«

Langsam drehte Summers sich um. Die beiden ungleichen Männer sahen ihn an, Drau unverhohlen grinsend; der jüngere – allen Beschreibungen nach tatsächlich der Mann, der sich Texas nannte – richtete mit ernstem Gesicht eine Luger auf Summers.

»Treten Sie ein, Ihr Chef erwartet Sie schon«, sagte Hans Drau.

Er schwang sich auf seinen Krücken in das Zimmer hinein, Summers folgte. Es war ein Wohnzimmer, erstaunlich gemütlich eingerichtet, mit einem großen Bücherregal und einem Kamin, davor eine Ledergarnitur. Rechts zweigte ein etwas kleinerer Raum ab, offenbar ein Eßzimmer; dort saß General Thornhill, mit Handschellen an einen Stuhl gefesselt. Streifen gelben Sonnenlichtes fielen durch zwei kleine Fenster auf den Tisch vor ihm. Darauf standen zwei Kaffeetassen, neben ihnen lag ein Derringer.

»Sehen Sie sich das an, Mr. Summers: ›Lucky Bob‹ hatte doch tatsächlich noch ein As im Ärmel.«

Thornhill blickte nußknackerhaft starr zur Wand.

»Setzen Sie sich«, sagte Texas hinter ihm, und Summers ließ sich langsam auf einen Stuhl sinken.

»Die Situation ist im Moment etwas unübersichtlich, deshalb wird mein Neffe Ihnen zunächst Handschellen anlegen. Bitte verzeihen Sie die Unbequemlichkeit. Ich hoffe, es wird nicht übermäßig lange dauern. Das liegt auch an Ihnen.« Summers fühlte, wie die Handschellen sich um seine Gelenke schlossen.

»Wieviel willst du?« fragte Thornhill, ohne jemanden anzusehen.

»Geduld, Bob!« Hans Drau schüttelte seufzend den Kopf. »Er wird's nicht mehr lernen, Mr. Summers. Aber ich hoffe, Sie werden. Warten wir's ab.«

Er zog einen Stuhl an den des Generals heran und setzte sich, die Arme auf seine Krücken gestützt.

»Was meinst du, wieviel ist das Material wert, Bob? Was bietest du?«

»Hunderttausend kann ich bis nächste Woche aufbringen«, sagte Thornhill, ohne erkennbare Regung.

»Mark oder Dollar, Bob?«

»Dollar.«

»Ich will aber zweihunderttausend.«

In dem Nußknackergesicht zuckte etwas, aber Thornhill blieb beherrscht. »Das geht erst nächsten Monat.«

»Und wenn ich drei will?« Drau grinste ihn an.

Als Thornhill darauf nicht antwortete, wandte Drau sich an Summers.

»Würden Sie auch zweihunderttausend Dollar für Material bezahlen, das Sie noch gar nicht kennen?«

»Nein.«

»Finden Sie es nicht erstaunlich, daß unser Bobby hier ohne weiteres dazu bereit ist?«

»Immerhin pressen Sie es ihm mit vorgehaltener Waffe ab.«

»Sie meinen, er hat gar nicht vor, wirklich zu bezahlen?« Drau lachte auf. »Ihre Loyalität ehrt Sie, Mr. Summers. Mein Junge, würdest du bitte ...« Er wies auf ein Regal an der Wand, in dem ein Tonbandgerät stand. Texas stand auf und schaltete das Gerät ein.

Es war die Fortsetzung des Mitschnitts der ostdeutschen Geheimdienstsitzung, den sie Summers zugespielt hatten.

»Wäre es nicht sinnvoll, die Gruppe ›King‹ weiter zu schwächen, bevor wir aktiv werden?« fragte eine weibliche Stimme.

Papiere raschelten, dann antwortete eine Männerstimme: »Wie schon erwähnt, spricht ›Prinz‹ von nur zwei voll belastbaren Kräften, davon gilt nur eine als sehr gut, Agent Peter Summers. ›Prinz‹ wird versuchen, ihn unauffällig umzugruppieren.«

»Kann er ihn nicht einfach versetzen?«

»Das wäre im Moment zu auffällig. Er will versuchen, Summers dazu zu bringen, sich freiwillig versetzen zu lassen.«

Summers starrte auf das Gerät und merkte plötzlich, daß sein Mund offen stand. Texas schaltete das Band ab.

»*Ich* glaube, Bob *würde* bezahlen«, sagte Drau.

»Was soll das beweisen?« fragte Thornhill, immer noch die Wand anstarrend.

»Ich habe mehr, Bob. Viel mehr. Dies hier ist nur das Schlußstück in unserem Puzzle. ›Lucky Bob‹ ist das Glück ausgegangen.«

Jetzt drehte Thornhill ihm doch den Kopf zu. »Was, zum Teufel, willst du von mir?« brüllte er.

»Bring ihn runter«, sagte Drau ruhig zu seinem Neffen.

»Ich geb dir die dreihunderttausend!«

Drau warf ihm nur einen kurzen Seitenblick zu. »Ich weiß, Bob.«

Texas befreite Thornhill von dem Stuhl und schloß die Handschellen sofort wieder. Dann schob er ihn vor sich her aus dem Zimmer. Drau sah Summers mit einem eigentümlichen Ausdruck an.

»Stellen Sie Ihre Fragen, Mr. Summers.«

»Welche davon würden Sie beantworten?«

Im sonnenbefleckten Gesicht des Mannes erschien eine Art Lächeln. »Weitgehend alle, auch wenn Sie das im Moment verwundern sollte.«

»Das tut es ganz und gar nicht. Wenn Sie Thornhill erpressen wollen, werden Sie wohl kaum einen Mitwisser am Leben lassen.«

Drau wurde ernst und lehnte seine Krücken an den Tisch. »Ihre Schlußfolgerung ist sehr scharfsinnig, Mr. Summers. Sie scheinen tatsächlich der sehr gute Agent zu sein, für den die ostdeutschen Kollegen Sie halten.«

»Vielen Dank. Meine Erfolgsbilanz Ihnen gegenüber ist zumindest verbesserungsfähig.«

Drau lachte kurz. »Machen Sie sich deswegen keine Vorwürfe, Sie hatten keine faire Chance.«

»Woher kennen Sie Thornhill?«

»Haben Sie schon mal von der Aktion ›Arrowhead‹ gehört?«

»Ja.«

»Erstaunlich. Das war alles Kappa-Secret. Es war eine interessante Erfahrung zu sehen, wie Amerika sich mit seinen ärgsten Feinden verbündet hat. Und ›Lucky Bob‹ war es, der am wenigsten Skrupel dabei hatte. Genaugenommen hatte er gar keine.«

»Und das rächt sich jetzt.«

»Strenggenommen schon. Aber anders, als Sie glauben, Mr. Summers.« Draus Miene blieb unverändert freundlich. Die Tür öffnete sich, und Texas kam wieder herein.

»Schließ ihn los, mein Junge«, sagte Drau.

Texas trat hinter Summers und löste die Handschellen. »Machen Sie keinen Unfug«, sagte er leise.

»Das wird er nicht«, sagte Drau. »Dafür ist er viel zu neugierig.«

»Da könnten Sie recht haben.« Summers rieb sich die Handgelenke.

»Nun, Mr. Summers, als ich vorhin sagte, Ihre Schlußfolgerungen seien scharfsinnig, hieß das nicht, daß sie auch richtig seien. Ich habe nicht vor, Geld aus Thornhill herauszupressen.«

»Sondern?«

»Er ist ein Verräter. Ich möchte, daß er bestraft wird.«

Summers sah ihn verständnislos an. »Warum?« fragte er. »Warum wollen Sie das? Jemand wie Sie?«

»Jemand wie ich? Ein alter Nazi, meinen Sie.«

»Ja – das meine ich. Ein alter Nazi.«

Ein melancholischer Zug erschien um den Mund des Einbeinigen; er lächelte fast, aber seine Augen blieben ernst.

»Es stimmt, Mr. Summers: Ich war in der Partei. Und nicht nur das: 1943 bin ich sogar in die SS eingetreten. Aber ich war kein Nazi.«

»Ach nein? Warum wird man denn sonst SS-Mitglied?«

»Ich hatte meine Gründe.«

»Gründe!« Summers verzog angewidert den Mund. »Jeder Deutsche hatte Gründe! Welche Gründe konnte man denn haben, um bei diesen Mördern mitzumachen?«

»Oh, ich hatte gute. Sogar nach *Ihren* Maßstäben«, antwortete Drau ruhig.

Summers öffnete den Mund, um etwas zu erwidern, als er hinter sich jemanden den Raum betreten hörte. Er fuhr herum.

»Er war tatsächlich kein Nazi. Und er hatte wirklich einen guten Grund«, sagte der Mann, den er in der Tür stehen sah. »*Ich* habe ihn darum gebeten.«

Ein schmaler Mann von gut sechzig Jahren, elegant in einen hellbraunen Dreiteiler gekleidet. Er trug immer noch eine Hornbrille und einen gepflegten Schnäuzer, aber sein Haar war schütter geworden, seit Summers ihn das letzte Mal gesehen hatte.

»Behalten Sie Platz, Mr. Summers«, sagte er.

»Die Herren kennen sich, nehme ich an«, sagte Drau.

»Ja«, antwortete Summers.

Er kannte ihn. Allen W. Dulles.

Der Bruder des Außenministers.

Chef des CIA.

*Sein* Chef.

*

»Sie müssen verzeihen, Summers. Die Sache muß für Sie natürlich etwas verwirrend sein.« Dulles setzte sich zu ihnen an den Tisch.

»Für die ein oder andere Erklärung wäre ich dankbar, Sir.«

Dulles zog ein blütenweißes Taschentuch aus der Brusttasche seines Jacketts. Umständlich nahm er die Brille ab, hauchte ein Glas an und begann es zu putzen.

»Ich kenne den guten Hans hier schon ziemlich lange. Ich habe ihn in Bern kennengelernt, während des Krieges. Sie wissen, daß ich dort Leiter des OSS war?«

»Natürlich, Sir.«

»Nun, eines Tages, im Sommer '42, berichtete mir ein Mittelsmann von einem Deutschen, der zur Zusammenarbeit mit den Alliierten bereit sei – aus Gewissensgründen. Er konnte es nicht ertragen, tatenlos die Verbrechen seines Volkes mitanzusehen. Hans war zuerst bei den Briten, doch die haben ihn abgewiesen. Man kann das verstehen, es gab etliche solcher Leute damals. Die meisten waren Wirrköpfe. Künstler. Kommunisten. Unbrauchbar für unsere Zwecke. Ich habe mich trotzdem mit ihm getroffen.«

»Allen weist keine Informanten ab. Schon seit 1917 nicht mehr.« Drau lachte tief.

Dulles putzte weiter konzentriert seine Brille.

»Hans hat recht. Ich weise niemanden mehr ab. Im Ersten Weltkrieg war ich auch schon in Bern. Damals wollte mich ein Russe sprechen, aber ich hatte ein wichtiges Tennismatch und habe ihn vertröstet. Der Mann hat sich nicht mehr bei mir gemeldet. Er hieß Uljanow, und er hat später eine gewisse Karriere gemacht.«

Summers sah ihn ungläubig an. »Lenin?« fragte er.

»In der Tat. Lenin«, sagte Drau.

»Wie Sie sehen, meine Herren, habe ich aus meinen Fehlern gelernt. Ich habe mit Hans eine Zusammenarbeit vereinbart, und ich muß sagen, daß er für unsere Sache eine Menge riskiert hat.«

»Eine Menge? Weit mehr als meinen Arsch, würde ich sagen«, dröhnte Drau. »Bis Juli '44 ist es gut gegangen, dann sind sie mir auf die Spur gekommen. Ich habe es gerade noch geschafft, in den Westen abzuhauen. Als ich dann zu den amerikanischen Linien rüber bin, hat mir eine Granate das Bein abgerissen. Eine amerikanische, leider.«

»Thornhill war von '42 bis '44 in Bern mein Untergebener«, fuhr Dulles fort. »Wissen Sie, warum man ihn ›Lucky Bob‹ nennt, Summers?«

»Ich kenne nur Gerüchte.«

»Er hatte legendäres Glück am Spieltisch in Montreux.«

»Diese Version ist mir neu.«

»Ja, er hat immer sehr darauf geachtet, daß es sich nicht herumspricht. Er bevorzugt, glaube ich, eine andere Geschichte. Er hat sich damals an die Front versetzen lassen. Aus der Schweiz! Wir waren sehr beeindruckt, das muß ich sagen. Das war heldenhaft und durchaus unüblich. Den wahren Grund für seine Versetzung habe ich allerdings erst vor wenigen Monaten herausgefunden, und dabei noch rein zufällig, in einer alten deutschen Akte: Thornhills Glückssträhne war eng mit einem bestimmten Croupier verknüpft.«

»Er spielte falsch?«

»In der Tat. Allerdings nicht beim Baccara, sondern bei einem weit größeren Spiel: Dieser Croupier arbeitete für die Deutschen.«

»Was soll das heißen?«

»Die Deutschen bezahlten Thornhill auf diesem Weg. Es war ziemlich unverdächtig und ging lange gut. Aber der Croupier wirtschaftete auch in seine eigene Tasche und machte irgendwann zu viele Fehler. '44 drohte das Ganze dann aufzufliegen. Die Deutschen haben Bob abserviert, und er hat die Flucht nach vorn angetreten, zur Front.«

»Und wofür wurde er bezahlt?«

»Wofür bezahlt man Doppelagenten? Zum Beispiel dafür, daß er amerikanische Agenten in Deutschland verraten hat.«

Summers schwieg. Er hatte das Gefühl, der Boden schwanke.

»Ich nehme an, Sie verstehen jetzt, welches Interesse ich an ›Lucky Bob‹ habe«, sagte Drau.

»Und ›Arrowhead‹? Was hatten Sie damit zu tun?«

»Hans war meine Sicherung«, sagte Dulles. »Das Projekt war gefährlich. Er hat noch einmal für mich den SS-Mann gespielt. Er hat mir berichtet. Tatsächlich begann ›Arrowhead‹ bald aus dem Ruder zu laufen. Die alten Kameraden begannen, ihr eigenes Süppchen zu kochen, genau wie ich befürchtet hatte. Ich habe die Sache dann gerade noch rechtzeitig stoppen können. Damals keimte mein erster Verdacht gegen Thornhill. Aber es blieb bei einem Verdacht, Beweise gab es keine. Doch im letzten Jahr kamen von unseren Agenten im Osten Hinweise auf einen Maulwurf mit dem Decknamen ›Prinz‹, und ich entschloß mich zu diesem … diesem …«, nach einem Wort suchend wedelte er mit der Hand.

»Bluff«, beendete Drau den Satz.

»Bluff?« echote Summers.

»Ja, das ist leider wahr. Es ist ein Bluff. Wir haben bisher keine echten Beweise, außer denen, die er uns selbst durch seine Handlungsweise gibt. Und Sie werden mir zustimmen, daß er heute bereits etliche Indizien abgeliefert hat.«

»Moment …« Summers versuchte, sich zu konzentrieren, sein Kopf schwirrte. »Das Tonband, was ist mit dem Tonband?«

»Das haben wir leider fälschen müssen.«

»Fälschen? Also wollen die Kommies Elvis gar nicht umbringen?«

»Wo denken Sie hin, Mr. Summers. Einen Schlagersänger … Diese Sitzung hat es zwar gegeben, aber nicht in dieser Form.«

Summers saß auf seinem Stuhl und ließ die Schultern hängen. »Erlauben Sie, daß ich rauche?«

»Aber natürlich.«

»Was«, fragte er, nachdem er den ersten, beruhigenden Zug inhaliert hatte, »was war meine Rolle bei diesem Spiel?«

»Sie waren der Puffer, der Glaubwürdigkeitsbeweis, könnte man sagen. *Sie* haben die Spur zu Hans Drau und ›Arrowhead‹ gefunden. *Sie* hatten das Tonband. Er konnte nicht annehmen, daß mehr dahintersteckte als der Erpressungsversuch eines alten Nazis.«

»Die Spur zu Hans Drau?« Summers drehte sich zu Texas um. »Sie waren nur deshalb mit dem Motorrad in der Goethestraße, damit wir Ihnen folgen?«

Der junge Mann grinste ihn an. »Es war etwas schwierig, Ihre Kollegen nicht zu verlieren.«

»Aber Sie haben doch jemanden getroffen dort! Was haben Sie am Haus gemacht?«

»Geschäfte«, sagte Texas und grinste plötzlich nicht mehr.

»Was für Geschäfte?«

»Das zu klären ist später Zeit«, sagte Dulles. »Sie haben uns jedenfalls sehr geholfen, Mr. Summers. Ich habe mich auf Ihre Integrität verlassen, und Sie haben mich nicht enttäuscht. Aber ich hatte es nicht anders erwartet, denn ich beobachte Ihre Karriere in unserem Dienst nun schon seit fast fünf Jahren. Glauben Sie mir, es war gar nicht so einfach, Sie in der Gruppe ›King‹ unterzubringen, einige Abteilungsleiter haben mir geradezu die Türen eingerannt, um Sie zu bekommen. Aber ich wußte, daß Sie die Aufgaben ernst nehmen, die man Ihnen überträgt, und daß sie nicht versuchen würden, sich versetzen zu lassen oder ähnliches, und am Ende haben Sie mein Vertrauen mehr als bestätigt: Die ganze Aktion ist genau so gelaufen, wie wir sie geplant haben, und das ist mehr, als man von den meisten unserer Aktionen sagen kann.«

»Und woher wußten Sie das? Ich hätte ja auch ganz anders handeln können, als ich das Tonband einmal hatte!«

»Nun, das hätten wir rechtzeitig erfahren, und unser Vorgehen dann angepaßt. Wir waren auf alles vorbereitet. Natürlich haben wir eine Gewährsperson in der Gruppe ›King‹ plaziert.«

»Gewährsperson?« Summers schluckte, er fühlte, wie ihm die Farbe aus dem Gesicht wich. »Das ist nicht wahr!«

Dulles lächelte ihn freundlich an.

»Ach du Scheiße!« Summers zerdrückte die halbgerauchte Zigarette im Aschenbecher.

»Machen Sie sich keine Gedanken. Miss Foster leistet seit Jahren hervorragende Dienste in meinem Stab.«

Fahrig fummelte Summers eine neue Lucky heraus. Er bemerkte, daß er zitterte, als er sie anzündete.

»Nun, Sir, da Sie ja offensichtlich *alles* wissen, können Sie mir sicher auch sagen, wer versucht, Vernon Presley umzubringen.«

Dulles hob entschuldigend die Hände. »Um ganz ehrlich zu sein, Mr. Summers: Ich habe keine Ahnung. Diese Sache hat uns zwischenzeitlich auch Sorgen bereitet, weil Sie dadurch abgelenkt waren. Aber letztlich paßten die Anschläge hervorragend in unser Konzept. Zum einen beeinträchtigten sie Thornhills Aufmerksamkeit. Zum anderen vereinfachten sie unsere Aufgabe, Bob auf unseren Hans hier aufmerksam zu machen. Eine glückliche Fügung, sozusagen. Aber wir haben nichts damit zu tun.«

»Das gehört also nicht zum ›Bluff‹, Sir?«

»Nein. Wer oder was tatsächlich dahintersteckt, muß von der Gruppe ›King‹ geklärt werden. Eine normale operative Aufgabe.«

»Bekommen wir denn jetzt Verstärkung, Sir?«

»Aber Mr. Summers ...« Dulles sah ihn irritiert an. »General Thornhill ist zwar ein Verräter, aber seine Einstellung zur Gruppe ›King‹ zeugt nichtsdestoweniger von großer Professionalität.«

»Ich verstehe, Sir«, sagte Summers.

»Fein. Nun, wir sind noch nicht fertig. Wir müssen Thornhill noch zu einem Geständnis bewegen, und ich bin guter Dinge, daß uns das gelingen wird.«

»Jawohl«, sagte Drau. »Frisch ans Werk.« Er erhob sich schnell und stand, auf seine Krücken gestützt, hinter dem Tisch. »Freiwillig wird ›Lucky Bob‹ natürlich keinen Ton sagen. Wir müssen ihm schon ein bißchen Angst einjagen. Ein gewaltiges bißchen, wahrscheinlich.«

»So wird es sein«, sagte Dulles. »Und zu diesem Zweck werden wir Sie leider erschießen müssen, Mr. Summers.«

»Was?« fragte Summers und fuhr herum. Texas hielt auf einmal eine Heckler&Koch-Maschinenpistole in den Händen.

»Wenn Sie bitte in den Keller vorangehen würden, Mr. Summers«, sagte er und wies mit dem Lauf auf die Tür.

»Was hat das zu bedeuten?«

»Tun Sie einfach, was er sagt, Mr. Summers. Ich werde hier oben bleiben.«

Allen W. Dulles lächelte freundlich.

*

Grasshoff hatte gerade noch einen zweifelnden Blick auf die Straßenkarte geworfen, die neben ihm auf dem Beifahrersitz lag, als er das Haus entdeckte. Vorsichtig bog er in die schlammige Einfahrt ein, der DKW schlingerte bedenklich.

Er schnalzte ärgerlich mit der Zunge, als er Summers' Wagen vor dem Haus stehen sah. Sein neuer Partner teilte ihm offensichtlich durchaus nicht alles über seine Aktivitäten mit. Er hielt neben dem Dodge und schaltete die Zündung aus. Im Haus bellte ein Hund. Aufmerksam sah er sich um. Das Haus und die Scheune, der Schotterplatz, die Schrott- und Holzhaufen, alles an diesem Ort schien ihm eine unbestimmte Art von Bedrohung zu atmen. Er stieg aus.

Mit ruhigen Schritten ging er auf die Eingangstür des niedrigen Holzhauses zu, hinter der der Hund bellte. Plötzlich erstarrte er: Gedämpft zwar, wie aus einem Keller, aber trotz des Gebells deutlich zu erkennen, klang das Rattern einer MP. Ein Feuerstoß, zwei Sekunden lang, ein Schrei, dann noch zwei einzelne Schüsse. Der Hund verstummte für einen Moment, um dann um so heftiger hinter der Tür weiterzutoben.

Grasshoff blieb stehen, wie in der Bewegung eingefroren, für einen kurzen Augenblick, der ihm selbst aber quälend lang vorkam. Dann rannte er los in die Deckung der Hausecke, während des Laufens zog er seine Pistole und lud durch.

»Scheiße«, sagte er leise, mit dem Rücken an der Wand lehnend, und überlegte fieberhaft seine nächsten Schritte. Sein Wagen stand in Sicht der Haustür, er konnte nicht hoffen, daß seine Ankunft unbemerkt bliebe. Schon wurde das Gebell lauter.

»Harras, ruhig«, sagte eine junge Männerstimme, aber der Hund bellte weiter. Grasshoff ging hinter einer Regentonne in die Hocke und spähte durch den Spalt zwischen Tonne und Wand in Richtung Haustür. Ein junger Mann stand vor dem Haus, neben ihm ein Schäferhund, den er am Halsband hielt. Der Hund kläffte unaufhörlich und zerrte den Mann in Grasshoffs Richtung, sie waren nur noch wenige Meter entfernt. Entschlossen stand er auf und hob die Pistole.

»Stehenbleiben, Polizei«, sagte er.

Der junge Mann sah ihn mit einem fragenden Lächeln an, während er mühsam den tobenden Hund zu halten versuchte.

»Ruhig, Harras, Sitz«, sagte er, aber Harras reagierte nicht auf das Kommando.

»Wenn Sie ihn loslassen, schieße ich.« Grasshoff senkte den Lauf seiner Walther in Richtung das Hundes.

»Das würde mir nicht gefallen«, sagte plötzlich eine kräftige Stimme hinter ihm. Gleichzeitig wurde ihm ein Lauf in die Nieren gedrückt. »Fallenlassen. Harras, Sitz.«

Der Hund saß, noch bevor Grasshoffs Pistole den Boden erreicht hatte.

»Sie können sich umdrehen.«

Hinter ihm stand ein einbeiniger Mann – groß, blauäugig, wie Summers ihm Hans Drau beschrieben hatte. Was Grasshoff für eine Waffe gehalten hatte, war nur eine Krücke gewesen, die Drau jetzt langsam wieder senkte. Grasshoff sah zu seiner Pistole hinunter, die einen Meter entfernt auf dem lehmigen Boden lag.

»Lassen Sie es bleiben, Sie werden sonst zu Hundefutter.«

Grasshoff hob den Blick wieder. Mit zusammengepreßten Lippen sah er Drau an.

»Was können wir für Sie tun, Herr Polizist?«

»Ich habe Schüsse gehört. Aus einer Maschinenpistole.«

Drau lächelte sanft. »Sie müssen sich irren.«

»Das kann man ja feststellen.«

»Und wie wollen Sie das machen?«

»Ich werde wiederkommen. Mit einem Durchsuchungsbeschluß.«

»Nun, dazu müßten Sie erst mal wegkommen, nicht wahr? Sie behaupten zwar, von der Polizei zu sein, aber bisher kennen wir nicht mal Ihren Namen, geschweige denn haben wir Ihren Ausweis zu Gesicht bekommen. Sie betreten ohne Erlaubnis mein Grundstück und bedrohen ohne erkennbaren Grund diesen jungen Mann hier mit Ihrer Waffe. Ich muß schon sagen!«

»Ich bin Kommissar Grasshoff, Kripo Bad Nauheim. Ich kann Ihnen meinen Dienstausweis zeigen.«

»Lassen Sie mal. Gehen Sie bitte ins Haus.« Drau wies mit dem Kinn in Richtung der Haustür. Grasshoff wurde durch eine Diele in einen Raum mit einem offenen Kamin dirigiert.

»Nehmen Sie Platz.« Drau deutete auf einen Ledersessel.

»Wo ist Herr Summers?« fragte Grasshoff.

Die beiden Männer tauschten einen kurzen Blick.

»Wer soll das sein?« fragte Drau dann.

»Der Besitzer des amerikanischen Wagens auf Ihrem Hof. Was haben Sie mit ihm gemacht?«

»Der Wagen ist zur Reparatur hier. Der Besitzer kommt ihn erst nächste Woche wieder abholen.«

»Nehmen Sie mich nicht auf den Arm! Ich will wissen, wo Summers ist! Und wenn Sie glauben, Sie könnten mir auch was antun: Meine Kollegen wissen, daß ich hier bin.«

»Aber Herr Kommissar! Wer sollte Ihnen denn was antun wollen«, sagte plötzlich eine Stimme hinter ihm. Ein gepflegter älterer Herr war aus dem Nebenraum getreten. Er sprach ein gutes Deutsch, aber mit starkem amerikanischen Akzent. Er kam Grasshoff bekannt vor, aber er wußte ihn nicht einzuordnen. »Darf ich fragen, woher Sie Mr. Summers kennen?«

»Wer sind Sie?«

»Mein Name ist ... Miller. Ich bin ein Kollege von ihm.«

»Von der Vancouver Sun?« fragte Grasshoff sarkastisch.

»Genau.«

»Was ist mit Summers?«

»Sie haben meine Frage noch nicht beantwortet, Herr Kommissar.«

»Ich bin die Polizei, mein Herr. *Ich* stelle die Fragen.«

Hans Drau und der Junge begannen zu lachen, auch der Amerikaner lächelte.

»Das war sehr wacker gesprochen, Herr Kommissar, aber vielleicht haben Sie schon mal von der normativen Kraft des Faktischen gehört. Sagen Sie uns doch einfach, was Sie hierherführt!«

Grasshoff schwieg. Er hatte keine Vorstellung, wie diese Geschichte ausgehen würde, aber er war nicht bereit, sich lächerlich machen zu lassen. Plötzlich hörte er in seinem Rücken noch jemanden den Raum betreten.

»Das Motorrad hat ihn hergeführt«, sagte Summers.

»Ich hatte Ihnen befohlen, draußen zu bleiben«, bellte Miller.

»Das würde keinen Sinn machen, Sir. Er weiß doch, daß ich hier bin.«

Summers trat neben Grasshoff. »Tut mir leid, Sie sind in einem ungünstigen Moment gekommen.«

»Was zum Teufel will er hier?« fragte Drau.

Summers setzte sich Grasshoff gegenüber auf das Sofa.

»Ich denke«, sagte er und begann, seine Taschen zu durchsuchen, »daß Sie einen Fehler gemacht haben, als Sie die Vernon-Presley-Sache so völlig abgetan haben, Sir.«

»Aber was hat das mit uns hier zu tun?« fragte Miller.

»Ich könnte mir vorstellen«, Summers fand seine Packung und zündete sich eine Zigarette an, »daß Herr Grasshoff Texas ein Foto zeigen will.«

»Ein Foto?« Texas runzelte fragend die Stirn.

»Sie erlauben doch.« Grasshoff zog langsam sein Notizbuch aus der Innentasche seines Mantels. Er entnahm ihm ein Foto und reichte es Texas. »Kennen Sie die Dame?«

Texas' Miene hellte sich auf. »Marlene«, sagte er, doch sofort erschien wieder eine Falte zwischen den Brauen. »Was ist mit ihr?«

»Marlene?« Hans Drau nahm ihm das Bild aus der Hand.

»Ist das Ihre Halbschwester Marlene Diddrich?«

»Ja. Was ist mit ihr?«

»Wann haben Sie sie zum letzten Mal gesehen?«

»Zum Teufel! WAS IST MIT IHR?« Texas sprang auf Grasshoff zu und packte ihn am Revers.

»RÜDIGER!« brüllte Drau, und der Junge ließ los. »Setz dich. Und Sie erzählen, was los ist.« Er drückte Texas neben Summers auf das Sofa, und Grasshoff begann zu erzählen.

*

Als er geendet hatte, herrschte Totenstille im Raum. Sogar der Hund schien den Atem anzuhalten. Drau und Rüdiger, wie Texas wohl mit richtigem Namen hieß, starrten auf die Tischplatte. Summers sah zu Dulles, in dessen Gesicht nichts zu lesen war, aber er wußte, daß seine Gedanken sich ausschließlich um den im Keller eingesperrten Thornhill drehten. Sie hatten neben dem Verschlag, in den man ihn gesperrt hatte, eine sehr glaubhaft klingende Exekution inszeniert. Grasshoffs Auftauchen in diesem Moment war so unpassend wie nur möglich gewesen. Zudem schien es, daß man auf Drau und Texas in der nächsten

Zeit auch nicht voll würde zählen können. Aber das war Dulles' Problem.

»Marlene kannte Vernon?« fragte Rüdiger schließlich, an Grasshoff gewandt.

»Möglicherweise.«

»Dann war *er* das? *Er* hat das zu verantworten?«

»Dafür gibt es keinerlei Anhaltspunkte und schon gar keine Beweise. Zunächst einmal suchen wir nach einem dunkelhaarigen Mann mit einem Motorrad, gekleidet wie ein Halbstarker. Genaugenommen suchen wir nach *Ihnen.*«

»Nach mir? Was soll *der* Quatsch? Sie ist meine Schwester!« Rüdiger sprang auf. Hans Drau versuchte, ihn festzuhalten, aber er riß sich los. »Ich mach den Kerl fertig!« brüllte er und rannte aus dem Zimmer. Harras folgte ihm bellend.

»Texas! Bleiben Sie hier!« rief Miller ihm nach.

Auch Grasshoff war aufgesprungen. »Er ist ein Tatverdächtiger!« Er versuchte, Texas zu folgen, aber Drau hielt ihn an der Schulter fest.

»Lassen Sie ihn. Wir können ihn jetzt nicht aufhalten. Niemand kann das«, sagte er ruhig. »Ich kenne ihn. Er ist mein Neffe.«

Grasshoff drehte sich zu ihm um. »Dann war die Tote …«

»Meine Nichte, genau. Ihre Mutter war meine Schwester.« Er ließ sich auf das Sofa sacken. Draußen wurde ein Motorrad angetreten und fuhr mit brüllendem Motor in Richtung Straße.

»Ich muß hinterher«, sagte Grasshoff.

»Ich auch.« Summers stand auf.

»Moment«, sagte Dulles. »Ich kann sie hier jetzt nicht weglassen.«

»Sir! Wir wissen nicht, was er anstellt!«

»Ich brauche Sie hier, Summers. Und den Herrn Kommissar kann ich erst gehen lassen, wenn wir hier fertig sind.«

»Und wenn ich einfach aus dieser Tür gehe?« fragte Grasshoff.

Dulles verzog entschuldigend das Gesicht. Er hielt plötzlich einen kleinen, verchromten 22er Revolver in der Hand. »Verzeihen Sie bitte, Herr Kommissar. Es entspricht durchaus nicht meinem Stil, aber ich muß darauf bestehen, daß Sie hierbleiben.«

Grasshoff sah Dulles mit einem kalten Blick an.

»Gibt es hier ein Telefon?« fragte Summers.

»Wen wollen Sie denn anrufen?«

»Captain Gordon, Sir, ich muß ihn vor Texas warnen.«

»Nein. Das gefährdet meine Geheimhaltung. Diese Aktion ist Kappa-Secret.«

Summers zögerte einen Moment. »Und was ist mit Foster?« fragte er.

»Die dürfte im Moment in ihrem Auto sitzen und auf Elvis Presley aufpassen. Aber Sie können sich darauf verlassen, daß Julia ihren Job sehr ernst nimmt. Meine Herren, nehmen Sie doch bitte wieder Platz.«

Grasshoff setzte sich in seinen Sessel, immer noch denselben kalten Blick in den Augen. Summers nahm wieder neben Drau Platz, der schweigend auf ein Bild an der Wand gegenüber starrte. Es war das Foto einer jungen Frau. Marlene Diddrich.

»Wie alt war sie?« fragte Summers.

»Siebzehn. Sie war ein tolles Mädchen. Wild. Unabhängig. Die Tochter, die ich nie hatte.« Der Hund kam wieder ins Zimmer. Still legte er sich unter den Tisch zu Draus Füßen.

»Was hat Rüdiger an Presleys Haus gemacht?« fragte Summers.

»Geschäfte. Genau, wie er gesagt hat.« Drau wandte seinen Blick nicht von dem Bild.

»Was für Geschäfte? Und mit wem?«

»Mit Vernon Presley.« Er griff sich müde an die Stirn. »Wir haben ihn erpreßt.«

»Was?« Dulles fuhr auf. »Was ist das für eine Geschichte, Hans?«

»Allen, du wolltest unsere Quellen nie kennen. Das haben wir immer so gehalten.« Drau machte eine wegwerfende Geste, als käme es nicht mehr darauf an. »Es ging um ein Tonband. Ein Unikat: Elvis singt in seinem Wohnzimmer zum Klavier.«

»Dafür erpressen Sie jemanden?« fragte Grasshoff erstaunt.

Summers bemerkte Dulles' Blick, der alarmiert auf Drau lag.

»Und *womit* haben Sie ihn erpreßt?« fragte er.

»Fotos«, antwortete Drau. »Rüdiger hat sie gemacht. Fotos von Vernon Presley und der verheirateten Mrs. Dee Stanley. Einigermaßen verfänglich. Er hat sie im Park geküßt.«

»Und mit so etwas läßt Vernon Presley sich erpressen? Mit einem Kuß?«

»Wir haben ja keine Tausender verlangt. Er hat Angst, daß sein Sohn dahinterkommt. Schließlich ist er erst seit August Witwer – und die Dame ist noch verheiratet. Ein paar Wochen wird er das Spiel vielleicht noch mitmachen, bis er den Mumm hat, Elvis davon zu erzählen. Vielleicht kommt es ja auch irgendwie anders heraus.«

»Und was haben Sie mit dem Tonband gemacht?«

»Geschäfte!« Drau lachte traurig. »Es gibt einen Teil von Deutschland, in dem Rock'n'Roll-Musik schwerer zu beschaffen ist als hier. Viel schwerer. Für jemanden, der dort leben muß und so etwas liebt, ist eine original Elvis-Presley-Aufnahme etwas sehr, sehr Wertvolles. Rüdiger schmuggelt die Sachen nach drüben. Er hat dort einen Abnehmer, der sehr gut bezahlt.«

»Und womit bezahlt dieser Mensch? Geld wird er doch wohl kaum haben?«

»Zum Beispiel mit anderen Tonbändern. Darauf ist zwar keine Musik, sie sind aber trotzdem wertvoll. Gerade eben hat jemand dreihunderttausend Dollar dafür geboten.«

Summers schwieg einen Moment. Von einem Kuß im Park zu einem enttarnten Doppelspion. Respekt, dachte er. Das *war* ein Geschäft.

»Unterschiedliche Menschen bewerten Dinge unterschiedlich, Mr. Summers«, sagte Drau. »Das dürfen Sie in unserem Gewerbe nie vergessen. Vernon Presley ist unsere Gans, die goldene Eier legt. Die würden wir doch nicht schlachten! Von den Anschlägen haben wir erst durch Foster erfahren. Und eines können Sie mir glauben: Wenn *wir* geschossen hätten – wir hätten getroffen.«

»Und jetzt?« fragte Grasshoff. »Würde Rüdiger die Gans jetzt schlachten?«

Drau holte tief Luft und ließ sie zwischen den Lippen zischend wieder entweichen.

»Möglicherweise«, sagte er dann.

Grasshoff stand auf. »Nun denn, Herr *Miller*«, sagte er. »Ich kann mir nicht vorstellen, daß Ihr Außenminister damit einverstanden ist, wenn sein Bruder im Ausland Ordnungshüter erschießt. Denn das werden Sie tun müssen, wenn Sie mich hier halten wollen.« Er wandte Dulles den Rücken zu und hielt Drau auffordernd die Hand hin.

»Meine Dienstwaffe bitte.«

»Tut mir leid, die hat mein Neffe.«

Grasshoff stieß ein kurzes, ärgerliches Schnauben aus und ging aus der Tür, ohne sich noch einmal umzuwenden.

Dulles starrte ihm nach, mit wütend zusammengekniffenen Lippen, dann steckte er die 22er zurück in die Tasche seines Jacketts.

»Passen Sie auf, daß er keinen Blödsinn macht, Summers«, sagte er.

»Aye, Sir.« Summers war sofort auf den Beinen.

»Heh, Pete«, rief Drau ihm nach, als er schon in der Tür war.

Er drehte sich noch einmal um, und der alte Mann hielt ihm seine Beretta hin.

»Wenn Sie auf Rüdiger schießen, bring ich Sie um«, sagte er.

*

»Ist dir das nicht zu gefährlich hier?« fragte Hans-Gerd.

Er stand mit Ritchie im Park gegenüber von Elvis' Haus, hinter dem Gebüsch, das ihm schon gemeinsam mit Katharina als Versteck gedient hatte.

»Sie haben mir nicht verboten hierherzukommen, oder?« antwortete Ritchie, aber der Blick, mit dem er zum Haus hinübersah, wirkte verkniffen. In der Goethestraße gab es keinen freien Parkplatz mehr. In etlichen der Wagen saßen Männer mit schmalkrempigen Hüten, irgendwas auf kleinen Blocks notierend, andere lehnten, behängt mit Kameras, an Kotflügeln oder Heckklappen und beobachteten stoisch die Menge vor dem Tor, das heute ungewöhnlicherweise von einem nervösen, jungen Polizisten bewacht wurde, der aufgeregt mit seinem Schlagstock fuchtelte, wann immer ihm einer der Fans zu nahe rückte.

»Zurücktreten, Herrschaften«, rief er dann, meist ein paarmal hintereinander.

»Polizeiaufsicht«, murmelte Ritchie.

»Was hat das zu bedeuten?«

»Es geht los.« Ritchie sprach leise, wie zu sich selbst.

»Was geht los?«

Hans-Gerd erhielt keine Antwort.

»Da.« Ritchie wies auf einen schwarzen Borgward, in dem ein einzelner Mann saß, den Hut nach vorn über die Augen geschoben, als schlafe er.

»Gehört der zu denen?«

»Ich glaube schon.«

»Ist das der Gefährliche, von dem du erzählt hast?«

»Ungefährlich sind die alle nicht.« Ritchie fummelte seine Zigarettenpackung hervor, es schien, als zittere er ein bißchen. »Mist«, sagte er, als er die Packung leer fand. Wütend knüllte er sie zusammen und steckte sie wieder ein.

»Was geht los, Mann?« insistierte Hans-Gerd.

»Ich weiß es noch nicht, aber ich finde, es sind ein paar sehr eigentümliche Sachen vorgefallen in den letzten Tagen, und ich will wissen, was dahintersteckt.«

Er sah wieder zur Straße. Vor dem Haus war Bewegung entstanden; Elvis' hellgrüner Cadillac kam langsam die Goethestraße entlanggerollt und hielt vor der Einfahrt. Ein summendes Raunen lag über der Menge. Vereinzelte Rufe waren zu hören. Überall öffneten sich Autotüren. Die Männer mit den schmalkrempigen Hüten rangelten um Standorte. Einer der Fotografen stieg auf die Kühlerhaube seines Autos. Auch der Mann in dem Borgward schob den Hut hoch und stieg aus, blieb aber am Wagen stehen.

Am Steuer des Cadillacs erkannten sie Lamar Fike, der mit ärgerlicher Miene nach einem Parkplatz Ausschau hielt. Auf der Beifahrerseite stieg eine junge Frau aus. Sofort stürmten die Reporter los.

»Fräulein Stefaniak! Eine Frage! Fräulein Stefaniak!« Die Männer riefen durcheinander, drängelten und schubsten sich zur Seite, aber Elisabeth Stefaniak ging geradewegs, ohne den Kopf zu heben oder zur Seite zu sehen, auf das Tor zu. Der junge Polizist hielt mit ausgebreiteten Armen die Reporter hinter ihr auf, den Schlagstock in der Hand.

»Nur eine Frage! Sehen Sie doch bitte mal her! Fräulein Stefaniak!«

Als würde sie das Rufen und Schreien gar nicht wahrnehmen, schritt sie durch das Tor, ging die Treppe hoch und verschwand im Haus. Die Reporter gingen zu ihren Wagen zurück, einige wütend, andere enttäuscht oder gelassen. Der Mann an dem Borgward öffnete seine Tür wieder. Bevor er einstieg, fiel sein Blick in ihre Richtung, und Ritchie duckte sich unwillkürlich, doch der Mann konnte sie nicht sehen. Er setzte sich in den Wagen und schob den Hut wieder ins Gesicht.

Ritchie grinste leicht verlegen und zog die Reste der Zigarettenpakkung aus der Tasche. »Besorg mal was zu rauchen«, sagte er.

»Ich? Ich hab nur noch zwei Groschen in der Tasche.«

»Na und? Das reicht für sechs Juno.«

Hans-Gerd wollte etwas erwidern, aber Ritchies Ausdruck war ihm zu entschlossen. Widerwillig machte er sich auf den Weg zum Kiosk an der Brücke, mit dem sicheren Gefühl, etwas zu verpassen. Als er dem Verkäufer gerade sein letztes Geld gereicht hatte, kam ein VW-Streifenwagen die Straße herunter. Er fuhr ohne Blaulicht, aber seine Reifen quietschten, als er in die Zanderstraße abbog. Hans-Gerd griff sich die Zigaretten und rannte zurück.

»Was ist passiert?« fragte er keuchend, als er Ritchie wieder erreicht hatte.

»Klaus' Vater ist gekommen. Kam angerast wie ein Irrer. Er ist ins Haus gegangen.«

»Herr Kemper? Was macht der da drin?«

»Bin ich Jesus? Hab ich Löcher in den Händen? Gib mir 'ne Zigarette!« Ritchie zündete sich die Juno an und starrte weiter durch die Zweige.

»Meinst du, Elvis ist in Gefahr?«

»Ja«, antwortete Ritchie. »Das glaube ich.«

*

Summers fuhr mit über achtzig Meilen auf der Überholspur.

»Ich muß mich entschuldigen, es war doch eine gute Idee, Ihren Wagen zu nehmen«, sagte Grasshoff. »Mit meinem DKW wäre ich noch nicht halb so weit. Nur weiß ich leider nicht, wie ich wieder zu ihm kommen soll.«

»Eins nach dem anderen«, sagte Summers. »Das regelt sich schon.«

Grasshoff hatte sich anfangs gesträubt, bei ihm einzusteigen. Nach allem, was er bei Drau erlebt hatte, konnte Summers das auch verstehen. Er mußte ihn mit sanfter Gewalt in den Dodge nötigen. An der Telefonzelle in Waldkoben hatten sie gehalten, und Grasshoff hatte mit seinem Kollegen Kemper telefoniert, so daß wenigstens die Polizei gewarnt war. Summers hatte sich an Dulles' Befehl gehalten und Gordon nicht informiert – widerwillig. Seine Hoffnung, daß die Gruppe »King« jemanden wie Texas von irgend etwas abhalten könnte, war nur gering – auch wenn Foster nicht der *rookie* war, den sie spielte.

»Werden wir ihn einholen?« fragte Grasshoff.

»Schwer zu sagen. Aber wir werden nicht allzu lange nach ihm ankommen – falls er vorhat, in die Goethestraße zu fahren.«

»Bezweifeln Sie das?«

»Ich halte es nicht für sicher. Der junge Mann ist nicht dumm. Er war eben zwar etwas aufgeregt, aber ich glaube nicht, daß er blindwütig handeln wird.«

»Das macht es für uns nicht leichter.«

»Nein. Das tut es nicht.«

Summers blendete auf, um einen Kleinwagen von der linken Spur zu verjagen, doch dessen Fahrer blieb stur. Erst als er ihm fast auf die Stoßstange fuhr, gab der Mann auf. Grasshoff räusperte sich.

»Auf eine Erklärung der Vorgänge eben in Waldkoben brauche ich wohl nicht zu hoffen.«

»Sie haben ja erkannt, mit wem Sie da gesprochen haben. So ein Mann ist nirgendwo ohne Grund. Und die Gründe gehen niemanden etwas an.«

»Verstehe. Aber ich muß Sie fragen, was es mit den Schüssen auf sich hatte.«

»Ich versichere Ihnen, daß niemand zu Schaden gekommen ist. Mehr kann ich nicht für Sie tun.«

»Und Spuren würde ich in dem Haus auch nicht mehr finden, nehme ich an.«

»Nein. Absolut nichts. Verlassen Sie sich drauf.«

Grasshoff schnaubte ärgerlich. »Ich hatte noch nie mit einem Geheimdienst zu tun, Herr Summers, und es gefällt mir jeden Tag weniger. Sie machen, was Sie wollen, und ich kann Ihnen dabei nur zuschauen. Können Sie sich vorstellen, wie ich mich fühle? Wenn ich es jedesmal glauben müßte, wenn mir jemand versichert, daß niemand zu Schaden gekommen sei, könnte ich gleich zu Hause bleiben. Dann bräuchten wir keine Polizei. Sie schießen mit einer MP und sagen mir dann einfach, daß ich Ihnen zu glauben habe. Und falls ich auf die Idee kommen sollte, gegen Sie oder gar gegen Ihren Chef zu ermitteln, wird sich der ganze Fall in Luft auflösen.«

»Wenn es Sie tröstet: Wir hatten selten irgendwo so viel Ärger mit der Polizei wie hier. Das können Sie als Kompliment auffassen, wenn Sie wollen.«

»Vielen Dank«, sagte Grasshoff sarkastisch.

»Solche Sachen passieren. Nehmen Sie es einfach nicht persönlich.«

»In meinem Beruf tut man das ohnehin nicht.«

Schweigend saßen sie nebeneinander, während Summers den Dodge durch den Verkehr hetzte.

»Wenn er wirklich erst durch mich von dem Tod des Mädchens erfahren hat, haben wir keinen Verdächtigen mehr«, sagte Grasshoff irgendwann.

»Glauben Sie ihm?«

»Sein Erschrecken wirkte sehr überzeugend. Aber gleichzeitig hat er zugegeben, ein Motiv zu haben. Auf jeden Fall ist er eine Gefahr für

Herrn Presley. Und er hat meine Dienstwaffe. An die Schwierigkeiten, die ich bekommen werde, falls er sie benutzt, möchte ich gar nicht denken. Es wird schon kompliziert genug werden, ihr Verschwinden zu erklären.«

»Ich mache Ihnen einen Vorschlag«, sagte Summers. »Ich regle das mit der Waffe, dafür versuchen Sie nicht mehr, mir in die Parade zu fahren.«

»Regeln? Wie meinen Sie das?«

»Falls Sie sie nicht zurückkriegen, beschaffe ich Ihnen Ersatz.«

Grasshoff sah ihn von der Seite an. »Ich vermute, sogar mit der richtigen Seriennummer.«

»Selbstredend.«

»Ha«, stieß Grasshoff hervor. »Und dann haben Sie mich am Kanthaken.«

»Es ist nur ein Vorschlag. Lassen Sie ihn sich durch den Kopf gehen.«

Summers öffnete das Handschuhfach und schaltete das Funkgerät an – sie waren jetzt in Empfangsreichweite.

»Ich habe gerade am Telefon noch eine Neuigkeit von Oberinspektor Kemper erfahren«, sagte Grasshoff. »Derselbe Förster, der die Tote gefunden hat, hat heute nachmittag eine leere Waffenkiste gefunden. Vergraben, keine zweihundert Meter weiter.«

»Was für eine Kiste ist das?«

»Wehrmacht. Eine Panzerfaust hätte reingepaßt.«

Im Funk rührte sich etwas; Summers konnte es nicht verstehen, er drehte die Lautstärke höher.

»Kommen, Backdoor«, sagte Dixie.

»Hier hält ein Motorrad«, sagte Foster. »Der Fahrer trägt Helm und Schutzbrille. Er steigt ab ...«

»Allrounder fährt in die Uhlandstraße«, sagte Kriegers Stimme.

»Was sagen die?« fragte Grasshoff, und Summers übersetzte. Er blickte auf den Tacho, sie würden noch fast fünfzehn Minuten brauchen.

»Er geht auf das Grundstück. Ich folge ihm«, sagte Foster ruhig.

»Heh, Foster, mach aber keinen Quatsch!« Das war J.T.

»Allrounder, wann bist du da?« fragte Dixie.

»Eine halbe Minute.«

»Frontdoor hier. Soll ich auch rüberfahren?«

»Du bleibst, wo du bist«, kommandierte Krieger.

Summers drängte sich an einem ausscherenden Wagen vorbei.

»Bringen Sie uns nicht um«, sagte Grasshoff.

Sie erreichten die Ausfahrt, und der Dodge schurbelte quietschend hinein. Grasshoff hielt sich krampfhaft an seinem Sitz fest. Beim Abbiegen auf die Bundesstraße schnitt Summers einen Mercury, der hupend auf die Gegenfahrbahn auswich.

»›King‹ für Allrounder, die Uhlandstraße ist leer. Ich werde hier warten.«

»Gehst du nicht hinterher, Jack?« fragte J.T.

»Funkdisziplin einhalten, Frontdoor«, sagte Krieger nur.

Summers wußte, daß Krieger richtig und nach Vorschrift handelte, aber es hätte ihm ein besseres Gefühl gegeben, wenn er Foster gefolgt wäre. Die Sekunden verstrichen und addierten sich. Summers griff nach dem Mikrofon. Erst jetzt fiel ihm auf, daß er keinen Funknamen mehr hatte – seit heute morgen war Krieger der Allrounder.

»Allrounder für Pete«, sagte er. »Was ist los?«

»Schön, von dir zu hören«, sagte Krieger, und es klang ehrlich. »Wo steckst du?«

»Ich bin in zehn Minuten bei euch.«

»Hier tut sich im Moment nichts. Ich warte.«

»King-HQ für Pete. Dixie, wo steckt der Captain?«

»Ist unterwegs zu euch.«

Summers blickte auf die Uhr. Er schätzte, daß Foster jetzt seit fünf Minuten aus dem Auto war.

»Ich geh doch hinterher«, sagte Krieger.

Ein langsamer Army-Truck tauchte vor ihnen auf. Summers wartete kurz auf eine Lücke im Gegenverkehr und scherte sofort aus, als ihm eine nicht viel zu klein vorkam. Das Horn des Trucks dröhnte, und erst als er die Schnauze des Lasters erreicht hatte, entdeckte er den Traktor davor. Der entgegenkommende Wagen rettete sich in den Straßengraben, aber Summers blieb auf dem Gas.

»Es nützt keinem der Beteiligten, wenn wir nicht lebend ankommen«, sagte Grasshoff. Es sollte indigniert klingen, aber es war nackte Angst in seiner Stimme.

*»Sorry«*, antwortete Summers nur. Sie erreichten Bad Nauheim, und plötzlich war Foster wieder im Funk. Summers merkte, daß er unwillkürlich erleichtert aufatmete.

»›King‹ für Backdoor. Er ist im Haus. Die Cops haben ihn.«
»Was hat sie gesagt?« fragte Grasshoff, und als Summers ihm übersetzt hatte, sah er das erste Mal, seit Summers ihn kannte, richtig zufrieden aus.

*

Auf der Straße hatte man von den Vorgängen im Garten nichts mitbekommen. Die Menschen standen herum, fotografierten sich gegenseitig, Gespräche und Gelächter erfüllten den sonnigen Nachmittag.
»Moment«, sagte Summers. Er ging zu dem Borgward, der gegenüber dem Tor stand. Als J.T. ihn sah, kurbelte er hektisch die Scheibe herunter.
»Terry ist noch nicht hier, Pete. Ich weiß nicht, was Krieger und Foster machen. Was soll ich tun?«
»Abwarten«, sagte Summers nur und ließ ihn sitzen. Sie wurden neugierig gemustert, als sie den Polizisten am Eingang ansprachen. Grasshoff kannte ihn nicht. Der junge Mann studierte eingehend seinen Dienstausweis.
»Oberinspektor Kemper ist auch schon drinnen, Herr Kommissar. Gibt es irgendwelche Probleme?«
»Nein. Wir kommen zum Kaffee. Halten Sie einfach weiter die Augen offen.«
»Jawohl, Herr Kommissar.« Der Polizist salutierte zackig. »Unsereiner ist ja immer froh, wenn die Kripo in der Nähe ist«, setzte er noch hinzu.
Grasshoff trat forsch durch das Tor.
»Ob er das auch gesagt hätte, wenn er wüßte, daß hier ein rachsüchtiger Bursche mit meiner Waffe rumläuft?« brummte er, nachdem Summers an der Tür geklingelt hatte.
Elisabeth Stefaniak öffnete. Sie schien verwirrt, und ihr Auftauchen steigerte ihre Unsicherheit noch. Nach kurzem Zögern ließ sie sie ein und führte sie ins Wohnzimmer. Foster stand an der Tür, mit ungewohnt ernstem Gesicht. Vernon Presley saß am Eßtisch und sah nicht weniger verwirrt aus als die Sekretärin. Elvis saß am Klavier. Beiläufig drückte er ein paar Akkorde, dabei lag sein spöttischer Blick auf dem dunkelhaarigen Mann, der in einem der Sessel neben Oberinspektor Kemper saß. Der Mann trug eine Lederjacke, neben ihm auf dem Bo-

den lag ein Motorradhelm. Auf den ersten Blick wirkte er noch sehr jung, aber seine Augen zeigten einen erwachsenen Ernst, Summers schätzte ihn auf Ende Zwanzig. Er hatte ihn schon oft in der Goethestraße gesehen.

»Guten Tag, Kaplan Steinfeldt«, sagte Grasshoff.

»Wieder daneben, Pete!« Elvis begann zu lachen. »Einen Geistlichen habt ihr festgenommen. Einen Mann Gottes.«

Grasshoff sah den Kaplan ernst an. »Ich wußte gar nicht, daß Sie ein Motorrad besitzen, Herr Kaplan«, sagte er.

Steinfeldt stieß ein kurzes, sarkastisches Lachen aus. »Und ich wußte nicht, daß das neuerdings polizeilich verboten ist.«

»Ich traf den Herrn Kaplan im Garten an, in eine Auseinandersetzung mit Miss Foster verwickelt«, sagte Kemper. »Jetzt gerade hatte ich ihn gefragt, warum er einen so ungewöhnlichen Weg gewählt hat, um auf dieses Grundstück zu gelangen.«

»Ich muß mich bei der jungen Dame entschuldigen. Sie hat mir einen mächtigen Schrecken eingejagt, und ich habe deswegen wahrscheinlich zu heftig reagiert.«

»Ich weiß nicht, ob eine Entschuldigung wirklich nötig ist. Immerhin lagen Sie am Ende unten, nicht wahr? Aber beantworten Sie doch bitte meine Frage.«

Steinfeldt sah von Kemper zu Grasshoff und dann zu Vernon, der mißtrauisch der Unterhaltung zu folgen versuchte, während Elvis grinsend einen leisen Triller auf dem Klavier spielte.

»Ich wollte Herrn Presley einen Brief bringen.« Zögernd entnahm Steinfeldt seiner Innentasche einen Umschlag und hielt ihn Vernon hin. Der riß den Umschlag auf und zog eine Karte hervor.

*»Monday, same time, same place«*, las er vor. Dann hielt er die Karte hoch. Die Vorderseite zeigte fünf Spielkarten, vier zeigten einen Pik Straightflush, die fünfte, das fehlende As, lag verdeckt. Elvis nahm die Hand von der Tastatur und drehte den Hocker zu Steinfeldt.

»Genau so eine Karte haben wir am Dienstag schon bekommen. Was soll das bedeuten?« fragte er.

»Wenn ich gewußt hätte, daß die Karte von Ihnen ist ...«, sagte Vernon halblaut.

»Der Drohbrief kam von Ihnen?« fragte Summers.

»Drohbrief? Wie kommen Sie denn auf so etwas? Ich habe ihm eine Revanche angeboten, das ist alles.«

»Revanche? Wofür?«

Steinfeldts Schultern sackten in einer ergebenen Bewegung nach unten. »Wir pokern. Manchmal«, sagte er.

»*Sie* pokern? Um Geld?«

Steinfeldt verzog entschuldigungheischend das Gesicht.

»Er spielt Poker? Mit Dad?« fragte Elvis.

»Er hat mir mehr als dreihundert Dollar abgenommen, letzte Woche«, sagte Vernon, ohne ihn anzusehen.

»Wir pokern, das ist alles«, sagte Steinfeldt. »Kann ich jetzt gehen?«

»Bleiben Sie bitte noch. Immerhin haben Sie illegales Glücksspiel zugegeben«, sagte Grasshoff. »Aber zunächst noch einmal zu Ihrem Besuch hier. Wir wissen jetzt zwar, was Sie hier vorhatten, aber warum Sie das Grundstück auf diesem Weg betreten haben, wissen wir noch nicht. Warum haben Sie den Brief nicht mit der Post geschickt? Oder vorne abgegeben?«

»Es ist Ostern, die Post wäre frühestens am Dienstag hier gewesen. Und ich wollte von niemandem aus meiner Gemeinde gesehen werden. Was ist denn eigentlich so schlimm daran? Gut, ich bin über einen Zaun gestiegen, aber ist das ein Fall für die Kripo?«

Grasshoff und Kemper tauschten einen Blick. Kemper zog die Achseln hoch.

»Zeigen Sie Herrn Steinfeldt doch einmal das Foto. Er kennt die Fans vor dem Haus«, sagte Summers.

Grasshoff sah ihn überrascht an, aber er zog sein Notizbuch und reichte Steinfeldt das Bild von Marlene Diddrich. Steinfeldt warf nur einen kurzen Blick darauf.

»Magda«, sagte er dann.

Summers bemerkte, daß Vernon bei dem Namen aufsah.

»Woher kennen Sie sie?«

»Sie ist mein Beichtkind. Was ist mit ihr?«

»Haben Sie heute keine Zeitung gelesen?«

»Bisher nicht. Ich komme meist erst abends dazu.«

Grasshoff gab das Foto an Vernon weiter. Der nickte eifrig, sobald er es in der Hand hatte.

»Mutter hat mir erzählt, daß Sie nach ihr gefragt haben«, sagte er – es wirkte auswendig gelernt. »Sie war hier, ein- oder zweimal, hat mal mit uns gegessen. Ihren Nachnamen weiß ich nicht.«

»Wissen Sie vielleicht ihre Anschrift?« fragte Kemper.

»Die weiß *ich*«, sagte Kaplan Steinfeldt. »Sie wohnt in Nieder-Wörlen, in der Weingartenstraße 5, bei Frau Gerkes.«

»Und woher wissen Sie das?«

»Ich habe ihr das Zimmer besorgt.«

»Sie? Wieso das denn?«

»Weil sie mich damals um Hilfe bei der Wohnungssuche gebeten hat. Was ist denn dabei? Aber jetzt sagen Sie mir endlich, warum Sie nach ihr fragen. Ist ihr etwas zugestoßen?«

»Sie ist tot«, sagte Grasshoff ruhig.

Elisabeth schlug die Hand vor den Mund, dann übersetzte sie schnell, mit erstickter Stimme. Steinfeldt blickte ernst und schweigend zu Boden, als überrasche ihn das wenig.

»Tot? *Jesus*! So ein junges Mädchen!« Elvis machte eine Bewegung mit dem Kopf, als wolle er das Gehörte abschütteln. »Was ist passiert?«

Bevor Grasshoff antworten konnte, erschien Red West in der Tür des Wohnzimmers.

»Da ist jemand an der Verandatür. Er meint, es sei wichtig.«

»Verdammt viel los in meinem Garten«, sagte Elvis. »Wer ist das?«

»Er heißt Krieger. Pete kennt ihn, sagt er.«

»Er ist okay«, sagte Summers. »Kann er rein? Er käme nicht ohne Grund.«

»Hol ihn her, Red«, sagte Elvis, und West zog ab.

Krieger tippte an die Krempe seines Panamahutes, als er das Wohnzimmer betrat.

»Entschuldigen Sie die Störung, aber ich dachte, das dürfte die Anwesenden interessieren. Ich war so frei und habe einen Blick in die Packtasche des Motorrades geworfen. Dabei habe ich das hier gefunden.« Er zog einen in ein Tuch gewickelten Gegenstand aus der Tasche seines Jacketts, legte ihn auf die offene Hand und schlug das Tuch beiseite.

»*What the hell ...*«, rief Elvis halblaut.

Es war eine Walther P38, eine alte deutsche Armeepistole.

Kaplan Steinfeldt wurde blaß. »Die gehört mir nicht«, sagte er.

*

Vernon Presley war aufgesprungen. Mit dem Rücken zur Wand stehend, starrte er auf die Waffe, als sei sie auf ihn gerichtet.

»*Er* ist das! *Er* will mich umbringen!« schrie er.

»Mr. Presley, ich bitte Sie …«, stammelte Steinfeldt.

Grasshoff trat zu Krieger. »Sie erlauben doch.« Er nahm ihm die Pistole aus der Hand, nur das Tuch berührend, hob sie an die Nase und roch daran. »Damit ist geschossen worden.«

»Herr Kommissar, bitte glauben Sie mir! Die gehört mir nicht! Ich habe noch nie eine Waffe besessen. Ich bin Pazifist!«

Mit gerunzelter Stirn reichte Grasshoff die Walther an Kemper weiter und ging langsam, den Kopf geneigt, die Hände auf dem Rücken verschränkt, zum Klavier. Niemand sprach. Er trat neben Elvis an das Instrument und drückte ein paar Tasten, es hörte sich an, als versuche er den Schneewalzer zu spielen, aber die Töne stimmten nicht. Ohne ein Lächeln drehte er sich wieder um.

»Ich möchte allein mit dem Herrn Kaplan sprechen. Gibt es hier einen Raum, wo das möglich ist?«

Elisabeth sprang sofort auf. »Natürlich, Herr Kommissar.«

Grasshoff bedeutete Steinfeldt aufzustehen. Sie folgten Elisabeth, auch Kemper verließ den Raum. Durch die halboffene Tür sah Summers die beiden Polizisten leise miteinander reden, dann verließ Kemper mit schnellen Schritten das Haus. Grasshoff und Steinfeldt folgten Elisabeth die Treppe hinauf.

Summers sah Krieger und Foster an und deutete mit dem Kopf in Richtung Diele. Sie gingen hinaus, Summers schloß die Tür.

»Der Cop fährt garantiert zur Wohnung des toten Mädchens«, sagte Krieger. »Soll ich ihm folgen?«

»Zwecklos. Er wird dich nicht reinlassen. Wir werden schon erfahren, wenn er etwas findet.«

»Was ist mit Texas?« fragte Foster.

»Möglicherweise plant er etwas. Wir müssen nach wie vor mit einem Angriff auf ›Senior‹ rechnen. Texas ist bewaffnet und gefährlich, das ist nicht einfach ein Halbstarker. Geh bitte wieder auf Posten, Jack. Wenn Terry auftaucht, erklär ihm, was los ist. Er soll warten, ich komme raus. Sichert den Block, so gut es geht.«

Krieger verzog unzufrieden den Mund, ging aber ohne weitere Bemerkungen zur Verandatür und verschwand im Garten. Elisabeth Stefaniak kam die Treppe wieder herunter und blieb vor ihnen stehen. Sie sah aus, als wolle sie etwas sagen, dann biß sie sich auf die Unterlippe und verschwand im Wohnzimmer.

»Sie weiß nicht, was los ist und was sie tun soll«, sagte Foster. »Sie kann einem leid tun.«

»Tja, niemand sagt ihr die Wahrheit. So etwas ist nicht schön.«

Für einen Sekundenbruchteil kniff Foster die Augen zusammen, dann sah sie ihn wieder mit dem treu-fragenden *rookie*-Blick an, auf den er seit Tagen hereingefallen war.

»Sie brauchen nicht mehr das kleine Mädchen zu spielen, Julia. Ich habe mit Dulles gesprochen.« Er sah ihr in die Augen. Sie richtete sich auf und zog die Schultern zurück, aber sie hielt seinem Blick stand, ohne rot zu werden.

»Ist mit Thornhill alles glatt gegangen?« fragte sie.

»Teilweise. Sie haben ihn festgesetzt. Aber jetzt ist Texas hierher unterwegs. Er will Vernon ans Leder.«

»Warum eigentlich?«

Summers gab ihr eine schnelle Zusammenfassung der Ereignisse in Waldkoben.

»Wie ist der Kommissar überhaupt dahingekommen?« fragte Foster.

»Jemand hat ihm von dem Motorrad erzählt.«

»Wer? Sie? Warum?«

Die Wohnzimmertür öffnete sich. Elvis trat in den Flur und schloß die Tür hinter sich.

»Verdammt, Pete, was ist hier los? Will dieser Priester wirklich meinen Vater töten?«

»Ich weiß es noch nicht. Vielleicht bekommt der Kommissar was aus ihm raus. Ansonsten wäre der einzige, der im Moment etwas sagen könnte, Ihr Vater selbst. Wird er reden?«

»Nicht vor den Cops. Niemals.«

»Dann reden *Sie* mit ihm. Er muß wenigstens uns sagen, was er weiß. Sonst können wir ihn nicht schützen.«

»Aber die Gefahr ist doch vorüber. Wir haben den Mann doch.«

»Erstens ist es durchaus noch nicht sicher, daß wirklich der Kaplan auf Vernon geschossen hat. Und zweitens ist er nicht die einzige Gefahr für ihn. Da ist noch jemand.«

»Himmel! Wer noch?«

»Der Deutsche, der sich Texas nennt. Ich habe Ihnen von ihm erzählt. Vernon kennt ihn.«

»Woher?«

»Das sollten Sie ihn selbst fragen«, sagte Summers.

Elvis verzog unzufrieden den Mund. »Was soll ich eigentlich meinen Jungs erzählen, Pete? Die beiden sind bestimmt nicht die größten Leuchten der Welt, aber so blöde, daß sie sich jetzt keine Fragen stellen, sind sie auch nicht. Dad wird auch immer mißtrauischer.«

»Sagen Sie Ihnen, wir wären Privatdetektive. Colonel Parker hat uns engagiert, und er wolle jedes Aufsehen vermieden wissen. Das ist immerhin mehr als die halbe Wahrheit. Erwähnen Sie auf keinen Fall den CIA.«

Elvis sah zu Boden und spitzte nachdenklich die Lippen. »Wann wird das hier vorbei sein?« fragte er nach einer Weile leise.

Es war Foster, die antwortete. »Solange Sie der King sind, Elvis, wird es niemals vorbei sein.«

Er sah sie an, und in seinen traurigen Augen konnten sie lesen, daß sie ihm nichts Neues gesagt hatte.

*

»Das ist mein Zimmer. Entschuldigen Sie bitte, es ist nicht aufgeräumt«, hatte Fräulein Stefaniak gesagt und ihn sofort mit Kaplan Steinfeldt alleingelassen. Grasshoff sah sich kurz um. Die einzige Unordnung, die er entdecken konnte, herrschte auf dem Schminktisch, aber es schien eher Überfüllung denn Ordnungsmangel zu sein.

»Setzen Sie sich, Herr Kaplan«, sagte er und wies auf den einzigen Stuhl in dem Zimmer.

»Ich möchte lieber stehen. Was werfen Sie mir eigentlich vor?«

»Das ist eine Frage, die ich nicht so rundheraus beantworten kann.« Grasshoff trat ans Fenster und sah auf die Straße hinunter. Er schätzte die Gruppe vor dem Haus auf vierzig Personen. »Unerlaubter Waffenbesitz, illegales Glücksspiel zumindest.« Er drehte sich wieder um. »Aber das ist natürlich nicht das Eigentliche. Sie stehen im Verdacht, gestern nachmittag vom Motorrad aus mit Ihrer Pistole auf Vernon Presley geschossen zu haben –«

»Es ist nicht meine Pistole«, unterbrach ihn Steinfeldt, aber Grasshoff schnitt ihm mit einer Handbewegung das Wort ab.

»Dieser Verdacht führt weiter zu der Annahme, daß Sie auch der Urheber eines versuchten Anschlages in der Nacht zum Dienstag waren.«

»Herr Kommissar, das kann doch nicht Ihr Ernst sein!« Kaplan Steinfeldt sah ihn fassungslos an. »Warum sollte ich so etwas denn tun?«

»Diese Frage wollte ich *Ihnen* stellen, Herr Kaplan. Ich vermute, es hat etwas mit Ihrem Beichtkind Magda zu tun. Oder vielmehr, mit ihrem Tod. Was wissen Sie über das Mädchen?«

Steinfeldt zog jetzt doch den Stuhl zu sich heran. Er setzte sich und stützte die Arme auf den kleinen Tisch. Eine Weile musterte er gedankenverloren die Spitzentischdecke, bevor er Grasshoff wieder ansah.

»Fast alles, was über den Namen Magda hinausgeht, unterliegt dem Beichtgeheimnis«, sagte er dann mit entschlossener Stimme.

Es war die Antwort, die Grasshoff erwartet hatte. Er drehte sich wieder zum Fenster. »Dort drüben«, er wies mit dem Kinn auf ein Gebäude am Ende des Parks, »ist das nicht die katholische Mädchenschule?«

»Ja.«

»Unterrichten Sie dort?«

»Ja, das tue ich. Religion.«

»Man kann von dort dieses Haus hier sehen, nicht wahr?«

»Nur vom Handarbeitsraum.«

»Ich vermute, Handarbeiten ist sehr beliebt zur Zeit.«

»In der Tat.«

Grasshoff wandte Steinfeldt weiter den Rücken zu und sah aus dem Fenster. Draußen brach langsam die Dämmerung herein.

»Ich lasse jetzt mal meiner Phantasie ein bißchen die Zügel schießen – spinne ein wenig herum, sozusagen. Da ist ein junger Geistlicher an einer solchen Schule. Er sieht gut aus, ist freundlich, seine Schülerinnen himmeln ihn an. Dann kommt eines Tages Elvis Presley in die Stadt, und nicht nur das, er bezieht sogar ein Haus – in Sichtweite der Schule. Unser junger Kaplan bekommt plötzlich Tag für Tag vorgeführt, daß seine Schäfchen noch andere Götter neben dem einen haben, der ihnen das eigentlich verboten hat. Aber er versucht, das Beste daraus zu machen. Er geht dorthin, wo die Jugendlichen sich versammeln, zum Haus ihres Idols, versucht, nicht in Vergessenheit zu geraten, und tatsächlich, er hat sogar Erfolg. Manche der Mädchen dort vertrauen ihm. Er wird ihr Beichtvater. Und er erfährt von ihren Sünden. Die Sünden junger Frauen, das muß aufregend sein. Unkeuschheit in Gedanken und Taten heißt das, glaube ich. Und er erlebt die Folgen. Eines der Mädchen stirbt nach einer Abtreibung. Eines, das er besonders gern gehabt hat. Vielleicht hatte er es sogar lieber, als es seine Berufung eigentlich erlaubt. Er kennt die Verantwortlichen für ihren Tod. Und er will Rache.« Grasshoff drehte sich um. »Rache an Vernon Presley.«

»Mein ist die Rache, spricht der Herr.« Steinfeldt sah ihn ruhig an. »Auf so einen Gedanken käme ich niemals. Aber ich muß Ihnen gratulieren. Sie liegen nicht schlecht.«

»Aha?« Grasshoff beugte sich etwas vor, die Hände auf dem Rücken.

»Sie wissen von der Abtreibung, da verrate ich Ihnen also nichts Neues. Ja, sie hat mir ihre Schwangerschaft gebeichtet und auch den Vater des werdenden Lebens genannt. Allerdings nur den Vornamen. Und der war nicht Vernon.«

Grasshoff zog die Brauen hoch. »Sondern?«

Steinfeldt sah ihm in die Augen und hielt seinem Blick stand. »Keine Chance, Herr Kommissar.«

»Und wenn es um Mord geht?«

»Mord?«

»Die Engelmacherin ist getötet worden. Von einem Mann mit einem Motorrad.«

»O mein Gott.« Die Augen des Kaplans weiteten sich.

»Wo waren Sie am Abend des zwölften März, Freitag vorletzter Woche?«

Der Kaplan sah ihn verblüfft an. »Äh …«, sagte er, »zu Hause, denke ich.«

»Gibt es dafür Zeugen?«

»Ich weiß nicht. Nein.«

Mit einem ärgerlichen Brummen drehte Grasshoff sich wieder zum Fenster. Eine Weile starrte er schweigend hinaus.

»Sind Sie ein guter Pokerspieler?« fragte er dann.

»Wahrscheinlich. Ich gewinne.«

»Was mögen Sie daran?«

»Schwer zu sagen. Es fasziniert mich einfach. Im letzten Herbst kam ein GI in die Kirche, ein Kamerad von Presley. Er stammte aus Irland, Stevie Calhoun heißt er. Wir haben uns angefreundet, und er hat es mir beigebracht. Er hat mich mit zu Vernons Runde genommen. Seitdem spiele ich häufig mit Amerikanern.«

»Was machen Sie mit dem Gewinn?«

»Das meiste spende ich der Gemeinde.«

»Ich kenne das Spiel nur aus dem Kino. Hat es nicht viel mit ... vortäuschen und verheimlichen zu tun?«

»Worauf wollen Sie hinaus, Herr Kommissar?«

»Ich sage Ihnen, wie es ist, Herr Steinfeldt: Auf der einen Seite haben wir Ihre Aussage – auf der anderen haben wir eine Pistole ...«

»... die mir nicht gehört. Ich habe diese Waffe noch nie gesehen. Darauf schwöre ich jeden Eid!«

»Das werden Sie nicht müssen«, sagte Grasshoff. »Diesen Herrn Krieger, der die Waffe gefunden hat, werden wir kaum dazu bewegen können, gegen Sie auszusagen. Sollten Ihre Fingerabdrücke nicht darauf zu finden sein, ist nicht zu beweisen, daß Sie das Ding jemals in der Hand hatten, geschweige denn, daß es Ihnen gehört. Dazu kommt, daß die Anschläge nicht zur Anzeige gebracht wurden, wir offiziell also gar nichts davon wissen. Juristisch haben sie nie stattgefunden. Summa summarum bleibt Ihr Geständnis der Teilnahme an illegalem Glücksspiel. Dafür werde ich einen Geistlichen nicht festnehmen. Schon gar keinen katholischen – was glauben Sie, was meine Frau mir erzählt.«

Steinfeldt schwieg einige Sekunden. »Glauben Sie mir denn, Herr Grasshoff?« fragte er dann leise.

Die Gruppe vor dem Haus wurde immer größer. Grasshoff erinnerte sich jetzt an den Zettel am Tor: »Autogrammstunde von 18 bis 19 Uhr«.

»Ob ich Ihnen glaube, kann Ihnen gleichgültig sein«, er sprach ebenso leise, wie der Mann in seinem Rücken es getan hatte. Sein Blick lag auf dem schwarzen Borgward, der gegenüber parkte. Er sah nur den Unterarm des Mannes auf dem Fahrersitz. »Es gibt andere Leute, die Sie davon überzeugen müssen, daß Sie die Wahrheit sagen. Und wenn Ihnen das nicht gelingt, dann helfe Ihnen Gott. Ich werde es nicht können.«

*

»Woher weißt du denn, was dieser Texas vorhat?« Captain Terry Gordon sah Summers verständnislos an. »Ich denke, du warst auf einer Beerdigung?«

»Ich kann dir die Quelle nicht nennen, Terry.«

»Was soll das heißen?«

Sie standen an Gordons Auto gelehnt, ein paar Dutzend Yards von den Fans entfernt. Summers zog an seiner Zigarette und sah einem Schwarm Stare am rotblauen Frühabendhimmel nach.

»Kappa-Secret«, sagte Summers.

»Kappa? Du meinst, es geht mich nichts an, oder was? Ich bin dein Vorgesetzter, verdammt!«

»Ich kann's im Moment nicht ändern, Terry.«

»Pah. Ich bin gespannt, was Thornhill dazu sagen wird.«

»Ich auch.« Summers trat die Lucky aus.

»Am besten, du übernimmst den Laden gleich ganz«, sagte Gordon. Er zündete sich eine Zigarette an und inhalierte tief. »Und was ist mit diesem Kaplan?« fragte er dann.

»Die deutschen Cops werden ihn auf keinen Fall uns überlassen. Und wenn er nicht gesteht, werden sie ihn nicht mal festnehmen können.«

»Du meinst, sie lassen ihn einfach laufen? Dann greifen wir ihn uns.«

»Wenn wir das tun, geht der Kommissar sofort an die Presse. Wir können ihn höchstens überwachen.«

»Scheiße«, war alles, was Gordon dazu sagte.

»Ich geh wieder rein.« Summers klopfte ihm auf die Schulter. Er schritt durch die Menschentraube auf das Tor zu. Der Polizist ließ ihn mit ernstem Gesicht passieren. Als er in den Hausflur trat, kam Grasshoff gerade die Treppe herunter.

»Kaplan Steinfeldt ist noch oben. Er möchte Sie sprechen«, sagte er.

»Nehmen Sie ihn mit?«

»Ich werde dafür sorgen, daß er heil dieses Haus verläßt, wenn Sie das meinen. Festnehmen kann ich ihn nicht.«

»Ich verstehe. Es ist eine schwierige Situation für Sie entstanden.«

»Für mich? Für ihn!«

»Meinen Sie denn, daß er es war?«

Grasshoff antwortete nicht sofort. Er starrte über Summers' Schulter hinweg zur Haustür und kratzte sich am Kinn.

»Schwierig«, sagte er schließlich. »Man traut einem Geistlichen irgendwie nicht zu, daß er lügt – obwohl man es wirklich besser wissen sollte. Ich muß gestehen: Ich weiß es nicht. Er bleibt verdächtig.«

»Warum will er mit mir reden?«

»Er hat Angst vor Ihnen.«

»Jetzt schon? Was haben Sie ihm erzählt?«

»Daß Sie zu einer rücksichtslosen, brutalen Organisation gehören, die sich um Gesetze soviel schert wie die Cowboys im Wilden Westen. Die Wahrheit eben.«

»Zuviel der Ehre«, lachte Summers, aber Grasshoff blieb ernst. Er trat nahe an ihn heran.

»Wenn diesem Mann irgend etwas zustößt, mache ich Sie persönlich verantwortlich«, sagte er leise.

»Schon gut. Ich habe verstanden.«

Summers ging die Treppe hoch und betrat das Zimmer.

»Hören Sie«, sagte Steinfeldt, nachdem er die Tür geöffnet hatte, »Sie müssen mir glauben ...«

»Nein, Mister. Muß ich nicht.« Summers schlug die Tür zu und schloß ab. »Merken Sie sich eins: Sie befinden sich ab sofort in akuter Lebensgefahr.« Er zog seine Pistole und richtete sie aus kurzer Entfernung auf den Mann, der abwehrend die Hände hob und auf dem Stuhl in sich zusammensank. »Ich rate Ihnen dringend, Mister: Kommen Sie nie mehr in die Nähe der Presleys. Daß die Cops hier sind, rettet Ihnen für heute das Leben, aber wenn sich herausstellen sollte, daß Sie es waren, der geschossen hat, sind Sie erledigt. Die Polizei wird Sie dann nicht schützen können. Und kommen Sie nicht auf die Idee abzuhauen. Wir finden Sie. Überall.«

Der Kaplan sah ihn flehentlich an. »Was kann ich tun, um Sie von meiner Unschuld zu überzeugen?« fragte er heiser.

»Lassen Sie sich was einfallen.« Summers steckte seine Pistole wieder ein. Er trat ans Fenster und sah auf die Straße hinunter. »Sie könnten mir zum Beispiel ein Alibi liefern. Ein schönes, zweifelsfreies. Aber letztlich –« Er unterbrach sich, irgend etwas da unten gefiel ihm nicht, aber er konnte es im ersten Moment nicht benennen. »Letztlich wird es darauf ankommen, was bei der Untersuchung der Waffe herauskommt«, beendete er unkonzentriert den Satz.

Der Borgward, dachte er. J.T. ist nicht da.

*

Dixies Stimme klang genervt durchs Telefon. »Allrounder hat das Motorrad von diesem Texas entdeckt, irgendwo am Bahnhof. Frontdoor und er suchen die Gegend nach dem Mann ab.«

»Wieso bleiben die nicht auf ihren Posten?«

»Befehl von Terry.«

Summers schloß die Augen und unterdrückte ein Stöhnen. »Steht Terry noch vor dem Haus?«

»Ich nehme es an.«

»Sag ihm, daß die Cops den Pfarrer jetzt laufen lassen. Er kommt hinten raus, da steht sein Motorrad. Jemand sollte an ihm dranbleiben.«

»Geb ich durch.«

Mit einem unruhigen Gefühl legte Summers auf. Kommissar Grasshoff stand im Flur vor der Tür des Wohnzimmers. Er hatte den eingeschüchterten Kaplan zur Veranda gebracht. Es waren keine weiteren Ermahnungen an den Mann erforderlich gewesen. Er hatte verstanden.

»Nun?« fragte Grasshoff, als Summers auf ihn zutrat.

»Es gab ein Problem bei der Nachrichtenübermittlung. Zur Zeit haben wir niemanden draußen. Ich würde es begrüßen, wenn Sie noch ein wenig hierbleiben könnten.«

»Haben Sie ernsthaft geglaubt, ich lasse Sie in dieser Situation ohne Aufsicht? Natürlich bleibe ich hier.«

Die Wohnzimmertür öffnete sich, und Elvis erschien, gefolgt von Red und Lamar. Hinter ihnen kam Foster.

»Autogrammstunde«, sagte er.

»Ist das Ihr Ernst?« entfuhr es Summers.

»Wie bitte?« Elvis senkte den Kopf und sah ihn unter den gehobenen Brauen her an, als habe er nicht richtig gehört.

»Es erscheint mir im Moment nicht ratsam, das Haus zu verlassen.«

»Hören Sie, Pete.« Sein Mund lächelte, aber die Augen waren kühl. Ein Mann, der Befehle gab. »Die Menschen da draußen warten auf mich. Sie sind wegen mir gekommen. Daß ein verrückter Prediger oder sonst wer es auf meinen Vater abgesehen hat, ist kein Grund, sie zu enttäuschen. Ich mache meinen Job. Und ich glaube nicht, daß es einen sichereren Ort auf der Welt für mich gibt als da draußen. Passen *Sie* solange auf Dad auf.«

Ohne eine Antwort abzuwarten, ging er zur Haustür.

»Was macht er?« fragte Grasshoff.

»Er geht zur Arbeit«, antwortete Summers.

*

Jubelndes Kreischen brandete auf in dem Moment, als Elvis aus der Tür trat. Red und Lamar folgten ihm.

Der Polizist am Tor versuchte vergeblich, die Menge zu beruhigen. Die Reporter drängten sich unter Ellbogeneinsatz durch die Fans nach vorn.

*»No questions, no interviews!«* brüllte Red West, als er das Tor öffnete. Unbeeindruckt riefen die Reporter ihre Fragen durcheinander.

»Wie konnte es zu dem Unfall kommen?«

»Wie geht es Ihrem Vater?«

»Was haben Sie gedacht, als Sie die Todesnachricht hörten?«

»Was für ein Auto werden Sie jetzt kaufen?«

Elvis ignorierte sie völlig. Als er auf den Bürgersteig trat, wichen die Fans zurück – niemand drängelte sich an ihn, sie näherten sich ihm einzeln und ehrfürchtig. Blitzlichter zuckten. Elvis schüttelte Hände, posierte vor Kameras, aber nicht für die Pressefotografen. Er war freundlich zu allen, doch sein Gesicht blieb ernst.

»Da, der Mann auf der Treppe«, sagte Ritchie. »Das ist der, von dem ich erzählt habe.«

»Ich finde nicht, daß er besonders gefährlich aussieht«, sagte Hans-Gerd.

»Was weißt du denn. Siehst du die Beule in der Jacke, unter der Achsel?«

Der schlanke, dunkelhaarige Mann stand auf dem Treppenabsatz und sah kontrollierend ins Rund.

»Ich meine, es ist doch eigentlich gut, wenn die gefährlichen Typen auf seiner Seite sind, oder?«

Ritchie brummte abfällig.

»Was mein Vater wohl da drin macht?«

Unter den Bäumen des Parks wurde es langsam dunkel. Red und Lamar standen in Elvis' Nähe und sprachen mit ein paar Mädchen in Petticoats, deren Blicke aber immer wieder zu Elvis fuhren. Elvis schrieb unaufhörlich Autogramme und redete mit den Fans. Der Mann auf der Treppe wich nicht von seinem Posten.

Hans-Gerd trat von einem Bein aufs andere. »Soll ich dir was sagen? Mir ist langweilig.«

Ritchie antwortete nicht, er verzog nur säuerlich den Mund, ohne den Blick von der Straße zu wenden. »Wieso haben sie die Autos abgezogen?« murmelte er vor sich hin.

»Denen war auch langweilig.«

»Ach, halt doch die Schnauze. Wenn dir was nicht paßt, geh zu Mamili.«

Hans-Gerd sagte nichts. Mit der Schuhspitze schabte er die Steinchen auf dem Weg zu einem kleinen Haufen zusammen.

»Wie findest du eigentlich die Sache mit dem lebensgroßen Foto von der Bardot in der BRAVO?« fragte er schließlich.

»Bisher sind ja nur die Füße da.«

»Aber ich glaube, das wird dufte.«

»Na, dann sammel mal schön. Und verpaß ja keine Ausgabe.«

»Tu ich sowieso nicht.«

»Und dein Vater erlaubt dir, das aufzuhängen? Die BB in Netzstrümpfen? Lebensgroß?«

»Vater vielleicht schon«, murmelte Hans-Gerd.

Ritchie lachte höhnisch. »Viel heißer ist das Foto im Fernsehprogramm. Findest du nicht?«

»Mhm«, antwortete Hans-Gerd nur. Er wußte genau, welches Bild Ritchie meinte – ein Mädchen im Bikini führte eine Yogaübung namens Lotussitz vor. Diese Seite seiner BRAVO hatte schon Eselsohren.

»Laß dich bloß nicht von Mamili damit erwischen«, sagte Ritchie.

Es war bereits nach sieben und fast dunkel, als Elvis die Autogrammstunde beendete. Er verschwand nach einem letzten Winken im Haus, der Mann von der Treppe begleitete ihn hinein. Die Gruppe auf der Straße zerstreute sich jetzt schnell. Ein paar Unentwegte blieben noch ein Weilchen auf dem Bürgersteig stehen, aber auch sie gingen, als sie sicher sein konnten, die letzten zu sein. Der junge Polizist stand jetzt allein unter der Laterne vor dem Tor. Irgendwie verloren schwenkte er seinen Schlagstock hinter dem Rücken, dann sah er auf seine Armbanduhr, warf noch einen ernsten Blick um sich und marschierte ab.

Nur von Ritchie kam kein Anzeichen, daß er vorhatte, seinen Posten aufzugeben.

»Mußt du eigentlich nicht arbeiten?« fragte Hans-Gerd nach einer Weile.

»Heute nicht. Ich habe nächste Woche Spätschicht.«

»Fährst du nach Friedberg, nachher?«

»Ich weiß noch nicht. Ich bleib erst mal hier.«

»Warum denn? Hier passiert doch nichts mehr.«

»Warten wir's ab«, sagte Ritchie. »Wir werden sehen.«

*

Summers stand während der gesamten Autogrammstunde auf dem Treppenabsatz und versuchte, den Überblick zu behalten. Der Garten hinter ihm wurde mehr und mehr von der Dämmerung verschluckt und würde bald ganz im Dunkeln liegen. Kommissar Grasshoff hatte dort Posten bezogen. Foster war im Wohnzimmer bei Vernon geblieben. Summers blickte auf die Timex, die Zeit schien nicht vergehen zu wollen. Elvis wurde nicht müde, mit seinen Fans zu reden, sich ihr radebrechendes Englisch anzuhören und schier unzählige Male seinen Namen zu schreiben. Manchmal lachte er sogar. Summers wurde klar, daß Elvis wirklich mochte, was er tat. Kann man in einem Leben genug Bewunderung bekommen? dachte er. Und es schien noch mehr zu sein als das: Ein anderes Wort als Liebe fiel ihm nicht dafür ein, was dem King aus den Reihen seiner Fans entgegenschlug. Als Elvis nach über einer Stunde wieder durch das Tor trat, wurde er mit einem kollektiven Seufzer verabschiedet, in dem die Enttäuschung darüber klang, daß es vorbei war, und die Freude darüber, dabei gewesen zu sein. Diese Menschen liebten ihr Idol wirklich.

Red und Lamar gingen wortlos an Summers vorbei ins Haus. Elvis nickte ihm ernst zu, winkte noch einmal zu den Fans hinunter und folgte ihnen ins Wohnzimmer. Grasshoff kam von der Veranda herein.

»Nichts«, sagte er. »Haben Sie noch eine Zigarette für mich?«

Summers gab ihm eine Lucky und Feuer. »Meinen Sie, er kommt noch?«

»Ja.«

»Was macht Sie so sicher?«

»Ich weiß es selbst nicht. Es ist nur ein Gefühl. Aber ein mächtig starkes.«

»Ich verstehe.«

Eine Weile standen sie rauchend nebeneinander im Hausflur. Plötzlich hob Grasshoff den Kopf.

»Ziemlich ruhig hier, finden Sie nicht?« fragte er leise.

Summers lauschte. Schlagartig überfiel ihn die Stille. Im ganzen Haus war kein Ton zu hören. Doch auf einmal hörten sie hinter der Tür das Klavier: vier Töne nur, dreimal der gleiche, ein tieferer, das Ganze etwas tiefer wiederholt, dann erneut Stille.

»Beethovens fünfte«, sagte Grasshoff. »Seit wann mag er Klassik?«

Sie tauschten einen Blick, dann warf Grasshoff seine Zigarette auf den Boden und trat sie aus. Summers zog die Beretta. Geräuschlos näherte er sich der geschlossenen Wohnzimmertür, langsam, Schritt für Schritt, Grasshoff folgte direkt hinter ihm. Die Waffe in der erhobenen Rechten lehnte Summers sich neben der Milchglastür an die Wand. Sie warteten lauschend. Noch einmal wurde das Motiv auf dem Klavier gespielt.

»So klopft das Schicksal an die Pforte«, flüsterte Grasshoff. »Er ist da drin.«

»Ja. Und er will, daß wir das wissen.«

Unvermittelt erschien hinter dem Milchglas der Umriß einer Person, einen Moment verharrte er, dann wurde die Tür geöffnet. Elisabeth Stefaniak schrak zurück, als sie in die Mündung von Summers' Pistole blickte.

»Sie möchten bitte hereinkommen. Beide«, hauchte sie dann, eine Hand auf die Brust gepreßt.

»Wer sagt das?« fragte Summers.

»Der Mann dort hinten. Tun Sie bitte, was er sagt.«

Summers tauschte einen schnellen Blick mit Grasshoff. Dann trat er mit erhobener Waffe ins Zimmer.

»Geben Sie Fräulein Stefaniak bitte Ihre Pistole«, sagte Texas. »Sie soll sie am Lauf nehmen.«

Er stand neben dem Klavier und hielt Vernon Presley als Schutzschild vor sich. Grasshoffs Dienstwaffe in seiner Hand zielte auf Summers. Foster saß zusammen mit Red und Lamar am Tisch. Alle hatten die Hände erhoben. Nur Elvis lehnte mit verschränkten Armen neben der Tür.

Elisabeth hielt Summers mit ängstlich bittender Geste die Hand hin. Summers wartete noch einen Moment, der mehr seinem Stolz als dem realistischen Abschätzen seiner Chancen diente, dann sicherte er die Pistole und hielt sie ihr hin. Sie faßte sie am Lauf und sah fragend zu Texas.

»Leg sie aufs Klavier und setz dich hin. Was ist mit Ihnen, Herr Grasshoff?«

Der Kommissar trat langsam, mit verdrossenem Gesicht, in die Tür.

»Haben Sie schon eine neue Waffe?«

Grasshoff hielt sein Jackett auf und zeigte ihm das leere Holster.

»Kommen Sie rein und setzen Sie sich an den Tisch. Sie auch, Summers ... Würden Sie sich bitte auch setzen, Mr. Presley?« fragte Texas an Elvis gewandt auf Englisch.

Elvis rührte sich nicht. »Und sonst? Erschießt du mich?«

»Nein, Mr. Presley, Sir. Nicht Sie.« Texas rammte Vernon den Lauf der Waffe in die Rippen.

»So tu doch, was er sagt, Junge«, krächzte Vernon.

Mit schräggelegtem Kopf sah Elvis zu dem Mann hinüber, der seinen Vater in der Gewalt hatte. »Das bringst du nicht fertig«, sagte er.

»Lassen Sie es bitte nicht drauf ankommen.«

Mit einem Maximum an sichtbarem Widerwillen setzte Elvis sich zu ihnen.

»Kann mir vielleicht jemand sagen, was dieser Mann will?« fragte er. »Wer ist das überhaupt?«

»Ich will ein paar Fragen stellen«, sagte Texas. »Danach sehen wir weiter.«

»Sie hätten auch schreiben können. Ich beantworte Fanpost sehr gewissenhaft.« Aus Elvis' Augen schossen Blitze. Aufreizend lässig lehnte er sich zurück und streckte die Beine aus.

Auf Texas' Gesicht erschien so etwas wie ein Lächeln, aber die Pistole sank um keinen Millimeter. Er wandte sich an die Männer am Eßtisch. »Wer ist noch im Haus?«

»Minnie Mae«, antwortete Lamar. »Sie ist oben und puzzelt.«

»Sonst niemand?«

»Nein.«

»Hol sie her. Und bemüh dich nicht mit dem Telefon. Das funktioniert nicht mehr.«

Lamar verließ mit finsterer Miene den Raum und stieg die Treppe hoch.

»Wie sind Sie hier reingekommen?« fragte Summers.

»Es gibt eine Kellertür zum Garten. Nicht gerade unüberwindlich.«

»Und wie sind Sie an Kommissar Grasshoff vorbeigekommen?«

»Gar nicht. Ich warte schon seit zwei Stunden.«

Vernon hustete, sein Gesicht war grau.

»Lassen Sie ihn los«, sagte Elvis energisch. »Es geht ihm nicht gut.«

»Anderen Leuten geht's schlechter.«

»Was willst du noch von mir?« keuchte Vernon. »Ich habe dir gegeben, was du wolltest!«

Elvis kniff die Augen zusammen. »Kennst du den Kerl, Dad?«

Vernon antwortete nicht. Minnie Mae erschien in der Tür, gefolgt von Lamar. Die alte Dame schlug die Hand vor den Mund, als sie ihren Sohn und die Waffe sah, die ihn bedrohte.

»Nehmen Sie bitte Platz, *madam*«, sagte Texas freundlich.

Ihre zitternden Hände griffen haltsuchend nach der Tischplatte, während sie auf ihren Stuhl sank.

»Okay. Jetzt, wo alle versammelt sind, will ich ein paar Antworten. Für diejenigen, die es noch nicht wissen: Das Mädchen, das ihr als Magda kanntet, war meine Schwester.«

Durch die Gruppe am Tisch fuhr ein Ruck, auch Elvis setzte sich auf. Vernons Blick wurde panisch.

»Ich habe nichts mit ihrem Tod zu tun«, rief er. »Das mußt du mir glauben! Es war nichts zwischen ihr und mir.«

»Sie war in diesem Haus.«

»Sie hat mit uns gegessen. Sonst nichts! Wir haben uns nett unterhalten. Frag die anderen!«

»O ja, das werde ich. Ich kenn dich besser, als du glaubst, Vernon. Ich kenne deinen Umgang.«

»Was soll das heißen? Weil ich mal 'ne Lady geküßt habe, bin ich gleich mordverdächtig?«

»Von Mord ist nicht die Rede. Man kann Menschen auch anders töten.«

»Ich versteh kein Wort.«

»Hast du mit ihr geschlafen?«

»Also bitte!« rief Minnie Mae dazwischen. »Was ist denn das für eine Frage?«

Texas ignorierte sie. »Was war zwischen euch?« Wieder stieß er Vernon die Pistole in die Seite.

»Nichts! Da war nichts!« keuchte Vernon.

»Ihr wart in Frankfurt«, sagte Elisabeth plötzlich leise.

Vernon sah entsetzt zu ihr. »Frankfurt? Ja und?«

»Was war in Frankfurt? Was habt ihr da getrieben?« fragte Texas.

Summers bemerkte, daß Grasshoffs rechte Hand sich langsam auf die Tasche seines Jacketts zubewegte.

»Ich will wissen, was in Frankfurt war!« brüllte Texas in Vernons Ohr.

»Wir waren essen. Im Kino. Ich weiß nicht mehr!«

Grasshoffs Finger hatten die Tasche erreicht und glitten hinein, immer noch unmerklich langsam. Auf der Stirn über seinem konzentrierten Gesicht sah Summers ein paar Schweißperlen auftauchen.

»Und dann? Wart ihr im Hotel?«

»Nein! Nein, niemals! Sie hatte doch einen Freund!«

»Du kannst mir viel erzählen, Mann. Wer soll das gewesen sein?«

Grasshoff hatte die in das Tuch eingeschlagene Walther jetzt bereits halb aus der Tasche.

»Doch! Sie hatte einen Freund!« sagte Minnie Mae plötzlich. »Sie hat mir von ihm erzählt!«

Texas wandte sich zu ihr, und sein Blick fiel auf das weiße Bündel in Grasshoffs Hand.

»Was haben Sie da?« Er ließ Vernon los und kam mit erhobener Waffe auf Grasshoff zu. »Geben Sie her!«

Mit einem resignierten Blick legte Grasshoff die Pistole in die fordernd ausgestreckte Hand. Texas trat einen Schritt zurück und begann mit der anderen Hand, die auch Grasshoffs Waffe hielt, das Tuch aufzunesteln.

»Was ist das?« fragte er.

»Es ist eine Walther P38«, sagte plötzlich eine Stimme von der Tür her. »Lassen Sie sie einfach auf den Boden fallen.«

Texas fuhr zur Tür herum. Kempers Pistole zielte zwischen seine Augen. Wie Summers eben zögerte Texas einen Moment, dann ließ er beide Waffen fallen und hob die Hände.

*

Texas trat ein paar Schritte zurück. Grasshoff sprang von seinem Stuhl und hob seine Waffe vom Boden auf.

»Handschellen«, sagte er nur.

»Moment noch.« Foster trat vor und zog Texas ihre stupsnasige 38er hinten aus dem Hosenbund. Dann fesselte Kemper ihm die Hände auf dem Rücken und drückte ihn in einen der Sessel. Alle hatten sich von ihren Stühlen erhoben und redeten durcheinander. Vernon stand noch immer am Klavier. Summers trat neben ihn und steckte seine Waffe ein.

»Dieses verdammte Arschloch«, stieß Vernon plötzlich hervor und taumelte auf Texas zu. Er ballte die Fäuste »Dir werd ich –«

»Dad!« brüllte Elvis. Minnie Mae kreischte etwas Unverständliches. Elvis machte ein paar schnelle Schritte auf seinen Vater zu und umklammerte dessen Handgelenke. »Setz dich hin, Dad«, sagte er jetzt sanft, und Vernons Schultern sackten herab. Elvis zog ihm einen Stuhl heran, und Vernon ließ sich vorsichtig, wie ein alter Mann, darauf nieder.

»Ich will jetzt wissen, was zwischen dir und diesem Mädchen vorgefallen ist, Dad. Sag die Wahrheit.«

»Wie redest du denn mit mir? Ich bin immer noch dein Vater!«

»Das weiß ich. Und ich sorge mich um dich, Daddy.«

»Du kannst doch nicht von mir verlangen, vor all diesen Leuten über Sachen zu reden, die ... die ...« Er stockte.

Schweigen breitete sich aus.

»Ihr Vater hat sich nichts vorzuwerfen«, sagte Kemper plötzlich. »Zumindest nicht gegenüber Marlene Diddrich, oder Magda, wie sie sich Ihnen vorgestellt hat.«

Alle im Raum sahen ihn an.

»Woher wollen Sie das wissen?« zischte Texas.

»Von ihr selbst.« Kemper zog ein ledergebundenes Tagebuch aus der Manteltasche. »Hier steht alles drin. Bis zum Ende. Fast.«

»Geben Sie es mir, sofort!« Texas versuchte sich zu erheben, aber Grasshoff, der hinter ihm stand, drückte ihn mit einer Hand wieder in den Sessel zurück.

»Sie war mit Vernon Presley zweimal in Frankfurt. Einmal essen und tanzen, einmal im Kino und Billard spielen. Sie hat gewonnen. Sonst war nichts, außer einem Kuß auf die Wange.«

»Da habt ihr's. Seid ihr jetzt zufrieden?« Vernons Blicke fuhren von einem zum anderen, als wolle er von jedem die Bestätigung seiner Unschuld.

»Das war alles?« fragte Summers.

»Was Vernon angeht schon. Aber ihr Freund wollte nicht glauben, daß nichts geschehen war. Genausowenig wie ihr Bruder heute.« Kemper schlug das Tagebuch auf und blätterte darin, auf der Suche nach einer bestimmten Stelle. »Hier steht es: ›25. Februar 1959. Er glaubt mir nicht. Seine Eifersucht wird unerträglich. Schon wieder beschuldigt er mich, mit Vernon zusammengewesen zu sein. Ich weiß nicht, wie ich sein ständiges Mißtrauen ertragen soll, und ich habe solche Angst, daß er mich verstößt. Ich liebe ihn doch.‹«

»Und wer ist dieser Freund?« fragte Summers.

Kemper antwortete nicht. Er blätterte zurück und reichte das Buch an Kommissar Grasshoff. Summers wunderte sich über den langen Blick, den Kemper ihm zuwarf, während sein Kollege las.

»Ach!« sagte Grasshoff, als er geendet hatte. Auch er sah zu Summers, dann gab er Kemper das Buch zurück. »Übersetz das«, sagte er.

»14. Januar 1959«, las Kemper vor. »Ich habe heute in der ›Capri-Bar‹ einen wunderbaren Mann kennengelernt. Er ist eigentlich viel zu alt für mich, aber er hat so unglaublich warme, braune Augen. Ich glaube, er ist schon über vierzig, obwohl er mir sein Alter nicht verraten wollte. Er ist Amerikaner, aber er spricht ziemlich gut Deutsch. Er arbeitet als Reporter bei einer Zeitung, die Vancouver Sun heißt.«

»Was?« stießen Summers und Foster gleichzeitig hervor.

»Sein Name ist ...«

Ein Schuß krachte, und Vernon schrie auf. Summers fuhr herum. Eine Hand griff durch den Türspalt zum Lichtschalter, dann wurde es dunkel. Alle schrien durcheinander. Summers riß die Beretta aus dem Holster und versuchte, den Schalter zu erreichen, prallte aber mit jemandem zusammen. Ein weiterer Schuß fiel, das Klavier gab einen tiefen, singenden Ton von sich. Dann flammte das Licht wieder auf. Er erkannte Grasshoff am Lichtschalter, die Walther in der Hand. Summers sah sich hektisch um, Vernon schien verschwunden, auch Elvis war nicht zu sehen. Dann ein Schrei, er kam aus dem Hausflur. Grasshoff riß die Tür auf, davor rang Elvis mit einem Mann. Summers hob die Pistole, aber Elvis verdeckte seinen Gegner, der ihm schließlich den Arm auf den Rücken drehte und ihm eine Luger an die Schläfe preßte.

»Waffen runter, oder ich erschieße ihn!« brüllte Jack Krieger.

Es waren nicht weniger als vier Läufe, die auf ihn zielten, aber einer nach dem anderen sank herab, der von Summers' Beretta als letzter.

Plötzlich begann Minnie Mae zu kreischen: »Vernon! Vernon! Mein Junge! O Gott!« Sie kniete neben dem Tisch, unter dem Summers jetzt den reglos daliegenden Vernon Presley entdeckte. »Mein Sohn«, schluchzte Minnie Mae. »Was haben sie dir angetan!«

»Ruhe!« brüllte Krieger. »Du da«, er sprach zu Grasshoff, der ihm am nächsten stand. »Gib mir deine Knarre.«

Grasshoff faßte seine Walther am Lauf und hielt sie ihm hin. Krieger nahm sie in die Linke und drückte sie gegen Elvis' Rippen. Mit der Luger in der anderen zielte er in den Raum.

»Jetzt werft die Waffen in den Flur. Eine nach der anderen.«

Foster entspannte den Hahn ihres Revolvers und warf ihn vorsichtig Krieger vor die Füße. Auch Kemper sicherte seine Walther PP, bückte sich und schob sie über den Boden. Sie glitt kreiselnd über das Linoleum an Krieger vorbei bis zur Wand.

Summers zögerte, aber Krieger rammte den Lauf so fest in Elvis' Seite, daß der aufstöhnte. Summers legte die Beretta auf den Boden und kickte sie in die Diele.

»Danke, Pete. Und jetzt noch die P38.«

Summers nahm die immer noch in das Tuch eingeschlagene Waffe vom Tisch und warf auch sie in den Flur.

»Gebt mir das Tagebuch.«

Kemper reichte es ihm. Krieger nahm es mit zwei Fingern der Rechten und steckte es in seine Manteltasche.

»Wo hast du es gefunden?« fragte er Kemper.

»In ihrer Wohnung.«

»Das ist mir klar. Wo da? Ich habe sie durchsucht.«

»Wo ein Backfisch so etwas versteckt: unten in ihrer Schminktasche.«

*»Shit«*, fluchte Krieger.

Summers sah ihm in die Augen, sie fuhren hektisch durch den Raum. »Weißt du eigentlich noch, was du tust, Jack?«

»Das weiß ich schon seit Wochen nicht mehr. Seit sie tot ist. Dieser Kerl da hat sie auf dem Gewissen.« Er stieß die Luger vor, in Richtung des leblosen Körpers unter dem Tisch.

»Nein«, keuchte Minnie Mae. Auf den Knien rutschte sie zwischen ihren Sohn und die Waffe.

»Das stimmt nicht, Mister.« Kemper sah ihn ruhig an. »Magda hat die Geschichte ganz anders aufgeschrieben.«

»Halt die Schnauze! Alle nach hinten, an die Wand! Neben das Klavier! Dalli!«

Langsam, Schritt für Schritt, zogen sie sich in den Raum zurück, nur Minnie Mae blieb auf dem Boden vor dem Tisch knien.

»Ihr wärt nie auf mich gekommen ohne das Tagebuch. Ich wußte nicht, daß es da war, sie hat mir nie davon erzählt, sonst hätte ich es gefunden. Niemals wärt ihr auf mich gekommen. Niemals.« Voller Haß starrte er auf den reglos daliegenden Vernon Presley hinab.

»Was hast du jetzt vor, Jack?« fragte Summers.

»Ich verschwinde. Ich bin vorbereitet, ihr kriegt mich nicht. Elvis nehme ich mit, als Geisel. Wenn ihr mir zu nahe kommt, töte ich ihn.«

»Nein! Lassen Sie ihn hier! Bitte, Sir!« Minnie Mae hob flehend die Hände.

»Maul halten, Oma. Du da«, die Luger zeigte auf Elisabeth, »bring einen Stuhl her, dann stell dich wieder zu den anderen!«

Gehorsam nahm Elisabeth einen der Stühle vom Eßtisch und trug ihn in den Flur. Elvis stöhnte auf, als Krieger ihn ein paar Schritte nach hinten zog. Elisabeth stellte den Stuhl ab und zog sich dann hastig ins Zimmer zurück. Als sie neben dem Klavier angekommen war, ließ Krieger Elvis los und stieß ihn nach vorn.

»Mach die Tür zu. Schön langsam.«

Elvis hielt sich die Seite und warf einen giftigen Blick über seine Schulter, dann sah er seine Großmutter an.

»Was ist mit Dad?«

»Ich weiß es nicht.« Minnie Maes Stimme zitterte.

»Nun mach schon.« Krieger drückte ihm die Luger in den Rücken. Elvis warf Summers noch einen Blick zu, dann schloß er die Tür. Von draußen kam ein schabendes Geräusch, als Krieger den Stuhl unter die Klinke stellte.

*

»Und ich sage dir: Das waren Schüsse!« sagte Ritchie. »Hör mal!«

Stimmengewirr, dann eine klagende Frauenstimme, gedämpft durch die heruntergelassenen Rolläden.

Hans-Gerd kaute auf der Unterlippe. »Vater ist da drin.«

»Und wir wissen nicht, wer noch.«

Hans-Gerd knetete hilflos die Hände. »Soll'n wir die Polizei holen?«

»Die Polizei ist doch schon drin!«

Wie gebannt starrten sie durch das Gebüsch auf das Haus.

»Ich hab's dir gesagt. Es passiert noch was. Hab ich's dir gesagt? Ich hab's dir gesagt!« Ritchie fletschte die Zähne. »Und wo sind jetzt diese tollen Aufpasser? Kein Aas zu sehen!«

Im Haus war es wieder still.

»Vielleicht waren es ja doch keine Schüsse«, sagte Hans-Gerd hoffnungsarm.

»Quatsch«, antwortete Ritchie nur.

Die Minuten verrannen. Plötzlich öffnete sich die Haustür. Elvis taumelte heraus, gefolgt von einem Mann, der eine Pistole in der Hand trug. Er schloß die Tür ab, dann stieß er Elvis den Lauf in den Rücken und drängte ihn die Treppe hinunter.

»*Stop*«, kommandierte der Mann unten. Er zog etwas aus der Tasche, mit einem leichten Klacken sprang eine Klinge daraus hervor, die im gelblichen Licht der Straßenlaterne funkelte. Der Mann bückte sich rasch und rammte das Messer in den Hinterreifen des BMW, der in der Einfahrt parkte. Luft zischte heraus. Er schubste Elvis weiter, durch das Tor auf die Straße, dann auf den Cadillac zu. Auch hier stach er in den Hinterreifen. Aus dem Haus kam ein gewaltiges Klirren. Der Mann stieß Elvis vorwärts, zu dem Dodge, mit dem Hans-Gerds Vater und der Amerikaner gekommen waren. Er ließ Elvis auf der Fahrerseite einsteigen und setzte sich auf den Beifahrersitz.

»Los«, sagte Ritchie und sprang über den Graben.

»O Kacke«, stieß Hans-Gerd hervor, aber er folgte sofort. Der Motor des Dodge sprang an, und der Wagen rollte an ihnen vorbei. Aus dem Haus tönten Rufe, jemand rappelte an der verschlossenen Haustür.

Zwanzig Meter weiter parkte ein hellblauer Ford Taunus. Ritchie sprintete darauf zu und riß am Türgriff, der Wagen war unverschlossen. Sofort sprang er hinein und rutschte durch auf den Fahrersitz.

»Nu komm schon!« brüllte er.

Hans-Gerd blieb hilflos neben dem Auto stehen und sah zu, wie Ritchie Drähte unter dem Armaturenbrett hervorzerrte. Er drehte zwei blanke Enden zusammen, hielt ein drittes daran, und der Anlasser begann sich zu drehen.

»Steig endlich ein!«

Hans-Gerd schluckte noch einmal, dann sprang er in den Wagen. Ritchie beschleunigte, sobald er saß. Die Tür knallte noch gegen das nächste Auto, bevor Hans-Gerd sie zuziehen konnte.

»Verdammt, woher kannst du das?«

»Spielt doch jetzt keine Rolle! Guck nach dem Wagen!«

»Da ist er! Da rechts!«

Sie bogen quietschend auf den Eleonorenring, die Rücklichter des Dodge verschwanden gerade hinter der Brücke. Ritchie gab Vollgas, der Wagen schlingerte. Hans-Gerd klammerte sich am Türgriff fest.

»Seit wann kannst du eigentlich Auto fahren?«

»Ich lern's gerade.«

»O Gott.«

»Da! Sie biegen ab!«

Sie folgten dem grünen Wagen aus der Stadt hinaus. Der abendliche

Verkehr war dünn, doch der Dodge fuhr nicht schnell. Unauffällig rollte er über die dunkle Landstraße.

»Wie geht's denn jetzt weiter? Was hast du eigentlich vor?« fragte Hans-Gerd.

»Woher soll ich das wissen? Mann, da vorne wird Elvis Presley entführt. Da überleg ich doch nicht lange! Wenn's soweit ist, wird uns schon was einfallen.«

Hans-Gerd kaute auf seinen Fingernägeln. »Fahr nicht zu dicht ran. Sie entdecken uns noch.«

Plötzlich bremste der Dodge und bog nach rechts in einen Waldweg ab.

»Und jetzt?«

Ritchie hielt an, ein paar Sekunden starrte er in das Dunkel vor sich, dann schaltete er die Scheinwerfer aus und bog ebenfalls ab. Hans-Gerd schlug das Herz im Hals.

»Ich hab Angst«, flüsterte er.

»Glaubst du vielleicht, ich nicht, Mann?«

Vorsichtig ließ Ritchie den Ford über den Waldweg rollen. Die Fahrspur war nur zu erahnen. Die roten Lichter vor ihnen verschwanden, tauchten wieder auf und verschwanden erneut.

»Achtung«, rief Hans-Gerd. Unvermittelt bog der Weg scharf nach rechts. Zweige quietschten an der Fahrerseite entlang, aber Ritchie gelang es, den Wagen in der Spur zu halten. Plötzlich waren die Rücklichter direkt vor ihnen. Der Dodge hatte auf dem Weg angehalten, keine zwanzig Meter entfernt. Ritchie stoppte ruckartig und würgte den Motor ab. Die Innenbeleuchtung des Dodge ging an, als Elvis die Fahrertür öffnete und ausstieg. Der Mann mit der Pistole verließ ebenfalls den Wagen. Mit dem Lauf dirigierte er Elvis nach vorn. Im Kegel der Scheinwerfer blieb Elvis stehen, gespenstisch von unten beleuchtet. Der Mann stand ihm gegenüber, fast außerhalb des Lichtkegels, kaum zu erkennen.

Elvis sagte etwas.

»Kannst du was verstehen?« flüsterte Ritchie.

Statt einer Antwort drehte Hans-Gerd seine Scheibe herunter.

*»How much do you want?«* fragte Elvis.

*»I don't want your money. I want revenge«*, antwortete der Mann.

»Was sagt er?« Ritchies Stimme zischte atemlos im Dunkel.

»Er will kein Geld. Er will Rache.«

»Rache? Wofür?«

»Weiß *ich* doch nicht!«

Der Mann hob die Pistole, bis sie genau auf Elvis' Kopf zeigte.

Elvis hob abwehrend die Hände. *»No, listen, mister! Wait!«*

»Er bringt ihn um«, sagte Hans-Gerd. »Mann, so tu doch was!«

Ritchie hob die Hand, für den Bruchteil einer Sekunde zögerte er – dann drückte er auf die Hupe.

*

Foster kniete neben Vernon Presley, als Summers wieder ins Zimmer kam. Sie hatte ihm den Hemdsärmel aufgeschnitten und tupfte eine Wunde am Oberarm ab. Minnie Mae saß auf einem Stuhl und sah mit ernstem Gesicht zu. Summers schob mit dem Fuß die Scherben der Milchglastür zusammen und rieb sich die Augen.

»Wie geht's ihm?« fragte er.

»Nur ein Streifschuß. Ich nehme an, er ist vor Schreck ohnmächtig geworden. Was ist draußen los?«

»Krieger ist weg.«

»Weg? Einfach so?«

»Wir konnten ihm nicht folgen. Er hat alle Autos beschädigt. Nur der Streifenwagen in der Uhlandstraße ist noch ganz.«

»Warum haben Sie nicht einfach einen Wagen geknackt?«

»Er war schon über alle Berge. Wir wissen nicht mal, in welche Richtung er gefahren ist.«

»Herrgott! Elvis ist entführt worden! Wir müssen doch was unternehmen!«

Summers sah müde zu Boden. »Ich bin offen für Vorschläge.«

»Wir müssen ›King-HQ‹ informieren«, sagte Foster. »Wir brauchen volle Unterstützung.«

»Das Telefon geht nicht. Das Funkgerät hat Krieger unbrauchbar gemacht.«

»Ich könnte bei den Nachbarn fragen, ob ich telefonieren darf«, sagte Foster.

»Zu auffällig.« Summers drehte sich zu Texas, der wieder in seinem Sessel saß. »Was haben Sie mit dem Telefon gemacht?«

»Ich hab im Keller einen Draht gekappt.«

»Können Sie das wieder reparieren?«

»Klar.«

»Wie lang brauchen Sie?«

»Fünf Minuten, wenn mich jemand losschließt.«

Summers zog seinen Schlüsselbund aus der Tasche und öffnete die Handfesseln. Kemper und Grasshoff kamen herein, als Texas gerade den Raum verlassen wollte.

»Moment mal«, dröhnte Kemper, »haben Sie etwa Schlüssel für unsere Handschellen?«

»Ach, Schorsch, wenn das alles wäre ...«, sagte Grasshoff müde.

Texas verschwand in Richtung Keller, verfolgt von Kempers mißtrauischen Blicken.

»West und Fike sind dabei, die zerstochenen Reifen zu wechseln«, sagte Grasshoff. Er zog einen Stuhl heran und setzte sich an den Tisch.

Vernon Presley stöhnte und versuchte sich aufzurichten. »Dieser Hurensohn«, ächzte er.

»Können Sie stehen?« Foster zerrte ihn hoch, ohne eine Antwort abzuwarten.

»Vernon!« Seine Mutter umarmte ihn zärtlich.

»Am besten, Sie bringen ihn ins Bett, Mrs. Presley.«

»Was ist denn eigentlich passiert?« fragte Vernon benommen.

»Komm mit, ich erzähl's dir.« Minnie Mae zog ihn hinter sich her aus dem Zimmer.

»Die Vancouver Sun hat ein großes Problem, Herr Summers«, sagte Grasshoff.

»Sie haben recht. Jack Krieger. Ich begreif das immer noch nicht.« Summers rieb sich die Nasenwurzel. »Wenn mein Captain das erfährt, platzt ihm 'ne Ader.«

»Was machen wir jetzt?« fragte Foster. »Wir müssen endlich was unternehmen.«

»Lassen Sie uns doch erst einmal konstruktiv nachdenken«, sagte Grasshoff. Er stand auf. Eine Hand auf dem Rücken ging er im Zimmer auf und ab, mit der anderen wedelte er dozierend. »Wo wird er hin wollen? Er sagte, er sei vorbereitet.«

»Nach Osten«, sagte Foster.

Die beiden Polizisten sahen sie verwundert an, aber Summers schlug sich mit der Hand vor die Stirn.

»Na klar. Ein Ex-Spion. Die Kommies nehmen ihn mit offenen Armen.«

»Gut. Wird er Herrn Presley mitnehmen? Das glaube ich eher nicht. Einen auffälligeren Passagier kann man sich doch kaum denken. Er wird ihn so schnell wie möglich loswerden wollen. Wo?«

»Wo er sich auskennt«, sagte Kemper.

Grasshoff sah ihn stirnrunzelnd an. »In Hermanns Wald?«

»Genau. Dort hat er die Leiche vergraben und seine Waffenkiste. Und ganz in der Nähe hat er den ersten Anschlag versucht.«

»Der Wald ist ziemlich groß.«

»Aber es gibt nur wenige Wege, die man mit dem Auto befahren kann.«

Red West erschien in der Tür. Mit einem Lappen rieb er sich die verschmierten Hände. »Der BMW ist wieder in Ordnung«, sagte er.

»Na, dann los.« Summers sprang auf. »Wir suchen die Waldwege ab. Sie mit dem Streifenwagen, ich nehme den BMW.«

Grasshoff und Kemper tauschten einen kurzen Blick.

»Gut«, sagte Grasshoff dann.

»Foster, Sie halten die Stellung. Rufen Sie Captain Gordon an, sobald das Telefon wieder funktioniert. Versuchen Sie, ihm die Sache möglichst schonend beizubringen.«

Foster lachte freudlos, und Summers lief aus dem Haus, Grasshoff und Kemper folgten.

»Eines macht mir wirklich Sorgen«, sagte Kemper, als sie in den Streifenwagen stiegen.

»Und zwar?«

»Nicht *wo*, sondern *wie* er ihn loswerden will.«

Grasshoff kratzte sich am Kinn.

»Gefällt mir überhaupt nicht«, sagte er.

*

In der Stille des dunklen Waldes dröhnte die dünne Hupe des Taunus wie eine Fanfare. Elvis schreckte zusammen. Der Mann fuhr herum. Er zielte mit der Pistole ins Dunkel und schoß sofort. Die erste Kugel pfiff vorbei, die zweite schlug in die Windschutzscheibe. Sie rutschten beide in den Fußraum hinunter, so weit es ging.

»Der knallt uns ab, Mann. Was sollen wir tun?«

»Keine Ahnung, Mann!«

»Wir müssen weg, mach den Motor an!«

»Und was ist mit Elvis?«

Ritchie schob sich zentimeterweise wieder hoch. Sein Atem ging keuchend. Als er weit genug oben war, um über das Armaturenbrett hinaussehen zu können, weiteten sich seine Augen.

»Scheiße. Oh, Scheiße.«

»Was ist los? Kommt er?«

»Nein. Sie kämpfen!«

»Was?«

Hans-Gerd zog sich am Türgriff hoch. Vor dem Dodge, im Licht der Scheinwerfer, rangen Elvis und der Mann miteinander. Elvis umklammerte die Hand mit der Waffe. Immer wieder und mit aller Gewalt schlug er sie auf den Kotflügel des Dodge. Der Mann brüllte, dann flog die Pistole im hohen Bogen in den Schatten. Elvis sah ihr nach, und sofort nutzte der Mann die Chance: Mit der Linken landete er einen Schwinger auf Elvis' Jochbein. Elvis sackte auf die Motorhaube. Der Mann packte ihn und schleuderte ihn zu Boden, dann griff er hinten unter seine Jacke und zog eine zweite Pistole aus seinem Gürtel, doch bevor er sie oben und durchgeladen hatte, war Elvis bereits wieder auf den Beinen. Er vollführte eine seltsame, tänzerisch drehende Bewegung zur Seite, die mit einem gewaltigen Tritt in die Nierengegend seines Gegners endete.

»Irre«, sagte Ritchie.

Der Mann schrie auf, aber er hielt die Pistole fest in der Rechten. Erneut packte Elvis die Hand. Jetzt standen die beiden sich gegenüber, fast bewegungslos, während sie doch mit buchstäblich letzter Kraft um die Waffe, um ihr Leben rangen.

»Los«, sagte Hans-Gerd und stieg aus, ohne Ritchies Antwort abzuwarten. Mit einem besinnungslos wütenden Brüllen stürzte er vorwärts auf die ringenden Männer zu. Elvis begann einzuknicken, langsam gaben seine Knie nach. Der Mann bog ihn immer weiter nach hinten. Als Hans-Gerd nur noch zwei Meter von den Männern entfernt war, fiel Elvis nach hinten, und Hans-Gerd sprang.

Er flog durch das unwirklich weißliche Scheinwerferlicht, das abstruse Schattengebilde aus den Ästen und Zweigen formte. Der Rücken des Mannes, das beige Jackett kam näher, und Hans-Gerd versuchte sich darüber klar zu werden, was er als nächstes machen sollte. Ich sollte mir das gut überlegen, dachte er. Er beschloß, die Überraschung auszunutzen und den Mann kräftig zu würgen. Also begann er, die Arme hochzunehmen, doch in diesem Moment prallte er mit solcher Gewalt auf seinen Gegner, daß es ihm den Atem verschlug und ihn das Gefühl übermannte, ohnmächtig zu werden.

Doch er hörte den Schuß.

*

Der Volkswagen hoppelte den schlammigen Waldweg entlang. Grasshoff leuchtete mit der Stablampe aus dem Seitenfenster, Kemper hatte den Suchscheinwerfer an der Frontscheibe nach links gedreht.

»Halt mal an«, sagte Grasshoff.

Kemper brachte den Wagen zum Stehen. Grasshoff stieg aus und untersuchte im Licht der Stablampe die Ränder einer Pfütze, die den Weg in seiner ganzen Breite bedeckte.

»Hier ist seit dem letzten Regen kein Auto entlanggekommen.«

Kemper trat neben ihn. »Wahrscheinlich sind wir auf dem Holzweg, und er hat Presley doch mitgenommen. Wir sollten –«

»Was war das?« Grasshoff hob die Hand. Hinter ihnen pötterte der Motor des Streifenwagens im Leerlauf, aber er meinte, etwas gehört zu haben: Es klang wie eine Hupe, dann zwei leise, aber scharfe Schläge, wie weit entfernte Schüsse.

Kemper ging zum Wagen und machte den Motor aus. Angestrengt lauschten sie in die Dunkelheit.

»Nichts«, sagte Kemper, doch plötzlich schallte ein unartikuliertes Brüllen durch den Wald, gefolgt von einem einzelnen Schuß, dann Stille.

»Von wo kam das?« flüsterte Grasshoff.

»Da!« Kemper wies in den Wald hinein. »Da ist Licht.« Vage glommen ein paar Flecken durch die Zweige. »Das ist auf dem nächsten Weg.« Sie sprangen ins Auto. Kemper prügelte den Streifenwagen rücksichtslos über Stock und Stein. »Da vorne gibt's irgendwo eine Querverbindung.« Grasshoff stieß sich den Kopf an der Seitenscheibe, als sie durch ein Schlagloch knallten. »Wo ist der verdammte Abzweig?« Als Grasshoff sich bereits damit abgefunden hatte, den Verbindungsweg verpaßt zu haben, tauchte er so unvermittelt aus den flatternden Schatten auf, daß Kemper den Wagen erst dahinter zum Stehen brachte und zurücksetzen mußte. Der Weg war nur zweihundert Meter lang, sie bogen nach rechts auf den Parallelweg, und nach einem halben Kilometer näherten sie sich dem Licht zwischen den Bäumen vor ihnen. Kemper hielt und schaltete die Scheinwerfer aus. Grasshoff öffnete seine Tür.

»Da sind Stimmen.« Jemand sprach Englisch. Dann erlosch das Licht. Ein Motor sprang an, und ein Wagen fuhr mit heulendem Rückwärtsgang davon.

»Tür zu.« Kemper blendete auf und beschleunigte, doch schon Sekunden später mußte er scharf bremsen: Hinter einer Kurve war der Weg blockiert. Schleudernd kam der Streifenwagen zum Stillstand, wenige Meter vor der Stoßstange des großen unbeleuchteten Kombis. Bäume und Unterholz standen dicht, es war kein Vorbeikommen.

»Endstation.« Kemper zog seine Walther, bevor sie ausstiegen. In der Ferne verklang das Motorengeräusch.

»Die sind weg«, sagte Kemper. Er ging zu dem Kombi und leuchtete mit der Stablampe hinein. »Kein Schlüssel. Wir könnten ihn kurzschließen.«

»Zwecklos. Der Vorsprung ist schon viel zu groß, die kriegen wir nicht mehr. Wir wissen ja nicht mal, nach welchem Auto wir suchen. So ein Mist!« Grasshoff hieb mit der Faust auf das Autodach. »So nah dran!«

Er begann im Schein der Stablampe, die Umgebung zu untersuchen. Ein gelblicher Streifen Gras wuchs in der Mitte des Weges; vor dem Kombi war darauf ein großer, schwärzlicher Fleck. Grasshoff ging in die Hocke und riß ein paar Halme aus.

»Blut«, sagte er, nachdem er sie begutachtet hatte. »Hier hat's jemanden erwischt.«

Kemper leuchtete an der Fahrerseite des Wagens entlang. »Schleifspuren.«

Sie endeten ein paar Meter hinter dem Dodge. Das Gras neben dem Weg war niedergetreten. Frische Spuren von Reifen neben einer Pfütze.

»Der zweite Wagen. Wahrscheinlich ein deutsches Fabrikat. Für ein amerikanisches sind die Reifenspuren zu schmal.«

Grasshoff öffnete den Kofferraum des Dodge, er war leer. Dann ging er zur Beifahrertür und durchsuchte das Wageninnere, fand aber nichts Verwertbares. Kemper leuchtete weiter den Boden rund um den Wagen ab.

»Nichts weiter«, sagte er und zündete sich eine Zigarette an. »Krieger hat den Wagen getauscht und Presley mitgenommen.«

»Fragt sich, ob tot oder lebendig«, sagte Grasshoff. »Krieg ich auch eine?«

Kemper hielt ihm die Schachtel hin und gab ihm Feuer. Müde stützte Grasshoff sich an dem Dodge ab. Er nahm einen tiefen Zug und ließ den Rauch durch die Nase entweichen. Einen Moment standen sie schweigend nebeneinander in der Dunkelheit, die von den Scheinwerfern ihres Wagens in Streifen geschnitten wurde.

»Wir müssen das LKA einschalten, Paul«, sagte Kemper schließlich.

Grasshoff drehte den Kopf in den Schatten. »Das müssen wir vorher mit Summers besprechen«, sagte er leise.

»Wieso das denn? Hier geht es immerhin um ein Kapitalverbrechen, Paul! Da können wir denen doch nicht die Entscheidungen überlassen.«

»Elvis Presley wurde von einem amerikanischen Agenten entführt, vielleicht sogar getötet.« Grasshoff stieß ein schnaubendes Lachen aus. »Du glaubst doch nicht, daß wir da noch was zu melden haben. Das regeln die Amis unter sich. Und wenn die nicht wollen, gibt es gar keinen Fall.«

»Scheiße«, sagte Kemper leise.

»Ja.« Grasshoff sah nachdenklich auf die in der Dunkelheit leuchtende Glut seiner Zigarette. »Was stand eigentlich noch alles in diesem Tagebuch?« fragte er.

»Ich habe natürlich längst nicht alles gelesen«, antwortete Kemper. »Sicher ist aber, daß Vernon Presley nicht für die Schwangerschaft verantwortlich war. Er hat das Mädchen nie angerührt. Dieser Krieger war es selbst, aber er hat es abgestritten. Es war nur ein einziges Mal, und so wie sie es beschrieben hat, scheint es eher eine Vergewaltigung gewesen zu sein. Er hat behauptet, er hätte aufgepaßt – was immer das bedeuten mag –, deshalb könne er nicht der Vater sein. Vernon sei es gewesen, deswegen hat Krieger auf einer Abtreibung bestanden, gegen ihren Willen. Nachdem ich das gelesen hatte, habe ich in der Goethestraße angerufen, und als niemand dranging, bin ich sofort hingefahren – was ja nicht ganz falsch war.«

»Nein. Nur leider auch nicht ganz richtig«, Grasshoff ließ die Zigarette fallen und trat die Glut aus. »Was aber keiner ahnen konnte.«

Plötzlich hörten sie ein Auto. Lichter näherten sich, ein Motor brummte tief.

»Das ist Summers mit dem BMW«, sagte Kemper.

*

Summers rieb sich über die Augen. Ein bohrendes Gefühl der Leere machte sich hinter seiner Stirn breit. Ein Bier und ein Bett, dachte er. Und Urlaub. Es war ihm schwergefallen, gegenüber den beiden Deutschen souverän zu bleiben, als sie ihm die Blut- und Schleifspuren gezeigt hatten. Er gestand sich ein, daß er sich – neben all seinen professionellen Überlegungen – echte Sorgen um Elvis machte. Ich mag den Jungen, dachte er.

Vor ihm steuerte Grasshoff sehr vorsichtig den BMW über den Waldweg in Richtung Straße, Summers fuhr den Dodge, Kemper folgte im Streifenwagen.

Als sie sich der Straße näherten, bogen von dort zwei Wagen in den Waldweg ein und hielten mit hoher Geschwindigkeit auf sie zu. Grasshoff stoppte. Der führende Wagen bremste so spät, daß er nur wenige Yards vor dem BMW zum Stehen kam. Im Licht der Scheinwerfer erkannte Summers den großen, verchromten Kühlergrill eines schwarzen Chevy. Vier Männer sprangen mit gezogenen Waffen heraus. Die ersten stürmten auf Grasshoff zu, die beiden anderen auf Summers und Kemper.

Summers drehte die Scheibe runter. »Ganz ruhig, Charly«, sagte er zu dem drahtigen, kleinen Italiener, dessen Waffe auf seinen Kopf zielte, »ich bin's, Pete Summers.«

»Gut, Pete, dann steig mal aus. Schön langsam, die Hände nach oben.« Charlys Kiefer mahlten auf einem Kaugummi.

»Was? Charly! Ich bin's, Pete!«

Mittlerweile hatte auch der zweite Wagen gehalten, vier weitere Männer in schwarzen Anzügen kamen dazu, drei hielten Pistolen in den Händen, der vierte eine Schrotflinte. Summers kannte nur zwei von ihnen. Er öffnete die Tür und stieg aus.

»Was macht ihr eigentlich hier?« fragte er, während Charly ihn abtastete und ihm die Beretta aus dem Halfter zog.

»Die Frage solltest besser du beantworten, Pete. Wir suchen nach diesem Dodge und dem Mann, der ihn steuert.«

»Oh, *shit.*« Summers schüttelte den Kopf. Er wußte, was das bedeutete. Wenn Charly einen Auftrag bekam, führte er ihn durch. Selbst denken war nicht seine Stärke. »Ihr sollt Jack Krieger suchen, nicht mich«, sagte Summers ohne große Hoffnung.

»Na klar, Pete.« Charly spuckte den Kaugummi in den Wald. »Ich soll den Mann suchen, der diesen Dodge steuert. Und wenn er eine

Geisel dabei hat, soll ich sie befreien. Das ist doch ausnahmsweise mal ein eindeutiger Befehl, oder? Was ist mit den beiden da?« Er wies mit dem Kinn auf Kemper. »Wieso fährt der einen Polizeiwagen?«

»Weil er ein Cop ist, du Schwachkopf.«

»Heh!« Charly rammte ihm den Lauf in die Nieren. »Jetzt riskier mal keine dicke Lippe, Mann.«

Wie Summers standen auch Kemper und Grasshoff mit gespreizten Beinen da, die Hände auf den Dächern ihrer Fahrzeuge, während die Agenten sie abtasteten. Beide warfen ihm sehr gereizte Blicke zu. Summers zog in einer hilflosen Geste die Achseln hoch.

»Wer hat den Befehl für diesen Einsatz gegeben?« fragte er.

»Kappa-Urgent«, sagte ein junger Agent, den er vom Sehen aus der Cafeteria kannte. »Kam von *ganz* oben. Die haben alle Mann aus dem Feierabend geholt.«

»Heh, hast du sie noch alle«, blaffte Charly. »Was geht *den* das denn an? Packt die drei ein und ab nach HQ.«

»Und was machen wir mit den Autos?« fragte einer der Männer.

»Mitnehmen«, kommandierte Charly.

»Was sollt ihr mit mir machen? Erschießen?« fragte Summers, als er neben Charly auf der Rückbank des Chevy saß.

»Wenn nötig.« Charly grinste und schob sich einen neuen Streifen Wrigley's in den Mund. »Was hast du eigentlich mit der Geisel angestellt, Pete?«

»Verloren«, antwortete Summers. Ergeben lehnte er sich in das Polster zurück, während ihre Wagenkolonne über die abendlichen Straßen in Richtung Ziegenberg raste.

*

Grasshoffs Augen funkelten humorlos. Mit verächtlich gekräuselten Lippen stand er Major Simpson gegenüber. Der Oberkörper des Majors knickte zwei Zoll nach vorn, ansonsten bestand seine Körperhaltung nur aus Geraden. Summers bemühte sich, bei der Übersetzung den Kasernenhofton des Majors zu mildern.

»Major Simpson möchte sich in seiner Funktion als diensthabender Kommandeur der Dienststelle Ziegenberg in aller Form bei Ihnen und dem Herrn Oberinspektor sowie bei Ihrer Behörde für die Ihnen durch Verkettung unglücklicher Umstände und Mißverständnisse entstandenen Unannehmlichkeiten entschuldigen und bittet, Ihnen einen Drink anbieten zu dürfen.«

Einige Sekunden lang starrte Grasshoff den Major an. »Wir nehmen die Entschuldigung an, auf den Drink verzichten wir. Darf ich fragen, was der Herr Major im Fall Presley zu unternehmen gedenkt?«

Summers gab die Frage weiter. Man mußte den Major kennen, um die Unsicherheit hinter seinem befehlsgewohnten Gesichtsausdruck wahrzunehmen.

»Bitte erklären Sie dem Herrn Kommissar, daß wir selbstverständlich sämtliche notwendigen Maßnahmen ergreifen werden, deren Details aber weitgehend der Geheimhaltung unterliegen.«

Summers übersetzte wörtlich, und Grasshoffs Miene erweckte den Eindruck, daß der Kommissar die Situation genau richtig einschätzte. Der Satz bedeutete: Simpson hatte nicht die geringste Ahnung, was er unternehmen sollte. Summers hielt dem Major zugute, daß er kaum Fakten zur Lage hatte und keine auf den Fall ausgerichteten Befehlsstrukturen. Die Gruppe »King« unterstand direkt General Thornhill in Frankfurt, und Thornhill war aus völlig rätselhaften Gründen nicht zu erreichen.

Um überhaupt etwas in Bewegung zu setzen, hatte Foster von der Goethestraße aus nicht nur Captain Gordon, sondern kurzerhand auch Allen W. Dulles angerufen, den sie noch bei Hans Drau wußte. Dulles hatte nicht gezögert, Major Simpson mit einer Kappa-Urgent-Order aufzuschrecken – Summers vermutete, daß so etwas in den ruhigen Geschäften der Dienststelle Ziegenberg seit Jahren nur bei Übungen vorgekommen war.

Simpson hatte jedenfalls sofort alle verfügbaren Kräfte losgeschickt – eine einfache und beliebte Taktik, wenn man nicht weiter wußte: Irgend etwas würde dabei schon rauskommen, und dem Verantwortlichen konnte kein Versäumnis vorgeworfen werden.

»Ich möchte vorschlagen, unser Landeskriminalamt einzuschalten«, sagte Grasshoff jetzt. »Es würde die Möglichkeiten vervielfachen, Herrn Presley zu finden. Und darum sollte es doch in erster Linie gehen, denke ich, und nicht um Geheimhaltung.«

Simpson brachte es fertig, sich zu winden, ohne die Geraden in seiner Haltung zu verbiegen.

»Ich bin zur Veranlassung einer offiziellen Kooperation mit den deutschen Behörden nicht befugt«, sagte er.

Grasshoff straffte sich. »Nun gut. Ich war bisher durchaus zur Zusammenarbeit bereit, aber die Geschehnisse der letzten Stunden haben große Zweifel bei mir geweckt, daß die Aufgabe, Herrn Presley zu schützen, bei Ihnen tatsächlich in guten Händen ist. Wenn Sie die Befugnisse nicht haben, werde ich das entscheiden. Ich werde Wiesbaden informieren. Und Sie können sich dann überlegen, ob Sie kooperieren wollen. Guten Tag.« Grasshoff drehte sich um und ging zur Tür.

»Herr Grasshoff, bitte ...«, rief Summers ihm nach, aber der Kommissar wandte nicht den Kopf. Kemper verabschiedete sich mit einem Kopfnicken und folgte ihm.

»Sir, soll ich ihn aufhalten?« fragte Summers.

»Ja, machen Sie das«, antwortete der Major schwach. »Irgendwie.«

Summers verließ das Büro und hastete die langen Flure entlang. Erst in der Eingangshalle holte er die beiden Deutschen ein. Er faßte Grasshoff am Arm und bremste ihn ab.

»Was genau haben Sie vor?« fragte er, leicht außer Atem.

»Systematische, kriminalistische Arbeit, Herr Summers. Spuren suchen. Und vor allem: nachdenken. Wir haben im Deutschen so einen Spruch: Operative Hektik ersetzt geistige Windstille. Das ist nämlich genau, was Sie hier veranstalten: operative Hektik. Und das geht mir auf die Nerven.«

Summers sagte nichts, weil es nichts zu sagen gab. Grasshoff hatte recht, das war alles.

»Natürlich rechne ich nicht damit, daß Ihr Dienst sich jetzt raushält, obwohl mir das sehr lieb wäre. Aber ich erwarte von Ihnen, daß Sie sich mit uns absprechen. Ab jetzt bestimmen wir die Regeln.«

»Okay«, sagte Summers. »Was soll ich tun?«

»Ich fahre jetzt nach Friedberg und koordiniere unser weiteres Vorgehen. Ich schlage vor, daß Sie in die Goethestraße fahren und dort nach dem Rechten sehen. Warten Sie da auf uns – und setzen Sie diesen Texas oder Rüdiger fest. Ich will hoffen, daß Ihre Kollegin ihn nicht hat laufen lassen. Wir sind durchaus noch nicht fertig mit dem jungen Mann.«

Noch einmal antwortete Summers mit »Okay«, dann lupfte Grasshoff den Hut und lief die Treppe zum Ausgang hinunter, dicht gefolgt von Kemper. An der Tür trafen sie auf Otis, den Hausmeister. Rücksichtsvoll trat er beiseite, trotzdem sah Grasshoff irritiert zu dem hünenhaften Schwarzen auf, der seinen Blick mit einem Lächeln erwiderte, von dem Summers nicht genau wußte, ob es so höflich gemeint war, wie es aussah. Otis schloß die Tür hinter den beiden, dann kam er die Treppe hochgehumpelt, auf Summers zu.

»Ich muß mit dir reden«, sagte er.

»Sei mir nicht böse, Otis, aber ich habe keine Zeit. Wir sind gerade –«

»Pete«, unterbrach Otis ihn sanft; etwas in seinem Blick ließ Summers aufmerken.

»Was ist los? Ist es wichtig?«

»Ja. Es gibt ein Problem. Und ich bin mir sicher, daß du nichts Wichtigeres zu tun hast«, sagte Otis ernst.

Er stieg die Treppe wieder hinunter, und Summers folgte ihm auf den Parkplatz hinaus. Die Bogenlampen am Haus beleuchteten eine gut dreißig Yards breite Fläche des kiesbedeckten Platzes, dahinter herrschte Dunkelheit. Am Rande des Schattens schaltete Otis eine Stablampe ein. Vor ihnen, unter einer Baumgruppe, fiel der Lichtkegel auf einen kleinen Ford deutscher Bauart. Otis ging darauf zu und öffnete den Kofferraum.

»Oh, *shit*«, sagte Summers, als er erkannte, was darin lag.

»Es gibt aber auch gute Nachrichten«, sagte Otis.

*

Kommissar Grasshoffs Finger steckte in der Wählscheibe seines Telefons, als Summers das Büro betrat.

»Was wollen Sie hier?« blaffte Grasshoff und warf wütend den Telefonhörer auf die Gabel. »Sie sollten in der Goethestraße auf mich warten!«

»Die Lage hat sich dramatisch verändert«, sagte Summers ruhig.

»Dramatisch? Was heißt das?«

Summers setzte sich ohne Aufforderung und holte seine Zigaretten hervor. »Man könnte sagen, der Fall sei erledigt, wenn ...« Er hielt dem Kommissar die Packung hin, aber Grasshoff ignorierte sie.

»Wenn?«

»... wenn es einen Fall gegeben hätte.« Summers zündete sich selbst eine Lucky an und steckte die Packung wieder ein. Aus zusammengekniffenen Augen starrte ihn der Kommissar an.

»Ich höre«, sagte er nur.

»Elvis Presley ist wieder in der Goethestraße. Gesund und munter.«

»Was ist passiert?«

»Das kommt darauf an ...«

Grasshoff lief rot an. »Verdammt noch mal, Summers, nehmen Sie mich nicht auf den Arm! Ich will wissen, was los ist! Ich habe das LKA informiert, die sind unterwegs!«

»Das ist schlecht, Sie werden Ihre Truppen zurückpfeifen müssen ... Aber Sie hatten natürlich wirklich gute Gründe, sie zu alarmieren.«

»Vielen Dank! Sehr großzügig. Was – ist – passiert?«

»Zunächst die offizielle Version: Es hat eine häusliche Auseinandersetzung im Haus Goethestraße 14 gegeben, während der ein nur als Jack bekannter Besucher mit Platzpatronen um sich schoß ...«

»Platzpatronen? Ich hör wohl nicht richtig! Vernon Presley wurde angeschossen! Das habe ich mit eigenen Augen gesehen!«

»... Mr. Vernon Presley erlitt während des Streits einen Kreislaufkollaps, von dem er sich aber bereits wieder erholt hat. Der Kollaps wurde als Spätfolge seines gestrigen Unfalls und den dabei erlittenen leichten Verletzungen diagnostiziert ...«

Grasshoff schlug mit der Faust auf den Schreibtisch. »Eine Kugel steckt im Klavier! Und Presley wurde bei dem Unfall nicht verletzt!«

»In Presleys Haus steht gar kein Klavier«, Summers warf einen kurzen Blick auf seine Timex, »jedenfalls im Moment nicht. Über die Verletzungen von Mr. Presley senior gibt es selbstverständlich ein ärztliches Attest.«

»Glauben Sie wirklich, ich laß mich von Ihnen mit diesem Quatsch abspeisen?« Grasshoffs Linke wies aus dem Fenster. »Da draußen rennt ein Irrer rum! Ein Mordverdächtiger! Denken Sie, ich unternehme nichts, bloß weil dieser Jack Krieger zufällig ein Ami ist?«

»Es gibt keinen Jack Krieger.«

»Aha. Dann gibt es wohl auch keine Vancouver Sun!«

»Eine Vancouver Sun gibt es selbstverständlich. In Vancouver. Nur weiß die nichts von einem Büro in Frankfurt. Auch sonst hat nie jemand davon gehört. Es gibt gar nichts, Herr Kommissar. Keine Entführung, keinen Entführer, keine Spuren, keine Zeugen. Auch keinen Texas, übrigens.«

Grasshoff stemmte sich aus seinem Stuhl hoch, an seiner Schläfe pulsierte eine Ader. »Krieger hat meine Dienstwaffe. Solange ich die nicht wiederhabe –«

Summers griff in seine Tasche und schob die Walther PP über den Schreibtisch. Mit einem Schnauben ließ sich Grasshoff wieder auf seinen Stuhl fallen. Er überprüfte das Magazin der Pistole und roch am Lauf.

»Man hat damit geschossen. Wo steckt die Kugel?«

»Damit kämen wir dann zur inoffiziellen Version, Herr Grasshoff. Und Sie sollten gut überlegen, ob Ihnen die als die offizielle lieber wäre. Möchten Sie nicht doch eine?« Summers hielt ihm erneut die Zigarettenpackung hin. Blitze schossen aus Grasshoffs Augen, aber er zog eine Lucky heraus und ließ sich Feuer geben.

»Es gibt wirklich keinen Jack Krieger mehr. Und der Grund dafür kam aus Ihrer Waffe.«

Grasshoff starrte ihn an, Qualm breitete sich um ihn herum aus.

»Krieger ist tot?«

»So ist es.«

»Was haben Sie mit ihm gemacht?«

»Wir? Gar nichts. Es gab ein Handgemenge, ein Schuß hat sich gelöst, Krieger ist getroffen worden. Ein Unfall.«

»Wo ist der Leichnam?«

»Wollen Sie das wirklich wissen?«

»Ja, selbstredend. Es geht um ein Tötungsdelikt. Ob es wirklich ein Unfall war oder etwas anderes, wird man festzustellen haben!«

»Nun, ich weiß nicht, ob es Ihnen recht wäre, Ihren Vorgesetzten darlegen zu müssen, wie eine Kugel aus Ihrer Waffe in einen toten Amerikaner gekommen ist. Die Umstände wären doch nur ... diffizil zu erklären, oder?«

»Hat Presley die Waffe abgefeuert?«

»Es steht im Zweifel, ob er dafür verantwortlich ist. Vielmehr hat ein dritter in die Auseinandersetzung eingegriffen.«

»Wer?«

Summers zögerte und suchte nach einem Aschenbecher. Ungeduldig schob Grasshoff ihm einen über den Tisch zu.

»Wer?« fragte er erneut.

Umständlich strich Summers seine Asche ab. »Wir haben ihn als Hans-Gerd Grasshoff identifiziert.«

Die Miene des Kommissars wurde eisig. »Das geht zu weit«, sagte er.

Summers sah ihm direkt in die Augen. »Ich würde Ihnen Recht geben – wenn es nicht die Wahrheit wäre.«

»Was ist vorgefallen? Sagen Sie es mir!«

»Richard Sternberg und Ihr Sohn sind Krieger und Elvis Presley gefolgt. Dazu haben sie ein Auto gestohlen.«

»Ein Auto? Mein Sohn?«

»Sie sind ihnen in den Wald hinterhergefahren. Dort wurden sie Zeugen eines Kampfes zwischen den beiden. Krieger hielt Ihre Waffe in der Hand. Ihr Sohn hat versucht, Presley zu helfen, dabei löste sich der Schuß und traf Krieger tödlich in die Brust.«

»Mein Sohn hat Krieger mit meiner Waffe erschossen? Das wollen Sie mir erzählen?«

»Nein. Aber er war beteiligt, und die Sache wirft eine ganze Menge Fragen auf, selbst wenn man von einem Unfall in einer Notwehrsituation ausginge.«

»Warum sollte ich Ihnen das alles glauben?« Das wütende Rot in Grasshoffs Gesicht war von einer grauen Blässe vertrieben worden. Seine Hand zitterte ein wenig, als er die Zigarette zum Mund führte.

Summers stand auf. Er ging zur Tür und öffnete sie.

»Kommt rein«, sagte er.

Grasshoff saß mit halboffenem Mund hinter seinem Schreibtisch und glotzte verständnislos, als Ritchie und Hans-Gerd mit gesenkten Köpfen hereingeschlichen kamen.

»Ich werde Sie jetzt allein lassen«, sagte Summers. »Die beiden haben Ihnen eine Menge zu erzählen. Und machen Sie sich keine Sorgen wegen des gestohlenen Autos. Man wird es morgen unversehrt wiederfinden. Ach ja …« Er trat noch einmal zu Grasshoff und stellte eine einzelne, metallisch schimmernde 38er Patrone vor ihn auf den Schreibtisch. »Für Ihre Buchführung«, sagte er.

*

»Ich muß mich bedanken«, sagte Elvis. »Nicht nur bei Ihnen, Pete. Auch bei den Jungs. Und bei Otis. Aber am meisten bei dem da.« Sein Finger wies nach oben. Er saß auf seinem Bett, die Gitarre auf den Knien. Aus dem Treppenhaus drang Gepolter – das neue Klavier wurde geliefert.

»Wo haben Sie eigentlich so schnell ein Piano herbekommen, Pete? Mitten in der Nacht.«

»Ein paar Geheimnisse müssen Sie uns schon lassen«, sagte Summers. Irgendwie fand er es unangemessen zu erzählen, daß das Instrument von der Bühne ihres Veranstaltungssaales in Ziegenberg stammte. Dort würde in Zukunft eines mit einem Einschußloch stehen. Passend, dachte er.

Elvis zupfte gedankenverloren eine kleine Melodie auf der Gitarre. Summers kannte sie, aber es fiel ihm nicht ein, woher.

»Haben Sie schon einmal einen Menschen sterben sehen, Pete?« Elvis sprach leise, kaum hörbar.

»Machen Sie sich bitte keine Vorwürfe, Elvis. Niemand tut das. Es war ein Unfall.«

Er lächelte traurig. »Das habe ich nicht gefragt.«

»Nein ...« Summers sah zu Boden. »Glauben Sie mir: Ich weiß, was Sie fühlen.«

»Oh ...« Elvis sah ihn erschrocken an. »Natürlich, entschuldigen Sie, das war gedankenlos von mir.«

»Eine Entschuldigung ist wirklich nicht nötig. Was Sie erlebt haben, war hart, aber Sie haben es gemeistert. Sie können stolz auf sich sein.«

»Stolz ...« Elvis lachte traurig. »Ich weiß nicht. Ich hab mir fast in die Hosen gemacht vor Angst, als Krieger mit der Knarre vor mir stand. Gott sei Dank waren die Jungs da. Wenn die nicht gehupt hätten, und wenn Hans-Gerd mir nicht geholfen hätte ... Hans-Gerd, diese deutschen Namen klingen manchmal zu komisch.« Wieder spielte er leise das kleine Motiv auf der Gitarre. »Meinen Sie, die beiden halten dicht? Sie werden damit an die Presse gehen!«

»Nein, das werden sie nicht. Dafür wird gesorgt. Es ist auch unser Interesse, daß das nicht passiert.«

»So ...?« Elvis' Blick war noch zweifelnd. »Ich werde mich erkenntlich zeigen bei den beiden. Sie haben mir das Leben gerettet. Als ich dann den Mann da liegen sah, war ich wie gelähmt. Hilflos, fast verzweifelt. Ein Toter, mit einer Kugel in der Brust, mitten in einem verdammten, nachtschwarzen Wald. Wir standen um ihn herum, die Jungs und ich, und haben auf ihn hinabgestarrt wie drei Schwachsinnige. Doch als ich dann das Auto kommen hörte, dachte ich: Los jetzt. *It's now or never.*« Wieder spielte er die Melodie. *»It's now or never«*, wiederholte er leise. Plötzlich sah er verblüfft auf. »Heh Mann, das paßt! *It's now or never ...*«, sang er, und jetzt erkannte Summers die Melodie: Es war ›O Sole Mio‹.

Elvis grinste. »Wie gefällt Ihnen das, Pete?«

»Könnte ein Hit werden«, antwortete Summers diplomatisch. »Wenn auch nicht in Italien.«

Elvis lachte in sich hinein. »Die Italiener verstehen soviel von Musik wie kaum jemand auf der Welt. Denken Sie an Caruso, Louis Prima ...«

»... Frank Sinatra«, ergänzte Summers.

Elvis' Grinsen verschwand schlagartig. »Ja, der auch«, sagte er und legte die Gitarre weg.

Summers hatte das deutliche Gefühl, in einem Fettnapf zu stehen, wußte aber nicht genau, warum. Er wechselte das Thema.

»Es war Glück, daß Otis Sie auf dem Parkplatz geschnappt hat und nicht irgendwer anders. Er ist wahrscheinlich der Zuverlässigste in dem ganzen Laden.«

»Ich werde ihm einen Cadillac schenken. Niemand soll sagen, ich sei undankbar.«

»Warum sind Sie eigentlich nicht direkt zu mir gekommen oder zu Captain Gordon?«

»Nach dem Erlebnis mit diesem Krieger? Seien Sie mir nicht böse, Pete – aber ehrlich gesagt ist mein Vertrauen in den CIA ziemlich angegriffen. Ich habe den Wagen auf den Parkplatz gefahren, weil ich dachte, ich werde ihn da los, ohne daß mich jemand sieht – und weil die Deutschen ihn da nicht finden würden. Als dann plötzlich dieser Riese aus der Dunkelheit auftauchte, dachte ich, jetzt ist alles vorbei. Aber er ist ein wirklich guter Kerl. Auch wenn er keinen Rock 'n' Roll mag.« Elvis nahm die Gitarre wieder auf und suchte nach Akkorden, während er noch einmal »O Sole Mio« summte. »Ich glaube, Sie haben recht, Pete. Das könnte ein Hit werden. Wie kann ich mich Ihnen denn erkenntlich zeigen. Ein Cadillac?«

»Nein, danke sehr. Das wäre wohl Bestechung. Ein Autogramm genügt völlig.«

»Ein Autogramm?« Elvis sah ihn amüsiert an. »Für Sie?« Er zog eine Schublade an seinem Nachttisch auf und nahm eine Karte heraus.

»Nein, nicht für mich. Schreiben Sie: Für Thelma – das tollste Mädchen bei ›General Research‹.«

»Thelma? Ihre Freundin, Pete?«

»Nicht direkt.«

Elvis schrieb und reichte ihm die Karte. »Und sonst gibt es nichts, was ich für Sie tun könnte?«

Summers kaute ein wenig unschlüssig auf seiner Unterlippe.
»Vielleicht doch«, sagte er.
Elvis sah ihn an und zog überrascht die Brauen hoch.
»Heh, Pete«, sagte er, »Sie haben gelächelt.«

*

Klaus sieht süß aus, wenn er lacht, dachte Katharina. Aus der Musikbox dröhnte Jerry Lee Lewis, und die Nägel unter ihren hohen Absätzen knallten herrlich laut über die gläserne Tanzfläche. Es hatte lange gedauert, bis sie Klaus hierhergekriegt hatte, aber jetzt lachte er. Sie fühlte sich leicht. Klaus wirbelte sie herum. Die Haare klebten ihm verschwitzt auf der Stirn. Zu dem abrupten Schluß von »Great Balls Of Fire« sprangen sie beide hoch, und bei der Landung rutschte er aus. Sie versuchte, ihn aufzufangen, und so hielt sie ihn plötzlich im Arm, waren seine Augen so nah bei ihr, und genauso plötzlich küßte er sie auf den Mund, was sie beide erschreckte. Aber sie hielt ihn fest.

»Laß uns mal eine Pause machen«, sagte sie und zog ihn hinter sich her zur Bar. »Was möchtest du trinken?«

»Cola?« antwortete er.

Sie lächelte und bestellte zwei Whiskey.

»Heh, Ritchie! Alles klar?« sagte Klaus auf einmal, und erst jetzt bemerkte sie, wer da neben ihr zusammengekrümmt auf seinem Barhokker kauerte.

»Alles klar«, sagte Ritchie. »Verdammt. Verdammt alles klar. Scheiße.«

»Können wir dir irgendwie helfen?« Sie tauschten einen besorgten Blick.

»Wie ist eigentlich die Sache am Donnerstag ausgegangen?« fragte Klaus.

»Donnerstag? Was war denn am Donnerstag?« Ritchie sah ihn verständnislos an.

»Na hör mal! Das kannst du doch nicht vergessen haben! Auf dem Eleonorenring.«

»Ach das …! Kein Problem, alles klar gegangen. Vergiß es einfach. Vergiß einfach alles. Am besten kennst du mich überhaupt nicht.«

Katharina blickte zwischen beiden hin und her. Zwar verstand sie

Klaus' Fragen so wenig wie Ritchies Antworten, aber es war offenbar, daß etwas nicht stimmte.

»Gibt es irgendwelche Probleme?« fragte sie.

»Probleme? Nein!« Ritchie unterstrich das Wort mit einer heftigen Geste. »Nicht mehr! Keine Probleme, nirgends. Und ich *hoffe* ... daß das so bleibt.« Für einen Moment stützte er schweratmend die Ellbogen auf die Theke und rieb sich mit beiden Händen das Gesicht, dann drehte er sich zu ihnen. Er lächelte sie an, ein wenig traurig, und plötzlich kam er Katharina sehr erwachsen vor.

»Es ist wirklich alles in Ordnung«, sagte er. »Es ist nett, daß ihr fragt. Die Runde geht auf mich.«

Er bestellte sich noch einen Whiskey. Als er bezahlte, fielen Katharina etliche grüne Geldscheine in seinem Portemonnaie auf, es schien ein ganzer Stapel zu sein, lauter Dollarnoten.

»Was machst du denn mit so viel Geld?« fragte sie ihn leise.

Ritchies Lächeln verlor auf einmal alle Traurigkeit, eine große Freude stand jetzt darin. Sie stießen an. Er kippte den Whiskey auf ex und knallte das Glas auf die Theke.

»Ich kauf mir«, sagte er dann, »eine elektrische Gitarre.«

# MONTAG

»Pete!« rief Julia Foster, als sie vor der Pizzeria aus dem Taxi stiegen. »Woher wußten Sie das? Ich sterbe für Pizza! Ich dachte, hier gäb es so was gar nicht.«

»Es sind nicht viele, aber langsam werden es mehr. Diese hat erst vor ein paar Wochen aufgemacht. Davor mußte man bis Würzburg.«

Er hielt ihr die Tür auf, und sie betraten das Lokal. Auf jedem Tisch standen Kerzen und Blumen, aber alle Stühle waren frei, nirgendwo saßen Gäste.

»Sind wir die einzigen? Ich hoffe, das liegt nicht an der Küche.«

Summers half ihr aus dem Mantel.

Ein Kellner kam auf sie zugeeilt. »Buona sera, Signorina! Signore Summers, isse große Freude für uns ...«

Wortreich geleitete er sie an einen Tisch. Ein zweiter Kellner brachte die Speisekarte.

»Los, Pete, sagen Sie die Wahrheit: Warum ist hier niemand?« fragte Julia Foster, als sie bestellt hatten.

»Ich wollte nicht gestört werden.«

»Und da mieten Sie ein ganzes Lokal?«

»Manchmal.« Er hielt ihr sein Rotweinglas entgegen, und sie stießen an.

»Auf unseren Erfolg«, sagte sie.

»Na, mit Ruhm haben wir uns ja nicht bekleckert«, antwortete Summers, nachdem sie getrunken hatten.

»Wir können doch zufrieden sein. Thornhill hat gestanden. Das Presley-Problem ist gelöst ...«

»Mit Glück.«

»Ja. Aber das Glück ist mit den Tüchtigen, oder?«

»Sagen Sie das mal Kommissar Grasshoff.«

»Der kann einem natürlich leid tun. So einen Fall hat der bestimmt nicht alle Tage, und am Ende hat er gar nicht stattgefunden. Ohne ihn und Kemper wäre Krieger vielleicht nie aufgeflogen.«

»Auf jeden Fall zu spät.«

»Die Geschichte ist wirklich tragisch. Hätten Sie Krieger so etwas zugetraut?«

»Ich habe gelernt, daß man den Menschen nur vor den Kopf gucken kann. Und daß ein Mann wegen einer jungen Frau den Kopf verliert, soll mehr als einmal vorgekommen sein.«

»Er muß sie tatsächlich sehr geliebt haben.«

»Wenn Sie das Liebe nennen wollen ... Aber wollen wir wirklich Dienstgespräche führen, an so einem besonderen Abend?«

»Besonders? Was meinen Sie damit.«

Er legte ein mit einer Schleife verschlossenes Päckchen vor sie auf den Tisch.

*»Happy Birthday«*, sagte er.

Ihre Augen verengten sich. »Woher wissen Sie das?«

»Wollen Sie's nicht aufmachen?«

»Was ist da drin?«

»Schauen Sie nach.«

Ihr Blick blieb mißtrauisch, als sie die Schleife des Päckchens aufzog und ein Buch hervorholte.

»Die romanische Monumentalmalerei in den Rheinlanden«, las sie vom Umschlag ab. »Wie kommen Sie darauf, daß mich das interessiert?«

»Tut es das nicht?«

»Doch, allerdings. Kunstgeschichte ist eine Leidenschaft von mir. Aber woher wußten Sie das?«

Summers roch an seinem Glas. Er nahm einen kleinen Schluck und lächelte sie an, aber die kleine Falte über ihrer Nase wollte nicht verschwinden. Sie starrten sich in die Augen. Er sah, wie es hinter ihrer Stirn arbeitete, und war entzückt.

»Sie haben meine Personalakte gelesen«, sagte sie endlich.

Summers hob die Schultern. »Verzeihen Sie mir, Julia. Aber ich wollte gegen weitere Überraschungen gewappnet sein.«

»Das ist doch wohl die Höhe!«

»Es stand nichts drin, was Ihnen peinlich sein müßte. Im Gegenteil.«

»Wie sind Sie überhaupt da dran gekommen?«

»Ist das wichtig?«

»Natürlich ist es das. Personalakten sind vertraulich!«

»Ich bin Geheimagent«, sagte er. »Es ist mein Beruf, vertrauliche Sachen herauszubekommen.« Immer noch lächelte er, und immer noch war die Empörung in ihrem Gesicht zu lesen, doch schließlich legte sie den Kopf schief und strich mit den Fingern durch ihren Pferdeschwanz. Langsam entspannten sich ihre Züge etwas.

»War es aufwendige Recherche?« fragte sie und nahm ihr Glas.

»Nicht wirklich. Unterschiedliche Menschen bewerten Dinge unterschiedlich – hat mir kürzlich ein Großer unseres Fachs verraten.«

»Und Ihre Quelle geben Sie natürlich nicht preis?«

»Julia! Wo denken Sie hin? Das muß ich einem Profi wie Ihnen doch wohl nicht erklären, oder?«

Sie schüttelte den Kopf. »Nicht zu fassen«, murmelte sie.

»Ich würde mich gern mit Ihnen vertragen, Julia. Wenigstens für diesen Abend.«

Das Lächeln kehrte in ihre Augen zurück. »Na gut«, sagte sie. »Für diesen Abend.«

Der Kellner servierte den Salat, und Foster machte sich mit amerikanischem Appetit darüber her. »Köstlich! Eine Frage habe ich noch«, sagte sie zwischen zwei Bissen.

»Aber nur eine.«

Sie versuchte, eine widerspenstige Olive auf ihre Gabel zu spießen, und nahm sie schließlich mit den Fingern.

»Wo hatte Krieger die Panzerfaust her?« fragte sie kauend.

»Das ist noch nicht ganz geklärt. Vermutlich aus unserem eigenen Arsenal. Er dürfte sie auf dem Weg zur Verschrottung abgezweigt haben. Auch das Motorrad hatte er ganz offiziell von unserer Fahrbereitschaft. Er hatte gute Beziehungen dort. Deswegen hatte er ja auch immer die größten und besten Wagen. Die Maschine hat er als Sonderbedarf angemeldet, das hat keiner überprüft, man kannte ihn ja.«

»Und warum hat –«

»Julia …«, unterbrach er sie lächelnd.

*»Sorry.«* Leicht verlegen senkte sie den Blick.

»Wie wär es mit ein bißchen Musik? Ich glaube, das würde die Atmosphäre etwas weniger dienstlich machen.«

»Musik? Haben die hier eine Musikbox?«

»Aber nein. Einen Gitarristen … Salvatore, prego, la musica!« rief Summers und klatschte in die Hände. Die Küchentür öffnete sich, und eine Gitarre begann zu spielen.

»Ach, Neapel«, seufzte Foster. »Ist das ›O Sole Mio‹?«

»Im Prinzip ja«, antwortete Summers. »Aber ich denke, es wird eher die amerikanische Version werden.«

# Ein anderer Montag

Hans-Gerd stupste mit dem Finger gegen die kleine Plastikfigur, die mit einem Saugnapf an der Windschutzscheibe befestigt war. Sie bewegte sich ein bißchen in den Hüften und wackelte mit dem ausgestreckten Arm.

Der Taxifahrer grinste. »Wackel-Elvis. Cool, was?«

»Das ist kein Wackel-Elvis«, sagte Hans-Gerd.

»Hä?«

»Allenfalls eine Wackel-Rock'n'Roll-Figur.«

»Wieso das denn?«

»Die Figur hat weiße Haare. Seit wann hat Elvis weiße Haare?«

»Wußte nicht, daß das was ausmacht.« Der feiste Finger des Fahrers stieß die Figur heftig in die Seite. »Der macht doch wie Elvis, oder nicht?«

»Es *gibt* einen Wackel-Elvis. Der hat schwarze Haare. Original von den Elvis-Presley-Enterprises, Graceland, Memphis, Tennessee, USA.«

»Aha. Wohl Elvis-Fan, was?«

»Wie kommen Sie *da*rauf?«

»Ich dachte nur. Einmal hab ich einen gefahren, der kannte ihn persönlich.«

»Was Sie nicht sagen.«

»Ja. Der hat persönlich ein Autogramm von ihm gekriegt, in Bad Hersfeld, wo er stationiert war.«

»Kaum zu glauben.«

»Oder war's Bad Ems? Keine Ahnung. Bei Heidelberg irgendwo.«

Hans-Gerd antwortete nicht. Der Verkehr war fürchterlich, er haßte Großstädte.

»Ich mein, ist doch irre. Elvis Presley persönlich kennen, das kann man sich doch gar nicht vorstellen ... Der hat gesagt, Elvis wäre ... was hat er noch gesagt ... hab ich vergessen ... jedenfalls total nett. Da wär'n wir.« Der Wagen hielt, und Hans-Gerd zahlte.

»Der King lebt«, sagte der Fahrer, als er ausstieg. »Aber nicht vergessen: *If it's too loud, you're too old!*« Er lachte, und Hans-Gerd warf die Tür zu.

Auto nach Auto dröhnte durch die enge Straße. Das Haus, vor dem er stand, war ein Altbau, sechs Stock hoch. Er klingelte, es dauerte lange, bis der Türöffner brummte.

Hoffentlich gibt's einen Aufzug, dachte er. Es gab keinen. Leicht außer Atem erreichte er den dritten Stock. Der Mann, der in seiner Wohnungstür auf ihn wartete, sah ihn überrascht an. Über einem Gürtel, der mit einer riesigen, versilberten Cowboyschnalle eine schwarze Jeans hielt, dehnte eine beachtliche Kugel das hellblaue Tuxedo-Hemd. Seine Haare waren schwarz, nicht mehr rot, und oben ziemlich fadenscheinig, doch vor den Ohren bildeten sie zwei beeindruckende Koteletten.

»Das kann ja wohl nicht wahr sein«, sagte der Mann.

Hans-Gerd griff in seine Plastiktüte und holte eine Flasche Jack Daniels hervor. »Herzlichen Glückwunsch zum Sechzigsten, Richard«, sagte er, und hielt ihm die Flasche hin. »Trinkst du den noch?«

»Na klar!« Ritchie stieß ein kurzes Lachen aus. »Das ist jetzt aber wirklich eine Überraschung«, sagte er. »Wie lang ist das her?«

»Fünfundzwanzig Jahre, im August. In Memphis, bei seinem Begräbnis.«

»Fünfundzwanzig Jahre ... komm rein!« Ritchie winkte ihn hinter sich her in die Wohnung. »Guck dich aber nicht um. Ich bin immer noch Junggeselle.«

Das war keine Floskel. Die Einrichtung zeugte von einem gewissen Wohlstand, aber die Räume versanken in völligem Chaos. Keine ebene Fläche, auf der nicht Papierstapel, CDs, LPs, Zeitungen oder Videokassetten lagen.

Die Wände waren vollständig bedeckt mit Konzert- und Filmpostern, unzähligen Fotos, viele gerahmt, viele nur mit Heftzwecken an die Wand gepinnt. Einige zeigten Ritchie oder andere Musiker, deren Platten er produziert hatte oder die seine Songs gespielt hatten.

Auf den meisten der Bilder aber war Elvis.

Der junge Elvis.

Ritchie ging zu einem Schrank und holte zwei Gläser heraus. Ohne zu fragen, öffnete er den Whiskey und schenkte ein. Ein Glas reichte er Hans-Gerd.

»Fünfundzwanzig Jahre ...« Sie stießen an. »Entschuldige die Unordnung. Ich hab nicht mit Besuch gerechnet.«

»An deinem sechzigsten Geburtstag? Hast du denn gar keine Freunde hier?«

»O doch, ich hab eine Menge Freunde. Aber ich feiere meinen Geburtstag schon lange nicht mehr. Der letzte, den ich gefeiert habe, war mein zweiundvierzigster. Älter muß man nicht werden, oder?«

Er hob sein Glas in Richtung eines alten Elvis-Starschnitts und prostete ihm zu. Hans-Gerd trat näher an das lebensgroße Foto heran. Die Blätter aus der BRAVO waren sorgfältigst auf eine Holzplatte geklebt und dann mit einer Folie bespannt worden. Sachte strich er mit dem Handrücken darüber.

»Den hatte ich auch. Aber das letzte Blatt fehlte, weil mich unser Mathelehrer mit der BRAVO unter der Bank erwischt hat.«

»Ach ja, ich erinnere mich. Das war Pech!« Ritchie nahm einen kräftigen Schluck aus seinem Glas, dann hob er einen Stapel Zeitschriften von einem Sessel und warf ihn auf den Boden.

»Setz dich«, sagte er und räumte auch für sich einen Stuhl frei. Die Flasche stellte er neben sich auf den Boden.

Sie saßen sich gegenüber, und für einen Moment breitete sich ein verlegenes Schweigen zwischen ihnen aus.

Schließlich zog Ritchie eine Packung Zigaretten aus der Brusttasche seines Hemdes.

»Möchtest du?« fragte er und hielt sie Hans-Gerd hin.

»Eigentlich hab ich's mir abgewöhnt, aber …« Hans-Gerd zog eine Zigarette heraus.

»Immer noch der alte.« Ritchie gab ihm Feuer. »Was treibt dich denn eigentlich hierher?«

»Ich bin diese Woche bei meinem Sohn in Altona zu Besuch. Er ist Vater geworden. Und dann ist mir dein Geburtstag eingefallen. Ich dachte mir, bis Hamburg ist es keine halbe Stunde mit der Bahn …«

»Du bist also Opa?«

»Schon zum zweiten Mal.«

»Glückwunsch!« Ritchie lachte in sich hinein. »Wir werden nicht jünger, was?«

»Nein«, antwortete Hans-Gerd. Er roch an seinem Glas und sah sich um. Am Fenster des großen Zimmers standen ein Computer, ein Keyboard, Verstärker – und Gitarren: Hans-Gerd zählte neun. »Was ist mit deinem Studio?« fragte er.

»Hab ich verkauft.«

»Warum? Machst du keine Musik mehr?«

»Eigentlich nur noch für mich. Was die Kids da heute so fabrizieren, da kommt ein alter Rock'n'Roller nicht mehr mit. Als sie noch Punk gemacht haben, das konnte ich wenigstens verstehen. Das war so 'n bißchen wie wir damals. Wild. Aber jetzt? Nur noch Computer, und ich meine nicht die Technik. Mit diesem Gefiepse kann ich nichts anfangen. Ich fürchte, ich bin dafür wirklich zu alt. Schau mal ...« Ein Bilderrahmen stand in der Ecke, mit dem Glas zur Wand. Er stand auf und drehte ihn um – es war eine goldene CD.

»Junge, Junge«, sagte Hans-Gerd. »Wofür ist die?«

»Kennst du noch ›Teenage Dream Baby‹?«

»Also, wenn ich ehrlich sein soll ...«

»Wenn *ich* ehrlich sein soll: Ich konnte mich selbst kaum noch an die Nummer erinnern. Das war anno '63 – glaub ich. Eine B-Seite. Letztes Jahr hat ein Stuttgarter HipHopper das Intro gesampelt ...«

»Er hat was?«

»Ach, das ist so 'ne Computersache. Die komponieren heute nix mehr selbst. Die basteln sich ihr Zeug aus den Ideen anderer zusammen. Jedenfalls war meine Gitarre auf einmal in einem europäischen Top-Ten-Hit. Eine fürchterliche Nummer. Aber ich bekam eine Goldene. Meine zweite – nach vierzig Jahren.«

»Warum nicht? Besser als keine, oder?«

»Hah ...« Ritchie ließ sich zurück auf seinen Stuhl fallen. »Ich war der verdammt beste Rock'n'Roll-Gitarrist in ganz Deutschland. Und? Was gibt's dafür? Ein vergoldetes Stück Plastik.«

»Du hörst dich nicht zufrieden an, Richard.«

»Zufrieden?« Verdrossen blickte Ritchie vor sich hin. Dann führte er sein Glas zum Mund und trank gierig. Hans-Gerd wartete schweigend, bis Ritchie endlich weitersprach.

»Der beste Rock'n'Roll-Gitarrist Deutschlands. Weißt du, was das heißt? Ich war ein Epigone. Nichts weiter. Mein Leben lang. Alle meine Ideen habe ich von anderen abgekupfert ...«

»Heh, jetzt stell dein Licht nicht so unter den Scheffel!«

»Was weißt du schon? Du hast doch keine Ahnung von Musik.«

»Jetzt mach aber mal halblang, Richard. Ich bin genauso lange Rock'n'Roll-Fan wie du!«

Ritchie stieß ein mitleidiges Lachen aus und nahm einen weiteren Schluck. »Fan! Was bedeutet das schon? Du bist Elvis hinterhergerannt ...«

»Nicht nur! Das weißt du!«

»Jaja, schon gut. Du hast ihm das Leben gerettet. Das hättest du doch für Peter Kraus auch getan, oder?« Er lachte böse.

»Richard ...« Hans-Gerd sah ihn fragend an. »Was soll das? Was ist los mit dir?«

Ritchie winkte ab. »Entschuldige bitte ... Ich weiß, ich sollte nicht klagen. Wirklich nicht. Es geht mir gut. Ich bin gesund. Ich bin nicht reich, aber es reicht, arbeiten tu ich nur noch, wenn ich Lust habe. Vielleicht hätte ich doch heiraten sollen, aber das ist es auch nicht. Es ist ... Ich weiß nicht. Ich fühl mich, als hätte ich mein Ziel verpaßt. Wenn ich ehrlich bin, wollte ich immer nur so sein wie er. Aber seit er verschwunden ist, macht das alles keinen Sinn mehr.«

»Verschwunden? Was soll das heißen?«

»Verschwunden heißt verschwunden. Was ist daran so schwer zu verstehen?«

Hans-Gerd antwortete nicht. Nachdenklich sah er in sein Glas.

Leise sprach Ritchie weiter. »Dabei waren die letzten Jahre davor nur noch eine einzige Quälerei. Es war die Hölle, ihm zuzusehen, wie er ...« Er brach den Satz ab, griff nach der Flasche neben sich und schenkte sich ein. »Manchmal versuche ich, mir auszumalen, wie alles gekommen wäre, wenn wir ihn damals nicht gerettet hätten.«

»Dann säßen wir nicht hier, weil dieser Krieger uns auch erledigt hätte.«

»Ja, schon. Aber das meine ich nicht. Ich meine, was wir heute von ihm denken würden, wenn er nicht erst '77 ...«

»Sag mal, spinnst du? Was redest du denn da?«

»Es ist doch genau so gekommen, wie ich es damals schon gesagt habe. Der Rock'n'Roll hat das Jahr '59 letztlich nicht überlebt.«

Hans-Gerd lachte auf.

»Jedenfalls nicht das, was Rock'n'Roll für mich gewesen ist«, setzte Ritchie hinzu, sein Zeigefinger stach nach vorn. »Und dahinter steckte ein Plan.«

»Ach, Richard, ich bitte dich! Jetzt fang nicht wieder *da*mit an.«

»Der Elvis, der aus Deutschland zurück nach Memphis kam, war ein völlig anderer als der, der zur Armee gegangen ist, oder etwa nicht?«

»Ja, Menschen verändern sich ...«

»Sie haben ihn tablettenabhängig gemacht, mit Absicht, um ihn kontrollieren zu können. *Das* steckte dahinter.«

»Sie? Wer soll das gewesen sein?«

»Wer? Wir beide wissen doch genau, wer damals die Hände im Spiel hatte.«

Hans-Gerd verschränkte die Arme und lehnte sich zurück. »Vielleicht war das ja auch gar nicht Elvis, der da nach Graceland zurückkehrte«, sagte er milde lächelnd.

»Was meinst du damit?«

»Vielleicht haben sie ihn ausgetauscht. Ein Double.«

Ritchie sah ihn entgeistert an. »Ein Double?« Langsam strich er sich mit den Fingern über die Haare, sein Blick senkte sich nachdenklich. »Ein Double ...«, wiederholte er leise.

»Heh, Richard! Das war ein Scherz!« Hans-Gerd lachte.

»Ein Scherz? Wieso? Das wäre doch möglich! Sie könnten –«

»Richard, verdammt noch mal! Du spinnst doch! Willst du etwa sagen, du warst die ganze Zeit Fan einer Imitation?« Ritchie sah ihn ärgerlich an, aber er schwieg. »Was soll das überhaupt heißen, der Rock'n'Roll hätte nicht überlebt? Du hattest doch selbst einen Hit.«

»Ja. Einen. Und dann? Nichts mehr. Nur Kleinkram ... denn mich haben sie nicht weichspülen können. Aber lassen wir das.« Er sah zu Boden und trank einen Schluck. Dann schüttelte er kurz und heftig den Kopf, als tauche er aus etwas auf. »Weißt du was? Ich glaube, mir ist einfach langweilig, das ist alles.« Er sah wieder auf und grinste verlegen. »Entschuldige bitte ... Wie geht es denn bei dir so?«

Hans-Gerd sah ihn einen Moment forschend an, bevor er antwortete. »Ich bin pensioniert, laß den lieben Gott einen guten Mann sein. Seit ich kein Kriminaler mehr bin, glaub ich manchmal sogar, daß er das tatsächlich ist.«

»Wie weit hast du's gebracht bei den Bullen? Kommissar?«

»Hauptkommissar. Zu mehr hat der Ehrgeiz nicht gereicht.«

»Ich wundere mich ja immer noch darüber, daß du in die Fußstapfen deines alten Herrn getreten bist. Ihr habt euch doch nie verstanden.«

»Nein. Aber nach der Sache ...«

»Tja. Die Sache ... Und schon sind wir wieder beim Thema.«

Für eine Weile sahen beide gedankenverloren in ihre Gläser.

»Wir haben nie wirklich darüber gesprochen, du und ich«, sagte Hans-Gerd.

»Nein. Das war auch gut so. Wir hätten uns doch nur gegenseitig auf dumme Gedanken gebracht.«

»Tja. Wahrscheinlich war es richtig, so wie es gelaufen ist.«

»Ja. Für uns schon ...« Erneut hob Ritchie sein Glas in Richtung des Starschnitts. »Für uns schon! Auf dein Wohl, mein Freund!« rief er dem Foto zu und nahm einen großen Schluck. Wieder sah er zu Boden, und wieder schüttelte er den Kopf. »Was gibt's Neues in Bad Nauheim?« fragte er dann.

»Nicht viel«, antwortete Hans-Gerd. »Immer die alte Leier ... Doch: Klaus und Katharina Kemper haben sich scheiden lassen. Katharina ist mit einem Jüngeren durchgebrannt.«

Ritchie lachte. »Mit über sechzig? Die gute Katharina, das sieht ihr ähnlich! Sie hat Klaus den Jazz ja nie ganz austreiben können. Weißt du noch, wie wir mit ihr zusammen das Auto umgekippt haben?«

»O Gott, hör auf. Der Beginn meiner kriminellen Karriere.«

Ritchies Lachen erstarb. »Das war nur ein paar Tage vorher«, sagte er.

»Ja.« Hans-Gerd trank sein Glas leer, ein wenig schneller, als er es vorhatte. »Hast du noch einen für mich?« fragte er.

»Klar.« Ritchie schenkte nach.

»Hast du ... hast du nie, also ...«, Hans-Gerd räusperte sich. »Hat es dich nie gejuckt, die Geschichte jemandem zu erzählen?«

»Nur ganz am Anfang. Aber damals hatte ich viel zuviel Schiß vor diesem Agenten, diesem Summers. Und später wäre es einfach nicht mehr in Frage gekommen. Schließlich ...«, er nahm einen Schluck, »*weil* wir nichts erzählt haben, sind wir fast achtzehn Jahre Cadillac gefahren.«

»Du vielleicht! Aber du glaubst doch nicht, daß ich als kleiner Kripobeamter in Bad Nauheim mit 'nem pinkfarbenen Cadillac rumgefahren bin. Was sollten denn die Leute denken. Ich hätte doch sofort die Innenrevision auf dem Hals gehabt. Ich hab sie alle verkauft.«

»Schade für dich. Aber das ist genau dein Problem: Rock'n'Roll-Fan, aber zu spießig für'n Cadillac.« Hans-Gerd las den Spott in Ritchies Gesicht. »Du hast was verpaßt, Cadillac fahren ist eine Klasse für sich. Und alle drei Jahre ein neuer. Ich hatte mich verdammt dran gewöhnt.«

»Er war nicht kleinlich«, sagte Hans-Gerd.

»Nein, das war er wirklich nicht.«

»Aber irgendwie ist es auch schade drum, finde ich. Die Sache wäre doch 'ne super Story, oder?«

»Ja, und? Ich werde mich jedenfalls nicht bei denen einreihen, die wüste Geschichten über Elvis erzählen, um damit abzusahnen.«

»Aber die Geschichte ist wahr!«

»Wahr! Darum geht es doch gar nicht! Es geht um Respekt! Respekt vor dem King.« Er senkte die Stimme. »Wahr ... Vielleicht ist das, was Red West in seinem Buch verzapft hat, ja auch *wahr*. Aber es ist trotzdem Schund. Weil er keinen Respekt hat. Er hat den King verraten. Und das werde ich nicht tun.«

Wieder nahm Hans-Gerd einen zu großen Schluck aus seinem Glas. »Es ist so ...«, er sprach zögernd, »... ich habe da jemanden kennengelernt, der Interesse an unserer Geschichte hätte.«

Ritchie sah ihn an. »Dacht ich mir doch, daß du nicht ohne Grund deinen Enkel mit seinen Plüschtieren allein läßt.« Er verzog den Mund. »Schade. Fast hätte ich geglaubt, du wärst wirklich wegen meinem Geburtstag gekommen. Wer hat Interesse?«

»Das Fernsehen. Ich bin mit einem Produzenten ins Gespräch gekommen, der will was über die Zeit damals machen. Über seine Zeit in Bad Nauheim.«

»Kommt nicht in Frage.«

»Warum nicht? Ich meine –«

»Er würde es nicht wollen. Das ist alles.«

»Ja schon, aber ...«

»Es gibt kein aber!«

»Die würden eine Menge dafür bezahlen.«

»Bezahlen?« brüllte Ritchie. Ein Whiskey- oder Speicheltropfen traf Hans-Gerd an der Wange. »Ich rede von Respekt! Respekt vor dem King! *R–E–S–P–E–C–T*!« Er sank zurück und ließ die Schultern sinken. »Aber *du* redest von Geld«, setzte er leise hinzu. Plötzlich wirkte er sehr müde.

»Ritchie ...«, unwillkürlich nannte Hans-Gerd ihn erstmals wieder so, »es ist *so* lange her. Haben die anderen nicht auch Anspruch darauf, davon zu erfahren?«

»Die anderen? Wer soll das sein?«

»Wir sind doch nicht seine einzigen Fans.«

»Fans! *Bullshit*! Diese Sache ist ein Geheimnis zwischen Elvis Presley, Hans-Gerd Grasshoff und Richard Sternberg! Und das wird es auch bleiben, verstanden?«

»Ich finde –«

»Das diskutier ich nicht. Ich sage nein. Punktum.« Ritchie goß sich erneut Whiskey nach und nahm sofort einen großen Schluck. Er sagte nichts mehr, und sein Schweigen hatte dieses Mal etwas Endgültiges. Sein Blick hing an dem Starschnitt, er rührte sich nicht – so lange, bis Hans-Gerd irgendwann kopfschüttelnd aufstand.

»Schade«, sagte er. »Ich geh dann mal wieder.«

Wortlos stand Ritchie auf und folgte ihm langsam zur Tür. Hans-Gerd trat ins Treppenhaus. Dort drehte er sich noch einmal um.

»Er ist tot, Richard. Seit fünfundzwanzig Jahren.«

Ritchie lächelte nicht, aber um seine Augen herum legte sich die Haut in Dutzende winziger Falten. »Wenn du das sagst, mein Freund, dann wird es wohl stimmen.« Er zwinkerte Hans-Gerd ein letztes Mal zu. »Danke für den Whiskey«, sagte er noch.

Dann schloß er die Tür.

Mein Dank gilt:
Hans Ullrich Halwe und den Mitgliedern des Elvis-Presley-Vereins in Bad Nauheim, von denen einige IHN noch persönlich getroffen haben – (daß Manni in der Goethestraße 14 Äpfel aus dem Garten geklaut hat, habe ich leider nicht mehr unterbringen können); Willi Schwarz von der Polizeidirektion Friedberg für unkomplizierte Hilfe; den Eheleuten Wedel für zahlreiche Erinnerungen; Hejo Emons, der nicht nur seine Spiegel-Jahrgänge 56-59 zur Verfügung stellte; Christoph Schlott für Bildmaterial; Horst-Dieter Weinhold für Latein; Jay Gladden for English (and roasted peanuts). Special thanx go to: Rockin' Ritchie Czajkowski für den Namen und den Laternentrick, an Harald Hohberger und Eva Kraskes.
Ferner geht ein dickes Danke an meinen Bruder Werner für Verständnis und Ermutigung; an Mario Lempert-Aring und die Familie Diehl (jeweils) für Hardware und kreativitätsfördernde Unterbringung sowie an Steffi Rahnfeld für die weit über das übliche hinausgehende Aufmerksamkeit, die sie diesem Buch hat angedeihen lassen.
Der größtmögliche Dank aber gilt Christel, die so liebevoll einen wirrköpfigen Schriftsteller neben sich aushält, wie der das nicht für möglich gehalten hätte.

Martin Schüller
**JAZZ**
Broschur, 210 Seiten
ISBN 3-89705-166-4

*»Liest sich wie ein Kölsch nach dem anderen.«*
*Die Zeit*

Martin Schüller
**KILLER**
Broschur, 208 Seiten
ISBN 3-89705-223-7

*»Ein fesselndes Netz aus Wirren und Verstrickungen.«*
*Choices*